Harper
Collins

Dean Koontz

GEHETZT

Thriller

Aus dem Amerikanischen von
Wulf Bergner

Harper
Collins

HarperCollins®

1. Auflage: Februar 2019
Deutsche Erstausgabe

Originaltitel: »The Whispering Room«
Erschienen bei: Bantam Books, New York

Published by arrangement with
Penguin Random House LLC, New York

Umschlaggestaltung: Büro für Gestaltung / Cornelia Niere, München
Umschlagabbildung: OneyWhyStudio / shutterstock
Lektorat: Tobias Schumacher-Hernández
Satz: GGP Media GmbH, Pößneck
Printed in Germany
Dieses Buch wurde auf FSC®-zertifiziertem Papier gedruckt.
ISBN 978-3-95967-241-2

www.harpercollins.de

Dieses Buch ist Richard Heller gewidmet:
ein Fels in turbulenten Zeiten,
seit fast dreißig Jahren mein Freund,
Anwalt und kluger Berater,
der weiß, dass das wertvollste Gold
auf vier Pfoten daherkommt.

Und dann haben sie gar keine Spielregeln,
wenigstens wenn sie welche haben,
so beobachtet sie Niemand.

LEWIS CARROLL,
Alice's Abenteuer im Wunderland

Im Bienenstock arbeiten die Bienen nur im Dunkel; Denken funktioniert nur im Stillen, und auch Tugend wirkt nur im Geheimen.

THOMAS CARLYLE,
Sartor Resartus

TEIL EINS

DIE METHODE HAWK

EINS

Cora Gundersun schritt durch hoch auflodernes Feuer, ohne zu verbrennen, und auch ihr weißes Kleid ging nicht in Flammen auf. Sie war nicht ängstlich, sondern im Gegenteil beschwingt, und die vielen Menschen, die dieses Schauspiel bewunderten, starrten sie an, während der Feuerschein auf ihren erstaunten Gesichtern flackerte. Sie riefen ihren Namen, aber nicht besorgt, sondern staunend, mit einem Unterton von Verehrung in ihren Stimmen, sodass Cora zu gleichen Teilen Entzücken und Demut darüber empfand, dass sie unverwundbar gemacht worden war.

Dixie, ihr gescheckter Langhaardackel, weckte Cora, indem er ihre Hand leckte. Die Hündin hatte keinen Respekt vor Träumen, nicht einmal vor diesem, den ihr Frauchen drei Nächte nacheinander genossen und Dixie in lebhaftesten Farben geschildert hatte. Der Tag war angebrochen, es wurde Zeit für Frühstück und Morgentoilette, die Dixie wichtiger waren als jeder Traum.

Cora war vierzig Jahre alt und agil wie ein Vogel. Während die kurzbeinige Hündin die Trittleiter am Bett hinuntertappte, sprang Cora auf, um sich dem Tag zu stellen. Sie schlüpfte in die knöchelhohen Pelzstiefel, die ihr im Winter als Hausschuhe dienten, und folgte dem watschelnden Dackel im Schlafanzug durchs Haus.

Kurz bevor sie die Küche betrat, glaubte sie plötzlich zu wissen, am Küchentisch würde ein fremder Mann sitzen – und etwas Schreckliches würde passieren.

Natürlich wartete dort niemand auf sie. Cora war eigentlich nie ängstlich gewesen. Sie schalt sich jetzt selbst, weil sie sich von nichts, absolut nichts hatte ins Bockshorn jagen lassen.

Als sie ihrer Gefährtin frisches Wasser und Trockenfutter hinstellte, wischte der langhaarige goldene Dackelschwanz voller Vorfreude über den Fußboden.

Bis Cora die Kaffeemaschine gefüllt und eingeschaltet hatte, hatte Dixie aufgefressen. An der Hintertür stehend blaffte die Hündin jetzt einmal höflich.

Cora riss ihren Mantel vom Haken und schlüpfte hinein. »Mal sehen, ob du dich so schnell entleeren kannst, wie du dich vollschlägst. Draußen ist's höllisch kalt, meine Süße, also bitte nicht trödeln.«

Als sie aus der Wärme des Hauses auf die Veranda trat, bildete ihr Atem eine Dampfwolke, als werde ein Schwarm Geister, von dem sie lange besessen gewesen war, ausgetrieben. Sie blieb oben an der Treppe stehen, um für den Fall, dass sich hier noch ein übellauniger Waschbär nach seinem nächtlichen Beutezug herumtrieb, über die kostbare Dixie Belle zu wachen.

Seit gestern Morgen waren über dreißig Zentimeter spätwinterlicher Schnee gefallen. Weil es windstill war, trugen die Tannen noch immer Hermelin-Stolen auf allen Ästen. Cora hatte hinter dem Haus eine größere Fläche freigeschaufelt, damit Dixie nicht durch den tiefen Pulverschnee pflügen musste.

Dackel haben gute Nasen. Ohne sich darum zu kümmern, dass sie nicht trödeln sollte, lief Dixie Belle kreuz und quer über die geräumte Fläche, hatte die Nase am Boden und wollte wissen, welche Tiere hier nachts vorbeigekommen waren.

Mittwoch. Ein Schultag.

Obwohl Cora seit zwei Wochen nicht mehr unterrichtete, hatte sie noch immer das Gefühl, sich beeilen zu müssen, um nicht zu spät in die Schule zu kommen. Vor zwei Jahren war sie zu Minnesotas Lehrerin des Jahres gekürt worden. Die Kinder ihrer sechsten Klasse, die ihr sehr fehlten, liebte sie aufrichtig.

Plötzliche Migräneanfälle von fünf bis sechs Stunden Dauer, manchmal von üblem Gestank begleitet, den nur sie wahrnehmen konnte, hatten sie dienstunfähig gemacht. Die Medikamente gegen die Kopfschmerzen schienen allmählich anzuschlagen: Zolmitriptan und Soma, ein Muskelrelaxans. Cora war nie kränklich gewesen, und das zwangsweise Daheimbleiben langweilte sie.

Dixie Belle pinkelte endlich und hinterließ zwei kleine Würste, die Cora später mit einem Plastikbeutel einsammeln würde, wenn sie hart gefroren waren.

Als sie dem Dackel zurück ins Haus folgte, saß ein fremder Mann am Küchentisch und trank Kaffee, den er sich einfach selbst eingegossen hatte. Er trug eine Wollmütze. Den Reißverschluss seiner Fleecejacke hatte er geöffnet. Sein Gesicht war lang, seine Züge waren scharf, sein kalter blauer Blick direkt.

Bevor Cora erschrocken aufschreien oder flüchten konnte, sagte der Eindringling: »Spiel Manchurian mit mir.«

»Alles klar«, sagte sie, weil er plötzlich nicht mehr bedrohlich wirkte. Schließlich kannte sie ihn. Er war ein netter Mann. Er hatte sie letzte Woche mindestens zweimal besucht. Er war ein sehr netter Mann.

»Zieh deinen Mantel aus und häng ihn auf.«

Sie tat wie geheißen.

»Komm her, Cora. Setz dich.«

Sie zog einen Stuhl heraus, setzte sich an den Tisch.

Obwohl Dixie sonst jedermanns Freundin war, zog sie sich in eine Ecke zurück, um die Szene von dort aus mit einem hellblauen und einem braunen Auge wachsam zu beobachten.

»Hast du letzte Nacht geträumt?«, fragte der nette Mann.

»Ja.«

»Wieder den Feuertraum?«

»Ja.«

»War's ein guter Traum, Cora?«

Sie nickte lächelnd. »Er war wundervoll, ein wundervoller Gang durch beruhigendes Feuer, völlig ohne Angst.«

»Heute Nacht wirst du den Traum wieder haben«, sagte er.

Sie lächelte und klatschte zweimal in die Hände. »Oh, gut! Das ist ein entzückender Traum. Ähnlich wie einer, den ich als

Mädchen manchmal hatte – der Traum, wie ein Vogel fliegen zu können. Fliegen, ohne Angst vor einem Absturz zu haben.«

»Morgen ist der große Tag, Cora.«

»Wirklich? Was passiert dann?«

»Das weißt du, wenn du morgen aufstehst. Ich komme nicht wieder her. Auch wenn diese Sache sehr wichtig ist, brauchst du niemanden, der dich an der Hand führt.«

Er trank seinen Kaffee aus und stellte den Becher vor sie hin, stand auf und schob seinen Stuhl unter den Tisch. »Auf Wiedersehen, du blöde, dürre Schlampe.«

»Tschüs«, sagte sie.

Eine blinkende Zickzacklinie aus winzigen Lichtern schob sich in ihr Blickfeld: die Aura einer heraufziehenden Migräne. Sie schloss die Augen, fürchtete die bevorstehenden Schmerzen. Aber die Aura zog vorbei. Die Kopfschmerzen blieben aus.

Als sie die Augen öffnete, stand ihr Becher mit einem kleinen Rest Kaffee vor ihr. Sie stand auf, um sich selbst nachzugießen.

ZWEI

An einem Sonntagnachmittag im März hatte Jane Hawk – in Notwehr und großer Verzweiflung – einen guten Freund und Mentor erschossen.

Drei Tage später, an einem Mittwoch, als der Nachthimmel mit Sternen wie Brillanten besetzt war, die nicht einmal der Widerschein des Lichtermeers im San Gabriel Valley nordöstlich von Los Angeles ganz überstrahlen konnte, kam sie zu Fuß zu einem Haus, das sie zuvor vom Auto aus beobachtet hatte. Sie hatte eine große Tragetasche mit belastendem Inhalt bei sich. In dem Schulterholster unter ihrem Blazer steckte eine gestohlene Pistole, eine Colt .45 ACP, die einer der besten

Büchsenmacher Amerikas generalüberholt und optimiert hatte.

Das Villenviertel war in diesen chaotischen Zeiten ruhig, in diesen lärmenden Zeiten still. Kalifornische Pfefferbäume flüsterten, und Palmwedel raschelten leise in einer nach Jasmin duftenden Brise. Hinein mischte sich jedoch auch süßlicher Verwesungsgeruch, der aus den Gullys aufstieg, vielleicht von den Kadavern vergifteter Eichhörnchen, die aus der Sonne geflüchtet waren, um im Dunkel zu sterben.

Ein *Zu-verkaufen*-Schild im Vorgarten des Hauses, das ihr Ziel war, der Schlüsselsafe eines Immobilienmaklers an der Klinke der Haustür und zugezogene Vorhänge ließen darauf schließen, dass das Haus unbewohnt war. Die Alarmanlage würde höchstwahrscheinlich außer Betrieb sein, weil es in einem leeren Haus nichts zu stehlen gab – und sie es komplizierter gemacht hätte, potenziellen Käufern das Objekt zu zeigen.

Die Terrasse hinter dem Haus war unmöbliert. Das schwach nach Chlor riechende pechschwarze Wasser im Swimmingpool war leicht bewegt, spiegelte den abnehmenden Mond.

Eine verputzte Mauer und Lorbeer-Feigen schirmten die Rückseite des Hauses gegen die Nachbarn ab. Selbst tagsüber wäre sie hier nicht gesehen worden.

Mit einem schwarz gekauften Entsperrgerät der Marke LockAid, das nur die Polizei verwenden durfte, überlistete Jane das Sicherheitsschloss der Hintertür. Sie verstaute das Gerät wieder in ihrer Tragetasche, öffnete die Tür und horchte in die unbeleuchtete Küche hinein.

Als sie davon überzeugt war, die Situation im Haus richtig eingeschätzt zu haben, schloss sie die Tür hinter sich und ließ den Riegel einschnappen. Aus der Tragetasche angelte sie eine LED-Taschenlampe mit zwei Helligkeitsstufen, wählte die schwächere aus und ließ den Lichtstrahl über eine stylische Küche mit glänzend weißen Fronten, Arbeitsplatten aus schwarzem Granit und Edelstahlarmaturen gleiten.

Kochutensilien waren nirgends zu sehen. Auf den Regalen der wenigen Hängeschränke mit Glasböden wartete kein Designerporzellan darauf, bewundert zu werden.

Sie durchquerte weitläufige Räume, die dunkel wie geschlossene Särge und bar jeglicher Möbel waren. Obwohl alle Vorhänge zugezogen waren, benutzte sie nur das schwache Licht und ließ es auf den Fußboden gerichtet.

Auf der Treppe blieb sie dicht an der Wand, wo die Stufen weniger leicht knarren würden, aber sie wurde auf ihrem Weg nach oben trotzdem angekündigt.

Obwohl sie zur Straßenfront des Hauses wollte, suchte sie das ganze Obergeschoss ab, um sich zu vergewissern, dass sie allein war. Dies war ein Luxushaus – alle Schlafzimmer mit eigenem Bad – für die obere Mittelschicht in angesagter Wohnlage, aber die Kühle in seinen leeren Räumen weckte in Jane eine Ahnung vom Niedergang der Vorstädte und gesellschaftlichem Verfall.

Aber vielleicht wurden diese Befürchtungen doch nicht von den dunklen, kalten Räumen genährt. Tatsächlich wurde sie seit fast einer Woche von finsteren Vorahnungen heimgesucht, seit sie wusste, welche Pläne einige der mächtigsten Leute in dieser neuen Welt voller technologischer Wunder für ihre Mitbürger hatten.

Sie stellte ihre Tragetasche am Fenster eines zur Straße hinausführenden Schlafzimmers ab und öffnete den Vorhang einen Spalt weit. Sie studierte nicht das Haus direkt gegenüber, sondern das Nachbarhaus, ein schönes Beispiel für ein Wohnhaus im Craftsman-Stil.

Dort drüben wohnte Lawrence Hannafin, seit März letzten Jahres verwitwet. Seine Ehe war kinderlos geblieben. Obwohl Hannafin erst achtundvierzig war – zwanzig Jahre älter als Jane –, war er vermutlich allein zu Hause.

Sie wusste nicht, ob er sich als potenzieller Verbündeter erweisen würde. Wahrscheinlicher war, dass er ein Feigling ohne

Überzeugungen war, der vor der Herausforderung zurückschrecken würde, mit der sie ihn konfrontieren wollte. Heutzutage war Feigheit die Standardeinstellung.

Sie hoffte, dass Hannafin nicht ihr Feind werden würde.

Als FBI-Agentin hatte sie sieben Jahre lang zur Critical Incident Response Group gehört, die vor allem für die Analystengruppen 3 und 4 ermittelte, die für Verhaltensanalysen von Massenmördern und Serienkillern zuständig waren. In dieser Eigenschaft hatte sie nur zweimal tödliche Schüsse abgegeben – in verzweifelter Lage auf einer abgelegenen Farm. Vom Bureau beurlaubt, hatte sie in der vergangenen Woche drei Männer in Notwehr erschossen. Sie galt jetzt als Abtrünnige und hatte vom Töten genug.

Besaß Lawrence Hannafin nicht den Mut und die Integrität, die sein Ruf suggerierte, hoffte Jane zumindest, dass er sie nur abweisen würde, ohne zu versuchen, sie der Justiz zu überstellen. Für sie würde es keine Gerechtigkeit geben. Keinen Strafverteidiger. Keine öffentliche Verhandlung. Bedachte man, was sie über bestimmte mächtige Leute wusste, konnte sie bestenfalls auf eine Kugel in den Kopf hoffen. Sie besaßen die Mittel, ihr etwas weit Schlimmeres anzutun: Sie konnten sie brechen, alle ihre Erinnerungen löschen, ihr den freien Willen rauben und sie zu einer gefügigen Sklavin machen.

DREI

Jane zog ihren Blazer aus, legte das Schulterholster ab und schlief – nicht sehr gut – auf dem Teppichboden mit ihrer Pistole in Reichweite. Als Kissen benutzte sie ein Fensterpolster, aber sie hatte nichts, was ihr als Bettdecke hätte dienen können.

Die Welt ihrer Träume war ein Reich schwankender Schatten in silbrig-blauem Dämmerlicht ohne bestimmten Ursprung, durch das sie vor böswilligen Gestalten flüchtete, die einst Menschen wie sie gewesen waren, nun aber unermüdlich wie für die Jagd programmierte Roboter waren, deren Blick bar jeglicher Gefühle war.

Der Wecker ihrer Armbanduhr weckte sie eine Stunde vor Tagesanbruch.

Zu ihren wenigen Toilettenartikeln gehörten Zahnbürste und Zahnpasta. In einem der Bäder, mit der gedimmten Taschenlampe in einer Ecke auf dem Fußboden, ihr Gesicht im halbdunklen Spiegel ein Gespenst mit tief in den Höhlen liegenden Augen, schrubbte sie den Geschmack von Traumängsten weg.

Im Schlafzimmer zog sie den Vorhang einen Spalt weit auf und beobachtete Hannafins Haus durch ein lichtstarkes kleines Fernglas, wobei ihr Pfefferminzatem die Fensterscheibe kurz anlaufen ließ.

Wie auf Facebook nachzulesen war, joggte Lawrence Hannafin jeden Morgen bei Tagesanbruch eine Stunde lang. In einem Zimmer im ersten Stock wurde Licht gemacht, und wenige Minuten später erhellte ein sanfter Lichtschein die Diele im Erdgeschoss. Als das erste Licht des kommenden Tages den Himmel im Osten rosig färbte, trat Hannafin in T-Shirt, Shorts, Laufschuhen und Stirnband aus der Haustür. Durch ihr Fernglas beobachtete Jane, wie er die Haustür absperrte und den Schlüssel in eine Reißverschlusstasche seiner Shorts steckte.

Am Vortag hatte sie ihn vom Auto aus beobachtet. Er war drei Blocks weit nach Süden gelaufen und war dann nach Osten in ein Gebiet mit Ranchhäusern abgebogen, um Reitwegen über die unbebauten grünen Hügel mit niedrigem Buschwerk zu folgen. Er war siebenundsechzig Minuten fort gewesen. Jane würde nur einen Bruchteil dieser Zeit brauchen, um zu tun, was getan werden musste.

VIER

Ein weiterer Wintermorgen in Minnesota. Eine geschlossene graue Wolkendecke wie aus schmutzigem Eis. Einzelne Schneeflocken in der stillen Luft, als entschlüpften sie den zusammengebissenen Zähnen eines widerstrebenden Sturms.

In Schlafanzug und knöchelhohen Pelzstiefeln bereitete Cora Gundersun ihr Frühstück zu: Toast mit Butter und etwas geriebenem Parmesan, Rühreier und Nueske's Bacon, dem besten Frühstücksspeck der Welt, der in dünnen gebratenen Scheiben knusprig und aromatisch war.

Am Küchentisch las sie die Zeitung, während sie aß. Ab und zu brach sie ein kleines Stück Bacon für Dixie Belle ab, die geduldig neben ihrem Stuhl wartete und jeden Leckerbissen entzückt und dankbar winselnd in Empfang nahm.

Cora hatte wieder geträumt, sie schreite unversehrt durch hoch lodernde Flammen, während die Leute ihre Unverwundbarkeit bestaunten. Dieser Traum war erhebend, und sie fühlte sich gereinigt, als seien die Flammen das liebevolle Feuer Gottes gewesen.

Sie war über achtundvierzig Stunden lang von Migräne verschont geblieben, was die längste beschwerdefreie Zeit seit dem Einsetzen der Kopfschmerzen war. Sie wagte zu hoffen, ihr unerklärliches Leiden könnte beendet sein.

Weil ihr noch mehrere Stunden blieben, bevor sie duschen und sich anziehen und in die Stadt fahren musste, um zu tun, was getan werden musste, schlug sie das Tagebuch auf, das sie seit einigen Wochen führte. Ihre Handschrift war fast so ebenmäßig wie die einer Schreibmaschine, und der Text füllte eine Zeile nach der anderen.

Nach einer Stunde legte sie den Füller weg, klappte das Tagebuch zu und briet sich noch eine Portion Nueske's Bacon – nur für den Fall, dass sie vielleicht nie mehr welchen bekommen würde. Ein seltsamer Gedanke! Nueske produzierte seit Jahrzehnten erstklassigen Bacon, und Cora hatte keinen Grund zu der Annahme, die Firma stehe vor der Pleite. Der Wirtschaft ging es schlecht, gewiss, und viele Unternehmen mussten zumachen, aber Nueske würde ewig fortbestehen. Trotzdem aß sie den Bacon mit Tomatenscheiben und Buttertoast und gab Dixie Belle wieder etwas davon ab.

FÜNF

Um zu Hannafins Haus zu gelangen, überquerte Jane die Straße nicht auf dem kürzesten Weg. Mit ihrer Tragetasche über der Schulter ging sie bis zum Ende des Blocks und noch einen halben Block weiter, bevor sie die Fahrbahn überquerte und sich dem Haus von Norden her näherte. So verringerte sich die Gefahr, dass jemand lange genug aus einem Fenster sah, um beobachten zu können, woher sie kam und wohin sie ging, ganz entscheidend.

Vor dem Haus im Craftsman-Stil führten mit Klinkersteinen eingefasste Steinstufen zu einem weit ausladenden Vordach, zu dem auf beiden Seiten früh blühende rote Glyzinien an Rankgittern hinaufwucherten, in deren Schutz man ungesehen eindringen konnte.

Sie klingelte dreimal. Keine Reaktion.

Sie führte den dünnen, flexiblen LockAid-Dietrich in das Sicherheitsschloss ein und betätigte viermal den Abzug, bis alle Stifte hochgedrückt waren.

Bevor sie drinnen die Tür hinter sich absperrte, rief sie in die Stille: »Hallo? Niemand zu Hause?«

Als ihr nur Schweigen antwortete, machte sie sich an die Arbeit.

Die Einrichtung war elegant auf die Architektur abgestimmt. Mit Schiefer verkleidete offene Kamine mit eingesetzten Keramikkacheln. Möbel im Stickley-Stil mit bedruckten Baumwollbezügen in Erdfarben. Geschmackvolle Arts-and-Crafts-Lampen. Orientteppiche.

Die angesagte Wohnlage, das große Haus und die elegante Einrichtung sprachen gegen ihre Hoffnung, Hannafin könnte ein gegen Korruption gefeiter Journalist sein. Er arbeitete bei einer Zeitung, und heutzutage, wo Zeitungen dünn waren wie magersüchtige Teenager und langsam ausstarben, bekamen ihre Journalisten, selbst die einer wichtigen Tageszeitung in Los Angeles, keine dicken Gehälter. Das wirklich große Geld ging an die TV-Journalisten, von denen die meisten genauso wenig Journalisten waren wie Astronauten.

Aber Hannafin hatte ein halbes Dutzend Sachbücher geschrieben, von denen drei mehrere Wochen lang im unteren Drittel der Bestsellerliste gestanden hatten. Das waren seriöse, gut geschriebene Bücher gewesen. Vielleicht hatte er sich dafür entschieden, seine Einnahmen als Autor in dieses Haus zu investieren.

Am Vortag hatte Jane von einem Computer in einer Bibliothek in Pasadena aus mühelos Hannafins Provider geknackt und festgestellt, dass er nicht nur ein Mobiltelefon, sondern auch einen Festnetzanschluss besaß, der ihr jetziges Vorhaben erleichtern würde. Das System der Telefongesellschaft hatte sie hacken können, weil sie eine Hintertür kannte, die Vikram Rangnekar, ein Supergeek im Bureau, entdeckt hatte. Vikram war lieb und amüsant – und er scherte sich nicht um geltende Gesetze, wenn der Direktor oder ein höheres Tier im Justizministerium ihn dazu aufforderte. Vor Janes Beurlaubung war Vikram harmlos in sie verknallt gewesen, obwohl sie damals noch verheiratet und für ihn so unerreichbar wie auf dem Mond gewesen war. Als gesetzestreue Agentin hatte sie nie illegale Methoden benutzt, aber sie hatte sich aus Neugier für die Methoden des korrupten Führungszirkels im Justizministerium interessiert und zugelassen, dass Vikram seine Magie praktizierte, wann immer er sie beeindrucken wollte.

Rückblickend betrachtet hätte man glauben können, sie habe instinktiv geahnt, dass ihr gutes Leben bald umschlagen, dass sie verzweifelt auf der Flucht sein und jeden Trick brauchen würde, den Vikram ihr zeigen konnte.

Nach den Unterlagen der Telefongesellschaft gab es hier außer dem Wandtelefon in der Küche drei weitere Apparate: je eines in Hannafins Schlafzimmer, dem Wohnzimmer und seinem Arbeitszimmer. Beginnend in der Küche, entfernte sie mit einem kleinen Schraubendreher von allen Geräten die Bodenplatte. Dann baute sie einen Chip ein, der über Funk gesteuert als Infinity Transmitter oder als Standardwanze arbeiten konnte, installierte einen Hook Switch, um das Telefon über Kopfhörer abhören zu können, und schraubte das Gehäuse wieder zu. Für die ganze Aktion brauchte sie nur neunzehn Minuten.

Hätte der begehbare Kleiderschrank im Schlafzimmer ihrem Plan nicht entsprochen, hätte sie ein anderes Versteck gefunden. Aber er war gut geeignet. Eine große Spiegeltür, keine Schiebetür. Die Tür stand offen, aber sie war abschließbar – vielleicht weil dort drinnen ein Wandsafe versteckt war oder die verstorbene Mrs. Hannafin wertvollen Schmuck besessen hatte. Von innen ließ das verdeckte Schloss sich allerdings nicht öffnen. Ein kleiner Tritthocker erleichterte den Zugang zu den höheren Regalfächern.

Hannafins Garderobe bestand fast nur aus Kleidungsstücken mit Luxuslabels: Anzüge von Brunello Cucinelli, zahlreiche Krawatten von Charvet, Schubladen voller Pullover von St. Croix. Jane versteckte einen Hammer unter einigen Pullovern und einen Schraubendreher in der Innentasche eines blauen Nadelstreifenanzugs.

Sie verbrachte weitere zehn Minuten damit, in verschiedenen Räumen alle möglichen Schubladen aufzuziehen, ohne etwas Spezifisches außer Hintergrundinformationen über den Mann zu suchen.

Verließ sie das Haus durch die Vordertür, würden die Sicherungsstifte des Schlosses wieder einrasten, aber der Riegel würde nicht wieder einschnappen. Stellte Hannafin das bei der Rückkehr fest, würde er wissen, dass während seiner Abwesenheit jemand im Haus gewesen war.

Also benutzte Jane stattdessen die Tür der Waschküche, die Haus und Garage miteinander verband, und ließ den Riegel dieser Tür offen, von der Hannafin viel eher glauben würde, er habe sie versehentlich nicht abgesperrt.

Die seitliche Garagentür hatte kein Sicherheitsschloss. Das einfache Schloss schnappte ein, als sie die Tür hinter sich zuzog.

SECHS

Wieder in dem verlassenen, zum Verkauf stehenden Haus und mit der Gewissheit, dass die Morgensonne sie tarnen würde, machte Jane in dem großen Bad Licht.

Wie häufig in letzter Zeit sah ihr Spiegelbild nicht so aus, wie sie erwartet hatte. Nach allem, was sie in den vergangenen vier Monaten durchgemacht hatte, fühlte sie sich von Angst, von Kummer und Sorgen abgenutzt und mitgenommen. Obwohl ihr Haar jetzt kürzer und kastanienbraun gefärbt war, sah sie nicht viel anders aus als zu Beginn ihrer Odyssee: eine jugendliche 27-Jährige, frisch, mit klaren Augen. Es kam ihr nicht richtig vor, dass ihr Mann tot war und sie ihr einziges Kind verstecken musste, um es am Leben zu erhalten, ohne dass Ängste und Verluste irgendwelche Spuren auf ihrem Gesicht hinterließen.

Ihre große Tragetasche enthielt auch eine blonde Langhaarperücke. Jane setzte sie auf, befestigte sie, bürstete sie aus und fasste die Haare mit einem Ponywrap von Scünci zu einem Pferdeschwanz zusammen. Dazu passte eine neutrale Basecap. In Jeans, Pullover und Blazer, dessen spezieller Schnitt das Schulterholster mit Pistole tarnte, hätte sie anonym ausgesehen, wenn die Medien in den letzten Tagen nicht dafür gesorgt hätten, dass die Öffentlichkeit ihr Gesicht fast so gut kannte wie das irgendeines Fernsehpromis.

Sie hätte einiges tun können, um sich besser zu tarnen, aber sie wollte, dass ihre Identität für Lawrence Hannafin außer Zweifel stand.

Im Schlafzimmer wartete sie am Fenster. Nach ihrer Uhr kam der Jogger zweiundsechzig Minuten nach dem Start seines Morgenlaufs zurück.

Weil er sich mit Bestsellern einen Namen gemacht hatte und der Zeitung viele Leser brachte, konnte er's sich leisten, häufig zu Hause zu arbeiten. Aber weil er erhitzt und verschwitzt zurückgekommen war, würde er wahrscheinlich erst einmal unter die Dusche gehen. Jane wartete noch zehn Minuten, bevor sie aufbrach, um ihm einen Besuch abzustatten.

SIEBEN

Hannafin ist seit einem Jahr Witwer, aber er hat sich noch nicht völlig ans Alleinsein gewöhnt. Wenn er wie jetzt heimkommt, ruft er oft aus alter Gewohnheit nach Sakura. In der Stille, die ihm antwortet, steht er von ihrer Abwesenheit betroffen ganz still da.

Manchmal fragt er sich, auch wenn das irrational ist, ob sie wirklich tot ist. Er war zu Recherchen auf Reisen gewesen, als sie ganz plötzlich erkrankt und gestorben war. Weil er den Anblick der Toten nicht ertragen hätte, hatte er sie einäschern lassen. Das hat zur Folge, dass er sich manchmal mit der

Überzeugung umdreht, sie stehe lebend und lächelnd hinter ihm.

Sakura. Ein japanischer Name, der *Kirschblüte* bedeutete. Er passte zu ihrer zarten Schönheit, wenn auch nicht zu ihrer starken Persönlichkeit …

Er war ein anderer Mann gewesen, bevor sie in sein Leben getreten war. Sie war so klug, so zärtlich. Ihre sanfte, stetige Ermunterung hatte ihm die Kraft und das Selbstvertrauen gegeben, die Bücher zu schreiben, von denen er bis dahin immer nur gesprochen hatte. Für einen Journalisten war er seltsam verschlossen gewesen, aber Sakura hatte ihn aus seinem »unglücklichen Schildkrötenpanzer« geholt, wie sie sagte, und ihm neue Erfahrungen erschlossen. Vor ihr hatte er gute Kleidung so wenig zu schätzen gewusst wie gute Weine, aber sie hatte ihn Stil gelehrt und seinen Geschmack gebildet, bis er gut aussehen und urban sein wollte, damit sie stolz darauf sein konnte, mit ihm gesehen zu werden.

Nach ihrem Tod hat er alle Fotos von ihnen beiden in Silberrahmen, die er liebevoll arrangiert hier und dort im Haus aufgestellt hatte, weggesperrt. Diese Bilder hatten ihn verfolgt, wie andererseits kaum eine Nacht vergeht, in der sie ihm nicht im Traum erscheint.

»Sakura, Sakura, Sakura«, flüstert er in dem stillen Haus, dann geht er nach oben, um zu duschen.

Als begeisterte Läuferin hatte sie darauf bestanden, dass er joggte, um fit zu bleiben, damit sie gemeinsam alt werden konnten. Ohne Sakura zu laufen, war ihm anfangs unmöglich erschienen, weil an jeder Wegbiegung ihrer gemeinsamen Strecken Erinnerungen wie Gespenster zu lauern schienen. Aber mit dem Laufen aufzuhören, fühlte sich wie Verrat an, als sei sie wirklich draußen auf ihren Strecken, außerstande, in dieses Haus der Lebenden zurückzukehren, auf ihn wartend, um ihn zu sehen und zu wissen, dass er gesund und vital war und sich getreu an die Routine hielt, die sie eingeführt hatte.

Sollte Hannafin es jemals wagen, Leuten bei der Zeitung von solchen Gedanken zu erzählen, würden sie ihn offen sentimental nennen – larmoyant und rührselig und Schlimmeres hinter seinem Rücken –, weil Sentimentalität im Herzen der meisten heutigen Journalisten keinen Platz mehr hat, außer sie hängt mit Politik zusammen. Trotzdem …

Im Bad dreht er die Dusche so heiß auf, wie er's aushalten kann. Wegen Sakura benutzt er keine Flüssigseife, die der Haut schadet, sondern schäumt sich mit You Are Amazing ein. Sein Shampoo mit Cognac und Eigelb stammt von Hair Recipes, und er benutzt eine Haarspülung mit Arganöl. Alles dies ist ihm peinlich feminin erschienen, solange Sakura noch lebte. Aber jetzt ist's seine Routine. Er erinnert sich daran, wie sie manchmal gemeinsam geduscht haben, und glaubt das mädchenhafte Kichern zu hören, mit dem sie sich auf diese häusliche Intimität einließ.

Als er aus der Dusche tritt und sich abtrocknet, ist der Spiegel über dem Waschbecken beschlagen. Sein verschwommenes Spiegelbild ist aus irgendeinem Grund beunruhigend, als sei die schemenhafte Gestalt, die jede seiner Bewegungen mitmacht, vielleicht nicht er selbst, sondern ein nicht ganz menschlicher Bewohner einer Parallelwelt hinter dem Glas. Wischt er jetzt den Spiegel ab, bleiben Streifen zurück. Also lässt er den Dampf verdunsten und geht nackt ins Schlafzimmer hinüber.

In einem der beiden Sessel sitzt eine höchst erstaunlich aussehende Frau. Obwohl sie abgewetzte Rockports und Jeans und einen nichts sagenden Pullover und einen markenlosen Blazer trägt, sieht sie aus wie der *Vogue* entstiegen. Sie ist so umwerfend wie das Model, das für das Parfüm Black Opium wirbt, nur dass sie keine Brünette, sondern blond ist.

Er steht einen Augenblick wie vor den Kopf geschlagen da, ist sich beinahe sicher, dass mit seinem Gehirn etwas nicht stimmt, dass er halluziniert.

Sie zeigt auf seinen Bademantel, den sie aus dem Schrank geholt und aufs Bett gelegt hat. »Ziehen Sie den an und setzen Sie sich. Wir müssen miteinander reden.«

ACHT

Als Cora Gundersun die letzte Scheibe Bacon aufspießte, wurde ihr zu ihrer Verblüffung klar, dass sie ein ganzes Pfund aufgegessen hatte – abzüglich der paar Scheiben, die Dixie bekommen hatte. Sie hatte das Gefühl, sich wegen ihrer Gefräßigkeit genieren zu müssen, die zumindest leichte Übelkeit hätte hervorrufen sollen, aber beides war nicht der Fall. Diese Völlerei erschien ihr im Gegenteil berechtigt, obwohl sie keinen Grund dafür hätte angeben können.

Gewöhnlich wusch sie nach jeder Mahlzeit alles Geschirr und Besteck ab, trocknete es ab und räumte es wieder ein. Diesmal hatte sie jedoch das Gefühl, damit kostbare Zeit zu vergeuden. Sie ließ Teller und Besteck auf dem Tisch zurück und ignorierte die fettige Bratpfanne auf dem Herd.

Während sie sich die Finger ableckte, fiel ihr Blick auf das Tagebuch, in das sie zuvor so emsig geschrieben hatte. Aber sie konnte sich um nichts in der Welt daran erinnern, wovon ihr letzter Eintrag gehandelt hatte. Sie schob ihren Teller verwundert beiseite und zögerte dann, das Tagebuch aufzuschlagen.

Als sie vor fast zwanzig Jahren ihr Studium abgeschlossen hatte, hatte sie gehofft, eine erfolgreiche Schriftstellerin, eine ernsthafte Romanautorin von gewisser Bedeutung werden zu können. Im Nachhinein hatte dieser große Traum sich als kindische Fantasie erwiesen. Manchmal schien das Leben eine Maschine zu sein, die Träume so wirkungsvoll zermalmte, wie eine hydraulische Schrottpresse Autos in kompakte Würfel verwandelte. Sie musste sich ihren Lebensunterhalt verdienen, und nachdem sie zu unterrichten begonnen hatte, war ihr Wunsch, schriftstellerisch tätig zu sein, von Jahr zu Jahr schwächer geworden.

Obwohl sie sich nicht daran erinnern konnte, was sie ihrem Tagebuch erst vor Kurzem anvertraut hatte, machte diese Gedächtnislücke ihr keine Sorgen und ließ sie auch nicht an eine früh einsetzende Alzheimer-Krankheit denken. Stattdessen neigte sie dazu, auf eine leise innere Stimme zu hören, die ihr suggerierte, die Qualität des Geschriebenen könnte deprimierend schlecht sein. Vielleicht war diese Gedächtnislücke nur das Werk der nüchternen Kritikerin Cora Gundersun, die der Autorin Cora Gundersun die betrübliche Erkenntnis ersparte, dass ihrem Stil Witz und Eleganz fehlten.

Sie schob das Tagebuch beiseite, ohne einen Blick hineinzuwerfen.

Sie sah auf Dixie Belle hinunter, die neben dem Küchenstuhl saß. Die Dackelhündin erwiderte den Blick ihres Frauchens mit ihren schönen, wenn auch nicht zusammenpassenden Augen: ein blassblaues und ein dunkelbraunes Oval in einem sanften goldenen Gesicht.

Viele Hunde, nicht nur die gute Dixie, betrachten ihre Menschen manchmal mit einem Ausdruck liebevoller Besorgnis, in die sich zartes Mitleid mischt, als kennten sie nicht nur die geheimsten Ängste und Hoffnungen der Menschen, sondern auch die Wahrheit über das Leben und das Los aller Dinge, als wünschten sie sich, reden zu können, um durch ihr Wissen Trost zu spenden.

Das war der Ausdruck, mit dem Dixie sie betrachtete, und er bewegte Cora zutiefst. Kummer ohne ersichtlichen Grund überwältigte sie; dazu kam eine Existenzangst, die sie nur allzu gut kannte. Sie streckte eine Hand aus, um den Hundekopf zu tätscheln. Als Dixie ihr die Hand leckte, hatte Cora plötzlich Tränen in den Augen.

Sie fragte: »Was ist nur mit mir los, meine Süße? Mit mir ist irgendwas nicht in Ordnung.«

Ihre leise innere Stimme ermahnte sie, ruhig zu bleiben, sich keine Sorgen zu machen, sich auf den vor ihr liegenden ereignisreichen Tag vorzubereiten.

Ihre Tränen trockneten.

Die Leuchtziffern der Digitaluhr des Küchenherds zeigten 10:31 an.

Ihr blieben noch eineinhalb Stunden, bevor sie in die Stadt fahren musste. Die Idee, so viel Zeit totschlagen zu müssen, machte sie unerklärlich nervös, als müsse sie sich irgendwie beschäftigen, um nicht daran zu denken, was … Woran sollte sie nicht denken?

Ihre Hände zitterten, als sie eine neue Seite des Tagebuchs aufschlug und nach dem Füller griff, aber das Zittern hörte auf, sobald sie zu schreiben begann. Wie in Trance füllte Cora rasch eine Zeile nach der anderen mit stilistisch guter Prosa, hielt sich nicht lange damit auf, das Geschriebene noch einmal zu lesen, verschwendete auch keinen Gedanken darauf, was sie als Nächstes schreiben würde, und bekämpfte so ihre Nervosität.

Dixie stellte sich auf die Hinterläufe, legte die Vorderpfoten auf Coras Sitzfläche und winselte, um auf sich aufmerksam zu machen.

»Still!«, forderte Cora sie auf. »Bleib ruhig. Bleib ganz ruhig. Bereite dich auf den bevorstehenden ereignisreichen Tag vor.«

NEUN

Lawrence Hannafins Schock wurde zu peinlicher Verlegenheit, als er nackt nach seinem Bademantel griff. Während er hineinschlüpfte und den Gürtel verknotete, gewann er genügend Fassung zurück, um besorgt zu sein. »Wer zum Teufel sind Sie?«

Jane sprach energisch, aber nicht bedrohlich. »Bleiben Sie cool. Setzen Sie sich.«

Er war es gewohnt, sich durchzusetzen, und sein Selbstvertrauen kehrte rasch zurück. »Wie sind Sie hier reingekommen? Das ist ein Einbruch!«

»Hausfriedensbruch«, korrigierte sie ihn. Sie schlug den Blazer zurück, damit er ihr Schulterhalfter und die Pistole sah. »Setzen Sie sich, Hannafin.«

Nach kurzem Zögern wollte er widerstrebend zu dem zweiten Sessel gehen, der schräg vor ihrem stand.

»Nein, aufs Bett«, wies sie ihn an, weil der Sessel ihr zu nahe war.

Sie entdeckte eiskalte Berechnung in seinen jadegrünen Augen, aber falls er überlegte, ob er sich auf sie stürzen sollte, siegte doch seine Vernunft. Er setzte sich auf die Bettkante. »Ich habe kein Geld im Haus.«

»Sehe ich wie eine Diebin aus?«

»Ich weiß nicht, was Sie sind.«

»Aber Sie wissen, *wer* ich bin.«

Er runzelte die Stirn. »Ich kenne Sie nicht.«

Sie nahm die Basecap ab und wartete.

Im nächsten Moment machte er große Augen. »Sie sind beim FBI. Oder waren es. Die abtrünnige Agentin, auf die alle Jagd machen. Jane Hawk.«

»Was halten Sie von alledem?«, fragte sie.

»Wovon?«

»Von all dem Scheiß über mich im Fernsehen, in den Zeitungen.«

Selbst unter den gegenwärtigen Umständen verfiel er rasch wieder in die Rolle des investigativen Journalisten. »Was soll ich davon halten?«

»Glauben Sie dieses Zeug?«

»Würde ich alles glauben, was ich in den Nachrichten sehe, wäre ich kein Journalist, sondern ein Idiot.«

»Glauben Sie wirklich, dass ich letzte Woche zwei Männer erschossen habe? Diesen schmierigen Darknet-Unternehmer und den Staranwalt aus Beverly Hills?«

»Vielleicht ist's wahr, wenn Sie sagen, dass Sie's nicht waren. Überzeugen Sie mich.«

»Nein, ich habe beide erschossen«, sagte sie. »Und um ihn von seinen Qualen zu erlösen, habe ich auch Nathan Silverman erschossen, meinen Abteilungsleiter im Bureau, der mein guter Freund und Mentor war. Aber davon haben Sie noch nichts gehört. Das soll nicht bekannt werden.«

»Wer will das nicht?«

»Bestimmte Leute im FBI. Und im Justizministerium. Ich habe eine Story für Sie. Eine große Sache.«

Sein Blick war so wenig zu deuten wie der eines Buddhas aus Jade. Er schwieg nachdenklich, bevor er sagte: »Lassen Sie mich meinen Notizblock und etwas zum Schreiben holen, dann können Sie mir alles erzählen.«

»Nein, bleiben Sie. Wir wollen erst miteinander reden. Vielleicht können Sie anschließend Ihren Notizblock holen.«

Sein Haar war noch nicht trocken. Dünne Wasserfäden liefen über seine Stirn, seine Schläfen. Wasser oder Schweiß.

Hannafin erwiderte ihren Blick und fragte nach einer weiteren Pause: »Wieso ich?«

»Ich traue nicht vielen Journalisten. Die wenigen aus der jüngeren Generation, denen ich vielleicht vertraut hätte, sind plötzlich alle tot. Aber Sie nicht.«

»Meine einzige Qualifikation ist, dass ich lebe?«

»Sie haben ein Porträt über David James Michael geschrieben.«

»Den Silicon-Valley-Milliardär.«

David Michael hatte Milliarden geerbt, die nicht aus dem Valley stammten. In der Folge hatte er weitere Milliarden verdient: mit Data-Mining, mit Biotechnologie, mit praktisch allem, in das er investiert hatte.

Sie sagte: »Ihr Porträt war fair.«

»Das versuche ich immer zu sein.«

»Aber es war an einigen Stellen durchaus kritisch.«

Hannafin zuckte mit den Schultern. »Er ist ein Philanthrop, ein Progressiver, ein bodenständiger Kerl, geistreich und charmant. Aber ich mochte ihn nicht. Ich bin nicht mit ihm warm geworden. Nichts hat den Verdacht nahegelegt, er spiele vielleicht nur eine Rolle. Aber ein guter Reporter hat seine … Intuition.«

Sie sagte: »David Michael hat in die Firma Shenneck Technology investiert, ein Forschungslabor in Menlo Park. Später hat er gemeinsam mit Bertold Shenneck das Biotech-Start-up Far Horizons gegründet.«

Er wartete darauf, dass sie fortfahren würde, und als sie schwieg, ergänzte er: »Dr. Shenneck und seine Frau Inga sind letzten Sonntag beim Brand ihres Hauses im Napa Valley umgekommen.«

»Nein. Sie wurden erschossen. Der Brand ist nur zur Vertuschung gelegt worden.«

Unabhängig davon, wie viel Selbstbeherrschung ein Mann besaß, gab es winzige Angstzeichen, die seinen emotionalen Zustand verrieten, wenn er besorgt genug war: ein Tic unter einem Auge, ein plötzlich an der Schläfe sichtbarer Puls, ein wiederholtes Befeuchten der Lippen, irgendetwas in dieser Art. Bei Hannafin konnte sie jedoch nichts dergleichen entdecken.

Er fragte: »Waren Sie das auch?«

»Nein. Aber sie hatten den Tod verdient.«

»Sie sind Richterin und Geschworene in einer Person?«

»Ich kann nicht wie ein Richter bestochen oder wie eine Geschworene getäuscht werden. Übrigens mussten Bertold Shenneck und seine Frau sterben, weil Far Horizons – also der geistreiche und charmante David Michael – keine Verwendung mehr für sie hatte.«

Er starrte einen Herzschlag lang in ihre Augen, als könnte er die Wahrheit am Durchmesser der Pupillen, an den blauen Streifen der Iris erkennen. Plötzlich stand er auf. »Verdammt noch mal, ich brauche was zu schreiben.«

Jane zog ihre Pistole. »Hinsetzen!«

Er blieb stehen. »Ich kann mir unmöglich alles merken.«

»Und ich kann Ihnen nicht trauen«, sagte sie. »Noch nicht. Setzen Sie sich.«

Er sank widerstrebend auf die Bettkante. Die Pistole schien ihn nicht sonderlich einzuschüchtern. Was ihm über die Stirn lief, war anscheinend wirklich Wasser, kein Schweiß.

»Sie wissen von meinem Mann«, sagte sie.

»Die Nachrichten waren voll von ihm. Er war ein vielfach ausgezeichneter Offizier der Marines. Vor ungefähr vier Monaten hat er Selbstmord verübt.«

»Nein. Sie haben ihn ermordet.«

»Wer?«

»Bertold Shenneck, David James Michael und all die übrigen Dreckskerle bei Far Horizons. Wissen Sie, was Nanomaschinen sind?«

Der Themenwechsel verblüffte Hannafin. »Nanotechnologie? Mikroskopisch kleine Maschinen, die nur aus einigen Molekülen bestehen. Bisher kaum Anwendungen in der realen Welt. Hauptsächlich Science-Fiction.«

»Science-Fact«, korrigierte sie ihn. »Bertold Shenneck hat Nanomaschinen entwickelt, die in einem Serum in die Blutbahn gespritzt werden: Hunderttausende von unglaublich winzigen Gebilden, die ins Gehirn wandern. Sobald sie durch die Kapillarwände ins Gehirngewebe gelangt sind, bilden sie ein größeres Netzwerk.«

»Ein Netzwerk?« Er runzelte skeptisch die Stirn, und in seinen Augenwinkeln bildeten sich Fältchen. »Was für ein Netzwerk?«

»Ein Kontrollmechanismus.«

ZEHN

Falls Lawrence Hannafin glaubte, Jane sei paranoid wie Leute, die sich mit Hüten aus Alufolie vor Strahlen schützen zu können glaubten, ließ er sich nichts davon anmerken. Er saß auf der Bettkante und schaffte es, in seinem flauschigen Bademantel, barfuß, beide Hände entspannt auf den Oberschenkeln, seriös zu wirken. Er hörte aufmerksam zu.

Sie sagte: »Historisch gesehen beträgt die Selbstmordrate in den USA zwölf pro hunderttausend. Seit ungefähr einem Jahr ist sie auf fünfzehn gestiegen.«

»Nehmen wir mal an, Sie hätten recht und sie ist tatsächlich höher. Na und? Für viele Leute sind dies schwere Zeiten. Mit lahmender Wirtschaft und sozialen Umwälzungen.«

»Aber die Zunahme betrifft fast nur erfolgreiche Männer und Frauen, die meisten glücklich verheiratet, nie wegen Depressionen in Behandlung. Offiziere wie mein Mann Nick, Journalisten, Ärzte, Wissenschaftler, Banker, Rechtsanwälte, Polizeibeamte, Lehrer … Diese Fanatiker eliminieren Leute, von denen ihr Computermodell behauptet, sie würden die Zivilisation in die falsche Richtung lenken.«

»Wessen Computermodell?«

»Shennecks. David Michaels. Far Horizons'. Das irgendwelcher staatlicher Stellen, die mit ihnen gemeinsame Sache machen. *Ihr* Computermodell.«

»Wie werden sie eliminiert?«

»Haben Sie nicht zugehört?«, fragte sie und war für einen Augenblick nicht mehr die beherrschte FBI-Agentin. »Nanomaschinen als Kontrollmechanismen. Gehirnimplantate, die sich selbst zusammenbauen. Sie werden den Opfern injiziert, die dann …«

Er unterbrach sie. »Wer würde sich das freiwillig injizieren lassen?«

Jane hielt es nicht länger auf ihrem Platz. Sie sprang auf, trat ein paar Schritte von Hannafin weg und betrachtete ihn stirnrunzelnd, wobei ihre Pistole lässig auf einen Punkt vor seinen Füßen zielte. »Natürlich wissen sie nicht, dass sie eine Injektion bekommen haben. Irgendwie werden sie vorher sediert, erhalten die Injektion im Schlaf. Auf Tagungen, an denen sie teilnehmen. Wenn sie auf Reisen sind, allein und verwundbar. Im Gehirn entsteht der Kontrollmechanismus binnen weniger Stunden nach der Injektion, und später haben die Opfer keine Erinnerung mehr daran.«

Mit einem Ausdruck, der so wenig zu enträtseln war wie Hieroglyphen in einem Pharaonengrab, starrte Hannafin sie an, als sei sie eine Prophetin, die das von ihm längst erwartete Schicksal der Menschheit voraussagte – oder eine Verrückte, die Fieberträume für Tatsachen hielt. Was davon zutraf, konnte sie nicht beurteilen. Vielleicht verarbeitete er, was sie gesagt hatte, versuchte es zu begreifen. Oder vielleicht dachte er an den Revolver in der Nachttischschublade, den sie bei ihrem ersten Besuch gefunden hatte.

Zuletzt sagte er: »Und dann werden diese Leute, die Injektionen erhalten haben … sie werden gesteuert?« Er konnte nicht verhindern, dass seine Stimme ungläubig klang. »Wie Roboter, meinen Sie? Wie Zombies?«

»So augenfällig ist das nicht«, sagte Jane ungeduldig. »Sie wissen nicht, dass sie gelenkt werden. Aber Wochen oder sogar Monate später erhalten sie den Befehl, sich umzubringen, und können ihm nicht widerstehen. Ich kann Ihnen ganze Stapel Unterlagen zeigen. Unheimliche Abschiedsbriefe. Beweise dafür, dass die Justizminister von mindestens zwei Bundesstaaten illegal zusammenarbeiten, um diese Fälle unter den Teppich zu kehren. Ich habe mit einer Gerichtsärztin gesprochen, die bei einer Autopsie gesehen hat, dass beide Gehirnhälften mit einem Nanomaschinennetz überzogen waren.«

Sie hatte so viele Informationen zu vermitteln und wollte Hannafins Vertrauen gewinnen. Aber wenn sie zu schnell sprach, war sie weniger überzeugend. Sie merkte selbst, dass sie Gefahr lief, nur noch zu schwatzen. Fast hätte sie ihre Pistole weggesteckt, um ihn zu beruhigen, kam dann aber doch wieder davon ab. Er war ein großer Kerl, der gut in Form war. Sie fühlte sich ihm notfalls gewachsen, aber es gab keinen Grund, ihm eine Chance zu geben, wenn auch nur entfernt denkbar war, dass er sie ergreifen würde.

Sie atmete tief durch, sprach ruhig weiter. »Ihr Computermodell errechnet für jede Generation eine kritische Zahl von Amerikanern, die in der Lage sein sollen, die Kultur in eine falsche Richtung zu steuern, die Zivilisation mit gefährlichen Ideen an den Rand des Abgrunds zu bringen.«

»Ein Computermodell kann so angelegt werden, dass es jedes beliebige Ergebnis liefert.«

»Ach was. Aber dieses Computermodell liefert ihnen eine Rechtfertigung. Die kritische Zahl ist zweihundertzehntausend. Sie rechnen mit fünfundzwanzig Jahren pro Generation. Dann, sagt der Computer, reicht es aus, pro Jahr die richtigen achttausendvierhundert Störenfriede zu eliminieren, um eine perfekte Welt voller Frieden und Harmonie zu erschaffen.«

»Das ist verrückt!«

»Haben Sie noch nicht gemerkt, dass Verrückt das neue Normal ist?«

»Gefährliche Ideen? Welche gefährlichen Ideen?«

»Die werden nicht näher definiert. Aber die Verantwortlichen erkennen sie, wenn sie sie sehen.«

»Sie wollen Leute ermorden, um die Welt zu retten?«

»Sie *haben* Menschen ermordet. Ziemlich viele. Morden, um die Welt zu retten – wieso ist das so schwer zu glauben? Diese Idee ist so alt wie die Menschheit selbst.«

Vielleicht musste er sich bewegen, um diese schockierenden Ungeheuerlichkeiten zu verarbeiten. Er stand wieder auf, ohne jedoch aggressiv zu wirken, und versuchte auch nicht, an die Schublade mit dem Revolver zu gelangen. Jane trat an die Tür zum Flur, als er sich von ihr entfernte und am näheren der beiden Fenster stehen blieb. Er starrte auf die ruhige Wohnstraße hinunter und zog sich dabei mit einer Hand am Kinn, als sei er gerade erst aufgewacht und spüre noch einen Rest Schlaf, der wie eine Maske vor seinem Gesicht hing.

Er sagte: »Sie sind eine heiße Nummer auf der Webseite des National Crime Information Centers. Fotos. Ein landesweiter Haftbefehl. Sie sind angeblich eine Gefahr für die nationale Sicherheit, weil Sie Militärgeheimnisse gestohlen haben.«

»Lauter Lügen! Wollen Sie die Story des Jahrhunderts oder nicht?«

»Alle Polizeibehörden Amerikas nutzen das NCIC.«

»Sie brauchen mir nicht zu erklären, wie schwierig meine Lage ist.«

»Niemand entgeht dem FBI lange. Oder der Homeland Security. Nicht heutzutage, wo's überall Kameras gibt und Drohnen und Autos, die über GPS ihren Standort melden.«

»Ich weiß, wie das funktioniert – und wie nicht.«

Er wandte sich vom Fenster ab, um Jane anzusehen. »Sie gegen den Rest der Welt, nur um Ihren Mann zu rächen.«

»Mir geht's nicht um Rache. Ich will seinen guten Ruf wiederherstellen.«

»Wo liegt da der Unterschied? Und dann ist ein Kind in diese Sache verwickelt. Ihr Sohn. Travis, nicht wahr? Wie alt ist er – fünf? Ich will in nichts hineingezogen werden, was einen kleinen Jungen gefährden könnte.«

»Er ist *jetzt* in Gefahr, Hannafin. Als ich nicht aufgehört habe, wegen Nicks Tod und der übrigen Selbstmorde zu ermitteln, haben die Verbrecher mir gedroht, Travis zu ermorden. Ihn *zu vergewaltigen* und zu ermorden. Also bin ich mit ihm geflüchtet.«

»Er ist in Sicherheit?«

»Ja, vorläufig. Er ist in guten Händen. Aber damit er für immer sicher ist, muss ich diese Verschwörung restlos aufdecken. Die Beweise habe ich schon. USB-Sticks mit Shennecks Forschungsunterlagen, alle Stadien seiner Entwürfe für Gehirnimplantate, die Kontrollmechanismen. Protokolle seiner Versuche. Ampullen mit einsatzbereiten Mechanismen. Aber ich weiß nicht, wem ich im Bureau, bei der Polizei und sonst wo trauen kann. Ich brauche Sie, damit Sie die Story öffentlich machen. Ich habe *Beweise*. Aber ich darf sie nicht mit Leuten teilen, die sie mir wegnehmen und vernichten könnten.«

»Sie sind auf der Flucht vor der Justiz. Arbeite ich mit Ihnen zusammen, statt Sie der Polizei zu übergeben, bin ich ein Komplize.«

»Für Journalisten gilt eine Ausnahmeregelung.«

»Aber nur, wenn sie mir zugebilligt wird – und erst recht nicht, wenn Sie mir Lügen erzählen. Nicht, wenn alles nur Hirngespinste sind.«

Erbitterung ließ sie erröten und ihre Stimme rauer klingen. »Nano-Implantate werden nicht nur dazu benutzt, Tausende von Unerwünschten zu keulen. Es gibt weitere Verwendungen, die Sie anwidern werden, wenn ich sie Ihnen erläutere. Anwidern und erschrecken. Hier geht's um Freiheit, Hannafin, um Ihre nicht weniger als meine. Um eine Zukunft voller Hoffnung oder in Sklaverei.«

Er wich ihrem Blick aus, sah wieder auf die Straße hinunter und stand schweigend da.

Jane sagte: »Ich dachte, ich hätte ein Paar Eier gesehen, als Sie aus der Dusche gekommen sind. Vielleicht sind die nur zur Dekoration da.«

Seine Hände hingen zu Fäusten geballt herab, was darauf hindeuten konnte, dass er seinen Zorn unterdrückte und sie am liebsten geschlagen hätte – oder dass ihn seine Unfähigkeit frustrierte, der furchtlose Journalist zu sein, der er in jüngeren Jahren gewesen war.

Aus der Tasche ihres Schulterholsters zog sie einen Schalldämpfer, den sie auf die Pistole schraubte. »Weg vom Fenster.«

Als er sich nicht rührte, sagte sie: *»Sofort!«* und umfasste den Griff mit beiden Händen.

Ihre Haltung und der Schalldämpfer bewogen ihn, sich zu bewegen.

»Los, in den Kleiderschrank«, sagte sie.

Sein gerötetes Gesicht wurde sichtbar blass. »Was hat das zu bedeuten?«

»Keine Panik. Sie bekommen nur etwas Zeit zum Nachdenken.«

»Sie wollen mich umbringen.«

»Reden Sie keinen Unsinn. Ich schließe Sie im Kleiderschrank ein, damit Sie darüber nachdenken können, was ich Ihnen erzählt habe.«

Vor dem Duschen hatte er Geldbörse und Schlüsselbund auf den Nachttisch gelegt. Der kleinste Schlüssel steckte jetzt in der Tür des begehbaren Kleiderschranks.

Hannafin zögerte, einzutreten.

»Sie haben keine andere Wahl«, sagte Jane. »Setzen Sie sich an der Rückseite auf den Boden.«

»Wie lange wollen Sie mich hier einsperren?«

»Finden Sie den Hammer und den Schraubendreher, den ich vorhin im Schrank versteckt habe. Schlagen Sie damit die Drehzapfen der Angeln heraus, um eine Tür öffnen zu können. Das müsste in fünfzehn bis zwanzig Minuten zu schaffen sein. Ich will nicht, dass Sie beobachten, wie ich das Haus verlasse, und sehen, was für einen Wagen ich fahre.«

Hannafin, der erleichtert war, weil der Schrank nicht sein Sarg sein würde, trat hinein und setzte sich auf den Boden. »Hammer und Schraubendreher gibt es wirklich?«

»Wirklich. Tut mir leid, dass ich Sie so überfallen musste. Aber ich bin dieser Tage auf einem Hochseil unterwegs und will mich nicht runterschubsen lassen. Jetzt ist's Viertel vor neun. Ich rufe Sie mittags an. Hoffentlich entscheiden Sie sich dafür, mir zu helfen. Aber wenn Sie nicht den Mumm haben, eine Story zu veröffentlichen, die Ihnen Legionen von Dämonen auf den Hals hetzen wird, sagen Sie's mir einfach und steigen aus. Ich will mich nicht an jemanden binden, der womöglich auf halber Strecke schlappmacht.«

Sie gab ihm keine Gelegenheit, darauf zu antworten, sondern schloss die Tür, sperrte sie ab und ließ den Schlüssel im Schloss stecken.

Sofort war zu hören, dass er sich drinnen auf die Suche nach dem Werkzeug machte.

Jane schraubte den Schalldämpfer ab, steckte ihn mit der Pistole in ihr Schulterholster. Sie nahm ihre Tragetasche mit, als sie ins Erdgeschoss hinunterhastete. Beim Hinausgehen knallte sie die Haustür zu, damit Hannafin Bescheid wusste.

Nach dem glitzernden Sternenhimmel von vergangener Nacht und den Pastellfarben bei Tagesanbruch erlebte das blaue Himmelsgewölbe über dem San Gabriel Valley jetzt eine Invasion von Gewitterwolken, die mit Kurs auf Los Angeles aus Nordwesten heranzogen. Singammern, die schon jetzt Schutz im dichten Laub der Lorbeer-Feigen suchten, ließen Triller und einzelne Noten hören, um einander zu beruhigen. Aber die Krähen zogen als laut krächzende schwarze Herolde des aufziehenden Sturms weiter in Schwärmen über den Himmel.

ELF

In Minnesota, in gerader Linie über sechzehnhundert Meilen von Los Angeles entfernt, zeigte die Digitaluhr von Cora Gundersuns Küchenherd 11:02 Uhr an, als sie ihr Tagebuch zuklappte. Dieser plötzliche Schreibdrang war ihr ebenso rätselhaft wie der vorige. Sie wusste nicht, womit sie diese Seiten gefüllt hatte, was sie dazu gebracht hatte, so viel zu schreiben, oder weshalb sie nicht wagte, das Geschriebene noch einmal zu lesen.

Die ruhige, leise Stimme in ihrem Inneren riet zu heiterer Gelassenheit. Alles würde gut werden. Sie hatte seit über zwei Tagen keinen Migräneanfall mehr gehabt. Blieb sie weiter beschwerdefrei, konnte sie vielleicht schon kommende Woche wieder ihre sechste Klasse unterrichten, zu den Kindern zurückkehren, die sie fast so liebte, als wären es ihre eigenen.

Jetzt wurde es Zeit für Dixie Belles Zwischenmahlzeit und den zweiten Toilettengang des Tages. Wegen des Bacons, den sie zuvor bekommen hatte, gab es diesmal nur zwei statt vier Hundekuchen. Sie schien zu verstehen, dass die Kürzung berechtigt war, denn sie bettelte nicht um mehr, nörgelte auch nicht, sondern watschelte zur Hintertür, wobei ihre Krallen auf dem Linoleum klickten.

Als Cora in ihren Mantel schlüpfte, sagte sie: »Meine Güte, Dixie, sieh mich bloß an – noch im Schlafanzug, obwohl es fast Mittag ist. Unterrichte ich nicht bald wieder, werde ich eine hoffnungslose Faulenzerin.«

Seit Tagesanbruch war es nicht viel wärmer geworden. Der bleigraue Winterhimmel mit tief hängenden Wolken ließ nichts von dem vorhergesagten Schneesturm ahnen. Als Vorboten konnten nur vereinzelte weiße Flocken gelten, die träge durch die stille Luft herabkreiselten.

Nachdem Dixie gepinkelt hatte, kam sie nicht zum Haus zurückgeflitzt, sondern blieb stehen und starrte Cora auf der Veranda an. Dackel brauchten nicht viel Auslauf, und Dixie hatte eine besondere Abneigung gegen lange Spaziergänge und mehr als nur gelegentliche Aufenthalte im Freien. Außer bei ihrer ersten Exkursion am frühen Morgen hastete sie immer gleich zurück, sobald sie ihr Geschäft erledigt hatte. Aber dieses Mal brauchte sie gutes Zureden und kam nur zögernd zurück, fast als sei sie sich nicht sicher, ob ihr Frauchen ihr Frauchen sei, als erschienen Cora und das Haus ihr plötzlich fremd.

Nachdem Cora geduscht hatte, frottierte sie wenige Minuten später ihr Haar energisch trocken. Auf Föhn und Stylingbürste konnte sie verzichten, denn ihre Naturlocken widersetzten sich allen Versuchen, sie zu bändigen. Sie machte sich keine Illusionen, was ihr Aussehen betraf, und hatte sich längst damit abgefunden, kein Typ zu sein, nach dem Männer sich umdrehten. Immerhin sah sie ansprechend und vorzeigbar aus, was mehr war, als man von manchen weniger glücklichen Leuten behaupten konnte.

Obwohl es nicht zur Jahreszeit passte, wählte sie ein Kleid aus weißem Rayon-Krepp mit Dreiviertelärmeln, einem leicht figurbetonten Oberteil mit rundem Ausschnitt und einem Plisseerock. Von allen Kleidern, die sie jemals besessen hatte, war dies das einzige, in dem sie sich fast hübsch fühlte. Weil ihr hohe Absätze nicht besonders standen, trug sie dazu weiße Sneakers.

Erst nachdem sie die Schuhe angezogen hatte, wurde ihr klar, dass dieses Outfit genau dem entsprach, in dem sie im Traum durchs Feuer ging. In dem Traum, den sie diese Nacht wieder gehabt hatte – zum fünften Mal nacheinander. Sie fühlte sich nicht nur fast hübsch, sondern genoss jetzt zumindest einen Anflug von dem Gefühl, unverwundbar zu sein, das den Traum so köstlich machte.

Im Allgemeinen beobachtete Dixie Belle auf dem Bett liegend, wie ihr Frauchen sich anzog, aber dieses Mal war sie *unter* dem Bett, sodass nur ihr Kopf mit den langen Ohren unter dem als Tagesdecke dienenden Quilt hervorsah.

Cora sagte: »Du bist ein komischer Hund, Miss Dixie. Manchmal kannst du so albern sein.«

ZWÖLF

Ab neun Uhr bestand ein gewisses Risiko, dass ein Immobilienmakler Interessenten durch das leer stehende Haus führte. Aber an einem Wochentag wie diesem würden die meisten einen Besichtigungstermin nach 17 Uhr vereinbaren.

Aber selbst wenn ein Makler aufkreuzte, würde Jane ihnen nicht mit der Pistole in der Hand gegenübertreten müssen. In dem begehbaren Kleiderschrank des großen Schlafzimmers gab es einen Zugang zum Dachboden: eine ausziehbare Leiter, die sie jetzt für alle Fälle schon mal herunterzog. Sobald unten Stimmen zu hören waren, würde sie ins obere Reich von Spinnen und Silberfischen ausweichen und die Leiter einziehen.

Im Schlafzimmer holte sie ein kompaktes UKW-Radio aus ihrer Tragetasche und stellte es an das Fenster, von dem aus sie zuvor Hannafins Haus überwacht hatte. Dieser Spezialempfänger, der auch einen Verstärker und einen Recorder enthielt, arbeitete unterhalb der UKW-Frequenzen, auf denen kommerzielle Sender ihre Programme ausstrahlten. Voreingestellt war er auf eine ungenutzte Frequenz, die der Trägerwelle der Infinity Transmitter entsprach, mit denen sie Hannafins vier Telefone präpariert hatte.

Diesen Empfänger würde sie nur brauchen, wenn der Journalist im Festnetz telefonierte. Wollte er sich mit jemandem beraten, bevor sie ihn mittags anrief, würde er vermutlich sein Smartphone benutzen. Die meisten Leute glaubten, Handygespräche seien schwieriger abzuhören. Das war nicht unbedingt der Fall – vor allem nicht, wenn der Überwacher die nötigen Vorbereitungen getroffen hatte.

Aus ihrer Tragetasche holte Jane ein Wegwerfhandy, eines von dreien, die sie vor Wochen bei unterschiedlichen Discountern gekauft hatte. Eine programmierte elektronische Pfeife von der Größe einer Gewehrpatrone, mit der sich jeder beliebige Geräuschcode erzeugen ließ, war mit Klebeband neben dem Handymikrofon befestigt.

Nachdem sie den Vorhang eine Handbreit aufgezogen hatte, um Hannafins Haus beobachten zu können, wählte sie mit ihrem Billighandy die Festnetznummer des Journalisten. Und schon vor dem ersten Klingelton aktivierte sie die elektronische Pfeife.

Der Chip, den sie in Hannafins vier Telefone eingesetzt hatte, bot zwei Möglichkeiten: Er konnte erstens als gewöhnliche Wanze zum Abhören von Gesprächen und zweitens als Infinity Transmitter fungieren. Der Geräuschcode der elektronischen Pfeife aktivierte den Infinity Transmitter, der die Telefone am Klingeln hinderte. Gleichzeitig schaltete er ihre Mikrofone ein und sendete alle Geräusche im Haus an Janes Wegwerfhandy.

Die Telefone in Hannafins Küche, Wohnzimmer und Arbeitszimmer registrierten nur Stille, was bedeutete, dass sie deutlich hören konnte, was in seinem Schlafzimmer vor sich ging. Hammerschläge gegen den Griff eines Schraubendrehers und das leise Quietschen, mit dem ein Drehzapfen herausgeklopft wurde, bestätigten ihr, dass er die in seinen Sachen versteckten Werkzeuge gefunden hatte.

Nachdem das Hämmern aufgehört und die drei Stifte aus den Angeln gezogen waren, hörte sie die Tür im Rahmen rattern, als er sich dagegenwarf. Plötzlich trat Stille ein, auf die gemurmelte Flüche folgten, als Hannafin die ganze Wahrheit erkannte: Obwohl die Angeln – drei am Türblatt, zwei am Türrahmen – sich nun trennen ließen, seit die Drehzapfen herausgeklopft waren, konnte er die Tür nur einen Spalt weit öffnen, weil das Schloss nicht nachgab.

Aus diesem Grund hatte Jane kein leichtes Werkzeug, sondern einen kräftigen Schraubendreher und einen schweren Schlosserhammer für ihn zurückgelassen. Um die Tür aus Massivholz öffnen zu können, würde er jetzt die Angeln oder das Schloss herausmeißeln müssen. Eine anstrengende Arbeit.

Sie hatte behauptet, er werde sich in fünfzehn bis zwanzig Minuten befreien können, aber das war eine Lüge gewesen. Für seinen Ausbruch würde er eher eine Stunde brauchen. Jane wollte, dass er reichlich Zeit hatte, über ihren Vorschlag nachzudenken, bevor er das nächste Telefon erreichte. Und sie hoffte, dass er in seiner Erschöpfung erkennen würde, dass sie ihm in jedem Augenblick ihrer kurzen Bekanntschaft einige Schritte voraus gewesen war – und immer sein würde.

DREIZEHN

Vor fünf Jahren hatte Cora mit Dixie Belle einen Kurs mitgemacht, der den Dackel als Therapiehund qualifizierte. Seit damals hatte sie ihre beste Freundin jeden Tag in die Schule mitgenommen. Ihre Schüler, die unter Entwicklungsstörungen litten und vielfältige emotionale Probleme hatten, brauchten alle spezielle Förderung. Mit ihrem langhaarigen Schwanz, ihrem seelenvollen Blick und ihrer dynamischen Persönlichkeit leistete Miss Dixie im Klassenzimmer Heroisches, indem sie sich tätscheln, streicheln, drücken und mit sich spielen ließ, wodurch sie die Kinder beruhigte, ihre Ängste linderte und ihnen damit half, sich zu konzentrieren.

Tatsächlich nahm Cora Dixie überallhin mit.

In dem kleinen Wäscheraum neben der Küche stand die Hündin unter einer Lochplatte, an der mehrere Halsbänder und Leinen hingen. Sie wedelte mit dem Schwanz und sah erwartungsvoll zu ihrem Frauchen auf. Auch wenn Dixie nicht gern Gassi ging, liebte sie das Klassenzimmer und erst recht die Fahrten mit dem Ford Expedition.

Cora nahm ein rotes Halsband mit der dazugehörigen Leine vom Haken. Sie kniete sich hin, um es dem Dackel umzulegen … und musste erschrocken feststellen, dass ihre Hände so stark zitterten, dass sie die Hälften der Schließe nicht zusammenführen konnte.

Sie sollte den Hund mitbringen. Sie verstand, dass sie die kostbare Dixie Belle mitnehmen sollte. Verstand, dass die Begleitung durch ihre Hündin aus irgendeinem Grund ein krönendes Detail des Selbstporträts war, das sie an diesem ereignisreichen Tag malen sollte. Aber ihre Hände wollten ihr nicht gehorchen; die Schließe widersetzte sich ihr.

Dixie winselte und schob sich durch die offene Tür rückwärts in die Küche hinaus, in der sie stehen blieb und Cora beobachtete, ohne mit dem Schwanz zu wedeln.

»Ich weiß nicht«, hörte Cora sich sagen. »Ich weiß nicht … Ich bin mir nicht sicher. Ich bin mir nicht sicher, was ich tun soll.«

Die ruhige leise Stimme – die sie für den Ausdruck ihrer Intuition und ihres Gewissens gehalten hatte – war bisher nie hörbar gewesen. Sie hatte vielmehr Ähnlichkeit mit einer Textnachricht gehabt, die auf einem virtuellen Bildschirm in irgendeinem dunklen Winkel ihres Verstands mit Worten aus Licht zwingende Sätze entstehen ließ. Aber jetzt verwandelte das Licht sich in Töne, und eine verführerische Männerstimme flüsterte in ihrem Kopf.

Du darfst nicht länger trödeln. Beweg dich, beweg dich, beweg dich! Tu, wozu du geboren bist. Als Schriftstellerin bist du nicht berühmt geworden, aber dir winkt Ruhm, wenn du tust, wozu du geboren bist. Du wirst berühmt sein und bewundert werden.

Sie konnte dem Drang widerstehen, ihre Hündin mitzunehmen, aber dieser Stimme konnte sie nicht widerstehen. Tatsächlich spürte sie einen überwältigenden Drang, ihrem Gewissen, ihrer Intuition oder was es sonst war – Gott? – zu gehorchen, das zu ihr sprach und ihr Herz mit dem Versprechen einer großen Erfüllung anrührte, die ihr so lange versagt geblieben war.

Als sie Halsband und Leine wieder an den Haken hängte, hörten ihre Hände sofort zu zittern auf.

Zu Dixie sagte sie: »Mommy bleibt nicht lange fort, Schätzchen. Sei schön brav, ja? Mommy kommt bald wieder.«

Eiskalte Luft schlug ihr entgegen, als sie die Tür zwischen Wäscheraum und Garage öffnete. Sie hatte vergessen, ihren Mantel anzuziehen. Sie zögerte, aber ihr war bewusst, dass sie nicht trödeln durfte. Sie musste sich bewegen, bewegen, bewegen.

»Ich liebe dich, Dixie, ich liebe dich so sehr«, sagte Cora, und der Hund winselte, und Cora schloss die Tür, als sie in die Garage trat.

Sie machte sich nicht die Mühe, die Leuchtstoffröhren einzuschalten, sondern ging direkt zur Fahrertür des schneeweißen Ford Expedition, der sanft glänzend im Halbdunkel stand.

Sie setzte sich ans Steuer, ließ den Motor an und benutzte die Fernbedienung, um das Garagentor hochzufahren.

Winterliches Tageslicht flutete die Garage, als das Sektionaltor in seinen Führungen nach oben ratterte, und Cora hatte das Gefühl, es habe Ähnlichkeit mit dem funkelnden Lichteinfall in Filmen, der stets eine wundersame Erscheinung ankündigte, sei es die einer guten Fee oder eines gütigen Außerirdischen oder irgendeines Himmelsboten.

In ihrem stillen, schlichten Leben standen ungeheuerliche Ereignisse bevor, und sie genoss die Vorfreude auf einen noch nicht ganz definierten ruhmreichen Augenblick.

Schwacher Benzingeruch bewog Cora Gundersun dazu, einen Blick auf die Ladefläche des Expedition zu werfen. Die Rücksitzbank war umgeklappt. Auf der so erweiterten Ladefläche standen fünfzehn knallrote Zehnliterkanister in drei ordentlichen Reihen. Gestern Abend hatte sie die Einfüllstutzen und Ausgießer der vollen Behälter abgeschraubt und durch eine doppelte Lage Plastikfolie ersetzt, die sie mit Gummibändern gesichert hatte.

Sie hatte vergessen, dass sie diese Vorbereitungen getroffen hatte. Jetzt erinnerte sie sich daran, ohne schockiert zu sein. Sie betrachtete die Kanister und wusste, dass sie auf ihre Arbeit stolz sein konnte, denn die verführerische Stimme lobte sie und sprach davon, wozu sie geboren sei.

Vorn auf dem Beifahrersitz stand der große Kochtopf, in dem sie im Lauf der Jahre so viele Suppen und Irish Stews gekocht hatte. Seinen Boden bedeckten in einem Gartenzentrum gekaufte Ziegel des grünen Feinschaums, den Floristen als Grundlage für ihre Arrangements verwendeten. In dem Schaum steckten senkrecht drei Bündel Kaminstreichhölzer, zehn pro Bündel, die von jeweils zwei Gummibändern unter den Köpfen und am Fuß der Bündel zusammengehalten wurden. Neben dem Kochtopf lag ein kleines Gasfeuerzeug.

Die Streichhölzer sahen wie drei Bündel kleiner verwelkter Blumen aus, fand sie: magische Blumen, die auf ein Zauberwort hin zu feurigen Buketten erblühen würden.

Zwischen den Benzinkanistern hinter ihr lagen Hunderte von Streichholzköpfen verteilt, die sie mit einer Schere von ihren Hölzchen abgeschnitten hatte.

Als sie in den grauen Wintertag hinausfuhr, sparte sie sich die Mühe, nach der Fernbedienung zu greifen und das Garagentor hinter sich zu schließen. Die wundervolle Stimme sagte, nun komme es auf jede Sekunde an, und Cora war begierig, den Grund dafür zu erfahren.

Als sie das Ende der Zufahrt erreichte, begann heiße Luft aus den Heizdüsen ihre nackte Haut zu wärmen, sodass sie erst recht keinen Wintermantel brauchte.

Am Ende ihrer Einfahrt bog sie rechts auf die zweispurige County Road ab und fuhr in Richtung Stadt weiter.

VIERZEHN

Während Jane in dem leeren Haus auf der gegenüberliegenden Straßenseite wartete und mit ihrem Wegwerfhandy lauschte, fand sie es interessant, dass Lawrence Hannafin in den siebenundvierzig Minuten, die er brauchte, um sich zu befreien, kein einziges Mal um Hilfe rief.

Der mitten im Haus liegende begehbare Kleiderschrank hatte kein Fenster, und der Journalist wusste vielleicht, dass sein Haus so solide gebaut war, dass niemand seine Hilferufe gehört hätte. Oder vielleicht war er bereits der Überzeugung, die Geschichte, die sie ihm angeboten hatte, sei zu groß, als dass er sie trotz aller Risiken ablehnen dürfe. In diesem Fall würde er keine Hilfe wollen, um nicht erklären zu müssen, wer ihn eingesperrt hatte.

Sie wagte zu hoffen.

Mit einem letzten Krachen flog die Schranktür dort drüben auf oder fiel vermutlich auf den Fußboden im Schlafzimmer. Als Nächstes waren Hannafins keuchende Atemzüge zu hören, die lauter wurden, als er auf seinem Weg durch den Raum am Telefon auf dem Nachttisch vorbeikam. Sie wurden rasch wieder leiser, als er offenbar ins Bad ging, ohne die Tür hinter sich zu schließen.

Dann kam ein neues Geräusch, und sie brauchte einen Augenblick, um zu erkennen, dass Wasser ins Waschbecken lief. Er würde nach der anstrengenden Arbeit durstig sein und sich vielleicht auch das verschwitzte Gesicht waschen wollen.

Eine Minute später drehte er das Wasser ab, und sie hörte nur noch undefinierbare leise Geräusche, bis nach einem kurzen Scheppern deutlich zu hören war, dass er pinkelte. Gescheppert hatte vermutlich der hochgeklappte WC-Sitz.

Danach machte er sich offenbar nicht die Mühe, sich die Hände zu waschen.

Hannafin kam aus dem Bad zurück. Deutliches schweres

Atmen und das leise Knarren der Federkernmatratze ließen darauf schließen, dass er in Hörweite des Telefons, dessen Mikrofon jeden Laut übertrug, auf der Bettkante saß.

Nahm er den Hörer ab, um zu telefonieren, würde Jane den Infinity Transmitter, mit dem sie ihn belauschte, sofort abschalten müssen, damit er einen Wählton bekam. In diesem Fall würde der von ihr eingebaute Mehrzweckchip auf einfaches Abhören umschalten, sodass sie das Gespräch über den auf der Fensterbank stehenden UKW-Empfänger mit Verstärker und Recorder mithören konnte.

Als versuche er, sich zu beruhigen, atmete er mehrmals tief durch. Aber das gelang ihm offenbar nicht, denn er konnte seinen Zorn nicht beherrschen, der sich in einer Salve erstaunlich fantasievoller Flüche entlud.

Und dann musste er nach seinem Smartphone gegriffen haben, denn sie hörte den unverwechselbaren Begrüßungsjingle seines Netzbetreibers. Auch Hannafin glaubte offenbar, eine Mobilfunkverbindung sei sicherer und viel schwieriger abzuhören als ein Festnetzgespräch.

Sie hatte gehofft, dass er mit niemandem sprechen, sondern darauf warten würde, dass sie ihn wie angekündigt mittags anrief. Vielleicht war dies nur ein harmloser Anruf, vielleicht um einen Termin abzusagen, irgendetwas in der Art. Aber die Wahrscheinlichkeit war hoch, dass er sie enttäuschen würde.

Verbittert murmelte er vor sich hin: »Verfluchte Schlampe, verdammte! Yeah, ich hab welche, Bitch, und die sind nicht nur zur Dekoration da.«

Jane glaubte zu wissen, wovon er sprach.

Das nächste Geräusch ließ erraten, dass er eine Schublade aufzog.

»Versuch's noch mal, Bitch, dann kriegst du eine zwischen die Titten.«

Vermutlich hatte er seinen Revolver aus der Schublade des Nachttischs geholt.

Ungefähr eine Minute lang machte er etwas anderes, das sie nicht identifizieren konnte, weil nur ein leises Rascheln zu hören war.

Dann benutzte er sein Handy. Der Lautsprecher des Smartphones musste eingeschaltet sein, denn nach dem zweiten Klingeln meldete sich eine Frau: »Woodbine, Kravitz, Larkin & Benedetto.«

Eine Anwaltsfirma.

Hannafin sagte: »Geben Sie mir bitte Randall Larkin.«

»Augenblick, bitte.«

Eine andere Frauenstimme: »Büro Randall Larkin.«

»Lawrence Hannafin, ich möchte Randy sprechen.«

»Er telefoniert gerade, Mr. Hannafin.«

»Ich bleibe dran.«

»Es kann aber länger dauern.«

»Legen Sie ihm einen Zettel hin. Damit er weiß, dass diese Sache dringend ist. Hier geht's um Leben und Tod!«

Jane Hawk, die mit dem Wegwerfhandy am Ohr an einem Fenster des leeren Hauses stand und darauf wartete, dass Randall Larkin den Anruf des Journalisten annahm, beobachtete die Sturmfront, dunkel wie angelaufenes Eisen, als sie den Himmel eroberte und das Gebiet zwischen Glendora und Pasadena mit düster bedrohlicher Stille überzog.

FÜNFZEHN

Cora Gundersun lebte in einer sanft hügeligen ländlichen Umgebung mit großen Feldern, Weiden und Nadelwäldern mit Koster-Föhren, Blauheide, Strauchkiefern und norwegischen Fichten. Die Felder und Weiden waren jetzt mit jungfräulichem Schnee bedeckt, und die Bäume trugen Girlanden wie auf Weihnachtskarten. Die gut geräumte County Road schlängelte sich schwarz wie Smokingsatin durch das bräutlich weiße Land.

Weiß schien das Thema des Tages zu sein: die Landschaft, durch die sie rollte, der Wagen, den sie fuhr, das Kleid, das sie trug, der Nebel, der ihr Gedächtnis blockierte und ihre Absichten vor ihr selbst verbarg. Diese mentale Wolke störte sie jedoch nicht, sondern war ihr sogar ein Trost – so tröstlich wie das Wissen, dass ihr Hund sicher zu Hause war, während sie behaglich warm durch ein Winterwunderland glitt. Von zu viel Denken befreit zu sein war ein Segen. Ihr ganzes Leben lang hatte ihr Verstand auf Hochtouren gearbeitet, als sie einen Roman nach dem anderen geschrieben hatte, ohne jemals den Mut zu haben, ihn bei einem Agenten oder Verlag einzureichen; als sie neue Unterrichtsmethoden entwickelt hatte, um die speziellen Bedürfnisse der ihr anvertrauten Kinder zu befriedigen; als sie dem Schulausschuss zusätzliche Fördermittel für diese Jungen und Mädchen abgerungen hatte, die allzu viele Leute vorschnell als unbequem, als Ballast für die Gesellschaft abtaten. Jetzt dachte sie nur an die friedliche Schönheit der Landschaft, durch die sie fuhr, und die leise innere Stimme, die ihr zugetan war und ihr Erfüllung versprach.

Die Fahrt in die Stadt würde eine halbe Stunde dauern, wenn sie nicht raste. Und sie durfte nicht rasen. Sie hatte noch nie einen Strafzettel wegen zu schnellen Fahrens oder aus irgendeinem anderen Grund bekommen. Sie war insgeheim ein wenig stolz darauf, ihr Leben in einer Zeit, in der die Herrschaft des Gesetzes überall in Gefahr und Korruption allgegenwärtig war, nach dem *Corpus Iuris* ihres Landes gelebt zu haben. Aus irgendeinem Grund, den sie nicht verstand – oder zu verstehen brauchte –, wusste sie, dass sie an diesem entscheidenden Tag alle Straßenverkehrsvorschriften genau beachten musste, um ja nicht von einem Polizeibeamten angehalten zu werden.

Nach fünfundzwanzig Minuten brach der bisher in den dunklen Wolken eingesperrte Schneesturm plötzlich los. Von dem unsichtbaren Himmel wirbelten erstaunliche Schneemengen herab. In ihrem SUV mit seinen großen Fenstern schien Cora durch dieses Schauspiel zu schweben, als sei der Mechanismus einer Schneekugel ins Gegenteil verkehrt worden, sodass um sie herum weltweit Winter herrschte, den sie aus einer schneelosen Glaskugel heraus bewunderte.

Die liebenswürdige Stimme ermutigte sie, in dem Schneefall ein gutes Omen zu sehen. Der Sturm konnte ihr lockiges Haar nicht mit Raureif bedecken oder sie erfrieren lassen, genau wie das Feuer in ihrem Traum ihr nicht schaden konnte. Dieses Omen bekräftigte die ihr verliehene Unverwundbarkeit – absoluten Schutz vor allen Dingen, die heiß oder kalt waren, vor allen Dingen, die stumpf oder scharf waren, vor allen bloßen Naturgewalten.

Sie fuhr durch die Außenbezirke der Kleinstadt. Am oberen Ende der Fitzgerald Avenue, die lange sanft abfiel, bis sie auf die Main Street stieß, hielt sie kurz am Randstein. Sie nahm das Gasfeuerzeug in die Hand und überzeugte sich davon, dass es funktionierte. Für den Fall, dass es versagte, hatte sie im Ablagefach ein weiteres Feuerzeug. Aber es versagte nicht.

SECHZEHN

Der sich bedrohlich verfinsternde Himmel; drüben Hannafins Haus, das jetzt wie ein Spukhaus in einem Märchen aussah; das Fenster in diesem leeren Haus, dessen Scheibe ein schwaches Phantombild von Jane mit dem Handy am Ohr widerspiegelte.

Randall Larkin von Woodbine, Kravitz, Larkin & Benedetto nahm Lawrence Hannafins Anruf entgegen. »Es geht um Leben und Tod? Das stimmt hoffentlich, Larry, denn deinetwegen musste ich einen wichtigen Mandanten abwimmeln, der so was nicht gewohnt ist.«

»Dein Telefon ist abhörsicher, richtig?«

»Ja, ja. Das kontrollieren wir zweimal täglich. Hast du den Lautsprecher eingeschaltet?«

»Keine Panik. Ich bin allein, ziehe mich gerade an. Hier war einiges los. Der Teufel soll mich holen, wenn sie mich noch mal nackt überrascht.«

»*Sie*? Wer?«

»Ich hatte vorhin Besuch. Von der Witwe, der Bitch, die zuletzt im Napa Valley war.«

Jane vermutete, Larkins ausbleibende Reaktion hänge vielleicht damit zusammen, dass er mit dieser Beschreibung nicht gleich etwas anfangen konnte. Tatsächlich schwieg er jedoch wie vor den Kopf geschlagen.

Dann verwoben Zorn und Ungläubigkeit sich in seinem Tonfall. *»Heilige Scheiße!* Willst du mich verarschen? Sie hat einfach an deiner verdammten Haustür geklingelt?«

»Ich komme aus der Dusche, und da sitzt sie mit der Pistole in der Hand.«

»Aber sie kann's nicht wissen.«

»Das kann sie nicht«, bestätigte Hannafin. »Sie weiß auch nichts.«

»Wie zum Teufel kann sie von dir wissen?«

»Sie weiß nichts«, wiederholte Hannafin. »Sie will sich mir anvertrauen. Ich soll ihre Story exklusiv bekommen. Sie hat alles genau geplant.«

»Wo ist sie jetzt?«

»Weiß ich nicht. Sie hat mich aufgefordert, darüber nachzudenken, und gesagt, dass sie mich mittags anrufen wird. Dann hat sie mich in meinen Kleiderschrank gesperrt, damit ich ihr nicht folgen und ihr Auto sehen konnte. Ich musste aus dem Schrank ausbrechen. Dazu hat die Schlampe mir einen Hammer und einen Schraubendreher dagelassen. Ich wollte, sie läge nackt hier, und ich könnte ihr zeigen, was man mit einem Schraubendreher alles machen kann!«

»He, nicht aufregen, Larry.«

»Ich rege mich nicht auf.«

»Du klingst aber so.«

»Ich bin die Ruhe selbst. Dies ist eine Gelegenheit.«

»Eine unglaubliche Gelegenheit«, bestätigte Larkin.

»Ich glaube nicht, dass sie noch eine Brünette ist. Sie hat eine blonde Langhaarperücke getragen, mit der sie ausgesehen hat wie früher, bevor der ganze Scheiß angefangen hat. Damit wollte sie tarnen, denke ich, dass sie Farbe und Schnitt geändert hat, damit die Fotos auf der NCIC-Webseite ihr nicht mehr ähnlich sehen.«

»Scheiße, was geht mich ihr Haar an?«, fragte Larkin.

»Ich bin Reporter. Mir fallen solche Dinge auf. Das nur nebenbei. Können wir sie orten, wenn sie mich anruft?«

»Sie wird ein Wegwerfhandy benutzen. Aber vielleicht gibt's eine Möglichkeit.«

»Sag unserem Discjockey, dass sie ihn mit dieser Sache in Verbindung bringt. Sie hält ihn für einen Hochstapler, glaube ich.«

Jane rechnete sich aus, dass *Discjockey* – abgekürzt *DJ* – David James Michael bezeichnete, den charmanten Milliardär. Vielleicht war die in Hannafins Porträt von Michael anklingende Kritik Berechnung gewesen, weil es nicht so aussehen sollte, als stehe der Journalist auf seiner Gehaltsliste.

»Als Erstes«, sagte Larkin, »muss ich unseren Mann bei der NSA alarmieren. Es bleibt nicht mehr viel Zeit. Ich weiß nicht, ob das bis Mittag zu schaffen ist.«

»Nehmen wir mal an, wir könnten sie ausschalten«, sagte der Journalist. »Vielleicht könnte ich dann früher Chefredakteur werden.«

»Alles zu seiner Zeit.«

»Scheiß drauf. Ich will etwas Dankbarkeit.«

»Dafür habe ich jetzt keine Zeit.«

»Ich will etwas Dankbarkeit, Randy.«

»Nach nur einem Jahr vergisst du schon, was wir alles für dich getan haben?«

»Versprochen ist versprochen, und ich will mich darauf verlassen können.«

»Keine Angst, der Chefsessel ist dir sicher. Aber bis dahin heißt's Ruhe bewahren.«

»Okay«, sagte Hannafin und beendete das Gespräch.

Durchs Festnetztelefon des Journalisten war ein Klacken zu hören, als er sein Smartphone auf den Nachttisch legte.

Jane konnte hören, wie er sich im Zimmer bewegte. Offenbar zog er sich fertig an.

Er sollte also Chefredakteur werden – der Zeitung, für die er schrieb? Falls David James Michael an ihr oder dem Verlag, in dem sie erschien, beteiligt war, hatte er das bisher geheim gehalten.

Hannafin hatte sich als Schweinchen erwiesen, das seine Schnauze in D.J. Michaels Trog steckte: ein weiterer Verräter in einer Welt voller Verräter. Sie hatte keine großen Hoffnungen auf ihn gesetzt; aber was Journalisten betraf, war er im Augenblick ihre einzige Hoffnung gewesen.

Wäre Depression eine brauchbare Option gewesen, hätte sie sich vielleicht eine Flasche Wodka gekauft, sich unter falschem Namen ein Motelzimmer genommen und sich für ein paar Tage aus diesem Krieg ausgeklinkt. Aber Travis, ihr schöner kleiner Junge, schwebte in ständiger Lebensgefahr. Und die Erinnerung an ihren Mann war durch einen als Selbstmord getarnten Mord befleckt. Und ihr Vater, der berühmte Pianist, setzte seine erfolgreiche Tournee fort und hoffte, seine lange von ihm entfremdete Tochter werde eingesperrt oder erschossen, bevor sie ihn dafür büßen lassen konnte, was er ihrer Mutter vor neunzehn Jahren angetan hatte. Sie hatte keine Zeit, deprimiert zu sein. Keine Minute.

Außerdem war sie nicht im Geringsten depressiv veranlagt. Depressionen waren etwas für Verzweifelte, die das Leben für sinnlos hielten, aber Jane wusste, dass es stattdessen mehr Bedeutung hatte, als man verarbeiten konnte, dass jede Minute mit Sinn vollgestopft war. Manchmal war seine Bedeutung klar und eindringlich wie ein Nadelstich, manchmal brachte es solche Freude, dass man das Gefühl hatte, von seinem jubelnden Herzen in Himmelshöhen gehoben zu werden, aber viel von dem wahren Sinn des Lebens, latent und mysteriös, überstieg ihr Begriffsvermögen.

Während sie am Fenster stehend das gegenüberliegende Haus betrachtete, fragte sie sich, wie sie Lawrence Hannafins Leben am besten etwas Sinn geben könnte, damit der Journalist von ihrem Geschenk profitieren und mit klarem Blick erkennen konnte, wie beschissen sein bisheriges Leben gewesen war. Vielleicht konnte er sogar hoffen, ein besserer Mensch zu werden, wenn ihm endlich bewusst wurde, dass seine gegenwärtige Position im Universum Gottes schlimmer war als die einer Kakerlake, die blind durch eine lichtlose Kloake hastete.

SIEBZEHN

Der unsichtbare Himmel, von dem große Flocken wie Blüten herabschwebten, als sollten sie den Tag mit weißen Nelken für eine Million Hochzeiten schmücken; Cora Gundersun ganz in Weiß, während ein angenehmer weißer Nebel ihren Verstand einlullte; das weiß gebleichte Holz effizient gebündelter langstieliger Kaminstreichhölzer …

Die Flamme des Gasfeuerzeugs entzündete das erste Bündel blauer Streichholzköpfe, das nach einem ersten Stottern mit hörbarem Brausen zu einer Miniaturfackel wurde. Sie ließ das Feuerzeug achtlos fallen und lenkte den Expedition wieder auf die Fitzgerald Avenue hinaus, die sanft abfallend zur Main Street hinunterführte.

Am Ende der Fitzgerald, direkt jenseits der Main, stand das historische Hotel Veblen, im Jahr 1886 erbaut und seither dreimal renoviert, zuletzt im vergangenen Jahr. Sein Restaurant, das die Hälfte der Straßenfront im Erdgeschoss einnahm, hatte bodentiefe Fenster, die jetzt einen zauberhaften Blick auf die malerische Innenstadt im Schneetreiben boten.

Als Cora die Kreuzung erreichte, die den Beginn des letzten Straßenblocks vor der Main Street markierte, lenkte sie nur mit der linken Hand und zog mit der anderen das brennende Streichholzbündel aus dem Feinschaum. Nachdem sie damit das zweite Bündel entzündet hatte, warf sie die kleine Fackel nach hinten, wo sie sofort einige der im Laderaum zwischen den Benzinkanistern verteilten über zweihundert Streichholzköpfe entzündete.

Den stechenden Schwefelgeruch, der sich in dem Expedition verbreitete, hatte es in ihren Feuerträumen nicht gegeben, aber Cora fand ihn nicht widerlich. Für sie war er der Geruch von Unverwundbarkeit. Die ruhige leise Stimme riet ihr, tief zu atmen, um gegen jegliche Verbrennungsgefahr gefeit zu sein und wieder die Wundergestalt zu werden, zu der alle ehrfürchtig aufblickten.

Hinter ihr im Laderaum stand der Teppich fast augenblicklich in Flammen. Der dünne Rauch war weniger stechend als der Schwefelgestank brennender Kaminstreichhölzer und konnte ihr natürlich erst recht nichts anhaben.

Auf der Fahrt in die Stadt war das Benzin in den fünfzehn Kanistern hin und her geschwappt und hatte sich dabei etwas erwärmt, sodass Benzindämpfe die Plastikabdeckungen über den Einfüll- und Ausgießöffnungen aufgebläht hatten. Als diese dünnen Membranen sich wie Ballons füllten, rutschten sie teilweise aus den Gummibändern, mit denen sie fixiert waren. Kondensierte brennbare Dämpfe entwichen durch winzige Öffnungen der ungeeigneten Verschlüsse und liefen außen an den Blechkanistern herab – nicht in großen Mengen, sondern in ganz dünnen Fäden, vielleicht nur ein bis zwei Schnapsgläser voll.

Als Cora den letzten Block erreichte und in Richtung Main, in Richtung des historischen Hotels Veblen zu beschleunigen begann, krochen die hungrigen Flammen an den Kanistern hoch, fanden die Plastikabdeckungen und verzehrten sie. Als sie das zweite brennende Streichholzbündel nach hinten warf, hörte sie das *Wump!*, mit dem der erste Kanister in Brand geriet, und gleich darauf ein zweites *Wump!*, aber weil sie zweifach belüftet waren und die Temperatur noch nicht hoch genug war, um eine katastrophale Ausdehnung zu bewirken, kam es noch zu keiner Explosion. Das einzige Geräusch war das Brausen der langen Flammen aus den insgesamt vier Einfüll- und Ausgießstutzen.

Der Innenspiegel reflektierte Flammen, die in kaleidoskopischer Pracht waberten, und Cora sah Fußgänger, die auf dem Gehsteig stehen blieben und deuteten und glotzten. Ihr Staunen entzückte sie, und sie lachte, ohne sich im Geringsten an der sengenden Luft zu stören, denn sie war jetzt, was sie immer gewesen war: feuerfest. Sie war die Autorin und zugleich die Heldin dieser erstaunlichen Story, und obwohl die Luft plötzlich so trocken war, dass ihre Lippen sofort aufsprangen und ihre Nasenschleimhäute rissen, hatte sie keine Angst, denn die wundervolle innere Stimme, die sie ermutigte, musste die Stimme Gottes sein, der Schadrach in König Nebukadnezars Feuerofen beigestanden hatte. Schadrach, Meschach und Abed-Nego waren dem Tod im Feuerofen ohne ein einziges versengtes Haar entgangen, und auch sie würde diese Prüfung unversehrt überstehen, während die Augenzeugen staunten und laut Bravo riefen.

Als die Flammen an der Rückenlehne des Fahrersitzes leckten und über die Mittelkonsole zwischen den Sitzen schlugen, als der Rauch auch vorn dichter wurde, erlebte Cora Gundersun den einzigen schrecklichen Moment dieser triumphalen Fahrt. Ihr Blick streifte einen angeleinten Hund, der neben seinem Herrchen auf dem Gehsteig stand. Obwohl er kein Langhaardackel, sondern ein Golden Retriever war, erinnerte er sie an Dixie Belle, die allein zu Hause war, und sie empfand solche Sehnsucht nach ihrer süßen Dixie, dass sie sekundenlang wieder klar denken und das Entsetzliche ihrer Lage erkennen konnte. Aber die leise innere Stimme flüsterte etwas Beruhigendes, das alle Schrecken durch emporwallenden Jubel vertrieb, und Cora schrie wie in Ekstase auf, als Flammen von der brennenden Mittelkonsole nach dem Saum ihres Kleides züngelten.

Als die Hitze die Scheibe der Hecktür platzen ließ, wurde ein großer Teil des Rauchs durch diese Öffnung abgesaugt, aber auch Flammen von der Konsole schlugen nach hinten und wischten über Coras lockiges Haar. Sie trat das Gaspedal bis zum Boden durch. Mit der Munterkeit der unbezähmbaren Heldin dieser besten Story, die sie je geschrieben hatte, ließ sie einen lauten Siegesschrei hören, als sie auf die Main Street zuschoss.

Unter einem formlosen Himmel, der weißer war als ein erblindetes Auge, und durch Schneegestöber, das kristallisierten Niagarafällen glich, bahnte der weiße Expedition sich unaufhaltsam seinen Weg. Und sie, in Weiß wie in ihren Träumen, in dem einzigen Kleid, in dem sie sich jemals fast hübsch gefühlt hatte, durchbrach die Fensterfront des Hotelrestaurants, sodass riesige Glasscheiben auf die zu einem Lunch geladenen Gäste herabkrachten, während Tische und Stühle und Menschen und Geschirr durch ihren großen Auftritt zur Seite geschleudert wurden. Dann folgten endlich die Explosionen, die Cora Gundersun aus dieser Welt erlösten, als das SUV tief einfedernd zum Stehen kam, während Ströme von brennendem Benzin sich in den weiten Raum ergossen: eine Gefahr, gegen die sogar das sechsköpfige Sicherheitsteam machtlos war, denn die Flammen verschlangen sie und den Gouverneur, der zur Feier der Wiedereröffnung dieses historischen Hotels aus der Hauptstadt angereist war.

ACHTZEHN

Jane behielt das Wegwerfhandy überall bei sich. Die Infinity Transmitter in Lawrence Hannafins Festnetztelefonen würden jedes Wort senden, das er in einem der vier Räume sagte, in denen seine Telefone standen.

In dem großen Schlafzimmer des leeren Hauses nahm sie die blonde Perücke ab und steckte sie in einen Plastikbeutel, der in ihre große Tragetasche kam. Hannafin hatte ganz richtig vermutet, dass sie keine Blondine oder Brünette mehr war. Und ihre kastanienbraunen Haare waren nicht mehr glatt, sondern leicht gelockt, sodass sie dem Gesicht, das sie umrahmten, eine subtil andere Form zu geben schienen als auf den im Internet verbreiteten Fahndungsfotos.

In ihrem früheren Leben, bevor ihre Flucht begonnen hatte, hatte sie selten Make-up benutzt, hatte keines gebraucht. Aber jetzt gab es Zeiten, in denen Grundierung und Make-up, Lidschatten und Lippenstift eine Art Maske bilden konnten, die ihr ein Gefühl der Anonymität verlieh, das vielleicht größer als der tatsächliche Effekt war. Für heute beschloss sie jedoch, sich nicht zu schminken. Sie ließ die Basecap auf und angelte aus ihrer Tragetasche eine Hornbrille mit Fensterglas: ein Bühnenrequisit, das sie tragen würde, wenn sie dieses Haus verließ.

Während sie am Fenster im Schlafzimmer stehend darauf wartete, was Randall Larkin preisgeben würde, wenn er Hannafin anrief, dachte sie an das vorige Gespräch der beiden Männer zurück. Zwei Dinge, die der Anwalt gesagt hatte, interessierten sie am meisten.

Als Erstes muss ich unseren Mann bei der NSA alarmieren. Es bleibt nicht mehr viel Zeit.

Die Gehirnimplantate des verstorbenen Bertold Shenneck waren ein Heiliger Gral für so viele machtgierige Schurken gewesen, dass David James Michael und er eine Verschwörung aus Privatpersonen und Staatsbeamten hatten begründen können, die gemeinsam Schlüsselfiguren beim FBI, der Homeland Security, dem Justizministerium und der National Security Agency korrumpiert hatte. Aber das war sicher nur der Anfang gewesen. Ihr gesunder Menschenverstand sagte Jane, dass auch die CIA, das Finanzministerium und vermutlich alle Ministerien bis in die höchsten Ränge der Exekutive und Legislative von Mitgliedern dieser wahnsinnigen Konföderation totalitärer Utopisten durchsetzt oder wenigstens unterwandert sein mussten.

Von allen für Strafverfolgung und nationale Sicherheit zuständigen Behörden und Ministerien der Bundesregierung war die NSA eindeutig die geheimnisvollste und mächtigste. Ihr fast hunderttausend Quadratmeter großes Utah Data Center konnte jedes Telefongespräch, jede Textnachricht oder sonstige digitale Kommunikation auffangen, speichern und einer Metadaten-Analyse unterziehen, um terroristische Aktivitäten und andere Gefahren für die nationale Sicherheit aufzuspüren.

Allerdings las die NSA Textnachrichten nicht in Echtzeit mit, hörte Telefongespräche nicht in Echtzeit ab und wertete auch später nur einen im Promillebereich liegenden Teil der Aufzeichnungen aus, die ein Analyseprogramm gekennzeichnet hatte. Hatten Larkin und seine Mitverschwörer einen Verbündeten in der NSA, der aufgrund seiner Dienststellung eine Suche nach Janes Handysignal – und ihrer Position, während sie mit Lawrence Hannafin telefonierte – anordnen konnte, musste das bedeuten, dass die Überwachung von Großstädten durch Flugzeuge nicht nur ein Gerücht, sondern eine Tatsache war.

Schon vor vier Jahren war im Bureau spekuliert worden, die NSA habe in der Nähe von Großstädten Überwachungsflugzeuge stationiert, die binnen Minuten startbereit seien. In niedrigen Höhen fliegend, die trotzdem einen Suchradius von mindestens fünfzig Meilen ermöglichten, sollten die Maschinen dafür ausgerüstet sein, aus den unzähligen Frequenzen speziell Handyfrequenzen herauszufischen. Außerdem konnte der Operator an Bord das Programm Schlüsselwörter suchen lassen, die sich auf die jeweilige Krise bezogen – zum Beispiel die Namen von Terroristen, nach denen gefahndet wurde, oder der eines mutmaßlichen Anschlagsziels.

Weil die fliegende Suchmannschaft Hannafins Telefonnummern haben würde, konnten sie diese überwachen, auf Janes Anruf warten und ihre Position durch Handyortung exakt bestimmen, unabhängig davon, ob sie mit dem Auto fuhr oder auf einer Parkbank saß.

Aber das spielte keine Rolle. Sie wusste jetzt, dass Lawrence kein ehrlicher Journalist war. Sie würde ihn nicht anrufen.

Durch Hannafin hatte sie jedoch erfahren, dass der Anwalt Larkin enge Beziehungen zu David James Michael hatte, vielleicht sogar zum innersten Kreis um den Milliardär gehörte. Das war eine neue Fährte. Ein möglicher Informant.

Konnte sie keinen Journalisten finden, der die Story veröffentlichte, würde sie sich D.J. Michael vornehmen müssen. An einen Mann mit so viel Geld war bestimmt schwer heranzukommen. Umgab jemand wie Mark Zuckerberg sich ständig und überall mit sechzehn schwer bewaffneten Bodyguards, wie zuverlässig berichtet worden war, hatte D.J. Michael wahrscheinlich noch mehr.

Ihre Vermögen waren ungefähr gleich groß, aber Michael hatte mehr zu verbergen. Und er wusste, dass sie bereits seine engen Vertrauten Bertold Shenneck und Staranwalt William Overton enttarnt hatte. Beide waren jetzt tot. Und obwohl buchstäblich alle Polizeien des Landes nach ihr fahndeten, war sie nach wie vor auf freiem Fuß und hatte sich an ihre Beute heranpirschen können.

Die zweite interessante Äußerung Randall Larkins in seinem Telefongespräch mit Hannafin bot Interpretationsspielraum, aber Jane war sich sicher, sie richtig gedeutet zu haben. Als der Journalist darauf drängte, zum Chefredakteur befördert zu werden, und Dankbarkeit dafür einforderte, dass er ihnen Jane ans Messer lieferte, hatte Larkin ihn kühl abgewehrt.

Nach nur einem Jahr vergisst du schon, was wir alles für dich getan haben?

Lawrence Hannafins japanische Ehefrau Sakura war vor einem Jahr nach siebzehn Ehejahren gestorben.

Jane kannte nicht alle Details, aber sie wusste noch, dass der Tod ganz überraschend gekommen war.

Hannafin war nicht einmal in der Nähe gewesen, als das passiert war. Er war zu Recherchen verreist gewesen.

Wer Freunde wie Randall Larkin und D.J. Michael hatte, musste nicht riskieren, sich die Hände schmutzig zu machen.

NEUNZEHN

Einige Minuten lang sendeten die Infinity Transmitter nichts als Stille aus Hannafins Haus an Janes Wegwerfhandy.

Als er sich wieder rührte, hörte sie Geschirr klappern und Besteck klirren, bevor offenbar eine Pfanne auf den Herd gestellt wurde. Sie vermutete, er sei in die Küche gegangen, um zu frühstücken. Die Bestätigung dafür kam, als die Kaffeemaschine, die in der Nähe des Wandtelefons stand, zu blubbern begann.

Auf der Straße hatte der Verkehr nachgelassen. Die Kinder waren in der Schule, die Eltern auf der Arbeit.

Los Angeles sah selten einen Himmel, der so bedrohlich

wirkte wie dieser, dessen Wolkentürme sich allmählich grau, fast schwarz verfärbten. In Virginia, wo sie mit Nick gelebt und Travis zur Welt gebracht hatte, gingen Stürme meistens mit dramatischen Himmeln einher, aber hier war sogar schlechtes Wetter entspannt, waren Blitze und Donner selten.

Ungefähr fünf Minuten nachdem der Journalist die Küche betreten hatte – und zwanzig Minuten nach seinem ersten Gespräch mit Randall Larkin –, rief der Anwalt zurück. Hannafins Smartphone-Klingelton waren ein paar Takte aus Elton Johns »Don't Let the Sun Go Down on Me.«

Er meldete sich: »Ja.«

»Sie sind in der Luft«, sagte Larkin. »Ruft sie früher an, scannen sie schon die Frequenzen und warten auf sie.«

»Was passiert, wenn ihr sie ortet?«

»Wir rechnen damit, dass sie in der näheren Umgebung bleibt, bis sie mit dir gesprochen hat. In spätestens einer Viertelstunde haben wir sechs Fahrzeuge im Umkreis von zwanzig Meilen um dein Haus stationiert.«

»Hast du wieder den Lautsprecher eingeschaltet? Das macht mich nervös.«

»Mach dir nicht in die Hose. Ich brauche meine Hände. Ich mache hier Frühstück – und außerdem hab ich für alle Fälle eine Kanone auf der Theke liegen.«

»Was für eine *Kanone?*«

»Einen Revolver, Mann. Überfällt sie mich noch mal, kriegt sie eine Kugel zwischen die Titten.«

»Sie ruft an, wie sie angekündigt hat. Sie riskiert nicht, zurückzukommen, bevor sie davon überzeugt ist, dass du ihr helfen wirst.«

»Bei ihr weiß man nie, was zum Teufel sie vorhat. Sie ist unberechenbar wie ein Erdbeben. Aber was ist mit dem Wetter?«

»Was soll damit sein?«, fragte Larkin.

»Müssen die Flyboys nicht am Boden bleiben, wenn der Sturm losbricht?«

»Nein, nein. Nur wenn der Sturm ein Orkan wird, aber davon ist in der Vorhersage keine Rede. Wenn sie anruft, hältst du sie möglichst lange hin. Spiel den Unschlüssigen, der aber dazu tendiert, ihr zu helfen, damit sie versuchen muss, dich zu überreden.«

»Sobald sie merkt, dass ich Zeit schinde, weiß sie den Grund dafür und legt auf. Hübsch und blöd gehören oft zusammen, aber nicht in ihrem Fall.«

»Als Reporter kannst du quasseln. Also nutze dein Talent. Was ist das für ein Geräusch?«

»Ich schlage Eier für ein Omelett auf.«

»Als Witwer ist man nicht auf Rosen gebettet, was?«

»Immer noch besser als die Alternative. Dieses Weib könnte einem lebenslang die Lust auf Frauen nehmen.«

»Sieh zu, dass du dich beruhigst, bevor sie anruft. Sonst spürt sie deine Gereiztheit, auch wenn du noch so professionell tust.«

»Mach dir meinetwegen keine Sorgen. Ich will bloß hoffen, dass die Einsatzteams schnell und hart zuschlagen.«

»Sieh zu, dass sie möglichst lange telefoniert«, sagte Larkin. »Und lass den Toast nicht anbrennen.«

Der Anwalt legte auf, und als Hannafin glaubte, niemand höre mehr zu, sagte er: »Du kannst mich mal, Rechtsverdreher.«

ZWANZIG

Mit der Tragetasche über einer Schulter, aufgesetzter Hornbrille und kastanienbraunen Locken, die unter ihrer Basecap hervorkamen, ging Jane nach Süden davon, hinein in den grauen Morgen voller gespannter Erwartungen.

Der aufziehende Sturm hielt seinen Regen noch zurück, aber jetzt kam eine leichte Brise auf. Die scharfen Kanten der Palmwedel rieben raschelnd aneinander; wenn später der Wind auffrischte, würden sie lärmend rasseln.

Als sie an einem Gully vorbeikam, ließ sie das Wegwerfhandy hineinfallen und blieb nur lange genug stehen, um es in dem mit Verwesungsgeruch geschwängerten Dunkel aufschlagen zu hören.

Sie ging eineinhalb Blocks weit, bog an der Ecke nach Osten ab. Ihr schwarzer Ford Escape stand unter den gefiedert herabhängenden Ästen von Pfefferbäumen geparkt.

Der Wagen war in den USA gestohlen worden, hatte in Nogales, Mexiko, einen kräftig getunten neuen Motor und eine neue Lackierung erhalten und war an einen illegalen Autohändler in Nogales, Arizona, gegangen. Dieser Händler, der seine Fahrzeuge in den Scheunen einer ehemaligen Ranch stehen hatte, akzeptierte weder Schecks noch Kreditkarten. Und er gab erst recht keinen Kredit. Sie hatte für den Ford ziemlich viel Geld gezahlt, das sie von ein paar üblen Typen in New Mexico erbeutet hatte.

Der GPS-Empfänger ihres Wagens und der zur Identifizierung dienende Transponder waren ausgebaut worden, sodass der Escape nicht über Satellit geortet werden konnte.

Mit dem San Gabriel Valley war sie vorerst fertig, nicht jedoch mit Lawrence Hannafin. Allzu sehr konnte sie sich nicht um ihn kümmern, weil sie im Augenblick Wichtigeres zu tun hatte. Aber er war einer von *ihnen*, ein Mitglied der Bruderschaft aus Soziopathen, die D.J. Michael und der verstorbene Bertold Shenneck mit Gleichgesinnten gegründet hatten, und sie war entschlossen, ihn früher oder später dafür büßen zu lassen.

Sie fuhr nach Westen ins San Fernando Valley, das schäbiger und heruntergekommener wirkte als das San Gabriel Valley. Der Niedergang war nicht in jeder Kleinstadt sichtbar, und der Verfall hatte oft einen vornehmen, leicht fadenscheinigen Charakter. Mancherorts sprang er jedoch ins Auge: eine Schmiere aus Fäulnis und Verzweiflung, an der man die Korruption bemessen konnte, die das Land aushöhlte.

In einem Gebiet, das bisher vom Verfall verschont geblieben war, hielt sie bei einem Deli, bestellte ein Lunchpaket zum Mitnehmen und vertraute zur Tarnung nicht nur auf ihre neue Frisur und die Hornbrille, sondern auch auf eine Haltung, die niemand mit einer Frau auf der Flucht in Verbindung bringen würde. Sie hielt den Kopf nicht gesenkt, zog ihre Mütze nicht bis zu den Augenbrauen hinunter in die Stirn und mied auch nicht jeglichen Blickkontakt, sondern lächelte im Gegenteil alle Leute freundlich an, schwatzte mit dem Kerl, der ihre Bestellung aufnahm, und bückte sich, um mit einem hübschen kleinen Mädchen zu scherzen, das mit seiner Mutter auf ihre Bestellung wartete. Jane war keine Texanerin, aber Nick war dort aufgewachsen, und sie war oft genug bei ihren Schwiegereltern gewesen, um ihre gedehnte Sprechweise nachahmen zu können, die gar keine Ähnlichkeit mit ihrer richtigen Sprechweise hatte, die das fernsehende Amerika aus ein paar kurzen FBI-Videos kannte.

Als sie wieder in ihrem Auto sitzend zu essen begann, zuckten rasch nacheinander drei Blitze vom Himmel, sodass Bäume und Gebäude und der fließende Verkehr durch den Stroboskopeffekt zu zittern schienen, bevor ein dreifacher Donnerschlag krachte, als sei die Erdkruste durch explosiv nach oben drängende Kräfte gerissen. Ein Wolkenbruch von tropischer Intensität setzte ein. Die Welt vor den Fenstern des Fords verschwamm, und Jane genoss ihre Ungestörtheit.

EINUNDZWANZIG

Die Gartenzwerge standen geduldig im Regen. Das Haus im Ranchstil in Reseda war gepflegt und gut erhalten. Am Tor des weißen Lattenzauns verkündete eine grüne Plakette in weißer Zierschrift, dies sei GRANDPA AND GRANDMA'S PLACE. Sechs Wichtel bevölkerten den Vorgarten: drei in ziemlich nachdenklicher Pose und drei, die Ringelreihen tanzten. Dort gab es auch ein Vogelbad und eine gut einen Meter hohe Windmühle. Auf dem Balken über der Haustür stand: GOTT SEGNE DIESES HAUS.

Alles nur Bullshit, mit dem die Hausbesitzer sich zu tarnen versuchten. Hatten diese Leute jemals Enkel gehabt, hatten sie sie vermutlich aufgefressen.

Im Grundbuch waren die Besitzer als John und Judy White eingetragen, und obwohl sie hier wohnten, gaben sie sich als Pete und Lois Jones aus. Nur Gott wusste, wie sie wirklich hießen – und vielleicht nicht einmal er.

Sie waren syrische Flüchtlinge, die vermutlich niemals Syrer gewesen waren, und mit gefälschten Papieren, die sie später vernichtet hatten, in die USA gekommen. Offiziell lebten sie in Boston bei Verwandten, die für ihren Unterhalt aufkamen, aber im Gegensatz zu Boston existierten diese Verwandten nicht.

Jane trat unter das Vordach, schloss ihren Schirm, lehnte ihn an einen Blumentopf und klingelte.

Lois öffnete die Haustür: eine mollige Schwarzhaarige von ungefähr fünfzig Jahren in einem viel zu engen Trainingsanzug in Pink. Dazu grünen Nagellack. Sechs Ringe mit nussgroßen Brillanten. Dunkle Augen und ein scharfer Blick, der Fische filetieren konnte.

Sie sprach mit einer Zigarette im Mundwinkel. Ihr Akzent klang eher nach Osteuropa als nach Mittlerem Osten, als sie sagte: »Ist früh für Sie.«

»Ich habe später viel zu tun. Ich habe gehofft, meine Bestellung sei fertig.«

»Sie sind nass.«

»Es regnet. Tut mir leid.«

»Schon gut, Schätzchen. Kommen Sie rein.«

Das Haus stank nach Zigarettenrauch.

»Sie setzen sich«, sagte Lois. »Ich rede mit Pete.«

Auf dem blauen Sofa lag eine fette weiße Katze. Sie funkelte Jane mit bösen dottergelben Augen an.

Jane setzte sich auf die Vorderkante eines Fernsehsessels von La-Z-Boy.

Nichts im Inneren des Hauses bestätigte die äußerliche Postkarten-Idylle, aber alles war ziemlich normal bis auf den rückwärtigen großen Raum, in dem Pete eine Zigarette nach der anderen rauchte, während er mit einer alten Druckerpresse, Laserdruckern, Laminiergeräten und weiteren Maschinen arbeitete, um alle möglichen Ausweise in höchster Qualität zu fälschen.

Empfohlen hatte ihr diese Leute Enrique de Soto, der Autohändler in Nogales, der ihr den Ford Escape verkauft hatte. Enrique kannte Jane, seit sie als FBI-Agentin nach einem Serienmörder namens Marcus Paul Headsman gefahndet hatte, der sich wegen seines Namens verpflichtet gefühlt hatte, Schädel zu sammeln. Headsman hatte einen von Enriques geklauten Wagen gestohlen – ein Akt ausgleichender Gerechtigkeit in einer Gesellschaft, die von Jahr zu Jahr weniger wirkliche Justiz garantieren konnte – und nach seiner Verhaftung gehofft, sich Vorteile verschaffen zu können, indem er den illegalen Händler verpfiff.

Es gibt mehr Kriminelle als gute Kerle, die sie vor Gericht bringen könnten. Daher müssen Cops – ähnlich wie Notärzte, die zu viele Verletzte auf einmal zu versorgen haben – Prioritäten setzen. Wie es häufiger der Fall ist, als die Öffentlichkeit glauben würde, war die für Enrique zuständige Polizei unterbesetzt und überlastet und mit wichtigeren Ermittlungen befasst. Seine Akte verschwand in einer Schublade mit der Aufschrift ZUR WIEDERVORLAGE, in der sie vergilben würde, bis sie nach ein bis zwei Jahrzehnten entsorgt wurde, um Platz für neue Fälle zu machen, für die niemand Zeit erübrigen konnte.

Jane hatte Lois und Pete vor zwei Tagen aufgesucht. Als Teil ihres Services hatten sie ihr fünf hochwertige Perücken in verschiedenen Farben, mit verschiedenen Frisuren, eine Auswahl getönter Kontaktlinsen und neue gefälschte Kennzeichen für den Ford Escape mitgegeben.

Eine zweite weiße Katze erschien, machte einen Buckel und fauchte Jane an. Ihre Augen funkelten in einem Grün, das in jeden Hexenkessel gepasst hätte.

Jane stand von dem La-Z-Boy auf, und die Katze sprang auf die Sitzfläche, und sie setzte sich in einen anderen Sessel mit deutlichen Kratzspuren.

Obwohl sie bereits eine Sammlung gefälschter Führerscheine besaß, konnte sie nichts mehr mit ihnen anfangen. Sie stammten aus verschiedenen Bundesstaaten und waren auf verschiedene Namen ausgestellt, aber jeder Schein zeigte sie, wie sie ausgesehen hatte, bevor landesweit nach ihr gefahndet wurde.

Als Lois zurückkam, brachte sie einen festen braunen Umschlag und einen Plastikbeutel mit fünf Perücken mit, von denen jeweils eine zu dem entsprechenden Führerschein getragen werden musste.

Jane schüttelte die laminierten Ausweise heraus, um sie zu begutachten. Sechs. Auf verschiedene Namen ausgestellt. Ein Foto zeigte sie, wie sie jetzt aussah; die anderen passten zu den fünf Perücken.

Pete wusste natürlich, dass die billigen Kameras von Führerscheinstellen nur selten ähnliche Bilder und niemals Glamourfotos lieferten. Er imitierte die grelle Ausleuchtung amtlicher

Fotos und ließ Jane Gesichter machen, die nicht allzu absurd waren, aber sie ziemlich brav und streberhaft aussehen ließen. Bei diesen Fotos würde niemand an eine ehemalige FBI-Agentin denken, nach der gefahndet wurde, und weil sie so vage waren, konnte Jane sich je nach den Erfordernissen der Situation hübscher oder hässlicher machen, ohne der Abgebildeten unähnlich zu werden.

Vor allem arbeitete Pete mit einem brillanten kriminellen Hacker zusammen, der ins IT-System jeder Führerscheinbehörde Amerikas eindringen und eine fiktive Akte hinterlegen konnte, die jeder Polizeibeamte, der sie vielleicht wegen eines Verkehrsverstoßes anhielt, für echt halten würde.

Sie hatte im Voraus gezahlt. Als sie jetzt die sechs Führerscheine wieder in den Umschlag steckte, sagte sie: »Die sind jeden Cent wert – aber Ihre Perückenpreise sind astronomisch hoch.«

Lois blies einen Rauchring. »Zubehör muss saftige Gewinne abwerfen. Wir geben niemand Rabatt, Schätzchen.«

Jane hätte die beiden liebend gern verhaftet, wenn sie dazu befugt gewesen wäre – und sie nicht gebraucht hätte, um am Leben und in Freiheit bleiben zu können.

Sie fragte: »Syrien ist ziemlich weit weg, was?«

»Syrien ist ein Drecksloch. Schönen Tag noch.«

ZWEIUNDZWANZIG

Gegen 18:30 Uhr am Donnerstagabend, fünf Stunden nach dem Anschlag, begann der Schneefall nachzulassen, und die Straßenbeleuchtung flammte auf. Im grellen Licht der Feuerwehrscheinwerfer war der zuvor schwarze, dichte Rauch, der aus dem halb eingestürzten und ausgebrannten Hotel Veblen aufstieg, jetzt weiß und dünn und ließ an ätherische Wesen, an

Geister denken, die sich aus diesem Ort der Feuertode erhoben. Mit der feierlichen Eleganz von Blütenblättern, die Trauernde in ein offenes Grab werfen, kreiselten einzelne Schneeflocken, gegen Ende des Sturms größer und nasser, von dem dunklen Himmel herab.

Sheriff Luther Tillman stand auf der Straßenseite gegenüber an der Ecke Fitzgerald Avenue und Main Street und hatte die Hände in den Taschen seiner Thermo-Steppjacke vergraben. Rhythmus und Tempo der weißen Dampfwolken, die er wie ein Drache ausstieß, wechselten gelegentlich sichtbar und zeigten, dass seine Stimmung von Zorn zu Trauer und wieder zu Zorn wechselte. Er war dankbar dafür, dass die Nachbarhäuser des Hotels weniger beschädigt waren, als zu befürchten gewesen war, aber das war angesichts der Gesamtschäden nur ein schwacher Trost. Die Zahl der Toten, darunter der Gouverneur und der hiesige Kongressabgeordnete, stand bei zweiundvierzig, aber sie würde sich bestimmt noch erhöhen, wenn Suchmannschaften die Trümmer durchsuchten.

Luther stand frustriert da, denn er war mehrfach beiseitegeschoben worden; erst von der State Police, dann aggressiver von FBI-Agenten der Außenstelle Minneapolis und zuletzt von FBI-Spezialisten, vor allem aus der für Terrorismus, Brandstiftung und Bombenanschläge zuständigen Analystengruppe 1, die mit dem Flugzeug aus Quantico gekommen waren. Er nahm ihnen das jedoch nicht übel. Sie verfügten über die speziellen Kenntnisse und Ressourcen, um den Anschlag weit gründlicher aufklären zu können als jeder County Sheriff. Und weil ein Kongressabgeordneter unter den Opfern war, war dies automatisch ein Fall fürs FBI. Aber dies war auch sein Revier, und viele der Toten waren Freunde oder Nachbarn. Er war tief betrübt, und sein Schmerz wurde durch das Gefühl verstärkt, wertlos zu sein.

Trotz der Kälte und der übel riechenden Dämpfe, die manchmal aus den Trümmern aufstiegen, hatten sich Einwohner zu einer Totenwache am Anschlagort versammelt. Luthers Deputies ermahnten sie freundlich, wenn sie zu weit vordrängten, und erteilten Leuten, die sich um Angehörige sorgten, geduldig Auskunft. Sehr viel mehr konnte das Sheriff's Department angesichts der erdrückenden Übermacht von FBI und State Police nicht tun.

Aber Luther fiel in der Menge auf, weil er eins neunzig groß war, sich mit seinen einundsechzig Jahren noch immer kerzengerade hielt, in der hiesigen Highschool ein Footballstar gewesen war und so schwarz war, wie man in Minnesota, wo Afro-Amerikaner nur fünf Prozent der Bevölkerung stellten, nur sein konnte. Er war stolz darauf, viermal zum County Sheriff gewählt worden zu sein. Aber dies war kein Stolz, der eines Tages zu seinem Fall führen würde; er war durch Bescheidenheit und ein Gefühl der Verantwortung für die Menschen gedämpft, die ihm seinen Posten anvertraut hatten.

Außerdem war seine Frau Rebecca, mit der er seit sechsundzwanzig Jahren verheiratet war, jederzeit imstande, aufkommende Arroganz zu wittern, wenn sie erst eitle Selbstgefälligkeit war, und ihn mit einem Blick oder einigen freundlichen Worten auf den Boden der Tatsachen zurückzuholen. Er war sich ständig bewusst, dass sein ganzes Tun und Lassen auch auf sie und ihre beiden Kinder abfärbte, und war daher umso enttäuschter, dass die übergeordneten Dienststellen ihm in einer Situation, in der die Einheimischen zu Recht viel von ihm erwarteten, so wenig tun ließen.

Sorgen machte ihm auch, dass die Ermittler sich allzu rasch auf eine einzige Verdächtige konzentriert hatten: Cora Gundersun. Er hatte Cora über zwanzig Jahre lang gekannt. Sie war außerstande, eine solch entsetzliche Gewalttat zu verüben.

Ja, aber … Jeder Mensch war ein Mysterium, jeder Verstand ein Labyrinth aus Geheimgängen und -räumen. Niemand kannte seine Mitmenschen wirklich oder konnte beurteilen, wozu sie imstande sein mochten. Nur bei Ehepartnern war das anders. Und selbst da nicht immer.

Cora hatte durch ihre Arbeit mit Förderschulkindern Wunder bewirkt, und niemand hatte jemals ein unfreundliches Wort über sie gesagt. Trotzdem war Luther zu sehr Cop, um kategorisch auszuschließen – auch wenn er lieber etwas anderes geglaubt hätte –, dass in ihrem Innersten etwas abgrundtief Böses oder Verrücktes gelauert hatte.

Von ihrem SUV war nicht viel übrig, eine verbogene Masse aus Stahl und geschmolzenen Glasfaserteilen, und noch weniger war von Cora übrig geblieben, sodass eine eindeutige Identifizierung nur durch eine DNA-Analyse möglich sein würde. Zahlreiche Zeugen, die sie gut gekannt hatten, hatten ausgesagt, sie habe den brennenden Expedition gefahren, habe lachend noch mehr Gas gegeben und sei in ihrem Wagen allein gewesen.

Auch ihr Haus in einem ländlicheren Teil des Countys wurde vom FBI durchsucht. Vorerst konnte Luther nicht viel mehr tun, als von außen zuzusehen – und sich sehr aufs Abstellgleis geschoben zu fühlen.

Um 18:42 Uhr, nachdem er die Straße überquert hatte, um mit dem Brandinspektor zu reden, auch wenn er sich davon eigentlich keine neuen Informationen erhoffte, klingelte sein Smartphone.

Der Anrufer war Deputy Rob Stassen, den Luther dafür eingeteilt hatte, mit den Feds zu Coras Haus hinauszufahren.

»Sheriff, wenn du nicht allzu beschäftigt bist, solltest du hier rauskommen.«

»Im Augenblick«, sagte Luther, »ist der einzige Unterschied zwischen mir und einem Bären im Winterschlaf, dass ich keine Höhle habe. Was läuft da draußen?«

»Nichts. Das ist's gerade – sie sind weg.«

»Wer ist weg?«

»Die Jungs vom FBI.«

Die Feds hatten ihre Einsatzzentrale einen halben Block vom Hotel Veblen entfernt in der Stadtbibliothek in der Main Street eingerichtet. Von dort aus waren um 15:30 Uhr vier Mann mit Deputy Stassen zu Cora Gundersuns Haus gefahren. Zwei weitere Special Agents, die zu dem Kontingent aus Quantico gehörten, waren ihnen um 16:30 Uhr mit Gerätschaften beladen gefolgt.

Das Haus war natürlich kein Tatort, aber die Ermittler gingen davon aus, dass die Planung und die Vorbereitungen dort stattgefunden hatten. Mit einer ersten Durchsuchung des Anwesens, die so gründlich war, wie die Bedeutung dieses Falls es erforderte, hätten die Spurensicherer mindestens bis Mitternacht beschäftigt sein müssen.

Luther sah auf seine schneebedeckten Stiefel hinunter und wackelte mit den Zehen, damit sie nicht steif wurden, als er sich von dem Brandinspektor abwandte und leiser fragte: »Haben sie gesagt, wann sie zurückkommen?«

»Überhaupt nicht mehr, denke ich«, sagte Rob Stassen.

Luthers Intuition sagte ihm schon seit einiger Zeit, dass mit manchen dieser FBI-Agenten etwas nicht stimmte. Einige wenige wirkten geradezu beunruhigend leidenschaftslos, als gehe sie der Horror um sie herum nicht das Geringste an. Natürlich mussten Ermittler wie Ersthelfer die Fassung bewahren und ihre tiefsten Gefühle beherrschen. Aber selbst die abgebrühtesten Profis unter ihnen hätten von Schreckensszenen wie diesen berührt und erschüttert sein müssen, und auch wenn sie ihre Verzweiflung, ihr Mitgefühl nicht mit Worten oder durch Tränen ausdrückten, hätte man ihnen ansehen müssen, was sie empfanden. Aber mindestens vier dieser Gesichter, Männer wie Frauen, zeigten keinerlei Gefühlsregung, als seien die Gehirne hinter ihren Augen nicht imstande, menschliche Gemeinsamkeiten zwischen sich und den zerfetzten, verbrannten oder zerquetschten Opfern zu erkennen, die leblos unter den Trümmern lagen.

»Ich bin jetzt allein hier«, sagte Rob Stassen. »Irgendwie ist's im Haus unheimlich, Sheriff. Du solltest dich selbst umsehen.«

DREIUNDZWANZIG

Am Spätnachmittag war es in der Bibliothek ziemlich still, von den Deckenlampen war nur jede zweite Reihe eingeschaltet, vielleicht um Energie zu sparen, und durch die hohen Sprossenfenster fiel an diesem grauen Tag nach dem Regen nur wenig Licht.

Hier gab es Gänge mit vollen Bücherregalen, jedoch weniger als in früheren Jahrzehnten, weil DVD-Regale, eine Erzählecke für Kinder und vor allem die PC-Arbeitsplätze im rückwärtigen Teil des Saals viel Platz wegnahmen.

Smartphones, Tablets und Laptops hatten jeweils eine unverwechselbare IP-Adresse und konnten von den Behörden in Echtzeit aufgespürt werden. Deshalb hatte Jane Hawk sich darauf verlegt, inkognito an Bibliothekscomputern zu surfen, seit sie abgetaucht war. Aber wenn ihre Suchen bestimmten Personen und Dingen galten, von denen ihre Verfolger wussten – David James Michael, die Firma Far Horizons, Nanomaschinen, Gehirnimplantaten und dergleichen –, konnte sie bei feindlich beherrschten Webseiten Alarm auslösen, die Suchen nach dem Ursprung der Anfrage auslösten. Daher blieb sie nie allzu lange in Bibliotheken.

Jetzt saß sie allein an einem der Arbeitsplätze und hoffte, bei ihrer Recherche nicht gestört zu werden.

Heute interessierten sie zwei Personen. Die erste war Randall Larkin, der Anwalt. Als sie Lawrence Hannafin mittags nicht wieder angerufen hatte, mussten die beiden zu dem Schluss gekommen sein, sie habe über ihre Begegnung mit dem

Journalisten nachgedacht und beschlossen, ihm lieber doch nicht zu trauen. Sie konnten nicht wissen, dass sie seine Telefongespräche mit Larkin mitgehört hatte.

Die Anwaltsfirma Woodbine, Kravitz, Larkin & Benedetto residierte am Little Santa Monica Boulevard in Beverly Hills. Der Name Randall Larkin lieferte zahlreiche Treffer. Sie notierte sich die wichtigsten Erkenntnisse in einem kleinen Notizbuch und hatte bald alles, was sie brauchte.

Bevor sie ihre Suche fortsetzte, überzeugte sie sich davon, dass niemand in der Nähe war, nahm ihre Brille ab und massierte die von den Nasenpads zurückgelassenen Abdrücke an ihrer Nase.

Als Jane die Augen öffnete und ihre Brille wieder aufsetzte, stand eine Frau keine fünf Meter entfernt am Ende einer Regalreihe und beobachtete sie leicht verwundert. Mitte dreißig. Schuhe mit Gummisohlen, beiger Rock, weiße Bluse. Sie schob ein Wägelchen, von dem aus sie zurückgegebene Bücher an ihren Platz zurückstellte.

Jane lächelte, und die Frau lächelte, und Jane konzentrierte sich scheinbar unbekümmert wieder auf den Bildschirm. Am Rand ihres Gesichtsfelds behielt sie die Bibliothekarin im Blick, während sie hastig Medienberichte über Sakura Hannafins plötzlichen Tod vor einem Jahr suchte und rasch fündig wurde.

»Entschuldigung«, sagte die Bibliothekarin. Sie war näher herangekommen; ihr Buchwägelchen war jetzt leer. »Ich weiß bestimmt, dass wir uns kennen, aber mir fällt nicht ein, woher.«

Jane spielte wieder die Texanerin, als sie gedehnt sagte: »Verdammt, ich hatte dasselbe Gefühl, als ich Sie gesehen hab. Haben Sie mal in Dallas gewohnt?«

»Nein. Immer in Kalifornien.«

»Ich wohn bei ’nem Freund oben in der Oakdale Avenue ein paar Blocks von Saticoy weg, bis ich was Eigenes finde. Sie kennen Oakdale?«

»Liegt das in Winnetka?«

»Klar doch.«

Die Bibliothekarin schüttelte den Kopf. »Ich wohne in Canoga Park.«

»Gleich nebenan. Vielleicht kaufen Sie und ich im selben Pavilions ein.«

»Nein, in den Supermarkt gehe ich nicht.«

Jane zuckte stirnrunzelnd mit den Schultern. »He, vielleicht haben wir uns in einem früheren Leben gekannt?«

»Nun, ich habe mich schon immer zum alten Ägypten mit Pyramiden, Pharaos und Sphinxen hingezogen gefühlt, als hätte ich mal dort gelebt.«

»So war's bestimmt! Sie und ich und Tutanchamun!«

Sie lächelten sich an, dann wandte Jane sich wieder dem Bildschirm zu, als habe sie noch zu arbeiten.

Die Bibliothekarin verschwand ihr Wägelchen schiebend. Vielleicht sah sie sich noch mal um. Jane beobachtete sie nur indirekt.

Sobald die Frau wieder in dem Regallabyrinth verschwunden war, fuhr Jane den Computer herunter und raffte ihre große Umhängetasche und ihren Schirm an sich. Um nicht den Hauptausgang benutzen zu müssen, ging sie rasch zu einer Tür mit der Aufschrift TOILETTEN.

Dahinter lag ein Korridor mit Gitterrostlampen, die glänzende Lichtquadrate auf den blassblauen Vinylboden warfen. Über der Tür am anderen Ende leuchtete ein rotes EXIT-Schild.

Ihr Ford Escape stand zwei Blocks entfernt in einer Wohnstraße. Aus genau diesem Grund parkte sie ihn nie in der Nähe der Bibliothek, in der sie ihre Recherchen anstellte. Hätte man herausbekommen, welchen Wagen sie fuhr, hätte Jane ihn im Stich lassen, ein Auto stehlen und nach Nogales, Arizona, fahren müssen, wo Enrique de Soto das gestohlene Fahrzeug hoffentlich in Zahlung nehmen würde. Alle Teufel der Hölle –

oder zumindest ihre Surrogate – fahndeten jedoch nach ihr, und sie hatte keine Zeit für einen Abstecher nach Nogales.

Ohne sich die Zeit zu nehmen, ihren Schirm aufzuspannen, hastete sie zwischen zwei geparkten Autos hindurch. Als sie durch die Pfützen auf der schmalen Zufahrt platschte, rief hinter ihr eine Männerstimme: »He, Sie!«

Ein Blick über die Schulter zeigte ihr einen Kerl in Uniform. Kein Cop. Grün-schwarze Uniform. Pistole an der Hüfte. Hatten Bibliotheken heutzutage bewaffnete Wachleute? Teufel ja, sogar Kirchen beschäftigten heutzutage vermutlich welche.

Eine Palisade aus Restaurants und Geschäften säumte die andere Seite der schmalen Zufahrt. Jane rannte an ihren Hinterausgängen und Abfallcontainern vorbei. Der Wachmann rief etwas Unverständliches. Er hatte die Verfolgung aufgenommen.

VIERUNDZWANZIG

Neue Schneewehen, die ältere bedeckten: das Bettzeug einer Landschaft im Tiefschlaf, deren sanfte Erhebungen träumenden Schläfern glichen. Die knochenweiß kahlen Äste verschneiter Bäume, Apfelbeeren und Streifenahorn und graue Pappeln, und die von Eis und Schnee schweren Nadelbäume, mehr weiß als schwarz, bei Nacht überhaupt nicht grün, ergaben im geisterhaften Widerschein der Schneefelder eine fast einfarbige Szenerie.

Sheriff Luther Tillman, der mit seinem Dienstwagen, einem Jeep Wrangler, allein aufs Land hinausfuhr, war von Meile zu Meile mehr davon überzeugt, der Massenmord im Hotel Veblen sei keine singuläre Tat einer Geistesgestörten, sondern nur der Beginn von irgendwas. Seine Zufriedenheit und die vielen Freuden seines reich gesegneten Lebens ruhten auf dünnstem Eis.

Im Tiefschnee kam Cora Gundersuns eingeschossiges weißes Holzhaus, hinter dessen Fenstern kein Licht brannte, nicht plötzlich in Sicht, sondern zeichnete sich erst allmählich im Licht der Scheinwerfer ab. Luther bog auf die Einfahrt, die nicht geräumt war, fuhr hinters Haus und parkte hinter Rob Stassens Jeep. Er stellte den Motor ab, schaltete die Scheinwerfer aus.

Aus dem Auspuff des Jeeps kamen kleine Dampfwolken, als Rob jetzt ausstieg und die Fahrertür schloss.

Als Luther auf seinen Deputy zutrat, sprang Coras Langhaardackel auf den Fahrersitz des Jeeps und starrte ernsthaft interessiert aus dem Seitenfenster.

»Dixie hat kein Abendessen gehabt«, sagte der Sheriff.

»Das hab ich mir auch überlegt.« Rob war sechsunddreißig, ein ehemaliger MP der Navy, der von ausländischen Häfen genug hatte und nun dazu beitragen wollte, daheim Recht und Ordnung zu wahren. »Ich hab ihr Trockenfutter gefunden. Musste ihr gut zureden. Trotzdem hat sie nicht viel gefressen. Sie zittert und winselt, die Ärmste. Als wüsste sie Bescheid.«

»Hunde ahnen so was«, bestätigte Luther.

»Ausgerechnet Cora! Minnesotas Lehrerin des Jahres. Man ist echt geplättet, wenn man darüber nachdenkt.«

Auf dem Weg zur rückwärtigen Veranda sagte Luther, unter dessen Stiefeln der Schnee knirschte: »Jedenfalls war die heutige Cora nicht die Cora, die wir gekannt haben.«

»Glaubst du, dass sie einen Gehirntumor oder so was hatte?«

»Das werden wir nie erfahren. Für eine Autopsie ist nicht genug übrig von ihr.«

Die Stufen zur Veranda hinauf waren geräumt. Auf der Treppe fragte Luther erstaunt: »Keine Polizeiverfügung an der Tür, kein Siegel?«

»Anfangs haben sie mehr oder weniger nach Vorschrift gearbeitet, bis dieser Hendrickson aufgekreuzt ist. Dann sind sie mit dem Schwanz zwischen den Beinen abgezogen.«

»Welcher Hendrickson?«

»Booth Hendrickson aus dem Justizministerium. Er muss mit der Peitsche geknallt haben. Warum, weiß ich nicht.«

Als nur halb selbstständige Behörde unterstand das FBI der Dienstaufsicht des Innenministeriums.

»Hast du seine Karte?«, fragte Luther.

»Die waren ihm angeblich ausgegangen. Ein richtiger Harvard-Schnösel, wenn du mich fragst. Aber sein Dienstausweis hat echt ausgesehen, und die Spezialisten aus Quantico kannten ihn.«

»Was hat er zu dir gesagt? Wieso hat er sie abgezogen?«

»Hab ich nicht mitgekriegt, Sheriff. Für Hendrickson war ich bloß ein kleiner Cop. Er hat den Schlüssel mitgenommen. Wenn du meinst, dass wir uns drinnen umsehen sollten, müssen wir die Tür aufbrechen oder vielleicht ein offenes Fenster finden.«

Luther sagte: »Cora hatte einen Schlüssel versteckt – für den Fall, dass sie sich mal aussperrt.«

Er griff nach der langstieligen steifen Bürste, die neben der Tür an der Wand lehnte, und säuberte damit seine Stiefel von Schnee.

»Die anderen haben schon ziemlich viel reingetragen.«

»Das müssen wir ihnen nicht nachmachen, Robbie.«

Rob Stassen benutzte die Bürste, während Luther den Balken über der Tür nach dem Ersatzschlüssel abtastete. Er sperrte auf und machte Licht.

Chaos in der Küche. Schneewasserpfützen auf dem Linoleum. Schmutzige Fußabdrücke überlagerten einander wie eine mutwillige Persiflage auf moderne Kunst. Schranktüren standen offen. Der Inhalt des Mülleimers war auf den Boden ausgekippt, durchwühlt und liegen gelassen worden.

Schwarzer Fingerabdruckpuder befleckte den Tisch, den Kühlschrank, die Schranktüren. Die Spurensicherer hatten Abdrücke gesucht, die nicht von Cora stammten. Für den Fall, dass sie Mitverschwörer gehabt hatte. Latexhandschuhe, die Ermittler trugen, um keine eigenen Spuren zu hinterlassen, waren abgestreift und achtlos auf den Fußboden oder auf Arbeitsflächen geworfen worden.

»Sieht das für dich wie FBI-Arbeit aus?«, fragte Luther.

»Der Tatort ist verunreinigt worden, Sheriff. Nicht gerade filmreife FBI-Arbeit.«

»Vielleicht steckt dahinter Methode. Haben sie Beweise gesichert oder eliminiert?«

»Großer Gott, hast du das wirklich gefragt?«

Luther stand am Küchentisch und sah auf ein aufgeschlagenes dickes Notizbuch mit Spiralbindung hinunter. »Das hat Cora gehört. Ich habe nie jemanden gekannt, der auch nur halb so gestochen schreiben konnte wie sie.«

»Wie mit der Maschine geschrieben«, bestätigte der Deputy.

Für ihre Einträge hatte sie nur die rechten Seiten benutzt. Die linken Seiten des Notizbuchs waren leer.

Die erste Zeile begann mit: *Nachts passiert es manchmal nachts passiert es manchmal nachts passiert es manchmal* … Als habe sie in quasi autistischer Verfassung dagesessen, während ihr Verstand wie die Nadel eines altmodischen Grammophons in einer Tonspur festsaß, füllten diese vier Wörter eine Zeile nach der anderen.

Luther blätterte vier, fünf identische Seiten um, bis er zu der Stelle kam, an der sie den Gedanken weiterführte, den sie so dringend ausdrücken wollte. *Nachts passiert es manchmal, dass ich hellwach aufschrecke, dass ich hellwach aufschrecke, dass ich hellwach aufschrecke* …

Auf den folgenden sechs Seiten wiederholte Cora nur diese vier Wörter, die sie unzählige Male erschreckend gleichmäßig zu Papier brachte.

Als Luther dann neues Material entdeckte, sagte Rob Stassen, der neben ihm stehend mitlas: »Sheriff, mir gefriert das Blut in den Adern.«

FÜNFUNDZWANZIG

Während der wolkenverhangene Himmel sich in der Abenddämmerung rasch verdüsterte, seit das Gewitter sein Feuerwerk abgebrannt hatte, lag das San Fernando Valley bei starkem Regen in fahlem Licht. Von dem bewaffneten Wachmann verfolgt platschte Jane durch den breiten, seichten Bach voller Müll, der in der abgesenkten Straßenmitte entstanden war. Hinter einem Abfallcontainer versuchte sie, eine Stahltür mit der Aufschrift RISTORANTE VALENTINO / LIEFERANTEN zu öffnen, und hatte Erfolg.

Dahinter befand sich ein ungefähr sechs mal drei Meter großer Lagerraum. Betonboden und -wände. Links und rechts leere Stahlregale. Eine Tür, die vermutlich in die Küche führte, aus der Knoblauchdunst kam. Das Restaurant hatte vielleicht noch nicht geöffnet, aber die Küchenbrigade würde schon jetzt arbeiten.

Sie trat nach links, stellte ihre Tasche ab und presste sich an die Wand. Die schwere Tür schwang an ihr vorbei und fiel krachend von selbst ins Schloss.

Falls der Kerl auf FBI machen wollte, konnte sie nur hoffen, dass er nicht mit schussbereiter Pistole hereinstürmte. Manche dieser Möchtegerns *sehnten* sich danach, auf jemanden zu schießen, aber die meisten hatten ein bisschen Angst vor ihren Schusswaffen.

Die Türklinke ratterte, der untere Dichtungsstreifen scharrte über den Beton, die Tür öffnete sich von Jane weg, ein Windstoß trug Regen herein, der auf den Fußboden prasselte, und plötzlich war *er* da, keinen Meter von ihr entfernt. Er nahm ihre Gegenwart erst wahr, als sie ihren schwarzen Taschenschirm öffnete, der ihm in Bruchteilen einer Sekunde förmlich ins Gesicht sprang.

Er schrie überrascht auf, weil er vielleicht nicht sofort erkannte, was da mit einem Knall vor ihm explodierte. Vielleicht glaubte er, die schwarze Erscheinung sei der leibhaftige Tod, dessen Schwingen nach ihm griffen. Er stolperte, verlor das Gleichgewicht und stürzte.

Jane warf den Schirm weg und trat den Gestürzten schmerzhaft in den Schritt. »Zwingen Sie mich nicht dazu, Ihnen noch mehr wehzutun«, sagte sie mit einem Fuß auf den Kronjuwelen. Aber ihre Sorge war überflüssig, denn ihr Tritt hatte ihm alle Kraft geraubt. Sie bückte sich, riss ihm die Pistole aus dem Holster, trat einen Schritt zurück und bedrohte ihn damit, als die Stahltür wieder ins Schloss fiel. »Liegen bleiben! Ziehen Sie die Hose aus.«

Blass vor Schock und schmerzlich keuchend verstand er nicht gleich, was sie wollte. Aber als sie den Befehl wiederholte, beeilte er sich, ihn auszuführen.

Während der Wachmann mit seiner nassen Hose kämpfte, öffnete sich die Tür zur Küche, und ein etwa 50-jähriger Mann mit den Zügen eines römischen Imperators erschien in weißer Kochjacke und -mütze, um nachzusehen, was der Krach zu bedeuten hatte. Jetzt machte er ein Gesicht, als habe ihm jemand eine Stange Dynamit mit brennender Zündschnur in die Hand gedrückt.

Als der Küchenchef zurückweichen wollte, bedrohte Jane ihn mit der Pistole: »Halt oder ich schieße!«

»Bitte nicht, ich pflege meine Mutter«, flehte er, hob die Hände und hielt die Tür mit dem Körper auf.

Auf dem Rücken liegend mühte der Wachmann sich verzweifelt ab, die nasse Hose über seine Schuhe zu ziehen: eine Szene, die Jane zum Lachen gereizt hätte, wenn sie nicht hätte befürchten müssen, die Ägyptenfreundin in der Bibliothek habe bereits die Polizei alarmiert.

Den Küchenchef wies sie an: »Schirm aufheben und zumachen!«

Er tat wie geheißen; gleichzeitig befreite der Wachmann sich von seiner Hose.

»Chef, werfen Sie den Schirm zu meiner Tasche hinüber. *Denken* Sie nicht mal daran, ihn nach mir zu werfen!«

Er wäre ein erstklassiger Boulespieler gewesen: Der Schirm traf die auf dem Boden stehende Tasche.

Den Wachmann wies sie an: »Runter mit den Boxershorts.«

»Jesus, das können Sie nicht verlangen!«

»Sie wissen, wer ich bin?«, fragte Jane.

»Ja, das weiß ich.«

»Dann wissen Sie, dass ich verzweifelt bin. Nackt oder tot. Sie haben die Wahl.«

Er schlängelte sich aus den Shorts.

»Aufstehen!«

Leise stöhnend und mit zusammengebissenen Zähnen keuchend zog er sich an einem Stahlregal hoch. Er konnte noch nicht wieder gerade stehen.

»Heben Sie Ihre Sachen auf«, befahl Jane ihm. »Machen Sie die Tür auf, werfen Sie alles mitten auf die Straße.«

Das tat er, und als sie ihn aufforderte, sich neben den Küchenchef zu stellen, gehorchte er wieder – jedoch mit der glaubhaften Versicherung, er hasse sie.

Jane verhinderte, dass die Stahltür wieder ins Schloss fiel. »Sie brechen mir das Herz«, sagte sie und hob mit der linken Hand Tasche und Schirm auf. »Chef, rieche ich Braciole?«

»Die Rinderrouladen sind unser Tagesgericht.«

»Ich wollte, ich könnte bleiben, um sie zu kosten.«

Sie schlüpfte ins Freie, warf die Pistole des Wachmanns in den Müllcontainer und rannte durch den strömendem Regen, der ihr kälter vorkam als vor zwei Minuten. Während ihrer kurzen Abwesenheit hatte der Wind bei herabsinkender Nacht stark aufgefrischt und brauste jetzt durch die enge Gasse wie eine Phantomherde, die hier Jahrhunderte vor Ankunft des ersten Menschen in wilde Flucht geraten war.

SECHSUNDZWANZIG

Die Küche der Toten. Kaltes, wächsernes Baconfett in einer Pfanne auf dem Herd. Von FBI-Agenten abgestreifte blasse Latexhandschuhe, die über Stuhllehnen hingen, auf Arbeitsflächen lagen und auf dem Fußboden Häufchen bildeten wie die geschrumpften Überreste von Seeanemonen, die auf unerklärliche Weise hierher gelangt waren. Auf dem Tisch benutztes Besteck und Geschirr – von einer Frau zurückgelassen, die als pedantisch bekannt war. Und das Tagebuch mit seinen tausendfachen Wiederholungen von Sätzen und Nebensätzen, aus denen sie mühsam eine Mitteilung konstruiert hatte: Beweis für ihr zwanghaftes Bedürfnis, einen Zustand oder eine Erfahrung zu schildern, die sie erschreckt und bedrückt hatte.

Nachts passiert es manchmal, dass ich hellwach aufschrecke …

Sheriff Luther Tillmann blätterte widerstrebend einige Seiten weiter, bis er die Fortsetzung fand, bei der Rob Stassen neben ihm stehend sagte: »Sheriff, mir gefriert das Blut in den Adern.«

Der Eintrag lautete: *Nachts passiert es manchmal, dass ich hellwach aufschrecke und spüre, wie eine Spinne in meinem Kopf umherkriecht …*

Luther sagte: »Die Feds müssen dieses Buch durchgeblättert haben. Sie sind nicht so unfähig, dass sie's übersehen hätten.«

»Aber dann hätten sie's mitgenommen«, sagte Rob. »Großer Gott, wenn das kein wichtiges Beweismittel ist!«

Das Verhalten der FBI-Agenten war unerklärlich. Aber Luther konzentrierte sich mehr auf das Entsetzliche, das sie hier entdeckt hatten, und war betrübt, diese Beweise dafür lesen zu müssen, dass Cora Gundersun wirklich an irgendeiner Art Psychose gelitten hatte.

Er blätterte drei Seiten weiter, bis er die Stelle fand, an der sie's geschafft hatte, den nächsten Teil des Satzes zu Papier zu bringen.

Nachts passiert es manchmal, dass ich hellwach aufschrecke und spüre, wie eine Spinne in meinem Kopf umherkriecht und mit mir spricht …

Zwei Seiten weiter stand wieder etwas, drei und vier Seiten ebenfalls, bis Coras Eintragungen endeten und der Rest des Tagebuchs leer war.

Luther las den vollständigen Eintrag laut vor: »Nachts passiert es manchmal, dass ich hellwach aufschrecke und spüre, wie eine Spinne in meinem Kopf umherkriecht und mit mir spricht, böse flüsternd spricht. Ich glaube, dass sie Eier in meine Gehirnwindungen legt. Sie befiehlt mir, zu schlafen, also tue ich's. Oft vergesse ich die Spinne tagelang. Bis ich wieder nachts hellwach aufschrecke und spüre, wie sie umherkriecht, wie sie Eier in mein Gehirn legt, und die Spinne sagt: *Vergiss mich*. Die Spinne wird mir noch den Tod bringen.«

Der Kompressor des Kühlschranks sprang an und ließ Luther zusammenzucken.

»Arme Cora«, sagte Rob Stassen. »Klingt verrückt, das zu sagen, wenn man bedenkt, was sie heute getan hat. Aber sie war weiß Gott echt krank. Was nun, Sheriff?«

Luther klappte das Tagebuch zu, klemmte es sich unter den Arm und sagte: »Jetzt durchsuchen wir das ganze Haus, um rauszukriegen, was das FBI sonst noch für unwichtig gehalten hat.«

SIEBENUNDZWANZIG

Jane brauchte ein schlichtes Motel, das Anonymität bot, aber kakerlakenfrei war, in dem sie bar bezahlen konnte, ohne Verdacht zu erregen.

Nach der Sache mit dem Wachmann war der Boden im San Fernando Valley viel zu heiß für sie. Sie mied die Freeways, auf denen der Verkehr an zahllosen Aquaplaning-Unfällen vorbeigeleitet wurde. Sie fuhr nach Westen nach Woodland Hills und auf dem State Highway 27 durch die Santa Monica Mountains nach Süden zum Coast Highway.

Der Will Rogers State Beach war gesperrt. Eine Kette zwischen Pollern blockierte die Zufahrt zum Parkplatz. Das Gelände auf beiden Seiten der Zufahrt war uneben, aber sie umfuhr die Blockade mit ihrem SUV. Dann schaltete sie die Scheinwerfer aus und fuhr durch wabernde Schwaden des Küstennebels langsam auf den Parkplatz.

Aus dem Nebel tauchten die Umrisse eines Gebäudes auf: die Toilettenanlage. Sie rollte rückwärts unter das Vordach und stieg mit ihrer Tragetasche aus. Aus dem Laderaum holte sie einen ihrer beiden Koffer und die große Plastiktüte mit den Perücken.

Sie konnte das regelmäßige Rauschen der Brandung hören, aber wegen des Nebels war der Strand nicht zu sehen.

Die Toilettenanlage würde im Außenbereich, am Eingang oder in beiden Bereichen von Kameras überwacht werden. Allerdings würden sie bei diesem Wetter nur unscharfe Bilder liefern. Und sie würde nichts beschädigen, sodass niemand Anlass haben würde, sich später für die Aufnahmen dieser Kameras zu interessieren.

Mit dem LockAid ließ sich die Tür der Damentoilette leicht aufschließen. Drinnen schaltete sie nur die Lampen über der in langer Reihe angeordneten Waschbecken an. Der Geruch scharfer Desinfektionsmittel war mit leichtem Uringeruch unterlegt.

Jane öffnete den Koffer auf der Ablage zwischen zwei Waschbecken und nahm einen der Müllsäcke heraus, die sie benutzte, wenn sie unterwegs die Garderobe wechseln musste. Sie nahm die Basecap ab, zog ihren Blazer aus und legte das Schulterholster mit der Pistole ab. Zog Pullover und Jeans aus und stopfte sie mit der durchnässten Jacke in den Müllsack. Sie streifte ihre Rockports ab, behielt aber die nassen Socken an, weil sie nicht barfuß auf dem recht schmutzigen Boden stehen wollte. Nachdem sie trockene Jeans und einen anderen Pullover angezogen hatte und ins Schulterhalfter und einen neuen Blazer geschlüpft war, verknotete sie die Schnürsenkel ihrer Stiefel wieder.

Ihr kastanienbraunes Haar war jetzt polizeibekannt. Der Regen hatte die Locken ausgewaschen, aber sie würde es bald anders färben müssen.

Aus dem Beutel mit Perücken, die Jane von den angeblichen syrischen Flüchtlingen in Reseda hatte, holte sie eine rabenschwarze Perücke, deren kurze Haare nach allen Richtungen abstanden: eine stylische *Vogue*-Version einer Punkerfrisur. Obwohl sie aus einem von Gartenzwergen bewachten Haus mit zwei Kettenrauchern kam, roch das volle Haar sauber, weil Lois, die in dem rosa Trainingsanzug, die Perücken in einem eigens dafür angeschafften Kühlschrank lagerte.

Jane steckte ihr Haar auf, befestigte die Perücke, kämmte sie rasch durch, begutachtete sich im Spiegel und fand ihre neue Identität überzeugend. Nun noch etwas Lidschatten in Purpurrot und den dazu passenden Lippenstift. Hornbrille und Basecap wurden zur späteren Wiederverwendung eingepackt. Die Krönung des Ganzen war ein Fake-Piercing im rechten Nasenflügel: eine silberne Schlange mit einem winzigen rubinroten Auge.

Aus ihren sechs gefälschten Führerscheinen suchte sie den heraus, der zu der neuen Frisur passte – sie war jetzt Elizabeth Bennet aus Del Mar, Kalifornien – und steckte ihn in ihre Geldbörse.

Zum Inhalt ihrer Taschen, den sie vor dem Umziehen auf der Ablage ausgebreitet hatte, gehörte ein silbernes Oval, das ein in Speckstein geschnittenes Frauenprofil umschloss. Es war die Hälfte eines zerbrochenen Medaillons, das ihr Sohn Travis an dem Ort, an dem gute Freunde ihn versteckten, gefunden hatte. Er behauptete, das Profil sehe seiner Mutter ähnlich, sodass sein Fund beim Spielen an einem Bach ihr Glück bringen müsse. Eine Ähnlichkeit konnte Jane nicht erkennen. Trotzdem hatte sie das Geschenk angenommen und versprochen, es immer bei sich zu tragen, damit es ihr Glück brachte und ihre Rückkehr zu ihm garantierte. Jetzt küsste sie die Kamee, wie man eine geweihte Medaille oder das Kreuz eines Rosenkranzes küsste, hielt sie noch einen Augenblick umklammert und steckte sie dann in eine Tasche ihrer Jeans.

Weil der Ford mit dem Heck unter dem Vordach stand, konnte sie alles hinten einladen, ohne nass zu werden, bevor sie nach vorn zur Fahrertür lief. Zehn Minuten von der Ankunft bis zur Abfahrt.

Nach einem schlimmen Tag war sie zuversichtlich, dass in dieser Nacht nichts mehr passieren würde. Als meistgesuchter Verbrecherin Amerikas stand ihr jedoch ein anstrengender Tag bevor – vor allem, wenn sie daran dachte, was sie mit Randall Larkin vorhatte.

ACHTUNDZWANZIG

Die Einrichtung und der Zustand von Cora Gundersuns bescheidenem Haus sagten vor allem über sie aus, dass sie ein schlichtes Leben mit einfachen Freuden geführt hatte. Sie genoss die Gesellschaft ihres Langhaardackels Dixie Belle, für den sie viele Spielsachen und bunte Pullover gekauft hatte. Festgehalten hatte sie ihr gemeinsames Leben in einem halben

Dutzend Fotoalben. Sie stickte gern Wandbilder, hatte eine christliche Zeitschrift abonniert, und an einer Wand im Wohnzimmer hingen die gerahmten Fotos ihrer Lieblingsschüler aus fünfzehn Jahren.

Obwohl die Frau jetzt tot war und ihr Recht darauf, Geheimnisse zu haben, weniger durch ihren Tod als durch ihren schrecklichen Anschlag aufs Hotel Veblen verwirkt war, hatte Sheriff Luther Tillman ein schlechtes Gewissen, als Rob Stassen und er im ganzen Haus Schubladen aufzogen und Schränke durchsuchten. Sie hatte wenig besessen und nicht mehr haben wollen; ihre Bescheidenheit zeigte sich überall, wohin man auch sah.

Sie machten keinen weiteren Fund, der es mit dem seltsamen Tagebuch auf dem Küchentisch aufnehmen konnte, aber im Schlafzimmer lagen dreißig dicke Notizbücher mit Spiralbindung, die andere Texte enthielten. Eine Wand verschwand ganz hinter Bücherregalen. Oben standen gebundene Bücher und Taschenbücher, aber in den beiden unteren Fächern standen Dutzende von dreihundert Seiten starken Notizbüchern mit Eintragungen in Coras präziser Handschrift. Luther blätterte ein paar durch, wobei Rob ihm über die Schulter sah, und sie gelangten zu demselben Schluss: In den letzten zwei Jahrzehnten hatte die Lehrerin erstaunlich viele Kurzgeschichten und ganze Romane geschrieben.

»Müssen Manuskripte nicht getippt sein?«, fragte Rob sich.

»Vielleicht hat sie sie von jemand abschreiben lassen.«

»Ist jemals was von ihr erschienen?«

»Nicht dass ich wüsste«, sagte Luther und blätterte weiter.

»So viel Ablehnung muss schwer zu ertragen gewesen sein.«

»Vielleicht ist sie nicht abgelehnt worden.«

»Glaubst du, dass ihre Sachen unter einem Pseudonym erschienen sind?«

»Vielleicht hat sie nie versucht, einen Verlag zu finden.«

Rob las einige Zeilen und sagte mit einer wegwerfenden Handbewegung: »Louis d'Amour ist das nicht.«

Luther fand den ersten Absatz einer Kurzgeschichte so fesselnd, dass er weiterlesen wollte. »Vielleicht nicht Louis d'Amour, aber nicht schlecht.«

NEUNUNDZWANZIG

Ein Motel in Manhattan Beach, weit vom Strand entfernt, ein nüchterner Raum mit einem Queen-Size-Bett mit durchgelegener Matratze, aber sauber und insektenfrei, zumindest bis das Licht ausgemacht wurde. Regen in der Nacht wie zehntausend Stimmen einer unruhigen Bevölkerung, der böige Wind ein erregter Volkstribun, der sie zu Gewalt aufstachelte, indem er gelegentlich ein Blechvordach knattern und eine Jalousie des leer stehenden Hauses gegenüber rasseln ließ. Essen – wieder proteinlastig – aus einem Deli. Coke mit Wodka.

Beim Essen las Jane ihre Notizen über den Tod von Sakura Hannafin und das Leben von Randall Larkin, Lawrence Hannafins Freund. Wer in irgendeiner Beziehung zu dem Milliardär David Michael stand, lebte in einem Spiegelkabinett aus Täuschungen, in dem jeder Spiegel mehrere Bilder zurückwarf, von denen keine zwei gleich waren: gesellschaftliche und politische Eliten, deren geheimes Leben – deren *wahres* Leben – in der Gosse stattfand. Wäre Janes Abscheu Gift gewesen, wären sie alle längst tot.

Bei der zweiten Wodka-Cola stellte sie den Fernseher an, um zu sehen, was die Nachrichten außer Storys über sie zu bieten hatten. Dabei erfuhr sie von dem Anschlag in Minnesota, der bisher sechsundvierzig Todesopfer gefordert hatte.

Eine allseits beliebte Lehrerin, die einen Massenmord plante, der ausnahmsweise *nicht* im Namen Allahs verübt wurde – das deutete auf einen durch ein Gehirnimplantat programmierten Selbstmordanschlag hin. Cora Gundersun war Minnesotas Lehrerin des Jahres gewesen. Vielleicht hatte das Computermodell der Verschwörer sie als eine Frau identifiziert, der zuzutrauen war, dass sie die Gesellschaft ein bisschen in eine Richtung lenkte, die ihnen zuwider war. Und zu ihren Opfern gehörten der Gouverneur und ein Kongressabgeordneter, die als reformwillig gegolten hatten.

Wer liquidiert werden sollte, stand auf der sogenannten Hamlet-Liste der Verschwörer, wie Jane von einem der beiden Männer erfahren hatte, die sie letzte Woche in Notwehr erschossen hatte. Wie ein selbstgerechter Politiker, der Bestechung als eine Form sozialer Gerechtigkeit rechtfertigt, hatte er erläutert, wäre Hamlet im ersten Akt von Shakespeares Bühnenstück ermordet worden, hätten mehr Leute den letzten Akt überlebt. Sie schienen wirklich zu glauben, ihre ignorante Textauslegung rechtfertige die Ermordung von 8400 Menschen pro Jahr.

Sie waren Intellektuelle mit grandiosen Ideen, die ihnen wichtiger als Menschen waren. Leute, die sich selbst als Intellektuelle bezeichneten, gehörten zu den gefährlichsten Bewohnern dieses Planeten. Das Problem war, dass alle Intellektuellen sich erst einmal selbst als solche bezeichneten, bevor andere ihren Status akzeptierten und sich Rat suchend an sie wandten. Sie brauchten keinen Test zu bestehen, der ihre Brillanz bestätigte, und erschienen vor keinem glaubwürdigen Ausschuss, der ihren IQ zertifizieren musste. Es war einfacher, sich als Intellektueller feiern zu lassen, als eine Lizenz als Friseur zu erhalten.

Jane stellte den Fernseher angewidert ab. Etwas im Verhalten der Nachrichtensprecher suggerierte, dass ihre ernsten Mienen, ihr getragener Tonfall und ihre emotionalen Pausen nur Berechnung waren, weil jeder von ihnen in seinem Innersten, in dem das ewige innere Kind und das Echsenbewusstsein zusammentrafen, darüber aufgeregt waren, auf Sendung zu sein, wenn eine Tragödie die Quoten nach oben trieb und sie sich einbilden konnten, Teil der Geschichte zu sein.

Ohne Perücke saß sie in Slip und T-Shirt mit dem Rest ihres Drinks im Bett und horchte auf den Regen, das Heulen des Windes und den Verkehr auf der Straße. Sie schloss die Augen und sah ihren Sohn im sicheren Haus von Freunden schlafen, die niemand mit ihr in Verbindung bringen konnte, sah auch die beiden Schäferhunde, die das Haus bewachten, und stellte sich vor, wie einer der Hunde im Bett des Jungen schlief, so wie im alten Europa eine Wölfin die ausgesetzten Neugeborenen Romulus und Remus beschützt und gesäugt hatte, damit sie überleben und die Stadt Rom gründen konnten.

DREISSIG

An diesem Abend kurz nach 23 Uhr, als Rebecca und Jolie schon oben schliefen, saß Sheriff Luther Tillman ohne Schuhe, aber noch immer in Uniform an seinem Küchentisch und war in eine weitere Kurzgeschichte von Cora Gundersun vertieft. Die ersten beiden waren elegant formuliert gewesen. Aber diese dritte Story würde sich vielleicht als die Beste erweisen. Ihre Sprachmelodie prägte sich ein, und wenn er einzelne Wörter und halbe Sätze aussprach, hallten sie melodisch durch den Raum.

Er dachte über das lange gehütete Geheimnis der Lehrerin nach und staunte darüber, dass sie – ohne jemals ein Wort davon zu erzählen – dreißig dicke Journale mit anspruchsvoller Literatur gefüllt hatte, die jeder Verleger gern veröffentlicht hätte. So aufgeschlossen Cora gewesen war, sosehr sie sich für ihre Schulgemeinschaft engagiert hatte, so intensiv hatte sie ihr schöpferisches Leben allein mit ihrem Hund und der Vorgängerin von Dixie Belle gelebt und sich eine Welt aus lebhaft geschilderten Personen geschaffen, die ihre Einsamkeit bevölkerten.

Als habe Luther ihren Namen laut ausgesprochen, winselte Dixie und sah in ihrem Lager auf, das er aus Coras Haus mitgenommen und in eine Ecke seiner Küche gestellt hatte.

»Schlaf weiter, Kleine«, sagte er, und die Hündin seufzte und ließ den Kopf sinken.

Luther hatte zehn der Journale mitgenommen, vor allem das eine, in dem Cora obsessiv über ihre paranoide Gewissheit geschrieben hatte, eine Spinne lege Eier in ihr Gehirn. Morgen würde er noch einmal zu ihrem Haus hinausfahren und die restlichen Notizbücher holen müssen. Er konnte nicht begreifen, wie eine Frau, die so gut und empfindsam schreiben konnte, imstande gewesen war, diese SUV-Bombe ins Hotel Veblen zu lenken. Und weil jedes Verbrechen seiner Überzeugung nach ein Geflecht mit tiefen Wurzeln war, die sich ausgraben ließen, musste sich irgendwo in diesen Bänden ein Anzeichen für die Labilität finden lassen, mit der ihre Paranoia angefangen hatte. Und vielleicht ergab sich auch ein Hinweis auf das Warum.

Sein Smartphone in dem Ladegerät auf der Küchentheke klingelte um 23:48 Uhr. Er drehte sich auf dem Stuhl um, angelte sich das Handy und nahm den Anruf an. Deputy Lonny Burke, der in dieser Nacht Streife fuhr, meldete, Cora Gundersuns Haus stehe lichterloh in Flammen. Unzweifelhaft liege Brandstiftung vor.

EINUNDDREISSIG

Luther Tillman tippte eher auf einen hilflosen Racheakt von jemandem, der bei dem Anschlag auf das Hotel einen Angehörigen verloren hatte.

Nachdem Schindeln, Dachbalken, Türen, Einbauschränke und Möbel zu Asche verbrannt und vom Wind fortgetragen worden waren, ging von der betonierten Bodenplatte ein phosphoreszierendes Leuchten wie im Mondschein aus, aber der Mond blieb hinter Wolken verborgen. Das blasse Leuchten kam von gespeicherter Hitze, die noch immer so intensiv war, dass geschmolzenes Fensterglas, das auf dem Beton glitzernde Pfützen bildete, erst jetzt Runzeln bildete und zu erstarren begann, während alles Metall von Küchenherd, Kühlschrank und Kochtöpfen – sogar von der feuerfesten Ölheizung – eigenartig verformt und halb geschmolzen zusammengesackt war.

In fünfzehn Metern Umkreis um die Bodenplatte war der Schnee geschmolzen, teilweise verdampft, und der gefrorene Boden war jetzt schlammig. Weiter entfernt schwärzte eine Schicht aus Asche und Rußflocken die weiße Schneedecke. Die beiden alten Starburst-Kiefern vor dem Haus standen ihrer Nadeln beraubt: zerklüftet und schroff und schwarz und rauchend wie urzeitliche Totempfähle. Der Erdboden um sie herum war mit abgebrochenen Zweigen übersät, die zu Holzkohle verbrannt waren.

Die Feuerwehr hatte bei ihrem Eintreffen nichts mehr ausrichten können, sondern sich darauf beschränken müssen, zuzusehen, wie das Inferno langsam ausbrannte und verglühte. Sie war aber noch da, als fürchte sie abergläubisch, ein so unnatürlich heftiger Brand könnte erneut aufflammen, obwohl er alles Brennbare längst verzehrt hatte.

Draußen, wo die Einfahrt auf die County Road stieß, hatten die Brandstifter eine Nachricht hinterlassen. In weißen Lettern stand auf einer Sperrholztafel: BRENN IN DER HÖLLE, MÖRDERSCHLAMPE!

Vance Saunders, der früher einmal für den Brandschutz auf einem Flugzeugträger verantwortlich gewesen war, sagte, kein gewöhnlicher Brandbeschleuniger hätte dieses Höllenfeuer verursachen können. »Selbst wenn sie alle Räume mit Benzin getränkt hätten«, erklärte er Luther, »wäre das Haus nicht so abgebrannt. Hier muss eine Art Napalm im Einsatz gewesen sein.«

Nachdem die Feuerwehr abgezogen war, ging Lonny Burke mit Luther zu ihren Streifenwagen. »Wenn wir das als Brandstiftung aufnehmen, ist jeder, der eines der Opfer im Hotel gekannt hat, verdächtig.«

»Die Kerle, die hier gezündelt haben, waren nicht von hier«, sagte Luther.

»Woher sind sie dann?«, fragte Lonny verwirrt.

Luther, der daran dachte, wie die Feds in Coras Haus von einem Mann aus dem US-Justizministerium abgezogen worden waren, sagte vorsichtig: »Vielleicht erfahren wir das nie … und vielleicht müssen wir's auch nicht wissen.«

Während Lonny seine Streifenfahrt fortsetzte, fuhr Luther langsam durch diese Nacht im hohen Norden heim, in der er bei klarem Wetter vielleicht haltgemacht hätte, um über den Himmel flackernde Polarlichter zu bewundern. Obwohl er wusste, dass diese leuchtenden Farbstreifen nur aufgeladene Sonnenpartikel waren, die die obere Atmosphäre bombardierten und entlang der Magnetlinien der Erde abflossen, ließ ihr Anblick ihn jedes Mal wieder staunen. Man konnte die wissenschaftliche Erklärung einer Sache kennen und das Phänomen trotzdem so geheimnisvoll und mythisch finden, dass man sich in seiner Gegenwart klein und verwundbar fühlte.

Er war erst halb zu Hause, als er Rob Stassen anrief, mit dem er zuvor Coras Haus durchsucht hatte. Als Rob, der noch nicht im Bett war, sich meldete, sagte Luther: »Ich bin's.«

Robbie, der mit vollem Mund sprach, sagte: »Ja, ich glotze nur noch ein bisschen.«

»Und was gibt's dazu?«

»Doritos mit Avocado-Dip.«

»Hör zu, hast du irgendjemandem erzählt, was wir in Coras Haus gefunden haben?«

»Hab ausgestempelt, bin heimgefahren, hab mich vor die Glotze gesetzt. Hab mit niemand geredet.«

»Mit keinem Menschen? Das ist wichtig.«

»Echt mit niemand. Außer vielleicht mit mir selbst.«

»Was ist mit Melanie?«

»Die ist gerade in Idaho, besucht ihre Mom – erinnerst du dich?«

»Ja, jetzt fällt's mir wieder ein. Coras Haus ist restlos abgebrannt.«

»Wieso überrascht mich das nicht? Die Leute sind eben dumm. Brauchst du mich?«

»Nein. Ich will nur, dass du keinem Menschen erzählst, dass wir vorher in ihrem Haus waren. Niemandem! Kein Wort über die Notizbücher, die wir gefunden haben.«

»Wird gemacht.«

»Das ist mein heiliger Ernst, Robbie.«

»Das höre ich, Sheriff. Fast ein bisschen unheimlich.«

»Gut. Nicht mal dieses Gespräch hat stattgefunden.«

»Welches Gespräch?«

Luther beendete den Anruf.

Je näher er seinem Haus kam, desto schneller fuhr er, obgleich ihm nicht bewusst war, dass er insgeheim erwartete, bei seiner Rückkehr einen schrecklichen Unfall zu entdecken, der sein Haus, seine Familie getroffen hatte, bis er ankam und feststellte, dass alles in Ordnung war.

ZWEIUNDDREISSIG

Jane träumte von Nick, der Liebe ihres Lebens, ein guter und klarer Traum, greifbarer als die meisten Träume, seine Hand an ihrer Kehle, ihrer Brust, ein Kuss auf ihre nackte Schulter, sein Gesicht im bernsteinfarbenen Halbdunkel und den fließenden Schatten eines unbekannten Raums leuchtend, und sie nicht durch Begehren, sondern durch das Gefühl von Sicherheit in seinen Armen verzaubert.

Aber als er dann sprach, hörte sie nicht wie erwartet die Worte ihres Liebhabers, sondern er besaß stattdessen die abscheuliche Stimme des Mannes, der sich vor zwei Monaten an Travis herangemacht, sich bei ihm eingeschmeichelt und später Jane am Telefon gedroht hatte: *»Er ist ein rührend zutrauliches Kind und so fein und zart. Nur so zum Spaß könnten wir den kleinen Scheißer in einen Höllenpfuhl in der Dritten Welt bringen, ihn einer Terrorgruppe wie dem IS oder der Boko Haram überlassen …«* Nicks zärtliche Berührung war grob geworden, und als sie vor ihm zurückweichen wollte, hatte er sie festgehalten. *»Manche dieser harten Typen sind so schrecklich scharf auf kleine Jungen wie auf kleine Mädchen …«* Seine Augen waren nicht mehr Nicks Augen, sondern kalte Schlangenaugen. *»Er könnte sogar herumgereicht werden, bis er zehn oder elf ist, bevor irgendein Barbar seiner überdrüssig wird und ihm den hübschen kleinen Kopf absäbelt.«*

Sie schreckte schweißnass aus dem Traum hoch, konnte gar nicht schnell genug Licht machen und knipste erst eine Nachttischlampe und dann die andere an. Obwohl sie allein war, holte sie ihre Pistole unter dem Kissen hervor, auf dem Nicks Kopf geruht hätte, wenn er noch gelebt hätte und bei ihr gewesen wäre.

Der Radiowecker zeigte 4:08 Uhr an.

In dieser Nacht würde sie keinen Schlaf mehr finden.

Der Wind hatte die Regenwolken in andere Landesteile geschoben. Weder von der Straße noch aus dem Motelzimmer nebenan kam irgendein Laut. Der Bienenstock Südkalifornien erwartete jetzt still den heraufziehenden Tag.

Sie war nicht aufgeschreckt, weil ihr Traum sich in einen Albtraum verwandelt hatte, sondern wegen einer Erkenntnis, die sich vorhin im Schlaf eingestellt hatte, während sie ihr in wachem Zustand entgangen war. Nick war intelligent und willensstark gewesen, hatte sich zutiefst für seine Familie verantwortlich gefühlt. Und trotzdem ... nachdem das Computermodell ihn auf die Hamlet-Liste gesetzt hatte, nachdem ihm irgendwann der Kontrollmechanismus injiziert worden war, nachdem er den Befehl erhalten hatte, Selbstmord zu verüben, hatte er's getan. Was wäre passiert, wenn ihm stattdessen wie dieser Frau in Minnesota ein Selbstmordattentat befohlen worden wäre?

Was wäre geschehen, wenn Nick den Auftrag erhalten hätte, Frau und Kind zu ermorden, bevor er sich selbst das Leben nahm?

Über diese Möglichkeit wollte sie lieber nicht zu lange nachdenken.

Mit der Pistole in der Hand stand sie aus dem knarrenden Bett auf und machte einen Rundgang, als könnten überall versteckte Fallen lauern. Im Bad machte sie Licht und riss den unten angeschimmelten Duschvorhang zur Seite, obwohl sie wusste, dass sich dahinter niemand verbarg. Sie legte die Pistole auf die Ablage neben dem Waschbecken, drehte das kalte Wasser auf, ließ es in ihre Hände laufen und drückte ihr Gesicht in die Schale aus Handflächen und Fingern, als könnte sie dadurch die Erinnerung an den quälenden Traum wegwaschen.

Während sie beobachtete, wie klare Tropfen von ihrem Gesicht in das angeschlagene Porzellanbecken fielen, konnte sie sich nur allzu leicht vorstellen, das seien Blutstropfen.

Das Problem bei dem Was-wäre-wenn-Spiel war, dass man nicht wieder damit aufhören konnte, sobald man einmal angefangen hatte. Aus jedem Was-wäre-wenn ergab sich das nächste.

Was wäre, wenn ihre Feinde sie gefangen nahmen und ihr einen Kontrollmechanismus injizierten? Wenn sie ihr befahlen, ihren kleinen Jungen aufzusuchen und ihn zu ermorden, bevor sie Selbstmord verübte? Oder wenn sie ihr befahlen, nur ihn zu ermorden, sodass sie für den Rest ihres Lebens mit der Erinnerung daran würde leben müssen, was sie ihm angetan hatte, als er sich ihr in die Arme geworfen hatte?

Sie hatte zu wissen geglaubt, was alles auf dem Spiel stand. Aber die Dichter und die Weisen stimmten darin überein, die Hölle besitze mehrere Ebenen, und sie hatte eben einen Blick auf eine tiefere Schicht erhascht als je zuvor.

DREIUNDDREISSIG

Sheriff Luther Tillman hatte nie gebraucht – und nie die Geduld dafür gehabt –, was andere für einen erholsamen Nachtschlaf hielten. Stattdessen kam er mit vier bis fünf, selten mit sechs Stunden aus. Schlaf bedeutete Erholung, gewiss, aber er fühlte sich auch wie ein Vorgeschmack des Todes an, wenn man beim Aufwachen feststellte, dass die Welt sich ohne einen weitergedreht hatte, wie sie's eines Tages auf ewig tun würde. Notfalls konnte er ohne größere Nebenwirkungen ganz auf Schlaf verzichten. Dies würde eine dieser Nächte sein.

Nach seiner Rückkehr von Cora Gundersuns niedergebranntem Haus kochte er sich um 1:10 Uhr am Freitagmorgen Kaffee und stellte eine Dose Butterkekse auf den Küchentisch. Er saß dort, um mehr von dem zu lesen, was die Lehrerin geschrieben hatte. Seite für Seite unterhielten Coras Erzählungen nicht nur, sondern ließen ihn einen komplexen Verstand und ein großes Herz entdecken. Hatte er bisher geglaubt, sie gut zu kennen, musste er sich jetzt eingestehen, dass er kaum etwas über sie wusste. Er kam sich vor, als sei er in einen knietiefen Weiher hinausgewatet, nur um zu entdecken, dass unter der stillen Oberfläche unermessliche, von Leben wimmelnde Tiefen lauerten.

Trotzdem lieferte nichts, was er las, eine Erklärung für ihre Wahnsinnstat. Ganz im Gegenteil: Die Schönheit ihrer Erzählungen machte das Abscheuliche ihrer Tat noch unbegreiflicher, sodass er kurz nach halb fünf die Storys zur Seite schob und wieder das Tagebuch aufschlug, das von ihrem langen verzweifelten Bemühen zeugte, die Sache mit der Spinne in ihrem Kopf zu Papier zu bringen.

Als Robbie Stassen und er diese Zeilen in Coras Küche stehend überflogen hatten, hatten sie rasch über die Wiederholungen hinweggelesen, weil ihre gleichmäßige Handschrift dahinplätscherte und sich nur dramatisch änderte, wenn ein neuer Satz begann. Aber jetzt studierte er die Seiten sorgfältiger, las Zeile für Zeile und hielt nach etwas Ausschau, ohne recht zu wissen, wonach.

Irgendwann wurde er mit dem Wort *iron* belohnt, wo das Wort *in* hätte stehen sollen: *wie eine Spinne iron meinem Kopf* umherkriecht …

Anfangs glaubte er, das habe als reiner Flüchtigkeitsfehler nichts zu bedeuten, aber zwanzig Seiten weiter erschien *iron* an derselben Stelle und später in einem ganz anderen Satz, wo es *böse* ersetzte: *iron flüsternd spricht.*

Ein guter Cop achtet bei allen Ermittlungen auf Gesetzmäßigkeiten oder ihr Fehlen, wo es welche geben sollte, und entdeckt dadurch häufig verborgene Hinweise.

Nachdem er zwanzigmal das Wort *iron* entdeckt hatte, wo es nicht hingehörte, stieß er auf das Wort *furnace*, wo *flüsternd* hätte stehen sollen, und später als Ersatz für die Worte *in meine Gehirnwindungen.*

Es gab neunzehn Wiederholungen von *furnace*, bevor er ein drittes Wort entdeckte, das wie ein Codewort in Tausenden von Wiederholungen versteckt war.

Aus *tagelang* wurde *tagelake*. Diese Ersetzung kam auf elf Seiten insgesamt zweiundzwanzigmal vor.

Obwohl Luther die restlichen Seiten des Tagebuchs sorgfältig durcharbeitete, fand er nichts Interessantes mehr.

Iron Furnace Lake.

Coras Kampf, ihre bizarre Angst auszudrücken, dass eine Spinne sich in ihrem Kopf eingenistet habe, schien das Werk einer Frau zu sein, die wegen ihrer rasch fortschreitenden Paranoia verwirrt, vielleicht auch peinlich berührt war, weil ein Teil ihres Verstands wissen musste, wie irrational ihr Glaube an die Existenz der imaginären Spinne war.

Die Einbettung eines Ortsnamens in scheinbar ewig gleichlautende Sätze schien etwas anderes zu sein, als habe ihr Unterbewusstsein sich angestrengt, während sie bewusst versuchte, ihre Behauptungen über die Spinne hinter sich zu lassen, aus seinen dunklen Tiefen einen Ortsnamen hervorzuholen, den sie vergessen hatte – oder an den sie sich nicht erinnern wollte.

Nachdem Luther das herausgefunden hatte, wusste er nicht, was es bedeuten könnte, falls es überhaupt eine Bedeutung hatte, oder wie er eine Verbindung zwischen ihren paranoiden Ängsten und ihrem Brandanschlag aufs Hotel Veblen herstellen sollte.

Im Übrigen war es zwecklos, solche Ermittlungen anzustellen. Die unwahrscheinliche Täterin war tot. Sie konnte nicht mehr auf Unzurechnungsfähigkeit plädieren. Und er brauchte sich auf kein Gerichtsverfahren vorzubereiten.

Trotzdem konnte er die Sache nicht einfach auf sich beruhen lassen, weil das FBI Coras Haus nur schlampig durchsucht hatte, weil ein Kerl aus dem Justizministerium die Feds abgezogen hatte, was schwer erklärlich war, und zu guter Letzt weil jemand das Haus mitsamt allen Beweisen niedergebrannt und versucht hatte, dafür rachsüchtige Einheimische verantwortlich zu machen.

Luther war zur Polizei gegangen, weil er an die Herrschaft des Gesetzes glaubte, ohne das eine zivilisierte Gesellschaft nicht überleben konnte. Wurde die Herrschaft des Gesetzes nicht durchgesetzt, unterdrückten die Starken die Schwachen. Brach sie zusammen, würde es zu allen möglichen barbarischen Akten kommen, und auf den Straßen würde so viel Blut fließen, dass alle biblischen Plagen, alle Katastrophenfilme wie Kindereien erschienen. Er beobachtete seit Langem besorgt, wie die Korrupten immer kühner nach Macht und Reichtum griffen, während die Korruption Einrichtungen erfasste, die bisher gegen sie immun gewesen waren.

Er hatte zwei Töchter. Er hatte eine Ehefrau. Er konnte diesen Fall nicht auf sich beruhen lassen, nur weil höhere Dienststellen ihm die Zuständigkeit dafür entzogen hatten. Oder weil der Versuch, die wahren Gründe des Brandanschlags auf das Hotel zu ermitteln, aussichtslos erschien. Sich auf Aussichtslosigkeit zu berufen war letztlich nur eine Form von Feigheit.

Im Arbeitszimmer schloss er seinen eleganten Waffenschrank aus Mahagoni auf. Von den für Munition bestimmten drei unteren Regalfächern war eines leer. Er stapelte Cora Gundersuns Journale darin auf, ließ das Schloss einrasten und steckte den Schlüssel ein.

Um 6:50 Uhr, als Luther am Computer saß und den Wiki-Eintrag über die Kleinstadt Iron Furnace, Kentucky, las, kam Rebecca in Pyjama und Bademantel herein. Sie legte von hinten die Arme um ihn und küsste ihn aufs Haar. »Du hast wieder mal durchgemacht?«

»Ich hätte unmöglich schlafen können.«

»Du hast getan, was du tun konntest.«

»Eine Ehefrau muss das sagen.«

»Vor allem, wenn's wahr ist. Jetzt musst du für diesen schrecklichen Tag bereit sein.«

»Die Feds lassen mich nicht mehr tun, als den Verkehr zu regeln.«

»Heute werden Sie dich ins Rampenlicht schieben.«

»Warum sollten sie das wollen?«

»Wegen des Schneesturms sind gestern viele Flüge ausgefallen. Gestern Abend haben vor allem örtliche Medien berichtet. Aber heute Morgen fällt die ganze Meute hier ein, und die Typen aus Washington werden dich prominent rausstellen wollen – für den Fall, dass sie später einen Sündenbock brauchen.«

Luther fuhr seinen PC herunter, stand auf, nahm sie in die Arme und fragte: »Was ist aus der unverbesserlichen Optimistin geworden, die ich geheiratet habe, wenn sie mir jetzt plötzlich so zynisch kommt?«

»Das ist nicht plötzlich passiert«, sagte sie.

»Nein, vermutlich nicht.«

»Lass nicht zu, dass sie dich ausnutzen, Luther.«

Er küsste ihre Stirn. »Auf keinen Fall.«

»Das tun sie, wenn du's zulässt. Wenn sie dich mit Dreck bewerfen, um aus einem Loch rauszukommen … nun, wir müssen weiter hier leben.«

»Die Leute in unserem County kennen mich, Dreck hin oder her.«

»In Judäa haben sie Jesus auch gekannt – und wie ist das ausgegangen?«

»Weib, ich bin kein Jesus.«

»Genau!«

»Mach die Augen zu, meine Schöne.« Er küsste erst ihr linkes, dann ihr rechtes Augenlid.

Sie legte den Kopf an seine Brust. »Was dich betrifft, bin ich eine Optimistin geblieben.«

Sie umarmten einander, während vor dem Fenster Licht durch die bleigrauen Wolken brach und einen neuen Tag ankündigte.

VIERUNDDREISSIG

Beim Herumfahren entdeckte Jane sie auf einer Wohnstraße in Beverly Hills, südlich des Wilshire Boulevards. Zwei Jungen von ungefähr sechzehn Jahren. Ausgebleichte, zerrissene und geflickte Jeans, die so kunstvoll gealtert waren und so ausgezeichnet saßen, dass sie teure Designerklamotten sein mussten, statt aus einem Second-Hand-Laden zu stammen. Dazu echt alte T-Shirts mit Rockmotiven. Einer von ihnen trug eine Jeansjacke wie ein Cape über die Schultern gehängt; der andere tat nichts gegen die Morgenkühle, trug aber einen grauen Porkpie-Hut. Sie hatten Skateboards dabei. Beide rauchten, obwohl Kalifornien das Mindestalter dafür auf einundzwanzig Jahre heraufgesetzt hatte. Dass sie weder Rucksäcke trugen noch Bücher unter dem Arm hatten, ließ vermuten, dass sie die Schule schwänzten.

Sie fuhr zwei Blocks weiter, bog in eine Seitenstraße ab, parkte, ging zurück und bezog vor ihnen Position, indem sie sich unter einer chinesischen Feige an eine Gartenmauer lehnte. Sie trug die schwarze Perücke im *Vogue*-Punkerlook, dazu Lidschatten, purpurroten Lippenstift und das Nasenpiercing. Ihre Kleidung spielte fast keine Rolle, denn sie würde die Blicke der beiden anziehen wie ein Magnet Eisenspäne, weil Jungs in der Pubertät und Männer jeglichen Alters sie immer heimlich oder ganz offen anstarrten. Ihr Interesse hatte sie nie gestört, aber sie war oft ungeduldig mit ihnen gewesen, hatte sie sogar verspottet – bis eine Kampfsportausbilderin in Quantico ihr erklärt hatte, durch ihr Aussehen sei sie gegenüber anderen Agenten im Vorteil, weil sie je nach Wunsch anlocken oder abweisen könne, was sehr vorteilhaft sein konnte.

Als die Jungen näher kamen, sah sie, dass einer ein T-Shirt von Guns n' Roses mit einem Totenschädel mit Zylinder trug, während der andere eins von ZZ Top mit dem roten Wagen von ihrer Eliminator-Tour anhatte. Beide Kleidungsstücke schienen alte Originale zu sein, aber sie bezweifelte, dass diese Welpen solche Musik hörten.

»Seid ihr Typen so hart, wie ihr aussehen wollt?«, fragte Jane.

Sie blieben stehen und starrten sie an. ZZ grinste, während Guns keine Miene verzog. Keiner antwortete ihr, weil es zu den Grundsätzen von Coolness gehörte, zu schweigen.

Aber sie beherrschte dieses Spiel besser. Sie erwiderte ihre Blicke mit dem kalten Ernst einer grausamen Göttin, die erwartet, mit einem Opferlamm, einem Altar, einem Blutopfer verehrt zu werden.

Die durch die Blätter fallende Morgensonne sprenkelte die drei mit Licht und Schatten, und obwohl die Stadt durch den Weckruf des Geldes früh erwachte, herrschte jetzt ein Moment der Stille wie auf einem Weizenfeld in Iowa.

Nachdem ZZ einen Zug von seiner Zigarette genommen und den Rauch durch die Nasenlöcher ausgestoßen hatte, als wolle er Drachen-Gene demonstrieren, sprach er als Erster. Er tippte mit zwei Fingern an seine Hutkrempe und fragte seinen Freund grinsend: »Ist jetzt hier ein Straßenstrich?«

Jane fragte Guns: »Warum hängst du mit dem ab – wegen seiner Handjobs?«

ZZs Grinsen wurde ein Knurren. »Bitch!«

Sie sprach weiter nur mit Guns: »Ein echt sensibler Junge. Ich mag sensible Jungs.«

ZZ wollte etwas antworten, aber Guns sagte: »Schnauze, Bro. Die ist dir über.«

In jeder Gruppe aus zwei oder mehr Männern gab es ein Alphatier. Hier war es Guns.

»Was willst du?«, fragte er.

Jane fragte: »Sind eure besten Moves Schule schwänzen und heimlich rauchen … oder habt ihr *Cojones*?«

Guns war offenbar zu dem Schluss gelangt, seine Zigarette sei kein Symbol der Rebellion mehr, sondern wirke affektiert. Er ließ sie auf den Gehsteig fallen, trat sie aus. »Du hast irgendeinen Scheiß zu verkaufen, also lass sehen.«

Janes Umhängetasche stand offen. Sie zog vier Hunderter heraus, bot sie aber nicht an. »Tausend für jeden. Zweihundert auf die Hand. Noch mal zweihundert, wenn ihr wie vereinbart aufkreuzt. Sechshundert, wenn der Job getan ist.«

»Welcher Job?«

ZZ konnte der Versuchung nicht widerstehen. »Sie zahlt, damit wir's ihr besorgen, Mann.«

Während Guns schmerzlich das Gesicht verzog, sagte Jane: »Ich kaufe keine Feuerwerkskörper, die schon in der Packung detonieren.«

Zu seinem Freund sagte Guns: »Sei nett zu der Lady.« Jane fragte er: »Was für ein Job?«

»Ich bin Gerichtszustellerin«, log sie. »Weiß einer von euch, was das ist?«

ZZ versuchte, sich zu rehabilitieren, indem er rasch sagte: »Sie stellen Leuten Vorladungen zu, damit sie vor Gericht erscheinen müssen.«

Jane bedachte ihn mit einem Lächeln. »Du hast also doch was zwischen den Ohren.«

Sie erklärte ihnen, was getan werden musste und wo sie die beiden brauchte. »Dieser Typ, dem ich eine Vorladung zustellen soll, ist echt schwer zu fassen. Ich weiß nicht auf die Minute genau, wann er aufkreuzen wird, deshalb kann's passieren, dass ihr eine halbe Stunde rumhängen müsst. Aber ich schätze, dass ihr das Rumhängen perfekt draufhabt.«

Sie bot ihnen mit beiden Händen je zweihundert Dollar an, und ZZ riss ihr seinen Anteil aus der Hand.

Guns zögerte noch. »Tausend für fast nichts«, sagte er zweifelnd.

»Bei diesem Rechtsstreit geht's um hundert Millionen«, log Jane. »Da sind ein paar Tausender Peanuts.«

»Dieser Kerl, der die Vorladung bekommen soll ... ist er ein Gangster oder so was?«

»Ich bin ein harter Hund«, sagte sie. »In meiner Branche muss man das sein. Aber ich bin kein Miststück. Ich würde niemals zwei Kids zur Zielscheibe von Gangstern machen. Der Kerl ist ein Blödmann, eine Megapussy, ein Disponent, der in die eigene Tasche wirtschaftet, das ist alles.«

Guns ließ sie nicht aus den Augen, während sie sprach. Als er jetzt das Geld nahm, war er davon überzeugt, in ihr wie in einem offenen Buch lesen zu können.

Vielleicht würden die beiden nicht aufkreuzen, sondern mit dem Geld verschwinden, aber die Wahrscheinlichkeit dafür war gering. Sie konnte Guns' Gedanken so gut lesen, wie er ihre zu kennen glaubte. Sie war sich seiner sicher gewesen, seit sie ZZ mit der Bemerkung über vorzeitig detonierende Feuerwerkskörper kritisiert hatte. Obwohl Guns wie die meisten verhätschelten Teenager von heute dazu erzogen worden war, eine übertrieben hohe Meinung von sich selbst zu haben, hatte er das Bedürfnis, sich vor der Welt zu beweisen. Und er war natürlich hormongesteuert, ein geiler Jugendlicher. Auch wenn er keine Chance bei ihr hatte, würde er sich verpflichtet fühlen, ihr zu beweisen, dass er Wort halten konnte, weil er kein Feuerwerkskörper sein wollte, der vorzeitig detonierte.

Sie klatschten ihre Skateboards auf den Gehsteig, stießen sich mit dem linken Fuß ab, ZZ dicht hinter Guns, und machten Ollies, wo ein Riss klaffte, weil eine Baumwurzel die Betonplatten hochgehoben hatte. Die Boards schienen an ihren

Füßen zu kleben, als sie elegant durch die Luft flogen und klappernd landeten, ohne im Geringsten aus dem Gleichgewicht zu kommen.

Jane sah ihnen nach, bis sie an der nächsten Straßenecke außer Sicht kamen. Dann machte sie sich auf den Weg zu dem vereinbarten Treffpunkt, den sie auf einer anderen Route erreichen würde.

FÜNFUNDDREISSIG

Als Luther Tillman seine Uniform anzog, nachdem er geduscht und sich rasiert hatte, kam Rebecca ins Schlafzimmer, um ihm zu sagen, ein Mr. Booth Hendrickson vom Justizministerium warte unten in seinem Arbeitszimmer. Also genau der Mann, der nach Rob Stassens Bericht die FBI-Agenten aus Coras Haus abgezogen hatte, bevor sie mit ihrer Arbeit fertig gewesen waren.

Unabhängig davon, was er über sie erfahren hatte, bemühte Luther sich, Leute erst zu beurteilen, wenn er ihnen von Angesicht zu Angesicht gegenüberstand, und gab ihnen dann Zeit, sich zu beweisen. Aber als er sein Arbeitszimmer betrat und Hendrickson aus dem Ledersessel aufstand, um ihn zu begrüßen, hatte er sofort das Gefühl, diesem Mann sei nicht zu trauen.

»Sheriff Tillman«, sagte der hochgewachsene Besucher, dessen Händedruck etwas zu kräftig und eine Spur zu lange war, »ich möchte Ihnen mein Beileid zum Verlust so vieler Freunde und Nachbarn aussprechen. Eine schreckliche Sache! Wir leben in schlimmen Zeiten.«

Auch Hendricksons schwarzer Maßanzug, der das Monatsgehalt eines County-Sheriffs gekostet haben mochte, konnte nicht verbergen, dass dieser große Mann knöchern war. Er bemühte sich um Eleganz, aber seine Haltung, seine Gesten und sein Mienenspiel wirkten aufgesetzt, als habe er sie vor dem Spiegel eingeübt.

»Lehrerin des Jahres«, fuhr Hendrickson fort, »eine eindrucksvolle Bilanz guter Werke, allgemein beliebt – und dann dieser Horror. Ich mag mich irren, aber ich glaube, dass es Shakespeare war, der geschrieben hat: ›Wie oft birgt inn're schwere Schuld, der außen Engel scheint an Huld.‹«

»Wenn Sie's sagen, ist's bestimmt von Shakespeare«, antwortete Luther. »Und was Cora Gundersun betrifft, die zuletzt geistesgestört gewesen sein muss, hatte sie viele Jahre lang mehr von einem Engel an sich, als wir jemals wieder sehen werden.«

»Ja, natürlich war sie das, sie muss ein Engel gewesen sein, so beliebt und geachtet war sie bis gestern. Ob sie einen Gehirntumor oder eine Psychose hatte … in jedem Fall war die Frau ein Opfer und bestimmt nicht schuldfähig. Ich wäre der Letzte, der einen Stein auf sie werfen würde.«

Hendricksons Gesicht war lang und habichthaft; er trug sein grau meliertes Haar als Mähne gestylt, vielleicht um seine hohe Stirn über den Raubvogelaugen zu betonen.

»Bitte nehmen Sie Platz«, sagte Luther. Statt den zweiten Besuchersessel zu nehmen, setzte er sich auf Abstand bedacht an seinen Schreibtisch.

Hendrickson sank auf den Ledersessel zurück, richtete die Bügelfalte des linken Hosenbeins über dem Knie aus, zog sein Jackett zurecht und sah sich mit ernster, leicht theatralischer Miene um. »Wir haben einen traurigen, harten Tag vor uns, Sheriff.«

Als Luther näher an seinen Schreibtisch heranrückte, sah er auf der Schreibunterlage mehrere mit der Maschine geschriebene Blätter, die von einer Büroklammer zusammengehalten wurden. »Was ist das?«

»Ein Gouverneur und ein Abgeordneter als tragische Opfer

eines Anschlags«, sagte Hendrickson. »Die Leute wollen beruhigt werden.«

»Es hat vierundvierzig weitere Tote gegeben.«

»Ja, und das macht alles noch schlimmer. Die Leute haben sich in Anwesenheit des Gouverneurs und ihres Abgeordneten sicher gefühlt, weil so viel Security im Raum war – und waren es dann doch nicht. Weil der weltweite Terrorismus auf dem Vormarsch ist, müssen die Leute das Gefühl haben, dass ihre politischen Führer ihn unermüdlich hart bekämpfen.«

»Cora Gundersun war keine Terroristin«, sagte Luther.

»Allerdings war sie keine. Kein vernünftiger Mensch würde behaupten wollen, Miss Gundersun sei eine Dschihadistin gewesen. Das wäre eine bewusst falsche Behauptung. Aber es wird Gerüchte geben. Die gibt es immer. In den sozialen Medien wimmelt es von Paranoiden. Außerdem gibt es in unserem Land leider Gruppierungen, die selbst Tragödien dieser Art als Gelegenheit für Demagogie begreifen.«

Der Mann aus dem Justizministerium schien sich als Patrizier aus New England zu gerieren, als stamme er aus einer alten Familie, die viele Generationen lang selbstlos dem Staat gedient hatte. Aber er hatte auch etwas von einem Mann an sich, der seine bescheidene Herkunft sorgfältig tarnt, und wirkte wie ein Emporkömmling, den sein gesellschaftlicher Aufstieg so befriedigt, dass er nicht anders kann, als ein kleines Rad zu schlagen.

Luthers Abneigung verwandelte sich rasch in stärkere Gefühle. Er tippte auf die vor ihm liegenden Blätter und wiederholte: »Was ist das?«

»Heute Vormittag findet eine Pressekonferenz statt, danach folgen Einzelgespräche mit wichtigen Journalisten. Bei solchen traurigen Anlässen ist es die Politik des Justizministeriums, dafür zu sorgen, dass örtliche, staatliche und übergeordnete Stellen mit einer Stimme sprechen, damit die Leute beruhigt sein können.«

Luther gefiel nicht, wie Hendrickson wiederholt *die Leute* sagte, als spräche er von geistig zurückgebliebenen Kindern oder einem Pöbelhaufen.

Nachdem Luther eine Seite überflogen hatte, sagte er: »Das kann nicht Ihr Ernst sein! Sie haben mir einen Text mitgebracht, den ich bei der Pressekonferenz vorlesen soll?«

»Ich finde ihn sehr gut. Von einem Mann, der Reden für den Justizminister, den *Vizepräsidenten* schreibt, bekommen Sie einige der besten Formulierungen des Tages. Damit beeindrucken Sie ganz Amerika.«

Im Zorn gesprochene Worte ließen sich nicht zurücknehmen, also beherrschte Luther sich. »Sorry, aber ich kann mich nicht vor ein Mikrofon stellen und das hier vorlesen. Mein Department war nicht mal an den Ermittlungen beteiligt.«

Vielleicht weil er in dem Sessel eine Handbreit tiefer saß als der Sheriff am Schreibtisch, stand Booth Hendrickson auf und trat ans Fenster. Er sah einige Sekunden lang hinaus und wartete darauf, dass sein Schweigen den Sheriff dazu bringen würde, sich die Sache anders zu überlegen. Als das nicht passierte, drehte er sich nach seinem Gastgeber um, als sei er in einem alten englischen Film, in dem Charles Laughton den Richter spielte, der Kronanwalt, der sich mit kaum verhehlter Verachtung dem Angeklagten zuwandte. »Wenn Sie sich nicht zu etwas Kooperationsbereitschaft überwinden können, Sheriff Tillman, wird's bei der Pressekonferenz keinen Platz für Sie geben, fürchte ich.«

»Also gut, einverstanden. Dann gibt's eben keinen Platz für mich.«

»Ich kann nur hoffen, dass Sie nicht vorhaben, eine eigene Pressekonferenz zu veranstalten.«

»Dafür habe ich keinen Grund, Mr. Hendrickson. Ich weiß wenig, habe kaum etwas erfahren. Ich bin kein Mann, der sich gern öffentlich zum Narren macht, zumindest nicht bei vollem Bewusstsein.«

Hendrickson trat an den Schreibtisch und nahm das Typoskript wieder an sich. Seine Finger waren blass und glatt, die Nägel tadellos gepflegt. »Ich wollte, Sie dächten anders, aber ich denke, wir haben einen Kompromiss erzielt, der uns beide zufriedenstellt.«

»Wir haben unsere Standpunkte ausgetauscht«, korrigierte Luther ihn. Er stand auf. »Ich darf Sie hinausbegleiten, Mr. Hendrickson.«

An der Haustür trat Hendrickson auf die Veranda hinaus, blieb noch einmal stehen und erwiderte Luthers Blick. »Sheriff, ich bin mir sicher, dass Ihr Department aus einem oder sogar mehreren Töpfen Bundeszuschüsse erhält, auf die es dringend angewiesen ist.«

»Und für die wir jeden Tag dankbar sind«, bestätigte Luther. Sein Lächeln schien den Mann vom Justizministerium herauszufordern, ebenfalls zu lächeln.

Wie eine unkonventionelle Vogelscheuche aus Stöcken und Stroh in seinem eleganten Anzug wandte Hendrickson sich mit grimmiger Miene ab, überquerte die Veranda und ging die Treppe hinunter – nicht zu einem Maisfeld und einem Kampf mit kreischenden Vögeln unterwegs, sondern zu einer Pressekonferenz, auf der den Gutgläubigen andere Körner vorgeworfen werden würden.

»Noch eine Frage«, sagte Luther.

Der Mann blieb stehen, sah sich um.

»Hat der Brandinspektor den Brandbeschleuniger identifiziert, mit dem Cora Gundersuns Haus abgefackelt worden ist?«

»Benzin. Nur eine größere Menge Benzin.«

»Das sagt der Brandinspektor?«

»Das wird er auf der Pressekonferenz sagen.«

»Das war ein ziemliches Feuer, sehr intensiv«, sagte Luther.

»Ja«, sagte Hendrickson. »Ja, das stimmt.«

SECHSUNDDREISSIG

Das viergeschossige Bürogebäude in Beverly Hills – Eigentum der Anwaltsfirma Woodbine, Kravitz, Larkin & Benedetto, die dort residierte – hatte eigentlich sechs Geschosse, wenn man die beiden Tiefgaragenebenen dazuzählte. Die Garagenzufahrt lag in einer schmalen Gasse hinter dem Gebäude. Und weil sie eine Einbahnstraße war, wusste Jane Hawk, aus welcher Richtung Randall Larkin kommen würde.

Sie hätte es vorgezogen, ihn in seinem Haus zu überfallen. Aber als sie am Vortag in der Bibliothek Hintergrundinformationen über ihn gesammelt hatte, hatte sie erfahren, dass er in zweiter Ehe mit einer gewissen Diamanta verheiratet war. Wie das *Los Angeles Magazine* in einem begeisterten Artikel über das »Power-Paar« berichtet hatte, wohnten die beiden in einer elfhundert Quadratmeter großen Villa. Eine Ehefrau, drei Dienstboten und zwei Dobermänner machten es undenkbar, dort einzudringen.

In demselben Artikel hatte auch gestanden, Larkin sei ein Frühaufsteher, der stolz darauf sei, morgens um sechs Uhr schon eine Stunde im Fitnessraum seines Hauses trainiert zu haben. Spätestens um sieben Uhr saß er dann am Schreibtisch in seinem Büro in Beverly Hills. Er zitierte gern ein Motto, das seine vermeintliche Cleverness beweisen sollte: *Der frühe Vogel fängt nicht nur den Wurm, sondern gleich seine ganze Familie.*

Guns und ZZ warteten auf sie, wo die Gasse ungefähr einen Dreiviertelblock von der Kanzlei Woodbine entfernt auf die Hauptstraße stieß. Im Erdgeschoss des Gebäudes, vor dem sie herumlungerten, lag ein Restaurant, das kein Frühstück servierte, sodass sie nicht in Gefahr waren, zum Weitergehen aufgefordert zu werden. Sie gab beiden Jungen je zweihundert Dollar und verließ sich auf ihre Menschenkenntnis, die ihr sagte, sie würden allein zurechtkommen, während sie in die Gasse weiterging.

Hier gab es keine Müllberge wie in den Gassen anderer Großstädte, keine Obdachlosen, die schmutzig und zerlumpt inmitten ihrer kümmerlichen Habseligkeiten schliefen, kein rußgeschwärztes Mauerwerk und keine Tags oder Graffiti, nur saubere Abfallbehälter ordentlich aufgereiht, alle Deckel geschlossen, ohne üble Gerüche zu verbreiten.

Das nach oben rollende breite Sektionaltor an der Zufahrt zur Anwaltsgarage bestand aus gebürstetem Edelstahl, auf dem ihr verschwommenes Spiegelbild sich wie ein bedrohlicher Wiedergänger bewegte: ihr Geist mit Punkerfrisur, dem sie sich nicht entziehen konnte. Die geldstückgroße Glaslinse eines Mikrowellenempfängers in der rechten oberen Ecke des Torrahmens zeigte, dass das Tor sich per Fernbedienung öffnen ließ.

Gegenüber lag ein schmaler Durchgang, eben breit genug für Warenlieferungen auf einem Handkarren. Jane trat in seinen Schatten, sah auf ihre Uhr und hoffte, dass Larkin so früh kommen würde, um sich seine Würmer zu holen, wie er geprahlt hatte.

Eine Passagiermaschine überflog die Stadt in mittlerer Höhe, zog eine Schleppe aus Triebwerkslärm hinter sich her. Ein Polizeihubschrauber knatterte in kaum hundert Meter Höhe vorbei, suchte aber nicht sie, suchte vielleicht niemanden, sondern flog nur Streife, wobei die Morgensonne sein modernes Glas-Cockpit aufblitzen ließ. So früh am Morgen war der Verkehr auf den Straßen jenseits der Gasse noch so schwach, dass Jane die drei Autos, die von rechts kommend einzeln an ihr vorbeifuhren, deutlich kommen hörte. Keinem dieser Fahrzeuge ging das vereinbarte Signal voraus, mit dem Guns und ZZ sie warnen würden, wenn Wagen und Fahrer ihrer Beschreibung entsprachen.

Am Computer in der Bibliothek hatte sie mit einem FBI-Code auf die Datenbank der Zulassungsstelle zugegriffen und festgestellt, dass unter Larkins Privatadresse vier Autos angemeldet waren. Das billigste Fahrzeug, ein Ford Explorer, stand vermutlich dem Ehepaar zur Verfügung, das den Haushalt führte. Guns und ZZ hielten Ausschau nach einem der drei anderen Wagen und hatten eine Personenbeschreibung des Rechtsanwalts.

Als Jane das Gefühl hatte, bald in Aktion treten zu müssen, holte sie aus ihrer Umhängetasche eine Sprühflasche mit 0,2 Liter Inhalt aus einer Parfümerie. Die Flasche enthielt das Chloroform, mit dem sie schon letzte Woche einen Kerl betäubt hatte. Hergestellt hatte sie es aus Aceton, das sie in einem Geschäft für Künstlerbedarf gekauft hatte, durch die Reaktion mit Chlorkalk von einem Discounter für Hausmeisterbedarf. Ihr Labor war das Bad eines Motelzimmers gewesen. Jetzt hielt sie die Sprühdose fest in der linken Hand und ihre Tasche in der rechten.

Unter ihrem hellgrauen Blazer trug sie eine saphirblaue Seidenbluse. Die beiden oberen Knöpfe standen offen, damit Larkin im entscheidenden Augenblick abgelenkt war, wenn sie sich nach vorn beugte. Online hatte sie zahlreiche Fotos von Larkin und seinen beiden Ehefrauen bei gesellschaftlichen Anlässen gesehen. Falls er sie wegen ihres Intellekts und ihrer Persönlichkeit geheiratet hatte, waren das die Kriterien Nummer zwei und drei gewesen, denn die tiefen Dekolletés beider Damen waren zu auffällig, um ein schöner Zufall zu sein.

Am anderen Ende der Gasse begannen Guns und ZZ, nach Jungsart zu johlen und zu pfeifen.

Das samtweiche Brummen eines starken Motors hallte von den Gebäuden wider.

Sobald Jane hörte, wie der Fahrer etwas Gas wegnahm, als hole er weit aus, um vor das Garagentor zu fahren, kam sie hastig aus der Gasse und lief direkt vor den schwarzen Mercedes S 600 – aber nicht, als laufe sie vor jemandem weg, was Besorgnis hätte wecken können, sondern als habe sie's eilig, zu einem wichtigen Termin zu kommen.

Die große Limousine bremste scharf, kam ruckartig zum Stehen, und Jane ließ wie vor Schreck ihre Tasche fallen, während sie absichtlich leicht gegen den linken vorderen Kotflügel prallte. Sie stieß sich ab und war mit zwei raschen Schritten am Fahrerfenster, wobei die Sprühflasche unterhalb von Larkins Blickfeld von ihrer linken in die rechte Hand wanderte. Sie beugte sich vor, um ihn besser sehen zu können, spielte die Überraschte und sagte so laut, dass er sie durch die geschlossene Scheibe hören musste: »Großer Gott, Randy Larkin. Bist du's wirklich, Randy?«

Er kannte sie nicht, erst recht nicht in ihrer jetzigen Aufmachung, und wusste nicht, dass die flüchtige Jane Hawk auf ihn aufmerksam geworden war, weil sie seine Telefongespräche mit Lawrence Hannafin abgehört hatte. Er hatte keinen Grund zu der Annahme, diese zufällige Begegnung könnte in Wirklichkeit ein kühner Überfall sein. Als sie so vor seinem Fenster stand, wanderte sein Blick zu den in Seide gehüllten Kurven ihrer Brüste: ein Anblick, der ihn in der Überzeugung bestärkte, er kenne sie bestimmt, leide aber unter kurzzeitigem Gedächtnisverlust.

Am anderen Ende der Gasse zogen Guns und ZZ ihre Boards unter den Rädern eines Müllbehälters heraus, schoben ihn von der Wand des Restaurants weg und drehten ihn auf der Gasse quer, um andere Autos an der Einfahrt zu hindern.

Das Fahrerfenster öffnete sich elektrisch summend, während Larkin es schaffte, seinen Blick nach oben zu vollen purpurroten Lippen, einem Nasenstecker in Form einer Schlange mit einem rubinroten Auge und Janes leuchtend blauen Augen zu heben, die viele Männer besonders attraktiv fanden. Ihre exotische Erscheinung weckte in ihm lange verschüttet geglaubte Jugendsehnsüchte. Als er jetzt fragte: »Alles in Ordnung, Schätzchen?«, hob sie die Sprühflasche, pumpte mit dem Daumen und sprühte Chloroform in seinen offenen Mund, seine Nase.

Larkin verdrehte die Augen nach oben, und sein Kopf fiel nach rechts. Er sackte nach vorn und blieb halb über der Mittelkonsole liegen.

Sein Fuß glitt vom Bremspedal, sodass der Mercedes zu kriechen begann. Jane griff durchs Fenster, drehte das Lenkrad bis zum Anschlag nach rechts und ging neben dem Wagen her, bis er nach kurzer Strecke mit so geringer Geschwindigkeit an das Garagentor prallte, dass die Airbags nicht ausgelöst wurden.

Jane steckte die Sprühflasche ein und riss die Fahrertür auf. Das Klappern von Skateboardrädern auf holprigem Asphalt bestätigte, dass Guns und ZZ sich an ihre Abmachung hielten. Als sie näher kamen, öffnete Jane einen weiteren Knopf ihrer Bluse und machte sich auf den schwierigsten Teil dieses Unternehmens gefasst.

SIEBENUNDDREISSIG

Mit sehenswerter Geschicklichkeit verlagerten die Jungen ihr Gewicht nach hinten, fingen die vorn aufsteigenden Boards auf und rannten das letzte Stück. Guns und ZZ trafen mit vor Aufregung und Stolz über ihre tadellose Leistung geröteten Gesichtern ein, sahen den auf seinem Sitz zusammengesunkenen Fahrer und wirkten augenblicklich besorgt.

»Warum liegt er da, was ist passiert?«, fragte Guns.

Jane wandte sich ihnen zu, ließ sie ihre offene Bluse sehen, die tiefen Einblick gewährte. Sie sollten denken, Larkin habe sie vielleicht durchs offene Fenster betatscht, so unlogisch diese Vorstellung auch war; sie sollten denken, was immer sie wollten, solange es dazu beitrug, ihre Verwirrung zu steigern.

»Helft mir, ihn über die Konsole auf den Beifahrersitz zu ziehen«, sagte sie und gab vor, mehr außer Atem zu sein als die beiden.

»Aber warum liegt er so da?«, fragte Guns.

»Er hat einen Anfall«, log sie. »Damit habe ich fast gerechnet. Er kommt bald wieder zu sich. Geht auf die andere Seite rüber und helft mir, ihn zu verlagern, damit ich den Wagen parken kann.«

Der emotional veranlagte ZZ, der dem Drängen in ihrer Stimme nicht widerstehen konnte, legte sein Skateboard ab und lief hinten um den Mercedes S 600 herum.

Guns blieb unschlüssig stehen. »Vielleicht braucht er einen Krankenwagen.«

»Braucht er nicht. Er hat nur einen Anfall.«

Diese Sache musste schnell abgewickelt werden, sie brauchte *Tempo*, weil jede Sekunde Verzögerung die Wahrscheinlichkeit erhöhte, dass jemand vorbeikam, dass die Situation sich dramatisch verschlechterte.

Als ZZ die rechte Tür aufriss, beugte Jane sich in den Mercedes und schob Larkin über die Konsole, während der Junge auf der anderen Seite zog. So bugsierten sie den Anwalt gemeinsam auf den Beifahrersitz.

Chloroform war sehr flüchtig, aber es war noch nicht ganz von Larkins Gesicht verdampft. »Was ist dieses Zeug an Mund und Nase?«, fragte ZZ.

Jane gab keine Antwort. Sie ließ die Fahrertür offen, hastete um den Mercedes herum, stieß ZZ beiseite, nahm Larkin sein Smartphone ab und schnallte ihn an. Aus ihrer Jacke zog sie ein Taschentuch, das sie übers Gesicht des Anwalts breitete, damit das Chloroform langsamer verdampfte.

»Er sieht aus wie tot«, sagte Guns, der ebenfalls auf die rechte Seite des Wagens gekommen war.

»Er ist nicht tot, er hat einen Anfall.« Jane knallte die Tür zu, wandte sich den beiden zu und zog ihre Pistole aus dem Schulterholster unter ihrer Jacke.

Die Teenager erstarrten halb, wichen halb zurück, während ihre Skateboarder-Grazie jäh durch linkischen absoluten

Horror ersetzt wurde. Sie hoben hilflos die Hände, dann bedeckten sie damit Brust und Unterleib, als ließen Kugeln sich durch magische Gesten abwehren.

»Cool bringt euch den Tod«, sagte sie. »Hip, cool, funky, rebellisch – das ist alles scheiße, es ist dämlich, seicht, die schlimmste Sackgasse.« Als sie ZZ mit der linken Hand den flachen Hut vom Kopf schlug, wäre er fast auf die Knie gefallen. »Seht euch eure coolen T-Shirts und eure zerrissenen Jeans und eure Fuck-you-Einstellung an – alles plötzlich nichts mehr wert, weil ihr Mühe habt, euch nicht in die Hose zu machen. Wenn ihr aus dieser Sache nichts lernt, wenn ihr nicht zur Vernunft kommt, seid ihr mit dreißig alt, verbittert und orientierungslos. Jetzt her mit meinem Geld!«

»Aber du … du schuldest uns sechshundert«, sagte ZZ.

Dies alles dauerte zu lange, aber für Jane war es genauso wichtig, wie Randall Larkin zu entführen. Das musste sie tun, damit sie auf der richtigen Seite der dünnen roten Linie zwischen Düsternis und Licht blieb.

»Her mit dem Geld, sonst nehm ich's euch ab, wenn ihr blutend vor mir liegt.«

»Du würdest uns nicht erschießen«, sagte Guns.

»Aber zu Krüppeln schießen«, log sie. »Vielleicht bräuchtet ihr das, um den Scheiß in euren Köpfen loszuwerden.« Jane streckte die linke Hand aus. *»Her mit dem Geld!«*

Beide zitterten, als sie jeweils vierhundert Dollar zurückgaben.

»Sie verkaufen euch Coolness, damit ihr dumm bleibt, um euch kleinzuhalten. Im Augenblick seid ihr die dümmsten Schwachköpfe, die ich je gesehen habe. Nehmt eure Boards, verpisst euch und lernt um Himmels willen daraus.«

Sie wichen zurück, schnappten sich ihre Boards und rannten zu dem Müllbehälter zurück, mit dem sie die Gasse blockiert hatten: nicht reicher, vielleicht klüger, aber vermutlich weder das eine noch das andere.

Auf der Fahrerseite des Mercedes ließ sie Larkins Smartphone in einen Gully fallen, hob ihre Tasche vom Asphalt auf und steckte die Pistole ins Schulterholster zurück. Sie setzte sich ans Steuer der Limousine und schloss die Tür.

Sie griff nach der schlaffen Hand des Anwalts und ertastete seinen Puls. Kräftig und regelmäßig. Sie zog die Sprühflasche aus ihrer Jacke und benetzte das Taschentuch leicht mit Chloroform.

Der Motor lief noch. Jane stellte den Wahlhebel auf R und setzte von dem Sektionaltor aus Edelstahl zurück.

Am Ende der Gasse machte sie kurz halt, um ihre Bluse zuzuknöpfen und eine Sonnenbrille aufzusetzen. Dann bog sie nach rechts auf die Hauptstraße ab.

Für die vielen Leute in den in der Sonne glitzernden Autos um sie herum war sie nur eine reiche Frau, die einen sündhaft teuren Mercedes S 600 fuhr, während ihr Mann mit vor der Sonne geschütztem Gesicht auf dem Beifahrersitz döste, vielleicht auf der Fahrt zu einem Luxusresort, ihr Leben wie in den Glamourmagazinen geschildert, auf einem Strom aus Geld ohne eine einzige Sorge auf der Welt dahintreibend.

TEIL ZWEI

EIN POLYMORPHES VIRUS

Schwarzkehlchen lebten in den Sommermonaten meist allein, bildeten im Winter jedoch Schwärme. Nachdem Booth Hendrickson weggefahren war, stand Luther Tillman an diesem Freitagmorgen noch an der offenen Haustür, als mindestens vierzig bis fünfzig Schwarzkehlchen aus dem Schutz des Nadelwaldes kommend in seinem Garten einfielen – rasche Flügelschläge, kurze Gleitphasen, steiler Sinkflug –, um den Wetterumschwung zu nutzen und auf Rasenflächen, die der Wind frei gefegt hatte, nach Samen zu picken.

Sie fielen singend ein, und ihr hohes Trillern erfreute sein Ohr. Er beobachtete, wie sie landeten und gleich zu picken begannen: brauner, fast schwarzer Kopf, grauschwarze Flügel, in der Schneelandschaft rot leuchtende Brust. Ihr Anblick heiterte ihn einen Augenblick lang auf, aber dann erfasste ihn scheinbar ohne Grund eine düstere Vorahnung, und er fürchtete um diese Vögel, um alle Vögel, um die ganze Schöpfung, hatte Angst um seine Frau und seine Kinder.

Als er wieder in seinem Arbeitszimmer war, rief er Gunnar Torval an und übertrug seinem Stellvertreter für eine Woche die Leitung des Departments. »Trotz der gestrigen Ereignisse liegt nichts Besonderes an, Gunnar, ich verlasse die Brücke nicht bei Sturm. Die Feds lassen uns nicht die kleinste Rolle spielen. Ich habe mitbekommen, was sie vorhaben: Sie wollen ihre Ermittlungen so rasch abschließen, dass man glauben könnte, alles sei nur ein Missverständnis gewesen, als sei in Wirklichkeit niemand zu Tode gekommen, erst recht kein Gouverneur.«

»Was steckt dahinter?«, fragte Gunnar.

»Das weiß ich nicht«, sagte Luther, der sich nicht mehr sicher war, ob man noch unbelauscht telefonieren konnte. »Für sie ist der Fall eindeutig, und sie wollen die Nerven der Leute nicht unnötig strapazieren, weil heutzutage schon genug Schlimmes passiert.«

»Wieso eindeutig? Ich kann nicht glauben, dass Cora so was hätte tun können. Ich glaube nicht, dass sie's war.«

»Sie war's«, versicherte Luther ihm. »Aber sie war nicht sie selbst, als sie's getan hat. Und das ist leider alles, was wir jemals verstehen werden.«

»Was ist mit ihrem Haus passiert?«

»Abgebrannt.«

»Es ist mehr als nur abgebrannt.«

»Es ist abgebrannt«, sagte Luther, »und die Feds ermitteln auch in dieser Sache. Wir schreiben nächste Woche nur Strafzettel aus und belehren Leute, die bei Rot über die Straße gehen.«

Nachdem er aufgelegt hatte, ging er nach oben und tauschte seine Uniform gegen Freizeitkleidung. Er würde einen Freund Coras besuchen, um eigene Nachforschungen anzustellen, und wollte vermeiden, dass seine Neugier offiziell wirkte.

Als er wieder herunterkam, roch die Küche nach Zimt und Vanillesoße, die schon abkühlte.

Rebecca walzte Teig aus, um Walnuss-, Pekannuss- und Pistazientörtchen zu backen. »Ich brauche Beschäftigung, sonst denke ich zu viel an das Hotel.«

»Sieht so aus, als müssten wir für den Rest unseres Lebens Nusstörtchen essen.«

»Ich backe ganz viele, damit ich allen welche mitbringen kann. Bloße Kondolenzbesuche könnte ich nicht aushalten. Bringt man Essen mit, sieht's nicht so aus, als wollte man nur fragen, wann die Beerdigung ist.«

Dixie Belle, Coras Langhaardackel, saß neben Rebecca und sah seelenvoll zu ihr auf, als seien die Nusstörtchen allein für sie bestimmt.

»Sie ist untröstlich«, sagte Rebecca. »Sie frisst nur, wenn man sie mit der Hand füttert, und winselt immer wieder ohne Grund.«

»Sie gewöhnt sich an dich mit der Zeit.«

»Ja, ich weiß, aber noch ist sie verwirrt und untröstlich.«

»Ich nehme mir die Woche frei«, sagte er. »Ich kann dir später helfen, wenn du deine Besuche machst.«

»Heute wird gebacken. Besuchstag ist erst morgen. Da wäre ich für einen starken Arm dankbar, auf den ich mich stützen kann.«

»Wo ist Jolie?« Ihre jüngere Tochter war im vorletzten Jahr auf der Highschool. »Ich hätte gedacht, dass der Unterricht heute ausfällt.«

»Die Schule hat Therapeuten engagiert, die den Kids helfen sollen, den Anschlag zu verarbeiten.«

»Jolie braucht keine Hilfe«, sagte er. »Sie hat sich gestern sehr gut gehalten.«

»Ihr geht's weiter gut. Sie ist nur neugierig. Fragt sich, was die Therapeuten sagen werden.«

»Das ist vielleicht weniger wert als Jolies Fragen.« Er öffnete die Tür des kleinen Vorraums, der die Verbindung zur Garage darstellte. »Ich bin dann mal weg. Brauchst du was aus dem Supermarkt?«

»Ich denke darüber nach, während du dich anziehst.«

Einige Minuten später erschien er in Winterjacke, Stiefeln und Handschuhen an der Tür. »Vielleicht ist's keine gute Idee mehr, dass Twyla ganz allein in Boston ist.«

Rebecca ließ ihre Törtchenformen stehen, drehte sich stirnrunzelnd um. »Wie meinst du das? Sie studiert im zweiten Jahr und hat viele neue Freunde gefunden.«

»Großstädte sind im Augenblick kein idealer Aufenthaltsort. Davon müsste Philadelphia auch den letzten Skeptiker überzeugen.«

Vor zwölf Tagen hatten mit dem IS sympathisierende Dschihadisten in Philadelphia eine vollbetankte Passagiermaschine auf eine Stadtautobahn im Berufsverkehr stürzen lassen und sie auf einer Meile Länge in ein Flammenmeer verwandelt, in dem Autos, Lastwagen und Tankfahrzeuge explodierten, Brücken einstürzten … Hunderte von Pendlern waren verbrannt,

Hunderte hatten Brandwunden davongetragen und waren fürs Leben gezeichnet.

»In Saint Paul, in Saint Cloud gibt es genauso gute Colleges wie in Boston«, sagte Luther.

»Und du weißt, dass Saint Paul sicherer ist als Boston – woher?«

»Je größer und berühmter eine Stadt ist, desto höher ist das Risiko. Wenn in Vegas darauf Wetten angenommen würden, wäre das die Grundlage.«

»Twyla würde das feige nennen.«

»Ja, das stimmt wohl.«

»Wäre sie gestern zu Hause gewesen und zu dem Lunch im Hotel gegangen, hättest du geglaubt, sie sei dort so sicher wie in deinen eigenen Armen.«

»Stimmt«, gab er zu. »Aber Boston ist so verdammt weit weg.«

ZWEI

Im Frühstückszimmer mit Blick auf den Swimmingpool sitzend, den eine Aphrodite aus dem Kelch des Begehrens füllt, trinkt Diamanta Larkin einen Mimosa, bevor ihr Essen serviert wird, aber nicht weil sie Orangensaft wegen des Vitamins C oder Champagner wegen des Alkohols braucht. Wie sie aus Erfahrung weiß, ist dies das angenehmste und wirksamste Mittel, den Geschmack ihres Mannes aus dem Mund zu bekommen.

Sie ist seit fast fünf Jahren mit Randall verheiratet. Sie hat keinen Zweifel daran, dass die Ehe so lange halten wird, wie sie es wünscht – was davon abhängt, wie lange er für D. J. Michael noch wertvoll ist. Sie ist sechsundzwanzig, achtzehn Jahre jünger als Randall, eine perfekte Kombination aus Schönheit,

Intelligenz und brennendem Ehrgeiz. Sie weiß genau, weshalb ihre Ehe so erfolgreich ist. Sexuell ist sie für Randy, was ein Tornado für einen Landstrich ist, über den er hinwegzieht; sie ist clever und gebildet, sodass er nie fürchten muss, sich irgendwo mit ihr zu blamieren; sie schmeichelt ihm schamlos, denn er lebt davon und ist unfähig, zwischen Speichelleckertum und aufrichtigem Lob zu unterscheiden; und sie ist ebenso machtgierig wie er.

Bevor D. J. die »zufällige« Begegnung Diamantas mit ihrem zukünftigen Ehemann arrangierte – wobei Randy nicht ahnte, dass D. J. seine Hand im Spiel hatte –, hatte der Milliardär Dutzende von jungen Frauen als neue Mrs. Larkin in Erwägung gezogen. Für Diamanta hatte er sich entschieden, nachdem ein Computer errechnet hatte, ihre psychologischen Profile seien in 103 von 112 Punkten kompatibel.

Was ihr Mann ebenfalls nicht weiß, ist die Tatsache, dass einer von D. J.s Technikern sein Smartphone um eine Funktion erweitert hat, durch die Diamanta immer weiß, wo er sich aufhält – selbst wenn das Gerät ausgeschaltet ist. Abfragen kann sie seinen Standort von ihrem Smartphone oder jedem PC aus.

Sie rechnet damit, dass er um 7:15 Uhr in seinem Büro sein wird, weil das seine Gewohnheit ist. Als sie um 7:41 Uhr nachsieht, erfährt sie, dass er sich vor der Garageneinfahrt seines Gebäudes in Beverly Hills befindet. Die GPS-Daten dieses speziellen Systems sind überaus präzise: Der Bildschirm zeigt einen Ausschnitt aus dem Stadtplan mit einem winzigen rot blinkenden Punkt, der Randy verkörpert.

Sie erwartet, dass der blinkende Punkt sich in Bewegung setzen und allmählich mit dem Gebäude verschmelzen wird, weil er von der Gasse durchs Tor in die Tiefgarage fährt, aber eine Minute vergeht, dann noch eine, ohne dass der rote Punkt sich bewegt.

DREI

Weil sie wusste, dass sie demnächst ein Versteck brauchen würde, hatte Jane Hawk schon vor zwei Tagen einen Ort gesucht, der für ein intensives Verhör geeignet war. Auf diesem Wege ließe sich vielleicht jemand umpolen – und als Informant gewinnen –, der sich dieser blutgierigen Bande angeschlossen hatte, weil er von ihrer Grausamkeit fasziniert war. Dazu brauchte sie Ungestörtheit und einen Raum, der keine Schmerzensschreie nach außen dringen ließ.

Hier vereinigten Kaliforniens goldene Vergangenheit und seine möglicherweise düstere Zukunft sich zu gegenwärtiger Unordnung und Verwahrlosung. Ein mehrere Straßenblocks großes ehemaliges Fabrikgelände stand jetzt weitgehend leer. Maschendrahtzäune standen schief und eingedrückt, hingen voller Abfälle: Fetzen und Streifen von Plastiktüten, verrottende Zeitungen, die in klumpigen Formen wie Wespennester an den Zäunen klebten, mit Schmutz verkrustete abgetretene Teppiche, die aussahen, als hätten sie einst die Leiche eines mumifizierten Pharaos umhüllt, gebrauchte Kondome und leere Einwegspritzen. Die Parkplätze, auf denen früher die Schichtarbeiter geparkt hatten, lagen jetzt rissig und voller Schlaglöcher da. Aus Spannungsrissen wuchs spiraliges, seltsam sprödes Unkraut wie Haare eines gestrandeten Krakens oder irgendeines anderen sagenhaften Ungeheuers, das unter dem Asphalt schlief, bis der Tag kam, an dem es sich erheben und alles verwüsten würde.

Das Gebäude, für das sie sich entschieden hatte, ragte düster in den sonnigen Morgen auf: fast zehntausend Quadratmeter Hohlblocksteine und rostiges Wellblech voller Vogelkot als Dachelement und Wandverkleidung. Ungefähr zwölf Meter hoch. In etwa acht Meter Höhe eine lange Reihe quadratischer Fenster, die mit schmutziggrauen Scheiben blind in die Sonne starrten.

Das Tor des Fabrikgeländes schien mit einer Kette mit Vorhängeschloss am Torpfosten gesichert zu sein. Bei ihrem ersten Besuch hatte sie den Schlossbügel jedoch mit einem Bolzenschneider durchtrennt.

Jane ließ Randall Larkin, dessen Atemzüge das Taschentuch über seinem Gesicht leicht aufblähten, auf dem Beifahrersitz zurück, nahm die Kette ab und schob das Rolltor zur Seite. Sie fuhr hinein und stieg noch mal aus dem Mercedes, um das Tor zu schließen.

Sie fuhr um das Fabrikgebäude herum, damit der Wagen von der Straße aus nicht mehr zu sehen war. Weil der Strom längst abgestellt war, konnte sie das hohe Rolltor für Lastwagen nicht benutzen, um in die Halle zu fahren.

Zwanzig Meter entfernt lag jenseits des Maschendrahtzauns etwas, das die Südkalifornier als Fluss bezeichneten: ein als Hochwasserschutz angelegter breiter, tiefer Betonkanal. Die meiste Zeit des Jahres lag er trocken, aber nach den Regenfällen der letzten Tage wälzten sich braune Wassermassen zu Tal – reißend, turbulent, gefährlich.

Als Jane ausstieg, erschien ihr das Brausen des Wassers in ihrem gegenwärtigen Gemütszustand wie eine apokalyptische Flut, als rausche aller Schmutz der Erde – aber auch alle darin gefangene Unschuld – in einen letzten Abfluss am Ende der Zeit.

Sie holte die Taschenlampe aus ihrer Umhängetasche und betrat das Gebäude durch die Fußgängertür neben dem Rolltor.

Die Fabrikhalle lag höhlenartig vor ihr: von Wand zu Wand und bis zu dem hohen Dach hinauf leer. Durch die schmutzigen Scheiben der Fensterbänder fiel mehr Licht auf die Dachbalken und Sparren als auf den Hallenboden, obwohl keine Ecke mehr als schummerig erhellt war.

Welches in Konkurs gegangene oder sonst wie aufgelöste Unternehmen hier produziert hatte, ließ sich nicht mehr feststellen, aber seine bankrotten Eigentümer hatten sich nicht die

Mühe gemacht, das Gebäude besenrein zu hinterlassen. Alle möglichen Abfälle waren zurückgeblieben: mehrere Dutzend leere Kunststofftonnen, teils liegend, teils stehend, Holzpaletten, merkwürdig zugeschnittene Spanplatten, an Steppenläufer erinnernde Drahtknäuel, leere Getränkedosen, zertrümmerte Bierflaschen und Altpapier.

Bei ihrem vorigen Besuch hatte Jane zwei der blauen Tonnen in der Hallenmitte aufgestellt. Mit der aufgelegten leicht welligen Spanplatte bildeten sie einen Tisch, auf dem eine Coleman-Laterne und ein Benzinkanister standen, die sie in einem Sportgeschäft gekauft hatte.

Sie legte die Taschenlampe neben die Laterne.

Aus ihrer Tasche holte sie schwarze Seidenhandschuhe mit Zierstickerei in Silber, die sie als Teil ihrer Verkleidung von voriger Woche gekauft hatte, und zog sie an.

Der Glühstrumpf der Laterne schwoll nach dem Anzünden an und gab gespenstisch weißes Licht ab, das nach allen Seiten ungefähr fünf Meter weit reichte: eine kleine Kugel aus Licht in den düsteren Weiten der Halle.

Auf dem Tisch standen auch vier Flaschen Mineralwasser und vier Plastikfressnäpfe für Hunde.

Sie hatte die nähere Umgebung von Abfall gesäubert. Außer dem Tisch standen in der Hallenmitte nur noch zwei Gartenstühle aus Aluminium mit blauem Nylongewebe als Sitzflächen und Rückenlehnen. Die hatte sie in einem Geschäft für Gebrauchtmöbel gekauft.

Neben der Tür, durch die sie hereingekommen war, stand ein niedriger Transportwagen, eineinhalb Meter lang und einen Meter breit, ebenfalls aus dem Möbelgeschäft. Sie schob ihn zu dem Mercedes hinaus.

Als sie die rechte Tür öffnete, murmelte Randall Larkin unter seinem Taschentuch etwas Unverständliches und wäre fast aus dem Auto gefallen. Sie richtete ihn wieder auf und fesselte ihn mit starken Kabelbindern an Händen und Füßen.

Als Nächstes griff sie unter seinen Armen hindurch, zerrte ihn aus dem Mercedes und lud ihn auf den zu kurzen Transportwagen, über dessen Abschlussbrett seine Füße hinausragten.

Dabei fiel das Taschentuch von seinem Gesicht. Sie legte es wieder auf, bespritzte es leicht mit Chloroform.

Sie schob den schweren Wagen zu der Fußgängertür und machte dort halt, um die Speckstein-Kamee aus einer Tasche ihrer Jeans zu ziehen. In der grellen Morgensonne betrachtete sie die sanften Linien des geschnittenen Porträts in einer Hälfte eines zerbrochenen Medaillons. Hinter dem Zaun sprach der Fluss mit flüssigen Stimmen, brauste und brabbelte, gluckste und zischte, aber in diesem Augenblick hörte sie ihn nicht. Sie sah auch die Kamee nur undeutlich, denn vor ihrem inneren Auge erschien das Gesicht ihres Kindes, der süße Travis, das Ebenbild seines Vaters und das Gefäß, das all ihre Hoffnung barg.

Jane steckte die Kamee wieder ein. Sie schob den Transportwagen mit dem betäubten und gefesselten Mann in die Fabrikhalle. Sie schloss die Tür hinter ihnen.

VIER

Als das rot blinkende Randall-Symbol auf dem Bildschirm sich nach fünf Minuten noch immer nicht von der Stelle bewegt hat, ruft Diamanta ihren Mann auf seinem iPhone an. Nach dem fünften Klingeln meldet sich die Mailbox.

Als Nächstes wählt sie Randalls zweite Büronummer, nicht die seines Vorzimmers, sondern des Telefons auf seinem Schreibtisch. Nur fünf oder sechs Leute haben diese Nummer, und Randall hebt immer ab, wenn er da ist. Wieder meldet sich ein Anrufbeantworter.

Sie ist keine Frau, die sich leicht ängstigt, und es gibt nicht viel auf der Welt, was sie fürchtet, denn sie hat volles Vertrauen in ihre Fähigkeit, alle Krisen zu bewältigen, und in ihre Zukunft, die ebenso glänzend sein wird wie sie selbst.

Als Holmes, der Butler, ihr einen Teller mit zwei Spiegeleiern, Räucherlachs und in Butter gedünstetem Rosenkohl serviert, den seine Frau Elizabeth, die andere Hälfte des Haushaltsteams, zubereitet hat, setzt Diamanta sich zu ihrer ersten Mahlzeit des Tages an den Tisch. Sie sagt sich, dass Randall sein Smartphone in der Gasse verloren haben muss, ohne es zu merken, oder dass er dort anscheinend ein Gespräch führt, vielleicht mit dem Hausmeister, der ... aber natürlich! Er versucht, das ferngesteuerte Tor zu reparieren, das sich in letzter Zeit mehrmals nicht hat öffnen lassen.

Ihr Frühstück ist erst halb gegessen, als Diamanta, die weiter den rot blinkenden Punkt beobachtet, ihre Meinung ändert. Irgendwas stimmt hier nicht.

FÜNF

Zehn Minuten nachdem Jane den Anwalt in das Fabrikgebäude gefahren hatte, kehrte sie mit einem schweren Betonklotz in den Händen zu dem Mercedes zurück.

Der S 600 war mit einem Navi ausgestattet, das geortet werden konnte. Sobald andere, die keine frühen Vögel waren, in ihre Büros bei Woodbine, Kravitz, Larkin & Benedetto kamen, würden sie merken, dass der dritte Partner seinen ersten Termin versäumt hatte. Setzte man voraus, dass Woodbine, Kravitz oder Benedetto oder alle drei Tentakeln des Milliardärs David James Michael waren und so eifrig wie Randall danach strebten, die Welt durch die Liquidierung der Personen auf der Hamlet-Liste besser zu machen; nahm man an, sie wüssten von Janes Besuch bei Lawrence Hannafin, den sie dann nicht wie versprochen angerufen hatte; und setzte man voraus, dass nicht alle so dumm waren, wie sie böse waren, würde mindestens einer zu dem Schluss gelangen, sie habe das Telefongespräch zwischen Hannafin und Larkin irgendwie mitgehört und heute ihren Partner entführt. Sie würden niemals zur Polizei gehen. Das brauchten sie nicht zu tun. Sie hatten beste Kontakte zum FBI, zur Homeland Security und der NSA.

Als Jane vor zwei Tagen das Vorhängeschloss am Fabriktor mit einem Bolzenschneider geknackt hatte, hatte sie auch den Maschendrahtzaun hinter der Halle mit zweieinhalb Meter Abstand zweimal vertikal aufgeschnitten und den unteren Spanndraht entfernt, sodass das Drahtgeflecht nur noch an den oberen Maschen in über zwei Meter Höhe hing.

Jetzt ließ sie am Steuer des Mercedes S 600 sitzend den Motor an. Sie wendete und brachte die Limousine sechs, sieben Meter vor dem Maschendrahtzaun zum Stehen. Ein Druckknopf am Ende eines Lenkradhebels war mit PARK CONTROL bezeichnet. Die Handbremse wurde nicht durch ein Pedal, sondern durch eine Zug- und Drucktaste links neben dem Lenkrad direkt unter der Scheinwerferverstellung betätigt. Sie ließ die Automatik in PARK-Stellung: Handbremse angezogen, Motor im Leerlauf, Fahrertür offen.

Dann holte sie den Betonklotz, den sie an der Hallentür zurückgelassen hatte. Sie schleppte ihn zu der Limousine und legte ihn aufs Gaspedal. Der Motor, ein Meisterstück deutscher Ingenieurskunst, heulte auf, aber die Automatik stand in Stellung P, die Handbremse war angezogen.

Jane beugte sich durch die offene Tür in den Wagen, griff übers Lenkrad und schaltete die Automatik von PARK auf DRIVE um. Der S 600 zitterte wie ein nervöses Rennpferd, aber die Handbremse hielt.

Sie ermahnte sich, flink zu sein, wenn sie keinen Armbruch riskieren wollte, hakte zwei Finger unter die Taste links neben dem Lenkrad, löste die Handbremse und warf sich im selben Augenblick zurück.

Der Mercedes schoss mit aufheulendem Motor vorwärts. Durch die jähe Beschleunigung wurde die Fahrertür zugeknallt. Die Stoßstange schleuderte den Vorhang aus Maschendraht nach oben, und der Wagen brach durch den Zaun. Der Vorhang fiel wieder herunter und zerkratzte den sorgfältig gepflegten Lack, war aber nicht schwer genug, um die Frontscheibe zu zertrümmern. Keine drei Meter weiter, als der Maschendraht über Heckscheibe und Kofferraumdeckel schepperte, rollte die Limousine über die Kante gleich hinter dem Zaun und kam außer Sicht.

Jane schlüpfte durch den zurückschwingenden Drahtvorhang, drehte sich rechtzeitig genug um und sah den Mercedes auf der langen Schräge, die zu der dreißig Meter breiten Rinne hinunterführte. Der Betonklotz musste noch auf dem Gaspedal liegen, denn die Limousine beschleunigte weiter. Sie setzte über den erhöhten Rand der Rinne, flog ein, zwei Sekunden durch die Luft und klatschte dann mit einer Bauchlandung in die tosende Flut.

Alle Fenster waren hochgefahren, sodass der S 600 noch längere Zeit schwimmen würde. Alle Türen schlossen so dicht, dass Wasser nur über die Lüftungsöffnungen eindringen konnte – aber so langsam, dass der Wagen erst viele Meilen flussabwärts halb untergetaucht sein würde, und selbst dann würde die starke Strömung ihn weiter mitreißen.

Sie beobachtete, wie der Mercedes in den Wellen nickte und gierte und rollte, was eigenartig fröhlich wirkte, als mache er einen Ausflug. Sie bedauerte, nicht daran gedacht zu haben, das Radio einzuschalten und Jimmy Buffett oder etwas in der Art gesucht zu haben, um ihm die richtige Musik mitzugeben.

Jenseits des reißenden Flusses und weiter stromaufwärts lagen unbebaute Hügel mit niedrigem Buschwerk in frühlingshaftem Grün. Jane hielt es für sehr unwahrscheinlich, dass irgendein Wanderer oder Camper von dort drüben aus zufällig fünf bis sechs Sekunden lang in ihre Richtung gesehen hatte, als der Mercedes den Zaun durchbrochen hatte und in den Fluss gestürzt war. Aber selbst wenn jemand das beobachtet hätte, würde ihn mehr interessieren, wohin das Auto so eilig unterwegs war, weil er glauben musste, in dem Unfallwagen säßen Personen. Und genau das würde er am ehesten melden.

Der Vorhang aus Maschendraht pendelte noch, schwang leise klirrend aus und verschloss die Lücke im Zaun, als habe es sie nie gegeben.

Jane kehrte in das verlassene Fabrikgebäude zurück.

SECHS

Jason Alan Drucklow, als Privatdetektiv in neununddreißig Bundestaaten zugelassen, hat den größten Teil seines Lebens damit verbracht, im Auftrag der Wahlkampfleiter der beiden großen Parteien gegen den jeweiligen politischen Gegner zu ermitteln. Von ihm wurde erwartet, dass er das beste belastende Material über verschiedene Gouverneure, Senatoren und Abgeordnete zusammentrug, alles von ihren Seitensprüngen bis zu dem großen Spaß, den sie als Kinder daran gehabt hatten, Tiere zu quälen – manchmal auch noch als Erwachsene.

In jungen Jahren hat er seine Arbeit spannend und erregend zugleich gefunden. Er wurde ein Meister darin, den Ruf von Politikern zu ruinieren, indem er ihre sorgfältig verborgenen Geheimnisse aufspürte oder glaubhafte Storys erfand, die er mit selbst fabrizierten »Beweisen« untermauerte.

Mit ungefähr vierzig Jahren fühlte er sich jedoch übersättigt. Er fand keine Befriedigung mehr darin, einem Politiker nachzuweisen, er habe sich von einem saudischen Prinzen bestechen lassen oder historische Dokumente gefälscht, die bewiesen, dass der Vater eines Kandidaten ein Grand Kleagle des Ku-Klux-Klans gewesen war oder Farbige in einen Standhäcksler gesteckt hatte. Sein Desinteresse schlug in solche Langeweile um, dass er an manchen Tagen nicht aus dem Bett fand. Seine Karriere schien beendet zu sein, aber für Männer mit seinen Talenten ergaben sich manchmal ungeahnte Möglichkeiten.

Er verdient jetzt ungeheures Geld, indem er für einen Mann arbeitet, der sich Marshall Ackerman nennt, was sein richtiger Name sein mag oder nicht. Ackerman ist bei einer gemeinnützigen Organisation angestellt, die sich »Freiwillige für ein besseres Morgen« nennt. Nach Jason Drucklows sorgfältigen Recherchen ist es denkbar, dass die Freiwilligen auf David James Michael zurückgehen. Diese Entdeckung ist für Jason die Garantie, dass er immer bezahlt werden wird, aber andererseits hat sie ihn auch davon abgehalten, sich intensiver mit der Befehlskette zu beschäftigen, über die er seine Aufträge erhält, um nicht – metaphorisch gesprochen – in einem Standhäcksler zu enden.

An diesem Freitagmorgen erhält er eine verschlüsselte E-Mail von Ackerman: Er soll sofort den Aufenthaltsort von Randall Larkin feststellen, dessen Frau ihn nicht finden kann.

Jason bewohnt ein Luxusapartment – das zugleich sein Büro ist – in begehrter Wohnlage am Wilshire Boulevard in Beverly Hills, nicht weit von Woodbine, Kravitz, Larkin & Benedetto entfernt. Er zahlt keine Miete. Und er braucht kein eigenes Geld für die Computer, Drucker, Scanner und sonstigen hochmodernen Geräte in seinem Homeoffice auszugeben.

Als Erstes dringt Jason Alan Drucklow von seinem Hauptcomputer aus in das riesige Datenreich der NSA ein – durch eine Hintertür, welche die Führungsriege der Agency genehmigt hat, wie ihm versichert worden ist, weil sie die Freiwilligen für ein besseres Morgen als geheimen wertvollen Verbündeten betrachtet.

In Großstädten in ganz Amerika – und nicht nur dort – tragen Überwachungskameras im öffentlichen Raum dazu bei, die Sicherheit der Bevölkerung zu garantieren, während sie gleichzeitig ein historisches Protokoll verschiedener Aktivitäten liefern. Jason ruft ein NSA-Programm auf, das die Videosysteme fast aller US-Sicherheitsbehörden miteinander verknüpft, sodass man von Küste zu Küste auf jeden beliebigen Ort zugreifen und in Echtzeit sehen kann, was dort gerade passiert.

In ungefähr neunzig Sekunden stellt er fest, dass Beverly Hills in der Gasse hinter Randall Larkins Bürogebäude keine Überwachungskameras installiert hat. Zum Glück gibt es auf der parallel verlaufenden Hauptstraße welche, die vielleicht zeigen werden, wie der Anwalt am frühen Morgen ins Büro gekommen ist.

SIEBEN

Randall Larkin, noch immer bewusstlos, saß auf einem der Gartenstühle. Beide Unterarme waren mit Kabelbindern an die Armlehnen gefesselt, ebenso die Knöchel an die vorderen Stuhlbeine, sodass er nicht aufstehen konnte.

Jane wartete auf dem zweiten Stuhl sitzend und beobachtete ihren Gefangenen aus einer Entfernung von ungefähr zweieinhalb Metern.

Die Coleman-Laterne zischte leise, während das Ventil einen stetigen Strom von vergastem Brennstoff in den leuchtenden Glühstrumpf austreten ließ.

Larkin, der mit hängendem Kopf und flach atmend dasaß, kam nur langsam wieder zu sich. Er murmelte unverständliche Silben, wobei aus einem Mundwinkel ein dünner Speichelfaden lief, der vom Kinn auf ein Hosenbein seines eleganten mittelgrauen Anzugs tropfte. Zweimal summte er halb singend undeutlich eine Melodie, die Jane nicht erkannte. Seine Finger streichelten die Armlehnen seines Stuhls, als fänden sie die Glätte des Aluminiums angenehm.

Nach einiger Zeit hob er den Kopf, öffnete die Augen und blinzelte verwirrt. Er kniff die Augen zusammen, weil die Laterne ihn blendete, und entdeckte dann Jane. Er musterte sie stirnrunzelnd, dann schmatzte er mit den Lippen und murmelte: »Traum«, bevor ihm die Augen wieder zufielen.

Als er wenige Minuten später erneut den Kopf hob und Jane vor sich sitzen sah, wusste er, dass er nicht träumte. »Sie! Wer sind Sie?«

»Denken Sie darüber nach«, schlug sie vor.

Erst als Larkin versuchte, eine Hand zu heben, um sich den Speichel vom Kinn zu wischen, schien er zu merken, dass er an seinen Stuhl gefesselt war. Er riss an den Kabelbindern und versuchte mit den Füßen zu strampeln, sodass die Stuhlbeine auf dem Betonboden ratterten.

Als er dann wieder Jane anstarrte, war sein Blick wacher als zuvor. »Die Gasse ... Die Frau in der Gasse. Was machen Sie hier?«

Sie sprach ruhig, wie um ihn besorgt. »Vielleicht sollten Sie überlegen, was *Sie* hier machen.«

»Kenne ich Sie? Nein, wir kennen uns nicht.«

»Wir sind uns nie begegnet, aber Sie kennen mich.«

»Was soll das sein – ein Rätsel? Geben Sie mir keine Rätsel auf. Wozu soll das gut sein?«

»Sie kennen nur die Perücke nicht«, sagte sie geduldig. »Die Perücke und den Lidschatten und den Lippenstift und den Nasenstecker.«

Darüber rätselte er einige Sekunden nach, bis er plötzlich die Augen aufriss. Er hatte ungewöhnlich hellbraune Augen: haselnussbraun mit dunkleren Streifen.

»Jane Hawk«, sagte er.

»Ah. Jetzt sind Sie fast aus dem Schlummerland zurück.«

Er zerrte nochmals an seinen Fesseln. »Wie bin ich hergekommen? Was haben Sie mit mir gemacht? Ich habe einen widerlich süßen Geschmack im Mund.«

»Chloroform.«

Er fuhr mit der Zungenspitze seine Zähne entlang, während er über das Wort nachdachte. »Sie sind verrückt. Völlig durchgeknallt!«

Sie schüttelte lächelnd den Kopf. »Nicht aus meiner Perspektive.«

»Das ist Kidnapping.«

»Ja, auch das.«

»Darauf steht lebenslänglich!«

»Machen Sie sich meinetwegen keine Sorgen, Randy. Nach mir wird schon wegen Mordes gefahndet.«

Er war nun wieder ganz der alte Randall Larkin. Hinter seinen Augen arbeitete ein scharfer Verstand, der alle Details seiner Situation registrierte und analysierte. Er musterte den improvisierten Tisch, die Wasserflaschen auf der Tischplatte, die Fressnäpfe und die Coleman-Laterne mit ihrem Benzinkanister. Er sah zu den hohen Fenstern auf, deren Scheiben in der Morgensonne mattgrau waren. Er drehte den Kopf zur Seite und betrachtete das von allen Seiten herandrängende Dunkel, in dem sie im Lichtkreis der Laterne wie auf einer Insel außerhalb des Raum-Zeit-Kontinuums zu sitzen schienen.

Jane wiederholte den letzten Satz, den er am Telefon zu Lawrence Hannafin gesagt hatte: »Lass den Toast nicht anbrennen.«

Er begriff nicht gleich, aber dann wurde ihm klar, dass sie mitgehört hatte. »Scheiße.«

»Sogar ziemlich tiefe Scheiße«, sagte sie mitfühlend.

Der furchtlose Strafverteidiger setzte sein Prozessgesicht auf und durchbohrte sie mit einem Blick, der schon unzählige im Zeugenstand eingeschüchtert haben musste. »Ich fürchte mich nicht vor Ihnen.«

»Ich weiß«, sagte sie. »Aber das werden Sie noch.«

»Sie wissen schon alles, was Sie wissen müssen.«

»Nicht alles.«

»Selbst wenn Sie mich wie ein Ei aufschlagen könnten – was Sie nicht können –, könnte ich Ihnen nichts Neues erzählen.«

Sie beobachtete ihn schweigend.

Die Coleman-Laterne zischte.

Nach ungefähr einer Minute sagte Larkin: »Sorry, aber mit Schweigen kommen Sie bei mir nicht weiter.«

»Ich versuche nicht, Sie durch Schweigen zu etwas zu bringen. Ich warte nur auf die nächste auf der Hand liegende Erkenntnis, mit der Sie sich beruhigen werden, um nicht durchzudrehen.«

Larkin gab vor, sich mehr für die Fabrik zu interessieren als für Jane. Er sah sich mit zusammengekniffenen Augen um. »Wo sind wir?«

»Weit weg von allem.«

»Sie finden uns.«

»Ihr Smartphone habe ich weggeworfen. Ihr Mercedes ist schon meilenweit weg, macht eine Wildwassertour zum Meer.«

»Wildwassertour? Was soll das heißen?«

Sie zuckte mit den Schultern.

Nach einer weiteren Pause sagte Larkin: »Sie haben niemanden ermordet. Wie ich höre, haben die beiden, die Sie erschossen haben, zuerst eine Schusswaffe gezogen. Notwehr.«

»Da haben wir's«, sagte Jane. »Die nächste auf der Hand liegende Erkenntnis, mit der Sie sich beruhigen, um nicht durchzudrehen.«

»Sie sind als Agentin diskreditiert. Sie sind eiskalt, aber Sie würden nie jemanden kaltblütig ermorden.«

»Glauben Sie?«

Er ließ ein Lächeln sehen, das Leonardo da Vinci niemals hätte malen wollen.

Janes nächstes Schweigen war wachsam, seines war selbstgefällig.

Schließlich sagte er: »Von dem verdammten Chloroform habe ich Kopfschmerzen.«

»Gut.«

Die Laterne zischte, als entweiche das Licht aus einem unter Druck stehenden Behälter, sodass ewiges Dunkel sie umgeben würde, wenn das Zischen einmal aufhörte.

Sie sagte: »Wenn ich Ihnen gleich jetzt eine Kugel in den Kopf jage – selbst das wäre kein Mord. Es wäre Notwehr. Wissen Sie, weshalb?«

Larkin wollte nicht gleich mitspielen. Er erwiderte ihren Blick und wartete.

»Ihre Komplizen haben meinen kleinen Jungen bedroht. Wussten Sie das? Sie haben gedroht, ihn zu ermorden. Und vorher zu vergewaltigen. Sie haben angedroht, ihn dem IS oder der Boko Haram als Sexsklaven zu überlassen. Tatsächlich sogar uns beide, ihn und mich.«

Sie konnte sehen, dass er das nicht gewusst hatte – und dass dieses Wissen anfing, seine Vermutungen in Bezug auf ihr Gewaltpotenzial zu beeinflussen.

»Was für ein Anzug ist das?«, fragte sie.

Der Themenwechsel verblüffte ihn. »Anzug?«

»Ist er von Brunello Cucinelli wie einige der Anzüge in Lawrence Hannafins Kleiderschrank?«

»Was? Nein.«

»Von wem ist er sonst?«

»Ist das wichtig?«

»Vom wem ist er?«

»Was soll die Fragerei?«

»Mich interessiert alles, was mit Ihnen zusammenhängt, Randy. Also: Von wem ist Ihr Anzug?«

»Das ist bloß ein Anzug.«

Jane sprang mit einem Satz auf, trat ein paar Schritte auf ihn zu. Ihre raue Stimme brach sich an den Wänden, hallte durch den Dachstuhl. *»Von wem ist Ihr Designeranzug, Arschloch?«*, schrie sie ihn an.

Er zuckte zusammen und war darüber beunruhigt, vielleicht sogar besorgt, dass ihre aufgestaute Wut sich wegen einer solchen Kleinigkeit entladen konnte. »Zegna. Ermenegildo Zegna. Keine große Sache.«

»Wie viel hat er gekostet?«

»Keine Ahnung. Vielleicht viertausend.«

»Von wem ist die Krawatte?«

»Die Krawatte?«

Sie ragte vor ihm auf, beugte sich über ihn. Sie ohrfeigte ihn links und rechts, mit aller Kraft, sodass ihre Hände brannten. »Ja, die Scheißkrawatte.«

Larkin war es so gewohnt, Macht auszuüben, dass er anscheinend erst jetzt plötzlich begriff, dass er sich nicht auf das vor Gericht übliche Zeremoniell verlassen konnte. Und dass er den Gang der Dinge nicht durch raffinierte Fragen würde beeinflussen können. Diesmal war *er* der Zeuge im Kreuzverhör, sie Anklägerin und zugleich Richterin in einer Person.

»Was hat die Scheißkrawatte gekostet, Randy?«

Er zuckte mit den Schultern, zeigte offene Verachtung für ihr zwanghaftes Interesse an seiner Kleidung. »Vielleicht ein paar hundert Dollar.«

»Erzählen Sie mir von dem Hemd. Hoffentlich wissen Sie da besser Bescheid.«

Das Stottern bewies seine Nervosität. »P-P-Paul Smith. Paul Smith, London.«

»Wie steht's mit den Schuhen?«

»Armando Cabral.«

»Sie sind ein richtiger Dandy, was?«

»Ich kleide mich gut, das ist alles.«

»Würden Sie das einen Power Suit nennen?«

»Das täte ich nicht, nein.«

Sie sagte: »Ich auch nicht, wenn ich mir Ihre jetzigen Umstände ansehe.«

Jane kehrte zu ihrem Gartenstuhl zurück. Sie saß da und beobachtete ihn.

Seine Miene blieb ausdruckslos, aber hinter seinen Augen brodelte ohnmächtige Wut. In dem grellweißen Gaslicht war Larkins Gesicht nicht vor Zorn rot, sondern von leichten Schatten unter den Augen abgesehen aschfahl mit fast blutleeren rosa Lippen. Er war wütend, aber auch endlich völlig verängstigt.

»Ihre jetzige Frau heißt Diamanta.«

»Lassen Sie sie aus dem Spiel.«

Jane zog die Augenbrauen hoch. »Wieso sollte ich das tun? Sie haben meinen Mann auch nicht aus dem Spiel gelassen.«

»Sie weiß nichts.«

»Nun, das ist wahrscheinlich gelogen.« Sie legte den Kopf leicht schief, musterte ihn fragend und mit einem schwachen Lächeln, das wieder verschwand, als finde sie ihn ebenso amüsant wie abstoßend. »Ihre Frau Diamanta«, sagte sie im Tonfall einer Klatschreporterin, die einer aufregenden Story auf der Spur ist. »Weiß Diamanta von Aspasia?«

Bestürztes Schweigen ließ ahnen, wie schockiert er war, bevor er sagte: »Ist das eine Droge oder so was? Ich nehme keine Drogen.«

Seinen Mitverschwörern und ihm war bewusst, dass sie über die Gehirnimplantate und die Hamlet-Liste Bescheid wusste, dass sie am Tag von Bertold Shennecks Tod nicht nur USB-Sticks mit allen Forschungsergebnissen, sondern auch Ampullen mit gebrauchsfertigen Nanomaschinen-Kontrollmechanismen in neutraler Lösung erbeutet hatte. Aber sie konnten nicht wissen, dass Jane auch ihren grausamen und perversen weiteren Verwendungszweck für diese beängstigende Technologie entdeckt hatte: Aspasia.

»Randy, Randy, Randy. Sie kennen mich doch schon etwas besser. Sie wissen, dass ich mich auf unsere Besprechung gut vorbereitet habe.«

Er sagte nichts.

»Wie oft gehen Sie ins Aspasia, Randy? Einmal im Monat? Einmal pro Woche? Wie extrem sind Ihre extremsten Begierden?«

Sie konnte in ihm lesen wie in einem Buch. Die blasse Haut, die fiebrig glänzenden Augen leicht unfokussiert, weil eine in ihm aufsteigende Erinnerung ihn ablenkte, die Nasenlöcher geweitet, als registriere er erst jetzt den wahren Geruch seiner korrupten Seele, beide Hände nicht mehr entspannt auf den Armlehnen, sondern das stranggepresste Aluminium umklammernd, als fahre er auf den Steilabsturz einer Achterbahn zu. Alle diese Anzeichen verrieten seine Panik und seine Schuld so deutlich, als habe er sein Geständnis mit Kreide an eine Wandtafel geschrieben.

ACHT

Bevor Jason Drucklow sich der zeitraubenden Aufgabe unterzieht, die archivierten Videos der Überwachungskameras in der Umgebung der Gasse zu sichten, bittet er Cammy Newton, seine Freundin und Assistentin, rasch hinzufahren und das Smartphone zu bergen, das Randy Larkins angebliche Position sendet.

»Klaro! Ist gebongt!«, ruft Cammy aus.

In ihren Kreisen ist die Beziehung zwischen Drucklow und Newton ungewöhnlich. Sie ist nur zwei Jahre jünger als er und himmelt ihn geradezu an. Er ist seinerseits so in sie verknallt, dass er sich manchmal wieder wie ein Dreizehnjähriger fühlt: voller pubertärer Sehnsüchte und kitschig-romantischer Ideen, über die er früher bei anderen gespottet hat.

Als sie sich vor drei Jahren gefunden haben, war sie Podologin in einem Nagelstudio, schnitt und lackierte Fußnägel und hatte mit Hornhaut und hässlichem Fußpilz zu tun. Sie fühlt sich wie Cinderella – aber als habe kein Prinz, sondern James Bond Cinderellas Herz im Sturm erobert.

»Wirst mir fehlen!«, ruft sie ihm von der Tür aus zu, obwohl sie keine halbe Stunde unterwegs sein wird.

NEUN

Hazel Syvertsen lebte am Stadtrand in einem weißen viktorianischen Haus mit Zuckergusszierat, geschnitzten Giebeln und zwei großen italienischen Erkerfenstern. Das Haus war so frivol, wie seine Besitzerin praktisch veranlagt war.

Sheriff Luther Tillman stieg die Stufen zu dem von kannelierten Säulen getragenen Vordach hinauf, zog die Reißverschlüsse seiner Schneestiefel auf, streifte sie ab und klingelte an der Haustür.

Er musste ein weiteres Mal klingeln, bevor Hazel in Holzfällerstiefeln, grauer Trekkinghose und blauem Flanellhemd mit hochgekrempelten Ärmeln erschien. Trotz dieser Aufmachung war sie so feminin wie jedes Objekt männlicher Verehrung in einem Roman aus der Zeit, in der ihr Haus gebaut worden war.

»Du hast die Stiefel ausgezogen«, sagte sie, »also willst du mich länger ausquetschen. Das musst du ohne Kaffee in meiner Werkstatt tun. Das Glas hält mich gepackt, und ich denke nicht daran, eine Pause zu machen.«

»Einverstanden, Ma'am.«

»Nenn mich nicht Ma'am. Sonst fühle ich mich noch älter, als ich bin.«

Hazel, jetzt 66, war vor einem Jahr in den Ruhestand getreten. Nach dem College hatte sie zwanzig Jahre lang in der Army gedient, war als Sergeant verabschiedet worden und hatte dann zweiundzwanzig Jahre lang die hiesige Grundschule geleitet. Sie war dreimal verheiratet gewesen, zweimal mit Armeeangehörigen. Ihr erster Ehemann war im Golfkrieg gefallen, ihr zweiter bei einem Hubschrauberabsturz ums Leben gekommen. Der dritte war ihrer Einschätzung nach ein Schuft, von dem sie sich hatte scheiden lassen, nachdem sie ihn mit einer Schrotflinte Kaliber 12, die er für geladen hielt, aus diesem Haus gejagt hatte. Danach hatte sie wieder ihren Mädchennamen angenommen.

Ihre Werkstatt lag in einem Anbau. Auf dem Arbeitstisch war der fast zwei mal einen Meter große Rahmen für ein Buntglasfenster fixiert. Hazel arbeitete seit ihrer Entlassung aus der Army als Glaskünstlerin, und ihre Fenster waren in vielen Häusern, Geschäften und Kirchen im ganzen County zu sehen.

An der Wand hing der farbig ausgeführte Entwurf auf Karton im Maßstab 1:1, und ein Drittel des Fensters war bereits fertig: eine dynamische Welle aus Rot-, Blau-, Gelb- und Purpurtönen.

»Abstrakt?«, fragte Luther erstaunt. »Es ist schön, aber du hasst abstrakte Kunst.«

»Hab gestern damit angefangen. Fast die ganze Nacht durchgearbeitet. Den Anstoß dazu hat gestern gegeben. Gestern ist mir klar geworden, dass die Welt Form und Zusammenhalt verliert, dass sie zu einer verrückten Abstraktion wird. Dies ist die neue Realität.«

»Also geht's um Cora.«

»Verdammt noch mal, ja, es geht um Cora. Es wird schön, voller Leben. Ich nenne es *Cora*, und jeden Hundesohn, der dagegen ist, dass ich's in die Grundschule hänge, soll der Teufel holen!«

Während Hazel weiter bunte Gläser zuschnitt, sagte Luther: »Ich bin nicht in offizieller Funktion hier.«

»Das habe ich gemerkt – keine Uniform.«

»Die Feds haben mein Department völlig von den Ermittlungen ausgeschlossen. Deshalb bin ich nur als Freund hier. Du hast Cora vermutlich am besten gekannt. Hat sie jemals über einen Ort namens Iron Furnace gesprochen?«

Hazel sah von der Arbeit auf. Ihr Gesicht trug einen angewiderten Ausdruck, als habe er gefragt, ob Cora jemals über Auschwitz gesprochen habe. »Ah, *dieses Nest*. Dort ist ihr irgendwas zugestoßen.«

ZEHN

In der kühlen Luft der leeren Fabrikhalle vager, flüchtiger Schimmelgeruch, dazu stechender Uringestank, ebenso inkonsistent. Außerhalb des Lichtkreises der Laterne ein Rascheln, als habe ein Luftzug irgendwelchen Müll aufgewirbelt, obwohl die Luft totenstill ist.

An den Stuhl gefesselt sah Randall Larkin in die Richtung, aus der das Geräusch gekommen war, aber obwohl er erkennbar darüber nachdachte, fragte er nicht nach.

Jane wusste, dass die Berge von Papier – alte Akten und verschimmelte Prospekte, die unerwünschte Hinterlassenschaft eines pleitegegangenen Unternehmens – jetzt von Ratten besiedelt waren, die in dem Papier scharrten, es kauten und wieder herauswürgten und für den Bau ihrer Labyrinthe benutzten. Aber sie war noch nicht bereit, dieses Wissen mit Larkin zu teilen.

»Was wollen Sie von mir?«, fragte er. »Was erwarten Sie von mir zu hören, das Sie nicht schon wissen?«

Jane ignorierte seine Frage, als sie sich jetzt auf ihrem Stuhl nach vorn beugte. »Sind Sie manchmal im Darknet unterwegs, Randy? Ich meine nicht das Deep Web. Dort gibt es nicht viel Unheimliches. Das Darknet. Sind Sie manchmal darin unterwegs?«

»Ich weiß nichts von irgendwelchen Deep oder Darknets.«

Sie lächelte über diese durchsichtige Lüge. »Ins Darknet kommt man mit keiner gewöhnlichen Suchmaschine. Die Adressen von Webseiten sind lange Buchstaben- und Zahlenkombinationen, die kein Mensch versehentlich eingeben würde. Sie sind so kompliziert, dass man sie sich nicht einmal merken kann. Vor allem gibt es eine Adresse mit vierundvierzig Zahlen und Buchstaben. Um sie zu bekommen, muss man Mitglied eines sehr exklusiven Clubs sein – oder dazu eingeladen werden. Gibt man diese vierundvierzig Zeichen ein, Randy, erscheint ein schwarzer Bildschirm, auf dem in weißer Schrift ein einziges Wort steht: *Aspasia*.«

Er schloss die Augen und senkte den Kopf, als finde er sie ermüdend. Vielleicht fürchtete er sich auch, jetzt ihrem Blick zu begegnen.

»Die nächste Ankündigung lautet: ›Schöne Frauen. Total unterwürfig. Kein Wunsch zu extrem.‹«

Larkin verlegte sich darauf, weiter zu schweigen.

»Dann folgen weitere Anpreisungen«, fuhr sie fort. »›Frauen, die nicht ungehorsam sein können. Ewiges Schweigen garantiert‹. Klingt cool, was? Kostet dreihunderttausend Dollar Aufnahmegebühr, Randy, aber das ist nicht teuer, wenn man extreme Wünsche hat und Anzüge für viertausend Dollar trägt. Mitglied werden kann nur, wer von einem Alt-Mitglied eingeladen wird. Wegen Ihrer Nähe zu David James Michael vermute ich, dass Sie zu den *Gründern* gehört haben.«

Seine Taktik, jegliche Kooperation zu verweigern, würde sich bald als unzulänglich erweisen.

Jane sagte: »Es gibt Aspasias in L.A., San Francisco, New York und Washington. Ich war im hiesigen Club.«

Er öffnete die Augen. »Das ist nicht …«

»Nicht möglich?«, fragte sie. »Ich will mich nicht lange damit aufhalten, Ihnen zu erklären, wie ich reingekommen bin. Der Club liegt auf gut einem Hektar Land in einem von einer Mauer umgebenen Park, nicht wahr? Ja, das stimmt. Meine Güte, Randy, das ist ein richtiger Palast. Bau und Einrichtung müssen ein paar Dutzend Millionen gekostet haben. Und alles so geschmackvoll! Der Laden hat nicht die geringste Ähnlichkeit mit einem Bordell. Überall sündteure Antiquitäten, kostbare Orientteppiche, massenhaft Marmor. Da könnte man als Mann echt geil und mit extremen Wünschen hingehen, wissen Sie, und sich kultiviert und elitär und ganz mit sich selbst im Reinen vorkommen.«

Jane stand auf. Als sie hinter Larkins Stuhl trat, sagte sie: »Und die Mädchen, Randy! Die jungen Frauen sind wirklich atemberaubend. Ich meine, im Vergleich zu ihnen kommen einem die Models von Victoria's Secret wie Vogelscheuchen vor.«

Larkin verdrehte sich den Hals und wollte sich nach ihr umsehen.

Sie griff mit einer Hand in sein Haar, drückte seinen Kopf grob nach vorn. »Sehen Sie meinen leeren Stuhl an. Wagen Sie nicht, etwas anderes anzusehen!«

»Sie sind so gut wie tot«, sagte er mit gespielter Tapferkeit statt echtem Mut.

»Nun, das gilt für uns alle, nicht wahr? Aus dieser Welt kommt keiner lebend raus. Manche verlassen sie allerdings früher als andere.«

Sie ließ das Haar los und tätschelte seinen Kopf scheinbar liebevoll mit ihrer behandschuhten Hand.

»Diese total heißen Frauen sind willenlos devot, weil ihnen eine Nanomaschine, ein das Gehirn steuernder Kontrollmechanismus injiziert wurde. Ist das nicht erstaunlicher Science-Fiction-Scheiß, Randy?«

»Genug davon«, sagte er. »Sie können nicht …«

Sie drehte ein Ohr um, bis ihm ein dünner Schmerzensschrei entfuhr.

»Seien Sie lieber unterwürfig«, sagte Jane, »zu keinem Ungehorsam imstande.«

Sie ließ ihm einen Augenblick Zeit, sich zu sammeln. Dann sagte sie: »Yeah, wirklich erstaunlicher Science-Fiction-Scheiß. Und jetzt das Coolste daran: Diese jungen Frauen sind charmant, halten sich für glücklich, möchten gefallen und verlassen das Aspasia nie, sondern leben ständig dort, weil sie andere Gehirnimplantate erhalten haben als die Leute, die Selbstmord verüben sollen. Diese Implantate wirken nicht nur als Gehirnwäsche; sie leeren den Verstand der Girls völlig, waschen alle Erinnerungen heraus, tilgen ihre Persönlichkeit und installieren eine neue. Es gibt keine Hoffnung, sie jemals in den vorigen Zustand zurückversetzen zu können. Dieser Prozess ist unumkehrbar. So kann jedermanns Tochter in jedermanns Spielzeug verwandelt werden, was unglaublich cool ist, finden Sie nicht auch?«

Sie glaubte zu spüren, dass er zitterte. Schwer zu beurteilen, weil er die Armlehnen so krampfhaft umklammerte.

Jane fuhr mit einem Fingernagel bis zu seinem Genick hinunter, und er schrie auf, weil er glaubte, sie habe ein Messer.

Sie brachte ihren Mund dicht an das unversehrte Ohr heran und flüsterte: »Es geht nicht so sehr um Sex als um Macht, nicht wahr, Randy? Totale Macht über diese jungen Frauen.«

»Weiß ich nicht«, murmelte er bedrückt.

»Das wissen Sie nicht? Haben sich nie viel Gedanken darüber gemacht, was?« Sie legte ihm die Hände auf die Schultern und begann sie fast wie eine Masseuse zu kneten. »Misshandeln Sie die Girls, Randy? Verschafft Ihnen das einen besonderen Kick?«

»Nein! Nein, zum Teufel. So ist's nicht.«

»Macht es Ihnen Spaß, ihnen Dinge anzutun, die für jede Frau, die nicht wie sie programmiert sind, demütigend wären? Sind Sie schon mal zu weit gegangen und haben eine von ihnen ermordet, Randy?«

»Das ist verrückt! Geisteskrank. Mit Ihnen stimmt irgendwas nicht.«

Sie knetete weiter seine Schultermuskeln. »In der Nacht, in der ich dort war, habe ich nämlich eine junge Frau entdeckt, die einer der Gäste erwürgt hatte. Total unterwürfig, wissen Sie. Vermutlich hat er's getan, als er zum Höhepunkt gekommen ist. Ich weiß, dass Sie in der bewussten Nacht nicht dort waren, aber würde Ihnen das nicht auch gefallen?«

»O Gott«, stöhnte er verzweifelt, mit schwacher Stimme. »O Gott.«

»Glauben Sie, dass er sich die Mühe machen wird, Ihnen zuzuhören, Randy? Ich glaube nicht, dass Gott das noch tut. Jedenfalls vermute ich, dass Männer von Welt wie Sie die Girls nicht gewohnheitsmäßig umbringen. Ich meine, das würde zu ernsthaften Personalengpässen führen. Also passiert's nur ab und zu, wenn einer von euch sich wirklich als Herr des Universums fühlt.«

»Ich bin kein Heiliger, aber Sie sehen mich völlig falsch. Ich könnte niemals jemanden umbringen.«

»Nein, Sie *lassen* morden. Sakura Hannafin war gegen Insektengift allergisch. Wen haben Sie angeheuert, damit er Hornissen in ihr Auto setzt, während ihr Mann, Reporter Larry, praktischerweise auf einer Recherchereise war?«

»Das kann nicht Ihr Ernst sein! Das war bloß ein Zufall, eine ganz natürliche Sache. Irgendwie sind Hornissen in das Auto gelangt. Niemand hat sie dort reingesetzt. Nicht alles Schlimme, das auf der Welt passiert, lässt sich zu mir zurückverfolgen.«

»Sie muss geglaubt haben, ihr Notfall-Set liege im Ablagefach«, sagte Jane. »Die Adrenalin-Fertigspritzen und das flüssige Kortison. Das Fach war geöffnet, als ein Parkwächter der Mall sie tot in ihrem Wagen aufgefunden hat – mit einer Hornisse auf ihrem Gesicht und zwei weiteren im Auto. Sie hatte ihr Notfall-Set immer dabei. Aber an diesem Tag muss sie's wohl vergessen haben. Aber wir vergessen alle mal irgendwas, nicht wahr, Randy?«

ELF

Keine zehn Minuten nachdem sie aus der Wohnung gelaufen ist, ruft Cammy Newton Jason Drucklow aus der Gasse hinter dem Bürogebäude von Woodbine, Kravitz, Larkin & Benedetto an. Er rollt mit seinem Stuhl von dem Computer weg, an dem er versucht, die archivierten Aufnahmen der Überwachungskameras zu sichten, und konzentriert sich auf den zweiten Arbeitsplatz. Auf dem Bildschirm mit einer Darstellung der Gasse auf Google Maps blinkt der Lichtpunkt von Randall Larkins Smartphone weiterhin rot. Der blau blinkende Punkt in seiner Nähe verkörpert Cammy.

»Ich kann nichts finden, Schatz! Keine Spur von Larkin oder seinem Mercedes. Und sein Smartphone liegt hier auch nicht herum.«

»Du stehst praktisch darauf. Zwei, drei Schritte nach Westen. Okay, jetzt einen großen Schritt nach rechts. Nein, das war zu weit. Ein bisschen zurück.« Die beiden Lichtpunkte überlagerten sich jetzt. »Genau dort!«

»Ich stehe auf einem Gullydeckel.«

Jason sagt: »Er hat sein Handy dort reingeworfen.«

»Oder jemand anderer«, verbessert Cammy ihn.

ZWÖLF

Sheriff Tillman wusste bereits, dass Iron Furnace eine Gemeinde in Kentucky am Iron Furnace Lake war. Sechshundert Einwohner. Der größte lokale Arbeitgeber war ein superteures Wellness-Hotel am See mit hundert Betten. Das und noch einiges andere hatte Luther bei einer Internetrecherche erfahren. Aber er wusste nicht, weshalb Cora Gundersun diese drei Wörter – anscheinend unbewusst – in ihre zwanghaft wiederholten seltsamen Journaleinträge aufgenommen hatte.

Nachdem Hazel Syvertsen einen roten Kreis und einen blauen Halbmond ausgelegt hatte, entschied sie sich für einen gelben Tautropfen und passte ihn in den Bleirahmen ein. »Cora war zu einer Konferenz im Iron Furnace Lake Resort eingeladen. Fünf Tage, vier Nächte, alles kostenlos. Sie war bei dem Gedanken daran ganz aufgeregt.«

»Was für eine Konferenz?«

»Es ging um neue Ansätze bei der Erziehung behinderter Kinder. Das Ganze sollte nicht nur eine Konferenz, sondern auch eine Art Belohnung für die Teilnehmer sein, die alle irgendwann in ihrer Stadt oder ihrem Bundesstaat Lehrer oder Lehrerin des Jahres gewesen waren.«

»Wann war das?«

»Letztes Jahr im August. Noch in den Ferien.«

»Wer hat diese Konferenz veranstaltet?«

»Eine Wohltätigkeitsorganisation. Die Seeding Foundation, wenn ich mich recht erinnere. Nein, *Seedling*. Die Seedling Foundation.«

»Sie ist allein hingefahren?«

Während Hazel das Blei an die Tränenform anpasste, sagte sie: »Sie hätte als Gast eine Freundin mitbringen können. Aber das hätte hinderlich sein können, wenn einer der Konferenzteilnehmer sich als Mr. Right erwiesen hätte. Schließlich hatten sie alle den gleichen Beruf – und die gemeinsame Liebe zu Kindern, die der Rest der Welt meist für hoffnungslose Fälle hält. Du ahnst vielleicht nichts davon, aber Cora war eine unverbesserliche Romantikerin. Sie war der festen Überzeugung, irgendwo dort draußen warte der Mann ihres Lebens, den das Schicksal eines Tages mit ihr zusammenbringen würde. Allein nach Kentucky zu reisen, war ein bisschen so, als gäbe man dem Schicksal einen aufmunternden kleinen Tritt in den Hintern.«

Luther, der mehrere von Coras Kurzgeschichten und Teile eines Romans gelesen hatte, wusste recht gut, dass sie eine Romantikerin gewesen war, die ohne falsche Sentimentalität über Hoffnung und das potenzielle Gute im Menschen geschrieben hatte – sogar mit einem Unterton von ansteckender Melancholie. Er hatte jedoch nicht vor, Hazel von den Notizbüchern zu erzählen, die irgendjemand mit Coras gesamtem Haus hatte verbrennen wollen.

»Hat sie auf der Konferenz einen Mann kennengelernt?«

»Zwei haben ihr gefallen, aber keiner der beiden hat sie dazu gebracht, ein Rad schlagen zu wollen, wie sie's ausgedrückt hat.«

»Aber du hast gesagt, dort sei ihr etwas zugestoßen.«

Hazel hörte zu arbeiten auf und schien den Fluss von Farbe und Form in dem schon fertigen Teil ihres Werks zu studieren, während sie in Wirklichkeit in den Spiegel der Erinnerung sah. »Das ist nicht leicht zu erklären, Luther, aber Cora ist verändert vom Iron Furnace Lake zurückgekommen. Stiller. Weniger bereit, über komische Dinge zu lachen. Über die absurden Dinge im Leben, die jeder von uns kennt. Bei ihrer Rückkehr war sie anfangs von der Konferenz begeistert ... allerdings mit wolkigen Formulierungen ohne viele Details, was Cora gar nicht ähnlich sah. Sie war nämlich eine sehr gute Beobachterin. Hat sie von etwas erzählt, das sie interessierte, war das immer eine farbige Story. Aber schon nach wenigen Tagen hat sie kein Wort mehr über Kentucky verloren. Ich habe ein paarmal versucht, mehr zu erfahren, aber sie hat immer abgewinkt, als habe die Konferenz zwar an einem schönen Ort stattgefunden, sei aber ansonsten enttäuschend gewesen.«

»Vielleicht hat sie dort einen Mann kennengelernt«, sagte Luther, »den sie für etwas Besonderes gehalten hat, und er hat sie irgendwie verletzt.«

»Ja, das habe ich mich auch gefragt. Aber ich glaube nicht, dass es das war.«

Hazel verließ den Arbeitstisch, trat ans Fenster und sah in den verschneiten Garten hinaus, der in eine Gruppe von Fichten überging, deren winterweiße Äste grünblau benadelt und mit kleinen konischen Zapfen geschmückt waren.

Aus jahrzehntelanger Erfahrung im Polizeidienst erkannte Luther, wenn eine Zeugin aus Loyalität gegenüber einer Freundin, aus Scham oder einem der vielen anderen Gefühle und Zweifel, die die Zunge lähmen, davor zurückschreckte, mehr zu sagen. Mit Vernehmungstechniken war meistens nicht an diese letzte Perle heranzukommen; im Allgemeinen war es besser, die Zweifelnde selbst darüber entscheiden zu lassen, was ihrer Empfindung nach ethisch war.

Ohne sich nach ihm umzudrehen, sagte Hazel: »Nach ihrer Rückkehr aus Kentucky habe ich Cora bei einigen Besuchen in Gedanken verloren, fast wie in Trance dasitzend angetroffen. Ihr Gesichtsausdruck … nun, den kann ich nur als gequält bezeichnen. Ich musste sie mehrmals ansprechen, bevor sie mich wahrnahm. Ich hatte den Eindruck, sie habe vor irgendetwas Angst, wolle aber nicht darüber reden.«

Eine Spinne, die ihr Netz in ihrem Kopf webt, dachte Luther, *und Eier in ihre Gehirnwindungen legt.*

Nach neuerlichem Schweigen sagte Hazel: »Ich hätte in sie dringen sollen. Hätte mich mehr um sie kümmern sollen. Wie eine richtige Freundin.«

»Du bist nicht im Geringsten verantwortlich für den Anschlag.«

Sie drehte sich nach ihm um. »Das weiß ich, Luther. Ich *weiß* es natürlich. Aber der Teufel soll mich holen, wenn ich mich nicht mitschuldig *fühle*.«

DREIZEHN

Jane kehrte zu ihrem Stuhl zurück, zog ihn näher an Randall Larkin heran, stellte ihre Umhängetasche neben sich ab und saß so weit vorn, dass ihre Knie sich fast berührten. Sie lächelte freundlich, beugte sich nach vorn und tätschelte beruhigend seine linke Hand. »Wie geht's, Skipper?«

Er wusste nicht, was er von ihr halten sollte. Innerlich war er an einer unübersichtlichen Kreuzung angelangt, an der Wut und Angst, Schuldgefühle und Verwirrung sich schnitten, während seine Hoffnung schwand, aus eigener Kraft einen halbwegs sicheren Hafen erreichen zu können. Er saß stumm da – ohne einen Einwand, ein Argument oder eine Lüge, die aussichtsreich erschien.

»Alles okay?«, fragte Jane. »Vor uns liegt noch ein ziemliches Stück Weg. Ich möchte, dass Sie dabei hellwach sind. Wir brauchen jetzt klares Denken, Randy. Fort mit den alten Methoden, keine geheuchelte Unwissenheit, kein Ausweichen, keine Trickserei mehr.«

Obwohl er sich vorstellen konnte, wie sie von den Aspasia-Clubs erfahren haben mochte, war er sichtbar schockiert darüber, dass sie ihn mit dem Mord an Sakura Hannafin in Verbindung brachte. Offenbar hatte er vergessen, was er in dem ersten Telefongespräch, das Jane mitgehört hatte, zu Lawrence Hannafin gesagt hatte. Als der Journalist darauf bestanden hatte, Chefredakteur zu werden, und Dankbarkeit eingefordert hatte, hatte Larkin geantwortet: *Nach nur einem Jahr vergisst du schon, was wir alles für dich getan haben?*

Sakura war seit einem Jahr tot.

Für Larkin war Jane jetzt mehr als nur eine Peinigerin, mehr als nur eine Gegnerin, die man mit Worten täuschen oder mit der Gewalt eliminieren konnte, die er immer bedenkenlos gebraucht hatte. In seiner hilflosen Verwirrung hatte er angefangen, sie bis zu einem gewissen Grad für eine magische Gestalt zu halten, deren Quellen und Methoden geheimnisvoll waren. Wer mit einer magischen Gestalt zu tun hatte, konnte nicht wissen, welcher Streich ihm als Nächstes gespielt werden würde, welcher Zauber ausgesprochen, welche Beschwörung schreckliche Folgen haben würde.

Sie sagte: »Offiziell residiert die Anwaltsfirma, die David James Michael geschäftlich und privat vertritt, in New York City. Wissen Sie, wie sie heißt?«

Larkin zögerte, fragte sich, welche Rasierklinge in dieser scheinbar harmlosen Frage versteckt sein mochte, kalkulierte. Seine schweren Lider waren halb geschlossen wie die eines Krokodilgotts eines urzeitlichen Stammes. Zuletzt sagte er: »Forsythe, Hammersmith, Aimes und Carroway.«

»Sehr gut. Ausgezeichnet!« Jane wusste nicht, ob die Behauptung, die sie gleich aufstellen würde, wahr war, aber sie traf vermutlich zu. »Wäre Ihre Verschwörung so rational strukturiert wie die Mafia, wären Sie als D.J. Michaels geheimer *Consigliere* bekannt – als der Mann, von dem er sich in wichtigen Dingen juristisch beraten lässt.«

»Wir sind keine verdammte Spaghetti-Bolognese-Crew«, sagte Larkin, der selbst unter diesen Umständen noch ein Snob sein konnte.

»Ja, das weiß ich. Sie gehören einem in der Geschichte einzigartigen Bündnis von Machtmenschen mit Bürgersinn und glanzvollen Intellektuellen an.«

»Sie spotten darüber, weil Sie's nicht verstehen.«

»Ob ich's verstehe, ist nebensächlich, aber Sie haben eben bestätigt, dass Sie das Äquivalent von D.J.s geheimem Berater sind.«

Er öffnete den Mund, um zu widersprechen, erinnerte sich an seine überhebliche Spaghetti-Bolognese-Crew und verzichtete auf Widerspruch.

»Ich möchte, dass Sie mir erzählen, wo und wie ich die beste Chance habe, trotz seiner Bodyguards an D.J. heranzukommen.«

»Das können Sie nicht.«

»Ich will wissen, wo die Schwachstellen seiner Abwehr liegen.«

»Es gibt keine.«

»Es gibt immer welche.«

»Nicht bei ihm.«

»Wenn Sie darüber nachdenken, werden Sie sehen, dass ich recht habe.«

Sie nahm ihre Tasche auf den Schoß und holte einen Taser heraus, nicht das Modell, das einen Pfeil an einem Draht verschoss, sondern eines, das nur auf Armeslänge wirksam war. »Sie wissen, was das ist, Randy?«

»Ja. Na und?«

Taff sein. Cool bleiben. Das Gerät keines Blickes würdigen, von der Drohung unbeeindruckt bleiben.

»Anfangs wollte ich Sie mir damit vornehmen. Ich habe sogar zwei Sätze Reservebatterien. Sie arbeiten zu Hause in Ihrem Fitness-Studio mit Hanteln. Sie haben einen Personal Trainer. Sie sind fit, aber innerlich weich. Sie haben in Ihrem verhätschelten Leben noch nicht viele Schmerzen erdulden müssen. Hundert Stromstöße mit diesem hier, dann erzählen Sie mir bestimmt alles, was ich wissen will, um nicht weitere hundert zu riskieren.«

»Versuchen Sie's doch!«

»Vielleicht später.« Sie ließ den Taser wieder in die Tasche fallen. »Aber ich möchte es mir möglichst ersparen, den Folterknecht spielen zu müssen.«

Larkin richtete sich etwas auf und hob das Kinn, ohne zu merken, dass sein Gesicht bei dem Versuch, ein befriedigtes Grinsen zu unterdrücken, einen nicht zu den Umständen passenden neutralen Ausdruck annahm, der in Wirklichkeit ein höhnisches Lächeln war. Er glaubte, sie habe zugegeben, ethische Maßstäbe zu haben, die sie daran hindern würden, bestimmte Dinge zu tun.

»Nein, so ist's nicht«, sagte Jane, als könne sie seine Gedanken lesen. »Ich will mir nur die *Mühe* sparen, Sie foltern zu müssen. Sie *würden* Widerstand leisten, allein um zu beweisen, dass Sie etwas Rückgrat besitzen. Sie würden widerstehen, Sie würden ohnmächtig werden, und ich müsste sie wach rütteln, und Sie würden noch mal bewusstlos werden. Sie würden sich übergeben, sich in die Hose machen. Ich ziehe es vor, die schmuddelige *Intimität* der Folter zu vermeiden, zumal Sie mich anwidern.«

Jetzt nicht einmal mehr die Spur eines Lächelns.

Aus ihrer Tasche holte sie einen kleinen Ziploc-Beutel und zeigte Larkin, dass er ein in vier Teile geschnittenes Wiener Würstchen enthielt. Sie öffnete den Beutel und warf die Stücke in die Halle hinein – an verschiedene Stellen, wo besonders viel Altpapier aufgehäuft war.

Nach wachsamer Stille war draußen in der übel riechenden Dunkelheit plötzlich ein Rascheln zu hören. Dazu das hohe Quietschen von Rivalen, die sich Revierkämpfe lieferten, und die eifrige Geschäftigkeit von Nagern, deren Hunger nie ganz gestillt war. Der von durcheinanderlaufenden Tieren aufgewühlte Boden von Nestern und Gängen sonderte wieder flüchtige Wolken aus Harn-, Schimmel- und Rattengestank ab.

»Hier wimmelt es von ihnen. Sie sind seit Jahren nicht mehr gestört worden. Vielleicht wissen sie nicht mehr, dass sie vor Menschen Angst haben sollten.«

Er drehte den Kopf zur Seite, suchte die Dunkelheit ab.

Als das Rascheln verstummte, beugte Jane sich nach vorn und tippte auf den Kabelbinder an Larkins linkem Handgelenk. »Diese Dinger lassen sich enger anziehen, aber nicht wieder lockern. Sie sind aus sehr hartem, sehr reißfestem Kunststoff. Man müsste sie aufschneiden, aber Sie haben nichts, mit dem Sie schneiden könnten.«

Er schaffte es, keine Miene zu verziehen.

Als Nächstes holte Jane eine dicke Rolle Wundgaze aus ihrer Tasche. »Ein Knebel, um Ihnen den Mund zu stopfen.« Sie brachte eine Rolle Gewebeband zum Vorschein. »Das hält den Knebel fest, wenn es ein paarmal um den Kopf gewickelt ist.« Sie packte beides wieder ein. »Sehen Sie die Fressnäpfe auf dem Tisch?«

Sein Blick ging zu den vier Näpfen hinüber.

»Ich stelle sie in der Nähe ihrer Bauten auf den Fußboden. Die vier Wasserflaschen sind für die Näpfe bestimmt. Wenn die armen Tiere trinken wollen, müssen sie bis in den Keller hinunter, wo sich nach jedem Regen etwas Wasser ansammelt. Aber das ist rostiges, schmutziges, abgestandenes Wasser. Sie werden den Geschmack von frischem Wasser mögen. Aber in den Flaschen ist nicht nur Wasser.«

Larkin konzentrierte seine Aufmerksamkeit wieder auf Jane. Sein Körper, sein Gesicht, seine kakibraunen Augen waren so still, als sei die Zeit stehen geblieben, als gehöre er jetzt zu einem Tableau in einem erstarrten Universum, für das die Naturgesetze nicht mehr galten.

»Das Wasser ist mit einem Appetitanreger versetzt, der früher verschreibungspflichtig war. Krebskranke und andere, die an Appetitlosigkeit leiden, finden ihn höchst effektiv. Bei der Entwicklung des Medikaments hat die Pharmafirma es an Ratten getestet. Die kleinen Kerle waren echt heißhungrig. Die Wirkung hält ungefähr zwei Stunden an – vor allem bei der hohen Konzentration, für die ich gesorgt habe. Das dürften zwei interessante Stunden ohne einen Augenblick Langeweile für Sie sein.«

Wäre es heiß gewesen, hätte es Zweifel geben können; aber in der Fabrikhalle war es eher kühl, und für die winzigen Schweißperlen auf Larkins blasser Stirn konnte es nur eine Erklärung geben.

Er gelangte zu dem einzigen Schluss, den er sich gestatten konnte. »Das täten Sie niemals. Das könnten Sie nicht. Das … das wäre unmenschlich.«

Jane war von ihrem eigenen Lachen überrascht: echt, aber so finster, dass es sie selbst erschreckte. »Oh, Schätzchen, Sie sind wirklich köstlich! Ihr Leute raubt unschuldigen Mädchen den Willen, ihre Erinnerungen und ihre Hoffnungen und programmiert sie für abscheulichen sexuellen Missbrauch. Ihr verwandelt Menschen, mit denen ihr aufgrund irgendeines idiotischen Computermodells nicht einverstanden seid, in Selbstmordmaschinen. Ihr droht damit, einen Fünfjährigen, *meinen* fünf Jahre alten Jungen, vergewaltigen und ermorden zu lassen. Und Sie glauben, mich unmenschlich nennen zu dürfen?«

Sie stand halb auf und beugte sich über ihn. Er versuchte ihr auszuweichen, weil er Gewalt fürchtete. Aber sie kniff ihn nur leicht in die Wange – nicht fest, sondern wie mit perverser Zuneigung.

»Randy, was Unmenschlichkeit betrifft, kann ich mich überhaupt nicht mit Ihnen messen. Auf diesem Gebiet haben Sie so viel zu lehren und absolut nichts zu lernen.«

Sie setzte sich wieder und hob eine Hand an die Augen, als habe sie nur Lachtränen wegzuwischen.

Die Coleman-Laterne zischte, und leise Stimmen sprachen gedämpft von einem unerwarteten Festmahl, ihre wortlosen Laute so dünn wie knarrende Bodenbretter unter dem Gewicht eines im Traum auftretenden Stalkers.

Wieder leicht nach vorn gebeugt sagte Jane: »Ich bin seit über zwei Monaten auf der Flucht. Ich stehe auf der Liste der

Meistgesuchten, die auf jeder Polizeistation aushängt. Ich kann die Leute, die mich bei erster Gelegenheit erschießen würden, gar nicht mehr zählen. Ich bin so verzweifelt, wie man nur sein kann, Randy. Sagen Sie mir nicht, wie ich an David James Michael rankommen kann, um ihn zu erledigen, überlasse ich Sie den Ratten und weiß, dass das nur dem Teufel nicht recht wäre, weil er will, dass Sie am Leben bleiben und seine Arbeit tun.«

VIERZEHN

Jason Drucklow gelangt durch eine Hintertür in die fast unendlich großen Speicher der NSA, ein in Abschnitte unterteiltes Meer aus archivierten Telefongesprächen und Textnachrichten und E-Mails und Videos aus unzähligen Quellen. Er ist wie ein Sporttaucher, der durch trübe Wasserschichten hinabtaucht, Korallenriffe aus großen und kleinen Geheimnissen passiert und Unterwasserschätze sieht, die darauf warten, gehoben zu werden – vielleicht sogar das Geheimnis der Schöpfung, das in irgendeiner Schlucht verborgen liegt –, auch wenn er im Moment nur die Aufnahmen gewöhnlicher Überwachungskameras sucht …

Die erste der beiden relevanten Straßenkameras gegenüber dem östlichen Ende der Gasse, die Larkins Ankunft hätte aufzeichnen müssen, funktioniert anscheinend nicht. Gegenwärtig zeigt sie kein Echtzeitbild von Beverly Hills in all seiner legendären Eleganz, sondern nur einen schwarzen Bildschirm.

Als Jason die archivierten Videos aufruft, soll das erste von 7:00 Uhr stammen. Und dann von 6:30 Uhr. Und von 6:00 Uhr. Aber die Kamera zeigt noch immer nichts. Erst als er zu 5:00 Uhr springt, wird er mit einem Straßenbild von Nord nach Süd belohnt.

Ungefähr eine Stunde vor Tagesanbruch. Die von Straßenlampen erhellte Avenue liegt in den letzten Nachtstunden still da. Ein Sprengwagen der Straßenreinigung spritzt den Asphalt mit dünnen Wasserstrahlen ab, die Schmutz, Abfälle und Laub in den Rinnstein schwemmen. Ein Lieferwagen ist nach Norden unterwegs. Ein Streifenwagen fährt langsam von Nord nach Süd vorbei.

Mittels Schnellvorlauf gelangt Jason zu dem plötzlichen Auftauchen eines Fußgängers um 5:11 Uhr. Er geht zu dem Augenblick zurück, in dem die Gestalt aus der Gasse auftaucht, und spielt das Video dann mit normaler Geschwindigkeit ab.

Obwohl die Straßenbeleuchtung weniger Details erkennen lässt, ist Jason sich sicher, dass dort eine Frau kommt. Sie hebt die Arme, aber erst aufblitzendes Mündungsfeuer zeigt ihm, dass sie mit beiden Händen eine Pistole hält. Fast gleichzeitig mit dem Aufblitzen wird der Bildschirm schwarz. Ein meisterhafter Schuss. Jason, der die aktuelle Berichterstattung verfolgt, ist sofort klar, wer sie sein muss.

Er greift auf die Überwachungskamera am westlichen Ende der Gasse zu und stellt fest, dass die Frau kaum drei Minuten früher auch diese Kamera – wieder mit nur einem Schuss – außer Gefecht gesetzt hat. Dort ist das Licht marginal besser, und der auffällig lange Pistolenlauf suggeriert, dass die Waffe mit einem Schalldämpfer ausgerüstet ist.

Also wird es kein Video davon geben, wie Randall Larkin von Osten in die Gasse einfährt und sie nach Westen verlässt. Wahrscheinlich ist er von Jane Hawk entführt und in seinem Mercedes weggebracht worden.

Jason findet es aufregend, dass die Jagd begonnen hat: die Frau auf der Flucht, von dem Jäger von seinem behaglichen Heim aus verfolgt. Er bezweifelt nicht, dass er den Mercedes bald finden wird – und die Kidnapperin und ihr Opfer kurz darauf.

FÜNFZEHN

Das Mineralwasser schimmerte im Laternenschein wie ein Zauberelixier, und die Facetten der Plastikflaschen glitzerten wie geschliffenes Kristallglas.

Jane nahm eine der vier Flaschen von dem provisorischen Tisch, blieb damit vor Randall Larkin auf seinem Gartenstuhl stehen. Sie schraubte die Wasserflasche auf und sagte: »Ich möchte, dass Sie die Hälfte davon trinken.«

Der flackernde Blick seiner wie im Fieber glänzenden Augen, seine Blässe und die Schweißperlen auf seiner Stirn bewiesen, dass er nicht länger an seine Unbesiegbarkeit glaubte. Aber er konnte nicht aufhören, so zu tun, als gehöre er einer Elite an, der niemand etwas anhaben konnte. Gespielt gleichgültig sagte er: »Ich bin nicht durstig.«

»Was hat das mit irgendwas zu tun?«

»Ich trinke kein Wasser mit diesem Zeug.«

»Genau deshalb werden Sie's trinken, Randy. Ich möchte, dass Sie die Wirkung des Appetitanregers in hoher Konzentration am eigenen Leib spüren, damit Sie wissen, wie verrückt hungrig die Ratten sein werden.«

»Sie können mich nicht dazu zwingen.«

»Reden Sie keinen Unsinn. Sie haben die Wahl. Sie können nett sein und die halbe Flasche austrinken, die ich für Sie halte. Oder ich zappe Sie mit dem Taser, Sie schreien auf, ich stecke Ihnen die Flasche zwischen die Zähne, drücke Ihr Kinn hoch und kippe Ihnen das Wasser in den Mund, sodass Sie rasch schlucken müssen oder ertrinken. Ihre Situation ist schon unangenehm genug, Herr Anwalt. Wozu es schlimmer machen?«

Sie hielt ihm die Plastikflasche an die Lippen, und Larkin schluckte rhythmisch. So gelangte der halbe Flascheninhalt in seinen Magen, ohne dass mehr als einige Tropfen Wasser sein Kinn benetzten. Sie schraubte die Flasche zu, stellte sie zu den anderen drei zurück.

Wieder auf ihrem Stuhl sitzend, sodass ihre Knie sich in der Intimität, die Larkin nervös machte, fast berührten, sagte Jane: »D. J. Michael besitzt eine Villa in Palo Alto, ein Apartment in San Francisco, ein Landhaus am Lake Tahoe in Nevada, noch ein Apartment in New York und vielleicht weitere Häuser, von denen ich nichts weiß. Ich möchte von Ihnen bestimmte Angaben zu allen Häusern und Wohnungen, zu ihren Grundrissen, zu den Alarmanlagen und dem Wachpersonal. Ich habe eine Liste.«

»Dort kommen Sie niemals rein.«

»Ich erwarte nicht, dass Sie mir erzählen, wo es Ihrer Einschätzung nach Schwachstellen gibt. Sie würden sie ohnehin nicht erkennen. Solche Dinge zu wissen gehört nicht zu Ihrem Jobprofil, aber zu meinem. Erzählen Sie mir genug, dann sehe ich, wo die Löcher im Zaun sind.«

Während Jane Notizbuch und Kugelschreiber aus ihrer Tasche holte, stieg Larkin endlich hastig von seinem vermeintlichen Thron auf dem Olymp, hüllte sich in ein Bettlergewand aus Selbstmitleid und bekam feuchte Augen vor Kummer wegen seines Statusverlusts. »Egal, ob ich's Ihnen erzähle oder nicht – tot bin ich auf jeden Fall.«

»Was die zweite Möglichkeit betrifft, haben Sie recht. Aber wenn wir zwei fertig sind, können Sie zurückgehen und lügen in Bezug auf das, was Sie mir erzählt haben. Sie waren ein Held, richtig? Sie haben sich nichts als Falschinformationen entlocken lassen. Und dann sind Sie entkommen.«

Er zitterte jetzt, obwohl es in der Fabrikhalle inzwischen wärmer geworden war. »Sie kennen diese Leute nicht. Sie wollen die Welt verändern, um sie in einer Weise zu beherrschen, wie es keine Elite jemals auch nur im Traum getan hat. Weil so viel – alles! – auf dem Spiel steht, werden sie mich umlegen, mich verscharren und auf mein Grab pissen!« Vor Aufregung spuckte er fast. »Sie wissen, wer Sie sind, und sie kennen mich, und damit ist Schluss mit Vertrauen. Für sie bin ich nur noch Abfall. Diese Leute kennen kein Erbarmen.«

»›Diese Leute?‹ Randy, was reden Sie bloß? Sie sind einer von ihnen.«

»Jetzt nicht mehr.« Seine Augen waren rot von heißen Tränen, die er kaum unterdrücken konnte, oder vielleicht lief ihm der Schweiß in die Augen. Starker Schweißgeruch stieg Jane unangenehm in die Nase.

Larkin war ein zu schlechter Schauspieler, als dass er diesen Zusammenbruch seines Selbstvertrauens hätte vortäuschen können. Bedauernswert wie ein angefahrener Hund sah er zu den Fenstern auf, als erwarte er nicht, jemals wieder ungefilterten Sonnenschein sehen zu dürfen. Dann schloss er die Augen und ließ den Kopf hängen und zitterte in seinen Fesseln.

In diesem verzweifelten Zustand nützte er ihr nichts. Sie hatte ihn härter angefasst, als er ertragen konnte, und musste ihm jetzt eine fragile Hoffnung geben – fragil, weil er nicht glauben würde, dass es für ihn eine Hintertür geben könnte.

»Ich könnte Ihnen einen Ausweg ermöglichen. Sie wären dann kein Nano-König, der mit den unterwürfigen Girls im Aspasia macht, was er will, und eine Welt von Sklaven zu seiner Verfügung hat. Aber es gibt eine Möglichkeit, trotzdem ein gutes Leben zu haben.«

Er sah erst nach langen Sekunden auf. »Wie sieht die aus?«

»Wenn ich Ihnen das jetzt sage, wenn Sie den Weg aus dieser Misere sehen, fangen Sie wieder an, mich hinzuhalten. Dann bekomme ich nicht, was ich von Ihnen brauche. Nein, die Sache klappt nur, wenn Sie mir zuerst von D. J. Michael erzählen, und wenn wir fertig sind, wenn ich Ihnen jedes Wort glaube, bekommen Sie, was Sie wollen.«

Sie schlug ihr Notizbuch auf. Klickte die Kugelschreibermine heraus.

Als sie nach D. J.s Villa in Palo Alto fragte, beantwortete Larkin ihre Fragen, und was er sagte, klang glaubwürdig genug.

Über sein Apartment in San Francisco, das ein gesamtes Stockwerk einnahm, sagte Larkin: »Das ist sein liebster Zufluchtsort. Dort fühlt er sich am sichersten. Und das völlig zu Recht. In diesem Gebäude kommt niemand an ihn heran. Versuchen Sie's, und Sie sind in kürzester Zeit Madenfutter.«

Als er erläuterte, was jeden Eindringling an diesem Ort erwartete, wusste Jane ganz sicher, dass er die Wahrheit sagte, denn er war kein Mann, der genügend Fantasie besaß, um sich solche Schrecken ausdenken zu können.

SECHZEHN

Jane Hawk kann nicht die Überwachungskameras an allen wichtigen Kreuzungen des Countys zerschossen haben. Muss Jason Drucklow es auf die harte Tour machen, kann er sich die großen Kreuzungen sowie die Freeway-Auffahrten in näherer Umgebung ansehen, um vielleicht Randall Larkins Mercedes S 600 zu entdecken. Aber das wäre ein langwieriger Prozess.

Besser ist natürlich, dass dieses Hintertürchen, das er gewissen Leuten in der NSA verdankt, ihm die Möglichkeit gibt, auf das Kennzeichen-Registrierungssystem zuzugreifen, dessen Daten von Streifenwagen und anderen staatlichen Fahrzeugen stammen, die mit Rundsichtkameras ausgestattet sind und ihre Daten Tag und Nacht an ein zentrales Archiv senden. Er braucht nur das Kennzeichen von Larkins Mercedes einzugeben und einen Zeitraum festzulegen – zum Beispiel 7:00 bis 8:00 Uhr. Ist der Wagen in dieser Zeit an einer Kamera vorbeigefahren – tatsächlich dürften es mehrere sein –, erfährt er Ort und Zeit der Beobachtung sowie die Fahrtrichtung des Wagens, falls er nicht geparkt war. Nur das Fahrziel bleibt ein Rätsel, das später gelöst werden muss.

Am besten ist die Tatsache, dass Jason mit dem Kennzeichen, das er schon hat, von der Zulassungsstelle die Identifizierungsnummer des Wagens erfragen kann. Damit stellt er im entsprechenden Register den einzigartigen Transpondercode fest, mit dem der Mercedes über seinen GPS-Empfänger per Satellit geortet werden kann.

Eben jetzt kommt Cammy Newton zurück, die noch bei Jasons Lieblingsbäckerei vorbeigefahren ist, nachdem sie ihren Auftrag in der Gasse hinter Larkins Büro ausgeführt hat. »Kalorien satt!«, ruft sie, indem sie die Bäckereibox aufklappt und ihm zeigt, was sie enthält: Zimtbrötchen mit Zuckerguss und Beignets, seine Favoriten.

»Ich bin kurz davor, den Mercedes zu finden«, sagt Jason, der so auf seinen Monitor fixiert ist wie irgendeine Oma, die mit glasigem Blick in Vegas vor einem Spielautomaten sitzt.

Cammy legt ihm wortlos ein Zimtbrötchen auf einer Serviette hin. Sie selbst isst nichts, sondern setzt sich auf den zweiten Bürostuhl und beobachtet Jason mit kindlicher Bewunderung.

Ihm ist es manchmal peinlich, wie Cammy ihn betrachtet, und er weiß die meiste Zeit, dass er das nicht verdient hat, aber er ist *immer* entzückt, das Objekt ihrer Heldenverehrung zu sein.

»Long Beach«, verkündet er. »Der Wagen ist in Long Beach, in der Nähe des Hafens.«

»Cool«, sagt Cammy.

»In einer Minute habe ich den genauen Standort.«

»Geil!«, sagt Cammy. »Du bist der Knaller.«

»Nicht wirklich.«

»Doch, das bist du. Du bist der Knaller.«

»Na ja, vielleicht 'n kleiner Knaller.«

»Du bist *der* Knaller!«, beteuert Cammy.

»Peng«, sagt er, und sie lacht wie erwartet.

SIEBZEHN

Randy ist ergriffen von einer Offenbarung. Während er dieser selbstgerechten Schlampe alles erzählt, was er über D.J. Michael weiß, geht über der Landschaft seines Verstands ein neues Licht auf, und er wird von einer Erregung erfasst, die er vor ihr verbirgt.

Seine Offenbarung besteht darin, dass das Bündnis aus Eliten hinter dieser Verschwörung scheitern wird, dass die Verschwörer damit rechnen müssen, entlarvt und vor Gericht gezerrt oder von empörten und entsetzten Mobs abgeschlachtet zu werden, die mit solcher Wut rebellieren werden, im Vergleich zu der die blutig-brutale Französische Revolution wie ein geordneter Machtübergang erscheinen wird.

Bisher war Randy ein eifriger Anhänger der Pläne dieser Leute, die sich Techno-Arkadier nennen und durch totale Kontrolle über die Menschheit eine Welt voller Überfluss und absolutem Frieden schaffen wollen. Aber er ist nicht länger einer von ihnen. Denn er hat eine Offenbarung gehabt. Er ist *sehend* geworden.

Er sieht, dass das Techno-Arkadien niemals entstehen wird, dass alle Mitverschwörer angefangen von D.J. Michael bis hinunter zum geringsten Handlanger nichts als Ruin und Tod zu erwarten haben – alle außer ihm. Randall Larkin wird davonkommen und überleben und gedeihen, weil er an einem einzigen Morgen von seinem hohen Sockel heruntergeholt worden ist, ausgerechnet von dieser heißen Schlampe, die im Aspasia in einem Apartment sitzen und darauf warten sollte, dass der nächste Gast ihr zeigt, was totale Unterwerfung bedeutet. Deshalb ist er rechtzeitig aus seinen Illusionen gerissen worden, um dem Schicksal entgehen zu können, das die übrigen Techno-Arkadier erwartet.

Er ist nicht annähernd so reich wie D.J., aber er ist intelligenter als der Milliardär, intelligenter als jeder Arkadier, den er kennt, intelligenter als diese geistige Elite. Und wenn er in diesen hilflosen Zustand versetzt werden konnte, drohte, ihnen das erst recht, weil intelligent zu sein nicht genug ist. Man muss auch Glück haben. Das Glück bevorzugt die Intelligenten nicht. Es bevorzugt niemanden. Glück kann die raffiniertesten Pläne der cleversten Leute über den Haufen werfen. Wenn jemand wie Jane Hawk, dieses clevere Weibsbild, jemanden wie Randall Walker Larkin überwältigen kann, ist der Glaube, es könnte dereinst totalen Frieden durch totale Kontrolle geben, reinste Narretei.

Er hat zwanzig Millionen Dollar auf einem supergeheimen Konto auf Grand Cayman Island und hat vor, einen Privatjet zu chartern, der ihn morgen in dieses wärmere Klima bringen wird. Auf einer anderen Karibikinsel besitzt er eine große Villa, die offiziell einem Fonds gehört, der sich nicht zu ihm zurückverfolgen lässt.

Zu guter Letzt hat er an einem sicheren Ort zwölf Nanomaschinen-Kontrollmechanismen der neuesten Generation tiefgekühlt eingelagert. Wenn D.J. gestürzt wird und die Verschwörung implodiert, wenn alle anderen im Gefängnis oder tot sind, kann Randall Larkin sich unter dem Namen Ormond Heimdall ein Leben garantieren, in dem er von den treuesten und unterwürfigsten Dienstboten und Bodyguards umgeben ist.

Aus finsterster Verzweiflung erhebt er sich jetzt in der Hoffnung auf eine Wiederauferstehung und verrät alles über D.J., was ihm nur einfällt.

Die nicht besonders helle Rattenkönigin-Bitch mit Kugelschreiber und Notizblock schreibt alles Wichtige mit, und bevor Randy fertig ist, verrät er einen weiteren Ort, an den D.J. sich manchmal zurückzieht. Er erzählt ihr die halbe Wahrheit über Iron Furnace – genug, um sie neugierig zu machen, aber ohne ein entscheidendes Detail. Diese eine Sache, die sie nicht weiß, kann ihr den Tod bringen. Obwohl sie Randy gerettet hat, indem sie ihm die Augen dafür geöffnet hat, welche Rolle Glück beim Sturz der Techno-Arkadier spielen wird, soll sie leiden und sterben, denn schließlich hat sie ihm seinen Traum von einer befriedeten Welt geraubt, und die Träume eines Mannes sind ihm heilig.

ACHTZEHN

In der Helligkeit des Bildschirms seines zweiten Computers und Cammy Newtons sanftem Liebesglühen scrollt Jason auf der Karte nach unten zu Long Beach, vergrößert das Hafengebiet. Geht nach Osten und entdeckt das GPS-Signal von Larkins Mercedes. Obwohl er der Technologie völlig vertraut, glaubt er an einen Fehler, denn auf dem Stadtplan befindet sich der Wagen südlich der Anaheim Street im Los Angeles River.

Um diesen unwahrscheinliche Position zu verifizieren, wendet Jason sich wieder seinem ersten PC zu und benutzt nochmals das NSA-Programm, mit dem er Zugriff auf alle Echtzeit- und Archivaufnahmen von Überwachungskameras hat, die Gemeinden, staatliche Stellen und Bundesbehörden installiert haben. An der Überführung Anaheim Street ist eine Kamera installiert, die den Fluss überwacht und einen guten Blick nach Süden in Richtung Hafen bietet.

»Heiliger Bimbam!«, ruft Cammy aus. »Sieh dir das an!«

Ein halb untergetauchter schwarzer Mercedes hat sich an der Unterkonstruktion der Brücke verfangen, auf der der State Highway 7 über den Los Angeles River geführt wird. Er schaukelt und schlingert in der reißenden Strömung. Ein Rettungsteam der Feuerwehr ist mit mehreren Fahrzeugen auf der Brücke, das Blaulicht eingeschaltet.

NEUNZEHN

In seiner Krise erhob Larkin sich nicht zu den Höhen wahren Muts, bewies auch nicht den weniger erhabenen passiven Mut, der Festigkeit genannt wird, und war nicht einmal imstande, den geringsten Widerstandswillen aufrechtzuerhalten. Als er beschloss, sich von seinen Mitverschwörern loszusagen, gab er nicht langsam und bedächtig Einzelheiten von D.J. Michaels Häusern und Wohnungen preis, sondern sprudelte Informationen wie ein aufgedrehter Hydrant in solchem Tempo hervor, dass Jane Hawk zu Kurzschrift wechseln musste, um alle nützlichen Details in ihr Notizbuch aufzunehmen.

Weil es aufregend war, ein Verräter zu sein, nahm sein blasses Gesicht Farbe an, sodass seine Wangen selbst im schwindenden Licht der Coleman-Laterne rosig waren. Der Angstschweiß auf seiner Stirn trocknete an. Wenn Jane ihn auch in diesem Stadium manischer Kapitulationsbereitschaft richtig beurteilte, war Randy von Verzweiflung zu Erleichterung umgeschwenkt, und in seinen Augen leuchtete eine Art Freude, als habe er sich lange gewünscht, dem Druck, D.J. Michaels *Consigliere* zu sein, entgehen zu können, und empfinde diesen erzwungenen Verrat als befreiend.

Als sie viel schneller als erwartet die benötigten Informationen hatte, steckte sie Notizbuch und Kugelschreiber wieder weg, stand von ihrem Stuhl auf und blickte auf ihn herab – nicht verächtlich, denn er war ihre Verachtung nicht wert, und bestimmt nicht mitleidig. Aber sie hatte das Gefühl, ihm nach strengsten Ehrbegriffen etwas zu schulden … nicht Gnade, aber vielleicht Barmherzigkeit.

Weil er sich sicher war, darauf vertrauen zu können, dass sie ihr Versprechen halten würde, saß er mit leicht nervösem, aber nicht unsicherem Lächeln da. »Ich verhungere. Dieses verdammte Zeug, das Sie mir eingeflößt haben. Ich zittere vor Hunger.«

Vielleicht war das tatsächlich seine größte Angst. Er glaubte, sie würde ihm einen Pfad in die Zukunft zeigen, wie sie's versprochen hatte, denn er wusste, dass Versprechen ihr etwas bedeuteten, auch wenn seine Versprechen anderen Leuten gegenüber ihm nichts bedeuteten.

Sie wandte sich ab, nahm ihre Tasche zum Tisch mit, legte sie ab und starrte nachdenklich die vier Fressnäpfe an, die sie mit dem präparierten Wasser für die Ratten hatte füllen wollen.

Nach kurzem Schweigen fragte er: »Was machen Sie?«

Das sanfte schlangenartige Zischen der Laterne, ihr weißes Licht farblich so kalt wie der von Trockeneis aufsteigende Nebel; das durch die hohen Fenster einfallende graue Dämmerlicht wie eine traurige Erinnerung an das Licht einer durch menschliches Unvermögen längst untergegangenen Ersten Welt; die gesammelte Dunkelheit ringsum, die in der lautlosen Sprache jedes Dunkels zum Herzen sprach …

»Sie haben mir etwas versprochen«, sagte Larkin, als wolle er sie daran erinnern, dass es für Menschen mit Ehrgefühl Linien gab, die man nicht überschreiten durfte. »Sie haben versprochen, mir einen Pfad in die Zukunft zu weisen.«

Jane griff nach einer der vollen Flaschen, las das Etikett und sagte: »Das ist die Marke, die wir in Virginia getrunken haben, als Nick noch lebte und wir darüber gesprochen haben, ob wir vielleicht ein zweites Kind wollten.«

Seine Stimme zitterte. »Ich habe Ihnen alles gesagt, was Sie brauchten. Ich bin nicht länger Ihr Feind. Ich bin erledigt. Ich kann nirgends hin. Ich habe nichts als Ihr Wort.«

»Nick hat sich die Kehle durchgeschnitten«, sagte sie, »mit seinem Ka-Bar-Kampfmesser, hat sich die Schlagader durchgeschnitten.« Sie drehte die Flasche zwischen den Händen hin und her. »Ich habe ihn in seinem Blut schwimmend aufgefunden.«

Hinter ihr sagte Randall Larkin: »Bitte nicht die Ratten.«

ZWANZIG

Cammy hört den Polizeifunk ab, sucht irgendeinen Hinweis auf die Sache mit dem angetriebenen Mercedes, der sich wegen der reißenden Strömung in den Brückenpfeilern verkeilt hat.

An seinem Computer wechselt Jason von den Echtzeitaufnahmen der Brücke zurück zu den NSA-Archiven. Er greift auf eine Kamera zu, die stromaufwärts an der Brücke der Interstate 405 installiert ist, lässt das Video rückwärts laufen und wartet gespannt auf den Augenblick, in dem der abtreibende Mercedes S 600 auf seinem Weg von Nord nach Süd in Sicht kommt.

Cammy rollt ihren Stuhl neben Jasons und berichtet: »Soviel ich mitbekommen habe, sagen die Erstretter, dass in dem Mercedes niemand ist.«

Da ist Jason sich nicht so sicher. »Außer Larkin liegt tot im Kofferraum.«

»Klasse, Mann!«, sagt Cammy begeistert. »Du bist immer einen Schritt voraus.«

»Mein Job. Andererseits bezweifle ich, dass sie ihn entführen und gleich ermorden würde.«

»Warum nicht?«

»Hätte sie ihn ermorden wollen, hätte sie's in der Gasse vor der Garageneinfahrt getan.«

»Da ist er!«, ruft Cammy aus. Sie zeigt auf den Bildschirm, dann klatscht sie beim Anblick des von den Fluten mitgerissenen Mercedes begeistert in die Hände.

Weil Jason das Video rückwärts ablaufen lässt, stampft und wälzt sich die schwarze Limousine *flussaufwärts* auf die Brücke der Interstate zu, unter der sie hindurchgekommen sein muss.

Mit dieser Taktik arbeitet er sich nach Norden und zu früheren Zeitpunkten vor, indem er eine Kamera am Fluss nach der anderen aufruft, wo er welche finden kann: Del Amo Boulevard, Highway 91, Artesia Boulevard, Alondra Boulevard, Rosecranz Avenue … Wieder und wieder entdeckt er den schwarzen S 600 auf verschiedenen Etappen seiner bewegten Reise.

»Ruf Marshall Ackerman von den Freiwilligen für ein besseres Morgen an«, sagt Jason, womit er die gemeinnützige Organisation meint, für die er arbeitet und die gute Kontakte zur NSA hat. »Sag ihm, dass Larkin offenbar von Jane Hawk entführt worden ist. Sie hat seinen Mercedes im Fluss entsorgt, und ich werde ihm bald sagen können, wo das war.«

»Wieso soll das wichtig sein?«, fragt Cammy sich.

»Weil sie vielleicht noch mit Larkin dort ist, Schätzchen.«

EINUNDZWANZIG

»Nicht die Ratten«, wiederholte Larkin. »Nicht die Ratten«, als sei das ein Mantra, mit dem er Janes Absichten auf ähnliche Weise beeinflussen konnte, wie ein Nano-Kontrollmechanismus das Denken seines Wirtes steuerte.

Jane wandte sich mit der Wasserflasche in der Hand vom Tisch ab und betrachtete ihren Gefangenen. Er riss und zerrte mit aller Kraft an seinen Fesseln, bäumte sich mit solcher Entschlossenheit auf, dass es fast so schien, als könne er durch reine Willenskraft levitieren und sich aus dem Lichtkreis der Laterne in die Halbdämmerung unter dem Dach erheben.

Sie sagte: »Die einzige mit einem Appetitanreger versetzte Flasche ist die, aus der Sie getrunken haben. Die anderen enthalten nur Wasser.«

Im Laternenlicht leuchteten seine kakifarbenen Augen fast gelb wie die Augen einer Raubkatze. »Dann hatten Sie also nie vor …«

Sie stellte die Flasche auf den Tisch zurück. »Die Ratten? Nein. Aber Sie sollten glauben, dass ich's tun würde.«

Aus ihrer Umhängetasche holte sie eine große Schere. Als sie damit auf Larkin zutrat, spürte sie, wie seine Erleichterung beim Anblick dieser Klingen in misstrauische Wachsamkeit umschlug.

Die Schere war scharf, aber Jane musste mehrmals schneiden, um seinen linken Arm von dem Kabelbinder zu befreien.

Larkin entfuhr ein dankbares Schluchzen, als sie die Schere in seinen Schoß fallen ließ und ihn aufforderte: »Befreien Sie sich selbst.«

Sie blieb an den Tisch gelehnt stehen und beobachtete, wie er zuerst seinen rechten Arm losschnitt, bevor er sich nach vorn beugte, um die Fußfesseln aufzuschneiden.

Er verschwendete keinen Gedanken daran, sie mit der Schere anzugreifen, sondern ließ sie zu Boden fallen und stand unsicher auf. Er wirkte ermattet und verkrampft, als sei er viel länger als in Wirklichkeit gefesselt gewesen.

Trotzdem zog sie ihren 45er Colt und hielt ihn in ihrer locker herabhängenden Rechten.

»Sie haben mir einen Ausweg, einen Weg ins Leben versprochen«, sagte er vorwurfsvoll, als fungiere er jetzt als die Stimme ihres Gewissens.

»Dafür brauchen Sie mich nicht. Sie haben selbst einen Ausweg parat, Randy.«

»Wie meinen Sie das?«

Jane zog einen Reisepass aus der Innentasche ihres Blazers. »Ein Leben als Ormond Heimdall.«

Er griff in sein Jackett, als könne er nicht glauben, dass sie seinen Pass in der Hand hielt.

»Haben Sie den ständig bei sich?«, fragte Jane. »Tag für Tag, wo immer Sie sind? Auch nachts, wenn Sie schlafen? Wie lange sind Sie schon in Sorge, alles um Sie herum könnte zusammenbrechen?«

Er griff nach seiner Geldbörse, die ebenfalls fehlte.

»Natürlich habe ich Sie durchsucht, bevor ich Sie an diesen Stuhl gefesselt habe. Außer kleineren Scheinen haben Sie zehn Hunderter in Ihrer Geldbörse. Hinter Ihren eigenen Kreditkarten steckt in einem Extrafach eine auf den Namen Ormond Heimdall ausgestellte American-Express-Karte mit vermutlich sehr hohem Limit.«

ZWEIUNDZWANZIG

Sobald Cammy Marshall Ackerman von den Freiwilligen für ein besseres Morgen die Situation erklärt hat, sagt dieser, dass er eine Crew zusammenstellen wird, die Randall Larkin aus den Fängen der Entführerin befreien soll. In Marsch setzen kann er seine Leute jedoch erst, wenn er genaue Informationen darüber erhält, wo der Anwalt und seine Entführerin zu finden sind.

Bange Minuten lang will es Jason nicht gelingen, den auf den Wellen tanzenden Mercedes in den Videoarchiven wiederzufinden. Er greift auf Kameras bis hinauf zur Slauson Avenue bei Bell Gardens zurück, bevor er seinen Irrtum erkennt. Er ist bei dem kanalisierten Los Angeles River geblieben – aber östlich von Downey und nördlich von Hollydale mündet der aus El Monte im Nordwesten kommende Rio Hondo in den Los Angeles River.

Er sucht den Zusammenfluss dieser beiden Wasserläufe auf, geht in der Zeit zurück und entdeckt wenig später die den Rio Hondo hinuntertreibende Limousine.

»Du bist der Knaller!«, behauptet Cammy wieder.

»Peng!«, sagt er lachend und macht sich daran, den S 600 bis zu der Stelle zurückzuverfolgen, wo er in den Fluss gefahren worden ist.

»Geben Sie mir den Pass und meine Geldbörse zurück, die gehören mir«, bettelte Larkin. »Okay? Ich will mein Eigentum zurück. Haben Sie mich nicht schon genug gequält? Was soll das?«

Hinter dieser Jammergestalt, die sich als Mann bezeichnete, bekamen die hohen Westfenster weniger Licht als die Ostfenster hinter Jane, die paarweise angeordnet wie die Augen riesiger Geschworener anmuteten, deren stumpfer, ausdrucksloser Blick von der moralischen Blindheit der irdischen Justiz zeugte.

»Außerdem«, sagte Larkin, »haben Sie gewonnen. Sie hätten mich nicht entführen müssen. Sie brauchen auch nicht Jagd auf D.J. zu machen. Sie haben diese USB-Sticks mit allen Forschungsergebnissen Bertold Shennecks, der Geschichte der Kontrollmechanismen. Stellen Sie sie ins Netz, dann ist der Skandal binnen eines Tages da.«

»Die meisten Leute verstehen das nicht«, wandte Jane ein, »aber ich weiß, worum es geht, und Sie verstehen's bestimmt auch.«

»Was verstehen?«

»Gesetze, die scheinbar dazu bestimmt waren, das Internet fairer, es demokratischer und offener zu machen … In sie eingearbeitet sind Hebel, mit denen staatliche Stellen regulieren können, was gesehen wird. Sie können unzulässige Informationen aufspüren, noch während sie hochgeladen werden, und sie redigieren, bevor irgendwer auf sie aufmerksam wird. Und nicht nur redigieren, sondern auch Desinformation hineinsetzen, um das Ganze zu diskreditieren. *Sie* – das sind Ihre überall eingeschleusten Leute.«

Larkin versuchte nicht, ihren Vorwurf zu leugnen, sondern wollte ihr nur weismachen, die Filter seien weniger effektiv, als sie annahm. »So einfach ist die Sache nicht. Wir können keineswegs blitzschnell reagieren. Sie haben Shennecks USB-Sticks. *Mich brauchen Sie nicht.*«

»Ihre Leute in allen diesen Behörden«, fuhr sie fort, »haben überall Stolperdrähte gespannt. Taucht der Name Bertold Shenneck im Zusammenhang mit Wörtern wie *Kontrolle* oder *Mechanismus* oder *Sklaverei* auf, erscheint der Name *Aspasia* im Zusammenhang mit Wörtern wie *unterwürfig* und Ausdrücken wie *zu Ungehorsam nicht fähig*, schrillen Alarmglocken, und die Unterdrückung dieser Informationen beginnt binnen Minuten.«

Sie legte den Pass auf den Tisch, wo Larkin ihn begierig anstarrte.

»Die Tage des Wildwest-Internets sind vorüber«, sagte sie. »Erscheint heutzutage etwas im Web, unabhängig davon, wie sehr es den Machthabern zu schaden scheint, *wollen* sie es aus irgendeinem Grund dort haben. Weil sie die Nachricht zensiert haben, sie aufblasen oder eindampfen können, ganz wie's ihnen passt. Weil sie ihre Feinde einschüchtert. Was auch immer.«

Larkin sah von seinem Pass auf. »In allen diesen Behörden gibt es weit weniger Arkadier als gewöhnliche Leute. Wir … sind nicht allmächtig.«

Jane nahm seine Geldbörse aus ihrer Umhängetasche, legte sie neben den Reisepass.

Sie sagte: »Wie ich sehe, Mr. Heimdall, sind Sie Bürger der Bahamas. Sind Sie erst mal in der Karibik, ist's nur noch ein Katzensprung zu den West Indies. Also müssen Sie auf Grand Cayman ein Vermögen gebunkert haben.«

»Ich kann Ihnen nichts mehr geben. Was wollen Sie noch von mir? Ich habe nichts.«

»Randall Larkin können Sie nicht mehr sein. Ihre eigenen Leute würden Sie liquidieren. Wer *könnten* Sie sein, wenn Sie nicht Ormond Heimdall sein können?«

»Ich habe sonst kein weiteres Leben vorbereitet. Nur dieses eine.«

»Wer *könnten* Sie sein, wenn Sie nicht Ormond Heimdall sein können?«

»Niemand. Wollen Sie das von mir hören? Niemand.«

»Wenn Sie nicht tausend Dollar in der Tasche, Kreditkarten und Millionen auf einer Bank auf Grand Cayman hätten, was hätten Sie dann?«

»Nichts. Sie wollen bloß, dass ich das sage. Nichts.«

»Was wären Sie, wenn Sie nichts hätten?«

Sein Entsetzen war so groß wie sein Zorn, sein Zorn so groß wie seine Angst, und mit nur diesen drei Empfindungen in sich stand er wie ein defekter Prototyp eines Menschen da, der aus Ton, dem irgendein wesentlicher Inhaltsstoff fehlt, geformt worden ist.

»Was wären Sie?«, fragte Jane noch mal.

Er betrachtete die Pistole in ihrer Hand, die an ihrer Seite herabhing, dann erwiderte er ihren Blick. »Nichts.«

»Ohne Geld und Macht könnten Sie nie jemand sein.«

»Ihnen macht's Spaß, Männer zu demütigen. Sie in den Staub zu zwingen.«

»Nicht alle Männer«, sagte sie. »Nicht mal die meisten. Nur Dreckskerle wie Sie.«

VIERUNDZWANZIG

Jason findet stromaufwärts Videomaterial, das genau zeigt, wie der Mercedes eine lange Böschung hinunterrast und mit einem Satz über die Ufermauer in die Betonrinne des Rio Hondo stürzt.

»Ruf Ackerman an«, sagt er, während Cammy Newton begeistert zusieht, wie die Luxuslimousine wie bei einer Verfolgungsjagd im Fernsehen durch die Luft fliegt.

Er notiert sich die Koordinaten des Kamerastandorts und

schätzt die Entfernung bis zu der Stelle ab, wo der Wagen plötzlich in Sicht gekommen ist, nachdem er offenbar einen Maschendrahtzaun durchbrochen hat. Selbst aus einiger Entfernung sieht er ein Gebäude, das etwas mit dem Zaun zu tun haben könnte – eine ältere Fabrikhalle, doppelt so hoch wie alle anderen in der näheren Umgebung.

Keine zwei Minuten später hat Cammy wieder Marshall Ackerman am Apparat. Die beiden müssen aber noch warten, während Jason seine Suche auf Google Earth fortsetzt.

Er entdeckt etwas, das die Fabrikhalle sein müsste, vergrößert das Satellitenbild mit maximaler Auflösung, studiert es kurz und wechselt dann zu Google Street View. Ein Rundblick zeigt ihm ein Gewerbegebiet für Industriebetriebe, die schon lange in andere Bundesstaaten oder ins Ausland geflüchtet sind, mit rissigem, mit Schlaglöchern übersätem Asphalt: der deprimierende Schauplatz eines schleichenden Niedergangs, von Fäulnis und Rost.

»Das ist's, glaub ich«, sagt er.

»Das ist's, glaubt er«, wiederholt Cammy am Telefon.

Jason liest eine Adresse vor, die Cammy für Ackerman wiederholt, und Ackerman legt auf – zweifellos um zu seinen Männern hinauszuhasten, die schwer bewaffnet einsatzbereit in Autos mit laufenden Motoren warten.

Jason schnappt sich ein Beignet, Cammy nimmt sich ein Zimtbrötchen, und sie stoßen mit den Gebäckstücken an.

»Klasse!«, ruft sie aus.

FÜNFUNDZWANZIG

Larkin wusste nicht, was er tun sollte. Er stand im grellweißen Laternenlicht, bleich und elegant zerzaust wie ein König in grauer Vorzeit, nicht länger aus Fleisch und Blut, dem der Zugang zum Reich der Geister verwehrt worden ist und der zu stolz ist, um in dieser Welt, über die er einst geherrscht hat, als Gespenst umzugehen.

»Sakura Hannafin stirbt von Hornissen gestochen, deren Gift ihre Atemwege zuschwellen lässt«, sagte Jane, »und mein Nick nimmt sich wie eine willenlose Marionette das Leben, und draußen in Minnesota verbrennt irgendeine Lehrerin sich und viele andere, weil ein Computermodell bestimmt, dass nur so eine bessere Welt geschaffen werden kann. Und Sie sollten einfach auf die Bahamas fliegen und den Rest Ihres Lebens in Luxus und Sonnenschein verbringen dürfen?«

Sie nahm den Reisepass und die Geldbörse an sich und steckte sie in ihre auf dem Tisch liegende Umhängetasche.

Larkin hatte nichts, war nichts und konnte nur wiederholen, was er bereits gesagt hatte: »Sie haben versprochen, mir einen Pfad in die Zukunft zu weisen.«

»Und dort ist er«, sagte sie und deutete auf die Tür, durch die sie ihn zuvor auf einem Transportwagen hereingerollt hatte. »Lernen Sie, auf der Straße zu überleben. Klauen Sie im nächsten Supermarkt einen Einkaufswagen, finden Sie Ihre Schätze in hundert Müllcontainern.«

»So kann ich nicht leben.«

»Das tun viele.«

»Ich kann mich unmöglich vor diesen Leuten, vor D.J. verstecken. Sie finden mich in einem Obdachlosenheim genauso leicht wie in meinem Stammlokal.«

»Dann gehen Sie nach Hause zu Ihrer Frau.«

»Zu ihr? Sobald sie mich sieht, weiß sie, was passiert ist – dass ich ausgepackt habe. Dann ruft sie sofort D.J. an.«

Jane sagte nichts.

»Ich flehe Sie an. Okay? Ich bitte Sie inständig. Den Pass, die Geldbörse.«

Sie zeigte erneut auf die Tür.

»Sie können sich nicht vorstellen, was diese Leute mir antun werden. Das können Sie sich nicht *vorstellen*.«

Für Jane lag darin kein Vergnügen, kein das Herz erwärmendes Rachegefühl, kein Bewusstsein, ausgleichende Gerechtigkeit zu üben. Sie empfand nur Einsamkeit, wie sie die einzige Überlebende eines Schiffbruchs empfinden konnte, die sich unter einem Himmel, an dem nur die Sonne stand, auf einem ansonsten leeren Meer an Treibgut aus Planken und Kistenbrettern klammerte.

Mit einer Stimme, aus der nicht nur keine Hoffnung, sondern auch keine Verzweiflung mehr sprach, die außer urmenschlicher Existenzangst kein Gefühl mehr ausdrückte, sagte Larkin: »Ich halte nicht viel Schmerzen aus. Ich will nicht, dass sie … mir alles Mögliche antun. Ich greife Sie jetzt an, damit Sie mich erschießen müssen.«

Jane hob die Pistole ohne Schalldämpfer, hielt ihr rechtes Handgelenk mit der linken Hand umklammert. »Raus jetzt!«

»Sie sind nicht grausam«, sagte er. »Sie werden mich nicht nur verwunden. Sie werden mich nicht vor Schmerzen schreiend zurücklassen.«

Sie machte ihm keine weiteren Versprechungen.

Larkin zog sich auf das Wesentliche zurück, das ihn definierte: die Rolle des selbstgefälligen, überheblichen Snobs, als er hämisch grinsend sagte: »Du bist schon so gut wie tot, du Stück Scheiße. Im Flüsterraum wissen sie alles über dich.«

Er stürmte auf sie zu, und sie drückte zweimal ab. Der erste Schuss traf seine Kehle und ließ ihn rückwärts stolpern, der zweite – ein Kopfschuss – verzerrte seine Gesichtszüge zu einer grotesken Fratze, die eine Vorschau darauf hätte sein können, wie sein Gesicht in den Tiefen jener anderen Welt, in der Flammen loderten, die kein Licht gaben, aussehen würde. Als sein Kopf nach hinten schnellte, öffneten die Schöße seines Jacketts sich flatternd, und er brach zusammen, wie ein von Schrot getroffener Vogel vom Himmel stürzt, und blieb in uneleganter Haltung mit gespreizten Beinen in dem billigen Stuhl aus Aluminium und Nylongewebe liegen, den er auf der Terrasse seiner Villa in Beverly Hills, in der jetzt seine Witwe wartete, niemals geduldet hätte.

SECHSUNDZWANZIG

Drei große schwarze SUVs mit getönten Scheiben und aufs Dach gesetzten Blinkleuchten, die rot und blau blitzen, rasen mit an- und abschwellendem schrillen Sirenengeheul dicht hintereinander her und transportieren eine Eingreiftruppe von zwölf Mann. Sie beanspruchen die Vorfahrt in Stadtteilen, in denen die Autofahrer ihnen aus Respekt vor ihrer scheinbaren Autorität Platz machen, und danach in Vierteln, in denen Passanten und Leute, die vor ihren Häusern sitzen, beim ersten Ton von Sirenengeheul verschwinden, als seien sie nie dagewesen. Auf den zwei letzten Meilen schalten sie die Sirenen aus, sodass nur noch das Röhren ihrer Motoren und die Abrollgeräusche der Reifen auf dem mit Schlaglöchern übersäten rissigen Asphalt zu hören sind.

Marshall Ackerman auf dem Beifahrersitz des ersten Fahrzeugs trägt zu Jeans und Pullover eine Kevlarweste und hat auf den Knien eine Pistole liegen, die nachträglich für Dauerfeuer umgerüstet wurde und über ein Magazin mit vierundzwanzig Schuss verfügt. Zwei Reservemagazine stecken in seinem Mehrzweckgürtel. Sie werden versuchen, Hawk zu überraschen und lebend gefangen zu nehmen, aber falls sie dabei stirbt, wird es weder eine Strafe noch Bedauern geben. Das gilt auch für Randall Larkin.

Sie werden langsamer, lassen die Fahrzeuge ausrollen und kommen einen halben Block von dem Zielgebäude entfernt zum Stehen: einem Beispiel für die geistlose Architektur der Sechzigerjahre, einem säkularen Industrietempel, den sein Gott längst verlassen hat, mit teilweise verzogenen Wellblechwänden über einem Fundament aus Hohlblocksteinen, deren Mörtel von Wind und Wetter bröckelt.

Ist das Tor abgesperrt, werden sie über den Zaun klettern. Aber die Kette mit dem Vorhängeschloss ist durchtrennt worden und lässt sich leicht abwickeln. Das Tor wird ohne viel Quietschen und Klirren zur Seite geschoben, und die zwölf Männer schwärmen auf dem Gelände aus, um die Fabrikhalle zu umzingeln.

Beide Längsseiten des Gebäudes weisen Tore mit eingelassenen Fußgängertüren auf. Logischerweise ist zu vermuten, dass sie den Mercedes von der Straße aus nicht sichtbar hinter der Fabrikhalle geparkt hat, bevor sie Randall Larkin hineingeschafft hat – falls sie das getan hat, bevor sie die Limousine in den Fluss hat rollen lassen.

Die drei Teamführer sprechen sich halblaut über Funk ab. Es darf keine Verluste durch eigenes Kreuzfeuer geben.

Ackerman selbst ist als Zweiter in der Halle. Die Männer seines Teams bewegen sich rasch und geduckt, schwärmen sofort aus, als sie das höhlenartige Gebäude betreten.

Sie brauchen einen Augenblick, um zu erfassen, was sie vor sich haben: eine überwiegend in tiefen Schatten oder völligem Dunkel liegende Fläche größer als ein Footballfeld. Knapp vor der Mittellinie strahlt etwas, das eine Gaslaterne zu sein scheint, einen Lichtkreis aus, dessen Intensität nach außen hin rasch abnimmt. Überall Tonnen, Schrott, alle möglichen Abfälle. Dazwischen ein leerer Gartenstuhl – und einer, der nicht leer ist.

Obwohl sein Kopf nach hinten hängt und das Gesicht nicht zu sehen ist, steht außer Zweifel, dass der Mann auf dem Stuhl tot ist, denn selbst für einen Schlafenden ist seine Haltung zu schlaff. Sie treten misstrauisch näher, bis das Blut auf Oberhemd und Jackett seinen Zustand bestätigt. Und nun ist auch das dem Hallendach zugewandte Gesicht zu sehen: mit einer Einschusswunde unmittelbar über dem Nasensattel, die Gesichtszüge durch die Bewegungsenergie des Geschosses entstellt, aber doch als die Randall Larkins erkennbar.

Weil Larkin tot ist, dürfte Jane Hawk sich abgesetzt haben. Vielleicht haben die drei Teams sie nur um wenige Minuten verpasst.

Marshall Ackermann spricht in sein Headset: »Wir kommen zu spät.«

Wie auf ein Stichwort hin kündigt eine dumpfe Verpuffung die Detonation eines Brandsatzes an, der eine Feuerwalze auslöst, die das Dunkel außerhalb des Lichtkreises der Coleman-Laterne erhellt und ungeheure Berge aus Altpapier sichtbar werden lässt. Die Flammen schlagen sieben, acht Meter hoch, bevor sie leicht zusammensinken, sich gefräßig nach allen Seiten ausbreiten und auf ihrem Weg alles Brennbare in Brand setzen.

Sollte Jane Hawk unabsichtlich etwas zurückgelassen haben, das auf ihre Spur führen könnte, müssten Ackerman und seine Leute sich jetzt vorwagen und sich schnappen, was sie nur können, bevor die Flammen es erfassen und der Rauch ihnen die Sicht nimmt.

Dazu kommt es jedoch nicht, denn sie werden durch eine auf dem Hallenboden heranbrandende Masse gestoppt, die anfangs nur aus vom Feuer produzierten Schemen zu bestehen scheint, die sich dann jedoch als Scharen von Ratten, rotäugig und mit kahlen Schwänzen, erweist, die aus ihren in Flammen aufgehenden Bauen flüchten.

Als brennende Papierfetzen von den Aufwinden des sich rasch entwickelnden Großbrands hochgewirbelt werden und wie Feuervögel segelnd Nester aus Haar suchen, machen Ackerman und seine Leute kehrt und flüchten in Richtung Ausgang, wobei Ratten über Schuhe hinweghuschen und sich sekundenlang an Hosenbeine krallen, bevor sie abgeschüttelt und zertrampelt werden. Die Männer rutschen auf Dingen aus, die sie sich nicht vorstellen mögen, kreiseln mit ausgestreckten Armen, um das Gleichgewicht zu bewahren, und fürchten nichts mehr, als in diese in Panik quiekende Masse aus schmutzigen, von Flohbissen geplagten Nagern zu fallen.

Die Männer sind jetzt weniger Kameraden als Konkurrenten, als sie vor dem schmalen Durchlass der Fußgängertür zusammenprallen, sich gegenseitig wegstoßen, würgend husten und den Gestank von Rattenkot auszuspucken versuchen, der neben schwelendem Brandgeruch die Luft erfüllt. Zwischen Ratten, die von dem ungewohnten Sonnenschein geblendet über den von Unkraut überwucherten Asphalt strömen, entkommt Ackerman aus beißenden Rauchschwaden ins Morgenlicht. Keuchend nach Atem ringend hat er das Gefühl, dem Tod nur knapp entgangen zu sein. Und obwohl es nicht seiner Art entspricht, solche Gedanken zu haben, beschleicht ihn der Verdacht, die Frau könnte ihnen mit diesem Brandsatz eine Vorahnung von ihrem zukünftigen Schicksal gegeben haben.

SIEBENUNDZWANZIG

Du bist schon so gut wie tot, du Stück Scheiße. Im Flüsterraum wissen sie alles über dich.

Jane hatte keine Ahnung, was Randall Larkin mit dem Flüsterraum meinte. Zwecklos, sich damit aufzuhalten. Falls es einen Raum gab, den sie Flüsterraum nannten, würde sie ihn erkennen, wenn sie auf ihn stieß. Der Linienbus brummte durch den Spätvormittag, schien fast außer Kontrolle zu geraten, wenn er einmal schneller fuhr, rumpelte er bei jedem der vielen Halte gegen den Randstein, wobei seine Druckluftbremsen wie entnervt zischten, und wälzte sich dann wie ein Urweltungeheuer, das allein wegen seiner Größe Vorrechte beansprucht, wieder in den Verkehr, der ihn nur widerwillig aufnahm.

Auf ihrem Fensterplatz wandte Jane Hawk sich von jedem ab, der sich ihr gegenübersetzte. Sie hatte weniger Angst davor, von irgendeinem Passanten erkannt zu werden, als von Angesicht zu Angesicht gemustert und enttarnt zu werden.

Sie beobachtete die weitläufige Stadt, die stockend an ihr vorüberzog, ihr Kaleidoskop aus Stadtvierteln mit ständig wechselnder Anmutung und geschäftigen Menschenmassen, die zu Zwecken unterwegs waren, die sie sich im Augenblick nicht einmal andeutungsweise vorstellen konnte. Nichts vor dem Busfenster erschien ihr real. In der virtuellen Realität ihrer persönlichen Welt existierte nur ein einziger realer Ort: südlich von hier im ländlichen Orange County, am Ende einer Allee aus Lebenseichen, ein bescheidenes weißes Holzhaus, in dem ihr Sohn bei Freunden sicher war, deren Schäferhunde Duke und Queenie über das Haus und seine Bewohner wachten.

Obwohl sie hoffte, Travis dort besuchen zu können, bevor dieser Schreckenstag zu Ende ging, hütete sie sich davor, auf ein Wiedersehen zu bauen, bevor sie nach Iron Furnace im fernen Kentucky aufbrach. Sie musste ihn sehen, seine Stimme hören, ihn in die Arme schließen, aber was man in diesem Leben brauchte, bekam man längst nicht immer. Und sich etwas zu wünschen, schien Dämonen auf den Plan zu rufen, die verhindern würden, dass der Wunsch in Erfüllung ging.

Sie stieg am Wilshire Boulevard in Beverly Hills aus und ging nach Süden in das Wohnviertel weiter, in dem sie den beiden Teenagern Guns und ZZ begegnet war. Ihr Ford Escape stand noch dort, wo sie ihn geparkt hatte. Im Laderaum lagen zwei Koffer, die Tragetasche aus Leder und die Plastiktüte mit Perücken, alles unangetastet.

Sie konnte nicht gleich ins Orange County zu Travis fahren. Also würde sie eine Kleinigkeit zu Mittag essen. Und danach erwartete sie eine Aufgabe im San Gabriel Valley, bevor ihre Arbeit hier vorerst beendet war.

ACHTUNDZWANZIG

Als Lawrence Hannafin um 14 Uhr zu seinem Termin bei Randall Larkin kommt, erwartet er, Randys Sekretärin Ellen wie bei jedem seiner vorigen Besuche an ihrem Schreibtisch anzutreffen. Stattdessen ist der Empfangsbereich verwaist. Die Tür der Bürosuite steht offen, und die Räume dahinter liegen in stillem Halbdunkel.

Er setzt sich verwirrt neben den Zeitschriftentisch in einer Ecke und greift nach einer Ausgabe von *Vanity Fair*, das vor Jahren einen langen Auszug aus einem seiner Bücher veröffentlicht hat. Weil er keinen Artikel anfangen will, den er bestimmt nicht wird zu Ende lesen können, blättert er das Magazin nur durch.

Er genießt eine Fotostrecke mit einer jungen Schauspielerin, die genau weiß, wie viel bloße Haut man in *Vanity Fair* zeigen darf, als Carter Woodbine den Empfangsbereich betritt. Woodbine – hochgewachsen, weißhaarig, Amerikaner, aber aristokratisch auftretend wie ein Angehöriger des britischen Königshauses – verlässt seine Suite im dritten Stock sonst nur, um abends in die Tiefgarage hinunterzufahren.

Hannafin legt die Zeitschrift weg, steht auf und sagt: »Mr. Woodbine«, als der Seniorpartner die Tür zum Korridor hinter sich schließt.

»Mr. Hannafin, kommen Sie bitte mit mir in Randalls Büro? Ich habe beunruhigende Nachrichten.«

Beunruhigend ist ein Understatement. In der diskreten Stille von Larkins Büro erfährt Hannafin, dass Larkin tot ist –

von Jane Hawk entführt und vermutlich von ihr erschossen, nachdem sie seinen Mercedes in einen Hochwasser führenden Fluss hat rollen lassen.

»Das Feuer hat so gewütet, dass von Randall nicht viel übrig geblieben sein dürfte«, sagt Woodbine, »und die sterblichen Überreste in der ehemaligen Fabrik dürften – wenn überhaupt – nicht so bald als seine identifiziert werden. Tatsächlich werden wir dafür sorgen, dass sie nie als seine identifiziert werden.«

»Aber der Mercedes …«

»War natürlich seiner. Wir sind gerade dabei, eine Story zu erfinden, die wir mit Mrs. Larkin abstimmen werden. Sie kennen Diamanta?«

»Nicht sehr gut.«

»Dann werden Sie ein paar Stunden in ihrer Gesellschaft verbringen wollen, um sich mit ihrer Persönlichkeit vertraut zu machen. Wir möchten, dass Sie die von uns erfundene Story als Exklusivbericht groß herausbringen.«

»Aber … welche Story?«

»Im Augenblick glauben wir, dass er versucht hat, einen Selbstmord vorzutäuschen, indem er seinen S 600 in den Fluss hat rollen lassen. Als Partner werden wir die Möglichkeit, er könnte Millionen unterschlagen haben, nur widerstrebend kommentieren.«

»Er hat Millionen unterschlagen?«

Woodbine winkt überlegen lächelnd ab und sagt: »Du liebe Güte, nein. Unsere Kontrollmechanismen machen das unmöglich. Aber Randall *hatte* auf Grand Cayman ein zwanzig Millionen schweres Konto, von dem er glaubte, es sei geheim. Später wird sich herausstellen, dass am kommenden Montag – nur drei Tage nach seinem Verschwinden – achtzehn Millionen davon auf Konten in noch zweifelhafteren Steueroasen transferiert worden sind. Die für Ihren Exklusivbericht nötigen Details werden Ihnen rechtzeitig zur Verfügung gestellt.«

Lawrence Hannafin weiß, dass dieses Gespräch mit Carter Woodbine eine seltene Ausnahme ist, dass er zu tun hat, wozu er sich verpflichtet hat, als sei Woodbine ein Orakel, das eine bereits in Stein gemeißelte Zukunft vorhersagt. Trotzdem *muss* er einfach fragen: »Warum nicht bei der Wahrheit bleiben und diese Sache der verdammten Jane Hawk anhängen, die an allem schuld ist?«

Dieses Mal lächelt Woodbine anders, mehr wie ein geduldiger Erwachsener, der einem begriffsstutzigen, naiven Kind antwortet. »Miss Hawk hat eine regelrechte Glückssträhne gehabt, die aber nicht anhalten wird. Wir nehmen sie nicht ernst. Andererseits wollen wir nicht, dass die Öffentlichkeit sie mit unserer Firma in Verbindung bringt. Niemand soll sich fragen, wieso eine zur Staatsfeindin avancierte ehemalige FBI-Agentin einen der Partner von Woodbine, Kravitz, Larkin & Benedetto entführen, foltern und ermorden sollte.«

»Sie hat ihn gefoltert?«

Woodbine zuckt mit den Schultern. »Darüber lässt sich nur spekulieren.«

Hannafin erkennt plötzlich, dass er vielleicht tatsächlich begriffsstutzig und naiv ist, denn ihm wird erst jetzt klar, dass *er* die Hawk-Schlampe irgendwie zu Randall geführt haben könnte.

Woodbine bedenkt ihn mit einem weiteren Lächeln, das Hannafin nicht recht deuten kann. Aber es lässt ihm einen kleinen Schauder über den Rücken laufen.

»Sobald feststeht, was ich schreiben soll, mache ich mich an die Arbeit. Sie werden mit dem fertigen Produkt zufrieden sein.«

»Das weiß ich«, bestätigt Woodbine. »Wir haben Ihre Nummer. Erwarten Sie unseren Anruf.«

»Wird gemacht«, versichert Hannafin ihm. »Ich halte mich bereit.«

Woodbine begleitet ihn höflich zum Aufzug und schickt ihn in die Tiefgarage hinunter, in der sein Auto auf einem mit

Mandant bezeichneten Platz steht. Er ist etwas überrascht – und sehr erleichtert –, dass hier niemand auf ihn wartet.

Obwohl Hannafin auswärts zu Abend essen wollte, fährt er direkt nach Hause, damit er sich bereithalten kann.

In der Küche macht er sich einen großen Scotch on the rocks. Auf seinem Weg ins Arbeitszimmer klirren die Eiswürfel, aber er schafft es, nichts von dem Getränk zu verschütten.

Am Schreibtisch sitzend, nachdem er einen großen Schluck genommen hat, verschüttet er etwas Scotch, als er das Glas abstellt, weil sein Blick auf sechs in Silber gerahmte Fotos von Sakura und ihm fällt, die dort aufgereiht sind. Einige Monate nach ihrem Tod – nach angemessener Frist – hat er ihre verdammte Kollektion von Glückliches-Paar-Fotos im Sideboard im Wohnzimmer verstaut.

Er stemmt sich hoch, hastet ins Wohnzimmer hinüber. Weitere Fotos in Silberrahmen stehen hier und dort geschmackvoll arrangiert auf Beistelltischen, auf dem Kaminsims.

Sein Revolver ist oben im Schlafzimmer, in der Schublade des Nachttischs. Er läuft zur Treppe. Macht dort halt. Sieht ins Obergeschoss hinauf.

Er ist kurz davor, ihren Namen zu rufen. *Jane Hawk?*

Aber das tut er nicht, weil er fürchtet, sie könnte antworten.

NEUNUNDZWANZIG

In einer nicht weit von Lawrence Hannafins Haus entfernten Bibliothek saß Jane Hawk an einem Computer-Arbeitsplatz und verifizierte, so gut sie konnte, was Larkin ihr über Iron Furnace, Kentucky, erzählt hatte.

Das Iron Furnace Lake Resort gehörte der Betreiberfirma Terra Firma, in dessen Portfolio sich insgesamt sechs Luxusherbergen befanden. Terra Firma gehörte wiederum dem Apoidea Trust, der in der Steueroase Grand Cayman Island residierte.

Der Gesamtwert der fünf US-Firmen, die nachweislich dem Apoidea Trust gehörten: zwei Milliarden Dollar. Sein CEO war ein Engländer namens Derek Lennox-Heywood.

Leute, die interessiert genug waren, um über solche Dinge zu spekulieren, hielten den Apoidea Trust für eine von mehreren Holdings, die David James Michaels Auslandsvermögen verwalteten. Auch wenn sich keine Geschäftsverbindung zwischen Michael und Apoidea nachweisen ließ, gab es Fotos, die D.J. mit Lennox-Heywood auf Wohltätigkeitsgalas in New York und London zeigten.

Das Landhaus auf einem zwei Hektar großen Grundstück unweit des Fünf-Sterne-Resorts, das nach Larkins Aussage D.J.s geheimer Zufluchtsort war, gehörte der Firma Apiculus LLC. Ihre Besitzerin war eine liechtensteinische Holding, über die Jane keine weiteren Angaben finden konnte.

Aus einem Impuls heraus schlug sie das Wort *Apoidea* nach. »Die Überfamilie Apoidea gehört zu den Stechimmen innerhalb der Ordnung der Hautflügler. Diese Überfamilie umfasst die Bienen und die Grabwespen«, stand in Wikipedia. Und *Apiculus* steht für eine kleine scharfe Spitze wie eine Blattspitze … oder ein Bienenstachel.

Sie war sich sicher, dass Randall Larkin in seiner Verzweiflung die Wahrheit gesagt hatte. Apoidea und Apiculus schienen das zu bestätigen.

Aus irgendeinem Grund, vielleicht aus Aberglauben, neigte David James Michael dazu, Dingen Namen zu geben, die mit dem Buchstaben A begannen. Den innersten Kreis seiner Verschwörer bezeichnete er als Arkadier. Die abscheulichen Bordelle mit jungen Frauen, die nach einer Gehirnwäsche neu programmiert worden waren, waren nach Aspasia benannt. Und nun Apoidea und Apiculus.

Larkins Aussage, D. J. halte sich jeweils bis Ende März in Iron Furnace auf, war jedoch nicht leicht zu verifizieren. Im Gegensatz zu Promis schützten Milliardäre ihre Privatsphäre. Sie ließen sich nicht leicht durch Star Spotter oder ähnliche Dienste aufspüren. Im Mai sollte D. J. Michael an einer Wohltätigkeitsgala in Miami teilnehmen, und im Juni wurde er in Bristol zu einem Symposium über Erderwärmung erwartet. Aber den Rest des Jahres konnte er behaglich in einem Sarg auf einer kühlen Schicht transsilvanischer Erde ausgestreckt ruhen, ohne dass jemand etwas davon ahnte.

Sie startete mehrere Suchanfragen, um vielleicht einen Hinweis auf frühere Aufenthalte in Iron Furnace zu finden. *Nada*.

Als Jane sich abmelden wollte, fragte sie sich, ob Bertold Shenneck, der vor Kurzem verstorbene Wissenschaftler und Arkadier und D. J.s Partner in der Firma Far Horizons, jemals in Iron Furnace gewesen war. *Bingo!* Im März des Vorjahres hatte Shenneck dort eine von der Food and Drug Administration veranstaltete viertägige Konferenz über zukünftige medizinische Anwendungen der Nanotechnologie geleitet.

Zumindest indirekt war D. J. Michael also mit Iron Furnace verbunden. Aber Jane wünschte sich, sie hätte mehr Grund zu der Annahme, der Milliardär benutze das dortige Haus wirklich als geheimen Rückzugsort.

Sie rief Google Earth auf und betrachtete die Kleinstadt und das Resort, wie sie ausgesehen hatten, als diese Aufnahmen gespeichert worden waren.

Angesichts der Tatsache, dass die FDA Shennecks Konferenz finanziert hatte, fragte sie sich, ob ein Schwenk hinüber zu dem Landhaus, das der Apiculus LLC gehörte, irgendwo Alarm auslösen würde. DJ schien in allen Sicherheitsbehörden – CIA, NSA, Homeland Security – sowie beim FBI Verbündete zu haben, die ihm vielleicht den Gefallen getan hatten, seinen Besitz auf eine Überwachungsliste zu setzen, damit jeder, der sich dafür interessierte, seinerseits überprüft wurde.

Jane zog ein Kleenex aus ihrer Jackentasche, riss ein Stück ab, befeuchtete es mit Speichel und klebte es auf die Webcam.

Erst dann folgte sie der Lakeview Road weiter und fand eine Satellitenaufnahme des Landsitzes. Aber als sie das Bild vergrößern wollte, versagte die Zoomfunktion.

Sie rief Google Street View auf, fuhr aufs Gelände des Resorts und folgte der Lake View Road nach Westen. Kurz vor dem Objekt, das der Apiculus LCC gehörte, wurde der Bildschirm grau. Die Kamera war ferngesteuert ausgelöst worden. Wäre das Objektiv nicht abgedeckt gewesen, hätte ihr Bild den grauen Bildschirm ausgefüllt, und ein Arkadier in irgendeiner Sicherheitsbehörde hätte ihr aktuelles Foto gehabt.

Jane nahm sich nicht die Zeit, sich abzumelden. Sie schaltete den Computer aus, stand auf, griff sich ihre Umhängetasche, verließ die Bibliothek und ging rasch die drei Blocks weit zu ihrem Wagen.

Für D.J. Michaels Anwesenheit in Iron Furnace gab es bisher nur Indizienbeweise. Andererseits reichten überzeugende Indizien vor Gericht für eine Verurteilung aus. Und alles schien Randall Larkins Behauptung zu untermauern, D.J. sei gegenwärtig in Kentucky anzutreffen. Damit stand ihr nächster Schritt fest.

DREISSIG

In Minnesota stand Luther Tillman in der frühen Abenddämmerung auf den Stufen hinter seinem Haus. Er war in Hemdsärmeln, trug keine Jacke und fand die kalte Luft erfrischend.

Es gab kein Nordlicht, aber die Sterne mit ihren unaufhörlich ablaufenden Kernreaktionen glitzerten in ungeheurer Menge: mehr Sterne als Sandkörner an allen Stränden der Erde, die in luftloser Stille unzählige Lichtjahre und Milliarden von

Kalenderjahren bis zu den äußersten Grenzen des Universums überspannten, wo die letzten leuchtenden Himmelskörper an der Grenze zu einer Leere standen, die der menschliche Geist sich nicht wirklich vorstellen konnte.

Angesichts dieser scheinbaren Unendlichkeit aus Sonnen und Welten und Monden und Mysterien hätte man argumentieren können, das Leben einer 41-jährigen Lehrerin, nie verheiratet, kinderlos, die in einem größtenteils ländlichen County gearbeitet hatte, zähle nicht sonderlich viel. Was wäre gewesen, wenn ihre wundervollen Storys gedruckt worden wären und sich millionenfach verkauft hätten? Wenn sie nicht mit einer grausig brutalen Gewalttat aus dem Leben geschieden wäre? Trotzdem wären ihr Leben und Wirken nur einige süße Noten einer Symphonie gewesen, die schon seit Tausenden von Jahrmillionen gespielt wurde. Beides hätte das Meer der Zeit nicht mehr beeindruckt als das Lied eines einzigen Rotkehlchens.

Wenn *jedem* Leben nur eine höchst ephemere Bedeutung zukam, die mit Unwichtigkeit gleichzusetzen war, waren *alle* Leben bedeutungslos, auch die von Präsidenten und Filmstars und County Sheriffs und ihrer Frauen und Kinder. Ebenso kam auch den Vögeln am Himmel, den Tieren auf den Weiden und in den Wäldern, den Meerestieren keine Bedeutung zu. Es gab Menschen, die nach dieser Philosophie lebten oder sich einredeten, es zu tun, aber Luther konnte weder in Wirklichkeit noch vorgetäuscht nach ihr leben.

Cora Gundersun hatte nicht nur eine schreckliche Tat verübt. Ihr war zuvor etwas Schreckliches angetan worden. Und es war wichtig, dieser Sache auf den Grund zu gehen.

Als Luther in die Küche zurückkam und anfing, den Tisch für das Abendessen zu decken, das Rebecca kochte, sagte sie: »Ich kann mir denken, was es bedeutet, wenn du eine halbe Stunde im Hemd in der Kälte stehst und auf die Sterne horchst.«

»Horchen? Hab ich irgendwas verpasst? Reden die Sterne seit Neuestem?«

Rebecca sagte: »Sie haben schon immer zu dir gesprochen.«

»Nun, wenn das stimmt, weiß ich nicht so recht, was sie heute Abend gesagt haben.«

Sie wandte sich ihm mit dem hölzernen Kochlöffel in der Hand zu und bedachte ihn mit ihrem »Ich-kenne-dich-Freundchen«-Blick. »Soll das heißen, dass du nicht gehört hast, wie sie dich aufgefordert haben, an diesen Ort, an den Iron Furnace Lake zu fahren?«

»Aber der liegt in Kentucky«, wandte er ein, während er Papierservietten faltete und neben die Teller legte.

»Du hast dir also eine Woche freigenommen, bloß um zu Hause rumzuhängen?«

»Ich kann genauso gut rumhängen wie jeder andere.«

»Nur hab ich das in sechsundzwanzig Ehejahren nie erlebt.«

»Schon möglich, aber jeder muss irgendwann anfangen.«

»In deinem Fall bestimmt erst nach deiner Rückkehr aus Iron Furnace.«

Er schüttelte lachend den Kopf. »Du bist eine Hexe, wie du meine Gedanken liest. Macht es dir große Sorgen, wenn ich hinfahre?«

Sie rührte braune Soße um. »Was habe ich über Twyla und ihr College gesagt? Großstadt, Kleinstadt, Dorf – heutzutage ist's überall gleich sicher oder unsicher. Denk nur daran, wohin du wieder heimkommen musst.«

»Wohin ich zum Glück heimkommen *kann*.«

Sie sagte: »Da hast du's.«

EINUNDDREISSIG

Jane on the road. Millionen von Autos in beiden Richtungen unterwegs, insgesamt mehr Pferdestärken als alle Pferde, die jemals gelebt hatten, die Frontscheiben der nach Norden fahrenden Autos orange von reflektiertem Sonnenlicht, das Licht im Westen nicht mehr das, was es einst war …

Trotz ihrer Schönheit ließen Sonnenuntergänge Jane regelmäßig fürchten, die bevorstehende Nacht könnte die längste von allen werden, nicht nur ein persönlicher Tod, sondern die gesamte Welt stillstehend. Diese Sorge – mehr Beunruhigung als Angst – hatte sie früher nicht gehabt. Sie fragte sich, ob sie allein beunruhigt war oder heutzutage auch andere Leute diese Sorge empfanden, und hatte den Verdacht, alle kennten dieses Gefühl, auch wenn sie's vielleicht nicht zugaben.

Bald nach Einbruch der Dunkelheit würde sie mit ihrem Sohn zusammentreffen. Falls alle Entwicklungen auf der Erde, die ungezählte Jahrhunderte gebraucht hatten, sich tatsächlich bald in nichts auflösen und spurlos verschwinden würden, wünschte sie sich nur, in der Stunde des endgültigen Untergangs Travis in den Armen halten zu dürfen, um ihn ihrer Liebe zu versichern und den Namen seines Vaters auszusprechen.

ZWEIUNDDREISSIG

In einem luxuriösen Nest hoch über dem Wilshire Boulevard, dessen bodentiefe Fenster einen herrlichen Blick auf den brennenden Himmel über einer Stadt gestatten, die sich den Freuden nach Büroschluss hingibt …

Obwohl Jason Alan Drucklow im Augenblick nicht für die Freiwilligen für ein besseres Morgen tätig ist, kann er der

Versuchung nicht widerstehen, die Hintertür zu den gewaltigen Datenschätzen der NSA zu benutzen, um seine Neugier in Bezug auf Jane Hawk zu befriedigen. Er will wissen, was sich in der verlassenen Fabrik ereignet hat, aber auch, was sie sonst noch angestellt hat, worüber Marshall Ackerman und seine vielen Kontaktpersonen sich in zahlreichen verschlüsselten Textnachrichten ausgetauscht haben. Sie fasziniert Jason, nicht wie Cammy ihn fasziniert – kein Grund zur Sorge für die schöne Miss Newton –, sondern wie das Schicksal ihn fasziniert, wie die Möglichkeit intelligenten Lebens irgendwo im Universum ihn fasziniert.

Hawkwoman, wie die beiden sie jetzt untereinander nennen, interessiert Cammy nicht weniger als Jason. Während er bruchstückhafte Informationen darüber entdeckt, was sie gemacht hat, teilt er alle Erkenntnisse mit seiner Vertrauten.

Tatsächlich vergleicht Cammy Hawkwoman als Erste mit einem dieser Computerviren, die ihre digitale Signatur bei jeder Vervielfältigung verändern, sodass die meisten Virenschutzprogramme sie nicht entdecken können. Während sie in der herabsinkenden Abenddämmerung zwei Gläser Cabernet Sauvignon von Caymus einschenkt, sagt sie: »Wow! Sie ist wie ein polymorphes Virus, was?«

Das ernüchtert Jason schlagartig, bevor er einen Schluck Wein getrunken hat. »Polymorphes Virus? Nö, lieber nicht! Möchte diesen angenehmen Job noch lange behalten.«

TEIL DREI

ROAD TRIP

EINS

Wenige Minuten nach Janes Ankunft in dem Haus im ländlichen Orange County – bei beginnender Abenddämmerung, bevor der Mond am östlichen Horizont aufging –, nahm Travis sie in den Stall hinter dem Haus mit. Frisch gefallenes Laub der Lebenseichen knirschte unter ihren Füßen.

»Exmoor-Ponys stammen aus England, weißt du«, erklärte der Junge ihr aufgeregt. »Meines ist hier geboren. Aber sie sind aus England. Ponys hat es dort schon ungefähr zehntausend Jahre vor den Menschen gegeben. Zur selben Zeit wie gefährliche Säbelzahntiger und diese riesigen alten Mastodonten. Die Tiger und Mastodonten sind längst ausgestorben, aber nicht die Ponys. Exmoors sind für die Ewigkeit.«

Die über dem Mittelgang hängenden Lampen warfen gelbliches Licht auf den Lehmboden mit von Hufen eingetretenen Strohhalmen. Weiche Schatten füllten die Ecken und einige leere Boxen aus.

Bella und Sampson standen in ihren Boxen nebeneinander, streckten die Köpfe über die niedrigen Türen und schnaubten zur Begrüßung, während ihre Schweife raschelnd an die Seitenbretter schlugen.

Jane und Travis würden den Hengst und die Stute besuchen, aber nicht bevor er ihr die Überlebende der Säbelzahntiger vorgestellt hatte, die gegenüber den beiden Pferden in ihrer Box mit niedrigerer Tür wartete. Sie war eine falbe Stute mit dunkelbrauner Mähne und großen ausdrucksvollen Augen, aus denen wache Intelligenz sprach.

»Ist sie nicht echt schön?«, fragte Travis.

»Das ist sie wirklich.«

»Sie heißt Hannah. Wir haben sie erst letzten Dienstag bekommen.«

Hannah hatte einen trockenen, geraden Kopf, einen gut bemuskelten Hals und eine breite Brust. Obwohl das ausgewachsene Pony nur ein Stockmaß von knapp einem Meter fünfzig hatte, schien es für den Jungen zu groß zu sein.

Obgleich Jane wusste, dass ihre Besorgnis übertrieben, vielleicht sogar überflüssig war, fragte sie: »Gehst du vorsichtig mit ihr um?«

»Ja, klar. Sie ist echt sanft.«

»Sie ist stark, und sie kann ausschlagen.«

»Bei mir tut sie das nie.«

»Versprichst du mir, nie ohne Helm zu reiten?«

»Ok. Ich kann schon allein aufsitzen, Mom. Reiten kann ich auch schon ziemlich gut. Wir reiten nie schnell. Gavin ist immer dabei, ich reite nie allein aus.«

»Wenn's um Pferde geht, musst du immer tun, was Gavin dir sagt.«

»Klar doch, das tue ich.«

Sie legte ihrem Jungen einen Arm um die Schultern, zog ihn an sich und ermahnte sich, nicht als ständig nörgelnde Mom zu erscheinen. »Ich bin stolz auf dich, Cowboy.«

»Wann hat Daddy reiten gelernt, Mom?«

»Auf einer Ranch in Texas. Da war er vermutlich in deinem Alter.«

»Er ist Rodeos geritten.«

»Ja, das stimmt. Bevor er zu den Marines gegangen ist.«

»Können wir später auch mal nach Texas reisen?«

»Du warst schon mal dort – mit nur drei Jahren.«

»Irgendwie weiß ich das noch, aber dann doch nicht.«

»Wenn dies alles vorbei ist, fahren wir wieder hin. Deine Großeltern sind wunderbare Leute.«

»Du musst mir morgen beim Reiten zusehen.«

»Ich muss früh weiterfahren, aber das möchte ich unbedingt noch sehen. Das will ich nicht verpassen.«

Er hatte zwei geviertelte Äpfel in einem großen Pappbecher mitgebracht. Zwei Stücke bekam Hannah, die sie von seiner flachen Hand aufnahm. Wegen der sehr beweglichen Oberlippe dieser Ponys ging das so schnell, dass das Auge kaum folgen konnte.

»Dad fehlt mir«, sagte Travis leise.

»Mir fehlt er auch. Sehr.«

»Ich wollte, er wäre hier und könnte mich reiten sehen.«

»Er sieht dich, Travis. Du siehst ihn nicht mehr, aber er sieht dich jeden Tag und ist stolz auf dich.«

ZWEI

An Gavin und Jessica Washingtons Küchentisch bestand jedes Abendessen zu gleichen Teilen aus Unterhaltung und Essen. Für sein Alter war Travis engagiert und gewinnend, zugleich gut erzogen, der Stolz seiner Mutter.

Die Themen der Tischgespräche reichten von den Ereignissen des Tages bis zu Büchern, Musik, Pferden und Hot Rods. Gavin war eben mit einem 1948er Ford, ein apfelgrüner Pick-up, fertig geworden, den er getunt und neu aufgebaut hatte, und erzählte von seinem nächsten Projekt. Nicht erwähnt wurden Fahndungsaufrufe oder Fernsehberichte über eine ehemalige FBI-Agentin auf der Flucht.

Jane hatte Travis nie erzählt, dass sein Vater Selbstmord verübt hatte. Stattdessen hatte sie ihrer Überzeugung folgend gesagt, er sei ermordet worden, was für ein Kind entsetzlich schwer zu begreifen und zu verarbeiten war.

Der Junge glaubte, seine Mutter sei weiterhin beim FBI und gehöre zu dem Team, das nach dem Mörder fahndete. Das war natürlich gelogen, aber diese Lüge hatte den Vorzug, eigentlich wahr sein zu sollen: In einer weniger korrupten Welt als dieser *wäre sie die Wahrheit gewesen.*

Wie gewöhnlich stand Jessica vom Tisch auf, wenn noch irgendwas gebraucht wurde, weil sie nichts delegieren wollte.

Sie hatte nichts dagegen, über ihr rabenschwarzes Haar, den Teint einer Cherokee und ihre aparte Schönheit definiert zu werden, aber sie weigerte sich strikt, über die Tatsache definiert zu werden, dass eine für bewaffnete Soldaten bestimmte Sprengfalle in Afghanistan ihr als Nonkombattantin beide Beine unterhalb der Knie abgerissen hatte. Ihre Prothesen endeten mit gefederten Schaufeln, die sie nicht im Geringsten zu behindern schienen. Sie bewegte sich elegant durch die Küche und wich den Hunden Duke und Queenie aus, die immer genau dort lagen, wo sie die unbequemsten Hindernisse darstellten.

Jess trug seit neun Jahren Prothesen und war seit acht Jahren mit Gavin verheiratet, dessen offenkundige Liebe zu ihr zu den Gründen gehörte, aus denen Jane glaubte, Travis unbesorgt bei ihnen lassen zu können. Die Washingtons waren kinderlos, aber Gavin ging mit dem Jungen um wie ein guter Vater, interessierte sich wirklich für ihn, fragte ihn aus und brachte ihn zum Lachen.

Unabhängig davon, was Jane zustieß, würde ihr Sohn in den kommenden Wochen hier sicher sein und liebevoll behandelt werden. Ihre Dankbarkeit für solche Freunde überstieg ihre Fähigkeit, sie in Worte zu fassen. Trotzdem spannten in einem dunklen Winkel ihres Herzens unvernünftige Ressentiments ihr Netz, und sie war Selbstmitleid gefährlich nahe, als ihr eine Tatsache bewusst wurde: Starb sie für ihren Sohn, verlor sie ihn ebenso sicher, wie sie ihn verloren hätte, wenn sie nie für ihn gekämpft hätte.

DREI

Travis war seit eineinhalb Stunden im Bett, als Jane nach ihrem Gespräch mit Gavin und Jessica in sein Zimmer zurückkam. Im schwachen Schein des Nachtlichts lag Travis mit einer Faust am Mund auf der Seite, als habe ihn der Schlaf übermannt, während er sich auf einen Fingerknöchel biss, um wach zu bleiben.

Wie zuvor bei ihren seltenen Besuchen machte sie es sich in eine Wolldecke gewickelt in einem Sessel bequem, um über ihn zu wachen. Sie schlief unruhig, aber bei jedem Erwachen war sein Anblick ein Gegengift zu dem Gift ihrer Träume.

Als sie wieder wegdämmerte, fragte sie sich, ob sie Gefahr lief – falls sie entgegen aller Wahrscheinlichkeit über David James Michael und seine Bruderschaft aus elitären Soziopathen triumphierte –, durch ihren Kampf so skrupellos zu werden, dass sie jegliche Menschlichkeit einbüßte und zuletzt außerstande war, die Mutter eines so vollkommen unschuldigen Kindes zu sein.

Im Traum stand sie in einem Gerichtssaal vor Geschworenen, die ihr Gesichter glatt wie Eierschalen zuwandten, und wurde wegen Vernachlässigung ihres Sohns schuldig gesprochen. Sie flüchtete, als der Richter sie zu einer Gehirnwäsche verurteilte, durch die sie jegliche Erinnerung an Travis' Existenz verlieren würde. Aber jede Tür, durch die sie entkam, führte in denselben Gerichtssaal, zu denselben gesichtslosen Geschworenen, demselben Richter und demselben grausamen Urteil.

VIER

Dies war gutes Abschiedswetter: Von dem bewölkten Himmel kam undefinierbares graues Licht, das keine Schatten warf, als fehlten dem Haus und dem Stall und den Lebenseichen, unter denen sie standen, die Kraft, ihre Umrisse auf den Boden zu zeichnen, als sei dieser Morgen nur ein weiteres Traumbild in einer von ewigem Schlaf geprägten Existenz.

Neben Jessica stehend beobachtete Jane, wie ihr süßer Junge aufsaß und die Zügel des Exmoor-Ponys Hannah ergriff. Dabei wirkte er vorübergehend ungelenk, aber dann saß er sicher im Sattel – durch seinen Helm gegen Stürze und Säbelzahntiger gefeit. Er winkte, und Jane winkte, und er trabte mit Gavin auf Samson davon: quer über den Reitplatz und durchs offene Tor des weißen Plankenzauns auf einen der Reitwege hinaus, die sich durch die mit Chaparral bewachsenen Hügel schlängelten, die jetzt nach der Regenzeit grüner als in der übrigen Zeit des Jahres waren.

Die Schäferhunde begleiteten die Reiter bis zum Tor. Aber sie wussten, wie weit sie sich vom Haus entfernen durften; sie kamen zurück und saßen bei den Frauen unter den schattenlosen Bäumen. Ihre Schwänze wischten zwei fächerförmige Flächen frei, die sonst mit frisch abgefallenen ovalen Eichenblättern bedeckt gewesen wären.

»Was nun?«, fragte Jess, die noch immer den kleiner werdenden Gestalten nachsah.

»Besser, wenn du's nicht weißt.«

»Sehen wir uns in ein, zwei Wochen wieder?«

»Vermutlich nicht.«

»Brauchst du Geld?«

»Nein.«

»Wir haben die dreißigtausend bekommen, die du letzte Woche geschickt hast, und zu dem anderen Geld gelegt.«

»Die habe ich einem Mann mit extremen Begierden abgenommen. Er mochte total unterwürfige Frauen, die keinen Ungehorsam kennen. Als er mich mit einer Pistole bedroht hat, war ich weniger unterwürfig, als er sich gewünscht hätte.«

»Du brauchst mir nichts zu erklären. Wir wissen, dass du nicht als Bankräuberin unterwegs bist.«

»Ich wünschte, es wäre so einfach!«

Mann und Hengst, Junge und Pony erreichten einen Hügelkamm und machten darauf halt – wie auf einem Standfoto aus einem Western in der Tradition von *Shane*, aus einem Zeitalter der Hoffnung, als Ehrgefühl und die Gewissheit, das Recht werde immer siegen, Allgemeingut waren. Dann lockte das sanft abfallende Land hinter dem Hügel, in das Mann und Junge hinabritten, als wollten sie über die Berge bis ins ferne Eldorado ziehen.

FÜNF

Auf der Interstate 15 nach Norden, nach Barstow, in die echte Wüste mit Sand und urzeitlichen Felsen und Josuabäumen, die wie spitze Totempfähle irgendeiner ausgestorbenen menschenähnlichen Rasse aussahen, dann auf der Interstate 40 nach Osten, wo die Küstenwolken allmählich zu einem blauen Himmel ausfransten und die Luft so klar war, dass die Samstagssonne weiß statt gelb leuchtete …

Nach Iron Furnace, Kentucky, war es eine weite Fahrt, aber die für Überwachungskameras auf Bahnhöfen und Flughäfen eingesetzte Gesichtserkennungs-Software machte schnelleres Reisen gefährlich. Weil ihr eigenes Haar jetzt kurz war, trug Jane eine lange rotbraune Perücke, Kontaktlinsen, die ihre blauen Augen in grüne verwandelten, und Make-up, das sie eigentlich nicht brauchte. Software zur Gesichtserkennung würde sich dadurch jedoch nicht täuschen lassen und sie durch die einzigartigen Maße, Formen und Beziehungen ihrer Gesichtszüge zueinander identifizieren. In der Luft oder auf Schienen lief sie Gefahr, spätestens bei der Ankunft verhaftet zu werden.

Jessica hatte ihr eine Thermoskanne schwarzen Kaffee und mit Frucht und Honig gesüßte Müsliriegel mitgegeben, damit sie die langen Meilen mit einem Koffein-und Zucker-Hoch zurücklegen konnte. Ein Radardetektor und Laserblender sorgten für die angemessene Geschwindigkeit bei Radarfallen.

Um Flagstaff, Arizona, in neun Stunden zu erreichen, fuhr sie durch die kalifornische Mojave-Wüste, vorbei am Pisgah Crater, durch die Billion Mountains, durch hundertfünfzig Meilen Ödland bis zum Colorado River. Indem sie sich auf ihren Autoatlas verließ, erreichte sie Arizona zwischen fernen Inselbergen und von Wind geglättetem Sandstein, fuhr durch eine Landschaft mit Salbei und Agaven weiter und machte in Kingman eine Tank- und Pinkelpause.

Ohne Musik hätte sie das nicht geschafft. Um bei guter Laune zu bleiben: Benny Goodman, Artie Shaw und der weniger bekannte Teddy Wilson, der beste Jazzpianist der Big-Band-Periode. Je weiter ihr Sohn in ihrem Kielwasser zurückblieb, desto weniger konnte Tanzmusik ihre Stimmung heben. Dieses trockene Ödland, das von zehntausend Jahren Extremwetter mit vulkanischen und tektonischen Exzessen kündete, verlangte nach Bob Dylan in den frühen und mittleren Jahren seiner Karriere.

Nachdem sie durch den Wechsel von Pacific Time zu Mountain Time eine Stunde gewonnen hatte, erreichte sie Flagstaff genau nach Plan um 16:05 Uhr.

Neun Stunden waren eine lange Fahrt, aber jeder Trip quer durchs Land begann am besten mit einem Marathon am ersten Tag, an dem der Fahrer noch nicht recht begriff, auf welches Abenteuer er sich eingelassen hatte. Sie hatte vor, noch die 325 Meilen bis Albuquerque zu schaffen, um dort zu übernachten, oder wenigstens die 187 Meilen bis Gallup.

Der Mensch denkt, Gott lenkt, hieß es sprichwörtlich, aber was als Nächstes passierte, war nicht das Werk Gottes.

Obwohl sie den Kaffee in der Thermoskanne ausgetrunken und sich in Kingman einen weiteren bestellt hatte, hatte sie nur einen der Müsliriegel gegessen. Sie machte sich nicht viel aus Zucker, aber sie gierte nach Protein.

Sie bog in eine Raststätte von der Größe einer Kleinstadt ab, tankte voll, parkte und ging zu einem frühen Abendessen ins Restaurant.

Leute, die sich ihre Brötchen auf der Interstate verdienten, aßen nicht alle zur gleichen Zeit, aber 16:15 Uhr war selbst bei denen, die ihren Tag nach Meilen statt Minuten einteilten, sehr früh fürs Abendessen. Weil sich in dem großen Lokal für ungefähr zweihundert Personen kaum dreißig Gäste verloren, setzte Jane sich nicht auf einen Barhocker an der Theke, sondern nahm am Fenster Platz, vor dem Sattelschlepper vorbeifuhren, um zu tanken.

Die Bedienung brachte eine Speisekarte und gute Laune mit. Sie nahm die Bestellung für ein Glas Milch auf, mit dem Jane eine Tablette gegen Übersäuerung hinunterspülen wollte, und versicherte ihr: »Kommt sofort!«

Weil Jane merkte, dass drei Kerle an einem Tisch im rückwärtigen Teil des Raums sie beobachteten, sah sie mehrmals über den Rand der Speisekarte hinweg und versuchte zu erkennen, was sie interessierte.

Sie tranken Bier, Corona mit Limone, und teilten sich Nachos und mit Käse überbackene Fritten. Alle drei Ende zwanzig, Cowboystiefel oder Arbeitsstiefel. Einer trug schwarze Jeans, stonewashed, die anderen gewöhnliche Jeans. Der Kerl mit dem Ohrring hatte einen glatt rasierten Schädel. Sein Nachbar hatte eine Frisur wie Kim Jong-Un und ein briefmarkengroßes Bärtchen zwischen Kinn und Unterlippe. Der Dritte wirkte frisch gewaschen und trug eine Retrofrisur mit Haartolle, die besser ins Fernsehen der Fünfzigerjahre als in die Gegenwart gepasst hätte, als finde er es manchmal vorteilhaft, wie ein Chorknabe auszusehen.

Was sie untereinander sagten, war nicht zu verstehen. Aber sie lachten viel, und ihr Lachen hatte eine spöttische Note, war fast ein verächtliches Wiehern, vor allem wenn sie zu Jane hinübersahen. Trotzdem kein Grund zur Sorge. Sie stellten keine Verbindung zwischen ihr und den Fahndungsaufrufen im Fernsehen her. Ihr Interesse war rein sexuell und konnte nur mit der Enttäuschung enden, mit der sie sicher bestens vertraut waren.

Sehr wahrscheinlich nur drei Kerle, die ihren Samstagabend früh begannen und auf irgendwelche Action hofften, die später aus Videospielen bestehen würde.

Als die Bedienung ihre Milch brachte, bestellte Jane zwei Hauptgerichte: ein 250-Gramm-Steak und ein Brathuhn auf demselben Teller – ohne Kartoffeln, aber mit einer doppelten Portion Gemüse.

»Sie sehen nicht aus wie jemand, der das alles verdrücken kann, Schätzchen«, sagte die Bedienung.

»Wollen wir wetten?«

Nachdem sie die Tablette gegen Übersäuerung mit einem großen Schluck Milch eingenommen hatte, beobachtete sie unauffällig die drei Kerle. Der Glatzkopf telefonierte mit seinem Smartphone, ohne sie dabei eine Sekunde aus den Augen zu lassen. Als er merkte, dass er vielleicht beobachtet wurde, konzentrierte er sich sofort auf das vor ihm stehende Bier. Er telefonierte ungefähr eine halbe Minute lang, dann beendete er das Gespräch und nahm einen Schluck aus der Flasche.

Vielleicht hatte er ihretwegen telefoniert. Wahrscheinlich aber nicht. Sie hatte ihr Aussehen zu sehr verändert, um so leicht identifiziert werden zu können. Paranoia konnte lebensrettend sein. Sie konnte aber auch Unvernunft und tödliche Panik erzeugen. Er war nur ein Kerl, der telefonierte.

Die Bedienung servierte ihr Essen. »Ich wette, dass Sie wie ich auf einer Farm aufgewachsen sind.«

»Das haben schon viele gesagt.«

Heutzutage handhabte sie Messer und Gabel mit roboterhafter Präzision und schlang jedes Essen wie eine Henkersmahlzeit in sich hinein, weil sie entschlossen war, nichts mehr auf dem Teller zu haben, wenn ihre Zeit ablief.

Während Jane aß, beobachtete sie weiter heimlich die drei Männer, die sich nicht nur für sie interessierten. Sie begutachteten auch ein Paar an einem anderen Tisch – oder vielmehr die füllige Brünette, die eine Hälfte des Paars bildete.

An einem weiteren Tisch saßen zwei Frauen mit zwei Mädchen. Die ältere Frau war Anfang fünfzig, die jüngere ungefähr dreißig, beide attraktiv und einander so ähnlich, dass sie Mutter und Tochter sein mussten. Die Schwestern schienen neun und elf Jahre alt zu sein: ein lebhaftes, aber wohlerzogenes Paar.

Das Lachen der Männer schien leiser, zurückhaltender, etwas nervöser und mit einer dunkleren Note angereichert zu sein, wenn ihre Aufmerksamkeit der vierköpfigen Familie galt. Sie beugten sich über den Tisch, um ihre Kommentare auszutauschen, und schienen dabei noch leiser zu sprechen als zuvor über Jane.

Außer solchen kleinen, vielleicht bedeutungslosen Signalen, die auf böse Absichten hinzudeuten schienen, gab es keinen erkennbaren Grund für den Stromstoß, der ihr Rückenmark von unten bis oben durchlief. Unter bestimmten Umständen sprach ihre Intuition durch diese kurze Erschütterung der Rückenmarksflüssigkeit mit ihr: *Du vertrittst Recht und Gesetz. Kümmere dich um diese Sache, die den Stempel des Bösen trägt.*

Jane passte ihr Esstempo dem Rhythmus der Szene an, die zwischen den drei Männern zu spielen schien, die sich jetzt ausschließlich auf Großmutter, Mutter und die beiden kleinen Mädchen konzentrierten.

Den Zielpersonen – falls sie das waren – war offenbar nicht bewusst, dass sie scharf beobachtet wurden. In einer Zeit, in der die Erdbevölkerung rasch in nur zwei Kategorien zerfiel, Raubtiere und Beutetiere, war es bemerkenswert, wie ahnungslos die Gazellen die Leoparden rings um sie herum ignorieren konnten.

Die vierköpfige Familie bestellte Nachspeisen, und als sie kamen, hörten die wachsamen Männer zu reden auf. Sie tranken rasch ihre letzte Runde Bier aus, ließen ein kümmerliches Trinkgeld auf dem Tisch liegen und gingen zur Kasse, um zu zahlen, als sei ihnen gleichzeitig irgendetwas eingefallen, das dringend erledigt werden musste.

Jane wandte sich dem Fenster zu.

Die drei erschienen auf dem Parkplatz und gingen zu einem kantigen alten Jeep Cherokee. Kein Chrom, matter Lack. Sie sprachen neben dem Wagen stehend miteinander, und jemand, der in dem Jeep saß, ließ das Beifahrerfenster herunter, um sich zu beteiligen. Jane konnte nicht sehen, wer das Fenster öffnete und wieder schloss. Die drei Männer stiegen ein und knallten die Türen zu, sodass sich hinter den getönten Scheiben jetzt mindestens vier Personen berieten.

Jemand ließ den Motor des Cherokees an, aber das SUV bewegte sich nicht von der Stelle.

Jane verlangte die Rechnung. Als sie kam, gab sie der Bedienung dreißig Prozent Trinkgeld und sagte: »Wenn Sie nichts dagegen haben, bleibe ich noch ein paar Minuten sitzen, um zu verdauen.«

»Schätzchen, von mir aus können Sie hier ein Nickerchen machen, wenn Sie wollen.«

Als die beiden Frauen und die Mädchen ihre Rechnung bekamen, wartete der Jeep noch immer draußen.

Jane postierte sich in dem kleinen Empfangsbereich zwischen Kasse und Ausgang.

Die ältere Frau erschien als Erste, hielt der Kassiererin ihre Kreditkarte hin. Ihre Tochter und ihre Enkelinnen kamen dazu, als sie die Zahlung abschloss und die Plastikkarte wieder einsteckte.

Als die vier zum Ausgang strebten, versperrte Jane ihnen den Weg. »Entschuldigung, aber sind Ihnen die drei Männer aufgefallen, die Bier getrunken haben?«

Die ältere Frau blinzelte sie an. »Sorry … was?«

»Sie fahren ein SUV. Jetzt warten sie draußen. Ich glaube, es wäre gut, wenn ich Sie zu Ihrem Wagen begleiten würde.«

Die Großmutter sah ihre Tochter an. »Hast du sie gesehen, Sandra?«

Die Mutter runzelte die Stirn. »Ich habe sie gesehen, aber was ist schon dabei? Sie haben nur ein paar Biere getrunken.«

»Sie haben Sie beobachtet«, sagte Jane.

»Davon habe ich nichts gemerkt. Und was heißt das schon – *beobachtet*? Sie waren übermütig, haben ein bisschen rumgealbert, das war alles.«

»Sie haben Sie beobachtet«, wiederholte Jane nachdrücklich. »Und mit ihnen stimmt irgendwas nicht.«

»Was soll nicht stimmen?«

»Sie sind üble Kerle. Gauner auf der Pirsch.«

»Wirklich?«

»Ich kenne diesen Typ.«

Jane merkte zu spät, dass Sandra indigniert war, dass ihre Augen von moralischer Verachtung blitzten. »Diesen *Typ*? Sie meinen Mexikaner?«

»Darum geht's hier nicht.«

»Wirklich nicht?«, fragte Sandra, als würde sie die Antwort bereits kennen.

»Einer von ihnen könnte Mexikaner sein«, sagte Jane. »Bei dem zweiten Mann bin ich mir nicht sicher. Der Dritte ist so weiß wie Richie Cunningham. In dieser Crew herrscht Chancengleichheit.«

»Holly, Lauren.« Sandra zog ihre Mädchen an sich, als stehe die Gefahr vor ihnen, statt draußen zu drohen. Jane fragte sie: »Was soll dieser Richie-Scheiß bedeuten?«

»Happy Days«, warf die Großmutter ein, die sich über ihre Trivialkenntnisse freute. »Ron Howard hat Richie Cunningham gespielt.«

»Aber welche schlimme Bedeutung steckt wirklich dahinter?«, fragte Sandra sich.

Jane wagte nicht, sich als FBI-Agentin auszugeben, weil sie das an einen Fahndungsaufruf im Fernsehen hätte erinnern können. Außerdem würde die Behauptung, sie besitze Autorität, unweigerlich dazu führen, dass sie ihre Dienstmarke vorweisen müsste.

»Hören Sie, es kostet Sie nichts, sich von mir begleiten zu lassen. Sie müssen auch an Ihre Mädchen denken.«

Sandra sprach lauter, sodass die Kassiererin zu ihnen hinübersah. »Und was würden Sie machen, wenn diese Männer gefährlich wären – sie beschimpfen?«

»Ich darf eine Waffe tragen.« Wider besseres Wissen zog Jane kurz ihren Blazer auf und ließ die Pistole im Schulterholster sehen.

»Das ist schlimm, ganz schlimm«, sagte die Großmutter. »Sie können nicht einfach Mexikaner erschießen, nur weil sie Bier trinken.«

»Bleiben Sie damit weg«, sagte Sandra, als sei die Waffe eine kritische Masse Plutonium. »Mädchen, wir gehen.«

Als die Kassiererin Anstalten machte, ihren Platz zu verlassen, gab Jane nach.

Während Sandra Holly und Lauren zum Ausgang schob, riet ihre Mutter Jane: »Junge Lady, vielleicht brauchen Sie

Hilfe. Es gibt gute Therapeuten, die Ihnen helfen können. Hass ist keine Antwort auf alles.«

Die Kassiererin fragte: »Irgendwas nicht in Ordnung?«

»Ein kleines Missverständnis«, versicherte Jane ihr, als sie den Frauen und Kindern in die kühle klare Luft, das weiße Sonnenlicht und die nach Osten ausgreifenden Schatten dieses Spätnachmittags in Flagstaff hinausfolgte.

Sandra joggte mit den Mädchen zu dem für größere Pkw reservierten Teil des Parkplatzes. Die Großmutter hastete hinter ihnen her und sah sich mehrmals um, als könnte Jane ihr auf den Fersen sein – jetzt in einen Höllenhund mit schwefligem Atem verwandelt. Gleich das erste Wohnmobil gehörte ihnen, und sie stiegen alle vier rechts ein.

Der kantige Jeep Cherokee verließ den Parkplatz, rollte in Richtung Ausfahrt, hielt aber wieder an und wartete auf einer schraffierten Fläche.

Wäre Jane nicht die meistgesuchte Verbrecherin Amerikas gewesen, hätte sie tatsächlich Autorität besessen, und wären nicht mindestens vier möglicherweise bewaffnete Personen in dem SUV gewesen, hätte sie auf ihre Intuition vertraut und ihre Karriere aufs Spiel gesetzt. Sie wäre die fünfzig oder sechzig Meter zu dem verdammten alten Jeep gerannt und hätte den Fahrer herausgezerrt, nach Waffen abgetastet und festgenommen. Aber das war immer ein Vabanquespiel, das wenig mit den Realitäten des Hier und Jetzt zu tun hatte.

Das Wohnmobil kam auf Jane zu: Großmutter auf dem Beifahrersitz, Sandra am Steuer sichtbar, ihr Kinn in einer Geste moralischen Triumphs vorgereckt, als fahre sie einen Revival-Bus auf einem landesweiten Kreuzzug für Jesus und habe soeben einer dämonischen Versuchung widerstanden. Sie fuhr vorbei, bog vom Restaurant weg nach Süden ab und hielt auf die Ausfahrt zu.

Jane rannte zu ihrem Ford Escape, riss die Fahrertür auf, sah dabei nach Süden und beobachtete, wie das Wohnmobil die Ausfahrt zur Interstate 40 nach Osten nahm. Als das große Wohnmobil am Ende des langen Gefälles auf die Interstate einfuhr, folgte der Jeep Cherokee ihm in diskretem Abstand.

»›Aber welche schlimme Bedeutung steckt wirklich dahinter?‹«, fauchte Jane, als sie einstieg und ihre Tür zuknallte. »Scheiße, Scheiße, dreimal Scheiße!«

Sie drehte den Zündschlüssel, aber der Motor sprang nicht an.

SIEBEN

Welches Auto Jane fuhr, konnten sie nur wissen, wenn der in dem Jeep zurückgebliebene vierte Mann sie ankommen gesehen hatte. Sie erinnerte sich jetzt, dass sie beim Aussteigen rasch in ihre Jacke gegriffen hatte, um das Schulterholster zurechtzurücken. Niemand konnte die Pistole gesehen haben, aber wer solche Holster kannte – wie der in dem Cherokee Sitzende –, würde erraten haben, was sie tat.

Als die drei Männer sie als mögliches Entführungsopfer begutachtet hatten, hatten sie einen Cop – oder auch nur Kompetenz und Gewieftheit – ebenso deutlich gewittert, wie sie ihre kriminellen Absichten entdeckt hatte. Raststätten, Museen und andere öffentliche Orte waren die Felder und Wälder einer anderen Wildnis, in der Zweibeiner ihresgleichen auflauerten, wobei jedes Verbrechen ein symbolischer Akt des Kannibalismus war, der einen tief verborgenen – jedoch nicht toten – primitiven Aspekt des menschlichen Charakters ansprach, der seit grauer Vorzeit verschüttet war, aber noch von Generation zu Generation weitergegeben wurde. Die Frauen und Mädchen hinterließen unwissentlich eine Fährte von Beutetieren, die Männer in dem Cherokee eine Fährte von blutrünstigen Raubtieren, und obwohl Jane beide an ihren Fährten erkannte, kannten nur die Räuber sie.

Sie stieg aus dem Escape, öffnete die Motorhaube. Die Kerle hatten sich nicht die Zeit genommen, den Wagen so gründlich zu sabotieren, dass sie ihn nicht wieder selbst zum Laufen bringen konnte.

Durchs Restaurantfenster würden sie gesehen haben, wie sie von ihrem Tisch aufstand. Auch wenn sie vermuteten, sie werde versuchen, die Mutter der Mädchen zu warnen, hatten sie nicht wissen können, wie lange sie das aufhalten würde. Auf keinen Fall durften sie sich erwischen lassen; hätte Jane gesehen, wie sie den Ford sabotierten, wäre ihr Verdacht bestätigt gewesen.

Sie hatten anscheinend kein scharfes Messer gehabt. Oder falls sie eines gehabt hatten, waren sie nicht auf die Idee gekommen, die Keilriemen durchzuschneiden.

Die Zündkabel waren von den Zündkerzen abgezogen. Auch vier Kerzen waren herausgeschraubt und achtlos verteilt worden. Eine lag neben dem Öleinfüllstutzen. Eine andere war zwischen Keilriemen und Schwungrad eingeklemmt. Sie brauchte zu lange, um die dritte Kerze in einer Nische zwischen Anlasser und Ölwanne zu finden. Und die vierte Kerze entdeckte Jane erst, als sie unter den Wagen sah: Sie war am Motorblock vorbei auf den Asphalt gefallen.

Als sie die Zündkerzen wieder hineingeschraubt hatte und dabei war, die Zündkabel aufzustecken, erschien ein großer Mann mit Cowboyhut neben ihr. »Kann ich Ihnen helfen, kleine Lady?«

Mit weißem Haar, weißem Schnauzer und von Wind und Wetter gegerbtem Gesicht war er vermutlich ein Trucker, Ende fünfzig, Anfang sechzig, alt genug, um zu wissen, was Ritterlichkeit bedeutete – und sie noch für wichtig zu halten. Er wollte nur helfen. Jane fand, die Welt brauche mehr solcher Männer, deshalb wimmelte sie ihn nicht mit knappen Worten oder einem Kopfschütteln ab.

»Danke, aber ich bin gerade fertig. Ein paar freche Teens haben mir aus Spaß die Zündkabel abgezogen. Sie dachten vermutlich, ich könnte mir nicht selbst helfen und müsste hier auf den Pannendienst warten.«

Der Trucker nickte ernst. »Ich wette, dass Sie nicht mehr getan haben, als sie scharf anzusehen. Heutzutage ist jeder bei der geringsten Kleinigkeit beleidigt. Sieht so aus, als wären Sie mit Motoren aufgewachsen.«

»Das bin ich nicht, aber ich habe einiges gelernt.«

Sie trat einen Schritt zurück, weil sie fertig war, und der Trucker schloss die Motorhaube. »Ich bleibe noch da, um zu sehen, ob er anspringt.«

»Nett von Ihnen.«

Der Motor sprang beim ersten Versuch an.

Als Jane ihr Fenster herunterfuhr, um sich zu bedanken, legte der Trucker eine Pranke auf den Fensterrahmen und beugte sich halb in den Wagen. »Ich fahre seit dreißig Jahren Gefahrengut, aber mir ist noch nie was passiert.«

Sie musste weiter, musste das Wohnmobil einholen, aber seine melancholische Freundlichkeit hielt sie fest.

»Mein Junge, ein Marine, hatte einen einfachen Auftrag: Er sollte für das Außenministerium etwas im Ausland bewachen. War aber doch nicht so einfach. Er ist mit vierundzwanzig gestorben. Seither sind sechs Jahre voller Lügen über das Wie, Was und Warum vergangen – weil die cleveren Leute sich abgesichert haben.«

Er öffnete die Hand auf dem Fensterrahmen, hielt Jane zwischen Zeige- und Mittelfinger seine Karte hin. »Das ist unsere Adresse, meine und die meiner Frau. Auch unsere Telefonnummer. Dort würde Sie niemand finden.«

Sie griff sprachlos nach der Karte. Der Trucker hieß Foster Oswald.

»Ich hab mitgekriegt, wie Sie die Ladys gewarnt haben. Das Mädel hat Mumm, hab ich mir gesagt. Und dann hab ich Ihren Ehering gesehen.«

Sie betrachtete ihren Ringfinger am Lenkrad.

»Garantiert das besondere Stück, von dem seit heute Morgen überall im Fernsehen die Rede ist. Soll ich jetzt mitfahren, Ihnen bei den Ladys helfen?«

»Nein, vielen Dank. Ich komme allein zurecht.«

»Teufel, das glaub ich.«

Foster Oswald trat zurück, und sie fuhr schnell an, raste die Ausfahrt hinunter und brachte den Ford auf neunzig, als sie die Interstate 40 erreichte.

ACHT

Wegen der Zündkerzen hatte Jane auf dem Parkplatz der Raststätte zwölf Minuten verloren. In dieser Zeit hatte das Wohnmobil vermutlich zwölf Meilen zurückgelegt. Für die brauchte sie nur acht Minuten – aber inzwischen war Sandra bestimmt acht Meilen weiter.

Die Dreckskerle in dem alten Jeep Cherokee würden methodisch handeln. Sie würden schnell vorausfahren, bis sie den richtigen Ort für einen Überfall auf die Frauen gefunden hatten. Vielleicht hatten sie von Anfang an gewusst, wo sie's machen wollten, sodass er nicht allzu weit entfernt sein würde.

Flagstaff mit seinen Goldkiefern war so rasch so weit hinter ihr zurückgeblieben, dass es einem Traumbild statt einem realen Ort glich. Jane gab noch mehr Gas, bis die Tachonadel auf 100, dann auf 110 stand. Sie wechselte häufig die Spur, um langsamere Autos zu überholen, die manchmal so abrupt auftauchten, als führen sie rückwärts. Ein unvorsichtiger Autofahrer, der die Spur wechselte, ohne zu blinken, ein Reifenplatzer, das Sirenengeheul einer Highway Patrol, mit dem eine Verfolgungsjagd begann, die sie nur verlieren konnte … alles konnte schiefgehen. Meile um Meile passierte jedoch nichts, außer dass einige Trucker laut hupten, um ihr Missfallen an Janes riskantem Fahrstil auszudrücken.

Auch bei moderatem Verkehr war die Interstate keineswegs leer. Obwohl die Abenddämmerung erst in einer halben Stunde einsetzen würde, ging der Tag rasch zur Neige. Ein Wohnmobil am helllichten Tag auf einer Interstate zu entführen wäre eine kühne Tat, das Werk von Kerlen, die außer Alkohol weitere Drogen im Blut hatten. Sie konnten nicht einfach mehrere Fahrspuren blockieren oder ein Fahrzeug rammen, das viel größer als ihr Jeep war.

Jane konnte sich nur eine Möglichkeit vorstellen: Sie mussten auf dem Standstreifen eine Panne vortäuschen, das Wohnmobil heranwinken und darauf hoffen, dass Sandra hilfsbereit genug sein würde, um anzuhalten. Sie kannten Leute wie sie. Sie hatten sie in dem Restaurant nicht nur beobachtet, sondern auch belauscht.

Aber würden zwei Frauen, die für zwei Kinder verantwortlich waren, es riskieren, bei einem angeblichen Pannenfahrzeug zu halten, das drei jungen, kräftigen Männern gehörte? Die Antwort darauf konnte nur Nein lauten. Auch wenn Sandras Herz größer war als ihr Gehirn, würde sie ihre Töchter niemals gefährden – vor allem nicht, nachdem sie gewarnt worden war, dass eben diese drei Männer sie in dem Restaurant beobachtet hatten.

Dann wusste Jane plötzlich, wie alles ablaufen würde. Weder Sandra noch ihre Mutter würden die drei Kerle sehen, bevor es zu spät war. Die vierte Person in dem Jeep, die nicht mit ins Restaurant gekommen war, musste eine Frau sein.

Der Cherokee würde nicht auf dem Standstreifen, sondern am Ende einer breiteren Pannenbucht abgestellt sein. Die Frau, der Lockvogel, würde scheinbar allein und verzweifelt daneben stehen und erst um Hilfe winken, wenn das Wohnmobil in Sicht kam. Vielleicht würde sie auch eine Verletzung vortäuschen. Jenseits des Banketts würde das Gelände steil abfallen. Dort würden die Männer sich hinter Büschen oder Felsblöcken versteckt halten. Ihre Komplizin würde an die rechte Seite des Wohnmobils kommen, nicht an die Fahrertür, an der der Verkehr vorbeibrauste. Hinter dem RV würde sie für andere Autofahrer unsichtbar sein. Saß die Großmutter noch auf dem Beifahrersitz, wenn sie ihr Fenster herunterließ, würde die angeblich Verletzte eine Pistole haben.

Ab diesem Punkt waren mehrere Möglichkeiten denkbar, die davon abhingen, ob die Seitentür verriegelt war und ob der Lockvogel die Großmutter gleich erschoss oder nur bedrohte. Unabhängig davon würden die drei Kerle aus der Versenkung auftauchen und das Wohnmobil binnen einer halben Minute aufbrechen. Vielleicht sogar schneller. Die Großmutter erschießen, wenn sie nicht schon tot war, Sandra vom Steuer wegzerren und ihren Widerstand mit Gewalt brechen, die beiden Mädchen einschüchtern. Dann würden sie das Wohnmobil in ein zuvor ausgekundschaftetes Versteck fahren – eine alte Scheune, irgendein verlassenes Gebäude –, Mutter und Töchter missbrauchen, bis sie genug von ihnen hatten, und die ermordete Familie in dem Versteck zurücklassen, in dem sie verwesen würde, bis jemand zufällig die Leichen entdeckte.

Die Tachonadel stand bei 115, das Abrollgeräusch der Reifen war laut. Bei dieser Geschwindigkeit verwandelte sich die stehende Luft in böigen Gegenwind, in den sich der Ford hineinkämpfte, wobei er mit einem Geräusch schlingerte, als bringe eine verstimmte Geige unter einem langen Bogenstrich eine aus zwei Noten bestehende Oszillation hervor.

Vor Jane lag ein lang abfallender Abschnitt, der nach Osten hin schon dunkel wurde. Keine Meile vor ihr stand das Wohnmobil neben der Interstate. Sie verringerte ihre Geschwindigkeit auf weniger als die Hälfte und suchte mit zusammengekniffenen Augen das im Licht der untergehenden Sonne rötliche Land ab, das aussah, als sei es radioaktiv und unbewohnbar. Jeder Felsblock, jeder Leitpfosten warf einen langen

Schatten, als strebe der Geist dieser Dinge sehnsüchtig der kommenden Nacht entgegen.

Von der mittleren Fahrspur aus konnte Jane an dem Wohnmobil vorbeisehen und erkannte den schwarzen Cherokee wieder, der dicht davor stand. Ein Mann und eine Frau, die ihr dabei den Rücken zukehrten, gingen von dem Wohnmobil weg auf den Jeep zu. Der Mann konnte einer der drei Kerle aus dem Restaurant sein. Die Frau war bestimmt der Lockvogel gewesen. Aus der Ferne wirkte sie schlank, kaum über einen Meter sechzig groß, eine grazile Gestalt, die Mitgefühl weckte, wenn man sie am Straßenrand gestrandet sah.

Wenn diese beiden so nonchalant zu dem Cherokee zurückgingen, musste die Entführung abgeschlossen sein, sodass jetzt zwei Kerle bei den Frauen und Mädchen in dem Wohnmobil waren. Die Frau und ihr Begleiter würden vorausfahren, um das Versteck für die Ankunft des großen Wohnmobils vorzubereiten.

Wie um das Paar zu Fuß mit einem Bann zu belegen, murmelte Jane: *»Nicht umsehen, nicht umsehen, nicht umsehen«*, während sie bremste, auf die rechte Fahrspur wechselte und dann auf der Standspur weiterrollte, um sich hinter dem entführten Wagen zu verstecken. Der Verkehrslärm auf der Interstate würde die Annäherung des Fords tarnen, aber um kein Risiko einzugehen, stellte sie den Motor ab und rollte die letzten hundert Meter lautlos weiter. Unter den rechten Reifen ihres Escapes knirschte Kies, als sie zwei Meter hinter dem Wohnmobil zum Stehen kam.

Eine heruntergelassene Tülljalousie lag in weichen Wellen vor dem Heckfenster des Wohnmobils. Aber die Vorhänge der Seitenfenster waren vielleicht nicht zugezogen.

Als Jane aus dem Ford stieg, schloss sie die Fahrertür nicht ganz.

Der Motor lief im Leerlauf; aus beiden Auspuffrohren tropfte kondensierter Dampf.

Die Wirbelschleppen vorbeirasender Wagen machten sich nur abgeschwächt bemerkbar, als Jane auf der Steuerbordseite des Wohnmobils nach vorn ging. Falls das Tableau auf dem Standstreifen ihre Fahrer neugierig machte, wurde ihre Neugier durch die Überlegung gebremst, welche Gefahren barmherzige Samariter heutzutage oft liefen.

An Backbord gab es nur eine Tür, aber hier an Steuerbord waren es zwei, eine ziemlich weit hinten, die andere eine gewöhnliche Beifahrertür. Jane widerstand der Versuchung, die hintere Tür zu öffnen, zog ihre Pistole, ging nach vorn weiter und bewegte sich tief gebückt, um unterhalb der Fenster zu bleiben.

Sie erreichte die Tür, hinter der bei der Abfahrt von der Raststätte die Großmutter gesessen hatte. Sie richtete sich langsam auf, um durchs Fenster sehen zu können. Im Fahrerhaus war niemand, beide Sitze waren leer.

Waren die Entführer in der Küche oder im Wohnbereich, die nach vorn hin offen waren, würden sie das Öffnen der Beifahrertür hören. Allein das jähe Anschwellen des Verkehrslärms würde sie warnen.

Einen schwachen Augenblick lang sagte Jane sich, dies sei nicht ihr Krieg: Diese bösen Kerle waren nicht die organisierten Soziopathen, die ihre Zukunft mit Travis gefährdeten; sie waren lediglich Amateure, die ein scheußliches Verbrechen verübten, aber keine Massenmörder epischen Ausmaßes wie D.J. Michael und seinesgleichen. In Wirklichkeit waren diese Kriege jedoch nicht voneinander zu trennen. Sie waren derselbe Krieg, der ständig und überall geführt wurde, und jede Schlacht trug dazu bei, die Hoffnungen auf einen letztlichen Sieg zu nähren. Wer ein Gefecht nicht annahm, kapitulierte bedingungslos und konnte nicht viel mehr tun, als die Waffen zu strecken und zu sterben.

Ein Blick an der Vorderfront des Wohnmobils vorbei zeigte ihr den Jeep Cherokee, der sich in den Verkehrsstrom einordnete und nach Osten zu der Ausfahrt davonraste, die zu dem

Ort führte, an dem sie feiern und ihre Gefangenen leiden würden.

Vor den Vorbeifahrenden getarnt zog Jane den Schalldämpfer aus ihrem Schulterholster und schraubte ihn auf die Pistole Kaliber .45.

Ihre Hand lag auf dem Griff der Beifahrertür. Die Tür war nicht verriegelt. Sie öffnete sie.

NEUN

Hinter der Tür führten drei Stufen zum Sitz hinauf, wobei die als Dreieck ausgebildete oberste Stufe auch in den Wohnbereich führte. Auch dort war niemand, weder die Frauen noch die Mädchen noch die Entführer. An den Wohnraum schloss sich die ebenfalls leere Bordküche mit Essnische an.

Jane zog die Tür hinter sich zu und ging ohne zu zögern in den Wohnbereich weiter, weil sie gelernt hatte, dass Engagement bedeutete, so rasch vorzugehen wie irgend möglich – oft schneller, als Mut allein es erlaubte. Dazu musste man auf etwas zurückgreifen, das größer war als Mut. Je nach Lebensphilosophie konnte man es als die Zuversicht einer gut Ausgebildeten bezeichnen, aber wer sich selbst gegenüber ehrlich war, wusste recht gut, dass dies blindes Vertrauen auf irgendeine Macht war, die das Universum geordnet hatte.

Die Luftwirbel vorbeidonnernder Sattelschlepper ließen das Wohnmobil auf seinen Rädern schwanken. Jane konnte auch hören, wie ihr Herz hämmerte, ihr Blut durch die Adern rauschte. Stimmen waren keine zu hören.

Sie schob sich in den kleinen Durchgang, der an die Küche anschloss. Links stand eine Tür offen, die in einen dunklen Schlafraum führte. Am Ende die geschlossene Tür eines weiteren Schlafraums.

Aus einem rechts liegenden Raum fiel Licht in den Durchgang. Jane konnte nicht am Türrahmen lehnend einen raschen Blick in den Raum werfen, sondern musste damit rechnen, gehört worden zu sein und erwartet zu werden. Also trat sie mutig, aber gebückt in den Lichtkegel. Mit Kopf und Pistole tief unten, weil Amateure immer zu hoch auf den Kopf zielten, wie sie's in schlechten Filmen gesehen hatten.

Ein beengter Schlafraum, in dem der Glatzkopf aus der Raststätte mit dem Rücken zu Jane stand. Die Großmutter kauerte verängstigt in einer Ecke: aus einer Platzwunde am Kopf blutend, aber lebendig.

Sandra, die an Händen und Füßen mit den stets beliebten Kabelbindern gefesselt war, lag mit zerwühltem Haar und zuschwellendem linken Auge auf dem Bett auf dem Rücken. Glatzkopf fetzte ihre Bluse auf, sodass der dünne Stoff riss und wegfliegende Knöpfe von einem Lampenfuß und der Wand hinter dem Bett abprallten. Zu einer Vergewaltigung würde es hier jedoch nicht kommen. Der Kerl gönnte sich nur schon mal eine Vorschau, die beide Frauen noch mehr ängstigte.

Vielleicht sah er zufällig zu der Großmutter hinüber und deutete ihren überraschten Gesichtsausdruck intuitiv richtig. Vielleicht hatte er etwas gehört. Was es war, spielte keine Rolle. Er hielt keine Waffe in der Hand und war durch Janes Anblick so gelähmt, dass er nicht mal versuchte, eine zu ziehen. Aber auch das spielte keine Rolle. Sie schoss ihm mit fast aufgesetzter Waffe in die Brust, sodass das Brustbein brach und die Knochensplitter mit dem Geschoss wie weiße Dornen sein Herz durchbohrten, das sich sofort verkrampfte und stillstand. Er brach tot zusammen, ohne die verdienten Schmerzen erleiden zu müssen, und fiel neben der Gefesselten aufs Bett. Im Tod geschmeidig wie ein Aal rutschte er langsam von der Matratze auf den Boden – mit zu einem stummen Schrei geöffnetem Mund und für immer blicklos gewordenen, weit aufgerissenen Augen.

Unter diesen Umständen würde der andere Mann den mit einem Schalldämpfer abgegebenen Schuss nicht gehört haben. Sandra hatte angewidert aufgeschrien, als der Tote aufs Bett gefallen war, aber dieser Schrei konnte als Reaktion auf weitere Zudringlichkeiten des Glatzkopfs gedeutet werden.

Als Jane den beiden Frauen bedeutete, sich still zu verhalten, rumpelte draußen etwas Gigantisches vorbei, vielleicht ein Peterbilt mit zwei Anhängern, offenbar auf der rechten Spur, der es eilig hatte und das Wohnmobil kräftiger denn je schlingern ließ. Aus dem Augenwinkel heraus nahm sie eine Bewegung wahr, warf sich mit hochgerissener Pistole herum und sah, dass das nur die pendelnde Tür war.

Die Mädchen mussten mit dem anderen Widerling im hinteren Schlafraum mit der geschlossenen Tür sein. Jane wollte dort nicht eindringen, Holly und Lauren nicht durch einen Schusswechsel in Gefahr bringen. Aber selbst wenn er nicht mehr tat, als sie nur zu fesseln, verletzte jede Sekunde mit ihm ihre Würde auf unerträgliche Weise. Jede Sekunde mit diesem Kerl war ein Schreckensstachel, der sich immer schmerzhafter in ihre Psyche bohrte.

Jane griff nach der Tür, aber bevor ihre Finger den Türknopf berührten, rief der zweite Entführer dem Toten etwas zu.

»Litwinow, fahr endlich los mit der Scheißkiste!«

Noch während der Mann sprach, wurde die bisher geschlossene Tür zu ihrer Überraschung aufgerissen. Der Retro-Jüngling aus *Happy Days* erschien auf der Schwelle, sah Litwinow auf Würmer warten und verschwand im selben Augenblick wieder, als Jane zweimal abdrückte.

Sie hatte ihn verfehlt, weil kein Schrei zu hören war, und erst recht nicht tödlich getroffen, weil niemand hinter der Tür zusammenbrach. Also würde er sich jetzt auf die Mädchen stürzen, sie vielleicht als Schutzschilde benutzen oder womöglich nur zu seinem perversen Vergnügen ermorden.

Als sie mit gesenktem Kopf und tief gehaltener Waffe durch

die Tür stürmte, stand er rechts von ihr, kehrte dem größten Schlafraum den Rücken zu, hielt eine Pistole – vielleicht eine Glock –, sein erster Schuss zu hoch, während der zweite ihr Gesicht mit Holzsplittern von dem Türrahmen knapp über ihrem Kopf überschüttete. Zwei Fehlschüsse aus nächster Entfernung, weil er dabei durch die halb offene Tür zurückwich.

Jane konnte wegen der Mädchen nicht schießen, durfte wegen der Mädchen nicht zurückweichen, also blieb ihr nichts anderes übrig, als sich auf den verdammten Kerl zu stürzen, indem sie in dem engen Durchgang wie eine Flipperkugel von der Wand zur Toilette abprallte und als Rebound auf ihn zukam. Diese indirekte Annäherung verwirrte ihn so sehr, dass sein dritter Schuss danebenging, während er ins Schlafzimmer zurückwich und die Tür zu schließen versuchte. Sie warf sich mit aller Kraft dagegen, war von den Schüssen vorübergehend taub, sah den hellen Spalt zwischen Türblatt und Rahmen schmaler werden, konnte nur darauf vertrauen, dass ihr Ungestüm den Kerl verwirren würde, der bestimmt stärker war als sie. Sie rammte die Tür mit der linken Schulter auf, sah einen Mündungsblitz, als er noch mal abdrückte, wusste aber nicht, ob sie getroffen war. Sie hatte von Leuten gehört, die eine Schusswunde eine halbe Minute oder noch länger nicht wahrgenommen hatten, wenn sie unter Adrenalin gestanden hatten und die Verletzung nicht schwer gewesen war.

Der Kerl war stärker, aber er kam aus dem Gleichgewicht, als sie die Tür rammte und weiter aufstieß, und taumelte rückwärts. In diesem selbst verschuldeten Dilemma musste er denken: Vielleicht kann ich sie erledigen, aber sie ist ihrerseits imstande, mich zu verletzen oder zu erschießen, und selbst wenn ich sie liquidiere, ist alles schiefgegangen, gleicht meine Zukunft einem schwarzen Loch, das mich mit brutaler Anziehungskraft ins Verderben zieht. Also ging es ihm nicht mehr darum, sein Leben zu retten, um ein erbärmliches Bettlerleben führen zu können, nein, er wurde von dem Drang beherrscht, der König Lear im 5. Akt seines Dramas beherrscht: töten, töten, töten, töten, töten, töten, töten, töten. Zurückstolpernd wandte er sich von Jane ab und den Schwestern zu, adrett und gepflegt wie ein Chorknabe, aber jetzt mehr darauf bedacht, die Mädchen zu erschießen, als sich zu verteidigen. Jane traf ihn mit drei Schüssen, und falls er selbst noch einen abgab, verfehlte er die Mädchen. Als er tot vor ihr lag, schoss sie noch ein viertes Mal, weil der Fürst dieser Welt auch der Höllenfürst und voller Tricks war.

Als dann ihre Taubheit nachließ, hörte sie als Erstes das Schluchzen der beiden Mädchen, das sie lieber nicht gehört hätte. Sie waren unverletzt, aber zu Tode erschrocken. Und obwohl der Kerl sie nicht angefasst hatte, waren sie ihrer Unschuld durch die Erkenntnis des Bösen beraubt – nicht von Walt-Disney-Schurken verkörpert, sondern wie es wirklich war: skrupellos und irrational, vor allem extrem egoistisch, unbeirrbar selbstgerecht und von der Schönheit des Chaos' überzeugt.

Die Mädchen waren nicht gefesselt, sondern durch Einschüchterung in Schach gehalten worden. Jane rief den Frauen zu, Holly und Lauren seien unverletzt, schob sie vor sich her zu der Frühstücksnische und ließ sie dort Platz nehmen.

Nach kurzem Zögern zog sie ihren Ehering ab und steckte ihn in die kleine Tasche ihrer Jeans.

Ihre Hände zitterten, als sie in den Küchenschubladen eine Schere suchte. Dass sie stark schwitzte, merkte sie erst, als der Schweiß abkühlte und als eisiges Rinnsal ihr Rückgrat hinunterlief.

Als sie gefunden hatte, was sie brauchte, kehrte sie zu Mutter und Großmutter zurück. Sie befreite Sandra und kümmerte sich dann um die Verletzung ihrer Mutter, die sich als unbedeutend erwies.

Die Großmutter dankte Gott mehrmals dafür, dass alles vorbei war, aber das stimmte nicht. Noch gab es viel zu tun – und das so schnell wie möglich.

ZEHN

Sandra Termindale, Mutter von Holly und Lauren, Tochter von Pamela, wollte ihrer Retterin danken und wusste nicht, wie. Sie fand nicht die richtigen Worte, was aber unwichtig war, denn Jane legte keinen Wert auf Dankesworte, sondern wollte Kooperation.

Die Frauen und die beiden Mädchen saßen in der Frühstücksnische. Sandra konnte nicht aufhören, ihre Kinder zu berühren, über ihr Haar zu streichen. Und sie konnte nicht aufhören, zu weinen, aber dies war kein Weinen, das sie erschütterte und außer Gefecht setzte, sondern Tränen der Erleichterung nach nervenzerfetzender Spannung.

»Wir wissen nicht mal Ihren Namen«, sagte Sandra.

»Nein«, sagte Jane. »Den wissen Sie nicht.«

»Wie heißen Sie also?«

»Alice Liddell«, log Jane.

Am Ausguss stehend zog sie das Magazin aus dem Griff ihrer Pistole. Es enthielt noch fünf Schuss. Sie ersetzte es durch ein Reservemagazin.

»Zum Glück brauchen Sie die nicht mehr«, sagte Pamela.

In den Schlafräumen brannte jeweils nur noch eine gedimmte Lampe. Jetzt knipste Jane auch vorn das Licht aus und ließ nur die Notbeleuchtung brennen. Der Widerschein des Sonnenuntergangs färbte den Himmel glutrot.

»Wir wollen es nicht dunkel haben«, sagte Pamela.

»Doch, das wollen wir«, sagte Jane. »Möglichst wenig auffallen.«

»Die Kinder haben Angst. Bitte machen Sie Licht.«

Jane wandte sich an die Mädchen. »Ihr seht nicht wie Heulsusen, sondern ziemlich taff aus. Ihr lasst euch nicht unterkriegen. Hab ich recht?«

»Kann sein«, sagte Holly.

Lauren sagte: »Ja, wir sind taff.«

»Gut. Klasse. Alles wird wieder gut.« Zu Sandra sagte sie: »Ich muss Sie kurz unter vier Augen sprechen, okay?«

Sandra wäre lieber bei ihren Töchtern geblieben, aber sie folgte Jane durch den dunklen Wohnbereich nach vorn, wo sie den Fahrer- und Beifahrerplatz einnahmen. Der dort etwas lauter hörbare Motor schnurrte im Leerlauf ein mechanisches Wiegenlied.

Hinter ihnen versank die Sonne am westlichen Horizont. In den Außenspiegeln des Wohnmobils war sie als immense blutrote Kugel zu sehen. Als das Licht im Westen verblasste, übernahm die Nacht den östlichen Himmel – mit Sonnen gesprenkelt, die so weit entfernt waren, dass sie keine Wärme abstrahlten.

»Hören Sie«, sagte Jane. »Die beiden, die mit dem Cherokee weggefahren sind, rechnen damit, dass ihre Freunde ungefähr eine halbe Stunde hinter ihnen sind. Mit Ihnen und den Mädchen. Passiert das nicht, kommen sie zurück, um nachzusehen.«

Vor Schock hörte die Frau zu weinen auf. »Wir brauchen die Polizei!«

Jane blieb geduldig. »Sandy, die ist das Letzte, was ich brauche. Würde ein Cop bei uns halten, um zu fragen, wieso wir hier stehen, was jeden Augenblick passieren kann, wäre das für mich so schlimm, als wenn die beiden mit dem Jeep zurückkämen.«

»Das verstehe ich nicht.«

»Das ist auch nicht nötig, Sandy. Wollen Sie mir wirklich danken, helfen Sie mir, die beiden rauszubringen, sobald es dunkel ist.«

»Welche beiden?«

»Die beiden Toten.«

»Hier raus? Wohin?«

»Übers Bankett, über die Leitplanke, den Steilhang hinunter.«

»O Gott! Nein, nein, ich will sie nicht anfassen.«

»Für mich allein sind sie zu schwer. Ich brauche Hilfe.«

»Sie sind tot.«

»Garantiert. Also können sie Ihnen nichts mehr tun.«

»Dies ist ein Tatort oder so was. Hab ich recht?«

»Nicht, wenn niemand weiß, dass ein Verbrechen verübt worden ist.«

»Das dürfen wir nicht verheimlichen. Wir müssen die Polizei verständigen!«

Jane legte ihr beruhigend eine Hand auf die Schulter. »Ist Ihnen klar, was Ihren Kindern bevorsteht, wenn es zu Ermittlungen kommt?«

»Holly und Lauren? Die haben nichts getan.«

»Die Cops werden sie vor allem auf Spuren einer Vergewaltigung untersuchen lassen.«

»Aber sie sind nicht vergewaltigt worden.«

»Die Cops werden Ihre Aussagen erst mal anzweifeln. Das ist immer so. Heutzutage wird jede Aussage abgeklopft und kritisch hinterfragt.«

»Aber das ist nicht recht.«

»Das lässt sich nicht ändern. Dies ist eine große Story. Alle werden darüber reden, was sich hier drinnen ereignet hat, ob's so oder so passiert ist. Die Leute werden darüber spekulieren, ob Holly und Lauren belästigt worden sind. Damit werden die beiden leben müssen. In der Schule werden die Jungs sie damit aufziehen. Und nicht nur die Jungs.«

Sandras blasse Wangen röteten sich leicht. »Kinder können grausam sein …«

»Sind Sie Witwe, Sandy?«

»Witwe? Nein. Geschieden.«

»Haben Sie um das Sorgerecht kämpfen müssen?«

Ihr Gesichtsausdruck war Antwort genug.

»War's beim ersten Mal ein schmutziger Kampf um das Sorgerecht, wird die nächste Runde noch schlimmer. Sie haben die Mädchen durch diesen Trip nicht in Gefahr gebracht, Sandy, aber genau das wird er behaupten. Und es wird Leute geben, die ihm zustimmen, vielleicht nicht der Richter, aber viele selbst ernannte Richter, die Ihnen ungefragt erzählen werden, was sie denken.«

Sandra biss sich auf die Unterlippe, während sie über das in Dunkelheit versinkende Land hinausblickte und die Scheinwerfer der in Gegenrichtung nach Westen fahrenden Autos beobachtete. »Was ist, wenn die Polizei sie findet und glaubt, ich hätte sie erschossen?«

»Niemand wird glauben, Sandra Termindale habe irgendjemanden erschossen.«

»Ich besitze nicht mal eine Pistole.«

»Dort draußen liegt eine Wildnis. Der Steilhang ist endlos lang. Sie werden bestimmt wochenlang nicht gefunden. Bis dahin machen die Kojoten sich über sie her.«

Sandra erschauderte.

»Wir *wollen* Kojoten, Sandy. Wenn die Cops keine DNA-Proben von früheren Verhaftungen haben, bleibt so wenig von ihnen übrig, dass sie nie identifiziert werden. Und niemand kann eine Verbindung zu Ihnen herstellen.«

Sandras bisheriges Leben hatte sie nicht gelehrt, mit Gewalt umzugehen oder ihre Nachwirkungen zu minimieren. Sie schaffte es nicht, Jane anzusehen. »Was ist mit dem Blut?«

»Das wischen Sie auf. Sie und Ihre Mom. Kommen Sie, Sandy. Es ist schon fast dunkel genug für diesen Job.«

Sie verzog das Gesicht. »Was ist mit den beiden anderen? Was ist, wenn sie sich auf die Suche nach uns machen, wenn wir weiterfahren?«

»Kommen sie hierher zurück und treffen Sie nicht an, wissen sie, dass irgendwas gründlich schiefgegangen ist. Sie werden sich hüten, Sie zu verfolgen.«

»Aber wenn sie's doch tun?«

»Wo wollten Sie heute übernachten?«

»Auf einem Campingplatz bei Gallup. Wir haben dort reserviert.«

»Das sind fast zweihundert Meilen. So weit suchen sie nicht.

Aber ich mache Ihnen einen Vorschlag: Ich fahre bis Gallup hinter Ihnen her und überzeuge mich davon, dass Sie dort sicher sind, bevor ich weiterfahre.«

»Ich werde mich nie mehr irgendwo sicher fühlen.«

»In gewissem Maß ist das gar nicht schlecht.«

Endlich erwiderte die Frau Janes Blick. »Vielleicht heißen Sie wirklich Alice Liddell. Aber wer *sind* Sie? Was sind Sie? Was soll ich meinen Mädchen erzählen?«

»Sagen Sie ihnen, dass ich die Enkelin des Lone Rangers bin. Oder ein Schutzengel. Ihnen fällt schon was ein.«

»Ein Schutzengel mit Schießeisen?«

Jane lächelte. »Der Erzengel Michael hat immer ein Schwert. Auch andere sind bewaffnet. Vielleicht müssen sogar Engel mit der Zeit gehen.«

Als Sandra wegsah, streckte Jane eine Hand aus, legte sie unter das Kinn der Frau und drehte ihren Kopf sanft wieder zu sich her.

»Ihre Mädchen sind zu Opfern geworden, Sandy. Das müssen Sie hier und jetzt abstellen. Sorgen Sie dafür, dass Holly und Lauren nicht lebenslänglich Opfer bleiben. Helfen Sie ihnen, tapfer zu sein.«

Noch vor wenigen Minuten hätte Sandra auf diese Ermahnung vermutlich mit einer Tränenflut reagiert. Jetzt nicht mehr. Sie hatte eine schreckliche, aber unvermeidliche Tatsache akzeptiert und würde nie wieder dieselbe sein. »Los, packen wir's an!«

ELF

Die rückwärtige Tür an Steuerbord schlug nach außen auf und fungierte als Sichtschutz gegen den auf der langen Geraden nach Osten rollenden Verkehr.

Egon Uri Litwinow, kahlköpfig, Brillantstecker in einem Ohr, das Herz von Knochensplittern durchsiebt, mit ausgeleerten Taschen, leistete noch im Tod Widerstand gegen die Entsorgung seiner Leiche: ungefähr hundert Kilo sturer Schurkerei, die manchmal beseelt zu sein schienen, als versuche sein körperloser, aber noch verbliebener Geist mit mäßigem Erfolg wieder in seinen Körper zu gelangen.

Als sie ihn aus dem Wohnmobil gezerrt hatten und halb aufrecht zwischen sich hielten, sah Jane um die offene Tür herum und wartete eine Lücke im Verkehr ab. Bis auf einen dunklen Purpurstreifen an einem Hügelgrat im Westen war der Himmel mit dem tief stehenden Mond nachtschwarz. Ein Sattelschlepper röhrte vorbei, dann kam längere Zeit nichts mehr. Die beiden Frauen schleppten Litwinow an die Leitplanke, deren abgerundete Oberkante für ihre Zwecke ideal war. Sie legten ihn kniend ab, als müsse er sich übergeben, packten seine Füße und kippten ihn so über die Stahlplanke, dass er mit dem Rücken auf dem Steilhang aufschlug. Das lockere Geröll begann mit ihm abzurutschen. Weil er mehr wog als die kleinen Steine, auf denen er zu Tal glitt, wurde er rasch schneller und verschwand mit Armen und Beinen wedelnd über einen Felsabsatz. Sie konnten hören, wie er in der Tiefe aufschlug und von Büschen gestoppt nicht weiterrollte.

Lucius Kramer Bell, im Leben adrett und gepflegt wie ein Chorknabe, in schwarzem Denim und Cowboystiefeln, ebenfalls mit ausgeleerten Taschen, war mindestens zwanzig Kilo leichter als Litwinow und akzeptierte seinen Tod bereitwilliger als sein Komplize. Als wieder eine Verkehrslücke entstand, brachten sie Bell müheloser zu der Leitplanke und kippten ihn darüber. Durch einen verrückten Zufall landete er in sitzender Position auf dem Geröll und fuhr wie auf einem Schlitten zu Tal, als sei das Geröll Schnee und für ihn wiederhole sich – durch einen letzten Erinnerungsfunken in seinem Gehirn ausgelöst – ein glücklicher Augenblick seiner Kindheit. Er kippte makaber elegant vornüber ins Dunkel und schlug dann wie Litwinow dumpf im Gebüsch auf.

Jane hatte ihren Blazer ausgezogen, der keine Blutflecken bekommen sollte, aber sie hatte Blut an den Händen. Sie wartete an der offenen Tür des kleinen Bads, während Sandra, die ein so grimmiges Gesicht machte, als habe sie soeben zwei Männer erschossen, statt nur geholfen, ihre Leichen zu beseitigen, ihre Hände mehrmals einseifte und mit heißem Wasser wusch, bis die letzten blassrosa Blutspuren weggeschrubbt waren.

Die Mädchen saßen mit ihrer Großmutter in der Frühstücksnische um die Ecke. Später würden sie die Nacht – falls sie überhaupt Schlaf fanden – auf dem Teppich im Wohnraum verbringen.

Als Sandra zur Seite trat und ein Handtuch vom Ständer riss, stellte Jane sich ans Waschbecken und schrubbte die letzten Spuren von Bell und Litwinow von ihren Händen. Sie benutzte dasselbe Handtuch wie Sandra, die es ihr abnahm und wieder aufhängte.

Bei diesen Waschungen fiel kein einziges Wort, und auch danach herrschte Schweigen, bis Sandra plötzlich die Arme um Jane schlang und sie fest an sich drückte. Jane erwiderte ihre Umarmung, und so standen sie eine Zeit lang verbissen schweigend da. Hollys und Laurens Mutter konnte den Aufruhr ihrer Gefühle nicht in Worte kleiden, und Travis' Mutter brauchte keine Worte zu hören. Sie verstand nur allzu gut, dass diese Frau widerstrebend die Wahrheit über die Welt erkannt hatte, vor der die meisten Menschen ihr Leben lang flüchteten, indem sie sie leugneten. War diese Wahrheit einmal erkannt, konnte sie nie mehr verlernt oder vergessen werden, sondern verschattete das Herz auf ewig: ein Dunkel, das in den kommenden Jahren alle Anstrengungen erfordern würde, um es durch etwas Licht zu kompensieren.

ZWÖLF

Jenseits der Interstate und der Scheinwerfer und dem endlosen Strom ruheloser Menschen lag in der tiefen Dunkelheit dieses uralten Landes als stummer Zeuge der Meteor Crater: tief wie ein fünfzigstöckiges Gebäude hoch war, eineinviertel Kilometer Durchmesser, älter als die Indianersiedlungen der Anasazi, die in Ruinen gelegen hatten, bevor der erste Europäer diesen Boden betreten hatte. Nicht viel anders als der Himmelskörper, der das Gestein pulverisiert hatte, hatten Zeit und Kannibalismus die Anasazi ausgerottet, als ein Dorf gegen das andere gekämpft hatte. Mit solchen trüben Gedanken folgte Jane dem Wohnmobil der Termindales nach Winslow, weiter nach Holbrook, an der Painted Desert und dem Petrified Forest vorbei bis nach Gallup, New Mexico, wo sie sich an der Einfahrt des Campingplatzes verabschiedete.

Nocturnes und Präludien von Chopin, von mehreren Pianisten meisterhaft gespielt, begleiteten sie durch die einsame Nacht über die kontinentale Wasserscheide. Keiner dieser Stars war ihr Vater, der trotz seines Verbrechens nicht nur der Justiz, sondern auch jeglichem Verdacht entgangen und noch jetzt auf einer Konzertreise war – in Begleitung der Frau, für die er Janes Mutter ermordet hatte, als Jane acht Jahre alt gewesen war. Aber sogar dieser brillante Musiker konnte nicht alles meistern. Er mied Chopin.

Nur noch aus schmerzenden Muskeln und steifen Gelenken bestehend erreichte sie Albuquerque um 23:20 Uhr – fast sechzehn Stunden nachdem sie Travis auf seinem Pony hatte wegreiten gesehen. Sie fand ein Motel, dem ein wohlwollender Kritiker zwei Sterne hätte zubilligen können, zahlte bar, trug sich unter dem Namen auf einem Führerschein ein, der sie mit langen kastanienbraunen Haaren und grünen Augen zeigte, und verlangte keinen Weckruf.

Sie hatte noch eine halb volle Flasche Wodka und holte

sich eine Cola aus dem Getränkeautomaten. Nachdem sie geduscht hatte, saß sie mit einem Drink im Bett und spielte mit der rechten Hand nacheinander mit zwei Gegenständen: erst mit der Kamee, die ihr Junge gefunden und ihr als Glücksbringer geschenkt hatte, und danach mit dem Ehering, den sie auf Anraten des Truckers Foster Oswald abgezogen hatte, weil er sie verraten konnte.

Der breite Goldreif war nicht glatt, sondern trug Nicks zweizeilige Losung, die durch schwarze Emaille hervorgehoben wurde: *Du bist mein Anfang / und mein Ende.*

Er hatte geglaubt, sie würden ein langes gemeinsames Leben auf Erden, vielleicht auch nach dem Tod genießen. Nur sechs Jahre später war er tot gewesen, von einem Computermodell zur Liquidierung bestimmt.

Irgendwann im 11. Jahrhundert hatten die Herrscher der Anasazi versucht, ihre Macht dadurch zu festigen, dass sie einzelne Gruppen gegeneinander aufhetzten und gesellschaftliche Außenseiter abschlachten und auffressen ließen. Ihr Terrorregime überdauerte so lange, dass manche Familien Wohnhöhlen in bis zu zweihundert Meter Höhe über dem Canyon bezogen: gefährlich zu erreichende Behausungen, die sich gut verteidigen ließen.

Was hatte sich in dem seither vergangenen Jahrtausend geändert? Der heutige Terror ließ sich effizienter ausüben als damals, wobei die Zielpersonen durch eine Analyse von Metadaten ausgewählt wurden. Die Waffen, mit denen machtbesessene Eliten ihre Vorherrschaft behaupten konnten, waren weit effektiver als die Messer und Keulen früherer Zeiten. Und tausend Jahre nach den Anasazi konnte sich niemand mehr dem Terror entziehen, indem er in eine hoch gelegene Wohnhöhle umsiedelte.

Jane mixte sich einen zweiten Drink.

Später, kurz vor dem Einschlafen, steckte sie den Ehering wieder an ihren Ringfinger. Auch wenn sie ihn in der Öffentlichkeit nicht tragen durfte, konnte sie ihn privat tragen. Und wenn sie Nick in dieser Welt des Verrats und der Umwälzungen nicht haben konnte, würde es hoffentlich ein Leben nach dem Tod geben. Das war ihre Hoffnung.

DREIZEHN

Am Montagmorgen würde Sheriff Luther Tillman in zwei Stunden nonstop von Minneapolis nach Louisville, Kentucky, fliegen und mit einem Leihwagen nach Iron Furnace fahren, wo Cora Gundersun anscheinend etwas Bedeutsames zugestoßen war, das sie zu ihrer feurigen Wahnsinnstat angestiftet hatte, auch wenn er sich nicht vorstellen konnte, was das gewesen sein sollte.

Jetzt, nach dem Mittagessen am Sonntag, saß er zu Hause in seinem Arbeitszimmer am Computer und versuchte, mehr über die All-inclusive-Konferenz zu erfahren, zu der Cora eingeladen gewesen war. Hazel Syvertsen hatte sich an einen Sponsor namens Seedling Foundation erinnert, der tatsächlich Seedling *Fund* hieß: eine Wohltätigkeitsorganisation mit beträchtlichem Vermögen, die ein reicher Unternehmer, Mr. T. Quinn Eubanks aus Traverse City, Michigan, gegründet hatte und weiter unterstützte.

Eine Googlesuche nach Eubanks brachte zahlreiche Treffer – und die Entdeckung, dass Eubanks letztes Jahr im Oktober, zwei Monate nach der Konferenz im Iron Furnace Lake Resort, Selbstmord verübt hatte. Er hatte seine Villa an der Grand Traverse Bay verlassen, war auf die Old Mission Peninsula hinausgefahren und hatte bei einer Kirschenplantage geparkt – dem größten Bestand solcher Bäume in Nordamerika –, in der er sich auf einen mitgebrachten Campinghocker gestellt, ein Seil an einen dicken Ast gebunden, sich die Schlinge um den Hals gelegt und den Hocker weggestoßen hatte.

Sein Selbstmord schien seine Frau und seine Geschäftsfreunde schockiert und vor Rätsel gestellt zu haben. Eubanks war nicht krank, hatte niemals unter Depressionen gelitten und hatte allen Grund, das Leben zu genießen. Ein Kollege aus dem Verwaltungsrat des Seedling Fund, der Milliardär David James Michael, hatte bei der Beerdigung in einer bewegenden Trauerrede angekündigt, er werde dem Fonds zum Andenken an T. Quinn zehn Millionen Dollar spenden.

Über den Seedling Fund war Eubanks der Hauptsponsor der Konferenz über neue Unterrichtsmethoden für Behinderte gewesen. Wie auf der Webseite des Fonds nachzulesen war, hatte auch er alle vier Tage in dem Fünfsterneresort am Lake Furnace verbracht.

Luther, den lange Jahre im Polizeidienst für eigenartige Zufälle sensibilisiert hatten, fand es bemerkenswert, dass sich binnen fünf Monaten zwei Konferenzteilnehmer das Leben genommen hatten. Er fragte sich, ob es bei den übrigen Teilnehmern einen weiteren Selbstmord oder einen Mordfall oder einen verdächtigen Unfalltod gegeben hatte.

Die Webseite lieferte keine Teilnehmerliste der Konferenz und beschränkte sich auf eine recht allgemein gehaltene Zusammenfassung der dort behandelten Themen. Merkwürdig. Wohltätigkeitsorganisationen mit bestimmten Zielen versäumten sonst keine Gelegenheit, ihre Aktivitäten aufzuzählen und um Förderer zu werben. Tatsächlich waren andere Projekte des Fonds weit ausführlicher dargestellt worden.

Hazel Syvertsen hatte sich daran erinnert, dass die ins Iron Furnace Lake Resort Eingeladenen alle einmal Lehrer des Jahres ihrer Stadt oder ihres Bundesstaats gewesen waren. Im Lauf der Jahrzehnte mussten Hunderte von Lehrern im ganzen Land diese Auszeichnung erhalten haben. Aber als Luther eine Verbindung zwischen »Lehrer des Jahres« und »Iron Furnace Lake« suchte, fand er keine.

Sein erster Gedanke war, Hazels Erinnerung habe sie getrogen. Aber selbst in zweistündiger angestrengter Suche fand er keinen Konferenzteilnehmer außer T. Quinn Eubanks. Er konnte nicht einmal Coras Namen finden. Man hätte glauben können, das Ereignis habe nie stattgefunden. Oder vielleicht hatte sich in diesen vier Tagen etwas Peinliches abgespielt, das die Leute vom Seedling Fund so beunruhigt und in Verlegenheit gestürzt hatte, dass sie die ganze Sache am liebsten totgeschwiegen hätten.

Als er den Namen der Fondsvorsitzenden – Lisa Toska – und ihre Telefonnummer fand, war er zunächst versucht, sie morgens anzurufen, bevor er losfuhr, um seinen Nachmittagsflug nach Louisville zu erreichen.

An diesem Abend trat er jedoch nach dem Essen wieder in Hemdsärmeln auf die Verandatreppe, »um auf die Sterne zu horchen«, wie Rebecca glaubte. Manchmal, wenn er wie an diesem Tag sorgenvoll in der Kälte stand, wusste er nicht recht, was an seinem Unterbewusstsein nagte. Irgendwann schienen die Sterne zu ihm gesprochen zu haben, weil ihm klar wurde, dass er Lisa Toska nicht anrufen durfte, wenn er nicht wollte, dass Booth Hendrickson diese Nachricht brühwarm erfuhr.

Der Anwalt aus dem Justizministerium hatte Luther eine Aussage gegeben – Geschwätz und Plattitüden –, die er vor den Kameras verlesen sollte, als sei der Anschlag auf das Hotel Veblen eine Theatervorstellung in der Grundschule und Luther ein Kind, das ein paar Zeilen auswendig lernen musste, bevor es seine Eltern durch seinen Auftritt in einer Nebenrolle stolz machen konnte – als ließen die Ängste der Öffentlichkeit vor einem weiteren Massenmord sich durch die richtige Botschaft, durch wertlose Beteuerungen in einfacher Sprache wegmassieren.

Dabei traf diesmal keines der gewohnten Klischees zu. Diese Gräueltat hatte kein verbitterter Einzelgänger verübt;

sie war auch keine Beziehungstat am Arbeitsplatz oder Rache für soziale Ungerechtigkeit, die jeder Wohlmeinende verstehen, wenn auch nicht billigen musste.

Um die Öffentlichkeit zu beruhigen, würden Hendrickson und die anderen politischen Ausputzer kreativer als sonst sein müssen. Bis sie mit Cora fertig waren, würden sie sie neu erfunden haben: als alleinstehende pathologische Außenseiterin, als gerissene Soziopathin, die es verstanden hatte, sich als liebevolle Lehrerin auszugeben, während sie in Wirklichkeit Hitlerandenken sammelte, sich mit Messern und Nadeln selbst verletzte, den eigenen Urin als Allheilmittel trank und die ihr anvertrauten Behinderten vermutlich sexuell belästigt hatte. Bloß eine weitere Spinnerin. Hier gibt's nichts zu sehen. Bitte weitergehen, Leute.

Deshalb hatten sie ihr Haus niedergebrannt: um alle Hinweise auf das Privatleben der echten Cora zu vernichten und sie zu einer leeren Leinwand zu machen, auf die sie malen konnten, was ihnen beliebte.

Die Wahrheit über Coras Abstieg in Wahnsinn und Feuer wurde verheimlicht; folglich musste sie nicht nur eine hässliche Wahrheit, sondern auch eine schrecklich wuchtige Abrissbirne sein, deren Bekanntwerden Booth Hendrickson und seine Auftraggeber plattmachen würde.

Tillman war jetzt völlig klar, weshalb er Lisa Toska vom Seedling Fund nicht anrufen durfte, sondern als gewöhnlicher Bürger unauffällig nach Iron Furnace reisen musste, deshalb hörte er auf, die Sterne nur nachdenklich anzustarren. Er begann, Sternenbilder zu suchen und sich mit dem Gedanken zu trösten, dass die Weiten des Universums so geordnet wie immer blieben, auch wenn es hier unten drunter und drüber zu gehen schien.

Sorgen und Müdigkeit verwirrten ihn offenbar, denn er konnte weder Kassiopeia noch Pegasus, weder den Kleinen Löwen noch den Luchs noch Herkules finden, als habe das

Universum, wie es bis gestern Nacht existiert hatte, sich bei Sonnenuntergang radikal verändert, sodass einzelne Gruppen von Sternen keine Gestalten oder Symbole mehr bildeten. Die Kälte dieses fremdartigen neuen Himmels ließ auch die Nacht kälter werden, und obwohl er sich sagte, seine Unfähigkeit, die alten Sternbilder zu finden, sei, ja, eine Folge von Sorgen und Müdigkeit, kehrte er schlotternd ins Haus zurück, in dem alles wie immer sein würde: eine tröstende Heimeligkeit.

VIERZEHN

Am Sonntag um sieben Uhr war Jane schon wieder unterwegs, mit Eiersandwiches aus einem Diner als Frühstück und ohne sich um Tempolimits zu kümmern, als sie Albuquerque verließ und sich für den unsterblichen Fats Domino als ihren Wegbegleiter entschied. Fats, der am Klavier rockte. Ihr Vater hätte verächtlich gegrinst. Nach Amarillo und ohne Musik weiter nach Oklahoma, 556 Meilen in acht Stunden.

Sie hängte noch drei Stunden an, eine davon durch ein Gewitter mit Platzregen, Wetterleuchten zwischen unsichtbaren Wolken und sich im Sturm biegenden Bäumen. Irgendwie passte dazu nur Sergei Rachmaninow, der die Corelli-Variationen spielte.

Am Sonntagabend machte sie um 18:05 Uhr halt in Fort Smith, Arkansas. Am nächsten Morgen wollte sie vor Tagesanbruch aufstehen, sich tagsüber in dichter besiedelten – und strenger überwachten – Gebieten ans Tempolimit halten und Bowling Green, Kentucky, in zwölf Stunden erreichen. Dann hatte sie am Dienstagmorgen nur noch zwei Stunden nach Iron Furnace.

Abends im Motelzimmer gab es wieder ein Dinner to go aus einem Schnellrestaurant.

Nachdem sie geduscht hatte, saß sie mit einer Wodka-Cola im Bett.

Bei schwachem Lampenlicht schien jedes Möbelstück, jeder billige Druck an der Wand mit denen ihres letzten Motels in Albuquerque, mit denen aller schäbigen Motelzimmer identisch zu sein, in denen sie unter falschen Namen zahllose Nächte durchlitten hatte. Je weiter sie reiste, desto länger schien sie an einem Ort zu verharren, als seien die Straßen und wechselnden Landschaften Illusionen, die gewalttätigen Zusammenstöße lediglich Episoden eines in virtueller Realität spielenden Theaterstücks, in dem sie irgendwie gefangen war.

Jane knipste die Lampe aus und saß mit Kissen im Rücken im Dunkel. Obwohl sie ausgezeichnet Klavier spielte, hatte sie auf eine Karriere als Pianistin verzichtet, aber in ihrem Kopf spielte manchmal Musik so deutlich wie aus einem Radio. Jetzt hörte sie »The Sound of Silence« von Simon & Garfunkel und sang leise mit: »Hello, darkness, my old friend.« Aber es war nicht die Dunkelheit, die sie an diesen Song denken ließ, sondern er fiel ihr ein, weil Text und Melodie die Welt schilderten, wie sie sie jetzt kannte: voller Entfremdung, Unterdrückung, Einsamkeit und Apokalypse.

Sie schlief und wachte später in einem Zustand auf, den sie sich nur im Schlaf gestattete. Sie wusste nicht mehr, ob sie geträumt hatte, ihre Mutter aufzufinden oder Nick nach seinem angeblichen Selbstmord tot in der Badewanne liegen zu sehen. Vielleicht hatte sie von beiden geträumt, was oft genug vorkam. Sie konnte sich nur an einen Traum voller Blut und Schmerzen erinnern. Sie hatte sich gestattet, im Schlaf zu weinen, und ihr Gesicht war tränennass. Aber in wachem Zustand waren Tränen ein Zeichen von Schwäche, eine Einladung für das Böse, das von ihnen lebte, daher wälzte sie sich auf die Seite, zog in fetaler Haltung die Beine an und schlief wieder ein, um im Schlaf sicher zu sein, wenn sie die Erleichterung suchte, die Tränen brachten.

FÜNFZEHN

Als Laie hatte Luther Tillman eine Aversion gegen die Art Spekulationen, die zu Gefühlsduselei und Effekthascherei führten, indem sie einen gewöhnlichen Fall mit ein paar Auffälligkeiten nahmen und zu einem schmuddeligen Drama mit Verschwörungen durch überlebensgroße schurkische Drahtzieher aufbliesen. Unter den gegenwärtigen Umständen fehlte jedoch nicht viel, um diese Aversion zu widerlegen. Vielleicht genügte ein kleiner Anstoß, der in diesem Fall seine Unfähigkeit war, die vertrauten Sternenbilder am Nachthimmel zu erkennen. Jedenfalls ging in Luther Tillman nach dem Abendessen am Sonntag ein deutlicher Sinneswandel vor.

Weil er am Montag keine Zeit haben würde, Wegwerfhandys zu kaufen, verübte er einen Diebstahl, zu dem er am Vortag noch nicht imstande gewesen wäre. Er fuhr zum Dienstgebäude, betrat die Asservatenkammer allein und nahm zwei Prepaid-Handys aus einem Beutel mit zwölf Mobiltelefonen, die bei einer Razzia gegen Meth-Dealer beschlagnahmt worden waren. Als Beweismittel taugten zehn Handys genauso gut wie zwölf, nicht wahr? Sie würden laut Liste fehlen, aber solche Diskrepanzen kamen immer mal wieder vor.

Zu Hause aktivierte er die Handys und gab eines davon Rebecca. »Solange ich in Kentucky bin, lässt du's eingeschaltet und am Netzteil. Muss ich dich anrufen, will ich keines unserer iPhones benutzen. Und unseren Festnetzanschluss erst recht nicht.«

Rebecca musterte ihn prüfend. »Lässt du dich von der Sache mit Cora vielleicht zu sehr ins Bockshorn jagen?«

»Nein«, sagte er, »bestimmt nicht.«

SECHZEHN

Wolken verdeckten den Mond. Der See erstreckte sich von Ufer zu Ufer schwarz, und über dem Wasser lag Stille, weil selbst die in der Abenddämmerung aktiven Insekten nach Mitternacht schwiegen.

Bei Tageslicht konnte keine Flucht gelingen. Dabei war Harley schon mehrmals geschnappt worden.

Nachts machte der Wald die Orientierung schwierig, und eine Taschenlampe lockte sie – wer auch immer, was auch immer sie waren – so sicher an, wie eine Terrassenlampe Schwärme von Fliegen und Nachtfaltern anlockte. Der Wald verwirrte wie ein Labyrinth: ein dicht verwobener Irrgarten aus Weißeichen und Zuckerahornen, Walnussbäumen und Hartriegel. Aber für *sie*, die Schwindler, war er kein wegloses Dickicht. Sie bewegten sich durch die Wildnis, als hätten sie jeden Baum nach irgendeinem Masterplan, den sie auswendig kannten, eigenhändig gepflanzt.

Harley Higgins, der vor wenigen Stunden seinen vierzehnten Geburtstag gefeiert hatte, schlich das Seeufer entlang und mied sandige Stellen, auf denen Fußabdrücke zurückgeblieben wären.

Er erreichte das Gelände des Iron Furnace Lake Resorts und ging zu der kleinen Marina weiter. Tagsüber vermietete das Resort Elektroboote, Ruderboote und Pontonfahrräder, auf denen Touristen das malerische Ufer entlangstrampeln konnten. Jetzt, um zwei Uhr morgens, war kein Personal da, und der Bootssteg lag in sicherer Entfernung von dem Hotel.

Ein E-Boot von Duffy wäre das schnellste Transportmittel über den See gewesen. Ihre Elektromotoren arbeiteten so leise, dass keine Gefahr bestand, die Schwindler zu alarmieren. Aber für jedes Boot brauchte man Schlüssel, und die hingen beim Bootsverleih in einem Stahlschrank.

Die Ruderboote, jedes mit einem Riemenpaar binnenbords, lagen nebeneinander aufgereiht. Er setzte sich auf den Steg, machte die Leine des nächsten Boots los, hakte die Füße übers Sternbrett, zog es an die Duckdalben heran und ließ sich mit einer Leichtigkeit hineingleiten, die ihm gefiel. Trotzdem prallte das Boot mit einem dumpfen Laut gegen die Duckdalben, der ihn hätte verraten können, wenn jemand in der Nähe gewesen wäre.

Im Heck kniend benutzte er einen Riemen, um vom Steg abzustoßen. Das Boot glitt in offenes Wasser, ohne mehr Geräusche zu machen als das leise Gluckern und Plätschern, mit dem es das nachtdunkle Wasser durchschnitt.

Mit dem Gesicht zum Bug saß Harley auf der Ruderbank und benutzte den Riemen, um das Boot wie ein Floß zu staken. So bewegte er sich langsam vom Steg weg nach Norden, um den See an seiner schmalsten Stelle zu überqueren.

Als das Wasser so tief wurde, dass er nicht mehr staken konnte, musste er sich umsetzen und riskieren, die Riemen in die Dollen einzuhängen, um auf konventionelle Weise rudern zu können. Obwohl die Dollen gut geölt waren, knarrten sie bei jedem Riemenzug leise, sodass er das Boot zwischendurch möglichst weit gleiten ließ, um in Ufernähe nicht zu viel Lärm zu machen.

Er hatte keine Angst vor dem See, in dem nichts Gefährliches lebte. Aber selbst wenn er voller Haie und Krokodile gewesen wäre, hätte Harley ihn durchschwommen, wenn er kein Boot gehabt hätte.

In den letzten Wochen hatte er sich mustergültig benommen, als habe er sich endlich mit seinem neuen Leben abgefunden. Er hatte aufgehört, sich mit den Erwachsenen zu streiten, und nicht mehr versucht, einen Aufstand unter den Kindern zu organisieren. Er hatte sogar vorgegeben, seinen Geburtstag zu genießen, sich über die Eiscreme und die Torte zu freuen, als sei diese Feier ohne Geschenke mehr als ein reiner Affenzirkus.

Er hatte aufgehört, sich über seine Gefangenschaft zu beschweren. Sie nannten diese Einrichtung natürlich nicht Gefängnis. Sie nannten sie Schule, obwohl niemand versuchte, ihn in irgendeinem Fach zu unterrichten, oder erwartete, dass er etwas lernte. Es gab keine Klassen, keine Lehrbücher, keinen Unterricht. Harley und die sieben anderen Kinder durften fernsehen, Videospiele spielen und sich sonst wie die Zeit vertreiben. Aber jeglicher Kontakt zu jemandem, der nicht aus Iron Furnace stammte, war streng verboten.

Die Schwindler gaben vor, was sie ihm und den anderen antaten, sei normal, werde seit Generationen so gehandhabt. Das schienen sie sogar selbst zu glauben, obwohl es ein Haufen Bullshit war. Die Gefangenschaft hatte letztes Jahr im Mai, zwei Monate nach Harleys dreizehntem Geburtstag begonnen. Glaubten sie etwa, er könne sich nicht daran erinnern, wie sein Leben damals gewesen war, als er überall mit seinem Fahrrad herumgefahren und mit dem Schulbus elf Meilen weit in eine *richtige* Schule in der Stadt gefahren war?

Die sanfte Beleuchtung des Resorts blieb langsam im Süden zurück. Wenn er nach links sah, waren die um diese Zeit nicht sehr hellen Lichter der Kleinstadt in vier Meilen Entfernung schwach sichtbar. Das Westufer war noch weiter entfernt, aber obwohl dort viele Häuser standen, war jetzt keines beleuchtet.

Das Nordufer des Sees, zu dem er unterwegs war, war weitgehend naturbelassen. Er wollte das Boot dort an Land ziehen und der Baumgrenze folgen, bis er erst die Lakeview Road und anschließend den County Highway erreichte. Vielleicht konnte er dort einen Lastwagen anhalten und den Fahrer dazu überreden, ihn zum County Sheriff's Office oder sogar zur State Police mitzunehmen.

Trucker waren gute Kerle. Sie arbeiteten schwer, und man konnte ihnen vertrauen. Das hatte Virgil Higgins, Harleys Onkel, immer gesagt, bis er aufhörte, Onkel Virgil zu sein, weil er durch einen Schwindler ersetzt worden war. Seither durfte man dem verdammten Kerl kein Wort mehr glauben.

Harley wusste nicht, ob es ihm gelingen würde, die Polizei davon zu überzeugen, dass die Einwohner von Iron Furnace sich verändert hatten, dass sie anders als früher waren. Aber er traute sich zu, ihren Verdacht in einem Punkt zu wecken: Warum waren alle Kinder der Stadt unter sechzehn Jahren – insgesamt acht – am selben Tag aus den öffentlichen Schulen abgemeldet worden, um eine Privatschule zu besuchen? Wenn die Cops die angebliche Schule der Schwindler in Augenschein nahmen, würden sie sofort erkennen, dass sie in Wirklichkeit ein Gefängnis war.

Nach ungefähr einem Drittel der Strecke begann Harley, schneller und kräftiger zu rudern, ohne sich darum zu kümmern, ob die Geräusche vielleicht weit übers stille Wasser getragen wurden.

Obwohl er fit und sportlich war, wurde er allmählich müde. Seine Arme wurden bleischwer, und seine Nackenwirbel schienen nicht mehr aus Knochen, sondern aus geflochtenen Nervensträngen zu bestehen, die vor Anstrengung heiß und empfindlich geworden waren.

Der See war nachts breiter, als er bei Tageslicht aussah. Selbst in dieser mondlosen Nacht konnte Harley nicht die Orientierung verlieren, weil das Resort stets das Südufer und die Kleinstadt immer das Ostufer markierte. Er forderte sich auf, sich keine Sorgen zu machen, sondern einfach weiterzurudern, aber er ruderte *und* machte sich Sorgen, bis das Boot plötzlich auf Grund lief.

Er nahm die Riemen ins Boot, stieg aus und platschte durch seichtes Wasser ans Nordufer. Hier gab es keinen Sandstrand, sondern nur einen schmalen Kiesstreifen. Steinchen klapperten unter seinen nassen Sneakers, als er am Ufer entlang nach Osten hastete: den schwarzen See rechts, die bis ans Wasser reichenden Bäume links von sich.

Obwohl das Südufer und der See selbst frei von Nebel waren, hüllte hier ein milchig weißer Dunst, der aus den Steinen aufzusteigen schien, die Bäume ein. Die Nachtluft roch intensiv nach modrig-feuchtem Waldboden.

Harley erreichte eine zum See abfallende Wiese, bog nach Norden ab und stieg durch Wildgras und den schwach süßlichen Fäulnisgeruch verwesender Alraunen, die fruchtbaren Kompost bildeten, den Hügel hinauf.

Am oberen Wiesenrand erreichte er die Lakeview Road. Jenseits der schmalen Asphaltstraße warteten drei Fahrzeuge – auch der Range Rover seines Vaters – auf ihn. Fünf Männer waren gekommen, um ihn abzuholen: schwarze Gestalten in der Dunkelheit, ihre Gesichter verschattet, aber heller als die Körper. In mondloser Nacht reflektierten ihre Augen nichts, sondern glichen ausgeschnittenen Löchern in eindimensionalen Gesichtsmasken aus Sackleinen.

Der County Highway kreuzte diese Straße drei Meilen westlich von hier. Angesichts des gegen ihn aufgebotenen Suchtrupps konnte Harley nicht mal hoffen, hundert Meter weit zu kommen, von drei Meilen ganz zu schweigen.

Er wäre zutiefst deprimiert gewesen, wenn er diese Begegnung nicht schon insgeheim erwartet hätte. Obwohl er gehofft hatte, die Flucht werde gelingen, hatte er bei dieser Übung etwas Wertvolles gelernt. Nächstes Mal würde er einen weiten Bogen um die Kerle machen.

Vorerst standen die Männer noch still und stumm bei ihren Fahrzeugen. Dünne Nebelschwaden umschwebten sie mit langsamen grauen Bewegungen, als seien sie gar keine Menschen, sondern Gespenster, die eine zornige Natur aus Moder und Schlamm des Waldes geformt hatte, um sie Krieg gegen die Menschheit führen zu lassen.

Dann überquerte der Schwindler, der sich Boyd Higgins nannte, die Straße und legte Harley eine Hand auf die Schulter. »Komm jetzt, Sohn. Du bist sicher müde und willst dich ausschlafen.«

Harley riss sich los. »Nenn mich nicht Sohn! Ich bin nicht dein Sohn.«

»Wir haben noch Eiscreme und Geburtstagstorte. Du kannst einen Snack haben, bevor du wieder ins Bett gehst.«

Ihm blieb nichts anderes übrig, als über die Straße zu dem schwarzen Range Rover zu gehen, vorn rechts einzusteigen, sich anzuschnallen und zusammengesunken im Gurt zu hängen.

Vor dem Rover her fuhr ein Chevy Silverado, hinter ihm folgte ein Honda Accord, als eskortierten diese fünf Männer einen gefährlichen Massenmörder nach einem fehlgeschlagenen Fluchtversuch.

»Ich hasse dich«, sagte der Junge.

»Was du sagst, kränkt mich nicht im Geringsten«, versicherte der falsche Boyd Higgins ihm, »weil ich weiß, dass du's nie ernst meinst.«

»Ich meine jedes verdammte Wort ernst.«

»Fluch nicht, Sohn. Das schadet deiner Seele. Deine Mutter und ich lieben dich. Wir verstehen deine Krankheit und werden dich immer lieben und für dich da sein.«

»Ich bin nicht krank.«

»Du leidest an einer Persönlichkeitsstörung, Harley.«

»Jetzt geht *dieser* Scheiß wieder los!«

»Zum Glück ist das eine Störung, die sich auswächst. Wir wissen, dass du im Augenblick kämpfst, und würden gern mehr tun, um dir zu helfen, sie zu überwinden.«

»Ich habe also irgendeine blöde Persönlichkeitsstörung, was?«

»Genau.«

»Wieso schickt ihr mich dann nicht zu einem Psychiater, zu irgendeinem Spezialisten?«

»Die Schule ist der beste Ort für deine Behandlung, Harley. Das musst du einsehen.«

»Das ist eine Scheißschule. Keine Lehrer, keine Klassen, kein Unterricht.«

Der falsche Vater nickte lächelnd. »Eben keine gewöhnliche Schule. Wie ich dir schon erklärt habe, ist das eine Warteschule.«

»Wozu ist die gut?«

Weiter lächelnd nahm der Schwindler eine Hand vom Lenkrad und tätschelte beruhigend Harleys Schulter.

Harley, den diese herablassende Geste aufbrachte, sagte wütend: »Ihr könnt uns nicht täuschen. Keine Sekunde lang. *Alle* wissen, dass keiner von euch der ist, als der er sich ausgibt.«

»Wie oft du das schon gesagt hast. Aber das gehört alles zu deiner verflixten Persönlichkeitsstörung, Harley – diese traurige Idee, dass wir Roboter oder Klone oder sonst was sind. Darüber kommt ihr Kids durch Behandlung hinweg. Mach dir also deswegen keine Sorgen.«

»Durch Behandlung, hä?«

»Ganz recht.«

»Wir kriegen aber keine verdammte Behandlung.«

»Fluch nicht, Sohn. Das steht dir nicht.«

»Welche Scheißbehandlung kriegen wir also?«

»Mehr, als dir jetzt bewusst ist. Das wird dir später klar werden.«

Sie fuhren um die Nordostspitze des Sees. Die Kleinstadt lag einige Meilen vor ihnen.

»Du machst mir keine Angst«, sagte Harley.

»Das ist gut, Sohn. Du hast keinen Grund, dich zu fürchten. Niemand hat eine Hand gegen dich erhoben, und das wird auch niemand tun.«

Das Vaterding sah genau wie Boyd Higgins aus. Es sprach wie Boyd Higgins. Aber der echte Boyd Higgins hatte Harley nie belogen oder gönnerhaft behandelt, und dieser Drecksack war nichts als ein lügender, gönnerhafter Scheißkerl.

»Du bist ein verlogener Scheißkerl.«

Der Schwindler schüttelte lächelnd den Kopf. »Das glaubst

du nur wegen deiner Krankheit. Aber das gibt sich, wenn du wieder gesund wirst.«

»Wärst du wirklich mein Dad, würdest du mich für solche Frechheiten bestrafen.«

»Nun, wenn du die Beine verloren hättest, Sohn, würde ich dich auch nicht dafür bestrafen, dass du nicht laufen kannst. Und ich denke nicht daran, dich bloß wegen deiner Krankheit zu bestrafen.«

Chevy Silverado, Range Rover und Honda Accord fuhren in feierlicher Prozession durch die Stadt.

Für ein so kleines Nest hatte Iron Furnace ungewöhnlich viele Souvenirläden, Galerien und Restaurants, alle malerisch, die eine breite Main Street mit Klinker-Gehsteigen und historisierenden Straßenlaternen säumten. Es florierte nicht nur wegen der über zweihundert reichen Gäste in dem stets ausgebuchten Fünfsterneresort, sondern auch, weil sie ein beliebtes Ziel für Tagesausflüge aus so weit entfernten Städten wie Nashville, Louisville und Lexington war.

Pembury-Blue-Koniferen – Scheinzypressen – mit dicht benadelten schweren Ästen säumten die Straße. Sie waren das ganze Jahr über mit Tausenden von kleinen Lichtern geschmückt, was die Handelskammer dazu bewog, für Iron Furnace mit dem Slogan »Die Stadt, in der immer Weihnachten ist« zu werben.

Dies war ein großartiger Ort für eine unbeschwerte Kindheit gewesen, vor allem wenn Mom und Dad der Jugendtreff Higgins's Haven gehörte, ein Sandwichshop mit Eisdiele. Aber dies war nicht mehr Harleys Stadt. Er durfte nicht in ihr unterwegs sein. Die alten Häuser und die um diese Zeit nicht mehr beleuchteten Bäume sahen nicht anders aus als früher, aber was ihm einst heiter und sogar magisch erschienen war, wirkte jetzt unheilvoll bedrohlich.

Außerhalb der Stadt bog die Lakeview Road nach Westen ab. Zwei Meilen weiter lag das Iron Furnace Lake Resort in all seiner Pracht.

Harley sagte: »Erzähl mir noch mal, warum du den Laden als ›Warteschule‹ bezeichnest.«

»Obwohl ich das schon hundertmal erklärt habe, tue ich's gern noch mal, wenn's deinem inneren Frieden nützt. Wir bezeichnen sie als Warteschule, weil deine Krankheit vor allem durch Zeit geheilt werden muss. Man muss einfach abwarten, bis die verdammte Sache vorbei ist.«

»Wenn ich sechzehn bin.«

»Ganz recht.«

»Bis dahin bin ich im Gefängnis.«

»Ach, Harley, mein Junge, quäl deinen Vater bitte nicht mit solchem Gerede. Du weißt, dass dies kein Gefängnis ist. Du bekommst alles, was du willst – und dazu gutes Essen, frische Luft und beste Betreuung.«

Harley hätte am liebsten geschrien. Einfach bis zur Erschöpfung geschrien und geschrien und geschrien. Er wusste, dass er nicht verrückt war. Aber in Irrenhäusern schrien die wirklich Verrückten herum, nicht wahr?

Statt zu schreien, sagte er: »Ich habe ein Buch über Persönlichkeitsstörungen gelesen.«

»Gut für dich. Erkenne dich selbst, wie man sagt.«

»Vielleicht möchte ich noch ein Buch darüber.«

»Dann sollst du's bekommen, Sohn. Wir haben dir schon alle möglichen Bücher bestellt. Du weißt, dass wir dich ermutigen, alles zu lesen, was du möchtest. Deiner Mom und mir, uns ist's egal, was du liest, auch wenn's pikant ist, solange es dich interessiert und dir die Zeit vertreibt. Du brauchst nur in der Schule zu bleiben und die Zeit bis zu deinem sechzehnten Geburtstag abzuwarten.«

»Welche Art Persönlichkeitsstörung kuriert sich von selbst, wenn man sechzehn wird?«

»Nun, genau die, die du hast, Sohn.«

»Wie heißt sie?«

Der Schwindler lachte wie Boyd Higgins. »Meine Güte,

Sohn, ich hab mein Leben lang nur Sandwiches und Eisbecher gemacht. Mein Verstand ist nicht darauf geeicht, sich Fachwörter mit dreißig Buchstaben zu merken.«

»Wieso gerade sechzehn?«

»Nun, wie ich die Sache verstehe, wächst das Gehirn auch nach dem sechzehnten Geburtstag weiter, aber in diesem Stadium ist es am reifsten. Und dann bist du bereit.«

»Bereit?«

»So bereit wie nur möglich«, bestätigte der Schwindler.

»Wozu bereit?«

»Bereit, von deiner Krankheit kuriert zu werden.«

»Über Nacht, meinst du?«

»Das stimmt wohl, wenn mein schwacher Verstand es richtig mitbekommen hat.«

Als sie an der Einfahrt des Resorts vorbeifuhren, sagte Harley: »Heute in zwei Jahren.«

»Ab gestern, ab deinem wahren Geburtstag. Wir warten sehnlich darauf, dass du geheilt wirst, Sohn. Dass wir unseren Harley von früher zurückbekommen.«

Nach kurzem Zögern fragte Harley: »Werde ich wieder wie früher?«

»Warum denn nicht? Diese Störung gibt sich wieder.«

Sie fuhren schweigend weiter: ins Dunkel jenseits des Resorts, am Seeufer entlang nach Westen.

Dann sagte Harley: »Dad, kommt es dir nicht verrückt oder wenigstens merkwürdig vor, dass alle Kinder hier unter sechzehn an derselben Krankheit leiden sollen? Dass sie über Nacht geheilt werden sollen, wenn sie sechzehn werden – aber bis dahin eingesperrt und von allen Leuten isoliert werden müssen? Dass sie bis dahin keinen Unterricht bekommen, sondern sich nur irgendwie die Zeit vertreiben sollen? Wenn du darüber nachdenkst, Dad … kommt dir das alles nicht nur verrückt, sondern einfach unrecht vor?«

Boyd Higgins – wenn er wirklich Boyd Higgins war –

runzelte die Stirn, starrte nach vorn, wo seine Scheinwerfer die Straße erhellten, und schwieg eine halbe Meile lang. Dann schüttelte er den Kopf und lächelte. »Du brauchst keinen Unterricht, Harley, denn mit sechzehn wirst du alles wissen.«

»Alles wissen? Was alles?«

»Alles, was du wissen musst, und nichts, was du nicht benötigst. Wart's nur ab! Ab sechzehn weißt du alles, was du fürs Leben brauchst.«

Vier Meilen nach dem Resort wurde der Chevy Silverado langsamer, wendete auf der Straße und fuhr in die Stadt zurück. Der Honda Accord folgte ihm.

Auch der Schwindler wurde langsamer und bog nach rechts auf eine Einfahrt ab, die zu einem hohen Tor in einer Parkmauer führte, die sich auf beiden Seiten im Dunkel der Nacht verlor. Er fuhr sein Fenster herunter, drückte den Klingelknopf der Sprechanlage und nannte seinen Namen. Das Tor rollte zur Seite.

»Tu's bitte nicht«, sagte Harley drängend.

»Hier fehlt es dir an nichts, Sohn. Hier bist du bestens aufgehoben.«

»Mir kommt's vor, als würde ich verrückt.«

»Aber das wirst du nicht, lieber Junge.«

»Vielleicht doch!«

»Bestimmt nicht. Ausgeschlossen.«

Sie fuhren durchs Tor und folgten der Zufahrt zu dem Gebäude, das keine Schule war und nie eine gewesen war.

Harley hatte diesem Mann erklärt, er habe keine Angst vor ihm, und das stimmte auch. Aber es gab Dinge, vor denen er sich fürchtete.

Er fürchtete sich davor, weitere zwei Jahre hier verbringen zu müssen.

Er fürchtete sich vor seinem sechzehnten Geburtstag und davor, was dann geschehen würde.

Die Einfahrt führte zum Herrenhaus. Unter dem Säulenvordach warteten zwei Aufseher – die Frau, die sich Noreen nannte, und der Mann namens Harvey – im bernsteingelben Licht unter der Kassettendecke.

Mann und Junge stiegen gleichzeitig aus dem Range Rover. Der Mann kam um die Motorhaube herum und umarmte Harley, weil Boyd Higgins immer ein Umarmer gewesen war. Er küsste Harley auf beide Wangen, weil Boyd Higgins immer ein Küsser gewesen war. Und er sagte: »Ich liebe dich von ganzem Herzen, Sohn«, weil Boyd Higgins nie mit Worten gegeizt hatte, wenn es um seine Liebe zu Frau und Kind ging.

Harley erwiderte seinen Blick und sah in die warmen blaugrünen Augen, die er sein Leben lang geliebt hatte. Wenn er darin Aufrichtigkeit sah und Liebe, nahm er noch etwas anderes in ihnen wahr: einen flüchtigen Schatten in der Tiefe, wie man ihn manchmal sehen konnte, wenn man an einem sonnigen Tag mit dem Boot auf dem See unterwegs war, ins Wasser spähte und in schon dämmriger Tiefe eine leicht bewegte schemenhafte Fischgestalt sah, die zum Geheimnisvollsten in dieser Welt des Geheimnisvollen gehörte, aber doch als das erkennbar war, was sie war. Der Schatten im tieferen Wasser dieser Augen war jedoch nicht klar definiert wie ein Fisch in der Tiefenströmung des Sees, sondern qualvoll verdreht, als empfinde der Mann vor ihm diesen Abschied als Folter und sei sich bewusst, wenn auch nur kurz, dass etwas ganz und gar nicht stimmte. Aber dann war es mit dem Blick in die Tiefe vorbei, und der Mann war wieder unempfindlich für das Elend seines Jungen, als befinde er sich im Griff einer unerklärlichen dämonischen Macht. Er lächelte, stieg in den Rover, fuhr davon und ließ Harley mit der beängstigenden und deprimierenden Gewissheit zurück, er sei weder von einem Roboter noch einem Klon, sondern nur von dem hergebracht worden, was von einem guten Mann namens Boyd Higgins übrig geblieben war.

TEIL VIER

IRON FURNACE

EINS

Am Montagmorgen auf dem Flug nach Louisville beschäftigte Luther Tillman sich mit einem der dicken Journale in Spiralbindung, die Cora Gundersuns handgeschriebene Prosa enthielten. Er glaubte, es enthalte ihre letzten Arbeiten, denn im Gegensatz zu den übrigen Journalen war es nicht ganz vollgeschrieben; die letzten hundert Seiten waren leer.

Wie zuvor war er von ihrer Prosa gefesselt. In der Mitte des Journals fand er jedoch zwei Seiten, die an den Inhalt des Hefts erinnerten, das Rob Stassen und er auf Coras Küchentisch entdeckt hatten – mit der zwanghaften Wiederholung von Phrasen, aus denen sich langsam ein Satz über eine Spinne ergab, die Eier in ihr Gehirn legte.

Diese Wiederholungen waren anders. Die Zeilen in präziser Handschrift verlangten eine Interpretation. Aber weil seine Maschine sich schon im Landeanflug auf Louisville befand, verschob er die Analyse auf später.

Nachdem Luther einen Chevrolet gemietet hatte, fuhr er in zwei Stunden nach Mourning Dove, Kentucky, und nahm sich ein Zimmer im Mourning Dove Inn.

Im neun Meilen entfernten Iron Furnace hätte es bessere Unterkünfte gegeben. Aber der Name Tillman würde Booth Hendrickson und dem Justizministerium eher zu Ohren kommen, wenn er im Gästebuch eines Motels in der Kleinstadt auftauchte, in der Cora Gundersun an einer Konferenz mit nicht ganz eindeutiger Zielsetzung teilgenommen hatte.

Für den ersten Besuch in Iron Furnace zog Luther eine graue Flanellhose, ein graues Hemd und ein schwarzes Sportsakko an, das später hoffentlich gut genug für das Restaurant des Resorts sein würde.

Die Verhüttung von Eisen erforderte große Mengen Wasser, und die Stadt war etwa ab 1830 aufgeblüht. Aber die Stahlindustrie hatte sich keine hundert Jahre lang halten können. Der große Hochofen war längst abgebaut. An seiner Stelle fand Luther eine bezaubernde Kleinstadt mit einer vier Straßenblocks langen Allee aus prachtvollen Koniferen: in Minnesota nicht vorkommende Pembury Blues, deren üppige Nadeln aromatisch dufteten.

Bevor die Läden und Galerien schlossen, machte er einen eineinhalbstündigen Rundgang und schwatzte mit dem Verkaufspersonal oder den Besitzern, die alle sehr freundlich waren. Falls jemand sich für seinen Namen interessierte, war er Martin Moses aus Atlanta, Partner in einer Eventagentur.

Um 18 Uhr fuhr er die wenigen Meilen zu dem berühmten Resort hinaus, wo er von einem Einparker in goldbetresster schwarzer Uniform und reichlich Gold auf dem Mützenschirm begrüßt wurde. Sein Mietwagen wurde mit nicht weniger Begeisterung in Empfang genommen als ein Rolls-Royce.

Der zweigeschossige Bau à la Frank Lloyd Wright wirkte riesig; lange gerade Linien, sanft geneigte Schieferdächer mit großen Überhängen, freitragende Dachterrassen und dramatisch gestaffelte Natursteinmauern, dazwischen beige verputzte Wände. Die bleigefassten Fenster waren zum größten Teil klar verglast; Farben fanden sich nur in geometrischen Randmustern.

In der herabsinkenden Abenddämmerung leuchteten die Fenster in warmem, fast mystischem Licht, als könnten die sterblichen Gäste sich dort unter die von ihren Pantheons herabgestiegenen Götter und Halbgötter alter Kulturen mischen.

Von den einfachen, aber wundervoll dekorativen Details der polierten Zedernholzdecken bis zu den hellgrauen Quarzfliesen mit schwarzen Graniteinfassungen übertraf die Innenausstattung alle Erwartungen.

Die Ober trugen leicht abgewandelte Smokings. Kerzen in Kristallleuchtern aus Baccarat ließen farbige Prismen über Damast, edles Porzellan und Silberbesteck huschen. In einer hohen Glasvase zusammengefasste scharlachrote Amaryllis schienen in dem sanft pulsierenden Kerzenschein sinnlich zu beben.

Das Essen war köstlich, in jeder Hinsicht perfekt, der Service untadelig, der Ober freundlich. Als Luther den Wunsch äußerte, bar zu zahlen, deutete niemand auch nur an, das könnte in diesem Zeitalter der Gold- und Platinkarten als tölpelhaft gelten.

Weil der Einparker jetzt Zeit hatte, unterhielt er sich ein paar Minuten mit Luther, bevor er den Chevrolet vorfuhr. Er drückte sich gewandt aus und erwies sich als guter Kenner der Ortsgeschichte.

Neun Meilen entfernt, wieder in dem glanzlosen Mourning Dove Inn, hängte Luther sein Sportsakko in den Kleiderschrank und benutzte die Toilette. Während er sich die Hände wusch, betrachtete er sein Spiegelbild und fragte sich: »Was zum Teufel war das alles?«

Dann saß er in dem Sessel, starrte den Fernseher an, den er nicht eingeschaltet hatte, und dachte über Iron Furnace und das gleichnamige Resort nach. Beide hatte er nicht als Tourist, sondern wie ein Cop besichtigt, der einen Tatort begutachtet.

Er hatte dort keine Strommasten, keine Telefonmasten gesehen. Alle Leitungen waren unterirdisch verlegt, was für eine Kleinstadt auf dem Land ungewöhnlich war. Aber vielleicht hatten die Einwohner das Geld für diese Verschönerungsmaßnahme aufgebracht, um das Ortsbild für Touristen noch malerischer zu machen.

Die Straßen waren vorbildlich sauber. Hinter jedem Besucher, der ein Kaugummipapier wegwarf, kam anscheinend gleich jemand, der es aufhob. Und die Gehsteige waren so sauber, als seien sie abgesaugt worden. In den Rinnsteinen lagen nur Nadeln von Koniferen – aber auch nicht viele.

Die Besitzer der malerischen Häuser schienen Instandhaltungsverträge mit Heinzelmännchen abgeschlossen zu haben.

Alle Holzbauteile sahen aus, als seien sie letzte Woche gestrichen worden. Überall sonst setzten Wind und Wetter dem Mörtel zwischen Klinkersteinen zu, aber nicht in Iron Furnace. Graffiti gab es hier keine. Auch keine einzige schmutzige oder gesprungene Fensterscheibe. Die Shops und Galerien präsentierten ihr Angebot so pedantisch ordentlich, dass man allen Inhabern und Angestellten eine Zwangsneurose hätte attestieren können.

Alle Leute, die er kennengelernt hatte, waren so normal – wie im Fernsehen der Fünfzigerjahre, wie das Ensemble von *Ozzie and Harriet* oder *Leave It to Beaver* –, dass ihre Normalität heutzutage anomal wirkte. Adrett und gut, aber nie auffällig gekleidet. Höflich und wohlerzogen.

Auch wenn das Personal noch so gut ausgebildet war, musste man immer mal wieder einer Verkäuferin begegnen, die aus privaten Gründen abgelenkt oder ungeduldig war, einem Galeristen, der ein Snob war, einem unfreundlichen Verkäufer, einem hochnäsigen Ober – nicht jedoch in Iron Furnace. Alle waren effizient, aufmerksam, über ihr Produkt informiert und offenbar mit ihrem Job zufrieden.

In Iron Furnace war dieses unfehlbar höfliche Auftreten so allgemein verbreitet, dass Luthers Cop-Intuition ihm sagte, hier habe nicht jemand etwas, sondern hier hätten *alle* etwas zu verbergen.

Was absurd war. Paranoid.

Sechshundert Leute, die ein Geheimnis bewahrten? Unmöglich. Woraus sollte es außerdem bestehen – dass alle von irgendeiner Glücksdroge high waren?

Noch etwas Merkwürdiges: Trotz der allgemeinen Freundlichkeit hatte er kaum etwas gesehen, das man Fröhlichkeit nennen konnte, kein Entzücken mit glänzenden Augen, kein echtes Lachen. Alle diese Leute wirkten nicht glücklich, sondern schienen in einem Zustand langweiliger Zufriedenheit zu existieren. Vielleicht war Zufriedenheit in diesen unruhigen

Zeiten genug, aber ihre universale Verbreitung erschien ihm trotzdem eigenartig.

Er hatte Seitenstraßen erkundet, in denen die Häuser ebenso gepflegt waren wie die Geschäfte an der Lakeview Road. Das ganze Städtchen hätte eine Filmkulisse sein können. Was hätte er vorgefunden, wenn er eine der Haustüren geöffnet hätte? Eine Fassade ohne Zimmer, ganz ohne Einrichtung?

»Pass bloß auf, dass du nicht durchdrehst«, warnte er sich selbst.

Aber ... noch etwas Merkwürdiges. Er hatte Touristen gesehen, die mit ihren Smartphones telefonierten oder Textnachrichten verschickten, aber keinen Ladeninhaber, keinen Angestellten oder sonst jemanden, der ein Einwohner von Iron Furnace zu sein schien. Wenn in einer Gesellschaft aus Tech-Freaks, die nach ständigem Kontakt über die sozialen Medien gierte, etwas den *fremdartigen* Aspekt dieser Leute bestätigte, dann war es ihr Handyverzicht.

Luther hatte nicht erwartet, eine Schusswaffe zu brauchen. Er glaubte noch immer, ohne eine auskommen zu können.

Aber weil er auf die traditionelle Rücksicht zählte, mit der leitende Polizeibeamten rechnen konnten, wenn sie in fremden Revieren eine verdeckte Waffe trugen, hatte er in seinem Koffer eine Springfield Armory Super Tuned .45 Champion. Und einen Schulterholster. Plus zwei volle Magazine.

Jetzt packte er die Pistole aus, die er sicher nicht brauchen würde, und schob ein Magazin in den Griff.

Dann setzte er sich wieder in den Sessel, dieses Mal mit dem Journal mit Coras Prosa. Er schlug die beiden Seiten mit sich wiederholenden Satzfragmenten auf, die er im Landeanflug auf Louisville entdeckt hatte.

Während er das Geschriebene studierte, sah er mehrmals zu der Pistole auf dem Tischchen neben seinem Sessel hinüber. Er war froh, dass er sie mitgebracht hatte.

ZWEI

Harley Higgins war am Montagmorgen erst um 5:20 Uhr ins Bett gegangen. Aber selbst dann blieb er im Griff solcher Ängste und Seelenqualen, dass er trotz seiner Erschöpfung nicht einschlafen konnte. Auch wenn seine Eltern nicht tot waren, befanden sie sich in einem nicht näher definierbaren Zustand, der sie dazu verdammte, nach von außen – von irgendwas oder irgendwem – kommenden Anweisungen zu leben. Falls es keine Möglichkeit gab, ihre Verwandlung rückgängig zu machen, waren sie für ihn verloren; dann hätte er ebenso gut eine Vollwaise sein können.

In zwei Jahren, wenn er wie sie verwandelt worden war, würde er vielleicht wieder zu ihnen ziehen dürfen, aber er würde nicht wirklich er selbst sein, und ihr Leben würde ein schwacher Abklatsch des Lebens sein, das sie hätten führen können. Sie würden keine Zombies sein, weil sie nicht verwesen und zerfallen würden, aber sie würden auch nicht richtig leben. Und allem Anschein nach *würden sie nicht wissen, dass sie sich verändert hatten*, was ihn am meisten erschreckte.

Seine Aufseher mussten gemerkt haben, dass er nicht schlafen konnte, denn um 6:30 Uhr kam Noreen mit »einem kleinen Spezialfrühstück« herein: einem Plunderstück, einem Zimt-Pekan-Brötchen und einem Glas eiskalter Milch. Sie bestand darauf, die Milch werde ihm einschlafen helfen. Wahrscheinlich war sie mit einem Beruhigungsmittel versetzt. Harley war das egal. Das Gebäck interessierte ihn nicht, aber er trank die Milch.

Er träumte von einer Großstadt, in der niemand mehr zu leben schien: verlassene Bürotürme und Apartmentgebäude ohne Mieter, breite Avenues ohne Verkehr, an den Straßenrändern liegen gebliebene leere Autos, überall lähmende Totenstille. Aber die scheinbar verschwundenen Menschen waren noch als Spiegelbilder in Schaufenstern zu sehen, an denen sie vorbeikamen, in der polierten Stahlfassade eines eleganten Ladens, in einem Teich im Park. Von ihrer Gegenwart zeugten Spiegel, aber die abgebildeten Menschen waren unsichtbar. Harley blickte aus einem Spiegel in einer Hotelhalle, konnte sich aber nicht sehen, selbst als er an seinem Körper herabblickte. Als er begriff, dass er nur im Spiegel lebte, dass er die Welt nicht mehr berühren oder von ihr berührt werden konnte, dass sein Lebensraum auf die dünne Ebene zwischen dem Glas und seiner Silberbeschichtung beschränkt war, schrie er verzweifelt auf, aber sein Schrei blieb stumm, so bedeutungslos wie die Hoffnungen von Toten und die Begierden von niemals Geborenen.

Zehn Stunden nachdem Harley die Milch getrunken hatte, wachte er am Montagnachmittag um 16:30 Uhr auf, schlug die Bettdecke zurück und stand auf. Ihm war bewusst, dass er weiter versuchen musste, von hier zu flüchten; auch wenn er jedes Mal geschnappt wurde, musste er's wieder und wieder versuchen, bis er dabei umkam oder sie ihn einsperrten.

DREI

Jane Hawk erreichte Bowling Green, Kentucky, am Montagnachmittag um 16:54 Uhr – zu müde, um noch darauf zu achten, an wie vielen Stellen ihr Körper schmerzte.

Sie fand ein Deli und kaufte zwei Reuben-Sandwiches, Essiggurken und einen Behälter Kartoffelsalat.

Das Motel war teuer, vier Sterne, aber sein Geld wert, denn es bot sämtliche Kabelkanäle, ein Universum aus Sinn und Unsinn. Als sie vor dem Fernseher sitzend aß, wollte sie nur das Game Show Network sehen: *Family Feud* mit Steve Harvey, drei Folgen nacheinander. Wenn der Moderator Witze riss, wenn die Familien sich befehdeten, kehrte etwas von dem unbeschwerten, selbstironischen, apolitischen Aspekt Amerikas zurück, der so für das Herz der Nation sprach, wie es einst kraftvoll geschlagen hatte, auch wenn es jetzt zu schwächeln schien.

Nachdem sie geduscht hatte, wusch sie ihre Perücke sorgfältig im Waschbecken. Sie setzte sie noch feucht wieder auf und passte sie mit Bürste und Fön ihrer Kopfform an. Dann nahm sie die Perücke wieder ab, legte sie beiseite und föhnte ihr eigenes, ungeschickt selbst geschnittenes Haar trocken.

Sie nahm die grünen Kontaktlinsen heraus und legte sie in Reinigungsflüssigkeit. Dann streckte sie sich im Bett aus und legte den 45er Colt unter das zweite Kissen, auf dem Nicks Kopf gelegen hätte, wenn dies eine bessere Welt gewesen wäre, in der er noch lebte.

Sie lag da, starrte zur Decke auf, die sie nicht sehen konnte, ließ das Dunkel durch ihre blauen Augen ein und wünschte sich nur, dass der allmählich herabsinkende Schlaf ohne dramatische Träume sein würde.

VIER

Harley bekam sein Abendessen um 18 Uhr in seinem Zimmer serviert. Zu seiner Version von San Quentin gehörte Zimmerservice. Jeder von ihnen hatte ein Kingsize-Bett, eine Sitzecke und ein eigenes Bad. Aber jeder Ort konnte ein Gefängnis sein, wenn seine Bewohner nicht frei waren.

Seit zehn Monaten saß er in dieser verrückten Bude mit drei Aufsehern fest, die sich Therapeuten nannten. Die Verrücktheit, die Einsamkeit und die Angst ließen seine Nerven manchmal blank liegen. Wäre er stattdessen in einem Albtraum gefangen gewesen, hätte er wenigstens daraus erwachen können.

Er wusste nicht, wie lange er's noch schaffen würde, nicht

zu zerfallen. Der Zusammenhalt in seinem Inneren löste sich allmählich auf. Wurde locker. Franste aus. Sein Verstand war immer hellwach und munter gewesen, aber in letzter Zeit schienen einige der Lichter im Zentrum zu erlöschen, sodass er manchmal nicht klar denken, nicht um diese dunkle Masse herumsehen konnte. In solchen Augenblicken wurden die Geräusche dieser Welt – Stimmen, Musik, Vogelgezwitscher – zu einem bedeutungslosen Rumpeln wie von einer ratternden Achterbahn auf unebenem Gleis. Dann musste er sich hinlegen, mit geschlossenen Augen tief durchatmen und darauf warten, dass die Panik abklang. Sie klang immer ab, aber das bedeutete nicht, dass er sich darauf verlassen konnte.

Manche Kids waren in noch schlechterer Verfassung. Die beiden kleinsten Mädchen – Sally Ingram, sieben, und Nora Rhinehart, acht – teilten sich ein Zimmer, weil sie sich nachts und oft auch tagsüber vor dem Alleinsein fürchteten. Jimmy Cole, zehn, der von Anfang an zerbrechlich gewesen war, hatte zu Weihnachten angefangen, sich zurückzuziehen; jetzt redete er manchmal tagelang nicht mehr.

Harley aß am Fenster mit Blick auf den im Mondschein liegenden See in der Ferne und den zum Herrenhaus gehörenden Park, dem effektvolle Beleuchtung einen düsteren Zauber verlieh. Keine vergitterten Fenster. Keine abgesperrten Türen. Die Insassen durften sich auf dem zwei Hektar großen Gelände frei bewegen. Der Park war von einer Dreimetermauer umgeben, die sich aber erklettern ließ, wo uralte Ranken Griffe und Tritte bildeten. Auch einige Bäume, deren Äste über die Mauer hingen, boten Fluchtwege. Am Nordende des Parks führte ein schmiedeeisernes Tor zu einem privaten Bootssteg hinaus, und das Tor war leichter zu überklettern als die Mauer.

Dieses Arrangement hatte Harley mit der Hoffnung auf eine Fluchtmöglichkeit angelockt, aber das Versprechen hatte sich als falsch erwiesen. Er war nicht der Einzige, der ausgebrochen und bald wieder geschnappt worden war. Ihre

Aufseher mussten irgendeinen psychologischen Zweck damit verfolgen, sie in Versuchung zu führen.

Er hätte gern geglaubt, das gesamte Personal bestehe aus bösartigen, gemeinen Sadisten. Aber das waren sie nicht. Sie schienen wie seine Eltern zu sein: gewöhnliche Leute, die sich irgendwie *verändert* hatten, sodass sie wie früher und doch ganz anders waren. Sie lebten wie zuvor weiter, aber wenn ihnen etwas befohlen wurde – selbst etwas Unnatürliches wie ihre Kinder auszuliefern –, gehorchten sie widerspruchslos. Und noch schlimmer: Sie glaubten, das Richtige zu tun. Keiner der Angestellten schimpfte oder schlug die Kinder. Auf irgendwie unheimliche Weise waren die Erwachsenen stets freundlich, fast liebenswürdig.

Harley wünschte sich, sie wären totale Zombies. Dann hätte er sie umbringen können. Manchmal hätte er sie trotzdem am liebsten ermordet, aber er wusste, dass er's nicht geschafft hätte, jemanden zu erstechen.

Nicht ihre Aufseher waren bösartige, gemeine Sadisten. Das waren die Unbekannten, die diese Leute verändert hatten. Harley hatte Theorien, die ihm aber dumm vorkamen. Er hatte unzählige Filme und Dokus über Außerirdische gesehen, die Leichenräuber waren, über ETs, die Gedanken kontrollierten, über böse künstliche Intelligenz, mordende Roboter aus der Zukunft und von Dämonen Besessene. Alle diese Dinge kamen hier infrage. Aber wenn die *reale* Zukunft einem Science-Fiction-Film glich, wäre das unerträglich dumm gewesen. Das Leben war komplizierter als ein Film, es *musste* komplizierter sein, wenn es Spaß machen sollte.

Außerdem würde es in diesem Fall einen beängstigenden Unterschied zwischen dem Film und dem richtigen Leben geben. Im realen Leben konnte kein Superheld die Welt vor den bösen Außerirdischen retten. *Armeen* genügten nicht, um solche Feinde zu besiegen. Waren die bösartigen, gemeinen Sadisten keine Menschen, war die Menschheit erledigt. Und

Harley würde an seinem sechzehnten Geburtstag einer von ihnen werden.

Er musste einen weiteren Fluchtversuch machen. Bald.

Er rechnete sich aus, dass es Kameras geben musste, Hunderte davon, die teils öffentlich, teils verdeckt angebracht waren. Bestimmt wurden ihre Aufnahmen in Echtzeit von Software analysiert, die jede Bewegung erfassten und auch menschliche Wärmesignaturen identifizieren konnten. Kletterte jemand über die Mauer, alarmierte das System die Aufseher.

Nur den Park zu verlassen zählte nicht als Flucht, weil man die Verfolger sofort hinter sich hatte – und weil die gesamte Bevölkerung von Iron Furnace ab sechzehn Jahren durch Schwindler ersetzt oder in willfährige Arbeitsbienen verwandelt worden war. Bei seinen beiden ersten Fluchtversuchen hatte Harley sich an Leute gewandt, die er kannte, weil er hoffte, sie würden ihm helfen. Stattdessen hatten sie ihn festgehalten, bis die sogenannte Schule ihn abholen und in sein Zimmer zurückbringen konnte.

Bei seinem dritten Fluchtversuch hatte er Touristen um Hilfe gebeten. Aber die hatten geglaubt, er wolle sie auf den Arm nehmen. Dann hatten sie vermutet, er sei geistesgestört – was das Personal der sogenannten Schule bestätigte, als es kam, um den verwirrten jungen Patienten abzuholen.

Er musste es schaffen, Iron Furnace zu verlassen und seine Geschichte überzeugender zu erzählen, als ihm das bei den Touristen gelungen war.

Aus jedem Fehlschlag gab es jedoch etwas zu lernen. Als er letzte Nacht nach der Seeüberquerung den auf der Lakeview Road wartenden Trupp gesehen hatte, war ihm das bisher Wichtigste klar geworden: Auf dem Gelände mochte es Hunderte von Kameras und Bewegungsmeldern geben, aber er trug eindeutig einen GPS-Sender bei sich, mit dem sie ihn überall auf der Welt orten konnten.

Nachdem das Vaterding ihn hier abgeliefert hatte, war Harley nackt vor den dreiteiligen Spiegel in seinem begehbaren Kleiderschrank getreten und hatte seinen Körper nach einer winzigen Narbe abgesucht, die auf ein GPS-Implantat schließen ließ. Vielleicht lauerten auch hinter den Spiegeln Kameras. Vielleicht hatten die Sadisten, die alles kontrollierten, perverse Freude daran, ihn zu beobachten. Das war ihm egal. Er musste wissen, ob ihm ein Sender eingepflanzt worden war, der seinen Standort verriet. Er fand jedoch keine Narbe.

Zuletzt war er erschöpft ins Bett gefallen.

Als er jetzt mit dem Abendessen fertig war, dachte er an seine Schuhe. Sobald er gemerkt hatte, dass mit Mom und Dad irgendetwas nicht in Ordnung war, war er mit einem Schlafmittel betäubt und hier eingeliefert worden. Beim Aufwachen hatte er festgestellt, dass seine Kleidung vollständig da war – nur seine Schuhe nicht. Als Ersatz dafür standen im Kleiderschrank neue Sneakers.

Auch nachdem er vergangene Nacht in knietiefem Wasser an Land gewatet und auf der Wiese durch Wildgras und verwesende Alraunen aufgestiegen war, waren seine Sneakers nicht ruiniert gewesen. Sie hätten nur gründlich gesäubert werden müssen. Stattdessen hatte man ihm ein neues Paar hingestellt.

Neu. Vielleicht weil der GPS-Sender in dem alten Paar beschädigt war.

Diese neuen Sneakers trug er jetzt.

Das WC in seinem Bad befand sich in einer eigenen kleinen Kabine, in der es keine Überwachungskamera zu geben schien. Zumindest hatte Harley dort trotz gründlicher Suche keine entdecken können.

Jetzt ging er hinein, schloss die Tür, setzte sich auf den Klodeckel und zog seine Sneakers aus. Er untersuchte den linken Schuh von vorn bis hinten, ohne etwas Verdächtiges zu finden.

Im runden Absatz des rechten Schuhs entdeckte er jedoch einen kreisförmigen Ausschnitt mit fünf bis sechs Millimeter

Durchmesser. Als sei ein Bohrkern herausgestanzt und durch etwas Eingeschobenes ersetzt worden. Und danach war das Loch mit einem Gummipfropfen verschlossen worden.

Sein Abendessen war mit einem Steakmesser serviert worden, mit dessen Spitze er den Pfropfen heraushebeln konnte, sodass der Sender sichtbar wurde.

Daraus ergab sich ein Problem: Vielleicht ließ das Ding sich nicht herausziehen, ohne beschädigt zu werden. Dann würden *sie* wissen, dass er es gefunden hatte.

Solange sie nicht wussten, dass er entdeckt hatte, dass sie ihn orten konnten, war er im Vorteil.

Weil er den Tag verschlafen hatte, schlief er erst gegen zwei Uhr morgens ein und hatte so reichlich Zeit, einen Fluchtplan für die Nacht zum Mittwoch auszuarbeiten.

FÜNF

Der scheidende Winter sträubte sich weiter dagegen, seinen Frieden mit dem kommenden Frühling zu machen. Das Wetter wechselte von Tag zu Tag, und der Dienstag begann kühler als der Montag, weil Wolkenpiraten die Sonne gekapert hatten.

Jane Hawk, die langes kastanienbraunes Haar, grüne Kontaktlinsen und eine Hornbrille mit Fensterglas, aber *nicht* ihren Ehering mit der von Nick ausgesuchten liebevollen Inschrift trug, fuhr am Dienstag um kurz nach elf Uhr durch Iron Furnace. Die Kleinstadt mit einer Allee aus Scheinzypressen, die prachtvolle Beispiele für viktorianische Architektur in Amerika überragten, war reizend.

Am jenseitigen Stadtrand bog sie nach Westen ab, um zu dem Resort zu gelangen. Im trüben Licht dieses windstillen Tages lag der See zinngrau vor ihr. Auf dem Wasser waren nur zwei Elektroboote mit blauen Sonnendächern unterwegs, deren Kielwasser wieder so rasch verschwand, wie es sich bildete.

Sie fuhr an dem Resort vorbei. Zwei Meilen weiter stand das der Firma Apiculus gehörende alte Herrenhaus, dessen massives Tor so abweisend war wie das Fallgatter einer Burg. Jane fuhr daran vorbei, ohne langsamer zu werden.

Eine Meile weiter erreichte sie einen Aussichtspunkt mit Parkplätzen für mehrere Autos. Sie sperrte den Escape ab, in dem ihre Koffer, die Umhängetasche und ihre Tragetasche zurückblieben.

Mit ihrem Fernglas in der Hand überquerte sie die Straße zu einem Kiefernwäldchen, dessen Boden anfangs mit Waldgras und weißer Hainsimse kurz vor dem Aufblühen, dann mit Farnen und Streifenfarnen bedeckt war. Das Gelände stieg zu einem in Ost-West-Richtung verlaufenden Hügelkamm an, dem sie nach Osten folgte, bis die Krüppelkiefern durch Rispenhirse ersetzt wurden. Ab dort blieb sie auf der Südflanke unterhalb der Gratlinie, um von der Lakeview Road aus nicht gesehen werden zu können.

Gegenüber dem großen Haus schlich sie geduckt zum Grat hinauf und streckte sich in der Rispenhirse aus, aus der winzige Mottenschildläuse aufflogen, um sich einen ruhigeren Platz zu suchen. Sie stellte das Fernglas scharf und begutachtete das große Anwesen nördlich der Straße.

Was das Äußere des geheimen Refugiums eines vielfachen Milliardärs betraf, erwartete Jane nicht nur eine hohe Umfassungsmauer und ein massives Einfahrtstor, sondern auch ein Wachhäuschen, das Tag und Nacht mit mindestens einem bewaffneten Posten besetzt war. Aber es gab keines. Und in die Mauerkrone waren keine Stahlspitzen eingelassen, die nicht nur dekorativ, sondern auch ein weiteres Abwehrmittel gegen Eindringlinge gewesen wären.

Auf einem zwei Hektar großen Grundstück hätte die Zufahrt länger sein sollen, jedoch nicht nur aus ästhetischen

Gründen. Eine längere Zufahrt gab dem Wachpersonal mehr Gelegenheit, einen aggressiven Eindringling zu stoppen, der das Tor mit einer geballten Ladung aufgesprengt oder mit einem verstärkten Lastwagen gerammt hatte.

Vielleicht hatte D. J. Michael gegen ein Wachhäuschen, Stahlspitzen auf der Mauerkrone und andere sichtbare Abwehrmaßnahmen votiert, weil sein Anwesen keine unerwünschte Aufmerksamkeit erregen sollte. Diese Mängel konnte er durch verstärkte elektronische Überwachung, gepanzerte Türen, schussfestes Glas, mehr als nur einen Panikraum und weitere Sicherheitsvorkehrungen wettgemacht haben.

Im Augenblick rechte ein Mann auf der Zufahrt unter dem Säulenvordach welkes Laub zusammen. Er trug keinen grünen Overall wie ein Gärtner, aber auch nicht die in den meisten großen Häusern übliche schwarz-weiße Livree. Stattdessen war er wie ein Arzthelfer oder Krankenpfleger von Kopf bis Fuß weiß gekleidet.

Jane suchte ein Fenster nach dem anderen ab. Im ersten Stock, hinter einem Fenster an der südlichen Ecke, entdeckte sie etwas, das sie am wenigsten erwartet hätte: ein Kind. Einen Jungen von etwa zehn Jahren.

D. J. Michael war nie verheiratet gewesen, hatte keine Kinder. Er war ein Einzelkind ohne Nichten oder Neffen.

Trotzdem stand dort ein Junge, blickte in den Park hinaus, flachsblond und blass hinter dem glänzenden Glas, sein Gesicht aus der Ferne nicht sehr deutlich zu erkennen. Er wirkte ernst, obwohl Jane nicht ausschließen konnte, dass sie ihre eigene ernste Stimmung auf ihn übertrug. Unabhängig davon war seine stille Haltung für einen Jungen in seinem Alter unnatürlich. Sie beobachtete ihn vier, fünf Minuten lang, und er bewegte sich in dieser Zeit nur zweimal: zum ersten Mal, um eine flache Hand an die Scheibe zu legen, als habe ein Kolibri oder Schmetterling sich nahe herangewagt und ihn aus seiner Trance geweckt; und dann wieder, um die Hand sinken zu lassen und wie zuvor mit schlaff herabhängenden Armen dazustehen.

Während Jane ihn beobachtete, erschien er ihr mehr wie ein Wiedergänger als ein richtiger Junge, vielleicht ein Kindergespenst, das in seinem Sterbezimmer umging, und sie dachte an Miles, den Jungen in der Novelle *Die Drehung der Schraube* von Henry James. Ein kalter Schauder, der nichts mit dem Wetter zu tun hatte, überlief sie dort in der Rispenhirse liegend, denn dieser Junge erinnerte sie auch an Travis, der jünger, aber ebenfalls allein und für sie unerreichbar war.

Selbst von ihrer erhöhten Position aus konnte sie die ersten vierzig bis fünfzig Meter hinter dem Haus nicht einsehen, aber dahinter lagen terrassenförmig angelegte Rasenflächen, die zur Nordmauer und einem Tor zum See hinunterführten. Gepflasterte Fußwege schlängelten sich zwischen prächtigen alten Bäumen hindurch, die unter dem aschgrauen Himmel keine Schatten warfen. Die Äste einiger Bäume hingen weit über die Parkmauer, was kein Sicherheitsberater geduldet hätte. Wasser sprudelte aus muschelförmigen Brunnenschalen, und eine schneeweiße Gartenlaube war mit Ornamenten geschmückt wie eine fantastische Hochzeitstorte.

Unter den schützenden Zweigen einer Trauerweide kamen auf einem Fußweg zwei kleine Mädchen hervor. Jane zoomte sie so nahe heran wie nur möglich. Sie sah die Mädchen nicht deutlich genug, um ihr Alter schätzen zu können, aber sie waren bestimmt jünger als der Junge am Fenster. Sie gingen Hand in Hand. Ihre Haltung, ihre Bewegungen deuteten auf undefinierbare Weise an, dass sie bedrückt, vielleicht irgendwie gefährdet waren. Aber vielleicht bildete Jane sich das auch nur ein, weil sie an die Gefahr dachte, in der Travis schwebte.

Sie richtete das Fernglas wieder auf die Vorderfront des Hauses und stellte fest, dass der Junge hinter der Fenstertür so bewegungslos in den Park hinausstarrte, als habe er die Hand nie zum Glas erhoben.

Der Mann mit dem Rechen war verschwunden.

Hinter dem Haus hatten die beiden Mädchen sich auf eine reich verzierte, weiß gestrichene schmiedeeiserne Bank gesetzt. Sie lehnten aneinander wie traurige Schwestern, die Trost und Mitgefühl brauchten.

Am Rand von Janes Blickfeld erschien eine Frau auf dem Weg, den die Mädchen gegangen waren. Wie der Mann, der unter dem Säulenvordach Laub zusammengerecht hatte, war sie ganz in Weiß gekleidet. Sie blieb in einiger Entfernung stehen und beobachtete die Kinder lediglich.

Misstönend krächzend kam ein Krähenschwarm, der genau der Straße folgte – als wäre er dem Asphalt entstiegen –, laut flatternd aus Osten heran. Die Vögel machten einen Schwenk zum Hausdach hinüber, auf dessen First sie sich in langer Reihe niederließen.

Jane suchte erneut die Fenster ab, ohne mehr zu entdecken als den blassen flachsblonden Jungen, der wie ein Wachposten dastand.

Plötzlich erschien ein weiterer Junge von vierzehn oder fünfzehn Jahren neben ihm und legte dem Jüngeren einen Arm um die Schultern. Der Kleinere bewegte sich nicht, bis der andere ihn nach kurzer Pause vom Fenster in die Schatten wegzog.

Jane ließ das Fernglas sinken, kroch von dem Grat zurück und setzte sich in die Rispenhirse, auf der weitere Mottenschildläuse mit Wachs auf den Flügeln aufflogen. Bienen waren noch nicht wieder unterwegs, und sie hörte auch keine Grillen zirpen.

Falls das Herrenhaus an der Lakeview Road wirklich ein Refugium für David James Michael gewesen war, schien es das nicht mehr zu sein.

Sie hatte geglaubt, Randall Larkin, der in einer verlassenen Fabrikhalle an einen Stuhl gefesselt war, sei zu verzweifelt gewesen, um ihr irgendetwas vorzuenthalten. Und sie wusste, dass D.J. Michael der wahre Besitzer dieses Anwesens war, das einem ausländischen Fonds gehören sollte. Also hatte der Anwalt sie nicht ganz irregeführt. Dass es hier keine bewaffnete Security gab, deutete darauf hin, dass der Milliardär nicht anwesend war, und die Kinder, die sie beobachtet hatte, ließen darauf schließen, dass das Haus jetzt anderen Zwecken diente.

Unabhängig davon, ob Larkin damit gerechnet hatte, dass sie ihn erschießen würde, oder ob er nur eine Lüge in all die Wahrheiten hatte praktizieren wollen, die er ihr erzählt hatte, bevor er sein neues Leben in der Karibik begann, war seine Absicht bösartig gewesen.

Sie glaubte nicht, dass er sie auf eine so weite Reise geschickt hatte, nur um ihre Zeit zu vergeuden. Wahrscheinlicher war, dass dieses Anwesen irgendeine Art Falle war, von der man sich am besten fernhielt.

Sie hatte es auf D.J. Michael abgesehen, wollte ihn stellen, ihm ein Geständnis abringen und es aufzeichnen. Aber er war nicht hier. Folglich hatte sie keinen Grund, noch länger in Iron Furnace zu bleiben.

Aber ... Bertold Shenneck, Vater des Nanotech-Kontrollmechanismus, und D.J. hatten beide Verbindungen zu dieser Kleinstadt, was suggerierte, dass Nachforschungen über den Zweck des Anwesens Erkenntnisse liefern konnten, die sich gegen den Milliardär verwenden ließen.

Sie stand auf, klopfte ihre Jeans ab, ging auf der Südflanke des Hügels zu dem Kiefernwäldchen und ihrem Ford zurück und überlegte unterwegs, welche Optionen sie hatte, während hinter ihr die Krähen vom Dachfirst des Herrenhauses aufflogen. Hätten einzelne Fetzen der vergangenen Nacht sich in Bäumen verfangen und sich erst jetzt losgerissen, wären sie nicht schwärzer gewesen als diese Vögel, als sie heiser krächzend über den Hügel kamen und wie ein Schwarm von Propheten, die eine bevorstehende Katastrophe ankündigten, lärmend nach Südwest davonflogen.

SECHS

Stacia O'Dell, die aparte Eventmanagerin des Iron Furnace Lake Resorts, hatte blassgrüne Augen in der Farbe von Honigmelonen. Sie erwartete Luther Tillman – der sich als Martin Moses, Eventplaner aus Atlanta, ausgab – an der Rezeption. Weil er behauptete, im Auftrag eines Hedgefonds zu handeln, den er noch nicht nennen dürfe, zeigte Stacia ihm gern, was das Resort zu bieten hatte. Dass Geld keine Rolle spielte, begriff sie von Anfang an. Auf der Suche nach einem Resort für eine fünftägige Veranstaltung, die drei Dutzend seiner Top-Führungskräfte zusammenschweißen sollte, waren dem Fonds keine Kosten zu hoch. Und als Martin Moses ihr nicht gleich seine Geschäftskarte anbot, war Stacia dezent genug, keine zu verlangen, um nicht den Eindruck zu erwecken, sie misstraue einem hörbar gebildeten, redegewandten, ziemlich überzeugenden Schwarzen allein wegen seiner Rasse.

Jetzt sagte er: »Sie meinten zu mir, sie wollen das ›Kentucky-Tennessee-Erlebnis‹, als seien Nashville und Louisville ein und dasselbe. Aber wir verübeln ihnen ihren Provinzialismus nicht.«

Stacia erwiderte sein Lächeln. »Nun, was Kentucky und Tennessee gemeinsam haben, sind ihre legendären Pferde. Wir haben hier einen Reitstall, und auch wer nie im Sattel gesessen hat, kann ein sanftes Pferd bekommen. Alle Gäste sind von den begleiteten Ausritten in die landschaftlich schöne Umgebung begeistert.«

»Ja, das habe ich auf Ihrer Webseite gesehen. Ein einzigartiges Angebot. Der erste Wunsch ist ja meistens ein Golfplatz, und so war's auch hier. Bis meine Klienten mir gestern erklärt haben, ein Golfresort sei ein alter Hut. Es soll ein bisschen abenteuerlich zugehen. Hätte ich das geahnt, hätte ich Sie schon vor zwei Wochen angerufen, als ich meine Reise geplant habe.«

Stacia präsentierte ihm die Einrichtungen bei einem Rundgang: eine Standardsuite, das Restaurant mit herrlichem Seeblick, den Coffeeshop im Art-déco-Look, ein Fitness-Studio mit allen nur denkbaren Trainingsgeräten, die Konferenzräume und den Ballsaal, den riesigen Pool im Freien und das noch eindrucksvollere Hallenbad, den Reitstall, fast so elegant wie das Hotel selbst, die Marina mit ihren Booten und zuletzt die Tennisplätze. Aus Rücksicht auf die Gäste in den Spas für Herren und Damen führte Stacia sie nicht ebenfalls vor, aber eine gut gestaltete Broschüre, die ihre Assistentin nach dem Rundgang bereithielt, enthielt eine DVD mit allen nötigen Informationen.

Unterwegs hatte er Stacia um eine Liste aller Seminare, Symposien und Konferenzen gebeten, die in den vergangenen drei Jahren im Iron Furnace Lake Resort stattgefunden hatten. Und er hatte nach Dank- und Anerkennungsschreiben von Veranstaltern gefragt. Auch diese Unterlagen hatte ihre Assistentin in einem Ordner für ihn zusammengestellt.

Als sei eine Geschäftskarte viel zu gewöhnlich für Martin Moses von der Fünfsterne-Eventagentur *A Private Affair*, überreichte er ihr eine cremeweiße Karte mit Prägedruckrändern, auf der in exquisiter Kalligrafie nur die zehn Ziffern einer Telefonnummer in Atlanta standen.

Vor seiner Abreise aus Minnesota hatte er Nachforschungen über *A Private Affair* angestellt, dabei erfahren, dass Martin Moses einer der Partner war, und seine vielseitig begabte Frau Rebecca gebeten, ihm sechs dieser Karten mit Moses' Telefonnummer zu beschriften.

»Natürlich«, erklärte er Stacia, »bin ich erst kommenden Montag wieder im Büro. Wie Sie sich vielleicht vorstellen können, finde ich diese Erkundungsreisen anstrengend, und um unterwegs nicht durchzudrehen, weigere ich mich strikt, mich von meinem Smartphone tyrannisieren zu lassen.«

»Eine Erfindung des Teufels«, bestätigte sie lächelnd.

»Aber ich komme Anfang nächster Woche wieder auf Sie zu, Miss O'Dell. Wenn dort draußen nicht noch ein Shangri-La liegt, das darauf wartet, entdeckt zu werden, müssen wir darüber reden, wann Sie mal vierzig Zimmer frei haben. Dieses Resort, diese Kleinstadt hat Ähnlichkeit mit einem Fabergé-Ei nicht wahr? Ein Paradies *en miniature*.«

SIEBEN

Jane Hawk saß am Steuer eines Elektroboots mit Sonnendach, das fast lautlos über den stillen See glitt. Das Wasser schimmerte silbern unter dem bleigrauen Himmel und teilte sich vor dem Bug mit kaum hörbarem Rauschen. An diesem Tag, der zu kühl war, um zum Angeln oder der Erkundung der malerischen Ufer einzuladen, war im Augenblick außer ihr noch niemand auf dem See.

Neben der Marina des Resorts gab es in der Stadt eine weitere Anlage mit Bootsverleih. Dort hatte sie das Elektroboot bei einem Mann gemietet, der ihr nicht nur die einfache Bedienung erklärt, sondern ihr auch interessante Ziele am Seeufer genannt hatte. Obwohl er freundlich, sogar fröhlich, und zuvorkommend gewesen war, als sie das Boot bestiegen hatte, hatte sie irgendetwas an ihm beunruhigt. Sie fragte sich, ob er sie trotz Perücke, Kontaktlinsen und Brille erkannt hatte. Aber als sie vom Steg ablegte, zog er kein Handy heraus oder hastete weg, um Hilfe zu holen, sondern winkte ihr noch eine Minute nach, als sei sie keine Touristin, sondern eine Freundin, der er wirklich eine schöne Fahrt wünschte. Nach kurzem Überlegen gelangte sie zu dem Schluss, das Merkwürdige an ihm sei lediglich sein Enthusiasmus für einen Job, den sie – vor allem bei so schwachem Geschäftsgang – langweilig gefunden hätte, und seine zuvorkommend höfliche Art, die in der heutigen Zeit, deren Sitten immer mehr verrohten, so selten anzutreffen war.

Nach zwei Dritteln der Strecke zwischen Ost- und Westufer erreichte Jane das Herrenhaus mit der langen Parkmauer und dem Bootssteg vor dem zum See hinausführenden Tor. Um kein Misstrauen zu erwecken, falls jemand sie beobachtete, wurde sie nicht langsamer, sondern fuhr in gleichmäßigem Tempo weiter. Aber sie versuchte, auch ohne Fernglas zu erkennen, ob es vom Iron Furnace Lake aus irgendeinen Zugang zu dem großen Haus gab.

Eine halbe Stunde später verringerte sie auf der Rückfahrt ihr Tempo und traute sich, das Fernglas zu benutzen. An dem drei Meter hohen Tor zum Bootssteg stand ein Junge von vierzehn oder fünfzehn Jahren, der zwei Gitterstäbe umklammert hielt, während er aufs Wasser hinausstarrte. Vielleicht war er der Junge, den sie nur undeutlich gesehen hatte – der dem kleineren Jungen am Fenster einen Arm um die Schultern gelegt und ihn weggeführt hatte. Jetzt stand er da, als habe die Melancholie des Jüngeren ihn angesteckt, und blickte auf den See hinaus, wie der andere aus seinem Fenster gestarrt hatte.

Jane hätte am liebsten angelegt, hätte das Boot am Steg festgemacht, wäre zu dem Gittertor gegangen und hätte den Jungen gefragt: *Was geht in diesem Haus vor? Alles in Ordnung mit dir?*

Stattdessen fuhr sie zu der Marina weiter, von der das Boot stammte, und der Verleiher war ebenso höflich und freundlich wie zuvor. Dann machte sie sich daran, die Kleinstadt zu Fuß zu erkunden.

ACHT

Eine Woche vor der Veranstaltung im Hotel Veblen am Donnerstag, die zu dem tragischen Tod eines ausgezeichneten Gouverneurs, eines beliebten Kongressabgeordneten und vieler ihrer Anhänger führen würde, postierte Booth Hendrickson, ein hoher Beamter des Justizministeriums und bewährter Mitstreiter von David James Michael, acht Agenten in der Stadt. Sie hatten den Auftrag, dafür zu sorgen, dass Cora Gundersun alles bekam, was sie benötigte, und bei ihrem Vorsatz blieb, sich einen Platz in den Geschichtsbüchern zu sichern. Und sie würden sofort nach der Explosion mit anschließendem Großbrand die Kontrolle über die Ermittlungen übernehmen.

Am Sonntag wurde ihre Anzahl dann auf drei verringert. Sie sollten auf nachträgliche Entwicklungen achten, die den Erfolg des Unternehmens gefährden konnten, und sie im Keim ersticken.

Der Senior Agent, der dieses verringerte Kontingent führt, ist Huey Darnell, der Cora ins Gesicht gesagt hat, dass er sie für eine »blöde, dürre Schlampe« hält. Huey war dreimal verheiratet, immer mit Tussen, und hat dem Ehestand abgeschworen. Im letzten Jahr war er nur mit der Whiskeyflasche verheiratet, hat es aber verstanden, das vor seinen Vorgesetzten zu verbergen.

Von Bourbon beflügelt kommt er am Dienstagmorgen mit der Überzeugung zum Dienst, alles im Griff zu haben – und erfährt, dass Sheriff Luther Tillman sich ab Montag eine Woche freigenommen und die Dienstgeschäfte seinem Stellvertreter Gunnar Torval übertragen hat. Diese Entwicklung müsste er sofort Booth Hendrickson melden. Aber wenn es einen Pokal für das Arschloch des Jahres gäbe, hätte Hendrickson ganze Regale voll davon. Obwohl Huey mit ihm übereinstimmt, was ihre Vision von der Zukunft Amerikas betrifft, zieht er es vor, dem Boss zu verschweigen, dass er die Situation falsch eingeschätzt hat.

Stattdessen beginnen die beiden Männer, die mit ihm in der Stadt geblieben sind – Hassan Zaghari und Kernan Beedle –, und er ab Dienstagmittag damit, Tillmans Haus aus neutralen Fahrzeugen zu überwachen, die sie in der Nähe parken. Sie sehen seine Tochter Jolie aus der Schule heimkommen, und wenig später erscheint die Ehefrau, um den Briefkasten am Zaun zu leeren. In den ersten paar Stunden bekommen sie den Sheriff nicht zu Gesicht, aber der guckt vermutlich Sport im Fernsehen und trinkt dabei Bier.

NEUN

Harley Higgins verbrachte den Tag damit, sich auf die Nacht vorzubereiten. Weil er davon ausgehen musste, beobachtet zu werden, wechselte er zwischen zwei Verhaltensweisen hin und her: Manchmal streifte er ruhelos wie ein gefangener Tiger, den der Ruf der Wildnis lockt, durch Haus und Park, um dann wieder zusammengesunken auf einer Parkbank zu hocken und lange Zeit scheinbar deprimiert durch das abgesperrte Tor über den See hinauszustarren. Er hoffte, dass die Aufseher sich fragen würden, ob er etwa einen Fluchtversuch auf dieser Route plante.

Außerdem sprach er mit jedem der übrigen sieben Insassen, wobei er darauf achtete, die Begegnungen zufällig erscheinen zu lassen und nicht allzu lange auszudehnen. Weil zu seiner Theorie auch die Möglichkeit gehörte, er könnte überall belauscht werden, hatte er auf dem WC sitzend seine Handflächen mit einem Filzschreiber beschriftet. Auf der linken Handfläche stand: AUSBRUCH 20 UHR. BIBLIOTHEK. OHNE SCHUHE. Rechts war zu lesen: 3x BLINZELN,

WENN DU MITMACHST. Alle sieben blinzelten, und Harley war sich sicher, dass selbst Jimmy Cole, der Schwächste von allen, da sein würde.

Seine bisherigen Fluchtversuche hatte Harley immer nach Mitternacht unternommen, wenn das Personal größtenteils schon schlief. War er den ganzen Tag lang überwacht worden, würden die Aufseher hoffentlich vermuten, er werde wieder einmal nachts auszubrechen versuchen, diesmal jedoch über das Tor zum Bootssteg. Für 20 Uhr hatte er sich entschieden, weil die Angestellten um diese Zeit beim Abendessen saßen, sodass die Insassen sich im Haus bewegen konnten, ohne befürchten zu müssen, entdeckt zu werden.

Indem er versuchte, die anderen sieben mitzunehmen, gefährdete er den Erfolg seines Unternehmens. Weil er jetzt das Geheimnis der Schuhe kannte, wäre es einfacher gewesen, allein zu flüchten. Bisher hatte er immer eine Flucht zu Fuß geplant, bei der es kaum möglich gewesen wäre, sieben Kinder trotz aller drohenden Gefahren eng zusammenzuhalten. Aber weil er dieses Mal *barfuß* auszubrechen plante, erschien ihm eine Flucht als Gruppe weniger schwierig.

Außerdem durfte er sie nicht in diesem Horrorhaus zurücklassen. Wie er selbst zerbrachen sie innerlich, aber schneller als er.

Außerdem hoffte Harley, dass sie zu acht überzeugender wirken würden, wenn es ihnen gelang, die Stadt zu verlassen und die Cops zu erreichen. Die Polizei würde sich acht Aussagen anhören und ihnen glauben müssen. Das würde sie einfach tun müssen.

ZEHN

Von Galerien zu Souvenirshops, Kunsthandwerksläden und Bäckereien, durch Wohnstraßen, dann wieder auf der Main Street erkundete Jane die Kleinstadt, ohne genau zu wissen, wonach sie Ausschau hielt. Sie sammelte Eindrücke, die ihr hoffentlich helfen würden, das Wesen dieser Stadt und ihre Beziehung zu dem von Mauern umschlossenen Herrenhaus einige Meilen außerhalb zu ergründen.

Sie bewunderte den perfekten Erhaltungszustand aller Gebäude und staunte darüber, wie blitzsauber alles war. Sie genoss den Schatten der Alleen aus Scheinzypressen und wunderte sich darüber, dass es hier nur wenige Kinder und anscheinend keine Hunde gab.

Als am Spätnachmittag dunklere Wolken aufzogen, tauchten die Fotozellen, die Tausende von winzigen LEDs in den Bäumen steuerten, die Straße zwei Stunden vor der Abenddämmerung in festlichen Glanz, und Iron Furnace zeigte, dass es seinen Beinamen »Die Stadt, in der immer Weihnachten ist« zu Recht trug.

Jane stand auf dem Gehsteig, sah nach Norden und Süden. Obwohl die Lichter fast blendeten, war ihr nicht weihnachtlich zumute. Stattdessen dachte sie an die pulsierenden Leuchtreklamen in Las Vegas, die die schmutzige Wahrheit aus Spielsucht und finanzieller Selbstzerstörung mit etwas Glamour überdecken sollten. Diese Weihnachtsbeleuchtung diente zur Ablenkung, denn trotz seiner gepflegten Aspekte herrschte in Iron Furnace eine bedrohliche Atmosphäre, die sie spürte, aber sich nicht erklären konnte.

Weil sie das Mittagessen hatte ausfallen lassen, betrat sie schon um 16:15 Uhr ein fast leeres italienisches Restaurant und wurde zu einer der Sitznischen mit hohen Rückenlehnen geleitet.

Ganze Bündel von grün-weiß-roten Flaggen, die von der Decke herabhingen. Wandgemälde mit historischen Stätten im alten Rom. Rot-weiß karierte Tischdecken. Kerzen in Gläsern aus rotem Muranoglas. In der Ausstattung war kein einschlägiges Klischee ausgelassen, aber das Lokal wirkte sauber, und aus der Küche drangen Düfte, die Jane das Wasser im Mund zusammenlaufen ließen.

Auf dem Ziertaschentuch in der Brusttasche der Bluse der Bedienung stand der Name Freya. Eine hübsche junge Frau Anfang zwanzig. Milchkaffeeteint mit zimtfarbenen Sommersprossen. Vielleicht war sie irisch-afrikanischer Abstammung. Sie lächelte viel und wirkte wie alle ihre Mitbürger freundlich und zuvorkommend.

Jane bestellte ein Glas Chianti, während sie die Speisekarte studierte, und als Freya ihr den Wein servierte, war sie in der flauen Stunde vor dem Andrang zum Abendessen gern zu einem Schwätzchen bereit.

»Eine sehenswerte Stadt«, sagte Jane.

»Genau wie eine Ansichtskarte, nicht wahr?«

»Absolut. Wohnen Sie schon lange hier?«

»Mein Leben lang. Und ich würde niemals wegziehen. Das täte keiner, der hier wohnt.«

»Niemals? Wow! Niemals ist eine lange Zeit.«

»Nicht in Iron Furnace. Hier ist's immer so nett, dass die Tage wie im Flug vergehen.«

»Würden Sie die Stadt empfehlen, wenn jemand daran dächte, herzuziehen?«

»Oh, natürlich! Denken Sie darüber nach?«

»Mein Boss. Er war letztes Jahr mal hier und könnte es sich vorstellen, wenn ich etwas für ihn finde. Er arbeitet zu Hause, deshalb kann er überall leben.«

»Von wo kommt er?«, fragte Freya.

»Miami.

»Miami ist echt nett, was? Palmen und Strände.«

»Moskitos, grässlich hohe Luftfeuchtigkeit, fliegende Kakerlaken«, sagte Jane.

»Ach, Sie machen Witze.«

»Vielleicht ein bisschen. Das Problem ist nur, dass ich hier keine passenden Anwesen sehe. Für jemanden mit seinen Ansprüchen, meine ich. Aber vielleicht gibt's hier Baugrund, auf dem er sich selbst etwas bauen könnte.«

Freya schüttelte den Kopf. »Von Immobilien verstehe ich nichts. Lionel und ich haben das Häuschen, das seine Eltern ihm vererbt haben, also haben wir nie suchen müssen.«

»Schön für Sie. Das ist kein Vergnügen. Aber draußen an der Lakeview Road liegt eine Villa, die meinem Boss gefallen könnte.«

»Villa? Sie meinen den großen Schuppen mit der Mauer direkt am See?«

»Genau den meine ich! Ich bin daran vorbeigefahren und war schwer beeindruckt. Haben Sie mal gehört, dass die Villa zu verkaufen ist?«

Freya runzelte die Stirn. »Wohl eher nicht. Das ist die Schule.«

»Schule? Irgendjemand hat mir erzählt, ihr Besitzer sei ein Megareicher namens David Michael.«

»Nie von ihm gehört. Die Schule gibt es jedenfalls schon lange.«

»Wie eine Privatschule oder so ähnlich?«

»Ja, etwas in dieser Art. Für Kinder und Jugendliche mit Persönlichkeitsstörungen, mit mentalen Problemen, die Therapie und gemeinsamen Unterricht brauchen.«

»Traurig, nicht wahr?«

Freya sagte: »Na ja, es wäre vielleicht traurig, wenn sie nicht die Hilfe bekämen, die sie bekommen.«

»Da haben Sie recht. Arme Kinder. Es gibt eben immer mehr Autisten. Die Schule muss teuer sein, weil sie so großartig untergebracht ist.«

»Kann sein. Wissen Sie schon, was Sie essen möchten?«

Jane bestellte einen Caprese-Salat und eine doppelte Portion Marsala-Hähnchen. »Lieber etwas weniger Pasta, dafür mehr Gemüse.«

»Unsere Portionen sind groß«, sagte Freya warnend.

»Tja, ich esse für zwei.«

»Schwanger? Entschuldigen Sie die Frage, aber sollten Sie dann Wein trinken?«

»Nicht schwanger. Ich esse nur für zwei. Das tue ich schon immer.«

»Hey, dafür haben Sie eine klasse Figur.«

»Verrückt hoher Grundumsatz liegt in meiner Familie. Außerdem trage ich einen extrastarken Hüfthalter.«

Freya lachte. »Das ist kein Hüfthalter. Sie sind durch und durch echt.«

Als Freya den Salat serviert hatte und zurückkam, um die leere Schale abzutragen, sagte Jane: »Ich habe einen Neffen mit einer Persönlichkeitsstörung. Vielleicht wäre dieser Ort gut für ihn. Aber ich habe nirgends ein Schild gesehen. Wissen Sie, wie die Schule heißt?«

»Nein, eigentlich nicht. Komisch, nicht wahr? Für uns ist sie einfach die Schule.«

»Schon gut. Das lässt sich bestimmt online feststellen.«

Als Freya die doppelte Vorspeise servierte, sagte sie: »Ich habe Sie gewarnt, dass unsere Portionen groß sind.«

»Sieht wundervoll aus. Und dieser *Duft!* Vielleicht will ich eine dritte.«

»Du meine Güte, wenn Sie schwanger wären, würde ich glauben, Sie bekämen Drillinge.«

»Oh, ich hätte sehr gern Kinder. Haben Lionel und Sie welche?«

»Nein, und wir wollen auch keine, weil's auf der Welt mit all dem Terrorismus so schrecklich zugeht. Außerdem gibt es ohnehin schon zu viele Menschen – und dazu noch der Klimawandel …«

Jane zuckte mit den Schultern. »Den gibt's schon immer. Ich will jedenfalls Kinder. Außer bei Touristen habe ich hier allerdings keine gesehen.«

»Unsere Einwohner sind meist schon älter. Ihre Kinder sind längst weggezogen.«

»Eine Stadt ohne Kinder wäre vielleicht nicht die beste Umgebung für meine Kids, wenn ich sie bekomme.«

»Denken Sie auch daran, herzuziehen?«

Jane lächelte. »Ich hätte erwähnen sollen, dass mein Boss auch mein Ehemann ist.«

»Ich glaube nicht, dass jemand wirklich Ihr Boss ist. Aber hoffentlich finden Sie etwas, das Ihnen zusagt. Wäre nett, Sie bei uns zu haben.«

Als die Bedienung abgetragen hatte und mit der Rechnung kam, sagte Jane: »Ben und ich – Ben ist mein Mann – sind große Hundefreunde. Wie stehen die Leute hier zu Hunden?«

»Hunde? Die mag doch jeder.«

»Ich habe noch keinen gesehen«, sagte Jane, während sie Scheine aus ihrer Geldbörse zog und ein großzügiges Trinkgeld gab.

»Lionel und ich hatten mal einen. Einen roten Setter.«

»Ich liebe Setter. Schöne Hunde.«

»Er hat Jules geheißen. Aber er ist krank geworden. Damals hat ein Fieber grassiert, das war schrecklich.«

»Das klingt schlimm. Ein Fieber?«

»Die Leute haben ihre Hunde verloren. Ich mag gar nicht daran denken. Aber das ist jetzt abgehakt.«

»Wissen Sie das bestimmt?«

»Wenn Ihnen das Sorgen macht, könnten Sie den Tierarzt in Mourning Dove fragen. Er heißt Doktor Wainwright.«

»Danke, Freya. Vielleicht tue ich das. Möchte unsere Hunde nicht in Gefahr bringen. Sie gehören zur Familie.«

»Manchmal fehlt mir mein Jules.«

»Hat mich gefreut, Sie kennenzulernen, Freya. Sorgen Sie gut für Lionel.«

»Das tue ich. Genau wie Sie für den Boss.«

Als Jane ihre Geldbörse einsteckte, stand ein Schwarzer in

der Sitznische hinter ihr auf, sah kurz zu ihr hinüber und ging zum Ausgang.

Er war hochgewachsen und kleidete sich leicht affektiert, vielleicht wie ein Collegeprofessor. Aber er hatte nichts Verweichlichtes an sich. Stattdessen flößte er Respekt ein und strahlte das Selbstbewusstsein eines Mannes aus, der schon viele Krisen gemeistert hat, ohne mehr als ein paar Kratzer davonzutragen. Sein Blick wirkte flüchtig, aber er registrierte alle Einzelheiten und nahm sekundenschnell mehr wahr als andere Leute in Minuten.

Sie machte sich auf Schwierigkeiten gefasst.

ELF

Als Jane ins Freie trat, stand der Kerl unter der nächsten Scheinzypresse, deren LEDs ihn von hinten beleuchteten, und wartete auf sie. Im Augenblick waren keine anderen Passanten in unmittelbarer Nähe.

Er sagte: »Klasse Vernehmungstechnik dort drinnen.«

»Wie bitte?«

»Die Bedienung hat nicht gemerkt, dass Sie sie ausgehorcht haben. Alles hat wie ein harmloses Schwätzchen unter Frauen geklungen.«

»Weil es ein harmloses Schwätzchen war. Sie haben da was in den falschen Hals gekriegt.«

»Ihr Blazer sitzt gut«, sagte er. »Wirkungsvolle Tarnung.«

Erkannte er sie als irgendeine Art Cop, musste er selbst einer sein. Hätte er sie als die Frau erkannt, nach der alle Polizeien Amerikas fahndeten, wäre er bestimmt nicht so cool gewesen. Aber die Art, wie er sie angesprochen hatte, verriet nicht, was er damit bezweckte.

»Heute Nachmittag«, sagte er, »habe ich Sie in der Galerie

dort drüben gesehen und gehört, wie Sie den Besitzer ausgehorcht haben. Mich haben Sie nicht gesehen.«

»Bedauerlich, dass mir das passiert ist.«

»Manche von uns Sheriffs auf dem Land wissen, wie man Leute überwacht.«

Er sprach nicht wie jemand aus Kentucky. Trug keine Uniform. Auch sein Jackett war so geschnitten, dass er darunter eine Pistole tragen konnte. Obwohl Jane die Antwort zu kennen glaubte, fragte sie: »Sind Sie der hiesige Sheriff?«

»Teufel, nein. Dieses Nest ist mir unheimlich.«

Ein junges Paar bog um die Ecke, kam Händchen haltend auf sie zu.

Der Sheriff sprach lauter, spielte den freudig Überraschten. »Du siehst keinen Tag älter aus! Wie lange ist's schon her? Vier Jahre?«

»Dreieinviertel«, sagte Jane.

»Wie geht's Vernon und den Kids?«, fragte er weiter.

»Joey geht jetzt auf eine Privatschule. Und Sarah nimmt Ballettstunden. Vernon … na ja, du kennst Vern. Wie geht's Hortense?«

»Wir feiern kommenden Monat silberne Hochzeit. Sie plant ein Riesenfest, das wir uns nicht leisten können, aber ich denke, wir werden's überstehen.«

Das Paar war inzwischen außer Hörweite.

Der Sheriff sprach wieder leiser. »Als Sie in das Restaurant gegangen sind, habe ich den Hintereingang benutzt.«

»Zu welchem Zweck?«

»Schwer zu sagen. Vielleicht aus Neugier.«

Sie wartete darauf, dass er nach ihrer Plakette fragen würde. Aber das tat er nicht.

Sie fragte: »Sheriff wo?«

»Minnesota. Draußen auf dem Land. Aber Sie haben vielleicht gehört, was letzte Woche bei uns passiert ist, sechsundvierzig Tote.«

»Die Frau mit dem brennenden Wagen, die den Gouverneur mit in den Tod gerissen hat.«

»Sie haben nicht *die Verrückte* gesagt.«

»Woher soll ich wissen, ob sie verrückt war oder nicht?«

Er musterte sie nachdenklich. Die vielen kleinen Lichter mussten sich in ihren Augen widerspiegeln. Seine blieben ausdruckslos schwarz.

»Cora, die Frau in dem brennenden Auto, war seit zwanzig Jahren meine Freundin. Letztes Jahr im August war sie zu einer Konferenz im hiesigen Resort.«

»Zu einer Konferenz worüber?«

»Neue Unterrichtsmethoden an Förderschulen. Hier ist ihr irgendetwas zugestoßen. Sie ist auffällig verändert zurückgekommen.«

»Irgendetwas? Was denn?«

»Hier draußen ist's kühl. Wenn Sie ein zweites Glas Wein trinken und trotzdem noch klar denken können, weiß ich ganz in der Nähe eine Kneipe.«

»In dieser Stadt«, sagte sie, »könnte ich eine Flasche trinken und wäre trotzdem noch stocknüchtern.«

Sein gemieteter Chevrolet stand hinter ihm am Randstein. Er öffnete den Kofferraum und nahm ein Notizbuch mit Spiralbindung heraus. »Einer von Coras Romanen«, sagte er.

»Sie war Schriftstellerin?«

»Sogar eine verdammt gute.«

»Nie von ihr gehört …«

Als sie weitergingen, sagte er: »Emily Dickinson hat Hunderte von Gedichten geschrieben, aber bis zu ihrem Tod sind nur zehn veröffentlicht worden.«

»Ich glaube, es waren nur sechs.«

»Im Vergleich zu Cora war Emily damals ein Medienstar.«

»Wieso ist ihr Roman in diesem Zusammenhang wichtig?«

»Sie hat auch über etwas geschrieben, das ihr zugestoßen

ist. Sie hat geglaubt, in ihrem Kopf lebe eine Spinne, die Eier in ihr Gehirn legte.«

Jane blieb abrupt stehen. Zu den Selbstmördern, auf die sie bei ihren Recherchen gestoßen war, hatte eine selten talentierte 20-Jährige namens Portia gehört, die als Softwareentwicklerin bei Microsoft eine glänzende Karriere vor sich gehabt hatte. In ihrem Abschiedsbrief an ihre Eltern hatte sie geschrieben: *In meinem Gehirn lebt eine Spinne. Sie spricht zu mir.*

»Was gibt's?«, fragte der Sheriff.

Sie sah sich um, weil sie halb davon überzeugt war, sie würden beschattet. Aber hinter ihnen war niemand.

Jane suchte die Straße und die geschlossenen Shops auf der anderen Straßenseite ab. Was sie spürte, war nicht die von einem einzelnen Verfolger ausgehende Gefahr, sondern das Bedrohliche dieses *Ortes*, das sie vielleicht auch in Dachau oder Auschwitz, in den sowjetischen Gulags oder auf den Todesfeldern der Roten Khmer in Kambodscha hätte empfinden können. Ähnliches hatte sie schon einmal empfunden: auf einer einsamen Farm, auf der zwei verbrecherische Soziopathen in fünf Jahren zweiundzwanzig Frauen vergewaltigt, ermordet und verscharrt hatten. Weil die Kerle ihren Partner erschossen hatten, hatte Jane sie allein aufgespürt und liquidiert – den zweiten Mann in einem ehemaligen Schweinepferch, den die beiden als Begräbnisfeld benutzt hatten. Über der Leiche des Mannes stehend, der hier gefoltert und gemordet hatte, hatte sie geglaubt, mit halbem Ohr das Flehen um Gnade zu hören, die nie gewährt worden war. Das Bedrohliche hier war ein dunkles Leuchten unter der glitzernden Oberfläche dieser Kleinstadt, die keine richtige Stadt, sondern vielmehr ein Diorama eines idealisierten Dorfs war, das man sofort unter einen Glassturz hätte stellen können, um es ohne Leben auf diesen Straßen in einem Vakuum zu konservieren.

»Ich brauche Wein«, erklärte sie dem Sheriff.

ZWÖLF

Die Kneipe glich einer behaglichen Höhle mit sanften Schatten und gedämpfter Beleuchtung, in der es angenehm nach dem Bierschaum roch, der beim Zapfen über die Gläser lief und durchs Gitter unter den Zapfhähnen sickerte. Die Musik beschränkte sich auf eingängige Countrysongs, in denen es oft um gefundene, aber auch um verlorene Liebe ging, sodass eine angenehme, wenn auch leicht melancholische Atmosphäre entstand.

In einer Sitznische im Hintergrund des Raums, wo niemand sie belauschen konnte, nippten Jane und Luther an ihren Gläsern, während er von Cora Gundersun erzählte: von ihren Notizheften voller Storys, den Wiederholungen in ihren Texten, durch die sie unter Qualen preisgab, dass in ihrem Kopf eine Spinne lebte, der abgebrochenen Durchsuchung ihres Hauses durch FBI-Agenten, dem Großbrand, der ihr Haus vernichtet hatte, und dem Besuch von Booth Hendrickson aus dem Justizministerium, der ihn darin bestätigt hatte, ein Vertuschungsmanöver zu vermuten.

Jane wartete noch immer darauf, dass er fragen würde, wer sie sei und bei welcher Behörde sie arbeite, aber er sprach so offen, als vertraue er ihr bereits.

Zuletzt legte er das Notizbuch aus seinem Kofferraum auf den Tisch und schlug eine Doppelseite auf. In ihrer präzisen Handschrift hatte Cora geschrieben: *Der fremde Mann in meiner Küche sagt: Spiel Manchurian mit mir, Cora«, und ich sage: »Alles klar«, und dann passiert etwas, aber ich weiß nicht mehr, was, ich habe keine Erinnerung daran, dann sagt er: »Auf Wiedersehen, du blöde, dürre Schlampe«, und ich antworte nur: »Tschüs«, als habe er mich nie beleidigt, und dann ist er fort, als sei er nie da gewesen, aber er war hier, verdammt noch mal, er war hier, er war hier, er war hier.*

Die Frau hatte diesen Text mühsam fünfzehn- oder zwanzigmal geschrieben, wobei jede Wiederholung nahtlos in die nächste überging.

»Hat sie in den Storys, die Sie gelesen haben, jemals über sich selbst geschrieben?«, fragte Jane.

»Nein. Nicht über sich selbst, auch nicht über eine Cora Smith oder eine Cora Jones.«

»Sie glauben also, dass dies etwas ist, das ihr zugestoßen ist?«

»Das war eines ihrer *letzten* Erlebnisse, glaube ich, und wenn dies ihr aktuelles Journal ist, waren das die letzten Worte, die sie geschrieben hat.« Er zeigte Jane, dass die letzten Seiten leer waren. »Was halten Sie davon?«

»Ein Wort ist wichtiger als alle anderen, nicht wahr?«, fragte sie.

Luther antwortete nicht gleich. Jahrzehntelange Polizeiarbeit hatte ihn bestimmt gelehrt, dass erfolgreiche Ermittlungen auf den schlichtesten Annahmen beruhten, indem der Kriminalbeamte berücksichtigte, dass menschliche Motive und die daraus folgenden Taten sich fast immer so genau vorhersagen ließen wie Sonnenauf- und -untergänge. Normalerweise beurteilte er komplizierte Verschwörungstheorien so misstrauisch wie Berichte über eine Entführung durch Außerirdische. Dass Cora das Opfer einer Gehirnwäsche geworden und programmiert worden sein sollte, musste Luther wie okkulter Unsinn erscheinen, und das Übernatürliche hatte in polizeilichen Ermittlungen nichts zu suchen.

Trotzdem war er so weit gereist, von Minnesota nach Kentucky, und war ein Intellektueller, im besten Sinn intellektuell flexibel, dem bewusst war, dass das Böse wirklich existierte, statt nur ein Grauton im Spektrum eines moralischen Relativismus zu sein. Er wusste auch, dass das Böse unablässig nach neuen Möglichkeiten suchte, sich zu manifestieren. Cora hatte Hinweise hinterlassen, die ihn auf einen Weg führten, den er für nicht existent gehalten hatte, aber er war sich selbst gegenüber zu ehrlich, um auf seiner Überzeugung zu beharren, wenn dieser Weg breit und offen vor ihm lag.

Und so drängte Jane, indem sie ihre Frage wiederholte: »Ein Wort ist wichtiger als alle anderen, nicht wahr?«

»Tatsächlich?«

»Sie kennen das Buch, den Film.«

»*Der Manchurian Kandidat* von Richard Condon. Aber eine Gehirnwäsche ist nicht so einfach.«

»Das Buch ist vor weit mehr als einem halben Jahrhundert erschienen.« Sie trank einen Schluck Wein, stellte ihr Glas ab, erwiderte Luthers Blick und sagte: »Damals hatte noch kein Mensch etwas von Nanotechnologie gehört.«

Sie sah, dass er darüber Bescheid wusste, weil seine Augen sich leicht weiteten, und erwartete, dass er sie sofort danach ausfragen würde.

Stattdessen fragte er noch leiser: »Ist die Ausbildung in Quantico wirklich so hart, wie's immer heißt?«

Die FBI Academy befand sich in Quantico, einem Stützpunkt des U.S. Marine Corps in Virginia. Indem er davon sprach, ließ er erkennen, dass er erriet, wo sie ausgebildet worden war – und dass sie Jane Hawk war.

»Ich hab sie überlebt«, sagte sie.

DREIZEHN

Ohne eine Sportsendung im Fernseher über der Theke, ohne gemeinsame Unterhaltung und weil die anderen Gäste überwiegend Einzelgänger waren, von denen offenbar keiner Lust hatte, sich auf ein Gespräch mit irgendwem einzulassen, bot die Bar ein Tableau aus einsamen Trinkern, für die ein Barkeeper und zwei Bedienungen zuständig waren, die sich anscheinend von der trüben Stimmung ihrer Gäste hatten anstecken lassen.

Wäre die Countrymusic nicht gewesen, hätten Jane und Luther belauscht werden können, selbst wenn sie leise gemurmelt hätten.

»Sie haben mich trotz Perücke, Kontaktlinsen und Brille erkannt?«

Luther Tillman schüttelte den Kopf. »Nein. Mir ist aufgefallen, wie Sie den Galeristen und die Bedienung ausgehorcht haben. Vieles von dem, was Sie wissen wollten, hat auch mich interessiert. Cora verübt Selbstmord. Quinn Eubanks, Sponsor der hiesigen Konferenz, ebenfalls. Auch *Ihr* Mann soll sich umgebracht haben. David James Michael hat mit Eubanks in Verbindung gestanden. Sie haben die Bedienung nach ihm gefragt. Ich habe noch nie erlebt, dass staatliche Stellen und die Medien so eng zusammenarbeiten, um jemanden zu verteufeln wie Sie. Ich sehe, wie das FBI aus Coras Haus abgezogen wird, und dann droht mir ein Kerl aus dem Justizministerium. Erst nachdem ich das alles verarbeitet habe, betrachte ich Sie genauer und sage mir: Jupp, die kennst du.«

Ein neuer Song erklang – »Wichita Lineman« von Glen Campbell –, erfüllte die Kneipe mit Sehnsucht und Melancholie. Jane war dieser Song immer schön, aber auch etwas unheimlich vorgekommen. Während sie die einsamen Trinker auf ihren Barhockern und an ihren Tischen betrachtete, gab die Musik genau ihre Stimmung wieder, und sie fragte sich, was ihnen fehlen mochte.

Sie sah Luther an. »Sie haben Familie?«

»Frau und zwei Töchter.«

»Vergessen Sie, dass wir uns begegnet sind. Fliegen Sie nach Minnesota zurück, bleiben Sie bei ihnen.«

»Das wäre nicht meine Art.«

»Die Kerle haben gedroht, meinen kleinen Jungen zu ermorden. Und ihn vorher zu vergewaltigen.«

»Sind Sie deshalb etwa zurückgewichen?«

»Ich habe ihn versteckt. Hören Sie auf meinen Rat, Luther. Fliegen Sie heim.«

»Welche Art Welt würde ich dadurch für meine Mädchen erschaffen?«

»Zumindest eine Welt, in der Sie noch leben.«

Er sah sich in der Kneipe um. »Sehen Sie hier irgendwelche Touristen?«

»Nein, das sind alles Einheimische, glaube ich.«

»Ist mit dieser Stadt irgendwas nicht in Ordnung?«

»Nicht auf den ersten Blick.«

Luther beobachtete, wie der ungewöhnlich schweigsame Barkeeper ein weiteres Bier zapfte. »Ich denke gerade daran, was die Bedienung – Freya – gesagt hat ... Welche Art Fieber rottet sämtliche Hunde aus?«

Jane stellte ihr halb leeres Weinglas ab. »Ein Fieber, das weiß, dass Hunde sich nicht täuschen lassen.«

»Was ist mit den Kindern passiert? Und diese namenlose Schule ... sind die Kids alle von hier?«

Jane sagte nichts.

Luther suchte wieder ihren Blick. »Wollen Sie mir nicht erzählen, was die Nanotechnologie mit alledem zu tun hat?«

»Ich habe eine Fünfminutenversion für Sie. Die können Sie glauben oder nicht. Ich werde nicht versuchen, Sie von etwas zu überzeugen, das ich als richtig erkannt habe.«

Nachdem sie von den Gehirnimplantaten erzählt hatte, stellte er sein warmes Bier, das er kaum angerührt hatte, zur Seite. »Die Terroristen in Philly und sonst wo ...«

»Nein, die waren ideologisch besessene Fanatiker. Aber sie tarnen sehr gut, was D.J. Michael und diese anderen Schweinehunde tun. Wem fällt schon auf, dass es immer mehr Selbstmörder gibt oder wie unglaubwürdig Coras Selbstmordattentat war, wenn ständig Terroranschläge gemeldet werden?«

»Was ist mit Iron Furnace los?«

»Diese Leute suchen ihre Opfer im ganzen Land und unter allen möglichen Bedingungen. Die Gefahr, eine Injektion zu bekommen, ist ziemlich hoch.«

Luther war sichtlich betroffen. »Aber die Einwohner einer ganzen Kleinstadt zu kontrollieren …«

Sie sagte: »Einer kleinen Stadt mit einem Resort, in das die Reichen und Mächtigen kommen, von denen einige niemals mit den Plänen der Arkadier einverstanden wären.«

»Wer sich nicht umstimmen lässt«, fuhr er fort, »wird überwältigt und zum Selbstmord gezwungen oder wie eine Marionette kontrolliert.«

»Und man lädt Leute wie Cora ein, die unseren Alltag in eine gute Richtung lenken könnten.«

»Aber diese Arkadier, die Hamlet-Liste … das ist doch verrückt.«

»Manchmal werden ganze Nationen verrückt. Deutschland unter Hitler. China unter Mao. Die Liste solcher Fälle ist lang.«

»Dieser Larkin hat Sie mit einer Lüge hergelockt. Aber wozu sollten Sie die hiesigen Zustände kennenlernen?«

Jane betrachtete die anderen Gäste, die Luther und sie vermutlich für Touristen hielten. »Er hat sich ausgerechnet, dass ich zu viele Fragen stellen würde. Wird hier jemand misstrauisch, warnt er die anderen. Dann käme ich nicht mehr lebend aus der Stadt heraus.«

Seine Stimme sank zu einem Flüstern herab. »Verdammt! Warum sind Sie nicht längst fort?«

»Mir geht's um die Kinder im Internat. Wieso haben sie noch keine Injektion bekommen?«

Er zuckte mit den Schultern.

»Bestimmt nicht, weil die Arkadier ein Herz für Kinder haben«, sagte sie. »Vielleicht sind sie noch nicht alt genug für ein Gehirnimplantat. Klingt das nicht logisch?«

Luther musterte sie nachdenklich. »Und Sie wollen die Stadt erst verlassen, wenn Sie sie mitnehmen können?«

»Ja, verdammt noch mal!«

»Wie viele sind's denn?«

»Nicht viele. Ich habe nur ein paar gesehen.«

»Wann?«

»Was glauben Sie?«

»Gleich heute Nacht?«

»Warum nicht?«

»Haben Sie einen Plan?«

»Eindringen, die Kinder rausholen, verschwinden.«

»Wenn die Schule wirklich ein Gefängnis ist, gibt es Wachleute.«

»Nicht sehr viele.« Sie sah sich in der Kneipe um, betrachtete die Gäste und glaubte, bei allen ein tief sitzendes Elend zu erkennen, das weit über das hinausging, was Alkoholiker normalerweise zu ertränken versuchten. »Aber wie strikt müssen die Sicherheitsmaßnahmen sein, wenn sie darauf vertrauen können, dass alle Einwohner wie sie sind? Nicht sehr strikt. Ich habe die Villa ausgekundschaftet. Sie ist kein Alcatraz.«

VIERZEHN

Um 19:30 Uhr machte Harley Higgins das Licht aus, setzte sich in der Dunkelheit ans Fenster, streifte seine Schuhe ab und schob sie unter seinen Stuhl. Er wusste nicht bestimmt, ob es hier Kameras gab, aber falls es welche gab, wollte er nicht gesehen werden, wie er sein Zimmer auf Socken verließ.

Er hätte daran denken sollen, die anderen Kids aufzufordern, dieselbe Vorsichtsmaßnahme zu treffen, aber das war ihm erst jetzt eingefallen. Trotzdem glaubte er, dass die meisten das tun würden. Aber wenn auch nur einer dabei beobachtet wurde, dass er sein Zimmer ohne Schuhe verließ, konnte das den Überwacher an den Monitoren misstrauisch machen – falls es einen gab.

Der See lag schwarz da, als sei er nicht mit Wasser, sondern mit Pech angefüllt. Der Wald am unbesiedelten Nordufer war durch eine vage gezackte Linie definiert, über der die Wolkendecke geringfügig heller war.

Der Gedanke an seine Mom und seinen Dad ließ ihn nicht los. Er wollte glauben, die in ihnen vorgegangene Veränderung ließe sich rückgängig machen, aber das war ein Herzenswunsch, den sein Verstand zurückwies. Herzenswünsche waren gut, wenn sie sich vielleicht verwirklichen ließen, wenn man sich anstrengen konnte, um sie Realität werden zu lassen, aber sie konnten einem das Herz brechen, wenn man sich gegen alle Vernunft an sie klammerte. Es war schwer, die Tatsache zu akzeptieren, dass seine Eltern zwar noch lebten, aber wahrscheinlich für immer für ihn verloren waren – so schwer, dass er still weinend im Dunkel saß. Aber sich etwas anderes vorzulügen, hätte bedeutet, dass er ihnen folgte … in die Gemeinschaft aller Einwohner von Iron Furnace. Er wollte zu seiner Mom und seinem Dad, aber er hatte keine Lust, wie sie zu werden, nur um mit ihnen zusammen sein zu können.

Der schwarze See lag vor seinem Fenster, mondlos und tief, und in Harleys Innern sammelte sich ein zweiter See an: dunkle Wasser, die steigen, vor Kälte lähmen und einen ertränken konnten.

Es war 19:45 Uhr.

FÜNFZEHN

Jane fuhr mit ihrem Ford aus der Stadt in Richtung Resort, und Luther Tillman folgte ihr mit seinem Leihwagen.

Iron Furnace – hundefrei, kinderfrei mit auf Flaschen gezogener Freundlichkeit getränkt, makellos wie eine Traumlandschaft, weil es seine industrielle Vergangenheit abgeschüttelt hatte und in ein Touristenutopia umgewandelt worden war, entzündete in Jane eine Art Fieber, die brennende Überzeugung, Larkin habe sie absichtlich hierher geschickt, weil dies der Ursprung dessen war, was seine Komplizen und er der Welt aufzwingen wollten. An diesem Ort wuchsen ihre seit Monaten gehegten Befürchtungen sich zu regelrechter Angst aus, die sie beherrschen musste, um jetzt nicht in Panik zu geraten.

Dieser Winkel von Kentucky war eine ausländische Kolonie, deren Einwohner unumkehrbar verwandelt, versklavt waren. Erkannten sie, dass Luther und sie von ihrer Veränderung wussten, würden sie sich vielleicht gegen sie zusammenrotten. Diese verwandelten Menschen würden sich nicht von einer abtrünnigen FBI-Agentin und einem einzelnen Sheriff kontrollieren lassen, denn ihre Zahl war Legion. Machten Luther oder sie auch nur einen einzigen Fehler, würden die Bürger von Iron Furnace über sie herfallen wie ein Schwarm Piranhas über ein Säugetier, das in ihren Fluss geraten war.

Hundert Meter nach dem Herrenhaus, das angeblich eine Schule war, parkten die beiden am Straßenrand und gingen zu Fuß zurück. Unter wolkenverhangenem Himmel lagen der See und seine Ufer kaum erkennbar vor ihnen.

»Ich weiß nicht, ob das klappt«, sagte Luther.

»Ich auch nicht.«

»Und wenn nicht?

»Dann müssen wir das Personal ausschalten.«

»Aber wenn diese Leute doch nicht programmiert, sondern ganz harmlos sind …«

»Nein, harmlos sind sie ganz bestimmt nicht.«

»Aber wenn sie's doch sind …«

»Dann gehe ich zum Teufel, statt darauf zu warten, dass er mich holt. Das Ende kommt ohnehin immer schneller näher.«

Sie verließen die Straße und stapften durch Gras und Segge, wobei sie etwas zertraten, das schwach nach Lakritze roch.

Indem sie der Parkmauer folgten, gelangten sie an der Villa vorbei bis fast zum See.

Jenseits des Hauses fanden sie eine Stelle, wo alter Efeu, der sich mit zahlreichen Wurzeln in Mauerritzen festkrallte, die Mauerkrone überwucherte und fast bis zum Boden hinabreichte. Als Jane dieses Rankengerüst hinaufstieg und im Dunkel nach Tritten und Griffen tastete, raschelte totes Laub, scharfkantige junge Blätter drohten ihr die Finger zu zerschneiden, und das gesamte Konstrukt ächzte und knarrte. Sie erreichte die Mauerkrone und glitt drei Meter tief zu Boden. Wider Erwarten heulte keine Alarmanlage los – auch nicht, als Luther ihr folgte.

Pilzförmige Niedervoltlampen beleuchteten gepflasterte Fußwege, und LED-Scheinwerfer in ausgewählten Bäumen erhellten das dichte Laub und zauberten Licht und Schatten auf die Rasenfläche, während ein angestrahlter Pavillon im Hintergrund feierlich wie ein kleiner Tempel wirkte.

Außer der dekorativen Beleuchtung flammten keine Sicherheitsscheinwerfer auf, um die schützende Nacht zum Tag zu machen.

Mit Luther neben sich hastete Jane auf das Haus zu.

SECHZEHN

Harley verließ sein Zimmer auf Socken und schlich wachsam durch den Flur des Nordflügels. Er passierte den Übergangsbereich zum Südflügel und erreichte dort die Haupttreppe. Sie war um diese Zeit weniger riskant als die Hintertreppe, die unten neben der Küche endete. Dort wurde jetzt das Abendessen fürs Personal zubereitet, um im Speisezimmer nebenan serviert zu werden.

Die breiten Kalksteinstufen führten in einem eleganten Bogen um den großen Kronleuchter herum ins Foyer. Auf halber Treppe hörte Harley Schritte und erstarrte.

Er beobachtete, wie jemand vom Personal, Walter, aus dem Wohnzimmer kam und das Foyer durchquerte, wobei er auf farbige Prismen des Kronleuchters auf dem Marmorboden trat. Ohne aufzusehen verschwand Walter rasch im Übergangsbereich zwischen den beiden Flügeln.

Dies war Harleys einzige Chance, zu verschwinden, ohne geortet werden zu können. Entdeckten sie, dass er das Geheimnis der Schuhe kannte, würde der nächste GPS-Sender sich nicht mehr entfernen lassen – vielleicht weil er in seinen Köper eingepflanzt war. Deshalb zögerte er nur kurz, bevor er weiter die Treppe hinunterlief und das Foyer durchquerte, um in die Bibliothek zu gelangen.

Er öffnete vorsichtig die Tür, sah niemanden, trat ein und schloss die Tür hinter sich. Anscheinend war er als Erster eingetroffen.

Nora Rhinehart kam hinter einem Ledersessel mit hoher Lehne hervor, der dreimal so groß war wie sie, und flüsterte laut: »Harley ist da.« Daraufhin schob die kleine Sally Ingram einen bodenlangen schweren Brokatvorhang zur Seite und lief ihm entgegen.

Es war 19:54 Uhr.

SIEBZEHN

Vor einer Tür auf der Westseite des Hauses hielt Luther Janes kleine LED-Lampe und beleuchtete das eingelassene Sicherheitsschloss. Die Tür war abgeschlossen. Vor dem Aussteigen hatte Jane ihr LockAid sicher an ihrem Gürtel befestigt. Jetzt führte sie den Dietrich ein und betätigte mehrmals den Abzug, bis das Schloss nachgab.

Hatte sie aus dem, was sie wusste und was Luther in der Kneipe erzählt hatte, die richtigen Schlussfolgerungen gezogen, brauchte sie sich keine Sorgen wegen einer Alarmanlage zu machen. Vielleicht gab es eine, die sogar eingeschaltet war, aber ein ausgelöster Alarm würde nichts anderes tun, als das Personal zu ihr zu führen, was ihr eine zeitraubende Suche ersparen würde.

Als sie die Tür öffnete, heulte keine Sirene los. Falls ihr Eindringen registriert worden war, wurden die Angestellten vielleicht still alarmiert, vielleicht durch blinkende Warnleuchten in mehreren Räumen.

Sie trat über die Schwelle, fand den Lichtschalter und betätigte ihn, als Luther ihr folgte und lautlos die Tür schloss. Sie standen in einem Wohn-Schlafzimmer, das jemandem vom Personal zu gehören schien. Der eigene Ausgang ließ darauf schließen, dass hier ein Dienstmädchen gewohnt hatte, als die Villa noch kein Gefängnis gewesen war. Hinter einer nur angelehnten Tür lag ein separates Bad.

Das penibel gemachte Bett, die Sauberkeit, die mustergültige Ordnung – und eine gewisse Sterilität, die leichter zu spüren als zu beschreiben war – stellten dieses Einzimmerapartment in eine Reihe mit allen Innenräumen, die Jane in Iron Furnace gesehen hatte.

Sie gingen zur zweiten Tür, hinter der vermutlich ein Korridor lag. Bevor Luther nach dem Türknopf greifen konnte, ging die Tür nach innen auf.

Ein stämmiger Mann mit gerötetem Gesicht, der wie ein Krankenpfleger ganz in Weiß gekleidet war, blieb auf der Schwelle stehen. »Wer sind Sie?«

ACHTZEHN

Früher musste die Bibliothek Bücher enthalten haben. Jetzt waren über hundert Meter Regalbretter aus Walnussholz staubfrei und poliert, aber leer. In der Luft hing kein Duft von gealtertem Papier, und auf dem Intarsientisch in der Mitte des großen Raums lagen weder Zeitungen noch Zeitschriften zur Lektüre aus.

Als die Tür aufging, sah Harley sich besorgt um, aber drei Neuankömmlinge brachten ihre Zahl auf sechs. Dulciana Moss und Jenny Boone kamen zuerst herein, und Bobby Acuff, der ihnen folgte, schloss die Tür übertrieben vorsichtig, als könnte der geringste Laut ein ganzes Rudel Höllenhunde auf sie hetzen.

In ihren ersten ein, zwei Monaten hier im Haus war Jennifer Boone krank vor Heimweh und verzweifelt ständig in Tränen aufgelöst gewesen, weil ihre Mutter sie mit der nüchternen Erklärung »Das ist zu deinem Besten« zur Gefangenschaft verdammt hatte. Als ihre Tränen versiegt waren, hatte Jenny angefangen, zu trainieren, als bereite sie sich darauf vor, sich aus dieser sogenannten Schule herauszukämpfen, um außerhalb der Stadt einen Ort zu erreichen, der noch bei Verstand war. Sie war weich und langsam gewesen, aber nach monatelangem Training war sie kräftig und schnell. Einst blass, jetzt sonnengebräunt. Ihr ehemals braunes Haar wies jetzt blonde Strähnen auf, die auch im Winter nicht verblassten. Jennys Kummer war Zorn gewichen, der im Lauf der Zeit zu stählerner Entschlossenheit geworden war.

Dulciana Moss, 11, die bei ihrer Ankunft mollig gewesen war, war jetzt groß und hager und schmallippig. Weil sie geglaubt hatte, ihre Angehörigen würden sie bald wieder heimholen, war sie anfangs sorglos geschwätzig gewesen, aber mittlerweile kam sie direkt auf den Punkt und sprach nur, wenn sie musste. Obwohl ihre Eltern Atheisten waren, sprach Dulciana in letzter Zeit hauptsächlich mit Gott, denn auch wenn er ihr nie antwortete, hatte er sie bisher nicht verraten wie jene, die nicht an ihn glaubten.

Bobby Acuff, Harleys Altersgenosse, flüchtete sich in die Erwartung unmittelbar bevorstehender Schrecken, um nicht an den Horror denken zu müssen, der ihn in zwei Jahren erwartete. Bei jedem Gewitter fürchtete er eine katastrophale Sturmflut und rechnete damit, von einem Blitz getroffen zu werden, der ihn spalten würde wie damals die Eiche im Garten seiner Eltern. Jeder Wind war ein potenzieller Tornado, den keiner von ihnen überleben würde, jeder Insektenstich eine tödliche Wunde, von der er sich zur eigenen Verwunderung doch wieder erholte.

Am Tage ihrer Einlieferung hatte Bobby erleben müssen, wie seine vierjährige Schwester Rimona auf den Stufen vor dem Säulenvordach gestorben war. Wegen der drohenden Trennung hatte Rimona geschrien und geweint und sich auf dem Boden gewälzt, bis ihr frustrierter Vater sie geschüttelt hatte, um sie wieder zur Vernunft zu bringen. Zu heftig geschüttelt. Vielleicht war eine Ader in ihrem Gehirn geplatzt. Rimona war mit Nasenbluten, das rasch versiegte, erschlafft zu Boden geglitten. Ihre Eltern waren entsetzt gewesen. Kurzzeitig. Dann hatten sie sich rasch erholt, wie es nur diese veränderten Menschen konnten, für die Trauer nicht mehr als eine dünne Staubschicht war, die jede schwache Brise wegwehen konnte. Sie hatten Rimona tot auf den Stufen liegen lassen und waren davongefahren. Das Personal hatte sie im Norden des Parks begraben: ohne Sarg, zwischen zwei Schichten ungelöschtem Kalk.

Harley fragte sich manchmal, wie viele weitere Kinder, die Widerstand geleistet hatten, tödlich »verunglückt« sein mochten.

Es war 19:59 Uhr.

NEUNZEHN

Als Antwort auf die Frage des Rotgesichtigen, wer sie seien, sagte Jane: »Spiel Manchurian mit mir«, wie Cora Gundersun in zwanghaften Wiederholungen geschrieben hatte.

»Alles klar«, sagte er, und bei diesen Worten fiel alle Anspannung schlagartig von ihm ab. An der Tür stehend beobachtete er Jane mit der geduldigen Neugier eines müden Hundes, der darauf wartet, vom Kamin in sein Körbchen geschickt zu werden.

»Wie heißt du?«, fragte sie.

»Seth Donner.«

»Komm rein, Seth, nimm Platz.«

Er ging zu dem Stuhl, auf den sie zeigte, setzte sich und neigte seinen gewaltigen Schädel leicht zur Seite, als sei er darauf bedacht, keine ihrer Anweisungen zu überhören. Seine Augen glichen denen einer Bauchrednerpuppe: wasserklar und ausdruckslos durchsichtig.

»Jesus!«, flüsterte Luther. Das war kein Fluch, sondern eher ein Stoßgebet.

»Seth«, fragte Jane weiter, »wie viele Wärter gibt es hier außer dir?«

»Sieben. Sieben weitere.«

»Mit dir acht?«

»Ja.«

»Wo sind die anderen sieben?«

Seth schien auf eine Stimme zu horchen, die sie nicht hören konnten, dann sagte er: »In der Küche und im Esszimmer. Es gibt bald Abendessen.«

»Sind auch die Kinder dort?«

»Nein. Nur das Personal.«

»Wo sind die Kinder?«

»Oben in ihren Zimmern.«

»Wie kannst du das wissen?«

»Ich empfange ihr Signal.«

»Signal? Welches Signal?«

»Von den Sendern in ihren Schuhen.«

»Das empfängst du?«

Er runzelte die Stirn. »Ich empfange ihre Signale dauernd. Seit dem Upgrade.«

»Upgrade? Was meinst du mit Upgrade?«

»Letzten Dezember.«

»Was ist da passiert?«

»Na ja, ein Upgrade eben.«

Jane wechselte verwirrt das Thema. »Wie viele Kinder sind hier?«

»Acht.«

»Einer von euch für jedes Kind.«

»Ja.«

Seine Arme waren schlaff, die Hände lagen in seinem Schoß, eine mit der Handfläche nach oben, als habe er etwas sehr Leichtes gehalten, das nun emporgeschwebt und verschwunden war.

Obwohl Jane für die Gefügigkeit des Mannes dankbar war, litt sie auch darunter, war von ihr angewidert. Verhörte sie einen gefährlichen Verbrecher, der an einen Stuhl gefesselt und ihr ausgeliefert war, fühlte sie sich nicht unrein. Aber jetzt kam sie sich beschmutzt vor, als müsse jedes Verhör, das ohne Kampf und Widerstand ablief, auch wertlos sein.

Als Luther und Jane einen Blick wechselten, brauchte er seinen Abscheu nicht in Worte zu fassen.

»Seth«, sagte sie, »du vergisst jetzt dieses Gespräch – und dass du uns jemals gesehen hast.«

»Ja.«

»Du bleibst hier sitzen, bis ich dich mit den richtigen Worten entlasse. Hast du verstanden?«

»Ja.«

Sie zog ihre Pistole aus dem Schulterholster, und Luther zog seine. Sie folgte dem Sheriff auf den Flur hinaus und sah sich auf der Schwelle noch mal um.

Seth Donner hatte den Kopf nicht bewegt, um ihnen nachzusehen. Er starrte ins Leere, wo Janes Gesicht gewesen war, als habe er eine Himmelserscheinung gesehen, auf deren Rückkehr er geduldig wartete: fasziniert und hingerissen, gegen Hunger und Durst unempfindlich.

ZWANZIG

Tom Proctor, zwölf und unbedingt zuverlässig, schlüpfte um 20:02 Uhr in die Bibliothek und brachte Jimmy Cole mit, um den Harley sich schon Sorgen gemacht hatte. Seit dem ersten Tag körperlich und emotional fragil, von Anfang an mager und blass, seither ständig abnehmend, war Jimmy derjenige, der ihr Treffen am ehesten vergessen oder mit seinen Schuhen an den Füßen erscheinen würde. Zum Glück hatte Tom daran gedacht, sich seiner anzunehmen, sodass sie jetzt zu acht waren.

Harley sagte: »Wir gehen durch die Tür dort drüben ins Spielzimmer, von dort auf den hinteren Flur, in den Wäscheraum, dann in die Garage. Wir nehmen den Escalade, den ich fahre.«

»Du kannst fahren?«, fragte Jenny Boone.

»Gut genug.«

Bobby Acuff, der überall drohende Gefahren sah, wandte ein: »Du hast keine Schlüssel, ohne Schlüssel können wir nicht fahren, wir sind schon erledigt.«

»Ich weiß, wo sie die Schlüssel aufbewahren«, sagte Harley.

EINUNDZWANZIG

In der Küche der Geruch von gebratenem Huhn, der Duft von Gemüse, das in Hühnerbrühe gedünstet wurde, das Summen des Ofens und das leise Rauschen der Dunstabzugshaube ... Am Kochfeld eine Frau, die Jane und Luther den Rücken zukehrte, und am Tisch in der Essnische ein Mann, der Kekse von einem Backblech in einen Servierkorb rutschen ließ ...

Jane sagte: »Spielt Manchurian mit mir.«

Der Mann sah auf, und die Frau drehte sich um, dann sagten sie gleichzeitig: »Alles klar.«

»Setzt euch an den Tisch.«

Die Frau legte den langstieligen Löffel weg, mit dem sie umgerührt hatte, und der Mann stellte das Backblech ab, dann setzten sich beide.

»Bleibt hier und wartet auf mich«, wies Jane sie an. Beide nickten gehorsam, und sie durchquerte die Küche, während Luther schon die Tür zum Anrichteraum öffnete.

Sie folgte ihm durch eine weitere Tür ins Esszimmer, in dem vier Aufseher, alle in Weiß wie Priester irgendeines Jungfrauenkults, am Esstisch saßen, während ein weiterer Mann, ebenfalls in Weiß, ihnen aus einem beschlagenen Glaskrug Eiswasser einschenkte.

»Spielt Manchurian mit mir«, sagte Luther von der Tür aus.

Die vier am Tisch wandten sich ihm zu und sagten im Chor: »Alles klar.«

Aber der Mann mit dem Wasserkrug war abgelenkt, vielleicht etwas schwerhörig. Er reagierte nicht auf Luthers Befehl, sondern auf die ruckartigen Kopfbewegungen der anderen, sah überrascht auf und kippte dabei Wasser an einem Glas vorbei auf silberne Salz- und Pfefferstreuer. Er sah ihre Pistolen, rief eine Warnung, ließ den Krug fallen und warf sich herum, während eine Flutwelle aus Wasser und Eiswürfeln den Tisch überschwemmte.

Der Flüchtende war schon an der Tür, als Jane ihm nachrief: »Spiel Manchurian mit mir!«

Obwohl die vier am Tisch gehorsam stillsaßen, wusste sie nicht, ob der fünfte Mann ihren Befehl gehört hatte, bis sie ihm folgte und ihn draußen auf dem Flur stehen sah, als habe er vergessen, warum er aus dem Esszimmer geflüchtet war.

Aus seinem Blick sprachen Angst, Unverständnis und Verwirrung. Seine herabhängenden Fäuste waren so krampfhaft geballt, dass die Knöchel weiß hervortraten.

Das Leid in seinem Blick rührte Jane, aber nicht zu Mitleid, das man mit Menschen hatte, deren Qualen man nicht teilte. Stattdessen empfand sie Mitgefühl, das sie durchbohrte, denn er war seiner Würde von Leuten beraubt worden, die auch ihre bei erster Gelegenheit rauben würden. Er war aus dem für ihn bestimmten Leben gerissen worden, um ein aufgezwungenes Dasein zu fristen – ganz ähnlich, wie sie selbst von der Verbrecherjägerin zur Gejagten geworden war, von der Ehefrau zur Witwe, von der Vollzeitmutter zur Gelegenheitsmutter, wenn die Umstände es erlaubten.

Sie steckte ihre Pistole weg. »Ich tue dir nichts. Glaubst du mir?«

»Ja. Natürlich. Ja.«

»Wie heißt du?«

»George.«

»Du brauchst keine Angst zu haben, George. Nicht vor mir.«

Er schien in ihrem Blick Antworten zu suchen. »Was ist mit mir passiert?«

»Weißt du das nicht, George?«

»Irgendwas ist passiert. Was war, ist nicht mehr.«

Ihm war nicht zu helfen. In Ketten liegende Sklaven konnte man befreien, indem man Gesetze verabschiedete und ihre Ketten sprengte. Aber das Nano-Netz, das sein Gehirn umgab und tief in seinen Windungen verankert war, ließ sich nicht mehr abbauen oder durch ein noch so gut gemeintes Gesetz beseitigen.

»Du brauchst keine Angst zu haben«, wiederholte sie, obwohl das töricht klang. Aber ihr fiel nichts anderes ein, das sie hätte sagen können.

»Hast du Angst?«, fragte er.

»Nein«, log sie.

»Also gut.« Er machte keine Fäuste mehr. »Alles klar.«

»Komm jetzt mit ins Esszimmer, George. Setz dich zu den anderen.«

Er tat lammfromm, was Jane verlangte, aber sie fühlte sich keineswegs als gute Hirtin.

ZWEIUNDZWANZIG

Die mit haltbarem Quarzit gepflasterte Garage bot Platz für zwölf Autos, aber dem hier wohnenden Personal der angeblichen Schule standen nur vier Fahrzeuge zur Verfügung. In der Nordwestecke lag eine offene Werkstatt mit Metallschränken, einer Werkbank und viel Werkzeug, das an Lochplatten aufgehängt war, alles sauber und ordentlich.

Die Kinder hatten die Garage nie betreten dürfen. Trotzdem war Harley schon einige Male darin gewesen. Die Wärter konnten ihm nicht mehr tun, als sie bereits taten, indem sie ihn gefangen hielten. Ihre Strafen waren lächerlich: kein Dessert zum Abendessen, Blödsinn dieser Art. Letztes Jahr im Dezember hatte er sich noch länger in der Garage aufhalten können, aber dann hatte sich irgendwas geändert; jetzt wussten sie anscheinend sofort, dass er in der Garage war, und kamen gleich, um ihn rauszuholen.

Letzten November hatte Harley sich in dem Cadillac Escalade versteckt, weil er hoffte, jemand werde damit wegfahren, ohne zu merken, dass er im Fußraum zwischen den Sitzen lag. Von dort aus hatte er beobachtet, wie Noreen mit dem Ford Explorer zurückkam. Sie hatte eine Schublade der Werkbank aufgesperrt, den Autoschlüssel hineingelegt und wieder abgesperrt.

Jetzt versammelten die acht Gefangenen sich in Socken vor der Werkbank. Obwohl die Schublade massiv wirkte, war Harley davon überzeugt, sie schnell aufbrechen zu können. Dafür bewaffnete er sich mit einem Hammer und einem großen Schraubendreher.

»Nein, nein! Das hören sie«, protestierte Bobby Acuff. »Sie hören uns und kommen und bringen uns alle um.«

»Sie sind auf der anderen Seite des Hauses beim Abendessen«, sagte Harley. »Ich knacke das Schloss, ohne dass sie was hören.«

»Sie hören so gut wie Hunde«, wandte Bobby Acuff ein. »Sie hören Sachen, die gewöhnliche Leute nicht hören. Sie hören *alles*!«

»Ach, halt die Klappe, Bobby«, fauchte Jenny Boone ihn an. »Was können sie schon tun, wenn sie uns hören? Höchstens morgen den Kuchen zum Abendessen streichen.«

»Nein, sie bringen uns alle um«, jammerte Bobby. »Dass sie's noch nicht getan haben, heißt nicht, dass sie's nicht tun, wenn's ihnen passt.«

DREIUNDZWANZIG

Als höchste Wissensform war Intuition weder auf Angelerntes noch auf vernünftige Überlegungen angewiesen. Jane hatte größten Respekt vor dieser angeborenen Klugheit, die ihr schon mehrmals das Leben gerettet hatte. Jetzt ahnte sie intuitiv, dass die Dinge sich nicht so gut entwickelten, wie es den

Anschein hatte. Sie mussten im Gegenteil mit einer noch unbekannten Gefahr rechnen, die ihnen schon bald drohen konnte.

Im ersten Stock hasteten Luther und sie durch den Südflügel, stießen eine Tür nach der anderen auf und durchsuchten alle Räume. Viele waren unmöbliert. Aber es gab auch Suiten, in denen offenbar Kinder wohnten, die im Augenblick nicht zu finden waren.

In der dritten Suite fiel Jane etwas auf: ein Paar Sneakers vor dem Bett.

Luther kam aus dem Bad. »Hier ist niemand.«

»Stehen im Kleiderschrank Schuhe?«, fragte sie.

Er schob die Tür auf, knipste das Licht an und sah in den Schrank. »Klamotten, aber keine Schuhe.«

Wo sind die Kinder?, hatte Jane Seth Donner gefragt.

Oben in ihren Zimmern.

Wie kannst du das wissen?

Ich empfange ihr Signal.

Signal? Welches Signal?

Von den Sendern in ihren Schuhen.

Sie erinnerte sich an ein Paar Sneakers in der ersten möblierten Suite. Es hatte unter einem Stuhl gestanden. Und in einer der anderen Suiten hatte sie ein Paar vor der Badewanne stehen gesehen.

Auf dem Gang öffnete Luther die nächste Tür und sagte: »Unmöbliert«, worauf Jane an ihm vorbei zur nächsten Suite ging, in der ein Paar Sneakers wie kurz vor dem Weggehen ausgezogen neben der Tür stand.

»Sie brechen aus«, sagte sie, »wenn sie nicht schon ausgebrochen sind!«

Eine Intuition setzte ihr zu, als sie zur Treppe lief. Ihnen drohte unmittelbar eine große Gefahr, aber sie wusste nicht, wie sie aussehen und woher sie kommen würde.

Dann fiel ihr etwas ein, das Seth Donner ebenfalls gesagt hatte: *Seit dem Update*.

VIERUNDZWANZIG

Mit leicht herausgestreckter Zunge konzentrierte Harley Higgins sich ganz auf seine Arbeit.

Der Schraubendreher, dessen Klinge in dem Spalt oberhalb der Schublade steckte, hatte einen gummierten Griff, sodass die Hammerschläge nicht allzu viel Lärm machten. Das Risiko lag in dem Krachen, mit dem Holz splitterte, und dem Kreischen von Metall, wenn das Schloss aufgebrochen wurde.

Bobby Acuff sagte alle zehn Sekunden eine Katastrophe voraus, bis Jenny Boone ihn warnte: »Acuff, reiß dich zusammen, sonst trete ich dich in den Hintern, dass dein Arsch zwischen den Schultern steckt.«

Rums machte der Hammer, der den als Meißel dienenden Schraubendreher traf. *Rums, rums.* Trockenes Holz splitterte, alte Messingteile brachen auseinander.

Das Schloss brach heraus, dann ließ die Schublade, in der eine Blechschachtel stand, sich endlich aufziehen.

Harley nahm die Schachtel heraus, stellte sie auf die Werkbank und klappte den Deckel auf. Vier Autoschlüssel.

Im nächsten Augenblick öffnete sich die Verbindungstür zum Haus, und zwei Leute, die er nicht kannte, kamen in die Garage.

Bobby Acuff stieß einen dünnen Verzweiflungsschrei aus, aber Harley hatte sofort ein gutes Gefühl. Einer der Unbekannten war ein alter schwarzer Kerl – mindestens fünfzig, Jesus, vielleicht noch älter –, aber er war groß, und man sah ihm an, dass er trotz seines Alters taff war. Die junge Frau neben ihm hätte ein Model sein können, nur trug sie dafür nicht die richtigen Klamotten. Irgendwie spürte man jedoch, dass der schwarze Kerl und sie aus derselben Ecke kamen, in der gleichen Branche waren und sich keinen Scheiß gefallen ließen.

FÜNFUNDZWANZIG

In ihrer Angst, ihrer ängstlichen Erwartungshaltung hätten die Kinder Jane das Herz brechen können, wenn sie Zeit für zartere Regungen gehabt hätte. Selbst die Größten wirkten schrecklich klein, verwundbar, und ihre Gesichter zeigten, dass sie verwundete Seelen waren.

Sie stellte sich als FBI-Agentin vor, was halb gelogen war, und Luther sagte wahrheitsgemäß, er sei Sheriff, und die Kids waren verzweifelt genug, um ihnen sofort zu glauben.

»Wir holen euch hier raus«, versprach sie ihnen.

Ein Junge von vierzehn oder fünfzehn Jahren hielt einen Autoschlüssel hoch. »Wir können den Escalade nehmen.«

»Nein«, sagte Luther. »Wir benutzen die Fernbedienung, um das Garagentor zu öffnen, aber wenn wir ihre Autos klauen, sind sie gleich hinter uns her. Wir haben zwei Wagen. In denen habt ihr genau Platz.«

»Wir haben keine Schuhe«, meldete eines der Mädchen.

»Ja, wir wissen, warum«, sagte Jane. »Aber wir müssen jetzt los. Schuhe kaufen wir morgen.«

Draußen vor dem Garagentor waren Motorengeräusche und das Knirschen von Reifen auf Kies zu hören. Die Geräusche kamen von mehreren Fahrzeugen.

»Ich sehe mal nach«, sagte Jane und hastete ins Haus zurück.

In dem aus dem Foyer einfallenden schwachen Lichtschein schlich sie durch das dunkle Wohnzimmer. Als sie den Vorhang einen Spalt weit aufzog, sah sie in der Einfahrt ein halbes Dutzend Autos stehen: SUVs und Pick-ups, zum Teil mit brennenden Scheinwerfern. Irgendjemand hatte das große Einfahrtstor öffnen können. Ein weiterer Wagen rollte von der County Road heran und hielt, dann erloschen seine Scheinwerfer.

Aus den Fahrzeugen stiegen Leute: Männer und Frauen, aber hauptsächlich Männer. Mindestens ein Dutzend. Um so schnell hier zu sein, mussten sie aus dem Resort gekommen sein. Aber auf welchen Alarmruf hin?

Keiner kam an die Haustür. Sie standen unter dem Vordach und verteilten sich entlang der Einfahrt – schemenhaft im schwachen Licht der Solarlampen, klein und verzerrt, mehr menschliche Gestalten als menschliche Wesen. Sie waren nicht unruhig, sondern standen da, als sollten sie Zeugen irgendeines wichtigen Ereignisses werden, über das sie eines Tages aussagen würden. Sie schienen nicht miteinander zu sprechen, aber sie wussten, wozu sie hier waren und was sie zu tun hatten.

Jane vermutete, dass sie auf andere warteten, die aus größerer Entfernung kamen, vielleicht aus Iron Furnace, wo das ganze Jahr über Weihnachten war.

Obwohl sie im Dunkel stand, spürte sie, dass einige dieser unerwünschten Besucher ihre Gegenwart spürten und sie anstarrten. Sie schloss den Vorhang wieder und lief durchs Erdgeschoss in Seth Donners Apartment.

Er hockte weiter auf dem Stuhl, auf dem sie ihn zurückgelassen hatte, aber er starrte nicht mehr ins Leere. Stattdessen betrachtete er seine auf dem rechten Oberschenkel liegenden Hände. Sein schlaffes Gesicht verriet nicht, was er fühlte oder dachte.

»Seth, hörst du mich?«

Der große Mann hob langsam den Kopf, aber sein Blick blieb unfokussiert, als starre er durch sie hindurch in die Unendlichkeit. Obwohl seine Augen intakt waren, wirkte er blind wie ein geblendeter Samson, der in Gaza zu Tode gekommen war. »Ja, ich höre dich.«

»Vorhin hast du von den Sendern in den Schuhen der Kinder gesprochen. Du hast gesagt, dass du jederzeit weißt, wo sie sich aufhalten.«

»Die Kids sind in ihren Zimmern. Ohne Ausnahme.«

»Du hast gesagt, dass du seit deinem Upgrade ständig weißt, wo sie sind.«

»Jederzeit. Seit Dezember«, bestätigte er.

»Von welchem Upgrade reden wir, Seth?«

Er runzelte die Stirn. »Nun, du weißt schon ... von dem Upgrade.«

»Was meinst du mit Upgrade?«

Seine Stirnfalten wurden tiefer, aber er antwortete nicht.

»Spiel Manchurian mit mir, Seth.«

»Alles klar.«

»Du hast gesagt, dass du wegen der Sender immer weißt, wo die Kinder sind.«

»Das wissen wir alle. Wir brauchen sie nicht mehr mit einer App zu orten.«

»Ihr habt sie mit Smartphones geortet?«

»Jetzt nicht mehr.«

»Wie ortet ihr sie jetzt?«

»Sie sind sichtbar.«

»Die Sender sind sichtbar? Wo sichtbar, Seth?«

Er wirkte perplex. »Sie sind's einfach.«

Bevor Randall Larkin sich in der verlassenen Fabrik auf Jane gestürzt hatte, um sie zu zwingen, ihn zu erschießen, hatte er hämisch gegrinst und siegesgewiss verkündet: *Du bist schon so gut wie tot, du Stück Scheiße. Im Flüsterraum wissen sie alles über dich.*

»Seth, was ist der Flüsterraum?«

»Nur ein Raum, den wir besuchen.«

»Ein Raum in diesem Haus?«

Er überlegte, bevor er den Kopf schüttelte. »Nein.«

»Wo ist der Flüsterraum, Seth?«

Er hob eine Hand und tippte sich an die Stirn über seinen buschigen Augenbrauen. »Irgendwo hier drinnen, glaub ich. Ich denke nie darüber nach. Er ist einfach irgendwo hier drinnen.«

Sie kombinierte Stück für Stück, aber das entstehende Bild gefiel ihr immer weniger.

In dem großen Haus blieb es still. Nirgends wurden Fenster eingeworfen oder Türen aufgebrochen. Noch nicht.

»Gibt es im Flüsterraum mehr als nur GPS-Anzeigen, Seth? Hörst du manchmal auch Stimmen?«

»Manchmal eine, die ganz leise flüstert.«

»Wessen Stimme?«

Ein Schulterzucken. »Die kann jedem gehören.«

»Flüsterst *du* manchmal im Flüsterraum, Seth?«

»Gelegentlich.«

»Mit wem flüsterst du?«

»Mit allen.«

Ihr Herz hämmerte wie das straff gespannte Fell einer Handtrommel, die ihre tiefsten und primitivsten Ängste wachrief. »Alle in Iron Furnace können dein Flüstern hören?«

»Ja. Sie hören es alle.«

Ein Upgrade des Kontrollmechanismus' in ihren Köpfen. Eine neue Funktion, die sie untereinander durch Mikrowellen verband.

Sie waren nicht länger sechshundert kontrollierte Einzelwesen. Sie waren mehr, sie waren ein Schwarm.

Jane dachte an George, der im Esszimmer Wasser eingeschenkt hatte. Er hatte Luthers Befehl zunächst überhört und zu flüchten versucht. Aber sie hatte ihn draußen auf dem Gang eingeholt. Was hatte George in diesen Sekunden, nachdem er ihre Waffen gesehen hatte und bevor er unter ihre Kontrolle geraten war, im Flüsterraum gesagt? Zumindest musste er um Hilfe gerufen haben.

»Seth, hast du noch ein Smartphone?«

»Ja.«

»Sag mir die Nummer.«

Er gab sie ihr, und Jane wiederholte sie mehrmals, bis sie saß.

»Hast du dein Handy bei dir, Seth?« Als er es aus einer Tasche zog, fuhr sie fort: »Ist es eingeschaltet? Nein. Dann möchte ich, dass du's einschaltest. Okay. Gut. Lass es an und warte hier, Seth. Ich rufe dich bald an.«

»Alles klar.«

Sie hatte weiche Knie und fühlte sich schwach, aber sie schaffte es trotzdem, in die Garage zurückzurennen.

SECHSUNDZWANZIG

Jane an der Spitze der Prozession, Luther als Nachhut, beide mit gezogenen Pistolen. Die Kinder paarweise zwischen den beiden. Ihnen blieb nichts anderes übrig, als zu riskieren, sich zu Fuß durchzuschlagen. Sie konnten nur hoffen, dass Cora Gundersun ihnen alles gegeben hatte, was sie brauchen würden – und dass die bewährte Formel noch ein paar Minuten länger wirken würde.

Sie benutzte die Fernbedienung an der Sonnenblende des Escalade. Das breite Sektionaltor ratterte in seiner Führung nach oben.

Die ersten zehn Meter vor der Garage waren gepflastert und führten zur Südostecke des Hauses, wo sie die Verbindung zu dem Rondell vor dem Eingang herstellten. Auf diesem kurzen Stück standen fünfzehn bis zwanzig Menschen: alle der Garage zugewandt, alle schweigend – wenn auch nicht in ihrem gemeinsamen Flüsterraum. Niedrige Solarlampen warfen blasses Licht auf die Füße dieser angespannten Menge, die ansonsten aus schemenhaften Gestalten bestand und in ihrer wachsamen Stille gespenstisch war. Man hätte glauben können, die Insassen eines Pandämoniums seien von unterirdischen Straßen aus brennendem Teer heraufgekommen und warteten auf das Signal irgendeines infernalen Horns, bevor sie ihren Anteil unschuldiger Seelen packten, um sie in den Höllenschlund mitzureißen.

Als Jane die Kinder aus der Garage führte, wogten die Individuen des Schwarms auf sie zu, und sie erhob die Stimme, um sie aufzuhalten: »Spielt Manchurian mit mir!«

Jane fürchtete, sie könnten gegen diese Manipulation immun sein, aber sie antworteten wie eine Kirchengemeinde – »Alles klar« –, blieben stehen und warteten auf ihren nächsten Befehl.

»Macht Platz«, sagte sie, »lasst uns durch.«

Die meisten gehorchten sofort, aber einige wenige zögerten, bevor sie sich der Mehrheit anschlossen.

»Lasst uns durch und wartet, wo ihr steht.«

Als Jane, die darauf vertraute, dass Luther ihr den Rücken freihalten würde, die Kinder weiterführte, kam sie dicht an einigen vorbei, die unter ihrer Kontrolle standen: Wie Geistererscheinungen im Spiegel eines Mediums bei einer Séance in einem schwach erhellten Salon traten ihre Gesichter etwas deutlicher aus dem Dunkel hervor: mit farb- und gefühllosen Augen, die düster glänzten und so wenig Weiß zeigten wie Insektenaugen. Hier und da ließ ein Blinzeln oder Zucken, manchmal auch ein Zähnefletschen auf einen inneren Konflikt schließen, vielleicht weil sie einem Ruf zu den Waffen gefolgt waren, nur um mit wenigen Worten entwaffnet zu werden, aber selbst diese Wesen gehorchten der Spielleiterin, die sie aufgefordert hatte, Manchurian zu spielen.

Jane erreichte die Hausecke und wurde beinahe schwach beim Anblick von mindestens fünfzig Personen, die in der Einfahrt, unter dem Säulenvordach und auf dem Rasen versammelt waren und ihnen den Weg versperrten. Sobald sie die Kinder sahen, setzten sie sich in Bewegung. Ihre Absicht war unverkennbar.

Jane erhob die Stimme und brachte die Einladung zum Spiel als Befehl vor, auf den alle gehorsam zu antworten schienen. Eine Gestalt aus dem angehaltenen Schwarm näherte sich ihnen jedoch weiter langsam und feierlich. Die Frau schien Ende dreißig zu sein, hatte blondes Haar, das in dem schwachen Licht silbern wirkte, und hielt eine Hand an die Brust gepresst, wie um ihr jagendes Herz zu beruhigen.

Hier standen keine bösen Menschen Wache. Diese Leute lebten beschränkte Leben, ohne sich ihrer Versklavung bewusst zu sein, und hielten sich für frei. Sie konnten dazu gebracht werden, grausame Taten zu verüben, von denen sie später nichts mehr wussten, aber Jane wollte sie nicht mit Kugeln stoppen, wenn Worte genügten. Als die Blondine jedoch ihre Befehle ignorierte, hob Jane ihre Pistole mit beiden Händen und rief warnend: »Kinder, seht weg! Seht zu Boden!«

Die Blondine blieb einen halben Meter vor der Pistolenmündung stehen, die auf ihr hübsches, aber erschreckend leeres Gesicht zielte. Sie öffnete den Mund, wollte Worte bilden und brachte zunächst keinen Ton heraus. Beim zweiten Versuch sagte sie: »Alles klar«, um ihre Machtlosigkeit zu bestätigen. Aber sie fixierte weiter Jane und wollte offensichtlich noch etwas sagen. Die an ihre Brust gedrückte Hand schwebte von ihr fort, als sei sie plötzlich gewichtslos, nicht mehr in ihrer Gewalt, sondern von aller Erdenschwere befreit nur noch von den Protonen und Elektronen des Sonnenwinds bewegt, der vielleicht auch nachts wehte.

Bevor die Frau sich traute, nach der Pistole zu greifen, sagte Jane scharf: »Mach gefälligst Platz! Mach Platz und lass uns durch.«

Die scheinbar selbstständige Hand kehrte langsam an die Brust der Frau zurück und sank dann kraftlos herab. Sie trat zur Seite.

Dann sprach eines der beiden Kinder unmittelbar hinter Jane, der Junge namens Harley, mit zitternder Stimme: »Mom? Mom? Mommy?«, und die Blondine wandte sich ihm zu.

SIEBENUNDZWANZIG

Als Harley seine Mutter aus der Nacht, aus der Menge kommen sah, glaubte er, vielleicht sei doch nicht alles verloren, vielleicht könne ihr Leben wieder in die richtige Spur kommen. Dies war ihr erstes Wiedersehen seit dem Tag vor zehn Monaten, als seine Eltern ihn in dieser sogenannten Schule abgeliefert hatten. Vielleicht konnte das Leben doch wie ein Science-Fiction-Film sein; vielleicht konnten diese FBI-Agentin und dieser Sheriff sogar das Werk böser Außerirdischer – oder was die Menschen sonst verwandelt hatte – ungeschehen machen. Sein Kummer und seine Ressentiments fielen von ihm ab, und er sprach sie an.

Sie sah auf ihn hinab, und er merkte, dass sie ihn erkannte. Ihre Augen waren verschattet, ihr Gesicht anfangs ausdruckslos, aber er spürte, dass sie tief in ihrem Innersten weiterhin war, was sie immer gewesen war: weiter seine Mutter, gut und zärtlich, gütig und liebevoll.

Als er sie erneut ansprach, streckte sie ihm die offene Hand hin, damit er seine hineinlegen konnte – in diese Hand, die ihm einst das Haar zerzaust und geprüft hatte, ob seine Stirn heiß war, und seine Krawatte geradegerückt hatte, wenn er seinen Sonntagsanzug trug. Er hörte sich sagen, er liebe sie, was er natürlich immer tun würde.

Als er von ihrer Hand aufsah, bemerkte er, dass ihr bisher leeres Gesicht einen Ausdruck annahm, den er noch nie bei ihr gesehen hatte und der ganz und gar nicht zu einer Wiedervereinigung von Mutter und Kind passte. Ihr Blick war sehnsüchtig, aber das war eine wilde, anomale Sehnsucht, und obwohl sie lächelte, sprach aus ihrem Lächeln weniger Zuneigung als Triumph, als könne das Wesen, das sie jetzt steuerte und ihn zu täuschen versuchte, es nicht ganz vermeiden, seine wahren Empfindungen zu zeigen.

Als ihre Finger sich berührten, verwandelte ihre ausgestreckte Hand sich in eine Kralle, die ihn packte. Er riss sich los und wich vor ihr zurück, und die FBI-Lady befahl ihr, zurückzutreten. Seine Mutter – *nicht* seine Mutter, sondern ein Mutterding – gehorchte mit wieder ausdruckslosem Gesicht.

Harley hörte, wie er einen schrecklichen Laut von sich gab, und nahm sich vor, das nicht wieder zu tun. Er hatte sich viele Monate lang gesagt, es könne kein Zurück geben, weil diese seltsamen Verwandlungen eine Rückkehr zur Normalität unmöglich machten. Aber obwohl er darauf gefasst gewesen war, hatte er das Gefühl, seine Mutter erneut verloren zu haben, und bereute jetzt, dass er sich zu hoffen gestattet hatte.

Die FBI-Lady sagte: »Harley, Schatz, darüber kommst du hinweg. Hast du gehört? Ich versprech's dir. Nimm Jennys Hand.« Sie lächelte nur schwach, aber auf ihrem Gesicht stand der gütige Ausdruck, den er auf dem seiner Mutter zu sehen gehofft hatte. »Jenny, du nimmst Harleys Hand. Helft euch gegenseitig.«

Jenny Boone und er standen direkt hinter der Agentin. Jenny ergriff seine Hand, und Harley war ihr dafür dankbar.

Sie setzten sich wieder in Bewegung, während all die Leute sie beobachteten, als warteten sie darauf, sich auf sie stürzen zu können. Harley sah nicht noch mal zu seiner Mutter hinüber und hielt auch nicht Ausschau nach seinem Vater, der bestimmt auch da war. Er wusste nicht, wohin er und die anderen unterwegs waren, wie lange ihre Reise dauern würde und was sie am Ziel erwartete, aber das spielte keine Rolle, weil es für sie in Iron Furnace nichts mehr gab.

ACHTUNDZWANZIG

Aus Janes Sicht ging von diesen Drohnen aus Fleisch und Blut, die wie zum Leben erweckte Marionetten hierher entsandt worden waren, um das Ende der Menschheit einzuläuten, weiter Gefahr aus. Nanotech-Gehirnimplantate waren wissenschaftliche Erzeugnisse, aber diese Individuen standen praktisch unter einem Zauberbann. Die ältesten Geschichten, die Menschen sich erzählten, handelten von Bannen, die ausgesprochen wurden – und von Bannen, die gebrochen wurden.

Während sie die Kinder durch die Menge zu dem offenen Tor und aus dem Park führte, sah sie sich mehrmals um und stellte beruhigt fest, dass Luther den Schwarm ständig im Auge behielt.

Auf dem Bankett der schmalen Asphaltstraße parkten kreuz und quer SUVs und Pick-ups. Scheinwerfer waren keine zu sehen, was darauf schließen ließ, dass jemand es für überflüssig gehalten hatte, nach dem Alarm im Flüsterraum alle sechshundert Einwohner von Iron Furnace in Marsch zu setzen.

Ihr Ford und Luthers geliehener Chevy standen hundert Meter westlich der Parkmauer. Sie verteilten die acht Kinder auf beide Wagen, dann konferierten die beiden zwischen den Autos stehend.

»Das war haarig«, sagte sie.

»Das ist's noch immer.«

»Wir müssen sie über die Staatsgrenze schaffen – nur für den Fall, dass die hiesige Polizei eingeschaltet wird.«

»Einverstanden. Am schnellsten sind wir unten in Tennessee. Wohin dann?«

»Texas. Wenn du mitkommen kannst.«

Während sie miteinander redeten, behielten sie das Parktor im Auge, weil sie sich fragten, wie lange diese programmierten Wesen sich würden herumkommandieren lassen.

»Was gibt's in Texas für sie?«, fragte Luther.

»Einen Unterschlupf. Davon erzähle ich dir später.«

»Ich muss Rebecca anrufen.«

»Ja, unbedingt. Sobald wir noch mal darüber geredet haben. Aber wir wollen erst hier Schluss machen und zusehen, dass wir über die Grenze kommen.«

Aus der Mittelkonsole des Fords hatte sie ein Wegwerfhandy mitgenommen. Damit rief sie jetzt Seth Donners Smartphone an, obwohl sie vermutete, der große Mann sitze nicht mehr geduldig in seinem Zimmer.

»Hallo«, sagte er.

»Ich bin's. Du erinnerst dich?«

»Ja. Du hast gesagt, du würdest anrufen.«

»Ich habe drei Aufträge für dich.«

»Alles klar.«

»Sowie ich auflege, gehst du in den Flüsterraum und schickst eine Nachricht an alle in Iron Furnace. Kannst du das?«

»Ja. Welche Nachricht?«

»Du sagst: 'Spielt Manchurian mit mir.'«

»Alles klar.«

»Alle werden genauso antworten, wie du's eben getan hast. Anschließend weist du sie an, den Alarm zu vergessen, den George ausgelöst hat. Sag ihnen, dass sie vergessen sollen, dass sie jemals in die Schule gerufen wurden. Sie sollen alles und jeden vergessen, den sie dort gesehen haben. Hast du verstanden, Seth?«

»Ja.« Er wiederholte ihre Anweisungen.

»Gut, sehr gut.« Jane erinnerte sich an Coras vielfach wiederholte Eintragungen, die Luther ihr gezeigt hatte. »Es gibt einen deutschen Ausdruck, der jedes Manchurian-Spiel beendet. Den kennst du, nicht wahr?«

»Ja.«

»Du wiederholst ihn im Flüsterraum, nachdem du meine Anweisungen weitergegeben hast.«

»Das tue ich.«

»Nun zum nächsten Punkt: Gibt es in der Schule einen Videorekorder, auf dem die Aufnahmen aller Überwachungskameras gespeichert werden?«

»Ja. Er steht in der Anrichte. Gespeichert wird auf einer DVD.«

»Genau, und es gibt vermutlich eine Sicherungskopie auf einer zweiten DVD. Du nimmst die DVDs aus dem Gerät, Seth, überschüttest sie in einem Blecheimer mit etwas Benzin und zündest sie auf der Terrasse an. Hast du verstanden?«

»Ja, natürlich.«

»Ist das Feuer ausgebrannt, kippst du die Reste der DVDs in den See. Tust du das?«

»Sicher, wenn du sagst, dass ich's tun soll.«

»Gut, sehr gut. Sobald du die Reste in den See gekippt hast, gehst du in dein Zimmer zurück und legst dich hin.«

»Alles klar.«

»Du legst dich hin, schläfst und vergisst alles, was heute Abend passiert ist. Du vergisst mich und den Kerl, der mit mir zusammen war. Im Schlaf vergisst du auch, was mit den Kindern geschehen ist – und alle meine Anweisungen.«

Der große Mann schwieg.

»Seth?«

»Ja?«

»Kannst du das alles erledigen?«

»Klar«, sagte er.

»Fang lieber gleich an, Seth.«

»Wird gemacht.«

»Auf Wiedersehen.«

Jane beendete das Gespräch und schaltete das Wegwerfhandy aus, dessen nochmalige Benutzung zu riskant gewesen wäre. Sie würde es auf der Fahrt nach Tennessee aus dem Fenster werfen.

Bevor Luther und sie mit den Kindern die Garage verlassen hatten, hatte sie ihm hastig erklärt, was sie über den Flüsterraum in Erfahrung gebracht hatte. Er hatte mitangehört, welche Aufträge sie dem Mann erteilt hatte.

Einen Augenblick lang musterte er sie streng, als sei sie vielleicht doch das verbrecherische Genie, als das die Medien sie hinstellten. »Wie zum Teufel hast du so schnell gewusst, was getan werden musste?«

»Alles improvisiert.«

»Ja, das war wohl nötig.«

»Wir können über Mourning Dove fahren, dein Gepäck mitnehmen und trotzdem in eineinhalb Stunden in Tennessee sein. Vielleicht sogar eine Viertelstunde früher.«

»Fahr nicht so schnell, dass du mich abhängst.«

»Ich dachte, ihr Sheriffs vom Land verstündet euch auf Verfolgungsjagden.«

»Lass das!«, sagte Luther. »Ich hab Schiss vor dem, was uns bevorsteht. Bring mich also nicht zum Lachen.«

NEUNUNDZWANZIG

In Tennessee tankten sie und kauften eine Runde Limonade für alle, aber eine Pinkelpause schoben sie auf, bis sie kurz vor 23 Uhr eine wenig besuchte Toilettenanlage erreichten, wo niemand die Kinder in Socken sehen und sich über sie wundern würde.

Damit Autofahrer, die diese Einrichtungen benutzten, nicht bestohlen oder ausgeraubt wurden, waren die Anlage und ihre bewaldete Umgebung so hell beleuchtet, dass sie einem minimalistischen Bühnenbild glichen. Die schwarzen Schatten und das weiße Licht schienen etwas Tiefgründiges zu symbolisieren, als solle hier ein ungeheuer langweiliges avantgardistisches Stück aufgeführt werden.

Die Kameras machten Luther keine Sorgen. Die Videoüberwachung solcher Anlagen funktionierte in fünfzig Prozent aller Fälle nicht. Ihre Objektive wurden selten geputzt. Manche Kameras würden Dummys sein, um Räuber billig abzuschrecken und ihre Opfer fälschlich in Sicherheit zu wiegen.

In einiger Entfernung von den Toiletten standen zwei Betontische mit Bänken unter Schwarzlinden mit jungem Laub. Auf einer Bank sitzend benutzte Luther sein Wegwerfhandy, um das Handy anzurufen, das er Rebecca dagelassen hatte.

Sie meldete sich sofort, und er sagte: »Du weißt, dass ich dich mehr liebe als mein Leben.«

»Du machst mir Angst«, sagte sie.

»Nicht absichtlich, aber ich werd's tun. Diese Sache ist größer, als ich mir jemals hätte vorstellen können.«

Nach kurzem Schweigen fragte sie: »Mehr willst du mir nicht erzählen?«

»Sorry, keine Zeit. Die Sache ist groß, und ich weiß nicht, was sie für uns, die Familie, unsere Zukunft bedeutet. Bis wir wissen, wohin die Reise geht, müssen wir aufs Schlimmste vorbereitet sein.«

Er erzählte ihr, was sie wissen musste. Es war ein Beweis für Rebeccas Vertrauen zu ihm, ihre Geistesgegenwart und ihren gut entwickelten Überlebenstrieb, dass sie nicht mauerte und keine Fragen stellte, weil sie die Gründe jeweils *intuitiv* ahnte.

Nachdem er das Gespräch beendet hatte, blieb er noch einen Augenblick unter der Schwarzlinde sitzen, atmete den Duft von Geißblatt ein, hörte Grillen zirpen und Frösche quaken und hatte das Gefühl, die Welt nie kostbarer erlebt zu haben. Als er aus dieser Naturidylle über den asphaltierten Parkplatz blickte, der in grellweißem kalten Licht so kahl wirkte, bat er Gott um Mut und Barmherzigkeit – und wenn das zu viel verlangt sein sollte, um Mut allein.

TEIL FÜNF

JANE FINDEN

EINS

Harley Higgins, der von seinem Sicherheitsgurt gehalten zusammengesackt vorn neben Jane saß, murmelte etwas im Traum. Sally und Nora schliefen auf dem Rücksitz, während Jenny Boone es sich zwischen dem Gepäck auf der Ladefläche bequem gemacht hatte.

Unter einem Himmel, von dem die Wolken verschwanden, sodass Mond und Sterne sichtbar wurden, von Nashville nach Memphis, weiter nach Little Rock und in den Westen von Arkansas. In dem Ford Escape schlief nur Jane nicht: von Koffeintabletten und Energydrinks wachgehalten, ihr Herz von dem Triumph beflügelt, dass es ihnen gelungen war, acht Kinder aus der Stadt der Verdammten zu retten. Zermürbende Wochen lang hatte sie mehr von eiserner Entschlossenheit als Hoffnung gelebt, weil Hoffnungen, auf die man zu stark baute, zu Enttäuschungen führen konnten, die einem unter Umständen das Gefühl gaben, versagt zu haben. Aber auf der Grundlage dieses Triumphs – auch wenn er in der Gesamtschau eher klein war – heilte eine große Dosis Hoffnung einige ihrer seelischen Wunden aus jüngster Vergangenheit.

Luther wusste, welche Route sie geplant hatte, und kannte ihr Ziel. Trotzdem hatten sie unterwegs mehrere Treffpunkte geplant, an denen sie wieder zusammenfinden konnten, falls sie getrennt wurden. Beide hatten Wegwerfhandys, um sich bei Bedarf absprechen zu können.

Sie mussten dafür sorgen, dass Luther und die Kinder aus dem Leihwagen herauskamen, der auf seinen Namen lief, und ein Fahrzeug ohne Navi bekamen. Aber Jane widerstrebte es, durch ganz Nordtexas nach Nogales, Arizona, zu fahren, um Enrique de Soto aufzusuchen, von dem sie ihren Ford hatte.

Hier in Arkansas gab es eine mögliche Alternative, obwohl es riskant war, dort unangemeldet aufzukreuzen. Außerdem war das kein Ort, an dem Kinder hundertprozentig sicher waren – auch wenn die Zahl solcher Orte weltweit von Tag zu Tag abnahm.

ZWEI

Bei Tagesanbruch an diesem kalten Mittwochmorgen fuhr Deputy Sheriff Rob Stassen den 1961er Buick Kombi rückwärts aus der Scheune, die als Garage diente. Er hatte einen Ford Pick-up mit Doppelkabine, den er weniger als seine Frau, aber mehr als ihre Katze liebte, Melanie hatte einen Honda, und den Buick fuhren sie beide, allerdings nicht sehr oft. Rob träumte schon lange davon, den Buick vorbildlich zu restaurieren, aber bisher war er nur dazu gekommen, sich um die Mechanik zu kümmern. Der Wagen fuhr sehr gut, aber die schnittige Karosserie wies Schönheitsfehler wie kleine Dellen und Rostflecken auf und war nicht cool lackiert, sondern nur mit grauer Grundierung gespritzt. So war es Rob fast peinlich, auszusteigen und Rebecca Tillman die Autoschlüssel zu geben.

»Kein sehr eleganter Wagen«, sagte er entschuldigend.

Die Frau des Sheriffs, die einen Ledermantel mit flauschigem Pelzkragen trug und trotz ihrer zierlichen Gestalt größer als Robbie zu sein schien, sagte lächelnd: »Der Motor klingt tipptopp.«

»Der bringt euch leicht nach Wisconsin und zurück. Jolie und du helfen also der Schwester deiner Mutter, bei ihr einzuziehen?«

»Keine der beiden sollte allein leben. Mom weigert sich, zu uns zu ziehen – Minnesota ist kaum besser als die dunkle Seite des Mondes, sagt sie. Und die beiden *müssen* das ausgerechnet dann durchziehen, wenn Luther für eine Woche in Iowa ist.«

»Besucht seine alten College-Kumpel, was?«

»Sie hängen jedes Jahr gemeinsam ab, machen Sachen, die Männer so machen. Aber im verschlafenen Des Moines können Kerle, die über die Stränge schlagen, keine großen Dummheiten machen.«

»Roger und Palmer«, sagte Rob. »Er hat von ihnen erzählt. Aber sonst treffen sie sich immer im Sommer.«

»Palmer ist ziemlich krank. Da ist's besser, nicht bis August zu warten.«

»Tut mir leid, das zu hören.«

»Robbie, du bist ein Schatz. Ich danke dir vielmals, dass du mir den Kombi leihst. Mit meinem Japaner könnte ich Tante Tandy nicht beim Umzug helfen.«

Rob tätschelte den vorderen Kotflügel des Buicks. »Er ist groß und zuverlässig, lässt dich nicht im Stich. Das Radio funktioniert, aber es gibt kein Navi.«

»Ich kann diese Roboterstimme ohnehin nicht leiden. Klingt immer ein bisschen hochnäsig.«

Sie küsste ihn auf die Wange und stieg ein, und er schloss die Fahrertür. Er sah ihr nach, als sie mit Dampfwolken aus dem Auspuff in den kalten Morgen davonfuhr.

Rob mochte die Frau des Sheriffs und wusste, dass sie eine gute Frau war, nicht nur für Luther, sondern herzensgut. Trotzdem fragte er sich, was der wahre Grund dafür sein mochte, dass sie sich den 1961er Buick ausgeliehen hatte – und wohin sie und ihre Tochter Jolie wirklich unterwegs waren.

DREI

Die Ouachita Mountains in Arkansas waren über ungezählte Jahrtausende hinweg vom Wetter abgetragen worden. An diesem kühlen Morgen boten sich von der kurvenreichen Bergstraße immer wieder Blicke auf niedere Gipfel und tiefe Täler, in denen Nebelschwaden wie Erinnerungen an Schnee in den Tannen und Laubbäumen hingen, die Meilen um Meilen dieses fast unbewohnten Landes bedeckten.

Jane war erst einmal hier draußen gewesen. Die unbefestigte, ölig-staubige schmale Zufahrt zweigte gegenüber einer dunklen Felswand, deren Quarzeinsprengsel in der Morgensonne glitzerten, von der State Road ab. Sie war so dicht von Bäumen gesäumt, dass man praktisch durch einen Tunnel fuhr.

Die Kinder waren aufgewacht. Sie saßen gähnend da und blinzelten in die Wildnis. Wo Sonnenlicht durch das Nadel- und Blätterdach fiel, schien der Wald auf unzähligen Stelzen aus Licht zu stehen. Luther folgte ihr mit dem Leihwagen.

Nach fünfzig Metern bog die Zufahrt scharf rechts ab und endete vor einem Tor aus dreizölligen Stahlrohren zwischen massiven Betonsäulen. Das Tor war noch sicherer, als es aussah, vor allem weil der kurze Anlauf verhinderte, dass ein Fahrzeug schnell genug wurde, um es mit großer Wucht rammen zu können.

Hier gab es keine Klingel, keine Gegensprechanlage für Besucher. Der Eingang von Otis Faucheurs Reich wurde Tag und Nacht, aber nicht sichtbar bewacht.

Sie warteten drei Minuten lang am Tor, bis ihre Geduld den Wachposten davon überzeugte, dass sie das Verfahren kannten und schon einmal hier gewesen sein mussten. Mit strubbeligem Haar und wildem Vollbart tauchte er aus den Schatten und leuchtenden Nebelschwaden auf wie ein Satyr, der in einem Baum lebte und Menschengestalt annehmen konnte, wenn er wollte.

Bewaffnet war er mit einer Schrotflinte mit langem Magazin. Unter seinem weiten Hemd war bestimmt Platz für eine Pistole und zusätzliche Munition für beide Waffen. Außer diesem Mann würde es im Wald in der Nähe zwei weitere Wachposten geben, die schwerer bewaffnet waren.

Nachdem er die beiden Fahrzeuge über eine Minute lang eingehend betrachtet hatte, kam der Bärtige an die Fahrertür des Fords. Jane fuhr ihre Scheibe herunter. Das von dunklem Haar umrahmte Gesicht war von der Sonne verbrannt, die schwarzen Augen glitzerten mitleidlos wie die eines Raubvogels.

»Sie sollten nicht hier sein, Ma'am.« Sein Blick streifte Harley und die Mädchen auf dem Rücksitz, bevor er sich wieder an Jane wandte. »Auch für junges Gemüse wie die da gibt's hier nichts.«

»Ich muss Otis Faucheur sprechen.«

»Nie von ihm gehört.«

»Wäre ich nicht gewesen, säße sein Sohn Dozier jetzt in der Todeszelle.«

»Kenn auch keinen Dozier.«

»Rufen Sie Ihren Boss an. Sagen Sie ihm, dass die Frau mit Schlangenpisse in den Adern ihn sprechen muss. Und erzählen Sie mir nicht, dass er noch schläft. Er leidet an Schlaflosigkeit, schläft seit Jahren nie mehr als drei Stunden pro Nacht.«

Der zu ihr hinuntergebeugte Wachposten betrachtete sie forschend, dann sagte er: »Ich bin hier nicht der einzige Aufpasser.«

»Ich rechne mit mindestens zwei weiteren Kerlen«, sagte sie. »Ich bin nicht so dumm, Blödsinn zu machen, selbst wenn ich dazu hergekommen wäre, was nicht der Fall ist.«

Der Bärtige trat von dem Ford zurück – und aus der Schusslinie der anderen Wachen. Er zog ein Walkie-Talkie unter dem Hemd hervor, in das er so leise hineinsprach, dass Jane nichts verstand.

»Ich glaube, ich gehe später auch zum FBI«, sagte Harley Higgins.

»Das kann ich nicht empfehlen.«

»Nun, ich meine, ich möchte wie du sein.«

»Schätzchen, du bist schon wie ich. Wir sind beide auf der Flucht.«

Der Wachposten öffnete das Tor mit einer Fernbedienung und winkte sie durch.

Der Waldtunnel führte durch eine Senke weiter, bis sich vor ihnen eine Lichtung auftat. Otis Faucheurs Haus war ein zweigeschossiger Eigenbau aus Zedernholz, das längt den Grauton der englischen Kurzhaarkatzen angenommen hatte, die Otis gehalten hatte, bis seine dritte Frau eine Allergie gegen sie entwickelt hatte.

Sie wies die Kinder an, im Auto zu bleiben, stieg aus, schloss die Tür und horchte einen Augenblick auf die in der modernen Welt selten anzutreffende Stille. Die ersten Vögel begrüßten den anbrechenden Tag, aber ihr Gezwitscher betonte nur die ansonsten über dem Land liegende Stille.

Weitere Häuser aus Zedernholz standen durch einen Weg verbunden auf dem rückwärtigen Teil der Lichtung. Die dem Familienunternehmen dienenden Gebäude standen im Wald unter hohen Bäumen getarnt. Dies musste das stabilste kriminelle Unternehmen im Süden, wenn nicht im ganzen Land sein.

Selbst in dieser Waldeinsamkeit gab es wider Erwarten Strom, Wasser und Kanalisation. Gute Beziehungen zur politischen Struktur des Countys und zu Schlüsselfiguren auf Staatsebene garantierten nicht nur, dass die Faucheurs unbelästigt ihren Lebensunterhalt verdienen konnten, sondern auch Zugang zu allen Versorgungseinrichtungen hatten – obwohl sie niemals Steuern zahlten. Auf dem Hausdach standen drei Satellitenschüsseln nebeneinander.

Otis erwartete sie in seinem Schaukelstuhl auf der Veranda

vor dem Haus. Der Mittsechziger mit der freundlichen Miene bestach anscheinend auch die Zeit, denn die wenigen Falten verliehen ihm einen heiteren Ausdruck, als habe er nie Sorgen gekannt. Er trug Hush Puppies, eine Kakihose, ein ganz zugeknöpftes weißes Hemd, eine Cowboy-Krawatte und einen Strohhut. Als Jane die Treppe heraufkam, stemmte er sich halb hoch und deutete eine Verbeugung an.

Das ganze Mobiliar bestand aus zwei Stühlen mit einem Tisch dazwischen, einer Hollywoodschaukel am anderen Ende der Veranda und mehreren Hängeampeln mit Efeu.

Otis sank wieder zurück, als sie sich auf den nächsten Stuhl setzte. »Mädchen, Sie lassen wirklich nichts aus, um Probleme zu kriegen.«

»Ich wusste nicht, dass Sie mitkriegen, was so los ist.«

»Zu sehen, was bei *Ihnen* los ist, kann einen Mann in meinem Alter echt fertigmachen. Ich schaue nur ab und zu mal rein, wie's mit der Story weitergeht.«

»Nichts ist so, wie die Leute behaupten«, versicherte sie ihm.

»Das ist's nie. Ich frage mich nur: wieso hier, warum ich, wieso jetzt?«

»Ich habe Ihren Sohn vor lebenslänglich, vor der Todesstrafe bewahrt.«

»Dozier war kein Serienmörder. Ihm ist Unrecht geschehen, Sie haben ihn durch Ihre Ermittlungen gerettet. Aber das haben Sie nicht aus Nächstenliebe zu Dozier getan. Sie haben's nur getan, weil's ihr Job war.«

»Als er mich damals hierher mitgenommen hat, hat er Sie gebeten, mir im Notfall zu helfen, als gehörte ich zur Familie.«

»Ich hab elf Söhne und sieben Töchter. Retten Sie die alle, bin ich den Rest meines Lebens damit beschäftigt, mich mit Gefälligkeiten zu revanchieren.«

»Das erspare ich Ihnen, wenn wir nur dieses eine Mal ins Geschäft kommen.«

Er nahm eine kleine Dose Schnupftabak von dem Tischchen zwischen ihnen. »Prise gefällig?« Als sie dankend ablehnte, nahm er selbst eine. »Als Sie damals hier waren, hab ich Sie genau erkannt. Sie erinnern sich, dass ich gesagt hab: Auch wenn Sie Dozier gerettet haben, täten Sie nichts lieber, als unser jämmerliches kleines Unternehmen zu zerschlagen.«

»Wissen Sie noch, was ich geantwortet habe?«

»Vielleicht wenn ich darüber nachdenke.«

»Sie haben recht, habe ich gesagt. Sie produzieren alle Drogen, die der Markt verlangt. Sie beliefern den ganzen Süden. Sie ruinieren Leben. Man sollte Ihnen das Handwerk legen. Aber ich verrenne mich nicht in aussichtslose Fälle. Nehmen wir mal an, ich hätte die Drug Enforcement Agency auf Sie angesetzt, was ich nie getan habe. Die wäre auf Politiker gestoßen, die alles torpediert hätten, bis alle aufgegeben und mich für eine Querulantin gehalten hätten, die nicht einschätzen kann, was machbar ist – und was nicht. Da haben Sie gesagt, ich hätte Schlangenpisse in den Adern. Das habe ich als Kompliment aufgefasst.«

Bisher hatte er sich nicht bewegt in seinem Schaukelstuhl. Jetzt fing er an zu schaukeln. Er starrte zu den Autos hinüber, in denen die Kinder ihre Nasen an den Scheiben platt drückten.

Zuletzt fragte er: »Wer ist der große Kerl in dem Coupé?«

»Ein Sheriff aus Minnesota.«

»Sheriff, sagen Sie? Von der käuflichen Sorte?«

»Wollen Sie eine Filiale im Norden eröffnen?«

»Mich interessiert nur, wie er ist.«

»Ich glaube nicht, dass Sie einen Preis aussetzen könnten, nach dem er sich bücken würde.«

»Trotzdem ist er hier – wie Sie entgleist.«

»Einige seiner Freunde und Nachbarn sind bei dem Anschlag dort oben umgekommen. Das ist ihm sehr zu Herzen gegangen. Mehr als er ahnt, glaube ich.«

Otis schaukelte weiter.

Der in der Senke liegende Nebel griff nach der aufgehenden Sonne, aber seine hochgereckten Hände zerflossen dabei.

»Sie meinen die Verrückte, die den Gouverneur in die Luft gejagt hat.«

»Sie war nicht im üblichen Sinn verrückt.«

»Das kann ich nicht beurteilen. Ich sage nur, was ich in den Nachrichten gehört habe. Sie haben mit Fachwörtern um sich geworfen, bis sich keiner mehr ausgekannt hat.«

Ein geschäftiger kleiner Käfer krabbelte mit irgendeinem Auftrag in seiner Mikrowelt über den Bretterboden.

»Idioten, die Leute enthaupten, in Nachtclubs um sich schießen. Haben Sie sich schon mal überlegt, dass der Regierung das vielleicht gar nicht unrecht ist?«

»Wieso das?«

»Weil es uns kleine Leute ablenkt.«

Otis schien nicht zu Boden zu sehen, aber er hörte abrupt zu schaukeln auf, bis der kleine Käfer sicher unter der gebogenen Holzkufe hindurch war, bevor er weitermachte.

»Wovon ablenken?«, fragte Jane.

Seit sie saß, hatte er sie nicht mehr angesehen. Jetzt bedachte er sie verschmitzt zwinkernd mit einem schwachen Lächeln. »Als ob Sie das nicht wüssten! Von ihren Geheimplänen und ihrer Verderbtheit.«

Otis sah wieder zu den Autos hinüber. Jane wartete noch einen Augenblick, dann sagte sie: »Ich brauche einen Wagen, alt, klapprig und eine Rostlaube, der aber verdammt schnell und zuverlässig ist. Ohne GPS.«

»Was Sie brauchen, ist ein Outrunner, ein schnelles Fluchtfahrzeug, das jeden Streifenwagen abhängen kann. Aber in unserer Gegend gibt's keine Gebrauchtwagenhändler.«

»Hören Sie, ich weiß genau, dass Sie unter Planen im Wald eine ganze Autoflotte versteckt haben.«

Als er den Kopf schüttelte, flog eine grüne Schmeißfliege von seinem Hutband auf. »Mädchen, Sie gefallen mir.«

»Außerdem muss einer Ihrer Leute den Mietwagen zum Flughafen Louisville zurückfahren und abgeben.«

»Hat der Sheriff ihn dort gemietet?«

»Ja.«

»Weite Fahrt nach Louisville.«

»Mir nützt es nichts, wenn der Wagen verschwindet. Und der Meilenzähler muss zurückgedreht werden, damit es so aussieht, als wäre er nur in der Umgebung von Louisville unterwegs gewesen.«

»Sonst noch was? Ein Satz neue Reifen, ein Ölwechsel, einmal Waschen und ein Jesus-liebt-dich-Aufkleber?«

»Mir genügt es, wenn er in Louisville abgeliefert wird. Und noch etwas ...«

»Was nun schon wieder?«

»Schicken Sie Ihre Kinder noch immer aufs College, wenn sie alt genug sind?«

»Wenn sie's wollen. Ein paar weigern sich, lassen sich nicht dazu überreden.«

»Dozier entwickelt Software. Er hat eine ältere Schwester erwähnt, die Kardiologin ist, und einen Bruder, der Psychologe ist.«

»Mir ist's egal, was ein Kind werden will, aber alle müssen schwören, nie in die Politik zu gehen. Ich ziehe sie nicht groß, damit sie in diesen Sumpf geraten.«

»Ist zufällig einer von ihnen Architekt?«

»Das wäre was, nicht wahr? Ein Faucheur, der sich Gebäude ausdenkt, die dann Wirklichkeit werden. Nein, wir haben nur einen Bauunternehmer in der Familie.«

»Was für einen Bauunternehmer?«

»Einen, der Häuser baut.«

»Nicht zufällig in San Francisco?«

»Leider nicht. Er ist unten in San Diego, hat die ganze Stadt in der Hand. Aber er hat schon anderswo gebaut – auch in Frisco.«

»Ich möchte seine Adresse, seine Telefonnummer.«

Seine blaugrauen Augen blitzten stahlgrau, als er sie jetzt prüfend musterte. »Damit Sie ihn in Ihren Strudel reinziehen können?«

»Sie wissen, dass ich das nie täte.«

»Woher soll ich das wissen?«

»Ich hätte mich an Dozier wenden und ihn nach einem Architekten fragen können. So hätte ich von dem Baumeister erfahren. Aber das hätte beide gefährden können.«

Er zwang sie dazu, seinen Blick lange zu erwidern, bevor er wieder die Autos ansah. »Clever von Ihnen, hier mit Kindern im Schlepp aufzukreuzen.«

»Ich hatte keine andere Wahl.«

»Was ist passiert?«

»Sie sind Waisen.«

»Durch Ihre Schuld?«

»Nein, ich versuche, sie an einen Ort zu bringen, an dem sie sicher sind.«

Er betrachtete sie wieder mit einem Blick wie ein Skalpell. »Ohne sie lägen Sie mit einer Kugel in Ihrem hübschen Kopf im Wald und würden darauf warten, dass Ihr Grab gegraben wird. Ein Scharfschütze hat Sie im Visier, seit Sie ausgestiegen sind.«

»Das wäre nicht Ihre Art.«

»Sie kennen mich besser als ich mich selbst?«

»Nicht besser. Nur gut genug. Sie tun mir diesen Gefallen, aber Sie wollen mich abschrecken, damit ich nicht wiederkomme.«

»Glauben Sie meinetwegen, was Sie wollen. Aber das spricht nicht unbedingt für Ihren gesunden Menschenverstand.«

»Für das Fluchtfahrzeug und das Zurückbringen des Leihwagens kann ich Ihnen zwölftausend Dollar zahlen.«

»Zwölftausend?« Er schüttelte lachend den Kopf. »Für zwölftausend spucke ich nicht mal aus.«

»Das verlange ich auch nicht. Vierzehntausend ist mein Limit.«

»Zwanzig.«

»Ich muss acht Kinder versorgen. Hier geht's nicht bloß um Sie, Mr. Faucheur.«

Er verdrehte die Augen, sah zur Decke auf. »Auf einmal bin ich wieder Mr. Faucheur. Würde mir keiner glauben, wenn ich von Ihnen erzählen würde. Achtzehn.«

»Fünfzehneinhalb. Mein letztes Angebot.«

»Für den Outrunner und das Abliefern in Louisville. Und wie viel haben Sie für die Nummer des Baumeisters?«

»Die müssen Sie als Dreingabe drauflegen.«

»Als Dreingabe?«

»Ja.«

Er nahm den Strohhut ab, strich sich das weiße Haar glatt und setzte seinen Hut wieder auf, was sich als vereinbartes Signal erwies.

Ein Gewehrschuss krachte, und die nächste Hängeampel zersplitterte. Tonscherben, Blumenerde und Efeuranken lagen auf dem Holzboden verstreut.

Jane starrte die Trümmer an und horchte auf das von den Hügeln zurückgeworfene Echo des Schussknalls.

Als es wieder still war, sagte sie: »Die müssen Sie trotzdem als Dreingabe drauflegen.«

»Dies hatte nichts mit den Verhandlungen zu tun. Ich wollte nur was beweisen.«

»Also gut«, sagte sie und zog vier der fünf Bündel Hunderter heraus, die sie in ihrem Blazer hatte. Sie zählte fünf Scheine von einem Packen ab, steckte ihn wieder ein und legte den Rest auf das Tischchen zwischen ihnen.

Er stand auf und sah auf sie herab. »Dozier hätte Sie damals nie mitbringen sollen. Das hätte er wissen müssen. Aber so ist er eben.«

»Er war dankbar, das ist alles. Und stolz auf Sie.«

»Lassen Sie mich ausreden. Dass ein bildhübsches Mädchen jetzt nicht darauf wartet, im Wald begraben zu werden, hat zwei Gründe. Erstens diese Kinder. Aber wenn Sie noch mal herkommen, zählen keine Kinder. Dann ist Ihnen ein langer Schlaf bei den Würmern sicher.«

Er machte eine lange Pause. Sie erwiderte nichts, was ihn zufriedenzustellen schien.

»Nun zum zweiten Grund. Sie gefallen mir, das gebe ich zu. Hab noch nie jemand wie Sie gekannt. Aber nächstes Mal bringt Ihnen das keine zwei Minuten länger ein. Sie gehen jetzt und warten im Wagen. In ungefähr einer halben Stunde bringt ein junger Kerl Ihnen den auf Sie zugelassenen Outrunner. Welcher Name soll in den Papieren stehen?«

»Mir genügt ein Eintrag im Führerschein, der mich als Eigentümerin ausweist.«

»Haben Sie einen für mich?«

Sie holte ein halbes Dutzend Führerscheine aus einer Innentasche, streifte das Gummiband ab, suchte einen heraus und gab ihm den auf Melinda June Garlock aus Riverside, Kalifornien, ausgestellten Führerschein.

Er ließ das Geld auf dem Tisch liegen, als er im Haus verschwand.

Als Jane von ihrem Stuhl aufstand, kam eine attraktive Frau Anfang vierzig auf die Veranda.

Jane hatte sie vor einigen Jahren kennengelernt, als Dozier sie hierher mitgenommen hatte: Margot, Faucheurs dritte Frau und die Mutter der jüngsten Generation, die noch nicht auf dem College war.

»Alles in Ordnung, meine Liebe?«, fragte Margot.

»Hab mich schon besser gefühlt.«

Margot nahm das Geld vom Tisch. »Oh, lassen Sie sich nicht von dem alten Brummbären einschüchtern. Er knurrt, aber er beißt nicht.«

»Doch, er kann beißen«, widersprach Jane. »Aber das liegt nicht an ihm. Schuld daran ist die Welt dort draußen.«

»Ich habe einiges über Sie und die Welt gehört. Das meiste

bestimmt gelogen.« Sie sah lächelnd zu den beiden Autos hinüber und sagte: »Ich hätte Tee und Kaffee rausgebracht. Und Kekse für die Kinder. Aber dies scheint nicht der richtige Augenblick dafür zu sein.«

»Trotzdem vielen Dank«, sagte Jane. »Ich warte einfach draußen im Auto.«

»Passen Sie gut auf sich auf«, sagte Margot.

»Sie auch. War schön, Sie wiederzusehen.«

»Ebenso. Hat echt Spaß gemacht.«

Die Nebelseen, die sich an einigen Stellen der lang gestreckten Senke gehalten hatten, lösten sich jetzt rasch auf, sodass immer mehr Weideland sichtbar wurde, vor dem die Häuser aus Zedernholz in der Morgensonne mehr silbern als grau leuchteten. Zwischen den Häusern standen locker verteilte Tulpenbäume, hinter denen der Mischwald wie eine grüne Mauer aufragte.

Diese Szene erinnerte an eine Farmkooperative der Amish in Pennsylvanien. Allerdings wurde hier nichts angebaut, nicht einmal Cannabis. Chemikalien wurden in großen Mengen angeliefert, vermengt und zu illegalen Drogen weiterverarbeitet. Von hier aus wurde der Stoff in eine aus den Fugen geratene Welt geliefert – an verzweifelte Menschen, die kauften, was sie zu brauchen glaubten, um die Nacht zu überleben, sich dem Tag zu stellen und beiden zu entkommen.

Luther, der ausgestiegen war, als der Schuss gefallen war, stand seither an der offenen Autotür. Als Jane zurückkam, fragte er: »Alles in Ordnung mit dir?«

»Wieso fragt mich das heute jeder? In einer halben Stunde bekommen wir den Wagen, den wir brauchen.«

Mit einem Blick über die Senke hinaus sagte er: »Freut mich, das zu hören. Mir ist's hier unheimlich.«

»Yeah«, sagte sie. »Aber komischerweise fühle ich mich hier sicherer als sonst wo seit Nicks Tod.«

VIER

Otis Faucheur lieferte einen burgunderroten 1988 Chrysler Voyager, einen Minivan mit matt gewordenem Lack, verrosteten Schwellern, einem fehlenden Element im Kühlergrill und allgemein heruntergekommenem Aussehen. Den vergrößerten Motorraum füllte jedoch ein Small Block V-8-Motor von GM Performance Parts aus – mit 6,3 Liter Hubraum, hydraulischen Rollenstößeln, gehärteter Kurbelwelle, einem Verdichtungsverhältnis von 9,7:1 und Aluzylinderköpfen von Fast Burn. Tatsächlich war das gesamte Chassis neu; nur die Karosserie war von 1988 übrig. Vielleicht auf den ersten Blick verräterisch waren nur die gewaltigen Breitreifen, die allen Anforderungen gewachsen waren, die der Fahrer des Outrunners vielleicht an ihn stellen würde.

Luther hatte keine Mühe, mit Janes in Mexiko getunten Ford Escape mitzuhalten.

Auf dem Parkplatz eines Einkaufszentrums in Fort Smith, Arkansas, maß sie die Füße aller Kinder und machte eine Liste. Damit ging Luther in ein Geschäft und kaufte zwölf Paar Sneakers. Aus dieser Kollektion bekamen alle acht passende Schuhe, ohne irgendwie Aufsehen zu erregen. Außerdem kaufte er Unterhosen und Socken in verschiedenen Größen.

Neu ausgestattet frühstückten sie in einem Restaurant, in dem das Essen köstlich und die Portionen großzügig waren und in dem sie keine Entdeckung befürchtete. Niemand fahndete nach Luther Tillman, und auch die Kinder wurden anscheinend nicht gesucht, jedenfalls nicht so offiziell, dass ihre Gesichter im Fernsehen gezeigt worden wären. Jane trat mit langer rotbrauner Perücke, grünen Kontaktlinsen und überflüssiger Brille auf, aber ihre beste Tarnung waren ihr schwarzer Begleiter und die übermüdete, aber zufriedene Kinderschar. Niemand würde glauben, die meistgesuchte Verbrecherin Amerikas sei mit so vielen Kindern unterwegs – adoptiert, erklärten sie der Bedienung –, oder dass eine Verräterin, Diebin und Mörderin eine so liebevolle Mutter sein könnte. Oder dass so wohlerzogene Jungen und Mädchen vertrauensvoll bewundernd zu der berüchtigten Jane Hawk aufsehen könnten.

Von Fort Smith aus gelangten sie nach Oklahoma. Hier war der Himmel porzellanblau mit nur wenigen langen Wolkenstreifen, die an Reihen niedriger Schneehügel erinnerten, die von der Erde aufgestiegen waren und nach Osten segelten.

Am Mittwoch um 14:40 Uhr wechselten sie in Oklahoma City auf die I-35 South. Bis 17 Uhr wollten sie Ardmore erreichen und dort übernachten. Auf dem größten Teil der Strecke beschrieben Habichte, Jane Hawks Namensvettern, träge Kreise links oder rechts der Interstate.

FÜNF

Huey Darnell, dreimal von Tussis geschieden und nun von seiner vierten Ehehälfte – Bourbon Whiskey – betrogen, sitzt allein und erschreckend nüchtern im Laderaum eines Vans gleich hinter den Vordersitzen und beobachtet das Haus der Tillmans durch ein Fernglas.

Hassan Zaghari hatte vormittags Dienst, als die Tochter, Jolie, ihre Mutter zum Haus von Deputy Sheriff Rob Stassen gefahren hat, von dem sie sich einen uralten Buick Kombi geliehen hat. Zaghari, der sie auf der Hin- und Rückfahrt beschattet hatte, hatte sofort Huey angerufen, um Anweisungen einzuholen, als die beiden anfingen, Koffer in den Buick zu laden.

Zum Glück verschoben die Frauen ihre Abfahrt, bis die Bank öffnete, und gingen beide hinein, sodass Huey Zeit und Gelegenheit hatte, einen Transponder an ihrem geliehenen Wagen anzubringen.

Jetzt folgen Hassan Zaghari und Kernan Beedle, der einzige weitere Agent in Hueys geschrumpftem Team, Rebecca und Jolie Tillman weiß Gott wohin, und Huey ist allein zurückgeblieben, um den Sheriff zu beobachten, der in seinem Haus ist – im Haus sein *muss* –, in dem er im Schlaf- oder Jogginganzug rumsitzt, Cheez Doodles einwirft und Bier trinkt und Sportsendungen sieht.

Niemand hat den Sheriff mehr gesehen, seit ihre Überwachung gestern, Dienstag, begonnen hat.

Natürlich hätte Huey Darnell diese Situation längst Booth Hendrickson, seinem Boss, melden müssen. Wenn er den Göttern das Opfer bringt, lange genug stocknüchtern zu bleiben, werden sie ihn hoffentlich damit belohnen, dass diese Entwicklung sich als harmlos erweist, sodass er sein Versagen niemals wird eingestehen müssen. Eigentlich glaubt er nicht an Gott oder Götter oder die Macht des Schicksals oder dass die Gerechtigkeit immer siegt. Aber vielleicht beurteilt er alle diese Dinge falsch. Und wenn er vorübergehend außerstande ist, an Bourbon zu glauben … nun, schließlich muss jeder Mensch an *irgendwas* glauben.

SECHS

Am Mittwochnachmittag sind die grundlegenden Fakten der Krise bekannt, auch wenn das wahre Ausmaß der Gefahr noch nicht begriffen wird.

Booth Hendrickson, Führungskraft im Justizministerium und geschätzter Mitarbeiter von David James Michael, ist mit einer Gulfstream V, die das FBI gestellt hat, von Washington nach Louisville unterwegs. Von dort aus fliegt er als einziger Passagier mit einem gecharterten achtsitzigen Hubschrauber weiter. Als der Pilot um 14:20 Uhr auf einer Wiese am

Ortsrand von Iron Furnace aufsetzt, wird Hendrickson von einer programmierten Einheimischen abgeholt: Stacia O'Dell, Eventmanagerin im Iron Furnace Lake Resort. Stacia fungiert als seine Fahrerin in einem Mercedes S 600 mit dem Kennzeichen IFLR 1.

Schon vor dem Abflug hat Hendrickson telefonisch auf das Gehirnimplantat der Frau zugegriffen und sie aufgefordert, Manchurian mit ihm zu spielen. Stacia hält ihn jetzt für John Congrieve, den Vorstandsvorsitzenden von Terra Firma Enterprises, der Eigentümerin des Resorts. Sie soll ihn überallhin begleiten, ohne nach dem Zweck seines Besuchs zu fragen, bei dem es um vertrauliche Interna geht.

Als Erstes möchte er die Privatschule für Problemkinder besuchen.

Als sie auf der Lakeview Road in die Kleinstadt fahren, sagt Stacia: »Echt traurig, wenn kleine Kinder von so was betroffen sind.«

»Ja«, bestätigt er, »sehr traurig.« Weil er auf ihre Antwort neugierig ist, fragt er: »Welches Problem haben sie Ihrer Meinung nach?«

»Persönlichkeitsstörungen. Die werden in letzter Zeit immer häufiger.«

»Unbedingt. Aber ich frage mich, woher das kommt. Brutale Videospiele? Schmutz und Schund im Internet? Falsche Ideale in den heutigen Filmen? Versagen des Schulsystems?«

»Oh«, sagt sie, »vielleicht von allem etwas. Aber vor allem liegt's daran, dass es nicht mehr genug Liebe und Zuwendung gibt.«

»Glauben Sie?«

»Unter den Menschen. Eltern, die ihre Kinder lieben. Nachbarn, die sich um Nachbarn kümmern. Alle für einen und einer für alle, wissen Sie.«

»Ja, ich weiß.«

»Jeder für sich selbst ist eine schreckliche Sackgasse. Ich meine, wenn's ständig Ich-ich-ich heißt, muss es Kinder geben, die verwirrt, gestört sind. Sehr traurig!«

»Würden Sie sagen, dass man sich in Iron Furnace um einander kümmert?«

Ihr besorgter Gesichtsausdruck weicht einem Lächeln. »O ja, wir bilden eine sehr enge Gemeinschaft. Nächstenliebe, Einigkeit, Zugehörigkeitsgefühl – das sind ihre Säulen. Man braucht sich nur umzusehen, das merkt man immer und überall. Erst gestern hat ein Eventplaner aus Atlanta, ein Mr. Moses, ein sehr netter Schwarzer, unsere kleine Stadt mit einem mit Edelsteinen besetzten Fabergé-Ei verglichen.«

Sie sieht kurz zu ihm hinüber, um festzustellen, ob ihm gefallen hat, was sie gesagt hat. In ihren apfelgrünen Augen steht eine Ernsthaftigkeit, die jeden beeindrucken könnte, der nicht weiß, dass sie programmiert ist.

»Da haben Sie wirklich recht, Miss O'Dell. Bin ganz Ihrer Meinung.«

Vor der Villa, in der die Kinder beaufsichtigt werden, bittet er sie, im Wagen unter dem Säulenvordach zu warten. Das tut sie natürlich pflichtbewusst, geduldig, notfalls bis zum Verdursten.

Eine Frau namens Noreen Klostner macht ihm auf. Hendrickson fordert sie auf, Manchurian mit ihm zu spielen und den Flüsterraum zu benutzen, um die übrigen sieben Angestellten zusammenzurufen.

Als alle im Esszimmer versammelt sind, nimmt er sie ins Verhör und versucht zu ergründen, wie sie so nachlässig sein konnten, die Kinder unbemerkt entkommen zu lassen. Ja, die Peilsender in den Schuhen. Aber als die Kinder auf Socken durchs Haus geschlichen sind – wohin waren sie da unterwegs? Das weiß niemand. Wo sind sie jetzt? Das weiß niemand. In Iron Furnace können sie sich nicht versteckt halten, weil die Einwohner sie überall gesucht haben. Der älteste

Junge hätte vielleicht fahren können, aber es fehlt kein Wagen. Und was ist mit den Aufnahmen der Überwachungskameras passiert? Das weiß niemand. Wo sind die Speichermedien aus dem Recorder geblieben? Das weiß niemand.

Alle acht hocken mit ausdruckslosen Gesichtern am Tisch. Hendrickson setzt ihnen eine Stunde lang zu, benutzt jedes Werkzeug, das ihre Programmierung zur Verfügung stellt, um Erinnerungen an letzte Nacht wachzurufen – immer vergebens. Ihr kollektiver Gedächtnisverlust beginnt mit dem Abendessen und endet mit dem Zubettgehen, als hätte ihre Programmierung bei allen gleichzeitig versagt.

Weil die verwandelten Menschen außerstande sind, ihn zu belügen oder ihm wichtige Informationen bewusst vorzuenthalten, greifen die üblichen scharfen Verhörmethoden in diesem Fall nicht. Aber aus alter Gewohnheit schüchtert er die Zeugen ein, macht ihnen Angst und wird sogar brutal, indem er die beiden Frauen mehrfach ohrfeigt, bis eine an der Lippe und die andere aus der Nase blutet. Er ärgert sich darüber, zu solch primitiven Mitteln gegriffen zu haben, obwohl er genau weiß, dass sie bei programmierten Wesen wie diesen nicht wirken werden.

Als Hendrickson das Verhör angewidert beenden will, sagt George Woolsey, der ängstliche kleine Mann am Tischende, auf einmal: »Ich tue dir nichts. Glaubst du mir?«

Hendrickson baut sich vor ihm auf, starrt ihn drohend an. »Mir etwas tun? Was zum Teufel soll das heißen? Natürlich kannst du mir nichts tun. Du *gehörst* mir.«

Auf Woolseys blassem Gesicht stehen Schweißperlen, als er flüstert: »Du brauchst keine Angst zu haben, George. Nicht vor mir.«

»George bist *du*, Arschloch«, sagt Hendrickson. »Was ist in dich gefahren?«

Woolseys Stimme ist vor Elend heiser. »Was ist mit mir passiert?« Bevor Hendrickson antworten kann, sagt er: »Weißt du das nicht, George?« Und dann: »Irgendwas ist passiert, was war, ist nicht mehr.« Und zuletzt: »Komm jetzt mit ins Esszimmer, George. Setz dich zu den anderen.«

Hendrickson studiert Woolsey. Aus dem schwarzen Loch, das alle ihre Erinnerungen verschluckt hat, ist endlich etwas ans Licht gekommen. »Du wiederholst ein Gespräch, stimmt's? Von gestern Abend.«

Woolsey verdreht die Augen, atmet schnell und flach.

»Denk gefälligst nach! Erinnere dich, verdammt noch mal. Wer hat gestern Abend gesagt, dass er dir nichts tun wird?«

»Sie hat's gesagt«, murmelt Woolsey, ohne jemanden am Tisch anzusehen.

»Sie? Wer war sie?«

»Weiß ich nicht.«

»Erzähl mir von ihr.«

»Sie war …«

»*Was* war sie, George? Erzähl's mir.«

»Sie war freundlich zu mir.«

»Was noch?«

Woolsey bewegt die Lippen, als suche er eine Antwort, kann aber keine finden.

»Erzähl mir mehr über sie, George. *Irgendwas*, verdammt noch mal!«

»Nein, das kann ich nicht. Ich weiß nichts.«

Gestern Abend war jemand hier und hat die Kinder mitgenommen. Eine Frau, die genau weiß, wie man diese Leute kontrollieren und ihnen befehlen kann, alles zu vergessen. Wie in jeder Organisation gibt es auch in den Reihen der Arkadier Fraktionen, aber Booth Hendrickson schockiert die Vorstellung, eine von ihnen könnte die anderen verraten.

Er versucht noch ein paar Minuten lang, Woolsey auszuquetschen, kommt aber nicht weiter. »Also gut, bleibt alle ruhig, geht auf eure Zimmer. Wartet, bis wir kommen und uns um euch kümmern.«

Weil er sie nicht mit den Worten *Auf Wiedersehen* entlässt, erheben sie sich wie eine Versammlung Untoter von ihren Stühlen, ernst und stumm, ihre Blicke wie auf Szenen einer Verwüstung nach innen gerichtet. Von den blutigen Gesichtern der beiden Frauen tropft es rot auf den Teppich und den Kalksteinboden, als seien sie aus einer Liste von Gemeindemitgliedern gefallen, für die gebetet werden soll, und ließen so Hendricksons eigenes Schicksal vorausahnen.

Er kann sich nicht von diesen scharlachroten Tropfen losreißen, während er telefoniert, um Spezialisten aus einem Labor in Virginia anzufordern. Sie werden die Gehirne der acht Kinderbetreuer untersuchen müssen, als seien sie Festplatten, die gecrasht sind.

Als er zum Auto zurückkommt, fragt Stacia O'Dell lächelnd: »Alles bestens?«

Er gibt keine Antwort, sondern bleibt einen Augenblick nachdenklich schweigend sitzen. Für die Bewegung ist Iron Furnace ein Aktivposten: ein Ort, der ihnen Zugang zu vielen einflussreichen Leuten gewährt, die programmiert werden können, damit sie dem Aufbau einer zukünftigen besseren Welt dienen oder an irgendeinem späteren Datum, das laut Computermodell ideal für ihr Ableben ist, Selbstmord verüben. Aber die auf freiem Fuß befindlichen acht Kinder gefährden die Nützlichkeit der Stadt. Hendrickson spürt, dass er der Erklärung für ihr rätselhaftes Verschwinden nahe ist, dass er nur etwas übersehen hat, das ihm sicher noch einfallen wird.

»Also los, Miss O'Dell.«

»Wohin, Sir?«

Er zögert, dann sagt er: »In die Stadt zurück. Ich möchte mich ein bisschen umsehen.«

Danach vergeht eine weitere Viertelstunde, bevor Stacia O'Dell nochmals Martin Moses erwähnt, den schwarzen Eventplaner aus Atlanta, der Iron Furnace mit einem mit Edelsteinen besetzten Fabergé-Ei verglichen hat.

SIEBEN

Am Spätnachmittag war Ancel Hawk im Stall und beobachtete, wie der Tierarzt eine Nachuntersuchung bei seinem Lieblingspferd Donner vornahm. Der Hengst hatte eine Sehnenentzündung im Hufgelenk gehabt. Zum Glück war die Entzündung behandelt worden, bevor Degeneration einsetzte.

Ancels iPhone klingelte. Als er sah, wer der Anrufer war, entschuldigte er sich und nahm das Gespräch an, während er ins Freie trat. »Ist das wirklich Chase Longrin – oder spielt mir mein Handy einen Streich?«

»Wie geht es Ihnen, Mr. Hawk?«

»Mir ist's schon besser, aber auch schon schlechter gegangen. Kann nicht klagen. Und Ihnen?«

»Auch nicht viel anders, Sir. Solange das Essen gut und das Bett warm ist, wär's töricht, sich zu beklagen.«

Chase war Nicks bester Freund in der Highschool gewesen. Im letzten Schuljahr hatten beide sich in dasselbe Mädchen, Alexis Aimes, verknallt und um ihre Gunst geworben. Als sie sich in den anderen verliebt hatte, hatte Nick seine Enttäuschung mannhaft getragen, war Chases bester Freund geblieben und hatte Alexis wie eine Schwester behandelt. Als hätte er geahnt, dass es ihm bestimmt war, in ein paar Jahren Jane zu begegnen.

»Was kann ich für Sie tun, Sohn?«

»Wissen Sie noch, wie Sie mir letztes Jahr wegen dieses Tennessee Walkers zugesetzt haben?«

»Sie meinen die kastanienbraune Stute mit falber Mähne und Schweif. Tut mir leid, wenn Sie sich bedrängt gefühlt haben. Ich bin nur ein sehr hartnäckiger Pferdehändler.«

»Sie heißt Melosa. Möchten Sie sie noch immer für Ihre Frau kaufen?«

»Die beiden wären ein wunderschönes Paar, finde ich.«

»Wenn Sie das sagen, versuchen Sie bestimmt nicht, den Preis runterzuhandeln.«

»Nun, dank Ihrer Hartnäckigkeit ist Melosa jetzt ein Jahr älter.«

»Macht wirklich Spaß, mit Ihnen zu feilschen, Sir. Sie können jederzeit vorbeikommen und sich davon überzeugen, dass Melosa keine Zähne ausgefallen sind.«

»Warum nicht gleich?«

»Ganz wie Sie wollen.«

»Ich fahre gleich los«, sagte Ancel.

Den Tierarzt bat er, den Ranchmanager, Juan Saba, über Donners Fortschritte zu informieren, dann stieg er in seinen Truck, einen Ford 550, und ließ den Motor an. Sein Herz war leicht wie lange nicht mehr, aber das hatte nichts mit dem Tennessee Walking Horse zu tun.

In Chase Longrins Stallungen stand tatsächlich eine Melosa, die Ancel gern für Clare gekauft hätte, aber bei diesem Anruf war es um keinen Pferdekauf gegangen. Als Jane vor zweieinhalb Monaten untergetaucht war, hatten sie vereinbart, dass ein Anruf dieser Art bedeutete, dass sie sich bei Chase gemeldet und eine Nachricht für ihre Schwiegereltern hinterlassen hatte.

Die lange private Zufahrt zwischen dem Haus und der County Road verlief zwischen Ranchzäunen, die zum Teil im Schatten mächtiger alter Eichen standen. Um diese Jahreszeit waren die Weideflächen – links mit Schafen, rechts mit Rindern – bis zum Horizont üppig grün.

Vor vielen Millionen Jahren war Texas größtenteils von seichten Meeren bedeckt gewesen. Die Skelette und Schalen winziger Meerestiere hatten eine Sedimentschicht gebildet, die zu der hohen Kalksteinschicht komprimiert worden war, die unter dem heutigen Humusboden lag. Dieses Land war der Grundstock, auf dem ein Mann und eine Frau sich mit harter Arbeit und Liebe und Zuversicht ein Leben aufbauen konnten. So lange Ancel zurückdenken konnte, hatte er das Land, aber vor allem den hohen Himmel geliebt, unter dem der Horizont weit wie auf dem Meer war. Er fühlte sich der Erde verhaftet und von der Majestät des hohen Himmels inspiriert, was seinem Leben eine angenehme Spannung verlieh.

Bei Nicks Tod hatte Ancel das Gefühl gehabt, der Boden unter den Füßen tue sich auf, als sei die Jahrmillionen alte Stabilität brüchig geworden. An manchen Tagen wurde der Himmel blass, als könnte er zu einem grellweißen Rund verblassen, das für das menschliche Auge zu leer und zu schrecklich war. Weite Horizonte, deren Ferne einst inspiriert hatte, suggerierten jetzt, es gäbe auf der Welt keine Grenzen mehr, sodass irgendeine nie geahnte Gefahr, gegen die sie wehrlos waren, von jenseits der Erdkrümmung auftauchen und sie anfallen könnte.

Er sprach mit Clare über seine Trauer, aber nicht darüber, wie tief sie war oder dass er fürchtete, sie könnte niemals abnehmen. Auch seine Frau litt, und wenn sie hier, wo es seit Jahrmillionen kein Meer mehr gab, emotional auf hoher See waren, war es seine Aufgabe, stoisch zu bleiben und als das Schiff zu dienen, das sie aus dieser traurigen Zeit an glücklichere Gestade trug.

Ancels – und Clares – einzige Hoffnung auf bessere Zeiten war die Familie, die ihr Sohn hinterlassen hatte. Die gefährdete Frau, die Nick so innig geliebt hatte. Der Enkel, den Ancel und Clare kaum kannten. Wenn Gott die Hoffnung der nächsten Welt war, waren Menschen die der Gegenwart; deshalb waren die Zeiten schwierig, wenn die Verbindung zu Menschen, die einem sehr nahestanden, unerwartet abriss. Die Mitteilung, dass eine Nachricht von Jane auf ihn wartete, ließ den Himmel blauer leuchten.

Zwischen County Road und State Route achtete er auf die wenigen entgegenkommenden Autos, behielt alle Fahrzeuge hinter sich im Auge und hätte jeden entdeckt, der nicht aus dieser Gegend zu stammen schien.

Weil der Truck ein Navi hatte, brauchten die selbst ernannten Herrn des Universums, denen das ganze Arsenal moderner Technik zur Verfügung stand, ihn nicht wie in alten Kriminalromanen und -filmen zu beschatten. Aber wenn sie glaubten, Jane könnte aus irgendeinem Grund zu Besuch kommen, würden sie Leute in der Nähe haben, die sie zusammenziehen konnten, um sie gefangen nehmen zu lassen.

Ancel und Clare gingen davon aus, dass jedes Wort, das sie am Telefon sagten – übers Festnetz oder am Handy – in Echtzeit mitgehört oder aufgezeichnet wurde. Über wichtige Themen, die besprochen werden mussten, diskutierten sie nur noch im Freien.

Die Longrins wohnten neunzehn Meilen von der Hawk Ranch entfernt, für texanische Begriffe ein Katzensprung. Ihre Mutter war an Krebs gestorben, als Alexis vierzehn gewesen war, und ihr Vater hatte sich in ein frühes Grab getrunken. Alexis und Chase hatten eine vernachlässigte, ruinierte Farm übernommen. Sie hatten das Vieh und ein Stück Land verkauft. Mit wenig Geld und viel Schweiß hatten sie auf dem restlichen Land eine florierende Pferdezucht aufgebaut, deren drei Säulen das National Show Horse – eine Kreuzung aus Araberpferd und American Saddlebred –, erstklassige Tennessee Walkers und Galopper waren.

Als Ancel vorfuhr, war Chase in seinem Büro gegenüber der Sattelkammer von Stall 3. Sein blondes Haar war weiß ausgebleicht, sein Gesicht von Wind und Wetter gebräunt. Er stand auf, schüttelte dem Besucher die Hand und schloss die Tür.

Ancel nahm seinen Stetson ab, setzte sich aber nicht, so gespannt war er auf den Grund für Janes Anruf.

»Sie ist hierher unterwegs – mit acht Kindern«, sagte Chase.

»Kindern?«, wiederholte Ancel ungläubig.

»Sie hat sie aus irgendeiner Art Gefangenschaft befreit. Im Zusammenhang mit der Geschichte, in die sie verwickelt ist. Näheres erzählt sie Ihnen, wenn Sie sich sehen.«

»Sie kommt her?«, fragte Ancel alarmiert und freudig überrascht zugleich.

»Nicht hierher, aber ganz in die Nähe. Sie hofft, dass Leland und Nadine Sacket die Kids aufnehmen – zumindest vorläufig, inoffiziell.«

Leland und Nadine, die aus der Nähe stammten, hatten mit neunzehn geheiratet und waren losgezogen, um Dallas zu erobern. Als begabte Unternehmer waren sie mit dreißig Jahren Millionäre gewesen. Sie hatten ihr Vermögen von Jahr zu Jahr vermehrt, bis sie mit sechsundvierzig Jahren keine Lust mehr auf Dallas und das Geldscheffeln gehabt hatten. Sie waren in ihre Heimat zurückgekehrt und hatten eine Ranch gekauft, die ein Großstädter als Hobby betrieben hatte. Von Milton Hershey, dem Schokoladenkönig in Pennsylvanien, inspiriert, verwandelten sie die Ferienranch in ein erstklassiges Internat für Waisenkinder.

»Ich denke, dass Nadine und Leland sie aufnehmen werden«, sagte Chase. »Sie weisen niemanden ab.«

»Sie sollten nur wissen, dass jeder Kontakt mit Jane sie zu Komplizen macht, falls es auffliegt.«

»Wenn alles, was über Jane behauptet wird, sich eines Tages als verdammtes Lügengewebe erweist, sind wir Unterstützer der Justiz. Mich hat's jedenfalls nicht davon abgehalten, mit Jane zu reden …«

»Na ja, Sie und Nick waren auch befreundet.«

»Waren Nadine und Leland nicht Nicks Paten?«

»Das waren sie.«

»Hatten sie nicht einen Jungen, der mit drei Jahren an Hirnhautentzündung gestorben ist?«

»Sie wissen, dass sie einen hatten. Und Sie wissen, dass er Travis geheißen hat.«

Chase lächelte. »Irgendetwas sagt mir, dass sie die Kinder aufnehmen werden.«

»Wann will Jane dort eintreffen?«

»Morgen gegen vierzehn Uhr – wenn alles klappt wie geplant. Wollen Sie Ihren Wagen in der Stadt lassen und sich mit mir treffen, damit ich Sie hinfahren kann?«

»Wenn ich eines von meiner Schwiegertochter gelernt habe«, sagte Ancel, »dann ist's das, dass damit das Lasso nirgends zerschnitten würde.«

»Welches Lasso?«

»Die Feds haben Clare und mich mit einem Lasso eingefangen. Wir können es nicht sehen, aber für sie ist's sichtbar. Indem ich zu Ihnen gekommen bin, sind jetzt auch Sie gefangen, bis die Feds der Meinung sind, Sie hätten nichts mit Jane zu tun. Wollen wir zur Sacket Ranch, müssen wir erst das Lasso zerschneiden, damit sie's nur bis zur Schnittstelle verfolgen können.«

»Haben Sie dafür schon eine Idee?«

»Würde ich sie Ihnen sagen, wäre das Lasso nicht zerschnitten.«

Chase machte große Augen. »Sie müssen ständig so denken, als lebten Steuereintreiber in Ihren Taschen?«

»Weit schlimmer, Sohn. Der Finanzbeamte will einem schlimmstenfalls alles abnehmen, was man sich erarbeitet hat.«

»Dann sollte ich wohl meine Paranoia rausholen.«

»Heutzutage ist's am besten, so zu denken.«

ACHT

In den öffentlichen Bereichen des Iron Furnace Lake Resorts gibt es unzählige diskret platzierte Überwachungskameras, die für Sicherheit sorgen, ohne den Gästen das Gefühl zu geben, ihre Privatsphäre sei tangiert. Alle Videoaufnahmen gelangen in einen fensterlosen Bunker im Keller des Hauptgebäudes, wo Techniker die Aufnahmen jeder Kamera auf großen Bildschirmen anzeigen können.

Während Booth Hendrickson mit der Geschäftskarte mit der Telefonnummer von A Private Affair spielt, arbeitet Stacia

O'Dell effizient mit zwei Technikern zusammen, um Videoaufnahmen von der Besichtigungstour aufzurufen, die sie am Vortag mit Martin Moses gemacht hat. Er will die Nummer in Atlanta nicht anrufen, bevor er den Eventplaner gesehen hat. Mit einem feuchten Zeigefinger hat er bereits entdeckt, dass die Ziffern in eleganter Kalligrafie nicht gedruckt, sondern handgeschrieben sind. Sie lassen sich verwischen. Er ist davon überzeugt, dass er Martin Moses erkennen wird, obwohl er niemanden kennt, der so heißt.

»Da haben wir ihn«, sagt Stacia O'Dell.

Hendrickson gesellt sich vor dem Monitor zu ihr, als ein Techniker eine Kameraaufnahme auswählt und bildschirmgroß darstellt.

Martin Moses ist Luther Tillman.

NEUN

Der Kerl, der an der Kasse des Restaurants in Rockford, Illinois, für zwei Tüten mit Gerichten zum Mitnehmen zahlte, war eine Überraschung zu viel.

Lange Erfahrung hatte Rebecca Tillman gelehrt, flexibel zu sein, nicht in prinzipiellen Fragen, sondern in Bezug auf die großen und kleinen Überraschungen, die diese geheimnisvolle Welt ständig produzierte. Wunder und Mysterien waren selten, aber gewöhnliche unvorhergesehene Ereignisse streuten nur allzu oft Sand ins Getriebe sorgfältig ausgearbeiteter Lebensplanungen.

Noch gestern hätte sie sich keine Umstände vorstellen können, unter denen sie am Steuer von Robbie Stassens 1961er Buick Kombi sitzend und von ihrer Tochter Jolie begleitet neun Stunden lang fahren würde, bevor sie in Rockford, Illinois übernachteten – die Frau eines schwarzen Sheriffs in einer Stadt, zu deren Gründern im 19. Jahrhundert ein Sklave namens Lewis Lemon gehört hatte.

Der zweistöckige Motor Inn bot qualitätsvolle Übernachtung, und die sauberen, geräumigen Zimmer waren nicht direkt vom Parkplatz aus zugänglich, sondern lagen an einem Innenflur. Statt eine Kreditkarte zu benutzen, hatte sie bar gezahlt, aber sie hatte sich trotzdem mit ihrem Führerschein ausweisen müssen.

Im Erdgeschoss verband ein verglaster Empfangsbereich die Zimmer mit der Rezeption, der Bar und dem Restaurant. Als die Hostess im Restaurant nach zwei Speisekarten griff und die Tillmans zu ihrem Tisch begleiten wollte, packte Jolie ihre Mutter so kräftig am Ellbogen, dass es schmerzte. Rebecca starrte ihre Tochter verblüfft an. Jolie nickte zu einem Mann Anfang zwanzig hinüber, der keine zwei Meter von ihnen entfernt an der Kasse stand und Scheine aus seiner Geldbörse zog, um für zwei Tüten mit Essen zu zahlen.

Während sie der Hostess zu ihrem Tisch folgten, fragte Rebecca: »He, was sollte das? Ich krieg bestimmt einen blauen Fleck.«

»Ich habe ihn schon mal gesehen«, sagte Jolie.

»Was ist er? Eine Berühmtheit oder was?«

»Ich habe ihn heute Morgen vor unserer Abfahrt in der Bank gesehen.«

Rebecca sah sich nach dem Mann um, der mit seinen Tüten das Restaurant verließ. »Er ist niemand, den ich kenne.«

Als Rebecca und Jolie sich an ihrem Tisch gegenübersaßen, sagte die Hostess: »Ihre Bedienung kommt gleich.«

Sobald sie allein waren, sagte Jolie: »Er hat mich heute Morgen in der Bank angestarrt.«

»Schätzchen, das tun viele Männer. Aber so schön du auch bist, hat er sich bestimmt nicht die Mühe gemacht, neun Stunden lang zu fahren, nur um noch einen Blick auf dich zu erhaschen.«

Mit siebzehn hatte die schon immer frühreife Jolie es satt, wie ein Kind behandelt zu werden. Sie legte den Kopf leicht schief, kniff die Augen zusammen, runzelte die Stirn. »Mutter, du sollst mich nicht bevormunden.«

»Tut mir leid, Schatz, das wollte ich nicht.«

»Du hast mir bisher nichts über diesen geheimnisvollen Trip in dem lächerlichen Buick erzählt, und ich habe mich zurückgehalten und keine Fragen gestellt, obwohl ich liebend gern wüsste, ob er mit Cora und dem Hotel Veblen und diesem ganzen gruseligen Scheiß zusammenhängt.«

»Bitte nicht dieses Wort, Schatz.«

»Sorry. Mit dieser ganzen grausigen Kacke. Jedenfalls war ich unter den Umständen eine amüsante Reisebegleiterin, auch wenn ich das selbst sage.«

»Du warst jede einzelne Minute entzückend.«

Jolie machte ein zweifelndes Gesicht. »Das könnte sarkastisch gemeint gewesen sein, aber ich will's mal so stehen lassen.«

»Danke, Schatz.«

»Jedenfalls habe ich ihn in der Bank gesehen. Er hat einen Einzahlungsschein ausgefüllt oder wenigstens so getan.«

Sie waren bei der Bank vorbeigefahren, um viertausend Dollar vom Sparkonto abzuheben, weil Luther nicht wollte, dass sie bei dieser kleinen »Übung«, wie er sich ausdrückte, mit Kreditkarten zahlten.

»Vielleicht hat er dich mit dem vielen Geld gesehen«, schlug Jolie vor.

Um diskret zu sein, hatte Rebecca das Geld nicht am Schalter abgehoben. Der stellvertretende Filialleiter hatte es ihr an seinem Schreibtisch übergeben, wo niemand sie sehen oder belauschen konnte. »Jolie, ich habe das Geld in einem neutralen Umschlag bekommen. Das konnte niemand sehen.« Bei einem Tankstopp hatte sie es auf ihre Handtasche, drei Jackentaschen und eine Bauchtasche verteilt. »Außerdem hat er dich angestarrt, wie du sagst, und du warst bei der Geldübergabe nicht dabei. Du hast die ganze Zeit in Broschüren über Rentensparpläne geblättert. Hoffentlich denkst du nicht daran, gleich nach der Highschool in Rente zu gehen.«

»Vielleicht entwickle ich eine sensationell erfolgreiche App, bin mit einundzwanzig reich wie Krösus und lebe danach in sybaritischer Pracht.«

Rebecca sah von der Speisekarte auf. »Das habe ich mein Leben lang sagen gehört, aber ich habe keine Ahnung, wer Krösus war.«

»Von etwa 555 bis 541 vor Christus König von Lydien. Er war stinkreich.«

»Es hat ein Land namens Lydien gegeben?«

»Ein Königreich im Westen Kleinasiens.«

»Das haben sie uns in der Schule nicht beigebracht, als ich in deinem Alter war.«

»Das tun sie auch jetzt nicht, Mutter. Oder sonst was Nützliches. Jedenfalls keine alte Geschichte oder wirkliche Geschichte. Nichts wirklich Wissenswertes. Ich habe seit der vierten Klasse praktisch alles allein lernen müssen.«

Die Bedienung kam, um die Getränke aufzunehmen und den Heilbutt zu empfehlen.

Nachdem sie bestellt hatten, sagte Jolie: »Übrigens musste dieser Kerl nicht in deinen Umschlag sehen, um zu *wissen*, was drin war.«

Rebecca seufzte. »Könnten der Mann in der Bank und der hier an der Kasse sich nicht einfach ähnlich sehen?«

»Bitte, Mutter, lass das Seufzen. Bin ich eine kreischende Hysterikerin, die zu wilden Fantasien neigt?«

»Nein, natürlich nicht. Aber …«

»Der Kerl in der Bank hat *genau* wie dieser Kerl ausgesehen, und es ist kein Zufall, dass beide dasselbe Tattoo am linken Handgelenk haben.«

Rebecca ließ die Speisekarte sinken. »Welches Tattoo?«

»Eine unheimliche Schlange, die sich in den eigenen Schwanz beißt.«

»Wieso hast du die nicht schon früher erwähnt?«

»Ich wollte sehen, ob du mir glaubst, bevor ich den unwiderlegbaren Beweis präsentiere. Ich lüge nicht, Mom.«

»Ich weiß, Süße. Das tust du nie.«

Jolie sagte: »Ein Kerl, der jemanden aus dem Auto überwacht, muss sich Essen zum Mitnehmen holen. Zwei Tüten bedeuten, dass er einen Partner hat.«

»Vielleicht wirst du auch mal ein Cop wie dein Vater.«

»Lieber nicht. Wir leben im Zeitalter der neuen Jakobiner mit ihrer brutalen Gewalt. Kein guter Zeitpunkt, um bei der Polizei anzufangen.«

»Die Jakobiner. Eine Partei während der Französischen Revolution.«

»Klasse, Mom! Was machen wir also jetzt?«

Ja, was denn? dachte Rebecca. »Dad ruft mich um neun Uhr an. Er weiß bestimmt Rat. Bis dahin sollten wir zu Abend essen.«

»Super. Beim Reinkommen habe ich ihren Cheeseburger gesehen. Hat echt geil ausgesehen. Und hier in der Karte steht, dass man Pommes auf Wunsch extra knusprig haben kann. Ihr Todgeweihten … stopft euch voll!«

»Bitte keine Witze über den Tod, Jolie.«

Jolie spielte mit aufgerissenen Augen die Erstaunte, als sie antwortete: »Aber es gibt nichts *halb* so Wichtiges, über das man Witze reißen muss, Mutter.«

ZEHN

Der fensterlose Raum ist nur zweieinhalb Meter hoch, und die grauen Schalldämmplatten, der Betonboden und die Betonwände lassen Booth Hendrickson trotz der Leuchtstofflampen und der aufgereihten Computerterminals an Krypten und Bleisärge und Katakomben denken. Während er darauf wartet, dass die Sicherheitstechniker des Resorts die neue Aufgabe lösen, die er ihnen gestellt hat, ist er hochgradig nervös, aber entschlossen, sich nichts anmerken zu lassen.

Stacia O'Dell – die wie alle anderen nicht ahnt, dass sie programmiert ist – fällt auf, dass Hendrickson das Mittagessen hat ausfallen lassen. Sie bestellt im Restaurant seinen Lieblingstee und eine Auswahl kleiner Sandwiches. Diese Erfrischungen kommen genau rechtzeitig, und Hendrickson schluckt heimlich einen starken Säureblocker, bevor er sich an das hereingerollte Tischchen setzt, um scheinbar nonchalant zu essen und zu trinken.

Weil er die Umwandlung von Iron Furnace beaufsichtigt hat, ist er stolz darauf, wie der Plan damals verwirklicht wurde. Er ist unbesorgt darüber, dass Luther Tillman hier aufgekreuzt ist, und zugleich neugierig, den Grund dafür zu erfahren. Der Sheriff ist ein Bauernlümmel, ein Landei, ein Hinterwäldler, der ein drittklassiges College besucht hat, die Ivy League vermutlich für einen Gartenbauverein hält, sich keinen Tisch in einem guten Washingtoner Restaurant sichern könnte, selbst wenn sein Leben davon abhinge. Ein Lümmel, ein Provinzler, dessen gesamte Garderobe vermutlich weniger gekostet hat als einer von Hendricksons Anzügen, und der bestimmt keinen Anspruch darauf erheben kann, ein moderner Sherlock Holmes zu sein.

In dieser Krise findet Hendrickson Trost darin, wie glatt die Umwandlung von Iron Furnace geklappt hat – und in der Überzeugung, dass sie von keinem Bauerntrampel wie Luther Tillman rückgängig gemacht werden kann.

Das Personal des Resorts hatte sich die Nanomaschinen vor siebzehn Monaten injizieren lassen, als ihr Arbeitgeber eine kostenlose Grippeschutzimpfung anbot und hinzufügte, Impfverweigerer würden keine Lohnfortzahlung erhalten, falls sie ausfielen. Weil auch Angehörige und überhaupt alle Bürger, die sie wollten, diese Impfungen kostenlos erhielten, waren binnen zwei Wochen 386 der 604 Einwohner mit Kontrollmechanismen programmiert. In den folgenden zwei Monaten erhielten die bisher nicht Konvertierten bei günstiger Gelegenheit von Familienmitgliedern im Schlaf eine Injektion. Nur sieben hatten Gelegenheit gehabt, Widerstand zu leisten, und nur zwei hatten liquidiert werden müssen.

Sobald alle Einwohner über sechzehn Jahren unter dem Befehl der Arkadier standen, wurde die Kleinstadt eine wertvolle Tochtergesellschaft des Resorts, mit dem es vielfältig verzahnt funktionierte. Auf allen Straßen und Plätzen wurden Überwachungskameras installiert, damit der Aufmerksamkeit der neuen Herren, denen nicht nur die Verwandelten, sondern auch ihr Besitz gehörte, nichts entging. Sollte sich ein Vorfall ereignen, können alle Videoaufnahmen hier in Echtzeit gesehen werden; außerdem bleiben sie sicherheitshalber noch sechs Monate lang archiviert.

In Hendricksons Auftrag sollen die Techniker feststellen, wo dieser Martin Moses überall in der Stadt gewesen ist, nachdem er mit Stacia O'Dell das Resort besichtigt hat.

Zweiunddreißig Minuten nach Beginn der Suche meldet einer der Sicherheitstechniker: »Ich hab ihn!«

Booth Hendrickson legt sein Gurkensandwich weg, springt auf und tritt vor den Monitor. Auf dem Bildschirm laufen die Aufnahmen einer einzelnen Kamera. Der Techniker hält das Video an, zentriert das Gesicht, vergrößert es. Luther Tillman.

»Das ist der Scheißkerl«, bestätigt Hendrickson.

Zurück zum Vollbild. Weil die Kamera nur dreißig Aufnahmen in der Minute macht, scheinen alle Leute sich seltsam ruckartig zu bewegen. Tillman kommt aus der Galerie Beaux Arts, bleibt auf dem Gehsteig stehen und bildet sich vielleicht ein, wie ein Kunstkenner auszusehen, während er in Wirklichkeit für jeden erkennbar ein eingebildeter, ungehobelter Kleinstadtsheriff ist. Er scheint jemanden zu beobachten. Er geht schräg über den Gehsteig. Er verschwindet hinter einer der massiven Scheinzypressen.

»Findet ihn!«, verlangt Hendrickson.

Sekunden später ruft der Techniker das Video einer anderen Kamera entlang der Straße auf. Eine Schrägaufnahme zeigt Tillman, der in ein Schaufenster sieht.

»Was ist das?«, fragt Hendrickson.

»Das Ristorante Genovese.«

Tillman wendet sich ab. Verschiedene Kameras erfassen ihn, als er bis zum Ende des Blocks geht, um die Ecke biegt, die Lieferantenzufahrt benutzt und das Restaurant durch den Hintereingang betritt.

»Wozu hat er das gemacht? Zeigen Sie mir das Innere.«

Der Techniker sucht die Nummern der beiden Kameras heraus, die das Lokal erfassen, und gibt Datum und Zeit an. Die Aufnahmen erscheinen nebeneinander auf dem Monitor. Tillman kommt von hinten herein, spricht eine Bedienung an, deutet auf eine Sitznische und wird hinbegleitet.

Schneller Vorlauf. Tillman bestellt. Er isst. Er geht.

Der Techniker wählt eine andere Kamera, um zu zeigen, wohin der Mann nach dem Verlassen des Restaurants gegangen ist. Tillman stellt sich unter einen der mächtigen Bäume und wartet.

Eine Frau kommt aus dem Restaurant. Es ist noch nicht dunkel, aber Wolken und die Abenddämmerung verhindern, dass ihr Gesicht erkennbar ist.

Tillman spricht sie an. Sie gehen zusammen weiter. Unterwegs macht er halt, um etwas aus dem Kofferraum eines geparkten Wagens zu holen.

»Später vergrößert ihr das Heck und versucht, das Kennzeichen festzustellen«, ordnet Hendrickson an.

Tillman und die Frau gehen weiter, betreten eine Kneipe. Wein für sie, Bier für ihn. Keine der Kameras zeigt ihr Gesicht.

Schnellvorlauf. Tillman und die Frau trinken kaum etwas. Sie blättern gemeinsam eine Art Buch durch. Als sie aufstehen, um zu gehen, blickt die Frau fast direkt in die Kamera.

»Stopp!«, sagt Hendrickson. Er starrt die Frau an. Kastanienbraunes Haar. Brille. Ihre Augenfarbe ist nicht zu erkennen. Sie sieht blendend aus, aber … sie könnte irgendwer sein.

Stacia O'Dell und die drei Techniker müssen in seinem Auftrag auf Informationen aus streng geheimen Datenbanken zurückgreifen, dürfen sich aber später nicht daran erinnern, das getan zu haben, weil sie sonst wüssten, dass er nicht der Vorstandsvorsitzende von Terra Firma Enterprises ist, was sie verwirren und beunruhigen würde.

Also sagt er: »Spielt Manchurian mit mir.«

Die vier antworten im Chor: »Alles klar.«

»Ab sofort wird nichts von dem, was wir hier tun, in eurem Gedächtnis gespeichert, wenn ich euch wieder freisetze. Ihr werdet euch nur daran erinnern, dass es uns nicht gelungen ist, Martin Moses und der Frau zu folgen, als sie die Stadt verlassen haben. Habt ihr verstanden?«

Vierfache Bejahung.

»Okay«, sagt Hendrickson, »dann wollen wir mal.« Er erklärt ihnen, wie man auf die gespeicherten NSA-Daten zugreift und die Gesichtserkennung aktiviert. »Los jetzt!«

ELF

Obwohl die Torheit seiner Eliten seine Aussichten geschmälert hatte und viele seiner Einwohner schreckliche Verluste und einen tragischen Niedergang befürchteten, war dies in Bezug auf Fläche und angeborenen Pioniergeist weiterhin ein großes Land, in dem Langstrecken eine ermüdende und zugleich erhebende Erfahrung waren.

Als sie Ardmore, Oklahoma, erreichten, hatte Jane Hawk die Grenze ausgelotet, bis zu der Koffein sie wach halten konnte. Sie bezweifelte, dass schon ein Mittel gegen die stechenden Kopfschmerzen in ihren Schläfen erfunden war. Das Sonnenlicht ließ ihre Augen brennen. Alle übrigen Geräusche waren mit aufkommendem Tinnitus unterlegt, dünn und gespenstisch wie der Schrei eines außerirdischen Wesens.

Die Kinder, die in der vergangenen Nacht auf der Fahrt von Tennessee nach Arkansas nur unruhig geschlafen hatten, waren in nicht viel besserer Verfassung als Jane, aber niemand beklagte sich.

In einem Motel nahmen sie zwei Familienzimmer mit jeweils zwei Kingsize-Betten und einem Zusatzbett. Die vier Jungen schliefen bei Luther, die vier Mädchen bei Jane.

Aus der Pizzeria schräg gegenüber holten Luther und Harley ein frühes Abendessen, während Jane und Jenny aus den Getränkeautomaten des Motels Limonaden besorgten.

Jeweils zwei Mädchen bekamen ein Kingsize-Bett. Jane würde in dem schmalen Zusatzbett schlafen, unter dem ihr Schulterholster mit der Pistole leicht erreichbar lag.

Während sie aß und dann die Mädchen ins Bett brachte, sehnte sie sich nach Schlaf, machte sich aber keine allzu großen Sorgen wegen ihrer zahlreichen Feinde. Die Augenzeugen der »Entführung« der acht Kinder aus Iron Furnace konnten sich nicht mehr an das Gesehene erinnern. Sie hatte alle nur denkbaren Sicherheitsvorkehrungen getroffen. Luther und sie waren mit zwei Autos ohne GPS unterwegs, die niemand verfolgen konnte. Die Tech-Arkadier – eine Gruppe so unreif wie ihr Name – würden sich fragen, ob Randall Larkin ihr die Geheimnisse von Iron Furnace verraten hatte und ob sie etwas mit dem Verschwinden der Kinder zu tun gehabt hatte. Aber sie konnten sich ihrer Sache nicht sicher sein und wussten nicht, wohin sie verschwunden war.

Luther, die Kinder und sie hatten einen langen, erholsamen Schlaf vor sich. Am kommenden Morgen würden sie das letzte Teilstück in Angriff nehmen und nach nur fünf bis sechs Stunden die Sacket Ranch westlich von Austin erreichen, auf der Leland und Nadine den Kindern geben würden, was sie brauchten: ein Heim, guten Rat, notfalls eine Therapie und vor allem Hoffnung.

ZWÖLF

Die mächtige Eiche in der Nordwestecke des Gartens hinter dem Haus barg in ihrem gewaltigen Stamm genug Holz für die Fußböden von Dutzenden von Häusern, während die größeren Äste Material für Schränke, Türen, Türstöcke und Kaminsimse hätten liefern können. Sie gewährte nicht nur Schatten, sondern war auch ein Ort, an dem die Hawks unbelauscht miteinander reden konnten, was in ihrem Haus vielleicht nicht mehr der Fall war.

Nach seiner Rückkehr von Chase Longrins Ranch schenkte Ancel zwei Gläser Cabernet Sauvignon ein und ging mit Clare nach draußen – scheinbar nur, um in den beiden Redwood-Stühlen unter dem Baum sitzend den Sonnenuntergang zu beobachten. Die Sonne wurde größer, als sie unterging, und die Wolken fingen Feuer. Stare fielen wie jeden Abend in den

Baum ein, wenn sie nicht unter den Giebeln der Stallungen Schutz vor nächtlichen Räubern suchten.

Er teilte Clare mit, was er von Chase erfahren hatte, und sie beschlossen, morgens um drei Uhr zu Leland und Nadine Sackets Ranch aufzubrechen. Die Ranchhelfer, auf die Ancel angewiesen war, kamen erst um sechs Uhr zur Arbeit. Juan Saba, der Verwalter, und seine Frau Marie wohnten hier dreihundert Meter vom Haupthaus entfernt, und Juan hatte die Angewohnheit, eine halbe Stunde vor Tagesanbruch aufzustehen. Trotzdem brauchten Ancel und Clare nicht zu befürchten, ihr Aufbruch könnte bemerkt werden, denn sie würden zur Longrin Ranch reiten.

DREIZEHN

Wie versteinert hält Hendrickson einen Augenblick lang den Atem an, als er hinter dem Techniker an seinem Arbeitsplatz steht. Der große Bildschirm ist zweigeteilt, und obwohl die beiden Gesichter schön sind, sind sie auch bedrohliche Porträts von Atropos, der ältesten der drei Moiren, die den Lebensfaden zerschneidet.

Hendrickson, der über Jahre hinweg bei vielen Leuten Paranoia ausgelöst hat, erliegt jetzt seiner eigenen Paranoia. Die Software zur Gesichtserkennung bestätigt, dass das Gesicht der Frau in der Kneipe Millimeter für Millimeter und in allen achtundzwanzig Vergleichspunkten mit dem gespeicherten Bild von Jane Hawk auf ihrem FBI-Dienstausweis übereinstimmt.

Verdammt, sie ist wirklich ein polymorphes Virus!

Vielleicht hat sie Randall Larkin mit Drohungen dazu gebracht, ihr alles über Iron Furnace zu erzählen. Aber es gibt Dinge, die Larkin aus einem sehr einfachen Grund nicht wusste – weil er diese Informationen nicht brauchte. In den Reihen der Arkadier gilt dasselbe Prinzip wie beispielsweise bei der CIA: Niemand darf mehr erfahren, als er unbedingt wissen *muss*. Larkin hatte nicht wissen müssen, auf welchen Befehl der Kontrollmechanismus von Programmierten anspricht – *Spiel Manchurian mit mir* –, also kann er ihn Jane Hawk nicht verraten haben.

Aber die gerissene Schlampe hat irgendwie von diesen vier Wörtern erfahren. Sie kann jetzt allen Programmierten befehlen, wo immer sie welchen begegnet.

Hendrickson stößt die Luft mit zwei Wörtern aus, die wie eines klingen: *»Ohscheiße!«*

Ein weiterer Gedanke: Hat Hawk irgendwie von dem Flüsterraum erfahren, kann sie einen der Angepassten dazu benutzen, mit allen anderen in Verbindung zu treten und einen Befehl zu erteilen, den dann alle ausführen.

Was ist, wenn sie die Programmierten telefonisch anweist, Iron Furnace *en masse* zu verlassen? Ihnen befiehlt, sich an eine Behörde zu wenden, die voraussichtlich außerhalb des Einflussbereichs der Arkadier liegt, und von ihrer Versklavung zu berichten? Oder sich auf dem Times Square oder an einem noch prominenteren Ort zu versammeln, um D.J. Michael anzuprangern und zu enthüllen, dass sie von implantierten Nanomaschinen gesteuert werden?

Er fühlt sich schwindlig und kämpft gegen Übelkeit an, als sei ein Magengeschwür stark blutend aufgebrochen, sodass sein Gehirn nicht mehr genug Sauerstoff bekommt.

Dass sie mit den sechshundert Angepassten noch nichts Dramatisches unternommen hat, liegt bestimmt nur daran, dass sie noch nicht auf diese Idee gekommen ist. Wahrscheinlich haben die Befreiung der Kinder und ihr Abtransport an einen sicheren Ort sie so in Anspruch genommen, dass sie noch keine Zeit gehabt hat, sich darüber klar zu werden, welch gewaltige Macht sie besitzt.

Es gibt die Möglichkeit, den Befehl, der die Programmierten gefügig macht, abzuändern. Aber Hendrickson kennt das Verfahren nicht, weil entschieden worden ist, er brauche es nicht zu kennen.

»Entschuldigt mich bitte«, sagt er zu Stacia O'Dell und den Sicherheitstechnikern, als sei er ihnen solche Höflichkeit schuldig, was natürlich nicht der Fall ist. Sie stehen tief unter ihm, haben schon dort gestanden, bevor sie angepasst wurden, und bilden jetzt den Bodensatz jeder vorstellbaren Kastenstruktur.

Er zieht sich in die entfernteste Ecke des Bunkers zurück, um dort zu telefonieren. Wegen seiner zitternden Finger vertippt er sich zweimal, bevor er Eva Kleitner, die Direktorin des Labors in Virginia, erreicht.

Das Zittern in seiner Stimme ist Hendrickson peinlich, als er Kleitner erklärt, wie dringend es ist, den Flüsterraum zu benutzen, um den Zugangscode auf irgendeine Weise so rasch wie möglich zu ändern. Er kann offen sprechen, weil sein Smartphone seine Worte verschlüsselt, während ihres sie wieder entschlüsselt.

Sie sagt: »Die braven Menschen von Iron Furnace haben alle das letzte Upgrade – den Flüsterraum – bekommen, sodass ich nur ungefähr eineinhalb Stunden brauchen werde.«

»Ausgezeichnet.«

»Aber was ist mit dem Rest dieser Arbeitstiere – den wandelnden Toten auf der Hamlet-Liste, den Leuten in Schlüsselpositionen, den Aspasia-Nutten? Die sind übers ganze Land verteilt. Keiner von ihnen hat das Upgrade bekommen. Wir wissen nicht mal, ob wir *wollen*, dass sie's bekommen. Es war für die spezielle Situation in Iron Furnace gedacht. Die anderen müssen wir einzeln kontaktieren, um den Zugangscode zu ändern.«

»Was immer erforderlich ist. Er *muss* geändert werden.«

»Selbst wenn ich alle meine vertrauenswürdigen Leute darauf ansetze, dauert das Wochen.«

»Wochen? Um wie viele geht's denn?«

»Über sechzehntausend insgesamt.«

Weil Hendrickson sein Leben lang selten Angst gehabt hat, erhebt er sich auch jetzt über sie. Dass er noch zittert, liegt an seinem Zorn, der an blinde Wut darüber grenzt, dass eine rotzfreche Schlampe wie Jane Hawk ihm durch eine Kombination aus tierischem Instinkt und reinem Glück solche Probleme machen kann. »Nichts von alledem wäre nötig, wenn die freche Bitch tot wäre, wie sie's verdient hat.«

»Warum sorgen Sie nicht dafür?«

»Das tue ich! Wir sind schon dabei, sie aufzuspüren. Sie ändern inzwischen den Befehlscode für die sechshundert hiesigen Einwohner und allen in den vier Aspasias. Das sind die einzigen Programmierten, die sie kennt. Bevor sie weitere findet, ist sie tot oder selbst angepasst.«

VIERZEHN

Nach dem Abendessen kehrten Jolie und Rebecca in ihr Zimmer im ersten Stock des Motor Inns zurück. Sie machten kein Licht, sondern tasteten sich zu einem der Fenster vor und öffneten den Verdunklungsvorhang einen Spalt weit, um auf den Parkplatz hinunterzusehen, auf dem Robbie Stassens alter Buick Kombi stand.

»Hätten sie uns bis nach Rockford verfolgt«, flüsterte Rebecca, »würden sie den Kombi beobachten. Aber ich sehe niemanden, der das tut.«

»Sind sie erfahrene Überwacher«, sagte Jolie ebenso leise, »wir entdecken sie bestimmt nicht gleich – außer sie sind zwei hoffnungslose Arschlöcher.«

»Das ist ein Wort, das ich nicht wieder von dir hören möchte, Schatz.«

Jolie fragte: »Welches Wort? *Hoffnungslos?*«

Als ein Range Rover über den Parkplatz fuhr, streiften seine Scheinwerfer einen abseits geparkten Van. Im Dunkel hinter der Frontscheibe waren kurz zwei Männer zu erkennen.

»Hast du die gesehen, Mom?«

»Ja, leider. War einer von ihnen der Mann, der im Restaurant an der Kasse war?«

»Darauf würde ich meinen knackigen Po nicht verwetten, aber aus ihrem Van haben sie unseren dämlichen Buick Kombi genau im Blick. Deshalb neige ich dazu, mit Platonismus an die Sache heranzugehen und zu sagen: Ja, sie haben's auf uns abgesehen.«

»Platonismus, was? Wie funktioniert der?«

»Die Wahrheit der Welt besteht aus Ideen, nicht aus materiellen Dingen. Die beiden Kerle in dem Van sind Repräsentanten einer unveränderlichen Wahrheit.«

»Welche unveränderliche Wahrheit meinst du?«

»Das Böse. Sie sind schäbige kriminelle Drecksäcke. Sie haben den Buick irgendwie verwanzt. So finden sie uns, wohin wir auch fahren. Wir sind erledigt.«

»Du hast recht, was die Wanze angeht, Schatz. Aber wir sind nicht erledigt.«

»Warum flüstern wir dann, Mutter?«

Statt die Frage zu beantworten, flüsterte Rebecca: »Dad ruft um neun Uhr an. Er wird wissen, was zu tun ist.«

»Ja, aber das ist erst in zwei Stunden. Was ist, wenn sie uns inzwischen ermorden?«

»Wieso sollten sie uns so weit verfolgen, nur um uns zu ermorden?«

»Ich habe nicht ›nur‹ gesagt. Vielleicht wollen sie unser ganzes Geld stehlen, uns mehrmals vergewaltigen und uns *dann* ermorden.«

»Dies ist ein ruhiger, besserer Motor Inn, Jolie. Alles das wäre zu laut.«

»Nicht wenn sie einen Generalschlüssel, Taser, Chloroform und genügend Selbstbeherrschung haben, um beim Koitus nicht *Yippie-Ya-Yay!* zu rufen. Man merkt mir vielleicht nichts an, Mom, aber ich habe Angst.«

Rebecca hatte sich bemüht, ihre Tochter nicht zu beunruhigen, aber sie war zu dem Schluss gelangt, der Mann mit dem Schlangentattoo sitze in dem Van – und sie könnten nichts Besseres tun, als möglichst rasch vor dem Duo zu flüchten. Obwohl Luther ihr am Vorabend am Telefon nichts Spezifisches erzählt hatte, hatte er gesagt, der Anschlag auf das Hotel Veblen gehöre zu etwas weit Größerem. Und nur weil er getan hatte, wozu jeder Polizeibeamte verpflichtet war, schwebten seine Angehörigen und er in unmittelbarer Gefahr. Schon am Freitag hatte er Gefahr gewittert, als dieser widerliche Booth Hendrickson bei ihnen gewesen war. Und es war nun drei Abende her, dass er am Sonntag zwei Wegwerftelefone aus der Asservatenkammer mitgenommen hatte, damit sie unbelauscht telefonieren konnten, während er in Kentucky war. Rebecca hatte den Fehler gemacht, den Buick unbewacht vor der Bank stehen zu lassen, sodass jemand einen Transponder hatte anbringen können. Es gab keine Möglichkeit, ihn vor den Augen der beiden Kerle in dem Van zu finden und auszubauen. Rief Luther in zwei Stunden an, würde er ihr bestimmt raten, den Buick zu vergessen und die Kerle ein verlassenes Fahrzeug beobachten zu lassen. Unnötig, bis dahin zu warten oder ihn selbst anzurufen.

»Angewandter Platonismus«, entschied Rebecca, »sagt mir, dass wir verschwinden müssen.«

Sie hatten nicht ausgepackt, bevor sie zum Abendessen gegangen waren. Jetzt tasteten sie sich durchs dunkle Zimmer, stießen in der Eile unbeholfen gegen Möbel, worüber sie sonst gekichert hätten, nahmen ihre Mäntel vom Bett und fanden ihr Gepäck in der Nische neben dem Bad. Mit zwei Koffern und einem Beautycase traten sie leise auf den Flur hinaus.

Die Zimmer auf der anderen Seite des Korridors führten auf den südlichen Parkplatz hinaus, während ihr Buick auf dem nördlichen stand. Wortlos und ungeduldig ratterten sie mit dem langsamen Aufzug nach unten. Sie verließen das Motel nach Süden und gingen durch drei Reihen geparkter Autos zur Straße. In der kalten Nacht bildete ihr Atem hektische kleine Dampfwolken, und die Großstadtgeräusche klangen schrill und fragil.

Der Motor Inn stand in einem belebten Gewerbegebiet, und sie achteten darauf, auf ihrem Weg zur Straße das Hauptgebäude zwischen sich und dem Van zu haben. Vorbei an Geschäften, von denen manche noch geöffnet hatten, vorbei an Bars und Restaurants, aus denen teilweise Livemusik drang, die aufgesetzt heiter, aber nicht wirklich fröhlich klang, waren Mutter und Tochter auf der Suche nach einer anderen Bleibe für diese Nacht.

Rebecca war erleichtert darüber, dass sie die Initiative ergriffen hatten. Aber auf Jolies Gesicht – und bestimmt auch auf ihrem eigenen – stand die Erkenntnis, dass Sicherheit und ein Dach über dem Kopf zwei verschiedene Dinge waren: Letzteres leicht zu finden, Ersteres schwer erreichbar.

FÜNFZEHN

Hendrickson im Bunker der Moiren, stets in selbstbewusster, herrischer Pose, aber manchmal mit dem Gefühl, in seiner Brust reiße sich etwas los, und immer wie auf einem Hochseil über den emporgewandten Gesichtern aller balancierend, die er jemals gekannt hat, während sie in schadenfroher Vorfreude auf seinen Absturz warten …

Vor zwanzig Minuten hat der Techniker, der das Heck von Luther Tillmans geparktem Wagen vergrößern sollte, sein

Kennzeichen ermittelt. Der Chevrolet ist ein seit Montag vermietetes Fahrzeug eines Autoverleihs am Flughafen Louisville.

Jetzt dreht der Techniker sich halb nach Hendrickson um und meldet: »Nach Auskunft des Verleihs ist der Chevy vor Kurzem am Flughafen abgegeben worden – um halb sechs.«

Jane Hawk hatte ihr Auto in weiser Voraussicht eineinhalb Blocks von der Main Street entfernt in einem Wohnviertel geparkt, in dem es vermutlich keine Kameras gab.

Indem ein zweiter Techniker die Videoaufnahmen mehrerer Kameras kombiniert, auf denen sie mit dem Sheriff die Kneipe verlässt, kann er sie verfolgen und ihren Wagen als schwarzen Ford Escape identifizieren. Als sie zur Lakeview Road fährt, wobei Tillman ihr in seinem Mietwagen folgt, ist ihr Kennzeichen auf einer gut beleuchteten Kreuzung klar zu erkennen.

Hendrickson überlegt, ob er eine Beschreibung des Fords mitsamt dem Kennzeichen übers National Crime Information Center zur Fahndung ausschreiben soll, um alle Polizeien Amerikas zu alarmieren, zögert aber noch. Er hat den Verdacht, dass die Schlampe weiß, wie man sich im NCIC einloggt, ohne eine Spur zu hinterlassen, und so gelegentlich kontrolliert, ob wichtige neue Erkenntnisse über sie vorliegen. Entdeckt sie, dass ihr Ford und sein Kennzeichen bekannt sind, ersetzt sie die bestimmt gestohlenen Kennzeichen durch andere und trennt sich möglichst schnell von dem Wagen.

Im ganzen Land nehmen Streifenwagen und andere Behördenfahrzeuge, die mit Rundblickkameras ausgerüstet sind, Tag und Nacht die Kennzeichen fahrender und geparkter Autos auf und senden sie in Echtzeit an regionale Archive. Die NSA bleibt jedoch das Zentralarchiv aller dieser Datenbanken. Sind der Ford Escape oder der gemietete Chevrolet seit ihrer Abfahrt aus Iron Furnace irgendwo gescannt worden, kann das NSA-Programm ihnen sagen, wo und wann.

Obwohl Hendricksons Nervosität sich keineswegs gelegt hat, sagt er sich, dass dies herrliche Zeiten für Männer wie ihn sind, weil sie die Fähigkeit besitzen, die Welt – legal oder illegal – mit dem alles durchdringenden Blick einer Gottheit zu betrachten.

SECHZEHN

Dick vermummt in einem eisigen Van sitzend, weil eine Dampfwolke aus dem Auspuff sie verraten könnte, gegen den Hunger kalte Pizzastücke essend und abgestandene Luft atmend, die nach Knoblauch und Beedles Schweiß und seinen gelegentlichen Zigaretten stinkt …

Geheime Arbeit im Dienst eines hehren Ideals, wenn die Korrektheit des Auftrags wichtiger ist als alles, was Menschen- oder Naturgesetze verbieten, wenn man töten darf, und das nicht wie James Bond aus Vaterlandsliebe, sondern um einer weit größeren Sache willen, beispielsweise um die Welt in einen wesentlich weniger chaotischen Ort zu verwandeln und die Umwelt durch strikte Kontrolle der zerstörerischen Impulse der Menschheit zu erhalten … Nun, den meisten Leuten erscheint solche Arbeit bedeutsam, voller Romantik und Mysterien und Abenteuer, in jeder Minute spannend.

Hassan Zaghari, der sich nach der zukünftigen neuen Welt sehnt und schon öfters für sie gemordet hat, große Abenteuer erlebt hat, den Begriff Romantik versteht, aber unpersönlichen Sex vorzieht und überall auf der Welt Unwissenheit und Verwirrung, aber keine Mysterien sieht, wünscht sich oft, seine Arbeit wäre mehr wie das Bild, das die Öffentlichkeit von ihr hat. Im Film ist immer alles glamourös. Der Held muss es nie mit einem Stinker wie Kernan Beedle als Partner aushalten oder in einer kalten Nacht zum Pinkeln hinter einen Müllcontainer gehen, um für den Fall, dass sie plötzlich losfahren müssen, in der Nähe ihres Vans zu bleiben.

Im Augenblick hockt Beedle am Steuer und labert ohne Pause über etwas, das Zaghari null interessiert, während Hassan seinen aufgeklappten Laptop auf den Knien hat. Er hat das Computersystem in der Zentrale der Firma gehackt, die diesen und Hunderte von weiteren Motor Inns betreibt – ihre Zentrale steht im beneidenswerten Klima von Orlando, Florida –, und ist so in den Computer des hiesigen Motels gelangt, dessen elektronische Schließanlage er jetzt überwacht.

Viele Hotels haben die herkömmlichen Schlösser längst durch elektronische ersetzt und geben statt Schlüsseln Magnetkarten aus, die sie bei jedem neuen Gast neu codieren können. Das moderne Schlüsselkarten-Programm dieses Hauses verfolgt jeden Einsatz aller Karten und jedes Öffnen und Schließen aller Zimmertüren, um Alarm schlagen zu können, wenn versucht wird, das Schloss mit anderen elektronischen Mitteln zu öffnen – die elektronische Signatur der Karten unterscheidet sich auffällig von der irgendwelcher Geräte, die Einbrecher verwenden –, und aus allgemeinen Sicherheitserwägungen.

Auf dem Bildschirm von Hassans Laptop sind die Gästezimmer des Motor Inns als nummerierte Quadrate dargestellt. Ein rotes Quadrat bezeichnet eine abgesperrte Tür. Wird eine Schlüsselkarte benutzt, wird das Quadrat grün, bis die Tür wieder geschlossen wird und sich automatisch verriegelt. Ein blaues Quadrat bezeichnet eine Tür, die ein Gast von innen geöffnet hat; es bleibt blau, bis die Tür erneut geschlossen und verriegelt ist, worauf es wieder rot wird.

Auf der Gästeliste im Computer des Motor Inns steht neben dem Namen Rebecca Tillman die Zimmernummer 212.

Als Mutter und Tochter vom Abendessen im Restaurant zurückkommen, wird das rote Quadrat von 212 grün … und dann wieder rot.

»Sie sind wieder da«, sagt Hassan.

Beedle verstummt, hört mitten im Satz auf, seine langatmige Story weiterzuerzählen. »Wieso kein Licht?«

Das Zimmer der beiden Frauen führt nach Norden hinaus, liegt ziemlich genau über dem Platz, auf dem sie ihren alten Buick Kombi abgestellt haben. Es hat zwei Fenster, die beide dunkel bleiben.

Nach einer halben Minute sagt Beedle: »Irgendwas stimmt hier nicht.«

Der Van steht ziemlich weit von dem Hauptgebäude entfernt im Halbschatten zwischen den Lichtkreisen zweier Lampen der Parkplatzbeleuchtung.

Hassan greift nach dem Fernglas auf der Mittelkonsole und betrachtet nacheinander die Fenster von 212.

»Sie haben den Vorhang einen Spalt weit geöffnet, ohne Licht zu machen«, sagt er. »Ein Gesicht über dem anderen, beide beobachten nach draußen.«

»Uns?«, fragt Beedle sich.

»Schwer zu sagen.«

Ein Range Rover kommt auf sie zu, fährt an ihnen vorbei, beleuchtet den Van dabei kurz. Im nächsten Augenblick schließt sich der Vorhang von Zimmer 212.

»Ich glaube, sie haben uns gesehen«, sagt Hassan.

»Wieso sollten sie Ausschau nach uns halten?«

»*Ich* hätte das Essen aus dem Restaurant holen sollen«, meint Hassan. »Vielleicht hat eine der beiden dich heute Morgen in der Bank gesehen.«

»Wer hätte ahnen können, dass wir uns noch mal über den Weg laufen würden?«

Hassan hatte das Essen holen wollen, aber Beedle traute niemandem zu, etwas zu kaufen, das ihm schmeckte.

Wie so oft hat Beedle jetzt das Bedürfnis, das Offenkundige festzustellen. »Ihr Zimmer ist weiter dunkel.«

Hassan setzt das Fernglas ab und studiert die roten Quadrate auf dem Bildschirm seines Laptops.

»Sie machen etwas in der Dunkelheit«, sagt Beedle.

Nach einer Minute wechselt das Quadrat, das Zimmer 212 bezeichnet, von Rot zu Blau.

Beedle stellt fest: »Sie verlassen das Zimmer.«

Als das blaue Quadrat rot wird, lässt Beedle den Motor des Vans an.

Hassan klappt den Laptop zu, legt ihn auf den Rücksitz, öffnet seine Tür und sagt: »Ich glaube nicht, dass sie zu dem Buick wollen. Wahrscheinlich verschwinden sie durch den anderen Ausgang. Ich verfolge sie zu Fuß.«

»Ich lasse mein Handy eingeschaltet«, sagt Beedle.

Leicht genervt, was er nicht unterdrücken kann, bestätigt Hassan: »Ja, das wäre zweckmäßig.«

Er steigt in die kalte Nacht aus, in der seine Augen sofort zu tränen beginnen, und hastet auf das Hauptgebäude zu. Die beiden Frauen haben ihn noch nie gesehen. Er hat Erfahrung darin, Verdächtige zu Fuß zu beschatten, während er für sie unsichtbar bleibt. Er hasst diese Scheißkälte. Er ist für ein wärmeres Klima geboren. Aber eine Märznacht in Rockford gehört zu den kleinsten Unannehmlichkeiten, die er erduldet hat, um die bessere Welt zu schaffen, in der Leute wie dieses Mutter-Tochter-Gespann ihren Platz kennen und darauf bleiben, wenn sie ihr Leben nicht verwirken wollen.

SIEBZEHN

In Ardmore, Oklahoma, in einem Motelzimmer, das durch eine Lampe mit darübergehängtem Handtuch schwach erhellt wurde, in dem die vier erschöpften Mädchen wie sediert bewegungslos dalagen, hoffte Jane auf traumlosen Schlaf. Allein auf dem Zustellbett verschmolz sie jedoch mit Welten, die ihr Unterbewusstsein heraufbeschwor. Auf der Suche nach Nick streifte sie durch bedrohliche nächtliche Großstadtstraßen, auf denen alle Menschen feindselige, schlafwandelnde Gestalten von ungewisser Struktur waren. Und dann war sie in einer unendlich großen Fabrik und fand keinen Weg aus einem Labyrinth aus Schrottmaschinen und in Jahrzehnten angefallenem Abfall, aus dem Randall Larkin wiederholt auferstand und von einer Woge aus Ratten in ihre Richtung getragen wurde. Und dann schoss ein Scharfschütze von einem Hügel aus auf eine Ebene, über die eine große Herde Pferde flüchtete. Die getroffenen Tiere schrien laut und brachen in gespenstischen Nebeln aus Blut und aufgewirbeltem Staub zusammen, während Jane, die in diesem Tumult etwas suchte, zu Fuß in der Stampede unterwegs war, wobei die Pferde sich in Ponys – Exmoor-Ponys – verwandelten, und vor ihr wurde auf dem zerfurchten Erdboden eine schemenhafte Gestalt sichtbar: die Gestalt eines aus dem Sattel geschossenen Reiters, der bis fast zur Unkenntlichkeit zertrampelt worden war, und sie konnte den entstellten Körper durch den Staub hindurch fast erkennen, war kurz davor, ihn zu identifizieren, näherte sich ihm durchs Chaos, kam näher an den Reiter heran, kam ihm ständig näher …

ACHTZEHN

Hendrickson berauscht sich an den NSA-Daten.

Das bösartige Luder und der Hinterwäldler-Sheriff sind am späten Dienstagabend aus Iron Furnace nach Süden, nach Tennessee gefahren und dann nach Westen abgebogen. Am Mittwoch um 2:28:14 hat ein nach Osten fahrender Streifenwagen der Tennessee Highway Patrol das vordere Kennzeichen eines Ford Escapes auf der Gegenfahrbahn aufgenommen. Um 2:28:17 hat es das Kennzeichen eines Chevys dicht hinter dem Ford registriert.

Die nächste Beobachtung wurde südwestlich von Little Rock gemeldet. Um 4:36:24 scannte ein auf die Interstate 30 fahrender Streifenwagen der Arkansas Highway Patrol automatisch das Kennzeichen des Ford Escapes auf der Ausfahrt nach Hot Springs. Und drei Sekunden später nahm er das vordere Kennzeichen des gemieteten Chevrolets auf.

Woher Hawk und Tillman sich kennen und weshalb sie sich in Iron Furnace verabredet haben, ist Hendrickson ein Rätsel. Nun taucht ein weiteres Rätsel auf, das mit dem ersten verwoben ist: Was wollen sie in Hot Springs oder seiner Umgebung? Haben sie sich dort verkrochen, oder meiden sie ab sofort die Interstates?

In Großstädten mitsamt ihren Vororten und auf Interstates ist das Programm zur automatischen Registrierung von Autokennzeichen weiter verbreitet als auf kleineren Federal, State und County Roads in ländlichen Gebieten. Deshalb führt diese hoffnungsvolle Verfolgung zu jäher Enttäuschung, als der Sicherheitstechniker meldet, dass das Kennzeichen des Ford Escapes seit Hot Springs, Arkansas – seit über sechzehn Stunden – nicht mehr registriert worden ist.

Jetzt nun erzielt der Techniker, der ein Überwachungsvideo der Person sucht, die den Mietwagen auf dem Flughafen Louisville zurückgebracht hat, einen Haupttreffer. Nur ist der auf dem Parkplatz des Autoverleihs gezeigte Mann kein Schwarzer, sondern ein Weißer, eindeutig nicht Luther Tillman. Dank seiner zerzausten Haarpracht, eines Vollbarts und seiner Sonnenbrille ist so wenig von ihm zu sehen, dass der Einsatz einer Software zur Gesichtserkennung sich nicht lohnen würde. Auf dem Monitor verschwindet er aus dem Erfassungsbereich der Kamera. Es gibt kein Video des Autos, mit dem er weggefahren sein könnte.

Hendrickson setzen starke Emotionen, vor allem Wut zu – und das Gefühl, dass Leute, denen er vertraut hat, ihn im Stich gelassen haben, speziell dieser Huey Darnell oben in Minnesota.

Er tritt von Stacia O'Dell und den Technikern weg, die weiter völlig unter seiner Kontrolle stehend auf Anweisungen warten, und ruft Huey auf seinem iPhone an.

»Darnell«, sagt Darnell.

»Ich bin's. Wo sind Sie?«

»Ich überwache Tillman.«

»Den Sheriff?«

»Ja. Luther Tillman.«

»Wo ist er?«, fragt Hendrickson.

»In seinem Haus. Aber seine Frau und seine Tochter sind mit Deputy Stassens altem Buick Kombi unterwegs. Hassan Zaghari und Kernan Beedle sind dran, überwachen sie in einem Motel in Rockford.«

»Welches Rockford?«, fragt Hendrickson.

»Illinois. Eine ziemlich weite Fahrt. Was sie dort wollen, wissen wir nicht.«

»Vielleicht wollen sie sich mit Luther treffen.«

»Aber der ist hier in seinem Haus.«

»Ach, wirklich?«

Darnell antwortet nicht gleich. Dann: »Zuletzt war er noch hier.«

»Bis er am Montag nach Kentucky geflogen ist. Heute haben wir Mittwoch. Also war er dort – bis vor zwei Tagen.«

Huey Darnell hält lieber den Mund.

»Sie wissen, was Sie zu tun haben, Darnell?«

»Ich denke, ich sollte mich in seinem Haus umsehen.«

»Brillant. Sie gehen ins Haus und zerlegen es vom Dachboden bis zum Keller. Sie suchen eine Erklärung dafür, dass Luther Tillman nach Iron Furnace gereist ist. Kapiert?«

»Ja, Sir.«

»Sie suchen etwas, das darauf schließen lässt, dass er mit Jane Hawk in Verbindung gestanden, dass er sie oder jemanden aus ihrem Umfeld gekannt hat. Sie wissen, wer Jane Hawk ist?«

»Ja, Sir. Das weiß jeder.«

»Sie suchen nach etwas Auffälligem. Sie schlafen nicht, bis Sie etwas gefunden haben, das mir weiterhilft.«

»Was ist, wenn nichts zu finden ist, wenn ich zuletzt mit leeren Händen dastehe?«

»Das ist keine Option«, sagt Hendrickson.

»Die beiden Frauen haben überall im Haus Licht brennen lassen.«

»Und?«

»So hat's bei Einbruch der Dunkelheit ausgesehen, als wäre jemand zu Hause.«

»Versuchen Sie, eine Ausrede zu erfinden?«

»Nein, Sir. Ich meine nur …«

Hendrickson beendet das Gespräch und steht vor ohnmächtiger Wut kochend da. Er würde gern glauben, dass jeder Arkadier mindestens eine Stufe über dem gewöhnlichen Plebs steht. Aber dass die Ideologie eines Mannes korrekt ist, beweist noch längst nicht, dass er die bessere Welt verdient, auf die er hinarbeitet. Huey Darnell braucht bald eine Injektion mit dem Kontrollmechanismus der Leute auf der Hamlet-Liste und muss irgendwohin geschickt werden, um Selbstmord zu verüben.

Jetzt kehrt Hendrickson zu den Technikern zurück, die mit Stacia O'Dell auf ihn warten, und weist sie an, die Seiten zu verlassen, die sie auf seinen Befehl illegal gehackt haben. Dann schärft er ihnen nochmals ein, dass sie nur festzustellen versucht haben, wohin der Industriespion Martin Moses gefahren ist, nachdem er das Resort am Vortag verlassen hat.

Danach beendet er den Zugriff auf ihre Kontrollprogramme, indem er »Auf Wiedersehen« sagt.

»Tschüs«, antworten sie im Chor und kehren zu ihrer normalen Arbeit zurück, als sei nie etwas Außergewöhnliches passiert.

Stacia O'Dell fragt: »Möchten Sie sonst noch etwas sehen, Mr. Congrieve?«

Sie hat weit über ihre gewöhnliche Bürozeit hinaus gearbeitet, aber er braucht noch etwas, bevor sie ihn zu seinem am Stadtrand wartenden Hubschrauber zurückbringt. »Fahren wir in Ihr Büro hinauf, Miss O'Dell.«

Der Empfangsbereich von Miss O'Dells Bürosuite ist dunkel, ihre Assistentin längst heimgefahren.

Die beiden gehen in ihr Büro. Hendrickson schließt die Tür hinter ihnen und sagt: »Spiel Manchurian mit mir.«

»Alles klar«, sagt sie und wartet auf seine Befehle.

»Stell dich dorthin«, weist er sie an, »und zieh dich aus.«

Obwohl ihr Gesichtsausdruck heiter gelassen bleibt, wirkt ihr Blick sekundenlang zweifelnd, aber dann fängt sie an, ihre Bluse aufzuknöpfen.

Booth Hendrickson lässt sich in einen der luxuriösen Besuchersessel fallen. Mit seinem Smartphone wählt er die Privatnummer von Marshall Ackerman, dem Direktor der Freiwilligen für ein besseres Morgen – eines von D.J. Michaels Lieblingsprojekten.

Als Ackerman sich meldet, erklärt Hendrickson ihm die Situation mit dem zuletzt in Hot Springs gesichteten Ford Escape. »Haben sie diese acht Kids irgendwo in Arkansas gelassen, brauchen Tillman und sie nur noch einen Wagen. Vermutlich fährt sie noch immer den Ford. Setzen Sie jemanden bei der NSA darauf an, ihn alle zehn Minuten zu überprüfen. Sobald dieses kalifornische Kennzeichen auftaucht«, er gibt es aus dem Gedächtnis an, »will ich benachrichtigt werden.«

»Wird gemacht. Sie haben gehört, was letzten Freitag in der alten Fabrik passiert ist, in der sie Larkin umgelegt hat?«, fragt Ackerman.

»Sie ist vor Ihrem Eintreffen abgehauen.«

»Das ist die Kurzfassung. Das Miststück hat einen Brandsatz mit Zeitzünder zurückgelassen, wollte uns abfackeln, während wir mit panischen Ratten zu kämpfen hatten.«

»Ja, das habe ich auch gehört.«

Ackerman sagt: »Kriege ich sie zu fassen, lasse ich sie eine Ratte fressen und zünde sie an, ich schwör's Ihnen!«

»Dagegen hätte niemand was«, versichert Hendrickson ihm. Er beendet das Gespräch und fährt Stacia O'Dell ungeduldig an: »Nein, alles runter. *Alles*. Völlig nackt.«

Obwohl sie sich fügen muss, ist sie erkennbar peinlich berührt. Aber sie gehorcht.

Hendrickson ist selbst ein wenig überrascht darüber, was er hier tut. Er verachtet Frauen, die unter ihm stehen, und tendiert eher zu Affären mit solchen, die auf der gesellschaftlichen Leiter eine Stufe über ihm stehen. Schon bevor ihr der Kontrollmechanismus injiziert wurde, hatte Stacia in jedem Klassensystem, das sich zu beachten lohnte, unter ihm gestanden: eine Streberin aus dem Mittelstand, die nicht genug Geschmack und Verstand besaß, um den Aufstieg zu schaffen. Da sie jetzt eine Angepasste ist, gehört sie der niedrigsten Kaste an – nur eine Stufe über jedem Tier und mindestens eine Stufe unter einer gewöhnlichen Sklavin. Er müsste sich unrein fühlen, als er sie im Sessel sitzend anweist, vor ihm niederzuknien, als sie tut, was er verlangt, als sie sich nach vorn beugt, um ihn zu befriedigen. Aber er hat einen frustrierenden Tag hinter sich und ist zu nervös, um ohne diese Entspannung nach D. C. zurückfliegen zu können.

Für ihn ist Stacia eine Primitive, fast eine andere Spezies, und dieser Akt kommt einer Grenzüberschreitung so nahe, wie er sich vorzustellen imstande ist. Dies ist etwas anderes als die Girls im Aspasia, die exquisit designte und verwirklichte *Fantasien* ohne erinnerte Vergangenheit und ohne Zukunft sind; in ihrem biografischen und intellektuellen Stillstand passen sie in keine Klassenstruktur und sind in ihrer Perfektion und ihrer Unterwürfigkeit so köstlich unwirklich, dass sie einem feuchten Traum entsprungen sein könnten. Aber Stacia hat eine Vergangenheit und eine Zukunft, wenn auch mit gravierenden Einschränkungen, und fühlt und denkt, wenn sie nicht unter aktiver Kontrolle steht. Er kann ihr wie den Aspasia-Girls befehlen, ohne die Gewissheit zu haben, dass sie stets absolut gehorsam sein wird. Obwohl das unwahrscheinlich ist, gibt es immer die entfernte Möglichkeit, dass eine Primitive wie Stacia *beißen* könnte, was Hendrickson erregt.

NEUNZEHN

In den beiden Kingsize-Betten lagen die vier Jungen wie ohnmächtig, als sei dies der erste Schlaf ihres Lebens, als müssten bis zum Morgen Tausende von schlaflosen Nächten nachgeholt und wettgemacht werden.

Luther fühlte sich zu dem Zustellbett hingezogen, als sei es das verlockendste Bett, das er jemals gesehen hatte. Hätte er nicht versprochen, Rebecca um 21 Uhr anzurufen, hätte er bereits im Tiefschlaf gelegen.

Um die Kinder nicht zu stören, ging er ins Bad. Er klappte den Klodeckel herunter, setzte sich darauf. Mit seinem Wegwerfhandy rief er ihr Wegwerfhandy an und erfuhr bald, dass Rob Stassens Buick sie nach Rockford gebracht hatte – aber nicht so unbemerkt, wie sie gehofft hatten. Vor gut einer Stunde hatten sie sich einige Blocks von dem verlassenen Kombi entfernt ein Zimmer in einem älteren Hotel genommen.

Luther war besorgt, weil sie verfolgt worden waren, aber auch stolz auf die Eigeninitiative, mit der sie ihre Beschatter abgeschüttelt hatten, als er fragte: »Wie wollt ihr morgen rechtzeitig nach Chicago kommen?«

Rebecca sagte: »Bahnhof und Busbahnhof gefallen mir nicht.«

»Mir auch nicht.«

»Ich habe Rob Stassen erzählt, ich müsse nach Madison, um Tante Tandy zu helfen, bei Mom einzuziehen. Also hab ich mir gedacht … Ich wollte nicht Mom um Hilfe bitten, das wäre zu offensichtlich gewesen. Aber nicht mal diese Leute können *alle* Telefone abhören, nicht wahr? Also habe ich Tante Tandy angerufen. War das okay?«

»Ich denke schon. Du musstest irgendwas tun.«

»Ich habe ihr gesagt, dass Jolie und ich in Rockford sind, mein Toyota kaputt ist und ich ein Auto bräuchte. Sie hat Onkel Calvins Wagen nie verkauft.«

Madison lag gleich jenseits der Staatsgrenze in Wisconsin, keine achtzig Meilen von Rockport entfernt.

»Aber du hast ihr nicht gesagt, warum du in Rockford bist?«, fragte Luther.

»Ich hab eine Story erfunden. Wie sich rausstellt, hat Tante Tandy einen Freund.«

»Was ist sie – achtzig?«

»Jugendliche neunundsiebzig. Ihr Freund ist siebzig. Sie bevorzugt junges Gemüse. Tandy fährt Onkel Calvins Dodge. Ihr Freund folgt ihr mit ihrem Wagen, damit er sie heimfahren kann. Sie sind in einer halben Stunde hier.«

Luther sagte: »Ich staune wirklich, wie toll du das alles managst.«

»Der Ehe mit einem wilden Mann wie dir verdanke ich Nerven wie Stahlseile, weißt du.«

Er musste unwillkürlich lächeln. »Ich bin wohl schwierig zu handhaben?«

»Du ahnst nicht, wie sehr, Schatz. Morgen also nach Chicago – und wohin dann? Wo bist du?«

»Unterwegs. Morgen Abend weiß ich, wo ich als Nächstes bin.«

»Ich muss dich sehen, Luther.«

»Und ich dich. Dringend. Ich liebe dich. Weißt du noch, wo wir den Urlaub gemacht haben, in dem Twyla vermutlich gezeugt worden ist?«

»Das werde ich nie vergessen.«

»Fahr morgen dorthin. Du hast meine Nummer, ich habe deine, aber falls etwas schiefgeht, weiß ich, wo du zu finden bist. Wie geht's Jolie?«

»Die fühlt sich auf der Flucht wohler als ich. Keiner könnte *sie* jemals aufspüren. Sie will mit dir reden.«

»Daddy?« sagte Jolie, als Rebecca ihr das Handy gab.

»Hi, Candygirl.«

»So hast du mich schon ewig nicht mehr genannt.«

»Ich wollte dich nicht kränken.«

»Ich bin auch nicht gekränkt. Daddy, sag mir ganz ehrlich, zerfällt alles?«

»Was soll zerfallen, Schätzchen?«

»Unser Land, die Welt, die Zivilisation, das menschliche Experiment.«

»Alles zerfällt ständig, Jolie, aber es wird gleichzeitig neu aufgebaut.«

»Entschuldige, aber das ist ein Haufen Kuhfladen. Sonst bist du besser, Daddy.«

»Du hast recht. Hör zu, natürlich zerfällt nicht alles. Im Augenblick läuft eine üble Sache, die aber wie alles Böse schlimm für ihre Drahtzieher enden wird.«

»Kommen wir heil davon? Mom und du, Twyla und ich?«

Das Mädchen war zu clever, um sich mit Plattitüden abspeisen zu lassen. »Ich kann nur sagen, Jolie, dass ich alles tun werde, damit wir heil davonkommen.«

»Gut. Okay. Das ist alles, was ich hören wollte. Ich liebe dich, Daddy.«

»Ich liebe dich auch, Jolie.«

Nach diesem Gespräch ging Luther, so müde er auch war, nicht gleich ins Bett. Er stand vor dem Waschbecken, starrte sein Spiegelbild an, sah aber nicht sich selbst, sondern Rebecca und Twyla und Jolie, deren Gesichter ihm so deutlich vor Augen standen, als würden sie durch die Kraft seiner Liebe auf den Spiegel projiziert. Er sagte ein kurzes Gebet, um den

Schutz des Himmels für diese drei kostbaren Frauen zu erbitten, weil er sich nicht sicher war, dass er genug für sie würde tun können.

ZWANZIG

Drei Hunderter genügen, um einen Pagen dazu zu bewegen, Hassan Zaghari und Keenan Beedle die Tür neben dem Zimmer aufzusperren, in dem Rebecca und Jolie Tillman sich für die Nacht verschanzt haben. Sie zeigen ihre Dienstausweise von Homeland Security vor, während sie ihm das Geld anbieten, aber er scheint ihren Ausweisen nur so weit zu glauben, als sie ihm eine Ausrede dafür liefern, ihr Geld zu nehmen.

Er heißt Jerry Hare, und Hassan findet, das klingt wie der Name eines Comichasen, was sein Aussehen bestätigt: leichter Überbiss, eine nervös zuckende Oberlippe wie ein Kaninchen, das Weiße seiner Augen deutlich rosa verfärbt, dazu auffällig lange Ohren, an denen man ihn aus einem Zylinder ziehen könnte, wenn er in einen passen würde.

Unerklärlich nervös kommt er schon nach einer Viertelstunde zurück und taucht nach weiteren fünfzehn Minuten erneut auf, wobei er jeweils behauptet, er habe nicht gewusst, dass sie länger als fünf Minuten bleiben würden, und ihnen erklärt, er habe keine Lust, wegen dreihundert Dollar seinen Job zu verlieren, womit er jedes Mal einen zusätzlichen Hunderter erpresst. Er behauptet, die Rezeption könne dieses Zimmer jeden Augenblick vermieten und einen anderen Pagen mit Gästen und ihrem Gepäck heraufschicken, aber ein Zimmer dieser Zwei-Sterne-Absteige, das am Mittwochabend um diese Zeit noch nicht vermietet ist, bleibt natürlich frei. Immerhin ist der Kerl so rücksichtsvoll, nur Beedle, von dem Hassan Abstand hält, flüsternd etwas vorzujammern.

Während all dieser Hasenangst hängt Hassan stillschweigend van Goghs *Sternennacht* – einen Druck in einem imitierten vergoldeten Barockrahmen, der überhaupt nicht zu dem Werk passt – von der Wand zum benachbarten Zimmer ab. Er zieht vorsichtig den großen Nagel heraus, an dem einer der Wandhaken befestigt war. Als Nächstes führt er ein langes, dünnes Stielmikrofon in das Nagelloch ein und drückt es möglichst tief hinein. Dann setzt er den dazugehörigen Kopfhörer auf und schaltet den Superverstärker ein, der die aufgefangenen Vibrationen bis zu hunderttausendfach verstärken kann.

Als der Page zum dritten Mal zurückkommt, will er weitere dreihundert. Hassan schaltet den Verstärker lange genug aus, um Beedle laut flüsternd – damit der Page es mitbekommt – anzuweisen: »Gib dem Scheißkerl einen letzten Hunderter. Will er nicht die Klappe halten und warten, legst du ihn um.«

Beedle gibt Jerry Hare den Hunderter und sagt dabei: »Wissen Sie, Jerry, Onkel Sam hat Milliardenschulden und muss jetzt auch sparen.«

Hat der Page ihren Dienstausweisen nicht geglaubt, nimmt er die Morddrohung umso ernster. Blass wie Alices Kaninchen und ebenso nervös steht er mit wie zum Gebet vor dem Bauch gefalteten Händen und ängstlich aufgerissenen Augen still da, während seine überstehenden Zähne an der Unterlippe nagen.

Und so kann Hassan erst Rebecca und dann Jolie belauschen, als sie mit Luther Tillman reden. Obwohl er nur eine Seite des Telefonats hört, liefern die Frauen ihm alle möglichen nützlichen Informationen, als sie nach dem Gespräch mit dem Sheriff miteinander reden.

Minuten später steht Hassan in einer Ecke der Hotellobby und ruft Huey Darnell in Minnesota an, um Bericht zu erstatten und weitere Anweisungen zu erhalten.

Aber Huey zögert unerklärlicherweise. »Woher soll ich das wissen? In diesem Fall sollten die Anweisungen von

Hendrickson kommen. Rufen Sie ihn an, fragen Sie ihn selbst, was er will.«

»Ich soll ihn anrufen?«, fragt Hassan. »Ich habe nicht mal seine Nummer.«

»Warum nicht?«

»Die gibt er nur Leuten, die sie brauchen, stimmt's?«

»Nun, jetzt brauchst du sie«, sagt Huey. »Hast du was zum Schreiben?«

»Nein, aber ich habe mein Gedächtnis. Also los.« Als er die Nummer hat, fragt Hassan: »Glaubst du, dass ich ihn noch so spät anrufen kann?«

»Du kannst bis Weihnachten warten, wenn du's für richtig hältst, aber meiner Meinung nach – die nicht verdammt viel wert ist – solltest du's jetzt tun.«

Nach kurzem Zögern fragt Hassan: »Alles in Ordnung mit dir, Huey?«

»Mir geht's glänzend, Hassan. Wirklich blendend. Ich bin spitze, ich bin der Turm von Pisa. Ich bin spitze, ich bin die *Mona Lisa.*«

Hassan schweigt einen Augenblick. Dann: »Gut, okay, ich rufe ihn jetzt an.«

EINUNDZWANZIG

Viele Tausend Fuß über der Erde, wo die Atmosphäre lebensfeindlich dünn ist, wo man ein Wolkenmeer unter sich und das Sternenmeer über sich hat, wo der grausame, unaufhaltsame Fortgang der Zeit nur die Massen zu betreffen scheint, die sich auf der Oberfläche des Planeten streiten, im luxuriösen Komfort der Gulfstream V, die das FBI dem Justizministerium zur Verfügung gestellt hat, genießt Booth Hendrickson ein spätes Abendessen, das ein Steward serviert: Kapaun mit

Haricots verts und Pasta Alfredo. Der Weißwein hat genau die richtige Temperatur und schmeckt so köstlich, dass Hendrickson sich nicht traut, nach dem Namen zu fragen, weil er fürchtet, der Wein könnte sich als unbedeutend erweisen, was gegen sein Bedürfnis verstieße, dass alles seine Ordnung haben muss.

Ein Flug von Louisville nach Washington dauert normalerweise nicht so lange, dass man Zeit genug für ein geruhsames Dinner mit Dessert hat, nach dem ein vierzig Jahre alter Portwein serviert wird. Aber Hendrickson hat auf dem Hubschrauberflug nach Louisville Anweisung gegeben, über Atlanta, Georgia, zurückzufliegen. Sollte es wegen des spät aufgegebenen Flugplans für diese ungewöhnliche Route Flugsicherungsprobleme geben, können bestimmt Verkehrsflugzeuge umgeleitet werden, um Platz für diesen wichtigen Flug in staatlichem Auftrag zu schaffen.

Als Hendrickson vor der Zitronentarte mit Basilikum-Eiscreme den letzten Schluck Wein genießt, ruft ein gewisser Hassan Zaghari an, den er kennt, der aber seine private Handynummer nicht haben dürfte. Wieder mal Huey Darnell …

Hassan schildert knapp die Situation mit Rebecca und Jolie Tillman und gibt den Inhalt ihres Telefongesprächs mit dem Sheriff wieder. »Der Wagen, den die Tante bringt, dürfte bald in der Tiefgarage des Hotels stehen, Sir. Beedle und ich können einen Transponder anbringen und ihm nach Chicago und von dort aus weiter folgen.«

»Das ist nicht nötig. Ich weiß jetzt, was ich wissen muss – dass sie nach Chicago unterwegs sind. Ab dort habe ich sie unter Kontrolle.«

»Wie Sie meinen, Sir.«

»Das war ausgezeichnete Arbeit, Hassan.«

»Danke, Sir.«

»Ich habe nach Ihrem langen Tag noch einen Auftrag für Sie – wenn Sie sich ihm gewachsen fühlen.«

»Ich bin immer dabei, Sir.«

»Ich kenne Ihre Personalakte. Sie zögern nicht, Feinde des Fortschritts notfalls entschlossen zu liquidieren.«

»Wenn's nötig ist«, sagt Hassan, »sollte man gewiss nicht zögern.«

»Beedle kann nach Minnesota zurückfahren, aber für Sie lasse ich auf dem Flughafen Rockford eine Turbopropmaschine bereitstellen, die Sie nach Milwaukee fliegt. Dort wartet ein SUV auf Sie. Wenn Sie flott fahren, müssten Sie Tillmans Haus gegen ein Uhr erreichen. Bis dahin dürfte Huey Darnell seinen Auftrag zur Hälfte erledigt haben … vielleicht auch erst zu einem Viertel.«

»Welcher Auftrag ist das, Sir?«

»Er soll das Haus von oben bis unten nach irgendwas durchsuchen, das eine Verbindung zwischen Tillman und Jane Hawk herstellt. Wenn Sie ankommen, sagen Sie Darnell, dass ich Sie zu seiner Unterstützung abgeordnet habe.«

»Ja, Sir.«

»Hassan, was halten Sie von Mr. Darnell? Aber ich will keine überzuckerte Version. Ich kenne Sie als fähigen und scharf beobachtenden Mann. Ich will die ungeschminkte Wahrheit hören.«

»Er trinkt zu viel«, sagt Hassan.

»Sie haben wie immer den Nagel auf den Kopf getroffen. In Tillmans Haus finden Sie in seinem Arbeitszimmer einen Waffenschrank. Ich habe ihn selbst gesehen. Sie müssen den Schrank öffnen, eine geeignete Waffe herausnehmen und mich von dem Dorn in meinem Fleisch befreien, der Huey Darnell heißt. Am besten schießen Sie ihn von hinten wie bei einer Exekution zweimal in den Hinterkopf. Die Story lautet dann, Sheriff Tillman, jetzt mit Jane Hawk verbündet, habe einen der Besten der Homeland Security ermordet.«

»Ist der Sheriff irgendwo in der Nähe, Sir?«

»Darauf kommt's nicht an, Hassan. Notfalls gibt es reichlich Beweise für seine Täterschaft. Aber als Erstes muss ich wissen, ob es im Haus irgendwas gibt, das eine Verbindung zwischen Hawk und ihm herstellt.«

»Falls es etwas gibt, finde ich's, Sir.«

»Ja, das weiß ich, Hassan.«

Der Steward, der während des Telefongesprächs diskret im Hintergrund geblieben ist, serviert jetzt Dessert und Kaffee. »War alles recht, Sir?«

»Wundervoll«, versichert Hendrickson ihm. »Köstlich. Sagen Sie, habe ich eben eine Kursänderung nach Ostnordost wahrgenommen?«

»Ja, Sir. Im Augenblick sind wir ungefähr über Columbia in South Carolina.«

»Sollte der Portwein zu kurz vor Washington serviert werden, kann der Pilot die Landung doch bestimmt etwas hinausschieben?«

»Absolut«, versichert der Steward ihm. »Wenn Sie wollen, können wir uns vom Reagan International einen Warteraum zuweisen lassen.«

»Ich sag's Ihnen rechtzeitig.«

Mit Dessert und Kaffee amüsiert Hendrickson sich nun darüber, wie beunruhigt – sogar verzweifelt – er gewesen ist, als er im Sicherheitsbunker des Resorts entdeckt hat, dass die allgegenwärtige Jane Hawk in Iron Furnace gewesen ist. Für kurze Zeit ist es ihm vorgekommen, als sei sie die Verkörperung irgendeiner übernatürlichen Macht, die sich hier manifestierte, um irgendein Naturgesetz auf Kosten der Arkadier und ihrer Bestrebungen durchzusetzen: ein Avatar, dem weder mit Ränken noch Waffen beizukommen ist.

Aber jetzt ist sie ohne ihr Wissen in Arkansas geortet worden. Bald wird ihr Nummernschild erneut gescannt werden, sodass ihr Ziel sich abzeichnen wird. Sie ist clever. Aber niemand ist talentiert genug, um den vielen Augen des modernen Staats auf Dauer zu entgehen.

Einen weiteren großen Fehler hat sie gemacht, als sie sich

mit Sheriff Tillman zusammengetan hat. Jane ist am stärksten allein, eine Wölfin, die es versteht, sich selbst bei Tageslicht ungesehen zu bewegen, eine Einzelgängerin, die durch die Fehler jedes Rudels, dem sie sich anschließt, viel früher erlegt wird, als ihre eigenen sie ins Verderben reißen würden. Hendrickson hat jetzt die Frauen der Familie Tillman an der Leine, auch wenn sie nichts davon ahnen, und wenn sie mit dem Sheriff zusammenkommen, hat er auch ihn. Und sobald er den Sheriff hat, ist bald auch Jane Hawk fällig.

Seine vorübergehende Beunruhigung war nur der Tatsache geschuldet, dass er kurzzeitig die unwiderlegbare Wahrheit vergessen hat, dass die Arkadier und er nicht nur auf der richtigen Seite der Geschichte stehen, sondern auch die gesamte Geschichte umschreiben können. Dabei werden sie aus dem verfügbaren Schrifttum alle Tatsachen und Philosophien eliminieren, die ihnen unpassend erscheinen. Was die Zukunft, die Geschichte kommender Ereignisse betrifft, werden sie auch die Tag für Tag bis in alle Ewigkeit schreiben. Seit er nun wieder im Besitz der Wahrheit ist, sind seine bösen Vorahnungen wie weggeblasen.

Was Wunderkuren betrifft, ist keine Kombination effektiver als ein Orgasmus, ein exquisites Dinner mit wundervollem Wein und die Verfügungsgewalt über einen eleganten Jet, während die unten wartende Welt sich fest im Griff der Nacht befindet.

ZWEIUNDZWANZIG

Am Donnerstag um 4:20 Uhr, nach neun Stunden erholsamen Schlafs, setzte Jane sich auf dem Zustellbett auf und stellte die Füße auf den Boden – wie von einem Schuss geweckt augenblicklich und vollständig wach. Ihr letzter Traum hatte sie etwas erkennen lassen, das sie in Kentucky übersehen hatte.

In ihrem Entsetzen über die Versklavung der Einwohner von Iron Furnace und ihrer wilden Entschlossenheit, die Kinder aus der Gefangenschaft zu befreien, hatte sie nicht bedacht, dass ihre üblichen Vorkehrungen vielleicht wegen der dort herrschenden besonderen Umstände nicht ausreichen würden. Sie hatte einen Aufseher angewiesen, alle Sicherheitsvideos der angeblichen Schule zu vernichten. Aber was war, wenn es in der Stadt mehr als nur ein paar Kameras zur Verkehrsüberwachung gab?

Wegen seiner Bedeutung als Konversionszentrum und weil die Arkadier dieses Experiment in totaler Kontrolle studieren wollen würden, um ihre Methoden in Zukunft zu verbessern, wurde Iron Furnace vielleicht Tag und Nacht flächendeckend überwacht. Eigentlich hatte sie nicht übermäßig viele Kameras bemerkt, aber hochmoderne Geräte waren heutzutage so klein und so gut zu tarnen, dass ihr viele entgangen sein konnten.

Sie hatte den Ford Escape auf einer ruhigen Wohnstraße geparkt, in der normalerweise keine Kameras zu erwarten waren. Aber was war, wenn ihr Ford identifiziert worden war? Immer mehr Polizeifahrzeuge waren für das automatische Scannen von Autokennzeichen eingerichtet. Anonym bewegen konnte sie sich nur, solange ihr Fahrzeug und sein Kennzeichen unbekannt blieben.

Da sie in Jeans und Pullover geschlafen hatte, brauchte sie nur noch Schuhe anzuziehen, das Schulterholster anzulegen und in ihren Blazer zu schlüpfen. Die Mädchen schliefen fest weiter, als sie aus ihrem Zimmer auf den schwach beleuchteten überdachten Gang zum Parkplatz hinaustrat und die Tür hinter sich schloss.

Die Nacht in Oklahoma war kalt, klar und still.

Sie studierte den Parkplatz, der dunkler war, als sie sich gewünscht hätte. Die dunklen Umrisse der geparkten Wagen glichen langen Reihen von massiven schweineähnlichen Wesen an ihren Trögen.

Auf der Straße fuhr ein Lieferwagen mit dem Logo einer Molkerei vorbei. Verdächtig langsam? In einer Zeit, in der nichts so war, wie es erschien, verdiente sogar ein Milchwagen erhöhte Aufmerksamkeit. Sie sah ihm nach, bis er außer Sicht kam, und wartete darauf, dass sein Motorengeräusch wieder lauter werden würde, weil er umkehrte. Aber es verklang in der Ferne.

Auf der anderen Straßenseite gab es nichts, was ihr intuitives Misstrauen hätte wecken können, sodass sie sich widerstrebend eingestehen musste, die Kinder könnten in Sicherheit sein.

Sie ging zu ihrem in der Nähe geparkten Ford und holte eine lederne Werkzeugtasche unter dem Vordersitz hervor: Schraubendreher, Kombizange und verstellbarer Schraubenschlüssel, jedes Werkzeug in einem eigenen Fach. Ein kleiner Hammer war separat in ein Stück Fensterleder gewickelt.

Jane arbeitete schnell und leise, schraubte die Kennzeichen des Fords ab und legte sie in den Wagen.

Ohne Nummernschilder riskierte sie, einem Streifenpolizisten aufzufallen. Aber sobald Ardmore hinter ihnen lag, würden sie die I-35 verlassen und einen Ort finden, an dem sie unbeobachtet waren. Dort würde sie das vordere Kennzeichen so mit Kombizange und Hammer bearbeiten, dass es wie nach einem kleinen Unfall beschädigt aussah, während sie's in Wirklichkeit darauf anlegte, es so zu verändern, dass ein zweidimensionaler Scanner es nicht mehr lesen konnte. Als Nächstes würden sie etwas Schlamm anrühren und auf dem Heck des Fords verteilen – vor allem auf dem hinteren Kennzeichen. Damit kamen sie vielleicht bis zur Sacket Ranch durch. Aber jeder Polizist, der Gelegenheit hatte, *beide* Kennzeichen zu sehen, würde die Täuschung sofort erkennen.

Die Mädchen schliefen noch, als Jane ins Zimmer zurückkam. Sie nutzte die Gelegenheit, um neue Sachen für alle herauszulegen und als Erste ins Bad zu gehen. Sie duschte rasch, denn sie konnte nur das Trommeln des Wassers an den Wänden und in der Duschtasse hören, sodass ihre Fantasie ihr abwechselnd die Entführung der Kinder oder einen plötzlichen blutigen Überfall auf sie vorgaukelte.

DREIUNDZWANZIG

Am Spätvormittag wartete Rebecca mit Jolie auf dem O'Hare International Airport in Chicago, als Twyla in der Menge auftauchte. Groß und schlank, in einem saphirblauen Kleid mit Biesen an den Schultern und leicht gerüschter Knopfleiste und mit ihrem Mantel über dem Arm sah sie nicht wie eine 19-jährige Collegestudentin, sondern eher wie ein berühmtes 25-jähriges Model aus, das Eleganz und Raffinesse ausstrahlte. Ihr Lächeln, als sie die beiden entdeckte, machte sie noch schöner.

Obwohl Rebecca über den Anblick ihrer älteren Tochter glücklich war und glauben wollte, sie könnten den bevorstehenden Sturm gemeinsam abwettern, musterte sie die Leute in Twylas Kielwasser und versuchte zu erkennen, ob jemand sich auffällig für sie interessierte. Aber sie war nicht für solche Analysen ausgebildet, sodass ihr entweder jeder oder keiner verdächtig erschien.

Twyla umarmte ihre Mutter, küsste sie. »Du hast mir echt gefehlt.«

Aber erst bei Jolie taute Twyla ganz auf. Die beiden fielen sich um den Hals, lachten miteinander und kommentierten das Aussehen der anderen – oft mit dem liebevollen Sarkasmus, in den sie seit einigen Jahren verfallen waren.

Rebecca hatte halb vergessen, wie ähnlich die Schwestern waren, nicht ganz wie Zwillinge, sondern jede mit ihrem eigenen Stil, aber mit ihrem Enthusiasmus und ihrer Intelligenz sehr ähnlich. Weil der Altersunterschied zwischen ihnen nur zwei Jahre betrug, standen sie einander nahe wie Zwillinge. Twylas Leidenschaft war die Kunst – sie hatte so viel Talent, dass sie im ersten Studienjahr ein Zweidrittelstipendium bekommen hatte –, während Jolie für Literatur lebte.

Mit einem Arm um Jolie wandte Twyla sich ihrer Mutter zu. »Du hast gesagt, dass ich alles stehen und liegen lassen und sofort kommen soll, dass niemand gestorben ist, aber die Sache sehr wichtig ist. Wie geheimnisvoll, wie dramatisch! Ich kann's kaum noch erwarten. Erzähl's mir.«

»Nicht hier, Sweetie. Warte, bis wir im Auto sitzen.«

»Hat es mit Miss Gundersun, mit dem verrückten Anschlag aufs Hotel zu tun? Als Daddy mich letzte Woche deswegen angerufen hat, war er ganz durcheinander und hat behauptet, Boston sei eine halbe Welt entfernt, was nicht stimmt, weil die Entfernung nicht mal ein Achtel beträgt. Mutter, ich kann unmöglich in Milwaukee oder, Gott bewahre, in St. Cloud studieren, weil ich dafür kein Stipendium habe.«

»Eins nach dem anderen, Schatz. Komm, lass mich deinen Koffer nehmen.«

Twyla war mit einem blauen Koffer angekommen, der genau wie Jolies aussah; ihre Eltern hatten den Mädchen vor einem Jahr die gleichen Koffersets geschenkt. Wenig später saßen sie in Onkel Calvins Dodge. Jolie überließ Twyla den Beifahrersitz und machte es sich auf dem Rücksitz bequem.

Rebecca blieb wachsam, als sie den Kurzzeitparkplatz verließen, und sah häufig in ihren Rückspiegel. Aber falls sie beschattet wurden, mussten die Verfolger eine ganze Autoflotte einsetzen, denn die Fahrzeuge hinter ihr wechselten ständig. Wurde ihr Auto elektronisch verfolgt, war allerdings kein Sichtkontakt nötig. Ja, aber dass Tante Tandys Telefon abgehört wurde, war unwahrscheinlich, sodass niemand wissen konnte, dass sie gestern den Dodge nach Rockford gebracht hatte. Jolie und sie waren unterwegs gewesen, bevor die Männer, die sie überwachten, gemerkt hatten, dass sie den Buick zurückgelassen hatten. Und als sie Twyla aufgefordert hatte, nach Chicago zu kommen, hatte sie ihr Wegwerfhandy benutzt und dafür gesorgt, dass jeder, der ihr Handy oder sogar sie selbst überwachte, getäuscht wurde. Trotzdem sah sie oft in ihren Rückspiegel und merkte, dass Twyla das auffiel.

Als sie das Flughafenlabyrinth hinter sich gelassen hatten und auf der Interstate 90 nach Osten unterwegs waren, sagte Twyla: »Das ist nicht der Weg nach Hause. Warum fahren wir in die Stadt?«

»Das tun wir nicht«, sagte Rebecca. »Nur bis zur I-94, dann nach Norden.«

»Wohin?«

»An einen Ort, an den Dad und ich gute Erinnerungen haben. Du wirst schon sehen.«

»Wartet Daddy dort?«

»Nein, Schatz. Er ruft später an und erklärt uns den nächsten Schritt.«

»Den nächsten Schritt? Wo ist er jetzt?«

»Das hat er nicht gesagt. Vielleicht erfahren wir's später.«

Twyla beugte sich nach links, um an der Kopfstütze vorbei ihre Schwester anzusehen. »Ich weiß, dass unsere Eltern unmöglich unser Leben lang Spione gewesen sein können, die nun auf der Flucht sind. Das gibt's nur im Fernsehen, und das Leben ist keine Fernsehshow. Weißt du, was hier läuft?«

»Ich weiß nur«, sagte Jolie, »dass wir tief in der Scheiße stecken, aber mir ist nicht klar, wieso wir da durchwaten müssen. Mom weiß es übrigens auch nicht. Daddy hält seine Karten dicht an die Weste gedrückt.«

»Ich habe Daddy noch nie mit einer Weste gesehen.«

»Manchmal trägt er eine – aus Kevlar.«

VIERUNDZWANZIG

Der riesige grüne See, dessen gegenüberliegendes Ufer nicht zu sehen war, glänzte in der Nachmittagssonne: Gras statt Wasser; Gezeiten nicht vom Mond, sondern von leichten Winden bestimmt. Schlanke, elegante Weihen kreisten darüber, hielten Ausschau nach Mäusen im Gras. Die weite zeitlose Landschaft und die über ihr liegende Stille wirkten friedlich auf Jane, auch wenn die Mäuse ihre Stimmung vermutlich nicht teilten.

Nachdem Leland und Nadine Sacket die fünfundsechzig Hektar große Hobbyranch gekauft hatten, hatten sie die Gebäude renoviert und zu dem erstklassigen Internat Sacket Home & School ausgebaut, in dem jetzt 139 Kinder lebten. Weil sie fanden, Kinder ohne Eltern sollten an einem magischen Ort aufwachsen, der sie für ihren Verlust entschädigte, hatten die Sackets das Westernthema der Ranch beibehalten, sodass die Schule einer idealisierten Westernstadt um 1880 glich. Es gab Ponys und Pferde, damit jedes Kind reiten lernen konnte und nicht nur eine gute Bildung bekam, sondern auch Verständnis für das Land und seine Traditionen entwickelte.

Damit niemand vom Personal Jane erkannte, kamen die Sackets mit einem der Schulbusse zu der eine Meile weit entfernten Einfahrt der Ranch, wo Luther und sie warteten. Am Vortag hatte Chase Longrin ihnen die Bedingungen genannt, unter denen sie die acht Kinder aufnehmen würden: Die Kids durften nicht offiziell als Schüler geführt und mussten vor Sozialarbeitern und ähnlichen Besuchern versteckt werden; die acht würden den anderen Kindern erzählen, sie kämen aus einem jetzt geschlossenen Waisenhaus in Oklahoma; über ihre wahre Herkunft sollten selbst die Sackets in absehbarer Zeit nichts erfahren. Stärker als Lelands und Nadines Zweifel war ihre Überzeugung, jedes bedürftige Kind schicke ihnen der Geist ihres Sohns, der als Dreijähriger an einer Hirnhautentzündung gestorben war.

Obwohl Harley Higgins und die anderen Kinder aus Iron

Furnace kaum zwei Tage mit Jane und Luther zusammen gewesen waren, fiel ihnen der Abschied von ihnen schwer. Sie kniete nieder, um ihnen das Haar glatt zu streichen, sie zu küssen und ihnen zu versichern, Luther werde bei ihnen bleiben oder bald zurückkehren, sobald er einige private Angelegenheiten geregelt habe. Und die netten Leute, die bereit waren, sie bei sich aufzunehmen, würden sich niemals in Fremde verwandeln wie damals ihre Eltern.

Sie hoffte, dass diese Versprechen sich nie als unwahr erweisen würden.

Als Jane mit den Kindern fertig war, führte Luther sie zu dem Bus, wobei er ihnen versicherte, er sei ihr Sheriff, der sich immer um sie kümmern werde.

Harley kam noch mal zu ihr zurückgelaufen und ergriff ihre Hand und drückte sie fest. Er wollte etwas sagen, brachte aber kein Wort heraus.

Sie küsste ihn auf die Stirn und drückte ihn an sich und sagte: »Ich weiß, ich weiß, Schätzchen.« Dann nahm sie ihn an der Hand und brachte ihn zum Bus.

FÜNFUNDZWANZIG

Auch wegen der potenziellen Brandgefahr stand die Scheune, ein gegen die Sommerhitze isolierter langer Wellblechbau, über eine Viertelmeile von Sacket Home entfernt. Nach der Ernte würden dort einige Tausend Ballen Heu gestapelt sein, aber der jetzige Lagerbestand war nur halb so groß.

Luther folgte ihrem Ford mit dem Chrysler Voyager zu der Scheune, auf deren Ostseite sie im Schatten parkten. Dort standen zwei gesattelte Pferde angebunden, die jedoch nicht scheuten, sondern Jane und Luther neugierig betrachteten und zur Begrüßung wieherten.

»Luther, ich möchte gern mit meinen Schwiegereltern allein reden.«

»Natürlich. Lass dir nur Zeit.«

Drinnen waren überall Ballen gestapelt, die Luft, in der aufgewirbelte Staubpartikel schwebten, roch nach Heu, und LED-Lampen unter dem First gaben kaltes, fast blaues Licht ab wie in einem Offenbarungstraum.

Nicks Eltern erwarteten sie. Ancel, für sie der Vater, der Janes biologischer Vater nie hatte sein können, weil ihm Anstand und Seelengröße fehlten. Und Clare, die Mutter, die Janes biologische Mutter gewesen wäre, wenn sie nicht ermordet worden wäre. Sie hatte die beiden seit Nicks Beerdigung nicht mehr gesehen. Jetzt brach eine Sturzflut von Gefühlen über sie herein: Liebe, tiefe Dankbarkeit dafür, dass dieses gute, tapfere Paar auf ihrer Seite stand, Trauer über den Verlust, unter dem sie alle drei litten, schreckliche Einsamkeit, die auf dem Bewusstsein basierte, dass sie bald wieder ohne die beiden würde auskommen müssen, und Angst …

Als die beiden auf sie zukamen, hob sie eine Hand, um sich kurz sammeln zu können. Sie wandte sich halb von ihnen ab, kämpfte um Selbstbeherrschung, drängte ihre Tränen zurück und sagte sich, was sie befürchte, sei nur auf ihren Verfolgungswahn zurückzuführen und werde nicht eintreten.

Sie wandte sich ihnen wieder zu und sagte: »Spielt Manchurian mit mir.«

»Was sollen wir spielen?«, fragte Clare, und keiner der beiden sagte: »Alles klar.«

SECHSUNDZWANZIG

Luther wartete eine Viertelstunde lang bei den Pferden. Als Jane das Scheunentor öffnete und ihn hereinwinkte, sah er, dass alle drei geweint hatten, sogar der Rancher, der wie aus texanischer Eiche geschnitzt aussah und bestimmt stahlhart war.

Ihre Liebe zu ihrer Schwiegertochter war so groß, dass sie jeden Freund Janes als Bruder betrachteten. Clare küsste Luther auf die Wange, und Ancel gebrauchte beide Hände, um dem Sheriff die Hand zu schütteln. Sie bedankten sich so überschwänglich für alles, was Luther getan hatte, dass sich ihm der Verdacht aufdrängte, Jane habe ihre Rolle bei der Befreiung der Kinder so heruntergespielt, dass die Hawks glauben mussten, *er* sei der eigentliche Held und habe alle auf dem Rücken aus Kentucky rausgetragen.

An diesem Nachmittag sprachen Ancel und Clare nur sehr wenig von sich selbst. Stattdessen schienen sie sich nur für seine Frau und seine Töchter zu interessieren – wie sie waren, wo sie sich jetzt aufhielten, wie er sie in Sicherheit bringen wollte.

Als er in die Scheune gegangen war, hatte er nur eine vage Vorstellung davon gehabt, wie er seine Familie in dieser Welt, die in nur einer Woche so düster geworden war, wiedervereinigen wollte. Leland und Nadine Sacket servierten jedoch ein Picknick auf Heuballen, die sie mit einer rot karierten Tischdecke bedeckten, und als sie beim Nachtisch anlangten, hatten die sechs gemeinsam einen Plan ausgearbeitet.

SIEBENUNDZWANZIG

Eineinhalb Stunden vor Einbruch der Dunkelheit verließen Ancel und Clare die Sacket Ranch, um nach Hause zu reiten, wo sie erst in tiefer Nacht ankommen würden. Der Tag war mild, aber entweder schien die Prärie etwas von der gespeicherten Wärme abzugeben, oder das unsichtbare Wesen hinter der offensichtlichen Realität von Land und Licht hielt es für angebracht, dem Abschied etwas Mythisches zu verleihen, denn als sie davonritten, waren sie von einer blassblauen Aura umgeben, als verschwänden sie nicht nur in der Ferne, sondern auch aus der Zeit.

Als Jane, die ihren Schwiegereltern nachgesehen hatte, sich abwandte, fragte Luther: »Also nach San Diego?«

»Eine schöne Stadt. *Go, Padres!*«

»Otis Faucheurs Sohn, der Bauunternehmer?«

»Er heißt Wilson Faucheur. Ich brauche Auskunft über Bauvorschriften.«

»Aber in San Francisco.«

»Otis sagt, dass Wilson auch dort gebaut hat.«

»Wenn du noch ein paar Tage warten kannst, helfe ich dir.«

»Ich kann nicht warten. Oder will nicht. Für dich ist's besser, deine Familie sicher herzubringen, solange du kannst.«

»Wenn das geklappt hat, weißt du, wo du mich findest.«

Sie sah ihn an, dann lächelte sie und schlug ihm auf die Schulter. »Wenn sie beschließen, dich zum Staatsfeind Nummer zwei zu machen, sitzt du hier fest. Als großer Schwarzer kannst du dich nicht mit einer blonden Perücke und viel Make-up tarnen.«

»Kopf rasieren, Bart stehen lassen, Gangsta-Klamotten tragen.«

»Kümmere dich erst um deine Familie, Luther. Vielleicht genügen Glatze, Bart und knallhartes Auftreten als Tarnung, wenn ich mich später noch mal an dich wenden muss.«

Sie spürte, dass etwas über ihre linke Hand krabbelte, hob sie hoch und sah einen zu früh geschlüpften winzigen Marienkäfer, der in seinem schwarz gepunkteten roten Panzer von Knöchel zu Knöchel krabbelte.

Luther fragte: »D.J. Michaels Apartment liegt also im achten Stock?«

»Er hat das Gebäude finanziert. Es gehört ihm. Er hat den *ganzen* achten Stock für sich – mit vier Wohnungen, die zu einer zusammengelegt wurden. Und der siebte und neunte Stock sollen Teil seines Sicherheitssystems sein.«

»Klingt ziemlich unangreifbar. Wie willst du dort reinkommen?«

»Irgendwie wird's schon klappen.«

Der Marienkäfer erreichte den Zeigefingerknöchel, krabbelte zwischen Daumen und Zeigefinger hindurch. Sie drehte die Handfläche nach oben, um ihn weiter zu beobachten.

»Was hoffst du, von ihm zu bekommen?«, fragte Luther.

»Ein Geständnis auf Video. Die Namen seiner Mitverschwörer.«

»Ehrgeizig. Er hat diese verrückte große Vision, dass er jetzt König der Welt ist, aber sich zu ihrem Gott aufschwingen kann.«

»Ich glaube nicht, dass es leicht werden wird.«

»Es dauert, einen so selbstsicheren Mann wie ihn zum Reden zu bringen. Selbst wenn du dort reinkommst, hast du nicht viel Zeit.«

»Zeit habe ich genug.«

Der Marienkäfer machte halt, als betrachte er den vor ihm liegenden Weg und überlege, welche Möglichkeiten Janes Handfläche bot.

Nach kurzer Pause sagte Luther: »Du machst mir ein bisschen Angst.«

»Das bezweifle ich.«

»Ich habe Angst um dich, meine ich. Du kannst es schaffen,

aber du brauchst auch etwas Glück. Du hast jetzt schon lange Glück gehabt. Aber niemand hat auf Dauer Glück.«

Der Marienkäfer begann, Janes Herzlinie zu folgen, wechselte dann aber auf die Lebenslinie über und krabbelte in Richtung Handgelenk.

»Was ist, wenn du im achten Stock bist und plötzlich alles schiefläuft?«

Der Marienkäfer schwirrte plötzlich davon. »Dann fliege ich weg«, sagte Jane, die ihm nachsah.

ACHTUNDZWANZIG

Unter den herrschenden Umständen hatte Jolie Tillman nicht erwartet, dass der Donnerstag sich als einer der besten Tage ihres Lebens erweisen würde. Aber als er dann wirklich katastrophal wurde, entwickelte er sich auf eine Weise, die sie nie vorausgeahnt hätte.

Bevor sie im Hotel eincheckten, fuhr ihre Mutter mit ihnen durch einige Villenviertel am Lake Forest mit eleganten Landhäusern und prachtvollen alten Eichen. Sie schwärmte von den langen Spaziergängen, die Daddy und sie in jenem weit zurückliegenden Sommer gemacht hatten, als das Licht kristallen und die Schatten samten gewesen waren, als fliegende Phönixe in Flammen aufgegangen, aber in der Luft wiedergeboren worden waren, als sich auf den Rasenflächen Einhörner getummelt hatten, als ein nächtlicher Sternschnuppenregen aus Diamanten bestanden hatte, mit denen man sich auf der Straße die Taschen füllen konnte.

Zumindest hörte Jolie das aus ihren märchenhaft klingenden Erzählungen heraus.

In Anbetracht der Tatsache, dass ein Finsterling mit einem Schlangentattoo und sein bestimmt noch unheimlicherer

Kumpel ihnen nach Rockford gefolgt waren, dass sie jetzt mit einem alten Dodge umhertuckerten, der auch drei Jahre nach Onkel Calvins Tod schwach nach seinem Verbena-Aftershave roch, dass Daddy gegen Psychopathen kämpfte, die irgendwie an dem Feuertod von sechsundvierzig Menschen im Hotel Veblen schuld waren, und dass die ganze Familie auf der Flucht vor besagten Verbrechern war, wirkten Mutters wehmütige Erinnerungen nicht nur deplatziert, sondern geradezu unheimlich.

Aus alledem zog Jolie drei Schlüsse: Erstens waren ihre Eltern von Anfang an total ineinander verknallt und verdammt heiß aufeinander gewesen, als sie damals eine Woche am Lake Forest verbracht hatten. Zweitens war das Loch, in dem die Familie steckte, weit dunkler und tiefer, als Mom bisher eingestanden hatte. Drittens war ihre Mutter, sonst eine brillante Krisenmanagerin, an ihrem Limit angelangt, sodass sie Zuflucht zu Nostalgie nahm, um sich daran zu erinnern, dass es einst bessere Tage gegeben hatte, die hoffentlich wiederkehren würden.

Zum Lake Forest, erklärte Mom die Fremdenführerin, gab es absichtlich nur wenige Zufahrten. Dort herrschten diskreter Reichtum mit Herrenhäusern auf großen Grundstücken, gepflegten Wäldern und Polo im Sommer vor.

Das einzige Hotel in Lake Forest war das Deerpath Inn, in dem Mom und Daddy in jener magischen Woche gewohnt hatten, in der Taubenschwärme das Wort LIEBE an den Himmel geschrieben hatten und Wasser zu Wein geworden war, wenn man das Glas an die Lippen setzte. Das 1929 erbaute Hotel glänzte durch schöne Gasträume und exzellente Küche. Die Zimmer waren altmodisch eingerichtet und ein bisschen eng, sagte Mutter, und eigentlich zu teuer, weil sie mit ihrem Fluchtgeld haushalten mussten. Aber dies war die Nebensaison, und es gab freie Zimmer, und das Hotelpersonal war legendär freundlich, und Daddy erwartete, sie dort zu treffen.

Um halb fünf brachte ein Page sie zu nebeneinanderliegenden Zimmern, eines für Jolie und Twyla, das andere für Mutter. Daddy wollte um fünf Uhr anrufen, und danach würden sie zum Abendessen gehen und so tun, als wären sie sorglos wie Mary Poppins.

Obwohl die Verbindungstür zwischen den Zimmern geschlossen war, zog Twyla Jolie in ihr kleines Bad und schloss die Tür, bevor sie fragte: »Was zum Teufel geht hier vor? Sie ruft nicht mich, sondern meine Mitbewohnerin Sherry an, wir reden an Sherrys Smartphone darüber, dass ich gleich am nächsten Morgen nach Chicago kommen soll, und ich soll den Flug mit Sherrys Telefon buchen ... und darauf achten, dass ich in Boston auf der Fahrt zum Flughafen nicht verfolgt werde. Was soll diese Geheimniskrämerei?«

»Wow, Twy, das ist ein fabelhaftes Wort für jemanden, dessen Stärke eher das Bildhafte ist. Das College erweitert deinen Horizont.«

»Musst du mich immer aufziehen, Jo? Erzähl mir, was du weißt.«

»Bist du jetzt zu fein dazu? Einander aufzuziehen macht *Spaß*.« Das meinte Jolie ganz ernst. »Twy, das gehört zum Wesentlichen unserer Beziehung.«

Twyla machte ein grimmiges Gesicht. »Erzähl. Mir. Was. Du. Weißt.«

»Okay, okay. Aber ich weiß auch nicht viel mehr als du, nur was gestern in Rockford passiert ist. Mutter hat ...« Der Klingelton von Twylas Smartphone erklang gedämpft aus ihrer Umhängetasche auf der Ablage neben dem Waschbecken.

Jolie sagte: »Mom würde nicht wollen, dass du dich meldest. Wir benutzen nur Wegwerfhandys.«

Twyla zog das Handy heraus, warf einen Blick auf die angezeigte Nummer und sagte: »Diesmal muss ich rangehen. Das ist so ein Typ.«

»Du hast einen Freund? Das hast du nie erzählt!«

»Verschwinde, geh, raus mit dir«, drängte Twyla und öffnete die Tür, um ihre Schwester aus dem Bad zu schieben. Sie schloss die Tür hinter ihr.

Jolie hörte sie »Hallo« sagen. Und nach kurzer Pause: »Alles klar.« Wieder Schweigen, dann: »Wir sind in Lake Forest, haben Zimmer im Deerpath Inn.«

Dann kehrte Twyla anscheinend der Tür den Rücken zu und sprach leiser, sodass Jolie nur noch einzelne Wörter aufschnappen konnte.

Das Gespräch dauerte nicht lange. Als Twyla die Badezimmertür öffnete, fragte Jolie: »Warum hast du ihm gesagt, wo wir sind?«

»Du hast gelauscht!«

»Das musste ich hören, wir waren bloß einen Meter auseinander. Warum hast du ihm erzählt, wo wir sind?«

»Wieso denn nicht?«

»Mom hat dich ermahnt, es niemandem zu sagen.«

»Oh, Jolie, Liebste, das verstehst du nicht.«

»Was verstehe ich nicht?«

Twyla zog sie erneut ins Bad, schloss wieder die Tür und sagte: »Du verstehst nicht, wie's zwischen Männern und Frauen ist.«

»Hey, ich war auch schon mit Jungs zusammen«, erinnerte Jolie sie.

»Das ist Highschool-Zeug, Jolie. Unter Erwachsenen ist's ganz anders.«

»Wie anders?«

»Das erfährst du eines Tages selbst.« Twyla wandte sich dem Spiegel zu. »Gott, ich habe Vampir-Augen. Ich brauche unbedingt Tropfen.«

»Wie heißt er?«, fragte Jolie.

»Wer?«, fragte Twyla, während sie ein Fläschchen Visine aus ihrer Umhängetasche holte.

»Der geile Typ. Der Kerl. Dein Freund.«

Twyla tropfte Visine in ein Auge und blinzelte rasch. Sie schien die Zeit zu nutzen, um nachzudenken. Dann sagte sie: »Charles.«

»Charles wie?«

»Du erzählst es bloß Mutter. Sie soll's aber noch nicht erfahren. Ich hätte dir nicht mal seinen Vornamen verraten sollen.«

Während Twyla ihr zweites Auge behandelte, sagte Jolie: »Oh, Scheiße. Du verschweigst seinen Nachnamen, weil er verheiratet ist.«

»Er ist nicht verheiratet.«

»Du hast einen verheirateten Mann als Freund.«

»Nein, das stimmt nicht.«

»Oh, scheiße. Du bist schwanger.«

Twyla steckte das Visine weg und betrachtete ihre Schwester im Spiegel, statt sich nach ihr umzudrehen. »Du bist richtig kindisch, Jo. Bei dir ist alles ein Melodram. Ich bin nicht schwanger. Er ist nicht verheiratet.« Sie schaltete die Lüftung im Bad ein. »Daddy ruft in ein paar Minuten an. Danach gehen wir zum Abendessen.« Sie öffnete die Tür. »Willst du dich erst frisch machen, oder soll ich anfangen?«

»Danke, nicht nötig. Ich bin erfrischend genug.«

Twyla schob ihre Schwester sanft rückwärts über die Schwelle und sagte: »Dann lass mich einen Augenblick allein. Und ich habe nicht vergessen, dass du mir noch nicht erzählt hast, was du über diese Sache weißt. Ich will später *alles* hören.« Sie schloss erneut die Tür zwischen ihnen.

Irgendwas stimmte hier nicht. Jolies Behauptung, sie sei erfrischend genug, war eine Steilvorlage für einen bissigen Kommentar Twylas gewesen. Solche Gelegenheiten hatte sie sonst nie ausgelassen. Nicht die alte Twyla. Nicht die Twyla ohne Freund. Sie war mit einem verheirateten Mann liiert, sie war schwanger, und sie starb an Krebs. Irgendwas in dieser Art.

Sorgenvoll, noch immer gekränkt, weil Twyla sie kindisch genannt hatte, legte Jolie ihren Koffer aufs Bett und öffnete ihn, um einen Kaschmirschal gegen die Abendkühle herauszunehmen. Sie stand einen Augenblick verwirrt da und betrachtete die Kleidungsstücke, die nicht ihr gehörten – und eine durchsichtige Lunchbox mit Schnappverschlüssen, die mit den Kreuzgurten fixiert war. Noch während ihr klar wurde, dass sie versehentlich den Koffer ihrer Schwester geöffnet hatte, weil er mit ihrem identisch war, registrierte sie den Inhalt der Kunststoffbox: vier Injektionsspritzen.

Sie hatte das Gefühl, irgendein Gespenst im Zimmer habe mit seiner kalten Hand aus Ektoplasma in ihren Köper gegriffen, um ihr Herz zusammenzudrücken.

Jolie berührte ungläubig die Box. Sie war real, kein Produkt ihrer Fantasie, und fühlte sich kalt an. Wieso kalt?

Sie öffnete das Gurtschloss, nahm die Box mit den Spritzen heraus und sah unter ihnen einen etwa zwölf Zentimeter hohen quadratischen Metallkasten mit gut fünfzehn Zentimetern Seitenlänge. Dieser Kasten war kälter als die Injektionsspritzen.

Der präzise eingepasste Deckel ließ sich schwer öffnen, auch als Jolie den kleinen Verschluss löste. Kasten und Deckel waren dick mit Isoliermaterial ausgekleidet, sodass der Innenraum nur halb so groß war, und als der Deckel hochgeklappt wurde, stieg kalter Dampf aus einer perforierten Unterlage auf dem Boden auf.

»Trockeneis?«, murmelte sie.

Auf der Unterlage waren neun silbrige Isolierhüllen gestapelt, jede ungefähr fingergroß.

Als Jolie eine davon herausnahm, war sie so kalt, dass sie ihr fast die Hand verbrannte.

Die Hülle wies an einem Ende einen winzigen Klettverschluss auf. Jolie öffnete ihn und schüttelte eine Glasampulle mit einer trüben bernsteingelben Flüssigkeit heraus.

Im Bad rauschte die WC-Spülung.

Jolie steckte die Ampulle in die Isolierhülle zurück, legte die

Hülle in den Kasten, schloss den Deckel und ließ den kleinen Verschluss einschnappen.

Wasser lief ins Waschbecken. Twyla wusch sich die Hände.

Jolie legte die Plastikbox mit den Spritzen in den Koffer zurück und schloss die Kreuzgurte. Sie klappte den Deckel zu. Stellte den Koffer auf den Boden, legte ihren eigenen Koffer aufs Bett und öffnete ihn. Ob der nachnamenlose Charles verheiratet war oder nicht, ob er Twyla geschwängert hatte oder nicht, jedenfalls nahm sie Drogen. Nichts fast Harmloses wie Marihuana, was schlimm genug gewesen wäre. Drogen, die intravenös gespritzt wurden. Wie Heroin oder so was. Twyla war im College in schlechte Gesellschaft geraten. Und der schlimme Einfluss dieses Charles hatte Twyla drogenabhängig gemacht. Jolie war erschüttert, tief betrübt und ratlos.

Aus dem Bad kam kein Wasserrauschen mehr. Aber die Tür ging nicht auf. Twyla brauchte oft ewig, um ihr Make-up aufzufrischen, ihren Lippenstift nachzuziehen.

Jolie überlegte, ob sie nach nebenan gehen und ihrer Mutter erzählen sollte, was sie entdeckt hatte. Nein. Sie durfte nichts überstürzen. In vielen Romanen bekamen junge Frauen große Schwierigkeiten, weil sie ahnungslos oder unwissentlich unbedacht handelten.

Jolie saß auf der Bettkante, stützte die Ellbogen auf die Knie, hielt ihr Gesicht in den Händen und versuchte zu entscheiden, was sie als Nächstes tun sollte. Machte Twyla sich ausgehfertig, trällerte sie gewöhnlich irgendeinen Song. Nicht jedoch diesmal.

Irgendwas stimmte hier nicht.

Alles stimmte hier nicht.

NEUNUNDZWANZIG

In der letzten halben Stunde des Tages bereitete der hohe Himmel im Westen sich auf einen farbenprächtigen Sonnenuntergang vor, der durch lockere Streifenwolken noch befördert wurde.

Auf der Interstate 30 blieb Jane Hawk fünf Meilen unter der zulässigen Höchstgeschwindigkeit, um keine Aufmerksamkeit zu erregen, obwohl sie alles bei sich hatte, was nötig gewesen wäre, um eine Konfrontation siegreich zu bestehen.

Lange zuvor hatte Nadine Sacket ihr eine Thermoskanne mit schwarzem Kaffee mitgegeben, für den sie dankbar war, und eine Tüte mit selbst gebackenen Plätzchen, die sie bestimmt nicht essen würde. Der Kaffee und die Plätzchen dufteten jedoch angenehm, und in dem Ford Escape war es fast gemütlich wie in einem rollenden Zufluchtsort vor einer feindseligen Welt.

Sie musste nach Nogales, Arizona, um diesen Wagen bei Enrique de Soto gegen einen anderen einzutauschen, der ebenso unsichtbar getunt war und kein Navi, aber neue Kennzeichen hatte.

Nach Nogales waren es noch vierzehn bis fünfzehn Stunden zu fahren. Weil sie unterwegs übernachten wollte, rechnete sie damit, erst am späten Samstagvormittag mit Enrique feilschen zu müssen.

Nach Einbruch der Nacht, wenn sie Sonora erreichte, würde sie von einem geparkten Auto die Kennzeichen abschrauben, sie an den Ford montieren und die letzte Etappe nach Nogales leichteren Herzens in Angriff nehmen können.

Als ihr Glück sie verließ, berührte die übergroße Sonne fast den Horizont wie eine scheinbar leicht zitternde Blutorange, die vielleicht platzen würde, wenn sie die Felsgrate dieser kargen Landschaft berührte. Der Streifenwagen der Highway Police kam ohne Sirene oder Blinklicht heran. Der Trooper schien sie überholen zu wollen, aber dann überlegte er sich die Sache anders, wurde abrupt langsamer und ordnete sich hinter dem Ford ein.

Jane wurde weder schneller noch langsamer, und er behielt seinen Abstand eine Meile weit bei.

Vielleicht hatte das NCIC eine Beschreibung ihres Wagens, seit er in Iron Furnace von einer Kamera erfasst worden war. Oder vielleicht interessierte ihn der Schlamm auf ihrem Nummernschild. Selbst wenn er das Kennzeichen nicht lesen konnte, erinnerte eine einzelne Frau in einem schwarzen Ford Escape ihn vielleicht an die meistgesuchte Verbrecherin Amerikas und veranlasste ihn dazu, Verstärkung anzufordern, bevor er sie stoppte.

Sie konnte nicht warten und darauf hoffen, dass er sich die Sache anders überlegen, die Spur wechseln und weiterfahren würde. Mit einem Trooper konnte sie's leichter aufnehmen als mit zwei oder drei Cops. Sie zog den Ford nach links auf die schnellere Spur, lenkte abrupt dagegen, schlingerte über den Standstreifen und bremste dabei scharf. Der rechte Kotflügel streifte die Leitplanke, dann kam sie zum Stehen. Sie stellte den Wählhebel auf P, ließ den Motor aber laufen.

Auch der Streifenwagen bremste und hielt drei Meter hinter ihr auf dem Standstreifen.

Jane steckte eine Hand in die Tüte, brach ein halbes Plätzchen ab und stopfte es sich in den Mund. Dann griff sie nach dem Thermosbecher in seinem Halter und nahm einen großen Schluck Kaffee.

Trooper, die einen anhielten, mochten es nicht, wenn man unaufgefordert den Wagen verließ. Jane stieg sofort aus und ließ die Fahrertür offen.

Als sie sah, dass er sie am Steuer sitzend beobachtete, beugte sie sich nach vorn und spuckte den dickflüssigen Brei aus Kaffee und Plätzchen aus. Sie spuckte den Rest aus und würgte und fuhr sich mit dem Jackenärmel über den Mund.

Sie richtete sich auf, stützte sich mit der linken Hand von dem Ford ab und wankte nach hinten.

Jetzt flammten die Blinkleuchten des Streifenwagens auf, damit der Verkehr nach Westen die langsame Spur mied.

Sie gab auf, ging nicht weiter, sondern setzte sich stattdessen hinten in den Ford und ließ auch diese Tür offen.

Wenn die Automarke und das mit Schlamm bedeckte Kennzeichen den Trooper auf eine Idee gebracht hatten, die ihm als Grundlage für ein Szenario diente, musste sie ihn von der Story ablenken, die er sich zusammenreimte, und ihn dazu bringen, sich an ihr Skript zu halten.

Auf dem Bauch auf dem Rücksitz liegend hörte sie ihn aussteigen.

Im nächsten Augenblick sprach er durch die offene Tür. »Haben Sie ein Problem, Ma'am?«

Seine rechte Hand würde am Griff seiner Waffe liegen.

Mit abgewandtem Gesicht sprach sie undeutlich und leicht Texanisch gedehnt, ohne es damit zu übertreiben. »Geh'n Sie weg, lass'n Sie mich schlafen.«

»Sie müssen sich aufsetzen und mit mir reden, Ma'am.«

»Sie sind bloß böse zu mir. Lass'n Sie mich schlafen.«

»Machen Sie die Sache nicht schwieriger als nötig. Haben Sie gehört?«

»Ich hör auf niemand.«

Er sagte etwas, aber ein vorbeifahrender Sattelschlepper übertönte seine Stimme mit Motorenlärm und dem Abrollgeräusch wuchtiger Reifen.

Als die Luftwirbel des Sattelschleppers sie trafen, sagte Jane: »Oh, scheiße, muss wieder spucken.«

Sie robbte über den Sitz und stieß die rechte hintere Tür auf.

»He, he, he«, sagte der Trooper. »Hiergeblieben!«

Sie stieg aus, blieb mit dem Rücken zu ihm stehen, beugte sich nach vorn und ließ ein lautes Würgen hören. Dann trat sie zur Seite, lehnte kraftlos an ihrem Wagen und rutschte langsam tiefer, bis sie im Staub saß.

Ihm würde es nicht gefallen, dass beide linken Türen offen standen. Sie waren verkehrsgefährdend. Auch der noch laufende Motor würde ihm nicht gefallen. Aber er durfte nicht riskieren, sich davon ablenken zu lassen.

Als er hinten um den Ford herumging, wobei Steinchen unter seinen Stiefeln knirschten, hatte er streng nach Vorschrift bestimmt die rechte Hand an der Waffe, wenn er sie nicht sogar vorsichtshalber gezogen hatte.

Jane saß mit gespreizten Beinen und hängendem Kopf da. Sie sah nicht zu ihm auf, weil Betrunkene, die Blickkontakt meiden, im Allgemeinen weit friedlicher sind als die, die versuchen, einen durch Blicke einzuschüchtern.

»Kommen Sie jetzt, Lady«, sagte der Trooper. »Sie wollen doch keinem Polizeibeamten Widerstand leisten.«

Sie fragte: »Mr. … hab'n Sie Jesus angenomm'?«

»Ob ich Jesus angenommen habe? Ja, Ma'am, das hab ich wohl. Also brauchen Sie nichts zu befürchten, wenn Sie hier mit mir kooperieren.«

»Ich hab Jesus angenomm'«, sagte sie, »aber jetzt ist er wütend auf mich, und damit hat er verdammt recht.«

»Jesus wird nicht wütend, Ma'am. Er will, dass Sie kooperieren, dass Sie jetzt aufstehen und mit mir reden.«

»Ehrlich? Yeah, aber ich kann nich' allein aufsteh'n.«

»Haben Sie vor, noch mal zu spucken?«

Sie hob endlich den Kopf und sah ihn mit möglichst kummervoller Miene an. »Ich wollte, ich könnte's, aber da kommt nichts mehr.«

Mit seinem von den letzten Sonnenstrahlen beleuchteten Gesicht sah er gut aus: ungefähr dreißig, in seiner dunkelbeigen Uniform mit blauen Streifen und roten Biesen an den Hosenbeinen und blau-roten Schulterstücken am Hemd wie einem Werbeplakat der Texas Highway Patrol entstiegen.

Dazu ein Cowboyhut aus Filz. Schwarze Lacklederkoppel mit Silberschnalle, seine Pistole im Holster.

»Kommen Sie, geben Sie mir Ihre Hand, dann helfe ich Ihnen auf.«

»Mister, Sie woll'n mich aber nicht ausschimpf'n?«

»Sie brauchen niemanden, der Sie ausschimpft, Sie brauchen eine Ausnüchterungszelle. Also los jetzt!«

Jane hasste es, ihm das antun zu müssen. Er war jung genug, um noch etwas Vertrauen zu haben – zumindest zu einer bedauernswerten Betrunkenen –, deshalb ging er hier nicht strikt nach Vorschrift vor. Sie wollte nicht die Frau sein, die ihn vielleicht für den Rest seines Lebens zu einem unverbesserlichen Zyniker machte.

Sie ergriff seine Hand, stellte sich unbeholfen, als er sie hochzog.

Vielleicht erhaschte er einen Blick auf das Schulterholster unter ihrem Blazer oder merkte plötzlich, dass sie nicht nach Alkohol oder Erbrochenem roch … jedenfalls sagte er plötzlich: »Oh, Scheiße.«

Er hätte sich vielleicht noch von ihr losreißen können, wenn sie nicht schon den Taser in der Hand gehalten hätte. Sie zappte ihn durch sein Uniformhemd, und er brach neben dem Ford zusammen, als seien seine Muskeln und Gelenke plötzlich erschlafft. Sein Cowboyhut fiel ihm vom Kopf und rollte gegen die Leitplanke.

Jane beugte sich über ihn und zappte ihn erneut mit dem Taser, diesmal im Nacken. Aus ihrer Jacke zog sie eine kleine Plastikflasche und sprühte Nase und Mund mit Chloroform ein. Er hörte zu zucken auf und verlor das Bewusstsein.

Sie holte seinen Hut und legte ihn auf sein Gesicht, um die Dämpfe zurückzuhalten. So waren nur noch die Unterlippe und sein Grübchenkinn zu sehen.

DREISSIG

Puls nur leicht erhöht, Atmung tief und langsam, kein Grund zur Beunruhigung für Jane. Der schlimmste Fall war nicht eingetreten, und alles Weitere würde aus einer Abfolge kleiner Krisen bestehen, alle beherrschbar, bis sie aus Texas heraus war – wenn ihr Glück sie nicht noch einmal im Stich ließ.

Die Farben des Himmels reichten von Mitternachtsblau im Osten bis Azur und Gold im Westen, die ausgefransten Wolkenstreifen glühten wie brennende Flaggen, und das Land unter ihnen war rot wie ein apokalyptisches Schlachtfeld mit langen Schatten, die verwundete und sterbende Krieger hätten sein können …

Der Ford verdeckte den zusammengebrochenen Trooper. Um diese Zeit und in diesem spärlich besiedelten Landstrich bestand der Verkehr fast ausschließlich aus Fernfahrern und anderen mit einem straffen Terminplan, die keine Zeit hatten, neugierig zu sein. Trotzdem konnte das Tableau aus dem gestoppten Ford und dem Streifenwagen ohne Trooper irgendeinen unerschrockenen Samariter dazu verleiten, anzuhalten und seine Hilfe anzubieten.

An seiner Koppel hatte der Uniformierte außer seiner Dienstwaffe Taschen mit Reservemagazinen, eine Dose Pfefferspray und einen Behälter für Handschellen. Jane zog sie heraus.

Der Trooper war zu groß, als dass sie ihn weit hätte transportieren können. Sie schleifte ihn eineinhalb Meter weit, bis sie seinen rechten Arm heben und an den Griff der rechten Vordertür des Fords fesseln konnte.

Als sie seine Atmung kontrollierte, war sie tief und gleichmäßig, deshalb sprühte sie ihm noch etwas Chloroform ins Gesicht und bedeckte es wieder mit seinem Hut.

Sie ging zur offenen Fahrertür, griff hinein, stellte den Motor ab und steckte die Schlüssel ein. Als sie die Tür schloss, röhrte ein Sattelschlepper vorbei, dessen Wirbelschleppe sie in eine Wolke aus Steinchen und Staub und Abgasen hüllte.

Jane ging um den Wagen herum zur hinteren offenen Tür, beugte sich hinein und angelte die in Folie verpackten Bündel mit Geld und Goldmünzen unter den Vordersitzen heraus. Wie viel die Münzen wert waren, wusste sie nicht, aber sie hatte vor gut zehn Tagen in Bertold Shennecks Haus im Napa Valley bereits 160.000 Dollar in Hundertern erbeutet.

In dem Wissen, dass der Erfinder der Gehirnimplantate ihren Kampf gegen die neue Weltordnung, von der er geträumt hatte, teilweise finanzierte, lag eine gewisse Befriedigung.

Sie schloss auch diese Tür, ging zur Hecktür und öffnete sie. Geld und Gold kamen in die große Tragetasche, mit der sie rasch, aber nicht auffallend eilig zu dem Streifenwagen ging, um sie auf den Beifahrersitz zu stellen. Der Zündschlüssel steckte, der Motor lief, und aus dem Funkgerät kam eine Stimme, die nicht im Geringsten aufgeregt klang. Jane holte noch ihre beiden Koffer und stellte sie auf den Rücksitz des Streifenwagens.

Die meisten vorbeifahrenden Verkehrsteilnehmer waren nicht neugierig genug, um langsamer zu werden. Die wenigen, die das taten, gaben im nächsten Augenblick wieder Gas, weil sie sich vermutlich daran erinnerten, dass Leute, die der Polizei zu Hilfe kamen, im gegenwärtigen sozialen Klima Beschimpfungen oder Schlimmeres riskierten. Willkommen in der Ellbogengesellschaft.

Irgendein Trucker, der ein schlechtes Gewissen hatte, weil er nicht angehalten hatte, konnte jedoch die Highway Patrol anrufen oder sich vielleicht über CB-Funk mit anderen darüber austauschen, was er gesehen hatte. Jane gestattete sich nicht, das Ticken einer Uhr zu hören, aber sie tickte trotzdem.

Jetzt beugte sie sich erneut über den Trooper, fühlte seinen Puls, kontrollierte seine Atmung und glaubte verantworten zu können, ihn so zurückzulassen. Das sehr flüchtige Chloroform war inzwischen größtenteils verdampft. Obwohl sein Cowboyhut die Dämpfe auffing, würde er in ungefähr zehn Minuten aufwachen.

Es gefiel ihr nicht, ihm seine Plakette mit dem Stern in einem Rad abzunehmen, aber sie tat es trotzdem.

Sie würde ihn jedoch nicht entwaffnen und hilflos zurücklassen. Sie ließ seine Sig Sauer P320 im Holster stecken. Aber sie holte den Schlüssel des Fords aus einer Jackentasche und warf ihn schwungvoll über die Leitplanke ins Dunkel, sodass er ihren Wagen nicht benutzen konnte.

Sie ging zu dem Dodge Charger zurück – Flanken schwarz, Motorhaube, Dach und Kofferraum weiß, das Wappenschild der Texas Highway Patrol auf den vorderen Türen – und glitt hinters Steuer. Sie machte sich rasch mit den Geräten vertraut, zu denen ein Toughbook von Panasonic gehörte, ein PC-Terminal mit angeschlossenem Verwarnungsdrucker.

Als im Verkehr hinter ihr eine große Lücke entstand, fuhr sie auf die IR-10 hinaus und nach Westen weiter. Sie schaltete die Blinklichter auf dem Dach und die Sirene ein. Die Beschleunigung war ausgezeichnet. Die Tachonadel kletterte sekundenschnell auf hundert.

TEIL SECHS

DER ACHTE STOCK

EINS

Jane mit hundertzehn Meilen in der Stunde unterwegs und weiter beschleunigend …

Dort draußen in dem zeitlosen Dunkel, in dem Land unzähliger Völker, die vor so langer Zeit existiert hatten, dass sie keine Namen hatten, sondern ihre Stämme stattdessen mit Bildern bezeichneten, dort draußen auf den sonnendurchglühten Ebenen, in den flachen Senken, in denen dünnes Gras wuchs, das spröde wie das Haar von Toten war, und auf vulkanischen Hügeln, auf denen wenig gedieh außer wächsernen Candelilla, wo es jetzt nicht das kleinste Licht gab und die Sterne nichts fanden, das sie hätte widerspiegeln können, lag *selbst diese urzeitliche Leere* unter Beobachtung von Kameras im Orbit, den Roboteraugen von Satelliten. Und wenn es noch irgendeine Hoffnung für die Zukunft gab, basierte sie auf der wie eine Ironie des Schicksals anmutenden Tatsache, dass die höchst perfektionierte Technik dieser Tage von fehlbaren Menschen bedient wurde, die sie nie ganz so steuern konnten, dass ein Maximum an Unterdrückung entstand, und die sich von White Hats, legalen Hackern, enttarnt sahen, die in den Datenbergen der anderen Seite nach Adern von Kriminalität und Skandal schürfen konnten.

Durch diese riesenhafte Dunkelheit raste Jane in einer rotweiß-blauen Wolke, deren pulsierende Farbkaskaden die Wagen überfluteten, die sie überholte, auch wenn das nachtverhangene Land beiderseits der Interstate gegen die farbigen Blinklichter immun blieb.

Sie wusste nicht, ob die Texas Highway Patrol vorschrieb, dass jeder Trooper sich regelmäßig bei der Zentrale zu melden hatte, damit gewährleistet war, dass er in Sicherheit und auf Streife war. Ebenso wenig wusste sie, ob alle Streifenwagen durch ihr GPS verfolgt wurden, sodass der Standort jedes einzelnen Fahrzeugs jederzeit bekannt war.

Was sie nicht wusste, konnte dazu führen, dass sie gefangen genommen oder erschossen wurde.

Auch wenn sie den Dodge Charger auf hundertzwanzig brachte, ohne sich Gedanken darüber zu machen, was passieren würde, wenn ein Reifen platzte, konnte sie die texanische Grenze nördlich von El Paso niemals erreichen, bevor die THP sie verfolgte und die Interstate vor ihr absperrte. Selbst bei dieser Geschwindigkeit würde sie für diese Strecke über vier Stunden brauchen, und selbst wenn die Fahrzeit sich um mindestens eine Stunde verkürzen ließ, wenn sie ab Stockton den Highway 285 benutzte, um südlich von Malaga New Mexico zu erreichen, musste sie bedenken, wie weit ihr Sprit reichen würde. Machte sie irgendwo eine Tankpause, konnte sie sich gleich ergeben.

Nach zwanzig Minuten, als sie ungefähr vierzig Meilen von ihrem Ford entfernt war, an den sie den Trooper gefesselt hatte, stellte sie die Sirene und die Blinklichter ab und nahm den Fuß vom Gas, bis ihre Geschwindigkeit auf ungefähr fünfundsechzig zurückgegangen war. Sie blieb jetzt in der rechten Spur.

Sie wusste, was sie als Nächstes tun musste, aber das konnte sie nicht auf der Interstate vor den Augen anderer Verkehrsteilnehmer. Sie durfte nicht riskieren, dass jemand beobachtete, wohin sie fuhr, nachdem sie den Streifenwagen stehen gelassen hatte.

Kurz bevor sie ihre Geschwindigkeit halbiert hatte, war ein Rastplatz in sechs Meilen Entfernung angezeigt worden. Dort konnte sie am ehesten Erfolg haben, wenn er nicht allzu frequentiert war. Sie schaltete die Dashcam des Streifenwagens aus.

Dann ereignete sich etwas, das ein Wink des Schicksals sein konnte: Keine Viertelmeile vor dem Rastplatz setzte der Fahrer des weißen Mercedes E 350 vor ihr den rechten Blinker und wurde vor der Ausfahrt langsamer. Vielleicht wollte er die Toilette benutzen oder war nur nervös, weil ein Cop hinter ihm herfuhr. Er schien allein im Auto zu sein, obwohl nicht auszuschließen war, dass jemand auf dem Rücksitz lag. Jane verließ die Interstate in seinem Kielwasser und schaltete die Blinklichter, nicht jedoch die Sirene ein.

Der Mercedesfahrer reagierte richtig: Er hielt nicht auf der Zufahrt, sondern rollte zu den Parkplätzen weiter, die im Augenblick leer waren. Der quadratische Toilettenblock aus Betonfertigteilen wies über beiden Türen je eine Lampe auf, die durch vier Außenleuchten entlang des Zugangs ergänzt wurden. Aber in dieser einsamen Umgebung sah er nicht wie eine harmlose Bedürfnisanstalt, sondern wie ein Ort aus, an dem einem ein gewaltsamer Tod drohen konnte. Abgemildert werden sollte dieser Eindruck durch Rabatten mit *Agave americana*, deren Blätter in einem bedrohlichen Enddorn ausliefen, sodass sie ihren Zweck verfehlten.

Falls es hier Überwachungskameras gab, was sie nicht glaubte, waren die Lichtverhältnisse so schlecht, dass die Aufnahmen nicht viel taugen würden.

Jane parkte hinter dem Mercedes und stellte die Scheinwerfer ab, damit sie nicht zu hell angestrahlt wurde, wenn sie ausstieg. Die Blinklichter ließ sie eingeschaltet, um den Fahrer zu verwirren – und damit er nicht ausflippte, wenn der Streifenwagen plötzlich unbeleuchtet war.

Sie stieg aus und ging nach vorn, als die linke Scheibe surrend heruntergefahren wurde. Sie hielt dem Fahrer die klassische Plakette mit dem Stern im Rad unter die Nase und bedrohte ihn gleichzeitig mit ihrer Pistole Kaliber .45. »Aussteigen.«

Er schien Ende siebzig zu sein. Schütteres weißes Haar. Abstehende Ohren. Ein gutmütiges Gesicht, aus dem die Schwerkraft ein schlaffes, müdes Clownsgesicht gemacht hatte. Er war nicht dick und musste in jungen Jahren wie ein fröhlicher Santa Claus im Fliegengewicht ausgesehen haben.

»Sie sind nicht die Polizei«, sagte er.

»Stimmt, und ich bin auch nicht sehr geduldig. Los, steigen Sie aus!«

Sie trat zurück, um der aufgehenden Autotür auszuweichen, zielte aber weiter beidhändig auf ihn, weil er trotz seines gütigen Aussehens gefährlich sein konnte. In einer Welt, in der der Fortschritt nicht nur bleierne Belastungen aus der Vergangenheit, sondern auch ihre wertvollen Lektionen fortspülte, waren die unwahrscheinlichsten Leute zu den erstaunlichsten Gräueltaten fähig.

Ausgestiegen war der Kerl etwa einen Meter siebzig groß, wog ungefähr fünfundsechzig Kilo. Schwarz-weiße Sneakers von Converse. Bequem geschnittene blassgraue Chinos. Hawaiihemd mit blauen Palmen auf goldenem Untergrund. Ein bunt geflochtenes Armband an einem Handgelenk. Er sah wie ein pensionierter Buchhalter aus Brooklyn aus, der sich als Jimmy-Buffett-Fan neu zu erfinden versuchte.

»Wollen Sie mich erschießen?«, fragte er, was durchaus nicht ängstlich klang.

»Das habe ich nicht vor«, versicherte sie ihm, weil sie befürchtete, eine Todesdrohung könnte einen Herzanfall auslösen. »Aber ich tue Ihnen sehr weh, wenn Sie nicht parieren. Ich brauche einen Fahrer.«

»Ich bin ein guter Fahrer. Ich fahre seit fünfundsechzig Jahren. Ich …«

»Danke, das reicht. In dem Streifenwagen liegt mein Gepäck. Bewegen Sie Ihren Arsch und laden Sie's in Ihren Kofferraum.«

»Warum können Sie das nicht machen?«

»Ich muss Sie weiter mit der Waffe bedrohen.«

Er zuckte mit den Schultern. »Wenn Sie meinen …«

»Beeilen Sie sich, verdammt noch mal!«

Er holte den ersten Koffer vom Rücksitz des Dodges. »Ganz schön schwer.« Er musste mit beiden Händen zupacken, um den Koffer schleppen zu können. »Wusste nicht, dass ich einen Gast mit Gepäck haben würde. Der Kofferraum ist voll von meinem Zeug. Vielleicht auf den Rücksitz?«

»Machen Sie's einfach.«

Während er ihren zweiten Koffer aus dem Streifenwagen wuchtete, behielt Jane ihn im Auge, als sie die Blinklichter ausschaltete und den Motor abstellte. Sie schnappte sich die Tragetasche vom Beifahrersitz und stellte sie in den Mercedes.

Der Alte hatte die schmächtigen Arme eines Neunjährigen. »Na, der ist vielleicht schwer! Da kann man sich einen Bruch heben.«

Jane steckte ihre Pistole weg. »Geben Sie her.« Sie nahm ihm den Koffer ab, stellte ihn schwungvoll auf den Rücksitz und knallte die Tür zu.

»Sie trainieren bestimmt viel«, sagte er.

»Haben Sie eine Waffe im Auto? Lügen Sie mich nicht an. Wer mich belügt, bereut es.«

»Ich habe ein Prostatakissen.«

»Ein was?«

»Ein Schaumkissen mit einem Loch in der Mitte.«

»Wie zum Teufel soll das eine Waffe sein?«

»Ich könnte's vielleicht um Ihren Hals legen und verdrillen.«

»Haben Sie noch alle?«

»Eigentlich schon.«

Obwohl sie sich dabei lächerlich vorkam, zog sie wieder ihre Pistole. »Einsteigen, Alter. Los, los, *los!*«

Er setzte sich ans Steuer, über das er dank des Schaumkissens gut hinwegsehen konnte. Jane stieg rechts ein, behielt die Waffe in der rechten Hand und zielte damit auf ihn.

Er ließ den Motor an, schaltete die Scheinwerfer ein. »Sollte ich wissen, wohin wir fahren?«

»Zurück auf die I-10 West.«

»Auf der war ich bereits.« Auf der Zufahrt zur Interstate

sagte er: »Ich will Sie nicht auf Ideen bringen, aber warum haben Sie nicht einfach meinen Wagen genommen und mich dort ausgesetzt?«

»Sie sind nicht nur mein Fahrer, sondern auch meine Tarnung. Gefahndet wird nach einer einzelnen Frau. Jetzt sind wir zu zweit. Hält uns ein Cop an, bin ich Ihre Tochter.«

»Was sind Sie – Anfang zwanzig?«

»Wieso ist das wichtig?«

»Ich bin einundachtzig. Sie sollten lieber meine Enkelin sein.«

»Okay, ich bin Ihre Enkelin.«

»Wie heißen Sie?«

»Mein Name geht Sie nichts an.«

»Sollte ich nicht wissen, wie meine Enkelin heißt, wenn ein Polizist das fragt?«

»Gut, Sie haben recht, ich heiße Alice.«

Auf der Interstate tuckerte er mit zehn Meilen unter dem Limit dahin, bis sie ihn aufforderte, zehn Meilen schneller als erlaubt zu fahren. »Bei zehn drüber werden Sie von der Hälfte aller Autofahrer überholt. Die Cops konzentrieren sich auf diese Raser. Und wir profitieren von den zwanzig Meilen Unterschied.«

Der Alte gehorchte, aber er sagte: »Sie haben's schrecklich eilig.«

»Mehr als Sie ahnen.«

»Was ist aus dem Polizisten geworden, dem Sie den Wagen abgenommen haben?«

»Ich habe ihn nicht erschossen, wenn Sie das meinen.«

»Ich habe nicht an erschießen gedacht, nicht bei einer so hübschen Frau wie Ihnen.«

»Was – wollen Sie sich an mich ranmachen?«

»Seien Sie doch nicht so nervös. Ich habe mich seit sechzig Jahren an niemanden mehr rangemacht. Wie weit nach Westen?«

»An El Paso vorbei nach New Mexico hinein.«

»Dort will ich sowieso hin. Und dann weiter nach Scottsdale.«

»Dann können Sie mich vielleicht ganz bis Nogales mitnehmen.«

»Eine weite Strecke mit nichts als Tankstopps. Da werden Sie auch mal fahren müssen.«

»Während Sie *mich* mit der Pistole bedrohen, wie? Passen Sie auf, dass Sie nicht langsamer werden.«

Nach kurzem Schweigen sagte er: »Ich heiße Bernard Riggowitz. Sie können mich Grandpa Bernie nennen.«

Jane seufzte. »Diese Sache nimmt ein schlimmes Ende, fürchte ich.«

»Negatives Denken führt zu negativen Ergebnissen«, erklärte er ihr.

Als sie an Sonora vorbeifuhren, sah sie, dass der Benzintank noch zu mehr als drei Vierteln voll war. Er musste in Junction getankt haben. Damit kamen sie leicht bis Fort Stockton, vielleicht sogar nach Van Horn, bevor sie anhalten mussten, und von dort war es nicht mehr weit nach New Mexico. Außer es gab eine Straßensperre an der Staatsgrenze. Oder schon vorher.

Sie fragte: »Was tun Sie in Ihrem Alter so spät nachts auf der Interstate?«

»Ich schlafe gern tagsüber und fahre nachts. Das ist beruhigend. Bin jetzt allein unterwegs, seit ich Miriam verloren habe. Einundsechzig Jahre lang verheiratet, seit wir neunzehn waren, niemals einen Tag getrennt.«

Jane sagte: »Scheiße.«

»Das ist wirklich wahr, ob Sie's glauben oder nicht. Keinen einzigen Tag getrennt … bis vor einem Jahr.«

»Ich glaube Ihnen aufs Wort«, sagte sie. »Aber wieso muss der arme Kerl, den ich als Geisel nehme, ausgerechnet ein trauernder 81-jähriger Witwer sein?«

»Machen Sie sich deswegen keine Sorgen, Alice. Sie müssen entschuldigen, wenn das kitschig klingt, aber Sie haben etwas Farbe in dieses graue Jahr gebracht.«

»Mag sein, aber Sie könnten durch meine Schuld umkommen. Das will ich nicht.«

»Negatives Denken führt zu negativen Ergebnissen«, erinnerte er sie.

ZWEI

Der McDonald's in Lake Forest war kein gewöhnlicher McDonald's. Keine goldenen Bögen. Kein billiges Resopal. Stattdessen ein Marmorkamin. Geschmackvolle Einrichtung. Klassische Musik aus den Deckenlautsprechern. Es war, als seien sie in einer seltsamen Parallelwelt zum Abendessen gegangen, auch wenn ihre eigene in letzter Zeit seltsam genug geworden war.

Twyla war beim Abendessen Twyla, zumindest oberflächlich gehört und beobachtet. Mutter schien keine Veränderung an ihrer ältesten Tochter wahrzunehmen, aber Jolie erkannte subtile Unterschiede zwischen diesem Mädchen und der Schwester, mit der sie aufgewachsen war. Diese Twyla war weniger geistreich, weniger unbekümmert, weniger *präsent*.

Beim Essen wäre Jolie einige Male fast damit herausgeplatzt: *Mutter, merkst du nicht, dass ihr der frühere Biss fehlt? Sie ist drogenabhängig, sie spritzt sich irgendwelches Zeug. Wir müssen sofort was dagegen tun.*

Aber sie tat es nicht, und sie konnte sich das selbst nicht erklären, bis sie beim Nachtisch erkannte, dass sie Twyla ein offenes Gespräch unter vier Augen schuldete, bevor sie zu ihrer Mutter ging. Bevor Twyla aufs College gegangen war, waren sie ein Herz und eine Seele gewesen, und auch danach war es bei jedem Wiedersehen gewesen, als seien sie nie getrennt gewesen. Jedenfalls früher. Vielleicht hatte Twyla eine Erklärung dafür, auch wenn das unwahrscheinlich war. Für Drogenabhängigkeit gab es keine guten Gründe, nur Rechtfertigungsversuche. Das sagte Daddy immer. Trotzdem war sie Twyla diese Rücksichtnahme schuldig, bevor sie Mutter einen Tipp gab.

Aber dies war keine gute Nacht für ein Familiendrama und die Schlaflosigkeit nach einer Konfrontation. Sie würden morgen früh aufstehen müssen. Mutter und Daddy hatten miteinander telefoniert. Sie sollten nach Indianapolis fahren, was in ungefähr dreieinhalb Stunden zu schaffen war, wenn sie dem morgendlichen Berufsverkehr in Chicago zuvorkamen. Mutter würde Daddy aus Indianapolis anrufen, sowie sie von der I-65 auf die I-465 wechselten. Bis dahin würde er wissen, wohin sie fahren sollten, um abgeholt zu werden. Nicht von Daddy. Von jemandem, dem er vertraute. Alles sehr rätselhaft, aber was war das heutzutage nicht? Vielleicht war es besser, Twyla erst mit ihren Beobachtungen zu konfrontieren, wenn die Familie wiedervereint war.

Während sie auf den Nachtisch warteten, fragte Mutter sich, ob sich auch die hiesigen Toiletten von denen anderer McDonald's unterschieden. Jolie fragte sich das auch, also gingen sie gemeinsam nachsehen. Jolie hoffte, dass es auf der Toilette etwas geben würde, das sie aufheitern konnte – vielleicht eine zehntausend Dollar teure Box aus Sterlingsilber mit Ronald McDonald's Monogramm, in der Papierhandtücher gestapelt waren –, aber die Toilette unterschied sich nicht wesentlich von denen anderer Schnellrestaurants. Zumindest nicht in Details, die einem ein Lächeln hätten entlocken können.

Als Mutter zahlte, nachdem sie ihren Nachtisch gegessen hatten, wurde Jolie plötzlich klar, dass die Drogen, die sie in Twylas Koffer gesehen hatte, vielleicht gar keine waren. Nun, sie waren natürlich Drogen, aber sie konnten ein verschriebenes Medikament und damit völlig legal sein. Vielleicht hatte Twyla ein ernstes Gesundheitsproblem, das erforderte, dass sie sich ein exotisches Medikament spritzte, das mit Trockeneis gekühlt aufbewahrt werden musste. Jolies Herz sank wirklich wie ein Stein in ihrer Brust, als sie darüber nachdachte, ob Twyla etwa todkrank oder zumindest von irgendeinem schrecklichen Leiden befallen war, das ihr ganzes Leben verändern würde.

Weil sie ihren Schlaf brauchten, würde es heute Abend keine Konfrontation geben, aber Jolie konnte vielleicht ein paar scheinbar harmlose Fragen stellen, um zu sehen, wie Twyla reagierte. Wenn sie nicht wenigstens so viel tat, um herauszubekommen, wie es um die Gesundheit ihrer Schwester stand, würde sie in dieser Nacht kein Auge zutun.

DREI

Wie Bernie Riggowitz erzählte, waren Miriam und er nie geflogen, weil er unter Flugangst litt, aber sie hatten neunundvierzig Bundesstaaten mit dem Auto erkundet, manche sogar mehrfach, und er war in keinem Staat gewesen, den er nicht gern nochmals besucht hätte – außer vielleicht North Dakota, obwohl Louis L'Amour von dort stammte. Miriam und er hatten nur ein Kind gehabt, ihre Tochter Nasia, jetzt zweiundfünfzig, die mit ihrem Mann, einem netten Typen namens Segev, in Scottsdale lebte. Die beiden wollten, dass Bernie zu ihnen zog, aber darauf ließ er sich nicht ein, obwohl er sie liebte. Vor allem wollten sie, dass er aufhörte, in seinem Alter ganz allein kreuz und quer durch Amerika zu fahren. Aber das würde er nie tun, denn Miriam lag nicht in einem kalten Grab in New York; nein, sie war überall dort draußen, wo sie jemals gewesen waren, und unterwegs zu sein bedeutete, mit Miriam zusammen zu sein.

Irgendwo östlich von Fort Stockton verliebte Jane sich in Grandpa Bernie. Sie füllte den Tank, und er zahlte mit seiner Kreditkarte, bevor sie ins Restaurant gingen und Chili-Hotdogs zum Mitnehmen kauften, die sie unterwegs aßen – mit drei Lagen Papierservietten auf dem Schoß, um gegen herabtropfende Soße geschützt zu sein.

Die Straßensperre – oder eine von mehreren – war sechsundvierzig Meilen westlich von Fort Stockton kurz vor der Ausfahrt 212 nach Saragossa eingerichtet worden. Mit den Hotdogs waren sie längst fertig, aber sie knabberten Erdnüsse und tranken Diet Mountain Dew, als Bernie sein Fenster herunterfuhr und den THP-Trooper fragte, ob nach Terroristen gefahndet werde. Er war erleichtert, als es nicht um Terroristen ging, wies seinen Führerschein vor, stellte seine Enkelin Alice vor und erzählte dem Trooper, er sehe seinem Bruder Lev erstaunlich ähnlich – natürlich dem Lev vor vierzig Jahren, der damals Mitte dreißig gewesen sei.

Als sie die Sperre passiert hatten und weiterfuhren, fragte Jane: »Hat er Ihrem Bruder Lev auch nur *entfernt* ähnlich gesehen?«

»Ich habe keinen Bruder Lev«, antwortete Bernie. »Ich habe einen Bruder Shem, aber den durfte ich nicht erwähnen, weil es mich nicht wundern würde, wenn ein Cop von Shem Riggowitz wüsste.«

»Ich sehe schon, warum Miriam überall mit Ihnen hinfahren wollte.«

»Sie sind auch eine gute Reisegefährtin, Missy. Und Sie haben Alice genau richtig gespielt. Man könnte glauben, Sie hätten viel Übung darin.«

»Ich wollte, ich hätte weniger.«

»Übrigens eine klasse Perücke, die Sie tragen. Der Trooper hat bestimmt nicht gemerkt, dass es eine ist.«

»Ich trage keine Perücke«, log Jane.

»Missy, ich bin mit Perücken reich geworden. Aus Menschenhaar und feinsten Kunstfasern. Elegant Weave – so hat meine Firma geheißen – hat Perücken entlang der gesamten Ostküste verkauft, in vierzehn Staaten und dem District of Columbia. Was Perücken angeht, können Sie mir nichts vormachen.«

»Tut mir leid, dass ich's versucht habe. Diese und vier weitere habe ich von Leuten gekauft, die gefälschte Ausweise, Führerscheine, farbige Kontaktlinsen und sonstiges Zeug verkaufen, an das ich nicht mal denken möchte.«

»Wenn Sie sie wiedersehen, können Sie ihnen ausrichten, dass Bernie Riggowitz von Elegant Weave sagt, dass sie ein erstklassiges Produkt haben.«

Sie fuhren einige Meilen schweigend weiter und tranken dabei den Rest ihrer Limonade, bevor Jane sagte: »Sie haben noch nicht gefragt, wovor ich auf der Flucht bin.«

»Werd's auch nicht tun, Missy. Ich möchte nicht enttäuscht werden, wenn der Grund dafür weniger glamourös ist, als ich mir einbilde.«

VIER

In ihrem Zimmer im Deerpath Inn wechselten die Schwestern sich bei der Benutzung des Bads ab. Jolie war bereits im Bett, saß ans Kopfende gelehnt da, als Twyla in einem weißen Satinpyjama mit Andy Warhols berühmter Suppendose auf der Jacke erschien.

Als ihre Schwester die Decke auf der anderen Seite des Kingsize-Betts zurückschlug, sagte Jolie: »Versprichst du mir, ganz ehrlich zu antworten, wenn ich dich etwas frage?«

»Bin ich dir gegenüber jemals nicht ehrlich gewesen?«

»Also: Ist mit deinem Leben irgendwas nicht in Ordnung?«

Twyla seufzte, als sie unter die Decke schlüpfte, und sagte: »Charles ist ledig, und ich bin nicht schwanger.«

»Nein, das meine ich nicht.«

Twyla runzelte die Stirn. »Was meinst du sonst?«

»Du bist nicht krank oder sonst was?«

»Sehe ich etwa krank aus? Ich sehe verdammt gut aus, finde ich.«

»Fabelhaft. Hoffentlich sehe ich in deinem fortgeschrittenen Alter auch so gut aus.«

»Das bezweifle ich«, sagte Twyla. »Ich habe mehr von Mutters Genen, glaube ich, und du mehr von Daddys.«

Das war wieder die alte Twyla.

Jolie sagte: »Nun, ich mache mir eben Sorgen um dich, wenn du ganz allein in Boston bist.«

»Jetzt redest du wie Daddy – als sei Boston eine halbe Welt entfernt.«

»Dir geht's also gut?«

»Mir ging's nie besser. Schlaf jetzt, Jo. Morgen wird ein langer Tag.«

Statt ihre Nachttischlampe auszuknipsen, dimmte Twyla sie lediglich etwas. Sie hatte eine Zeitschrift.

»Du schläfst noch nicht?«, fragte Jolie.

»Ich störe dich nicht lange. Ich will nur noch einen Artikel lesen, den ich im Flugzeug angefangen habe.«

Jolie rutschte vom Kopfende tiefer und drehte sich mit dem Rücken zu Twyla auf die linke Seite. Sie wartete auf das Geräusch, mit dem eine Seite umgeblättert wurde. Es kam jedoch nicht. Dabei war Twyla keine langsame Leserin. Jolie wartete weiter auf das Geräusch. Wartend schlief sie ein.

FÜNF

Bernie hatte tagsüber viel geschlafen, weil er mit seinen Erinnerungen an Miriam durch die ruhige Nacht fahren wollte. Jane dagegen war unter Strom, seit sie um 4:20 Uhr in dem Motel in Ardmore, Oklahoma, aufgewacht war. Als sie in der Nacht zum Donnerstag um 23:35 Uhr Van Horn erreichten, konnte sie nicht mehr aufhören zu gähnen.

»Schlafen Sie, schlafen Sie«, drängte Bernie. »Ich bin wach wie eine Eule. Falls ich Sie brauche, wecke ich Sie.«

Sollte sich herausstellen, dass Jane ihm nicht trauen konnte, war ihre Intuition nichts mehr wert – und sie ohnehin so gut wie erledigt. Sie stellte ihre Rückenlehne flacher und schloss die Augen.

Er fragte: »Können Sie bei Musik schlafen?«

»Im Augenblick könnte ich bei Kanonendonner schlafen.«

Er schaltete den CD-Player ein, und als die Musik einsetzte, sagte Jane: »Lawrence Welk und sein Champagne Orchestra. Sie mögen Big Bands, Swing?«

»Ich kann keine Big Band von der anderen unterscheiden.«

»Duke Ellington, Artie Shaw, Benny Goodman. Spitzensound.«

»Miriam hat Lawrence Welk immer gern im Fernsehen gesehen. Ich weiß, dass seine Musik kitschig ist.«

»Sie ist, wie sie ist, kein Grund, sich zu schämen. Er hat den Leuten gegeben, was sie wollten. Er war nur immer Mainstream, niemals ein Erneuerer.«

»Sie verstehen etwas von Musik?«

Sie hätte beinahe gesagt: *Ich kann ein Piano rocken.* Aber sie war zu müde für eine lange Unterhaltung. »Gute Nacht, Grandpa.«

Ihre Träume waren nicht unangenehm, sie enthielten Champagnerperlen.

Als sie nach ungefähr einer Stunde aufwachte, während Welk mit typischem Schmelz »Apple Blossom Time« spielte, stand der Mercedes. Sie setzte sich alarmiert auf. Der Wagen parkte auf dem Standstreifen der Interstate.

Bernie war nicht im Auto. Sie brauchte einige Sekunden, um ihn in der Dunkelheit hinter dem Wagen zu entdecken, wo er mit dem Rücken zu ihr pinkelte.

Als er zurückkam und sie wach vorfand, sagte er: »Sorry. Prostata wie eine Melone. Falls Sie eine Toilette brauchen … in vierzig Minuten tanken wir in El Paso.«

»Danke, mir geht's gut.«

Als sie die Augen schloss, zog er ein Feuchtigkeitstuch aus der Box in der Mittelkonsole und riss die Folie auf. Zitronenduft erfüllte den Wagen.

Beim Einschlafen fragte sie sich, ob El Paso schon so nah war, dass er wieder Handyempfang hatte. Aber wen hätte er anrufen sollen, falls er mit seinem Smartphone ausgestiegen war? Er hatte sie nicht der Polizei übergeben, als er an der Straßensperre Gelegenheit dazu gehabt hatte.

Sie musste ihm vertrauen. Kontrollierte Paranoia konnte einem das Überleben sichern. Unkontrollierte Paranoia führte geradewegs zum Wahnsinn.

Auch während des Tankstopps in El Paso schlief Jane wie betäubt weiter.

SECHS

Irgendwann nachts wachte Jolie Tillman – noch immer an Erschöpfung leidend – halb auf. In ihrem Hotelzimmer war es still. Sie horchte auf Twylas Atemzüge neben sich, konnte aber keine hören.

Die Nachttischlampe brannte nicht mehr. Weil sie die Vorhänge nicht zugezogen hatten, fielen das Mondlicht und der Widerschein der Straßenbeleuchtung durch die Fenster herein, sodass ihr schwacher Schimmer über allem lag, als sei der Geist eines Blinden gekommen, um zwischen Gegenständen zu spuken, die er lebend nie gesehen hatte.

Hätte Twyla keinen weißen Pyjama getragen, der das Phantomlicht zurückwarf, hätte Jolie sie nicht in dem Sessel gesehen, in dem sie mit Blick aufs Bett saß. Vielleicht schlief Twyla, aber ihre Haltung war die einer aufmerksamen Beobachterin. Ein Schattenstreifen verbarg ihr Gesicht, und falls ihr Blick auf Jolie gerichtet war, verriet keine glitzernde Reflexion, dass die Augen offen waren.

Ihr Körper war in dem stillen Raum so bewegungslos starr, dass Jolie nicht von ihrer eigenen Wachheit überzeugt war. Sie schloss die Augen, öffnete sie erneut und wiederholte diesen Vorgang, ohne dass die im Sessel Sitzende sich auflöste und davonschwebte, wie es eine Traumgestalt hätte tun können. Aber Jolies Müdigkeit war übermächtig; ihre bleischweren Lider schlossen sich erneut, sodass die Frage »Realität oder Traum?« unbeantwortet blieb.

SIEBEN

Als Jane mit schmerzhaft schiefem Hals und einem schlechten Geschmack im Mund aufwachte, war nur das Brummen des Motors zu hören. Kein Lawrence Welk mehr. Ein Blick nach draußen zeigte ihr eine Prärie zwischen zwei Bergketten, deren in der Morgensonne liegenden schroffen Grate durch Jahrmillionen lange Erosion und allmähliche Bewaldung abgeschliffen worden waren. Sie stellte ihre Sitzlehne flacher und schloss wieder die Augen.

Bernie Riggowitz war flott nach El Paso und durch den

Südwesten von New Mexico nach Arizona gefahren: ungefähr dreihundert Meilen in weniger als vier Stunden.

Als Jane ihre Rückenlehne höher stellte, sagte Bernie: »Sie haben geschlafen wie ein sattes Kätzchen.«

»Ja, aber ich fühle mich wie ein Kater, der die ganze Nacht gerauft hat.«

»Ich denke, wir tanken und frühstücken in Wilcox. Übernehmen Sie dort das Steuer, können wir bis zehn, elf Uhr in Nogales sein.«

Jane massierte sich den Nacken. »Ich weiß nicht recht, wie's mit ›wir‹ aussieht. Ich wollte Sie irgendwo südlich von Tucson aussetzen und die letzte Stunde nach Nogales allein weiterfahren, bevor Ihre Diebstahlsanzeige ein Problem werden könnte.«

Sein Lächeln versackte in den Falten des traurigen Clownsgesichts, aber dann rief er aus: »*Schmonzes!* Sind wir Partner oder sind wir keine Partner?«

»Wir waren nie Partner, Bernie.«

»Was denn sonst, wenn ich fragen darf?«

»Entführter und Entführerin.«

»Sind Sie noch bei Trost? Sehe ich entführt aus? Sie wollten als Anhalterin mitfahren, ich habe Sie mitgenommen, wir machen diese Sache gemeinsam.«

»Der Mann in Nogales ist gefährlich.«

»Mit Gefahr kenne ich mich aus, Missy. Die Finanzbehörde war mein Leben lang hinter mir her.«

»Sie vergessen *die* hier«, sagte sie und zog ihre Pistole.

»Wieder mit der Pistole? Über Schusswaffen sind wir hinaus, falls Sie's nicht gemerkt haben sollten.«

Jane überlegte kurz. »Der Kerl in Nogales erwartet mich am Samstag. Nur mich. Besucht man ihn geschäftlich, rechnet er nicht damit, dass man seinen Großvater mitbringt. Ich muss ihn anrufen, den Termin vorverlegen, aber ich brauche eine Story. Sie können nicht als Perückenkönig Bernie Riggowitz auftreten.«

»Ich habe mich nie als König bezeichnet. Billig. In vierzig Minuten sind wir in Wilcox. Dort können wir im Best Western beim Frühstück eine Story zusammenschustern.«

»Überlassen Sie das Schustern lieber mir.« Sie dachte einige Minuten lang über die Situation in Nogales nach. Kreuzte sie dort ohne Bernie mit dem Mercedes auf, würde sie den Wagen zurücklassen müssen, damit Enrico ihn nach Mexiko verschiffen konnte, sobald sie mit ihrem neuen Wagen davonfuhr. Sie kannte Bernie jetzt zu gut, um ihm seinen E350 rauben und Enrique überlassen zu wollen. Zuletzt fragte sie: »Haben Sie einen Hut?«

»Klar doch. Habe ich einen *Kopf*? Ich habe sogar mehrere Hüte.«

»Haben Sie den richtigen Hut, haben wir eine Story.«

»Ein *Hut* ist die Story?«

»Die Story hängt davon ab, wie Sie mit dem Hut aussehen. Und alles hängt davon ab, dass Sie sich genau an meine Anweisungen halten.«

»Ich sollte Ihnen Schwierigkeiten machen? Niemals! Das wird ein Spaß.«

»Kein Spaß, aber vielleicht interessant. Und wir könnten zum Schluss in der Scheiße sitzen.«

ACHT

Ob Twyla die Nacht teils im Sessel sitzend verbracht hatte, war nicht klar, aber sie lag im Bett, als sie am Freitagmorgen um fünf Uhr aufstand.

Die dabei entstehende kleine Störung genügte, um Jolie zu wecken, die ihre Schwester mit zusammengekniffenen Augen beobachtete, als sie ihre Umhängetasche vom Nachttisch nahm und ins Bad ging.

Twyla war nie rücksichtslos gewesen, aber obwohl sie sich graziös bewegte, war sie nie besonders leise gewesen. Lauter als jetzt. Die Vorsicht, mit der sie aus dem Bett schlüpfte, ihre Tasche mitnahm und die Tür zum Bad hinter sich schloss, passte gar nicht zu ihr und ließ auf eine Täuschungsabsicht schließen.

Jolie schlüpfte noch leiser aus dem Bett, ging lautlos ums Fußende herum und legte gerade rechtzeitig ein Ohr an die Tür, um leise Tastentöne zu hören, als ihre Schwester eine Nummer auf ihrem Smartphone eingab.

Der Angerufene musste sich gemeldet haben, aber sie identifizierte sich nicht, bevor sie sagte: »Ich sollte heute Morgen anrufen, aber ich weiß nicht mehr, weshalb.« Nach kurzer Pause sagte sie: »Alles klar.« Noch eine Pause. »Wir fahren nach Indianapolis, um jemanden zu treffen. Ich weiß nicht, wen oder wann. Meine Mutter ruft meinen Vater an, wenn wir fast dort sind.« Pause. »Okay, ja, das mache ich. Augenblick!«

Im Bad drehte Twyla den Wasserhahn des Waschbeckens auf.

Jolie konnte hören, dass ihre Schwester weitersprach, verstand aber nichts.

Genau deshalb hatte Twyla das Wasser aufgedreht. Sie wusch sich nicht etwa die Hände, während sie telefonierte. Und der Angerufene hatte sie aufgefordert, das zu tun.

Jolie trat von der Tür weg und setzte sich in den Sessel, von dem aus ihre Schwester sie nachts im Schlaf beobachtet hatte oder auch nicht.

Sie mochte diesen Charles nicht, den sie nie gesehen hatte. Welcher Typ verlangte von seiner Freundin, dass sie die eigene Familie heimlich überwachte? Aus welchem Grund? Und wieso ließ Twyla sich auf diesen Scheiß ein?

Jolie gelangte zu dem Schluss, es sei Zeit, Twylas Koffer erneut zu öffnen und die Drogen und die Spritzen herauszunehmen. Mit den Beweisen zu Mutter zu gehen. Und mit allen Informationen über Twylas merkwürdiges Verhalten.

Als dann der Wasserhahn zugedreht wurde und die Dusche zu rauschen begann, beschloss sie, es sei *fast* an der Zeit, zu Mutter zu gehen, aber eben noch nicht ganz.

Siebzehn Jahre voller Geschwisterliebe und nur gutmütiger Rivalität, siebzehn Jahre voller Lachen und gemeinsamer Träume und unzähliger Mädchengespräche hatten ein Band zwischen ihnen geschaffen, das vielleicht nicht heilig, aber zumindest geheiligt und rein und echt war, sodass man es nicht ohne Weiteres zerschneiden durfte. Sie musste Twyla eine Chance geben, auf diesem schlimmen Weg umzukehren. Aber falls sie sich angestrengt bemühte, irgendwo allein telefonieren zu können, sobald sie in Indianapolis waren und Mutter neue Anweisungen von Daddy bekommen hatte, würde Jolie sie verpetzen.

Ja, das war leider das richtige Wort. Twyla zu verpetzen, würde schrecklich sein, ihre Beziehung furchtbar beschädigen, vielleicht sogar zerstören, aber das war besser, als wenn Twyla unter dem Einfluss irgendeiner exotischen Droge aus unerklärlichen Gründen ihre Familie verriet.

NEUN

Enrique de Soto, Autohändler ohne Firmenschild oder Werbebudget, hatte als Ausstellungsräume mehrere alte Scheunen auf einer ehemaligen Ranch bei Nogales, Arizona. Die Scheunen waren nicht so alt, wie sie aussahen. Enrique und seine Männer hatten sie künstlich gealtert, um den Eindruck zu erwecken, die Ranch gehöre einer Familie, die seit Generationen viel Pech gehabt hatte.

Das grau verwitterte Holz der ersten Scheune, die in besseren Zeiten anscheinend rot gestrichen gewesen war, war mit braun-schwarzen Flecken übersät, die an Fäulnis denken ließen. Für den Fall, dass eine Amtsperson, die nicht auf Enriques

Bestechungsliste stand, sich darin umsehen wollte, enthielt diese Scheune an der County Road die traurigste Sammlung von Antiquitäten im gesamten Südwesten, als halte die Familie de Soto *Antiquitäten* und *Gerümpel* für Synonyme und hoffe auf Kunden, die ebenso dachten.

Während Jane mit dem Besitzer im Scheunentor stehend darauf wartete, dass ihr neuer Wagen gebracht wurde, starrte Enrique den alten Mann am Steuer des Mercedes fasziniert an. Bernie Riggowitz trug einen runden flachen Hut mit aufgebogener Krempe, wie er bei bestimmten harten Typen mindestens seit der Prohibition beliebt war. Der Motor des E 350 lief, die Klimaanlage ebenfalls, die Fenster waren geschlossen, und Bernie starrte mit leicht verächtlicher Miene geradeaus, als sei es unter seiner Würde, sich in dieser kleinkriminellen Umgebung aufzuhalten.

»Klar hab ich schon von Meyer Lansky gehört«, sagte Enrique. »Wer hätte nie von Meyer Lansky gehört? Der größte jüdische Gangsterboss aller Zeiten. In diesen Paten-Filmen haben sie ihn aber anders genannt. Aber dieser Kerl ist nicht Meyer Lansky. Der war bei meiner Geburt schon tot.«

»Ich habe nicht gesagt, dass er Meyer Lansky ist. Ich versuche nicht, tote Gangsterbosse ins Leben zurückzurufen. Ich habe gesagt, dass er größer als Meyer Lansky ist.«

Enrique war ein harter Kerl, der nicht davor zurückschreckte, notfalls jemanden umzulegen, aber er hatte das Gesicht eines Sängerknaben und den Körperbau eines Jockeys. Die Vorstellung, ein mächtiger Gangsterboss konnte klein und runzlig wie dieser Alte mit Hut sein, der grimmig in dem Mercedes wartete, gefiel ihm offenbar.

»Aber ich hab nie was von einem *neuen* jüdischen Gangsterboss gehört.«

»Natürlich nicht«, sagte Jane. »Und er ist nicht neu, Ricky. Sieht er neu aus? Er ist seit vierzig Jahren der Drahtzieher hinter den Kulissen.«

»Und wie heißt er nun?«

»Das wollen Sie lieber nicht wissen. Er würde das nicht wollen. Für Sie wär's nicht gut, wenn Sie's wüssten … Meyer Lansky und andere Bosse haben damals den großen Fehler gemacht, bekannt, bewundert, gefürchtet sein zu *wollen*. Dieser Mann findet, dass Bekanntheit nur das Schicksal herausfordert.«

Enrique bedachte sie mit einem forschenden Blick von der Seite her. »Woll'n Sie mich verscheißern? Wie macht er Geschäfte, wenn ihn keiner kennt?«

»Ich habe nicht gesagt, dass ihn keiner kennt. Die Leute, die ihn kennen müssen, kennen ihn. Aber das ist ein ziemlich kleiner Kreis.«

»Ein Kerl wie er soll ohne Bodyguard unterwegs sein?«

»Für wen halten Sie mich?«

»Yeah. Okay. Aber was macht er hier, wenn er ist, wer Sie sagen? Will er etwa ein Stück von meinem Kuchen? Das kann er vergessen.«

»Nicht aufregen, Ricky. Ich will niemanden beleidigen, wenn ich das sage, also sparen Sie sich einen südamerikanischen Wutausbruch. Aber dieser Mann würde Ihr kleines Unternehmen keines Blickes würdigen. Für ihn ist's Hühnerscheiße. Bei seinen Deals geht's um Hunderte von Millionen. Er ist hier, weil er mit mir zusammen ist, wir haben schon früher Geschäfte gemacht, wir respektieren uns gegenseitig. Wir kennen uns schon sehr lange.«

»Sie kennen ihn schon sehr lange? Wie alt waren Sie damals – fünfzehn?«

Jane lachte, legte ihm eine Hand auf die Schulter und sagte: »Sie wissen, wie man sich bei Frauen einschmeichelt, Ricky. Sehr lange heißt für mich fünf Jahre. Hören Sie, Sie wissen, wer ich bin, richtig?«

»Heutzutage kennt Sie jeder. Aber ich wollte, Sie hätten Ihren alten Look nicht aufgegeben. Ihr alter Look hat mir gefallen.«

Als der Serienmörder Marcus Paul Headsman in einem Wagen von Enrique de Soto gefasst worden war und versucht hatte, diesen Verkäufer spezieller Gebrauchtwagen zu verpfeifen, worauf das FBI wegen Arbeitsüberlastung nicht eingegangen war, war Enrique überrascht gewesen, dass er sein Geschäft weiterbetreiben durfte. Beim ersten Kauf – der Ford Escape war ihr zweiter Wagen gewesen – hatte sie ihn glauben lassen, sie habe seine Akte vernichtet, um ihn vor Strafverfolgung zu schützen. Enrique hatte keine Ahnung von Personalengpässen bei Strafverfolgungsbehörden, die es notwendig machten, genau abzuwägen, welche Verbrechen verfolgt werden sollten. Stattdessen bildete er sich gern ein, er habe eine schöne FBI-Agentin so sehr für sich eingenommen, dass sie die Ermittlungen gegen ihn eingestellt habe.

»Hören Sie, Ricky«, sagte sie, »Sie wissen, dass jeder Cop im ganzen Land nach mir fahndet. Wieso kriegen sie mich, eine Frau allein auf der Flucht, nicht zu fassen? Was glauben Sie?«

Enrique starrte den alten Mann in dem Mercedes erneut an. »Weil Sie Connections wie ihn haben.«

»Da haben Sie's.«

»Wo ist der Ford Escape, den ich Ihnen vor nicht mal drei Wochen verkauft habe?«

»Nach dem wird gefahndet. Ich habe ihn auf einer Interstate in Texas geparkt – mit einem an die Tür gefesselten Trooper. Er hat mich angehalten, also musste ich ihn kaltstellen, bevor ich mit seinem Streifenwagen weitergefahren bin.«

Enrique schüttelte grinsend den Kopf. »Sie rasen mit Vollgas auf eine Betonmauer zu.«

»Negatives Denken führt zu negativen Ergebnissen.«

»Beton wird auch durch positives Denken keine Pappe.«

Ein Kerl fuhr mit einem Ford Explorer Sport in Graumetallic vor.

»Hat er Power?«, fragte sie.

Enrique öffnete die Motorhaube. »Wissen Sie, was Sie vor sich haben?«

»Einen getunten 8,2-Liter-Chevy. Siebenhundert PS oder mehr.«

»Achthundertfünfundzwanzig. Alu-Zylinderköpfe von Bendix, zwei Vierfachvergaser von Edelbrock, Lachgaseinspritzung und eine MSD-Zündanlage. Das Getriebe ist ein Turbo Four Hundred mit Overdrive von Gear Vendors. Ein echtes Monster.«

»Erstaunlich, dass das alles unter die Motorhaube gepasst hat.«

»Wir haben das Navi rausgerissen. Papiere sind einwandfrei. In der Basisversion würde er Sie als Neuwagen sechsundvierzigtausend kosten.«

Jane schloss die Motorhaube. »Aber Sie hat er nichts gekostet.«

»Hab dem Kerl, der ihn neu geklaut hat, vierzehnhundert gezahlt. Plus vierhundert für die Überführung nach Mexiko. Und die vielen Verbesserungen.«

»Hauptsächlich mit gestohlenen Teilen, die Sie nichts gekostet haben.«

»Aber die *Arbeit* ist nicht umsonst!«

»Wir sind uns schon einig, Ricky. Ich versuche nicht, den Preis noch mal zu drücken.« Sie öffnete ihre Umhängetasche und gab ihm die achtundzwanzigtausend in Hundertern, auf die sie sich am Telefon geeinigt hatten.

»Schlüssel und Papiere sind im Wagen. Und ein hübscher kleiner Luftreiniger; er sieht wie ein Hündchen aus, und der Blumenduft kommt aus seinem Hintern.«

»Ihr Service ist beispiellos.«

Als sie zur Fahrertür gehen wollte, legte er ihr eine Hand auf den Arm. »Wenn ich was Nettes für Sie tue … erzählen Sie's dann dem Juden?«

»Kommt darauf an, ob ich's auch nett finde.«

Er zählte dreißig Hunderter von dem Packen Scheine ab und gab sie ihr zurück. »Ein kleiner Rabatt zu Ehren des Mannes.«

Jane steckte das Geld dankbar ein. »Das ist sehr großzügig von Ihnen, Ricky.«

»Vergessen Sie nicht, ihm meinen Namen zu sagen.«

»Das tue ich. Versprochen.«

Als sie die Fahrertür des Explorers öffnete, sagte Enrique: »Versuchen Sie, diesen mal länger als drei Wochen zu behalten. Sie dürfen nicht so viel für Autos ausgeben.«

ZEHN

Angesichts der neuesten Entwicklungen rechnete Jolie Tillman sich aus, dass ihnen auf immer stärker geneigter und immer rutschigerer Bahn irgendein schreckliches Ereignis bevorstand. Sie spürte eine zunehmende Bewegungsenergie, von der ihr leicht schwindlig war.

Sie kamen später als geplant aus Lake Forest weg, entgingen dem morgendlichen Berufsverkehr in Chicago nicht ganz und machten in der Kleinstadt Merrillville halt, um zu frühstücken. Dort bestellte Jolie Waffeln mit Schlagsahne *und* Sirup *und* Butter sowie ein Glas Kakao. Sonst aß sie nicht so ungesund, aber ihre gegenwärtige Stimmung ließ sich nur durch viel tierisches Eiweiß aufheitern.

An diesem Morgen schienen *alle* übellaunig zu sein. Twyla war natürlich von irgendeiner exotischen illegalen Droge abhängig oder kämpfte mit Medikamenten gegen eine lebensbedrohliche Krankheit, war vielleicht schwanger und stand im Bann des schurkischen Charles C. Charles aus der berüchtigten Familie Charles, der sie manipulierte, sodass es kein Wunder war, dass sie missmutig und einsilbig war. Mutter machte sich verständlicherweise Sorgen, weil sie nicht wusste, wo

Daddy war, weil sie mit ihren Kindern auf der Flucht vor Leuten mit Schlangentattoos war und weil ihr Leben vielleicht nie mehr sein würde wie zuvor, was erklärte, weshalb ihre sonst so glatte Stirn jetzt breitem Cordsamt glich und sie keine Lust auf eine fröhliche Unterhaltung am Frühstückstisch hatte.

Die Fahrt zog sich etwas, aber zuletzt erreichten sie das berühmte Indianapolis, und um Punkt 10:51 Uhr benutzte Twyla das Wegwerfhandy, um Daddys Nummer einzutippen und es Mutter zu geben, als es klingelte, damit sie sich strafbar machen konnte, indem sie am Steuer telefonierte. Wie sich zeigte, wusste Daddy noch nicht, wann das Treffen mit seinem Beauftragten stattfinden konnte. Alles blieb im Fluss. Deshalb sollten sie ins Hotel Courtyard by Marriott am Fortune Circle fahren, sich ein Zimmer nehmen, wenn um diese Zeit schon eines zu bekommen war, und dort warten, bis James Bond oder sonst jemand sich bei ihnen meldete. War kein Zimmer zu bekommen, sollten sie sich in der Hotelhalle oder im Restaurant aufhalten, bis jemand Kontakt mit ihnen aufnahm.

Das Marriott stand in Flughafennähe: ein nettes, nicht sehr großes dreistöckiges Hotel, in dem sie früh einchecken und das Zimmer bar bezahlen konnten, statt eine Kreditkarte vorlegen zu müssen. Daddy hatte gesagt, Mutter müsse sich von Tante Tandys Dodge trennen, was für Jolie eine große Erleichterung war, weil sie den Duft von Onkel Calvins Aftershave und den Geruch schimmliger Fußmatten kaum mehr aushalten konnte. Der Page, der ihr Gepäck aufs Zimmer brachte, war so attraktiv, dass er ihre Fantasie dazu anregte, sich eine Zukunft vorzustellen, in der sie nicht bis in alle Ewigkeit auf Daddys Anweisungen hin unterwegs sein mussten. Aber sobald er gegangen war, kehrte ihre Vorahnung von irgendeiner schrecklichen Gefahr stärker denn je zurück.

Twyla behauptete, auf die Toilette zu müssen, aber als sie ihre Umhängetasche ins Bad mitnehmen wollte, fragte Jolie: »Willst du dein Handy nicht hierlassen?«

Twyla sagte: »Mein Handy?«

»Ja, dein Handy. Du solltest Charles nicht anrufen. Um ihm zu sagen, wo wir sind. Das geht ihn nichts an, und wir sollen bestimmt keine Brotkrumen fallen lassen wie Hänsel und Gretel.«

Twyla starrte sie an, als sei Jolie verrückt geworden. »Brotkrumen?«

»Du weißt, was ich meine.« Sie wandte sich an ihre Mutter. »Mom, in Twylas Leben gibt es einen raffinierten Drahtzieher namens Charles, der sie möglicherweise drogenabhängig gemacht hat.«

Mutter war augenblicklich perplex und besorgt, sodass Jolie sich wünschte, sie hätte nie davon angefangen und ihr keine weitere Sorge aufgehalst, aber jetzt gab es kein Zurück mehr.

»Jolie«, fragte Mutter, »was ist in dich gefahren? Drahtzieher? Drogen? Wenn irgendein Mädchen vernünftiger und besser organisiert ist als du, dann ist das Twyla.«

»Ach, Mom, ich wollte, du hättest recht, ehrlich!« Jolie griff nach Twylas Koffer und legte ihn aufs Bett. Twyla forderte sie auf, die Finger davon zu lassen, aber Jolie öffnete ihn trotzdem, klappte den Deckel auf. »Injektionsspritzen, Mutter.«

Nur lagen hier keine Spritzen und keine isolierte Kühlbox mehr.

Sie klappte die Trennwand auf, aber auch die andere Kofferhälfte schien nichts Belastendes zu enthalten.

Twyla starrte Jolie gekränkt und verständnislos an, was ein verdammt gutes Täuschungsmanöver war.

Jolie wühlte die Sachen ihrer Schwester entschlossen durch, suchte die Spritzen und die mit Trockeneis gekühlte Box, die irgendwo versteckt sein mussten. »Twy hat letzte Nacht im Sessel gesessen«, berichtete sie, »und mich in der Dunkelheit im Schlaf beobachtet. Ich weiß, dass du's getan hast, Twy. Und jetzt weiß ich, dass du gemerkt hattest, dass ich die Drogen gefunden hatte.«

Twyla spielte die Verständnislose professionell gut wie eine Schauspielerin, als sie fragte: »Mutter, was hat sie bloß, warum tut sie das?«

Jolie wühlte sich jetzt durch die andere Kofferhälfte. »Das tue ich, weil's wahr ist. Wo hast du das Zeug versteckt, Twy? Mach deine Tasche auf. Die wäre groß genug. Los, zeig uns, was du in deiner Tasche hast.«

Mutter sagte: »Jolie, du bist überdreht. Setz dich, Schatz, und beruhige dich.«

»Ich bin nicht überdreht, Mom. Das ist nicht meine Art. Ich war mein Leben lang noch nie überdreht.«

Twyla trat ans Bett und kippte ihre Umhängetasche darüber aus, die Reißverschlüsse der Innenfächer hatte sie aufgezogen. Der Tascheninhalt landete sich überschlagend auf der Bettdecke. »Sieh her, Jo. Was liegt hier? Keine Spritzen, keine Drogen. Außer du hältst Visine für eine Droge.« Sie hielt ihrer Schwester die Tasche hin. »Hier, nimm sie, überzeug dich davon, dass sie leer ist.«

»Du wusstest, dass ich sie entdeckt hatte«, sagte Jolie. »Also hast du sie noch in Lake Forest entsorgt. Twy, ich liebe dich. Ich versuche nur, dir zu helfen.«

»Ich glaube dir. Ich glaube dir, dass du mir zu helfen versuchst, aber ich brauche keine Hilfe und verstehe nicht, wie du auf das alles kommst.«

»Du hast letzte Nacht im Sessel gesessen und mich im Schlaf beobachtet. Wieso hast du das getan? Weil du wusstest, dass ich die Spritzen gefunden hatte.«

»Ich habe nirgends gesessen und dich beobachtet. Ich habe fest geschlafen.«

Jolie war kurz davor, sich zu übergeben. Sie war schockiert, dass Twyla so unverschämt lügen konnte – und anscheinend so effektiv. »Fest geschlafen, was? Von deinen Lügen wird mir ganz schlecht. Ich könnte kotzen, Twy, wenn ich sehe, was du hier machst.«

Mom hatte eine Coca-Cola aus der Minibar genommen und in ein Glas geschüttet. »Hier, Jolie. Setz dich, beruhige dich.« Sie drückte Jolie mit sanfter Gewalt in einen Sessel. »Trink das, Baby, es beruhigt deine Nerven.«

Jolie nahm das Glas, betrachtete es aber stirnrunzelnd und fragte: »Wer trinkt Coke, um seine Nerven zu beruhigen?«

»Du hast eben gesagt, dir sei schlecht«, erinnerte Mutter sie. »Dass Cola gut für einen verdorbenen Magen ist, weiß jeder.«

»Atme tief durch«, sagte Twyla, »und trink, dann können wir miteinander reden, Jo. Ich beantworte alle deine Fragen gern. Das ist nur ein lächerliches Missverständnis.«

Jolie hörte sich auf einmal ängstlich atmen. Sie hatte hastig und flach geatmet, wie ein erschrockenes Kind hyperventiliert und nicht erkannt, welches Bild der Verzweiflung sie abgab. Dabei hatte sie eigentlich keine Angst, sondern war nur wegen Twyla besorgt und darüber frustriert, dass Twy ihren Verdacht entdeckt und das Beweismaterial versteckt oder entsorgt hatte. Aber Süchtige waren Meister darin, sich selbst und andere zu täuschen. Das wusste jeder.

Obwohl Jolie ruhig und vernünftig zu sein versuchte, klang ihre Stimme noch zu schrill, als sie sagte: »Lass dir Twylas Arme zeigen, Mom. Ich wette, dass sie überall Einstiche hat. Lass dir ihre Armbeugen zeigen.«

»Jolie, du machst mir echt Angst«, sagte Mutter. »Es ist nicht deine Art, so schreckliche, verrückte Dinge über deine Schwester zu sagen.«

Twyla sagte: »Schon gut, Mutter. Hier, sieh her.« Sie zog den rechten Blusenärmel bis weit über den Ellbogen hoch. Ihre Haut war glatt. Nirgends Einstiche von selbst gesetzten Spritzen. »Und hier.« Sie zog den linken Ärmel hoch. Wieder makellose Haut. »Das Ganze ist irgendein dummes Missverständnis. Beruhige dich, Jo, trink deine Coke, dann können wir über alles reden, alles aufklären.«

Mutter setzte sich auf die Sessellehne und strich mit einer

Hand Jolies Haar glatt. »Bitte, Schatz, wir wollen uns doch erwachsen benehmen. Trink deine Cola und beruhige dich, dann können wir über alles reden.«

Jolie war einmal zu oft aufgefordert worden, die Cola zu trinken. Vielleicht zweimal zu oft. Im nächsten Augenblick *war* sie ruhig, völlig gefasst, konzentriert wie eine zum Tode Verurteilte mit einem Strick um den Hals und einer Falltür unter den Füßen, der nur Sekunden bleiben, um sich aus der Schlinge herauszuwinden. Mutter saß auf der Sessellehne, hatte die Hand jetzt auf Jolies Schulter. Twyla stand vor dem Sessel. Ragte *bedrohlich* davor auf. Twyla starrte das Glas mit der leicht perlenden Cola an. Auch Mutter starrte das Glas an. Als sei es der Heilige Gral und die Cola der Wein, der sich in Blut verwandeln würde.

Jolie sagte: »Oh, Scheiße.«

Mutter sah von dem Glas weg. Twyla sah von ihm weg.

Jolie sprang aus dem Sessel auf, schüttete ihrer Schwester die Coke ins Gesicht …

ELF

Jane folgte Bernie Riggowitz wie vereinbart zu den Außenbezirken von Tucson, weniger als eine Stunde von Enrique de Sotos unkonventionellem Gebrauchtwagenhandel entfernt, wo sie auf dem Parkplatz eines Supermarkts nebeneinander parkten. Sie luden Janes Koffer und ihre Tragetasche von dem Mercedes E 350 in den Ford Explorer.

»Setz lieber den Hut ab«, riet sie ihm, »sonst nimmt irgendein Cop dich als Gangsterboss fest.«

»Wer hätte geahnt, dass ich wie ein eiskalter Killer aussehen kann? Schluss mit dem Ruhestand, ich mache Karriere als Charakterdarsteller.«

»Originell bist du jedenfalls.«

Sie umarmten sich, und sie küsste ihn auf die Wangen, und er sagte, sie solle noch einen Augenblick warten, er müsse ihr etwas mitgeben. Er gab ihr seine Handynummer, seine Adresse in Brooklyn, die Adresse seiner Tochter in Scottsdale, ihre Telefonnummer, Namen und Handynummer seines Neffen, der Kieferorthopäde war – falls sie mal Implantate brauchte –, die Karte einer Bäckerei in Scottsdale, deren Challah zum Niederknien war, und eines der Fotos von Miriam, die er in der Geldbörse bei sich hatte, während er mit ihrem Geist durchs Land fuhr.

Nach einer weiteren Umarmung stieg sie in den Explorer und schloss ihre Tür. Bernie beugte sich durchs offene Fenster. »Tu mal so, als seist du wirklich meine Enkelin, Alice, und sag mir ehrlich, ob mit dir alles in Ordnung kommt.«

»Ich hab eine Chance, Bernie. Was haben wir alle außer einer Chance?«

»Ich weiß nicht, worin du verwickelt bist, aber hoffentlich kommst du da wieder raus. Aus meiner Sicht verdienst du mehr als nur eine Chance, du verdienst das Beste.«

Sie zögerte, dann fragte sie: »Du weißt wirklich nicht, wer ich bin?«

»Soll ich vielleicht Nachrichten gucken? Pah! Alles gelogen oder deprimierend oder deprimierende Lügen. Ich brauche nicht zu wissen, wer du bist, um zu wissen, wer du *bist*.«

ZWÖLF

... schüttete ihrer Schwester die Coke ins Gesicht, rammte sie und warf sie rückwärts aufs Bett.

Mom stand von der Sessellehne auf – »Jolie, lass das!« – und packte sie am Arm.

Jolie riss sich von ihr los und lief zur Tür.

Ein Stangenschloss. Eine Sicherungskette.

Mutter umklammerte Jolies Hand, um sie daran zu hindern, die Kette auszuhängen. »Wir wollen nur dein Bestes, Schatz. Es ist zu deinem Besten, wirklich!«

Jolie hatte noch nie die Hand gegen ihre Mutter erhoben. Bis heute hatte sie sich keine Situation vorstellen können, in der es zu Gewaltanwendung kommen könnte. Jetzt machte Liebe sie wehrlos. Sie konnte nicht zuschlagen.

Mutter drehte Jolie von der Tür weg, drückte sie mit dem Rücken dagegen, nagelte sie so fest. Sie wirkte keineswegs zornig, sondern nur besorgt.

»Alles okay, Schatz. Du verstehst vielleicht nichts, aber es ist okay. Würde ich dir jemals etwas antun, Sweetie? Natürlich nicht! Ich habe dich zur Welt gebracht und will nur Gutes für dich. Nur das Allerbeste.«

Ihre Gesichter waren kaum eine Handbreit voneinander entfernt, ihr Atem vermischte sich. Jolie suchte die Augen ihrer Mutter ab. Sie konnte keine Veränderung darin feststellen. Allem Anschein nach keine Bedrohung.

»Ich will nur ein bisschen spazieren gehen«, sagte Jolie und erschrak, als sie das Zittern in ihrer Stimme hörte. Dies war ihre Mutter, aber Jolie ahnte, dass es gefährlich war, Schwäche zu zeigen. »Ich brauche etwas frische Luft, damit ich wieder klar denken kann.«

»Du musst hierbleiben, Schatz, weil Daddys Freunde sich jederzeit melden können. Außerdem kann ich dich nicht allein herumlaufen lassen – ein hübsches junges Mädchen in einer fremden Stadt.«

Twyla hatte sich die Cola aus den Augen gewischt. Sie hob Mutters Koffer auf das Bett. »Hör auf Mom, Jo. Ich weiß nicht, was du plötzlich gegen mich hast, aber du *weißt*, dass Mom auf deiner Seite steht.«

»Jolie, Liebes, du zitterst wie Espenlaub«, sagte Mutter. »Großer Gott, was bildest du dir nur für verrücktes Zeug ein?

Komm, wir gehen zum Sessel zurück, und du setzt dich hin, und ich bringe dir eine neue Cola.«

Twyla öffnete den Koffer und sagte dabei: »Gestern Abend im McDonald's hättest du die Cola trinken sollen, die ich dir zum Nachtisch bestellt habe.«

Mutter, die Jolie weiter gegen die Tür gedrückt hielt, sagte lächelnd: »Das war einfach zu viel Süßes, Cola zum Dessert. Das hast du gesagt. Und du hattest natürlich recht.«

Also musste die Cola mit einem Beruhigungsmittel versetzt gewesen sein.

»Als Mutter und du von der Toilette zurückgekommen seid«, fuhr Twyla fort, »hat sie ihren Kaffee getrunken, ganz ausgetrunken, und wenn du deine Cola getrunken hättest, wärst du jetzt nicht so aufgeregt.«

Ihre Mutter lächelte. Ihr warmer Atem roch angenehm. Wie frisches Brot, fand Jolie. Mutters Stimme war sanft und beschwichtigend. »Twyla hat recht, Liebes. Du wärst jetzt nicht so aufgeregt. Wie du siehst, bin ich's nicht. Dies ist alles unnötig. Komm, wir gehen zum Sessel zurück und setzen uns und behandeln einander respektvoll.«

Aus Mutters Koffer nahm Twyla die Spritzen und die isolierte Kühlbox und legte sie auf die Tagesdecke.

»Was passiert mit mir?«, fragte Jolie.

»Was mit dir passiert?«, wiederholte Mutter leise lachend, scheinbar voller Zuneigung, als sei die Begriffsstutzigkeit ihrer jüngeren Tochter liebenswert. »Nichts passiert dir, Schatz. Ich liebe deinen Sinn für Drama. Bestimmt wirst du mal eine große Schriftstellerin. Eine ganz große.«

»Was ist in diesen Spritzen?«

»Du bekommst jedes Jahr eine Grippeschutzimpfung, nicht wahr?«

»Hier geht's nicht um Grippe. Dies ist nicht die richtige Jahreszeit dafür. Außerdem kriegt man die Schutzimpfung vom Arzt.«

Mutter sprach beruhigend und ach so vernünftig. »Nicht nur vom Arzt, Jolie. Sondern auch von Krankenschwestern, sogar von Apothekern. Leute mit minimaler Ausbildung impfen in Warenhäusern und dergleichen. Du hast dich selbst mal dort impfen lassen, Schatz, und meintest, es hätte überhaupt nicht wehgetan. Weißt du das noch? Aber natürlich. Und du hast recht, Sweetie, hier geht's nicht um Grippe. Dies ist viel wichtiger als eine dumme kleine Schutzimpfung.«

Je länger Mutter redete, desto weniger klang sie wie Mutter. Es gab ein Wort für ihre jetzige Sprechweise: ölig. Sie versuchte zu angestrengt, Jolie zu beruhigen, trug dabei allzu dick auf.

»Mir ist schwindlig«, sagte Jolie. Sie hatte steif und mit angespannten Schultern dagestanden, weil ihre Mutter sie an die Tür gedrückt hatte. Jetzt sackte sie plötzlich schwach zusammen. »Ich muss mich hinsetzen.«

»Wir müssen uns alle setzen, Schatz. Und diese Sache besprechen.«

Twyla holte eine weitere Cola aus der Minibar.

»Okay«, sagte Jolie zittrig. »Setzen wir uns also, und ihr sagt mir, was Sache ist.«

Mutter ließ sie los, hielt sie aber weiter mit ihrem Körper an die Tür gedrückt. Sie lächelte. »Das klingt mehr nach meiner Jolie.« Während sie ihr forschend in die Augen sah, legte sie Jolie eine Hand auf die Wange und streichelte sie mit gespielter, vielleicht sogar echter Zuneigung.

Jolie hasste, was sie tat, aber sie tat es trotzdem: Sie biss in die Hand. Sie biss so kräftig zu, dass sie Blut schmeckte und ihre Mutter vor Schock und Schmerz aufschrie. Mutter wich zurück, und Jolie verpasste ihr einen Magenhaken, der sie neben dem Bett auf die Knie sinken ließ.

Mutters Handtasche stand auf dem Nachttisch. Jolie schnappte sie sich, warf sich nach der Tür herum, hakte die Sicherungskette aus, riss die Tür auf, knallte sie hinter sich zu und rannte los.

Ihr Zimmer lag im zweiten Stock. Treppen gab es an beiden Enden des Korridors. Keine Zeit für den Aufzug.

Als Jolie die Tür zum Treppenhaus öffnete, hörte sie Schritte hinter sich, sah sich um. Twyla.

Sie hetzte die Treppe hinunter, die vor ihr länger zu werden schien, als würde jede zurückgelegte Stufe unten wieder angesetzt, um sie nie im Erdgeschoss ankommen zu lassen. Sie war in schrecklicher Verfassung. In diesem Zustand hatte sie sich noch nie befunden. Von so vielen Empfindungen hin und her gerissen. Zu Tode erschrocken, dabei vor Kummer schluchzend, weil sie irgendwie ihre Mutter und ihre Schwester verloren hatte – wie, warum, durch wen? –, vor Scham brennend, weil sie ihrer Mutter wehgetan hatte, aber zugleich von wildem Stolz darüber erfüllt, dass ihr die Flucht gelungen war. Seit dem Tag, an dem Cora Gundersun sich und alle diese Leute im Hotel Veblen umgebracht hatte, war die Welt ins Schwanken geraten. Das hatte sich in den letzten drei Tagen noch verstärkt, und nun war ein radikaler Polwechsel eingetreten: Nord war Süd geworden, die Schrägstellung der Erdachse apokalyptisch. Jolie glaubte zu spüren, wie die Erdkruste unter ihren Füßen mit katastrophalen Folgen neue Positionen einnahm, sodass ganze Kontinente zusammenstießen, übereinandergeschoben wurden, während alles Menschenwerk zu Trümmern wurde und aus der Tiefsee meilenhohe Tsunamis vorrückten – zumindest metaphorisch, wenn auch nicht buchstäblich.

Mit klatschenden Füßen und jagendem Herzen erreichte sie das Erdgeschoss, riss die Brandschutztür auf und spurtete den Korridor entlang. Auf dem Weg zur Lobby machte sie die Handtasche ihrer Mutter auf und holte das Wegwerfhandy heraus.

Dicht hinter sich hörte sie ihre Schwester ihren Namen rufen, und als sie in die Hotellobby stürmten, schrie Twyla: »Hilfe, helft mir, meine Schwester aufzuhalten! Sie halluziniert, sie steht unter Drogen!«

Jolie machte abrupt halt, drehte sich um und warf Mutters Handtasche nach ihr. Twyla bekam sie mitten ins Gesicht, stolperte und fiel vielleicht sogar, aber das wartete Jolie nicht mehr ab. Sie rannte zum Haupteingang weiter, und als Leute sie aufhalten wollten, kreischte sie so laut »Fuck off!«, dass Speichel flog. Sie hatte diesen Ausdruck noch nie benutzt, aber jetzt knurrte und fauchte sie ihn, als stehe sie tatsächlich unter Drogen, weil sie um jeden Preis entkommen musste. Sie nutzte auch die Tatsache, dass sie das Blut ihrer Mutter am Kinn hatte, um »Weg da, ich beiße!« zu kreischen, wenn »Fuck off!« nicht wirkte. Sie rannte durch den Haupteingang in den kühlen Tag hinaus, spürte ihr Herz gegen die Rippen hämmern und hatte das Gefühl, ihre Lunge stünde in Flammen. Als sie sich endlich traute, sich umzusehen, wurde sie nicht verfolgt, aber sie rannte trotzdem weiter.

DREIZEHN

Im Augenblick konnte Jane nicht mehr tun. Sie würde zu D.J. Michael vordringen – zweifelsohne war er im achten Stock seines Gebäudes in San Francisco –, aber nicht heute, nicht morgen. Zu wenig Schlaf, zu viel Stress und zu starke Gefühle hatten sie geschwächt zurückgelassen: mit schmerzenden Muskeln, geröteten Augen und nicht sehr klarem Verstand.

Sie nahm sich in Tucson ein Motelzimmer, duschte länger als je in ihrem Leben und ließ das heiße Wasser ihre Muskelschmerzen wegschwemmen.

Nachdem sie frische Sachen angezogen hatte, nahm sie den auf Melinda June Garlock ausgestellten Führerschein aus ihrer Geldbörse und ersetzte ihn durch den auf den Namen Elizabeth Bennet ausgestellten.

Ihre kastanienbraune Perücke und die Brille mit Fensterglas packte sie ein. Sie setzte die strubbelige rabenschwarze Punkerfrisur im Stil von *Vogue* auf. Dazu kamen der falsche Nasenstecker mit der silbernen Schlange mit rubinrotem Auge, blauer Lidschatten und ebensolcher Lippenstift. Hallo, Liz Bennet.

Jane warf den Zimmerschlüssel aufs Bett und verließ das Motel, ohne geschlafen zu haben.

Eine Stunde später wies sich Liz Bennet im Best Western in Casa Grande mit ihrem Führerschein aus und zahlte bar für eine kleine Suite mit einem Kingsize-Bett.

VIERZEHN

Neben dem Marriott gab es noch weitere Hotels in der Nähe des Flughafens von Indianapolis. Jolie wollte in keines davon gehen, weil ihre Mutter und ihre Schwester – und vielleicht noch andere, die sie zusammentrommeln konnten – womöglich bald beginnen würden, sie dort zu suchen. Weil sie jedoch sonst nirgends reingehen und so tun konnte, als gehöre sie dazu, entschied sie sich für das größte Hotel, einen fünfstöckigen Kasten ungefähr eine Meile vom Marriott entfernt.

Sie saß in der Hotelhalle in einem bequemen Sessel, von dem aus sie den Haupteingang gut beobachten konnte, um sofort flüchten zu können, falls ein vertrautes Gesicht mit einem erschreckenden neuen Ausdruck auftauchte. Sie hatte Mutters Wegwerfhandy. Um sie ja nicht zu vergessen, hatte Mutter die Nummer von Daddys Wegwerfhandy mit wischfestem Filzschreiber draufgeschrieben.

Während Jolie überlegte, was sie zu ihrem Vater sagen sollte, und Worte zu finden versuchte, mit denen sie ihn davon überzeugen konnte, dass ihre verrückten Anschuldigungen wahr waren, hielt sie das Smartphone mit beiden Händen umklammert. Dies war nicht nur ein Wegwerfhandy. Es war ihre letzte Hoffnung, ihr kostbarer Schlüssel zu einer intakten Welt. Zum Rest ihrer Familie. In dieser Stadt, in der sie noch nie gewesen war, war sie allein – ohne einen Cent in der Tasche, ohne Ausweis. Ihre Umhängetasche hatte sie im Marriott zurückgelassen. Sie wusste, wo Tante Tandys Dodge geparkt war, aber sie hatte keinen Schlüssel dafür. Außerdem traute sie sich dorthin nicht zurück, weil ihre Mutter oder das Hotel die Polizei gerufen haben konnte. Weil sie wie eine Verrückte durch die Lobby gestürmt war und damit gedroht hatte, Leute zu beißen, würde die Polizei sie zur Beobachtung in ein Krankenhaus bringen wollen. Dort würde sie wahrscheinlich ein Beruhigungsmittel bekommen, das sie hilflos machte. Beim Aufwachen würden Mutter und Twyla an ihrem Bett sitzen, und sie würde nicht wissen, ob die beiden ihr das Mittel im Schlaf injiziert hatten. Nein. Falsch. Sie würde es auf irgendeiner Ebene *wissen*, aber es würde längst zu spät sein. Sie würde sich nicht mehr retten können. In Zukunft würde sie jemanden anrufen, wie Twyla es tat, und jeden noch so abscheulichen Befehl ausführen, den man ihr erteilte. Der Gegenstand, den sie umklammerte, war nicht nur ein Handy, sondern ein Talisman, der sie auf magische Weise aus diesem Dunkel erlösen und ins Licht zurückbringen konnte – *wenn sie sich nur zusammenreißen und auf die Reihe bringen konnte, was sie Daddy erzählen musste!*

Das Smartphone in ihren Händen klingelte. Sie hätte vor Überraschung beinahe aufgeschrien, holte tief Luft und setzte sich in ihrem Sessel auf. Das Telefon wäre ihr fast aus der Hand geglitten, aber dann meldete sie sich beim dritten Klingeln.

Als sie sprach, fiel ihr ein, dass ihre Mutter sich diese Nummer vielleicht gemerkt hatte. Vielleicht wussten die beiden, wo sie war, sobald sie den Anruf entgegennahm. Ein magischer Talisman konnte in beide Richtungen wirksam sein.

Aber der Anrufer war Daddy. »Jolie? Bist du's?«

Das Telefon würde schlappmachen, die Verbindung würde abreißen, *irgendwas* Schreckliches würde passieren, bevor sie die richtigen Worte herausbrachte. Aber nichts davon trat ein, und Jolie zögerte nur kurz, bevor sie fragte: »Daddy, wieso hat Cora Gundersun etwas so Schlimmes getan? Hat jemand ihr eine Droge oder so was injiziert, hat jemand ihr *befohlen*, das zu tun?«

Daddy zögerte so lange, dass Jolie schon glaubte, die Verbindung sei abgerissen, aber dann fragte er: »Was ist passiert, Candygirl? Wie kommst du auf diese Idee?«

In der Hotelhalle waren viele Leute unterwegs – Pagen mit beladenen Gepäckkarren, Gäste –, aber niemand achtete besonders auf Jolie Tillman. Auch in den Sesseln in ihrer Nähe saß niemand.

Ihr undisziplinierter Wortschwall ließ sich nicht länger zurückhalten: »Irgendwer hat Twyla etwas injiziert. Ich weiß nicht, wer oder warum, aber sie hatte diese Ampullen und Spritzen, Twyla hatte sie in ihrem Koffer, und sie hat Mutter etwas injiziert, als ich geschlafen habe, sie hat ihr ein Schlafmittel gegeben und ihr etwas gespritzt, und vorhin haben die beiden versucht, mir das Zeug zu injizieren, sodass ich Mommy beißen und schlagen musste.« Jolie begann zu weinen. »Daddy, es war schrecklich, ich musste sie beißen, sie war Mommy und doch nicht sie selbst, und ich hab sie gebissen, weil ich mir nicht anders helfen konnte …«

Sie hatte durchgedreht, die Chance vertan, ihn zu überzeugen, und gejammert wie ein kleines Kind. Als Daddy »O Gott« sagte, *wusste* sie, dass er glaubte, sie sei übergeschnappt. Er sagte tief betroffen noch mal »O Gott«, und sie versicherte ihm: »Das ist wahr, Daddy, ich weiß, dass es verrückt klingt, aber es ist echt wahr, du musst mir glauben!« Seine Stimme brach von Gefühlen überwältigt. »Jolie, o Gott, ich glaube dir«, und als er weitersprach, begann er zu weinen, obwohl er sonst selten oder nie weinte, und in diesem Augenblick wusste Jolie jenseits aller letzten Zweifel, dass ihr Leben sich grundlegend und für immer verändert hatte.

FÜNFZEHN

Daddy hatte gesagt, jemand sei schon in Indianapolis und zum Marriott unterwegs, um sie abzuholen; also müsse er sofort telefonieren und diese Person stattdessen zu Jolie schicken. Dann war ihm klar geworden, dass Mutter seine Telefonnummer an die Arkadier, wer immer sie sein mochten, weitergegeben haben konnte, als sie an diesem Morgen verwandelt aufgewacht war. Er wusste nicht, ob sie ihn aufspüren konnten, sobald sie die Nummer seines Wegwerfhandys hatten, aber weil er das nicht riskieren durfte, würde er es sofort nach ihrem Gespräch zertrümmern und die entsandte Person mit einem anderen Handy anrufen. Er wusste auch nicht, ob in diesem Augenblick die falschen Leute mithörten, er glaubte es nicht, verzichtete aber vorsichtshalber darauf, Jolie zu sagen, wer sie abholen würde, oder ihr diese Person zu beschreiben. Er sagte nur, die *richtige* Person, die er schickte, werde Jolie erkennen, weil sie eine 17-jährige hochgewachsene Schönheit sei, und Jolie werde wissen, dass sie ihr vertrauen könne, weil diese Person ihr etwas erzählen werde, das nur Daddy und sie wussten.

Ihr hastiges Gespräch brach ab, und Daddy verstummte, bevor Jolie sich ganz darüber im Klaren war, dass das Smartphone in ihrer Hand ihn schon nicht mehr erreichen konnte, weil er sein eigenes Wegwerfhandy in diesem Augenblick ausschalten und zertrümmern würde.

Jetzt war sie noch isolierter als zwei Minuten zuvor. Es gab niemanden mehr, den sie hätte anrufen können. Nicht ihre

Großmutter, auch nicht Tante Tandy in Madison, weil sie vielleicht wie Mutter und Twyla geworden waren. Jolie wusste, dass sie ihnen nicht vertrauen durfte.

Die folgenden fünf Minuten waren fünf Ewigkeiten, und sie verkrampfte sich bei jedem Neuankömmling, der durch den Haupteingang hereinkam. Weil sie gern und viel las, hatte sie alle möglichen Spionageromane gelesen, aber nun merkte sie, dass sie kein Talent für diese Spielchen hatte; sie war zu nervös dafür.

Die *richtige* Person, die Kontaktperson, sah ganz anders aus, als Jolie erwartet hatte. Eine Blondine in weißer Bluse, schwarzer Denimjacke und schwarzen Jeans. Ihr Alter war schwer zu bestimmen – vielleicht Mitte vierzig, Anfang fünfzig. Ihre schwarzen Stiefel fielen durch Applikationen aus leuchtend blauem Leder auf, und sie trug selbst tagsüber Brillantohrhänger. Sie kam geradewegs auf Jolie zu, die zögernd aufstand, und sagte in der gedehnten Sprechweise einer Texanerin: »Darlin', als du noch ganz klein warst, hat dein Daddy sich für dich komische Geschichten über einen Mäusesheriff namens Whiskers ausgedacht.«

Jolie mochte die Blondine auf den ersten Blick und hätte ihr vielleicht sogar vertraut, wenn sie nicht den Mäusesheriff Whiskers erwähnt hätte.

»Wie geht's dir?«

»Schrecklich. Ich habe Angst, bin verwirrt und tieftraurig, aber ich halte einigermaßen durch.«

»Du und ich, wir halten gemeinsam durch«, sagte die Frau. »Ich bin Nadine Sacket. Dein Daddy ist auf unserer Ranch in Texas, wir bringen dich zu ihm. Aber der Plan ist plötzlich umgeworfen worden, sodass wir jetzt einen kleinen Umweg machen. Wenn wir im Taxi sitzen, erwähnen wir keine Namen, und worüber wir reden, hat keinen Zusammenhang mit den heutigen Ereignissen. Wir verstehen uns, Darlin'?«

»Ja, ich verstehe.«

Nadine war mit einem Taxi gekommen, aber sie wollte jetzt ein anderes nehmen. Sie verließen das Hotel durch einen Nebenausgang. Ohne den Gehsteig zu benutzen, gelangten sie über den Rasen auf den Parkplatz des benachbarten Hotels. Vor dem Hotel hielt Nadine ein Taxi an, das sie zum Kongresszentrum in der Innenstadt brachte.

Von dort gingen sie zu Fuß zum Westin Indianapolis, dem größten und luxuriösesten Hotel, das Jolie je gesehen hatte. Obwohl Nadine kein Gast war, half jemand am Empfang ihr, einen Leihwagen zu buchen. Keine halbe Stunde später waren sie mit einem Cadillac Escalade unterwegs.

»Wir wollten euch alle – deine Mom, deine Schwester und dich – zum Flughafen rüberbringen und ausfliegen, aber dann ist diese hässliche Sache dazwischengekommen. Vielleicht wimmelt es im Terminal noch nicht von bösen Kerlen, aber später werden sie die Aufnahmen der Überwachungskameras kontrollieren, um festzustellen, mit wem du wohin geflogen bist. Deshalb fahren wir zwei jetzt nach St. Louis, ohne Rückenwind ungefähr viereinhalb Stunden. Bis dahin sind Leland und Kelsey mit dem Jet da, und wir können sofort heimfliegen.«

Nach allem, was an diesem Morgen passiert war, trösteten das Tempo und die Selbstsicherheit, mit der Nadine die Dinge in die Hand nahm, Jolie ein wenig, ließen sie aber auch leicht desorientiert zurück. »Wer sind Leland und Kelsey?«

»Leland ist der Schlingel, der mich geheiratet hat, als ich erst neunzehn war. Kelsey Bodine ist mit vierzehn zu uns auf die Ranch geschickt worden. Er war schweigsam und verschlossen, hat sich für leicht beschränkt gehalten, was die größte der Lügen war, die die Welt ihm erzählt hatte. Jetzt ist er dreiundzwanzig, arbeitet bei uns und fliegt immer als Lelands Kopilot. Du wirst Kelsey mögen. Und ich weiß, dass er dich mögen wird, wie's jeder Junge mit Herz und Augen täte.«

»Sie haben einen eigenen Jet?«

»Ja, aber du darfst dir keinen fliegenden Palast wie eine 747 vorstellen, Darlin'. Wir haben nur einen kleinen alten Learjet mit zwölf Sitzen, der aber ein verdammt bequemes Fortbewegungsmittel ist.«

Für Jolie hatte die Fahrt nach St. Louis Ähnlichkeit mit einer Fahrt vom Friedhof zum Leichenschmaus, aber trotz Trauer und Sorge und Zukunftsängsten war sie auch ein kleines bisschen wie Harry Potters aufregende erste Fahrt von Bahnsteig neundreiviertel auf dem Bahnhof King's Cross nach Hogwarts. Nadine redete gern. Sie sprach von Leland und sich, von der Sacket Home and School und über eine Vielzahl weiterer Themen, und sie brachte Jolie dazu, mehr von sich zu erzählen, als sie's seit Jahren getan hatte. Aber als sie St. Louis erreichten, an Bord des Learjets gingen und starteten, wusste Jolie nur noch einen Bruchteil von allem, worüber sie gesprochen hatten. Sobald ihr Leben in den Händen von Mr. Sacket und Kelsey Bodine lag, wurde Jolie vor Müdigkeit fast ohnmächtig. Nachdem sie zwei Nächte lang schlecht geschlafen hatte, glaubte sie, nie wieder gut schlafen zu können, weil einem dabei Schreckliches zustoßen konnte. Aber dann schlief sie doch tief und fest, während der kleine Jet sie nach Texas brachte.

SECHZEHN

In Casa Grande, einer Stadt mit fünfzigtausend Einwohnern, fand Jane ein Restaurant mit einer guten Weinkarte. Sie trank zwei Gläser Cabernet Sauvignon und aß ein Filet Mignon. Sie vertraute auf ihren Liz-Bennet-Look und fühlte sich sicher.

Im Motor Inn mit drei Sternen gab es Kabelfernsehen, das sie nicht interessierte, und Satellitenradio. Sie wählte ein

Klassikprogramm. Der Pianist Glenn Gould spielte Bachs Goldbergvariationen.

Sie mixte sich eine Wodka-Cola und setzte sich mit drei Gegenständen in der Hand in einen Sessel: mit der Kamee, die Travis ihr als Glücksbringer geschenkt hatte; dem Ehering, den sie in der Öffentlichkeit nicht mehr tragen durfte; und dem kreditkartengroßen Foto von Miriam Riggowitz, die Bernie vor einem Jahr verloren hatte.

Bachs brillante Musik, die von Freud und Leid kündete, erreichte das Herz durch den Verstand und verflocht Intellekt und Gemüt des Hörers miteinander, bis diese oft im Widerstreit liegenden Aspekte menschlicher Erfahrung miteinander versöhnt und vereinigt wurden.

Als Jane sich der Musik hingab, war sie von Miriams Foto gefesselt, las in diesem klugen, sanften Gesicht wie in einem Buch und dachte sich Geschichten aus, von denen sie nie erfahren würde, ob sie wahr waren. Ihre Faszination erstaunte sie, bis sie begriff, dass sie jetzt für die Miriams der Welt lebte, vielleicht für sie sterben würde: Menschen mit einem erfüllten Leben ohne sonderliches Interesse an Ruhm oder den Ideologien, für die die selbst ernannten Eliten sich begeisterten. Über Jahrhunderte hinweg hatten die Miriams und die Bernies und Millionen wie sie Freiheit und Bürgerrechte hochgehalten, und deshalb waren sie Leuten wie D.J. Michael, die sie zu unterdrücken versuchten, so verhasst: Freiheit und Bürgerrechte standen absoluter Macht und der schrankenlosen Bewunderung entgegen, die die Mächtigen vom Volk einfordern konnten.

Sie wollte keinen weiteren Wodka. Sie zog sich aus, ging ins Bett, knipste die Nachttischlampe aus. Mit ihrer Pistole unter dem Kissen, auf dem Nicks Kopf nie ruhen würde, lag sie im Dunkel und gab sich dem Zauber der Musik hin. Vielleicht war sie eine Frau, die in einer falschen Ära geboren war, für die irgendeine andere Zeit in der Vergangenheit bestimmt gewesen war, eine Frau, die in mehr als nur einer Beziehung aus der Zeit gefallen war. Im Schlaf existierte keine Zeit, die sie peinigen konnte; es gab keine Stunde der Abrechnung und ausnahmsweise kein Kind in Gefahr.

SIEBZEHN

Am Samstag ging Jane in Casa Grande in die Bibliothek und benutzte einen Computer, um Neues über D. J. Michael zu erfahren. Offenbar im Interesse seiner persönlichen Sicherheit war erst am Vortag bekannt gegeben worden, dass er am Samstag in einer Woche in San Francisco an einer Wohltätigkeitsgala teilnehmen würde, bei der er mit einem Menschenrechtspreis ausgezeichnet werden sollte.

Sie hielt die Ankündigung für einen Köder, der sie anlocken sollte, damit sie den Veranstaltungsort für einen möglichen Anschlag auskundschaftete. Aber nun würde sie darauf achten, sich ihm nicht mal auf Sichtweite zu nähern.

Sie blieb nur wenige Minuten in der Bibliothek und fuhr dann in drei Stunden nach Yuma, Arizona, wo sie übernachtete.

Am Sonntagmorgen um elf Uhr kam sie in San Diego an und benutzte ein Wegwerfhandy, um die Nummer anzurufen, die Otis Faucheur ihr gegeben hatte.

Als der Mann sich meldete, nannte sie ihren Namen nicht. »Ich glaube, Sie warten seit Mittwoch auf einen Anruf von mir.«

»Wann wollen Sie kommen?«

»So früh wie möglich.«

»Vierzehn Uhr.« Er nannte ihr eine Adresse in La Jolla.

La Jolla, eines der elegantesten Wohnviertel von San Diego, war ein hübscher Vorort mit Alleen und interessanten Geschäften. Villen in den teuersten Lagen konnten hier achtstellige Summen kosten.

Wilson Faucheurs Haus lag im mittleren siebenstelligen Bereich, etwa fünfhundert Quadratmeter weichgespülter moderner Architektur. Es stand auf einem terrassenförmig angelegten Hügel, nicht in der ultrateuren ersten Reihe, sondern in der dritten Straße vom Strand.

Jane sah nichts Verdächtiges, als sie dort vorbeifuhr. Sie parkte den Explorer Sport in einer Seitenstraße und ging zu dem Haus zurück.

Obwohl Otis Faucheur ihr angedroht hatte, sie erschießen zu lassen, wenn sie sich jemals wieder an seinem Wohnsitz in Arkansas blicken ließ, hatte sie wenig Sorge, im Haus seines Sohns könnte ihr Gefahr drohen. Aus Otis' Sicht waren Wilson und sie gewissermaßen Verbündete, weil sie die Schwächen des Systems ausnutzten, aber sie musste bedenken, dass er zur herrschenden Klasse gehörte, weil er Politiker bestach, während sie eine echte Außenseiterin war. In einer kritischen Situation würde er sie eiskalt opfern.

Als sie an der Haustür klingelte, unterschied der Mann, der ihr aufmachte, sich auffällig von seinem Vater. Groß, athletisch, mit dichter schwarzer Mähne. Mit etwas zu scharfen Zügen sah er nicht wirklich gut aus, aber er war attraktiv, ungefähr vierzig.

Er schloss die Tür hinter ihr und sagte: »Meine Frau will nichts mit dieser Sache zu tun haben. Sie ist bis fünf Uhr außer Haus. Bis dahin müssen Sie fort sein.«

»Verstanden.«

»Mein Dad hat mir erzählt, wer Sie sind. Wäre mein Bruder Dozier damals nicht durch Sie freigekommen, würde ich Ihnen niemals helfen.«

»Das muss ich akzeptieren.«

»Trotzdem sind Sie heutzutage so gefährlich, dass ich mich frage, ob Dad noch richtig tickt, ob er im Alter sentimental wird.«

»Ich versichre Ihnen, dass er ungefähr so sentimental ist wie ein Vorschlaghammer.«

Die Züge des Mannes wurden noch schärfer, als habe jemand ein Totempfahlgesicht mit einer Axt bearbeitet. »Sollte das ein Witz sein?«

»Nein, nur eine zutreffende Einschätzung. Hören Sie, je weniger wir hier diskutieren, desto schneller bin ich wieder fort.«

»Das ist immerhin etwas.«

Er führte sie durch sein Haus, das überwiegend weiß mit sanften grauen Akzenten war. Die Einrichtung war elegant modern, die abstrakten Bilder an den Wänden seelenlos wie von einem Computer ausgedruckte Binärcodes.

Sein geräumiges Arbeitszimmer lag im Erdgeschoss. Vor den bodentiefen Fenstern bildeten die Häuser in den beiden anderen Straßen eine zum Meer hin abfallende Kulisse. Wie der Himmel schien der Pazifik die Farbgebung des Hauses zu ergänzen: unter einer mittelgrauen Wolkendecke war das dunkelgraue Wasser mit niedrigen weißen Schaumkronen gefleckt.

An den Wänden hingen gerahmte Großfotos einiger Projekte, die Wilson Faucheur realisiert hatte. Er baute keine Einfamilienhäuser, sondern Apartmentgebäude mit zwanzig Stockwerken, Bürotürme, Hotels und öffentliche Gebäude. Dabei bevorzugte er Architekten, die schlichte Bauten, die im Prinzip an sowjetische Wohnblocks erinnerten, mit allerlei modischem Schnickschnack aufmotzten.

Auf zwei langen Tischen standen je ein PC, Drucker, Scanner, Bücher und zahlreiche Ringbinder. Dazwischen lag ein eineinhalb Meter breiter freier Streifen, auf dem Faucheur mit seinem Bürostuhl rasch von einem Arbeitsplatz zum anderen rollen konnte.

Er bot Jane einen Stuhl an, dann setzten sie sich vor einen der Computer. »Es gibt also ein Gebäude, für dessen Innenleben Sie sich interessieren.«

»Können Sie diese Suche anonymisieren, Ihre Spuren verwischen?«

Sein eisiger Blick machte eine Antwort überflüssig. »Worauf lasse ich mich damit ein?«

»Auf nichts Schlimmes, wenn Sie's verstehen, falsche Fährten zu legen.«

Nach kurzem Schweigen, als überlege er, ob er sie trotz der Empfehlung seines Vaters wegschicken sollte, sagte er: »Ich kann die Suche über ein paar Offshore-Firmen laufen lassen. Die können später notfalls verschwinden, als hätte es sie nie gegeben.«

»Keine schlechte Idee«, stimmte Jane zu.

Sie gab ihm die Adresse des neunstöckigen Gebäudes in San Francisco, in dem ihre Suche – und vielleicht auch ihr Leben – enden würde.

Nachdem Faucheur die umständliche Suchroute eingerichtet hatte, begann er mit Google Street View. Mit abgerundeten Ecken, Kalksteinfassade und Türen, Fensterrahmen und dekorativen Elementen aus Edelstahl gehörte das Zielgebäude zur gemäßigten Moderne. Über dem Haupteingang standen in meterhohen Lettern aus gebürstetem Stahl die Wörter FAR HORIZONS.

Die obersten drei Etagen waren ungefähr fünf Meter zurückgesetzt, um Platz für umlaufende Balkone zu schaffen. Das Gebäude stand in einem Gebiet, in dem die meisten Häuser weniger als fünf Stockwerke hatten, sodass die Aussicht aus den obersten Etagen umwerfend sein musste.

»Das Gebäude steht in einem Areal mit gemischter Nutzung, ist aber trotzdem ungewöhnlich zweigeteilt«, sagte Faucheur. »Die drei oberen Stockwerke dienen offenbar Wohnzwecken. Ist das über dem Eingang ein Firmenname, liegen darunter sieben Büroetagen. Und alle umlaufenden Balkone scheinen nicht unterteilt zu sein, sodass alle Apartments auf den drei Ebenen sich diesen Bereich teilen, was eine baulich unbefriedigende Lösung ist.«

Jane sagte: »Im achten Stock liegt nur ein Apartment. Im siebten und neunten gar keines. Diese Etagen dienen als Sicherheitsbarrieren für die achte.«

Wieder der eisige Blick. Diesmal verzichtete er darauf, etwas zu sagen.

Hätte Jane zu diesem Punkt geschwiegen, hätte er den Hausbesitzer recherchiert, sobald sie gegangen war. »Sagt Ihnen der Name David James Michael etwas?«

»Verdammt!«

»Dort im achten Stock wohnt er, wenn er in San Francisco ist.«

»Und Sie suchen eine Möglichkeit, an seinem Sicherheitsdienst vorbeizukommen.«

»Ich will nicht daran vorbei. Ich will hindurch.«

»Um was zu tun?«

»Um aufzuzeichnen, wie er eine Serie von schweren Verbrechen gesteht, die das Ende seines Imperiums bedeuten und ihm die Todesstrafe einbringen werden.«

Faucheur wandte sich der Fensterfront zu und starrte aufs Meer hinaus, als hoffe er, der Käpt'n des Schiffs *Weisheit* werde ihm durchs Sprachrohr einen Ratschlag zurufen.

Jane sagte: »Ich habe schon fast alles, was ich brauche. Mir fehlen nur noch ein paar Informationen.«

»Michael ist ein engagierter Umweltschützer. Aber das wissen Sie vermutlich.«

»Er sorgt sich, heißt es.«

»Yeah, er sorgt sich. Vor allem um D. J. Michael.«

»Spendet sehr großzügig.«

»Und bekommt noch mehr zurück. Der Dreckskerl benutzt seine Freunde in der ökologischen Bewegung dazu, um Projekte von Konkurrenten schon im Genehmigungsstadium zu sabotieren. Ein paar Jahre später stellt eine andere Firma etwas ganz Ähnliches hin – und D. J. ist heimlich daran beteiligt, wenn ihm die Firma nicht sogar ganz gehört.«

»Sie gehören zu denen, die er beschissen hat, was?«

Faucheur wandte sich vom Meer ab und erwiderte ihren Blick. »Was wollen Sie also wissen?«

»Vier Aufzüge«, sagte sie und wiederholte damit, was sie von Randall Larkin erfahren hatte. »Drei davon enden im sechsten Stock. Der vierte Aufzug bedient die oberen Etagen, fährt aber an den unteren vorbei.«

»Man braucht einen Spezialschlüssel, um ihn aufsperren zu können?«

»Genau. Und in der Kabine«, sagte sie, »muss man in einen Augenscanner sehen, um feststellen zu lassen, ob man auf der Liste genehmigter Besucher steht. Versucht man zu tricksen, verriegelt sich die Kabine und hält einen bis zum Eintreffen der Polizei fest.«

»Also können Sie die Aufzüge nicht benutzen.«

»Außerdem gibt es zwei Treppen an den beiden Enden des Gebäudes.«

Er nickte. »Aus Brandschutzgründen vorgeschrieben.«

»Aber sie führen nur bis in den sechsten Stock hinauf.«

»Die würde das Bauamt nie abnehmen«, sagte Faucheur. »Nicht mal für D.J. Michael.«

»Ich habe gehört, dass es eine Geheimtreppe geben soll. Wäre das baurechtlich zulässig?«

»Ja, als legitimer Bestandteil eines architektonischen Sicherheitssystems. Man hat ein elektronisches System, und für besonders Schutzbedürftige kommt ein architektonisches System dazu.«

»Sie meinen etwas wie einen Panikraum.«

»Richtig. Und manchmal ein geheimer Fluchtweg aus dem Gebäude, oft in den Keller hinunter. Oder sogar senkrecht, dann waagerecht in den Nachbarkeller und erst von dort ins Freie.«

»Wären ein Panikraum oder eine Geheimtreppe auf den eingereichten Bauplänen zu finden?«

»Nein.« Er konzentrierte sich wieder auf Google Street View auf dem Bildschirm. Sein finsterer Gesichtsausdruck hatte sich verflüchtigt, und er strahlte jetzt eine Art jungenhaften Enthusiasmus aus. »Aber im Allgemeinen ist nach Fertigstellung eine Ortsbegehung mit der Polizei vorgeschrieben, damit die Cops im Fall einer Geiselnahme Ihre Hintertür kennen. Dagegen wird allerdings oft verstoßen.«

»Der Kerl, der mir alles andere erzählt hat … er wusste, dass es eine Geheimtreppe gibt, aber konnte nicht sagen, wo. Können Sie sie finden?«

Er legte die Fingerspitzen der rechten Hand auf die Street-View-Aufnahme auf dem Monitor, als lasse das Rätsel sich durch Berührung lösen. »In jedem Gebäude gibt es Leerräume, die auf dem Bauplan nicht ohne Weiteres ersichtlich sind. Sie werden oft zugemauert, sodass niemand weiß, dass sie existieren. Und sie sind meistens klein und ziehen sich niemals durchs ganze Gebäude. Wer Blaupausen lesen kann und einen Leerraum entdeckt, der sich durchs ganze Gebäude zieht, hat die Geheimtreppe oder den Fluchtgang gefunden.«

»Können Sie auf die beim Bauamt der Stadt eingereichten Baupläne zugreifen? Ich vermute, dass sie elektronisch eingereicht werden müssen.«

Faucheur schüttelte den Kopf. »Das ginge, aber so wollen wir's nicht machen. Die Datenverarbeitung der Stadt, ihr ganzes System ist staatlicher Schrott. Der hält einen nur auf, macht einen verrückt. Nein, es gibt eine bessere Methode.«

»Sie können mir also beschaffen, was ich brauche.«

Er lehnte sich auf seinem Stuhl zurück, drehte sich einmal im Kreis und lächelte sie an. »Hätte mir gestern jemand erzählt, ich könnte mithelfen, D.J. Michael zu Fall zu bringen, hätte ich für diese Chance mein linkes Ei gegeben.«

»Das wird nicht nötig sein«, sagte Jane.

ACHTZEHN

Faucheur rief seine Frau an und bat sie, nicht vor achtzehn Uhr heimzukommen. Jane und er würden mehr als die drei Stunden brauchen, die sie ihnen zugebilligt hatte.

In seinem Arbeitszimmer stand eine Kaffeemaschine, und Jane machte ihnen einen starken Kaffee. Beide tranken ihn schwarz und ohne Zucker.

Wilson stellte einen Teller mit von seiner Frau gebackenen Zitronenplätzchen mit Schokoladenguss auf den Tisch. Jane mochte eigentlich keine Plätzchen, aber diese waren köstlich.

Statt das Archiv des Bauamts San Francisco zu hacken, rief Wilson die Webseite Emporis auf, die damit warb, Konstruktionsdetails von Gebäuden »mit Prestige und hohem wirtschaftlichen Wert« zur Verfügung zu stellen. Von dort aus gelangte er zu dem Generalunternehmer, der das fragliche Gebäude errichtet hatte, und allen Subunternehmern, die für ihn tätig gewesen waren.

»D.J. hat die beste Firma engagiert«, sagte Wilson. »Obwohl er meines Wissens nicht mal daran beteiligt ist.«

Das Bauunternehmen hatte ein elektronisches Archiv, und Wilson war zuversichtlich, dort minutenschnell eindringen zu können, weil er es schon früher gehackt und einen Trojaner zurückgelassen hatte, der ihm in Zukunft als Türöffner dienen würde.

»Ich habe einige Male gegen sie geboten«, erklärte er Jane. »Sie drücken die Kosten, bis niemand mehr mithalten kann. Ich musste wissen, wie sie das machen.« Er schien ihren Blick richtig zu deuten, denn er grinste verlegen. »Yeah, ich bin anscheinend doch nicht so anders als mein Vater, wie ich manchmal glauben möchte.«

Jenseits der Fensterwand wob der Webstuhl des Himmels allmählich dunklere Strähnen in die Wolkendecke, als die

Westküste sich von der Sonne wegdrehte, und parallel dazu verdunkelte sich auch der Pazifik.

»Das Gebäude hat eine Tiefgarage mit drei Ebenen. Die ersten sieben Geschosse bestehen aus zehntausendvierhundert Quadratmetern Bürofläche. Wegen der umlaufenden Balkone bringen die obersten drei Etagen es nur auf etwas über zweieinhalbtausend Quadratmeter.«

Nach langer Suche auf den eingescannten Blaupausen fand Wilson genau in der Mitte der Südfassade einen durchgehenden Leerraum mit weniger als einem Quadratmeter Grundfläche, der sich vom Dach bis zum ersten der drei Parkgeschosse hinunterzog.

»Das könnte eine Wendeltreppe sein«, sagte er, »aber der Platz würde auch für eine sehr steile Treppe mit kleinen Absätzen reichen.«

»Wo liegt der Zugang?«

»Sie scheint in einer Art Vorratskammer zu enden. Ich vermute, dass sie voller Regale steht, von denen eines sich wegziehen lässt.«

»Eine Geheimtür.«

»Total Indiana Jones«, bestätigte er.

»Die Tür wird alarmgesichert sein. Was lässt sich dagegen machen?«

»Ist die Tür gut versteckt, würde man keine Alarmanlage wollen. Dadurch wäre Ihre architektonische Security mit der elektronischen verknüpft, und ein wirklich brillanter Hacker könnte beide Systeme finden. Dann wäre Ihre geheime Fluchtroute nicht mehr geheim.«

»Gibt's dort drinnen Kameras?«

»Lässt sich eine Geheimtreppe mit Kameras überwachen, kann man von einem Hacker auf der Flucht beobachtet werden. Ein Notausgang oder Fluchttunnel bleibt viel eher geheim, wenn er möglichst simpel angelegt ist. Konstruiert man ihn so, dass er nicht entdeckt werden kann, zumindest nicht leicht, ist die Wahrscheinlichkeit hoch, dass ihn nur der Kerl benutzt, für den er gedacht war.«

Mit der Abenddämmerung wehte eine frische Brise vom Meer hügelaufwärts, und die Palmwedel peitschten, als beklagten die Bäume das Schwinden des Lichts.

»Soviel ich weiß«, sagte Jane, »soviel ich gehört habe, kann man von dieser Treppe aus in den siebten oder neunten Stock, aber nicht in den achten gelangen. Die Tür zu dieser Etage müsste man mit C4 aufsprengen. Das war's dann mit der unbemerkten Annäherung.«

»D.J. Michael wohnt im achten Stock, was? Sie haben gesagt, dass der siebte und neunte Sicherheitsbarrieren sind. Was heißt das genau?«

»Das wollen Sie nicht wissen. Ich will im siebten Stock eindringen. Überlebe ich das, muss ich eine Möglichkeit finden, nach oben in den achten zu gelangen. Irgendeine Methode, mit der er nicht rechnet.«

Wilson musterte sie sekundenlang schweigend. »Was im Fernsehen über Sie erzählt wird, ist Bullshit, stimmt's?«

»Fast alles. Ich musste ein paar Leute in Notwehr erschießen. Aber im Fernsehen ist nie von Notwehr die Rede.«

»Worum zum *Teufel* geht's hier wirklich?« Er hob eine Hand, um sich selbst zum Schweigen zu bringen. »Yeah, okay – ich will's nicht wissen.« Er wandte sich wieder dem Bildschirm zu. »Mal sehen, ob wir finden können, was Sie brauchen.«

NEUNZEHN

Am Montagnachmittag kaufte Jane zwei neue Pistolen von John und Judy White, die sich Pete und Lois Jones nannten – den syrischen Flüchtlingen, die vermutlich nie in Syrien gewesen waren und als stolze Großeltern nicht existierender Enkel in Reseda in dem Haus mit vielen Gartenzwergen lebten. Die Waffen waren USP .45 Compacts aus Polyamid von Heckler & Koch mit versetzt angeordneten neun Patronen im Magazin, das ein ergonomisches Griffstück ermöglichte. Geliefert wurden sie mit Schalldämpfern. Außerdem kaufte sie Reservemagazine, Munition und ein neues Schulterholster aus Wildleder mit Schnellverschluss für zwei Waffen. Und selbst auf die Gefahr hin, sich übermäßig zu bewaffnen und dadurch unbeweglich zu werden, kaufte sie auch eine Webkoppel von Gould & Goodrich mit Klettbandhalterungen für alle möglichen Spielzeuge, mit denen sie sich zusätzlich eindeckte.

Statt eines zu engen Trainingsanzugs in Pink trug die mollige Lois diesmal einen zu engen in Purpurrot. Gelben statt grünen Nagellack. Zu ihren sechs riesigen Brillantringen war ein siebter dazugekommen.

Bevor Jane ging, konnte sie der Versuchung nicht widerstehen, ihr zu erklären: »Bernie Riggowitz von Elegant Weave sagt, dass Sie erstklassige Perücken verkaufen.«

»Russisches Haar«, sagte Lois zwischen zwei Zügen an ihrer Zigarette.

»Tatsächlich?«

»Ist bestes Haar von Welt.«

»Das wusste ich nicht.«

»Man darf nur keines aus Tschernobyl nehmen.«

»Wegen des Unfalls im Atomkraftwerk?«

Lois blies eine Rauchfahne an die Decke. Sie spuckte einen Tabakkrümel aus und sagte: »War kein Unfall. War nicht nur ein Kraftwerk.«

Ihre wissende Miene suggerierte, dass sie nicht nur irgendeine Medienspekulation wiederholte.

»Was war es dann?«

Die schwarzen Augen verengten sich, und in ihnen blitzte die Andeutung einer Seele auf, die so hart und kalt war, dass nicht einmal der grellbunte Anzug, der auffällige Nagellack und die protzigen Brillantringe sie halbwegs komisch wirken lassen konnten. »Tschernobyl braucht Sie nicht zu kümmern. Gehen Sie, wohin Sie wollen. Sie wollen sterben, also gehen Sie sterben.«

ZWANZIG

Montagabend. Kurz nach 22 Uhr. Jane in einem Motel im Großraum San Francisco, in einem Vorort, der noch vor zehn Jahren keineswegs schäbig gewesen war, aber jetzt sichtlich heruntergekommen wirkte. Rucksäcke und Bündel mit Habseligkeiten von überwiegend imaginärem Wert umklammernd drängten sich Horden von Obdachlosen – die Alkoholiker und die Drogenabhängigen und die Geistesgestörten, aber auch die gewöhnlichen, nüchternen Armen – in den dunklen Eingängen geschlossener Geschäfte, im Gebüsch des benachbarten kleinen Parks und zwischen Müllbehältern auf Hinterhöfen zusammen. Sirenen heulten und verklangen in der schwülen Nacht, in der mehrmals schrilles Gelächter zu hören war. Ein Betrunkener grölte den alten Song »Time in a Bottle« von Jim Croce und verstummte dann wie durch einen Fausthieb zum Schweigen gebracht.

Gegen 23 Uhr schrak Jane, die beschlossen hatte, angezogen zu schlafen, durch das Weinen eines Kindes auf. Es war ein leises, anhaltendes Geräusch, kein weinerliches Plärren, sondern ein Ausdruck von Elend und tief sitzendem Kummer, den ein Erwachsener mit Worten und einer liebevollen Berührung hätte verscheuchen sollen. Aber das Weinen ging weiter.

Anfangs glaubte sie, das Weinen käme aus einem der Zimmer neben ihrem. Aber als sie an den Wänden horchte, schien das nicht der Fall zu sein.

Sie ging zunehmend unruhig auf und ab, bis sie schließlich das Schulterholster anlegte und in ihren Blazer schlüpfte. Mit verdeckt getragener Pistole verließ sie ihr Zimmer und blieb auf dem fleckigen, von Rissen durchzogenen betonierten Weg stehen, an dem eine lange Reihe schäbiger Zimmer lag, die einem Zellenblock für Menschen glichen, die nie für ihre Verbrechen verurteilt worden waren und sich für Selbstinhaftierung entschieden hatten.

Jane schritt das Motel von einem Ende zum anderen ab, aber das jämmerliche Kinderweinen war überall zu hören. Zuletzt konzentrierte sie ihre Aufmerksamkeit auf einen alten VW-Bus, der mit verhängten Fenstern in einem abgelegenen Teil des Parkplatzes stand. Aber als sie sich ihm näherte, kam das Weinen nicht aus dem Bus.

Das Wehklagen verstummte. Sie wartete darauf, dass es wieder einsetzen würde. Keine menschlichen Laute. Nur mechanische Geräusche, nah und fern. Als sei die Menschenära vorüber und habe eine nur von Maschinen bewohnte Stadt hinterlassen. Das Kind blieb still.

Sie kehrte in ihr Zimmer zurück. Sie legte Jacke und Schulterholster ab.

Travis. Sie fragte sich, ob eine Mutter ihr Kind unter extremen Umständen aus Hunderten Meilen Entfernung weinen hören konnte.

Sie dachte an die schwarzäugige Lois in Reseda, die wie eine Zigeunerin ausgesehen hatte, die ihr Schicksal in ihren Augen gelesen hatte: *Sie wollen sterben, also gehen Sie sterben.*

Dabei wollte Jane nur Schlaf – und bald Gerechtigkeit. Sie wollte keinen Wodka, aber sie wusste, dass sie sonst keinen Schlaf finden würde. Sie mixte sich einen Drink.

Sie wollte nicht sterben. Teufel, nein! Was diese Frau in ihrem Blick gesehen hatte, war Angst gewesen. Behindernde, lähmende Angst davor, was sie nach Randall Larkins Schilderung im siebten Stock von Far Horizons erwartete. Weder ihre harte Ausbildung in Quantico noch jahrelanger härterer FBI-Dienst hatten sie auf diese Konfrontation vorbereiten können.

Vielleicht war das weinende Kind, das sie in dieser Nacht gehört hatte, sie selbst vor vielen Jahren gewesen, als sie ihre Mutter in einer Badewanne mit blutrotem Wasser tot aufgefunden hatte.

EINUNDZWANZIG

Von der gegenüberliegenden Straßenseite aus beobachtete Jane Hawk, wie die Angestellten von Far Horizons am Dienstagmorgen ins Büro kamen. Manche bildeten Fahrgemeinschaften. Sie notierte sich die Kennzeichen einiger Leute, die allein kamen.

Von Randall Larkin wusste sie, dass jeder Angestellte einen nummerierten Platz in der Tiefgarage hatte, in die er einfahren konnte, sobald ein Laserstrahl das Hologramm an seiner Frontscheibe identifiziert hatte. Besucher mussten sich vierundzwanzig Stunden vorher anmelden.

Später griff sie in einer Bibliothek vor einem öffentlichen Computer sitzend mit einem Polizeicode auf die Datenbank der Zulassungsbehörde zu, identifizierte die Besitzer der Autos, deren Kennzeichen sie sich notiert hatte, und erhielt damit auch ihre Adressen.

Bis Mittag hatte sie zwei Kandidaten. Sara Laura Shoen wohnte in Sausalito in einer Doppelhaushälfte und kam über die Golden Gate Bridge zur Arbeit. Henry Waldlock lebte in Pacifica südlich der Stadt. Soviel Jane mithilfe ihrer Facebook-Profile und anderen sozialen Medien feststellen konnte, waren beide ledig. Beide waren bei Datingportalen angemeldet.

Weil Henry ein Einfamilienhaus hatte, das mehr Ungestörtheit versprach als ein Doppelhaus, fuhr Jane nach Pacifica, um sein Haus zu erkunden. Die Villa stand auf einem geschmackvoll gestalteten übergroßen Grundstück am Ende einer Straße – für ihre Zwecke ideal.

Nach einem frühen Abendessen in einem Restaurant in der Nähe fuhr sie in Henrys Viertel zurück und parkte das SUV zwei Straßen weit von seiner entfernt. Mit ihrer Tragetasche in der Hand ging sie zu der reizenden Villa im spanischen Stil zurück und klingelte um halb sieben an der Haustür. Niemand machte ihr auf.

In einem Beet mit Fleißigen Lieschen links neben der Haustür steckte unübersehbar das Schild eines Sicherheitsdiensts mit der Warnung, dieses Haus sei alarmgesichert.

Nachbarn im Norden. Keine im Süden. Die südliche Gartentür war nur mit einem einfachen Riegel gesichert. Jane ging hindurch und folgte dem Fußweg zwischen der Garage und einer auf der Grundstücksgrenze stehenden Mauer, die mit Jasmin an einem Spalier bewachsen war. Vor der Seitentür der Garage setzte sie sich von der Straße aus nicht sichtbar auf die Natursteinplatten und wartete.

Um 19:11 Uhr, als es dämmerig wurde, kamen Autoscheinwerfer näher. Gleichzeitig war Motorengeräusch zu hören. Ein von Janes Position aus nicht sichtbarer Wagen bog in die Einfahrt ab. Das Sektionaltor rumpelte nach oben, der Alarm schrillte los, das Auto fuhr in die Garage, das Tor schloss sich wieder.

Der Alarm verstummte, als der Motor noch lief. Er musste ihn mit seinem Smartphone abgestellt haben. Als Jane aufstand, flammte im ganzen Haus Licht auf, vermutlich ebenfalls durch Henrys Smartphone gesteuert.

Er stellte den Motor ab. Eine Autotür wurde zugeknallt. Auf dem Weg von seinem BMW 740i zu der Verbindungstür zum Haus pfiff er vor sich hin.

Sobald Jane hörte, dass die innere Tür geschlossen wurde, öffnete sie die Seitentür der Garage. Dazu brauchte sie nicht einmal den LockAid. Das einfache Schloss ließ sich mit einem ihrer laminierten Führerscheine öffnen.

Die von einem Zeitschalter gesteuerte Lampe über der Tür verbreitete noch immer sanftes Licht. Neben dem BMW stand eine feuerrote 1960er Corvette. Die Garage war sauber und gut aufgeräumt.

Wie die meisten Leute mit Alarmanlagen ließ Henry den Außenalarm ausgeschaltet, solange er zu Hause war. Gut für Jane, schlecht für ihn.

Er hatte auch vergessen, die Tür zwischen Haus und Garage abzuschließen. Durch einen kleinen Vorraum gelangte Jane in die Diele im Erdgeschoss.

In der Küche brannte Licht. Lachen vom Band, als ein Fernseher eingeschaltet wurde.

Sie schlich mit ihrer Tragetasche in der Hand nach oben und verschwand in dem dunklen Gästezimmer, das am weitesten von dem großen Schlafzimmer entfernt war.

Nach dem Abendessen sah Henry sich einen Spielfilm in solcher Lautstärke an, dass die Wände erzitterten. Vielleicht mit Robotern oder Invasoren aus dem Weltall. Nicht genau bestimmbar.

Aufgrund seiner Posts auf Facebook, seiner Mitgliedschaft in einem Datingportal und seinem einsamen Abend hatte sie fast Mitleid mit ihm.

Trotzdem würde sie ihn überfallen und außer Gefecht setzen, um seinen BMW zu stehlen.

Als er kurz nach 22 Uhr ins Bett ging, stellte er die Alarmanlage an. Eine Tonbandstimme meldete: *»Einstellung ›Home‹ aktiviert.«*

Er hatte den Außenalarm, aber nicht die Bewegungsmelder aktiviert.

Obwohl nicht anzunehmen war, dass er mitten in der Nacht misstrauisch werden würde, klemmte sie einen Stuhl unter die Türklinke, bevor sie sich auf dem Bett ausstreckte. Weil der Gedanke an den Spießrutenlauf, der sie im siebten Stock erwartete, sie sehr bedrückte, würde sie bestimmt nicht länger schlafen als Henry.

Nachdem Jane zwischendurch mehrmals aufgewacht war, stand sie um 4:05 Uhr auf. Zog den unter die Türklinke geklemmten Stuhl weg. Trat auf den Flur hinaus.

Durch ein Fenster fiel gespenstisch bleiches Mondlicht herein. Sie blieb an der offenen Tür des großen Schlafzimmers stehen. Henry schlief leise schnarchend.

Als sie die kleine Sprühflasche nahm und seine untere Gesichtshälfte mit Chloroform bespritzte, zuckte er leicht. Er öffnete kurz die Augen, versank aber sofort in eine andere Art Schlaf.

Er trug nur Boxershorts. Wog schätzungsweise siebzig Kilo. Totes Gewicht. Aber sie zog ihn vom Bett, schleifte ihn an den Armen gepackt nach nebenan.

Als er aufwachte, saß er nackt auf der Toilette des fensterlosen Bads neben seinem Schlafzimmer. Seine Handgelenke waren mit zahlreichen Lagen Gewebeband aneinandergefesselt und am linken Oberschenkel fixiert. Starke Kabelbinder fesselten seine Fußknöchel und waren mit einer Kette aus Kabelbindern verbunden, die den WC-Sockel umgab. Der Kabelbinder um seinen Hals war auf gleiche Weise mit der Fußfessel verbunden. Sein Mund war mit Gewebeband zugeklebt. Seine Boxershorts hingen am Türknopf, wo er sie sehen konnte.

Er schüttelte die Wirkung des Chloroforms schneller ab, als Jane für möglich gehalten hätte. Aber er wusste natürlich nicht, wie er in diese Lage geraten war. Schock und Angst und Scham brachten ihn rasch ins Bewusstsein zurück. Auf Stirn und Oberlippe erschienen kleine Schweißperlen.

Von der offenen Tür aus fragte Jane: »Sind Sie bei mir?«

Er gab einen zustimmend klingenden Laut von sich.

»Um ganz sicherzugehen, gebe ich Ihnen noch zwei Minuten Zeit. Hier geht's um Ihr Leben. Da sollten Sie fairerweise genau verstehen, was ich erwarte.«

In diesen zwei Minuten ließ er sie keine Sekunde lang aus den Augen.

»Okay, Henry, es geht um Folgendes. Vielleicht sind Sie nur ein gewöhnlicher Angestellter bei Far Horizons und wissen nicht, zu welch infamen Zwecken all diese Forschung dient. Das will ich zu Ihren Gunsten annehmen. Nur deshalb sind Sie noch nicht tot. Verstanden?«

Er nickte.

»Braver Junge. Ich werde mit Ihrem Wagen zu Far Horizons fahren, um dort eine Kleinigkeit zu erledigen. Danach komme ich zurück und lasse Sie unverletzt frei. Sie können nur durch eigene Schuld sterben, Henry. Sie wissen, wie solche Kabelbinder funktionieren?«

Er schüttelte den Kopf. Dann nickte er. Dann zuckte er mit den Schultern.

»Ich will's Ihnen erklären. Man kann sie fest, fester und noch fester anziehen, aber nicht mehr lockern. Das liegt daran, dass ihre kleinen Zähne als Widerhaken wirken. Enger, ja. Lockerer, nein. Wie eine Ratsche. Alles so einfach wie die *Sesamstraße*. Kapiert?«

Er nickte.

»Rasche Auffassungsgabe. Ausgezeichnet. Also, Henry, ich habe den Kabelbinder um Ihren Hals bewusst ziemlich locker gelassen, aber mit den anderen verbunden. Versuchen Sie nun, sich von dem Gewebeband oder den Fesseln zu befreien, zieht er sich enger zu. Erkennen Sie, wie ich das Ratschenprinzip genutzt habe, um das Problem zu lösen, Sie an der Flucht zu hindern?«

Er nickte.

»Gut, gut, gut. Deswegen lernen wir Neues, Henry. Nicht nur, um es zu wissen, sondern auch, um es anwenden zu können. Hätte ich Sie jetzt nicht gewarnt, Henry, hätten Sie vielleicht eine gewaltige Anstrengung unternommen, um sich zu befreien, wodurch der Kabelbinder sich in Ihren Hals eingeschnitten hätte. Hätten Sie verzweifelt weitergekämpft ... Nun, was wäre dann passiert? Hätte Ihre Lage sich noch verschlimmert? Was glauben Sie?«

Er nickte.

»Ja, das stimmt. Sie haben in kürzester Zeit eine Menge dazugelernt, Henry. Ich befreie Sie jetzt von dem Klebeband über Ihrem Mund. Falls Sie schreien oder um Hilfe rufen – was ohnehin niemand hören würde –, tue ich Ihnen sehr weh. Henry, können Sie sich vorstellen, was ich mit ›sehr wehtun‹ meine?«

Er nickte.

»Braver Junge. Mal sehen, ob Sie so clever sind, wie Sie wirken.«

Sie riss das Gewebeband von seinem Mund ab.

Henry Waldlock holte tief Luft, atmete geräuschvoll aus und begann, hastig zu reden. »Ich bin als Analyst für Kostenkontrolle zuständig, ich plane Budgets, ich verhandle mit Lieferanten, ich weiß nicht viel über die Forschung, verdammt, ich verstehe überhaupt *nichts* davon!«

Jane starrte ihn schweigend an, dann sagte sie: »Ich bin nicht hier, um mir Ihre Stellenbeschreibung anzuhören. Sind Sie fertig mit Ihrem Rechtfertigungsversuch?«

»Ich wollte nur sagen ...«

Er verstummte, als sie eine der beiden USP .45 Compacts aus dem Schulterholster unter ihrem Blazer zog.

»Beantworten Sie meine Fragen ehrlich, dann sind wir beste Freunde, Henry. Haben Sie eine Haushälterin?«

»Ja.«

»An welchen Tagen kommt sie ins Haus?«

»Mittwochs. Heute. Neun Uhr. Daher kann Ihr Plan nicht klappen. Sie haben sich den falschen Tag ausgesucht.«

»Auf Facebook geben Sie manchmal mit Ihrem Lifestyle an, Henry. Das tun Sie sehr geschickt, es klingt amüsant, und Sie halten es vielleicht nicht mal für Angeberei, aber das ist's trotzdem. Sie bezeichnen Ihre Haushälterin als Ihr Dienstmädchen. Wie ich gelesen habe, kommt sie zweimal in der Woche – montags und donnerstags. Hat sich daran etwas geändert, Henry?«

Er zögerte. »Nein.«

»Und welcher Tag ist heute?«

»Mittwoch.«

»Also haben Sie mich schon einmal angelogen. Wissen Sie, was passiert, wenn Sie mich zweimal belügen, Henry?«

»Ich kann's mir denken.«

»Was denn?«

»Sie tun mir weh.«

Jane wartete.

»Sehr weh«, fügte er hinzu.

»Schon besser. Ich weiß, dass ein Laserstrahl den Aufkleber an ihrer Frontscheibe abtastet, bevor Sie in die Tiefgarage einfahren. Danach öffnet sich das Tor. Auf welcher der drei Ebenen parken Sie?«

»Ebene eins, Platz dreiundzwanzig. Die Nummer steht an der Wand. Hinter dem Tor rechts abbiegen, dann liegt mein Platz links voraus.«

»Ich wusste, dass Sie ein guter Junge sind. Sie haben mir fünf Antworten gegeben, ohne dass ich fünf Fragen stellen musste. Die Einfahrtskontrolle ist also automatisiert. Aber gibt es dort unten auch einen Wachmann, der sehen würde, dass nicht Sie Ihren BMW fahren?«

»Nein. Menschen können sich irren. Technik ist verlässlicher. Wir haben Kameras in der Garage, aber die zeichnen nur den Verkehr auf. Aus der Garage kommt man nur mit einem der Aufzüge – und der verlangt, dass jeder Zusteigende seinen Namen nennt.«

»Identifizierung durch Stimmenerkennung?«

»Ja. Außerdem wird Ihr Gesicht gescannt. Biometrische Gesichtserkennung. Also kommen Sie nie aus der Garage heraus. Ich weiß nicht, was Sie vorhaben, aber Sie sind schon vor dem Start erledigt. Sie hätten besser recherchieren müssen. Dieser ganze Scheiß ist sinnlos.«

»Warten wir's ab.« Sie steckte die Pistole weg, hob eine Rolle Gewebeband vom Fußboden auf und klebte ihm den Mund mit drei Lagen zu. »Fertig! So gefallen Sie mir gleich viel besser.«

ZWEIUNDZWANZIG

Nachts war eine massive Sturmfront die Küste Oregons entlanggezogen und hatte Feuchtigkeit aus dem Pazifik aufgenommen, bis der Himmel selbst einem Meer auf der Suche nach einer Küste glich, gegen die es branden konnte. Auf terrassierten Hügeln stehend reckte San Francisco seine glänzenden Türme und Wolkenkratzer leuchtend und stolz vor dem aufziehenden Sturm in die Höhe. Ob hier ein neues Atlantis stand, das niemals untergehen würde, oder ein neues Babylon, das auf Schatten errichtet war, die man für gewachsenen Fels gehalten hatte, würde erst die Zeit zeigen. Die steilen Straßen hatten Jane Hawk bisher nie beunruhigt, aber im unheimlichen Licht eines Tages, der mit einer Sintflut enden würde, schien jeder Anstieg zu einem Abbruch, jeder Abstieg zu einem freien Fall zu führen, obwohl sie natürlich weder die Stadt noch ihre Abgründe fürchtete.

Am Vortag waren die Angestellten von Far Horizons in

zwei Wellen gekommen: die erste um acht, die zweite um neun Uhr. Sie richtete es so ein, dass sie um 9:10 Uhr eintraf, als nur noch wenige Leute in der Tiefgarage waren. Sie sah nicht, wie der Laserstrahl die Frontscheibe abtastete, aber das Tor wurde elektronisch entriegelt und rollte zur Seite, sodass sie auf die oberste der drei Garagenebenen fahren konnte.

Platz dreiundzwanzig war frei, und sie parkte darauf.

Als sie aus dem BMW stieg, sah sie nur zwei weitere Leute, die zu den Aufzügen unterwegs waren und nicht auf sie achteten.

Die kühle Luft roch schwach nach Benzin, Öl und Gummi. Der Abgasgestank war intensiver.

Die Ausbuchtung in der Mitte der Südwand, die Wilson Faucheur für sie identifiziert hatte, lag zwischen zwei Parkplätzen. Mit ihrem LockAid ließ das einfache Schloss sich rasch öffnen.

Hinter der Tür lag ein zwei mal gut ein Meter großer Lagerraum. Jane machte Licht, trat ein und schloss die Tür hinter sich.

Rechts und links standen in Regalen große Blechdosen mit Putz- und Reinigungsmitteln. Eine wandhohe Lochplatte verdeckte die ein Meter breite Rückwand zwischen den Regalen; an ihr hingen zwei Besen mit Kunststoffborsten und weitere Geräte, wie sie Hausmeister brauchten. Keine der Dosen schien jemals geöffnet worden zu sein, keine trug Ausgießspuren. Die Besen und alle übrigen Geräte waren unbenutzt. Die Kammer wirkte wie ein kleiner Ausstellungsraum für solche Produkte – oder wie eine Tarnung, die ihren wahren Zweck verschleiern sollte.

Jane überlegte kurz, dann hängte sie die Besen und die übrigen Geräte ab, stellte sie weg und begutachtete die Lochplatte. Die Gerätehaken aus rostfreiem Stahl waren nicht herausnehmbar, sondern dauerhaft fixiert. Von den acht Haken ließen sich zwei jedoch wie Türknöpfe drehen: einer um 360 Grad nach links, *klick*, der andere um 360 Grad nach rechts, *klick*. Ein Elektromotor surrte, und die Wand schwang von ihr weg, während dahinter Licht aufflammte.

Sie betrat den untersten Absatz einer steilen Treppe. An der glatten Innenseite der falschen Wand war ein Bügelgriff angebracht, mit dem die Tür sich leicht öffnen ließ. Jane schloss sie, hörte die Verriegelung einrasten, öffnete die Tür probeweise und schloss sie erneut.

Die Stufen der Treppe waren mit einem hellgrauen gummiartigen Material beschichtet, das die Schritte dämpfte. In die weißen Gipskartonwände waren matt leuchtende Lichtbänder eingelassen, die nicht blendeten.

Überwachungskameras hätten nur in den Lichtbändern sitzen können, deren Milchglasverkleidung jedoch scharfe Aufnahmen verhindert hätte. Wilson Faucheur hatte offenbar recht gehabt, als er vorausgesagt hatte, das elektronische und das architektonische Sicherheitssystem würden sich nicht überlappen.

Die Schalldämpfer ihrer beiden Pistolen waren bereits aufgeschraubt. Jetzt zog sie eine USP .45 und schob sich mit dem Rücken zur Außenwand seitlich die Treppe hinauf, um den nächsthöheren Absatz möglichst früh überblicken zu können. Ihre Pistole hielt sie mit gestreckten Armen in beiden Händen. Die Stille war so absolut, dass sie stofflich wirkte und das Treppenhaus zu füllen schien wie Wasser einen Tiefbrunnen. Kein Anzeichen dafür, dass ihre Anwesenheit entdeckt worden war. Kein Gegner in Sicht. Aber sie befand sich im Labyrinth des Ungeheuers, in dem sie Schlimmeres erwartete als nur der nach Menschenfleisch gierende Minotaur.

Zwei Treppen und ein Absatz pro Stockwerk. Kein Ausgang zum Erdgeschoss. Keiner im ersten Stock. Keiner im zweiten. Alles wies darauf hin, dass dies wirklich der geheime Fluchtgang war, durch den D. J. Michael das Gebäude im Notfall verlassen konnte.

Auf einem Zickzackkurs ging sie von Absatz zu Absatz vorsichtig höher.

Die Beleuchtung war so gleichmäßig, dass sie keinen Schatten warf. Manche Träume spielten in solch schattenloser Stille. Nur Janes leicht erhöhter Puls bestätigte, dass sie nicht schlief.

Im siebten Stock erreichte sie die erste Tür. Weiß in einer weißen Wand.

Hatte Randall Larkin gewusst, wovon er redete, würde dieser Ausgang nicht abgesperrt sein. Wer die Geheimtreppe aus Zufall oder absichtlich entdeckte, durfte diese Tür gern öffnen und es mit dem aufnehmen, was dahinter lauerte.

Jane stieg weiter zum achten Stock hinauf, nur um sich davon zu überzeugen, dass die dortige Tür so stark gesichert war, wie sie gehört hatte. Sie war etwas größer als eine normale Tür: eine massive Stahlplatte wie eine Tresortür in einem geschweißten Stahlrahmen. Die Mauer aus Stahlbeton, in der er saß, würde mindestens einen halben Meter dick sein und selbst einer Hohlladung aus C4 widerstehen können.

Dass D.J. solche extremen Maßnahmen zu seinem Schutz ergriff, offenbarte einen Verfolgungswahn, der zu seiner krankhaften Machtgier passte. Aber war das wirklich Verfolgungswahn, wenn man bedachte, dass sie es mit der Absicht, ein Geständnis zu erpressen und seinen Niedergang zu besiegeln, bis an seine Schwelle geschafft hatte? Oder nur weise Voraussicht? Ein Mann konnte größenwahnsinnig und in seinem Wahn trotzdem klug sein. Wer die ganze Welt verwandeln, ihre Geschichte nach seinen Wünschen umschreiben und sich zu einem Gott unter Menschen aufschwingen wollte, musste vernünftigerweise mit denen rechnen, die wie immer in der Geschichte Widerstand leisten würden, auch wenn die Gegner totalitärer Herrscher oft erst sehr spät und in vielen Fällen eher zufällig triumphiert hatten.

Sie verzichtete darauf, sich davon zu überzeugen, dass es im neunten Stock eine Tür wie im siebten gab, und kehrte in die siebte Etage zurück. Dort stand sie mit dem Rücken zur Wand vor einer gewöhnlich aussehenden Tür, die aber der Eingang zu einem Pandämonium war, das von Dämonen aus altem Volksglauben bevölkert wurde, in dem allein Gewalt zählte und selbst der Wert der Gerechten nur daran gemessen wurde, wie viel fremdes Blut sie vergossen.

Ihre ersten Gegner würden Rayshaws sein. Bertold Shenneck, der Schöpfer des Nanotech-Kontrollmechanismus, hatte sie nach Raymond Shaw benannt, dem Opfer einer Gehirnwäsche in *Der Manchurian Kandidat*, einem Roman von Richard Condon. Jane war ihnen schon einmal begegnet: auf Shennecks dreißig Hektar großer Ranch im Napa Valley, an jenem Tag, an dem seine abstoßende Frau und er ihr verdientes Ende gefunden hatten.

Die Rayshaws waren für die Bewachung der Ranch zuständig gewesen. Sie glichen den jungen Frauen in den Aspasias: Ihr Gedächtnis und ihre Persönlichkeit waren durch ein Netz aus Kontrollmechanismen in ihren Gehirnen zerstört, sodass sie Maschinen aus Fleisch und Blut mit einem einprogrammierten Lebenszweck waren. Die Mädchen in den Clubs waren graziös und unwiderstehlich wie Sukkubi, weil ihre Programmierung alle Verführungstechniken und Sexpraktiken sowie den Befehl umfasste, stets unterwürfig zu sein. Die Rayshaws waren stattdessen Killermaschinen, die ohne Rücksicht auf die eigene Sicherheit kämpften und absolut furchtlos waren, weil ihr Überlebenstrieb ausgeschaltet und durch den Willen ersetzt worden war, jeden zu töten, den ihre Herren liquidiert haben wollten.

Nach Randall Larkins Angaben – die durch die Baupläne, die Wilson mit Jane begutachtet hatte, bestätigt wurden – gab es im siebten Stock zwei kleine Wohnungen und ansonsten 750 Quadratmeter ungenutzte Fläche. Ein Apartment bewohnten die Rayshaws, die dieses Stockwerk nie verließen, sondern ihre Tage im Fitnessraum und mit den einfachen

Kartenspielen verbrachten, die ihnen entsprechend ihrer Programmierung genügend Unterhaltung boten.

Jane steckte ihre Pistole kurz weg. Aus einer Velcro-Schlaufe des Gürtels von Gould & Goodrich zog sie eine Blendgranate, die zur Standardbewaffnung von SWAT-Teams gehörte und die sie wie den Gurt in Reseda gekauft hatte. Mit der linken Hand umfasste sie den Bügelgriff der Tür.

Travis in Gefahr, Nick im Grab, lass die Scheißkerle dafür büßen!

Jane stieß die Tür auf, hinter der Licht aufflammte, warf die Blendgranate weit in den Raum hinein, der auf den Bauplänen als »ungenutzte Fläche« bezeichnet wurde, wich zurück und schloss die Tür bis auf einen schmalen Spalt, um nicht selbst geblendet zu werden.

Ein Lichtblitz zuckte durch den Türspalt, und den Knall hörte bestimmt auch D.J. oben im achten Stock, wenn nicht sogar viele in den Stockwerken unter diesem. Als Jane die Tür wieder aufstieß und die Pistole zog, spürte sie in ihren Zähnen Reste der Vibrationen, die den Rayshaws noch in allen Knochen stecken und für kurze Zeit ihre Nervenbahnen blockieren mussten.

Sie stürmte geduckt vorwärts, hatte auf beiden Seiten ungenutzte Flächen neben sich, sah eines der beiden Apartments weit links vor sich – eine lange kahle Wand, in die eine Metalltür eingelassen zu sein schien – und das andere, dessen einfache Tür offen stand, weit rechts voraus. Zwischen ihr und dieser Tür befanden sich drei der vier Rayshaws. Sie waren herausgelaufen, als Jane die Alarmanlage ausgelöst hatte, indem sie ihre Tür geöffnet hatte: Einer, dem die Pistole aus der Hand gefallen war, lag auf der Seite, ein anderer war auf die Knie gesunken, aber noch bewaffnet, und der Dritte stolperte auf sie zu. Vor und hinter sich hatte sie Fenstertüren, die auf den umlaufenden Balkon hinausführten; jenseits des Balkons ragte die City in den düsteren Himmel auf, der ein Gewitter ankündigte.

Und über ihr, unter der gut vier Meter hohen Decke hängend, befand sich eine Art Klettergerüst aus zweizölligen Stahlrohren, die auf verschiedenen Ebenen durch senkrechte Stangen verbunden waren. Von dort drohte die größere Gefahr.

DREIUNDZWANZIG

Jane in geduckter Haltung, die Situation abschätzend, während sie sich weiterbewegte …

Sie gab drei Schüsse auf den knienden Mann ab, ohne ihm eine Chance zu geben, denn er war kein Mann, sondern ein seelenloses Wesen, das einst ein Mensch gewesen war. Er brach in Strömen von Blut zusammen wie ein Büßer, dessen Beichte ein zorniger Gott zurückgewiesen hatte. Kein Raum für Empathie oder Mitleid, das ihr den Tod bringen würde. Noch bevor der Kniende nach vorn fiel, ahnte Jane die Reaktion des heranstolpernden Rayshaws voraus und warf sich zu Boden, sodass der Kugelhagel aus seiner Maschinenpistole mit Schalldämpfer über sie hinwegging, als er mit einem einzigen langen Feuerstoß ein ganzes Magazin hinausjagte. Zu ihrem Glück war er von der Blendgranate noch so desorientiert, dass der Feuerstoß hoch und weit über sie hinwegging. Geschosse prallten von den Stahlstangen des Klettergerüsts ab, trafen die schussfesten Fensterscheiben, auf denen milchige Flecken zurückblieben, und surrten von den Betonwänden abprallend als Querschläger davon, deren Energie mit jedem Aufprall abnahm. Inzwischen waren ungefähr zwanzig Sekunden vergangen. Der stolpernde Rayshaw machte halt und wollte das Magazin wechseln. Jane, die wieder auf den Beinen war, bewegte sich zügig, ohne zu rennen, und zielte mit ihrer .45 in Combathaltung auf den großen Kerl. *Nein, er ist ein Es, ein Ding*. Zwei ihrer vier Schüsse trafen den Hals, brachen sein Gesicht auf, ließen ihn in einer Blutfontäne zusammenbrechen: ein Horror, der sie noch lange im Traum verfolgen würde.

Der Rayshaw, den die Blendgranate zu Fall gebracht hatte, war wieder wach genug, um nach seiner verlorenen Pistole zu tasten. Nur noch zwei Schuss in ihrer Heckler & Koch. Ein Fehltreffer. Und ein Treffer, eine Beinwunde. Der Rayshaw, dessen Schienbein durch das Hohlspitzgeschoß zerschmettert war, sah zu ihr auf, aber auf seinem breiten blassen Gesicht stand weder Schmerz noch Wut noch Angst, sondern nur roboterhafte Entschlossenheit. Mit ihrer leer geschossenen UPS in der Linken hob sie seine Pistole mit der rechten Hand auf und erledigte ihn mit drei Schüssen, obwohl einer genügt hätte. Bis zu diesem Augenblick hatte Jane sich zu schnell bewegt, als dass ihre Angst sie hätte einholen können, aber jetzt befand sie sich in ihrem Griff und schoss wild um sich, als könne das ihr Überleben garantieren. Drei Rayshaws waren tot, einer war übrig – *aber wo ist er?* –, ihr durch die Blendgranate gewonnener Vorteil schwand mit jeder Sekunde, und ihr Herz jagte, weil es fürchtete, jäh gestoppt zu werden.

Draußen flammte der Tag in einem Hiroshima-Moment auf, und eine Flut von Armageddon-Licht brach durch die Fenster aus Panzerglas herein – scheinbar hell genug, um ihren verängstigten Schatten für immer in die Betonwände einzubrennen. Ein krachender Donnerschlag ließ das Gebäude erzittern, als sei der Donner aus den Tiefen einer labilen Erdrinde gekommen, und als er grollend verhallte, hörte Jane ein leiseres Rumpeln, das ihr einen kalten Schauder über den Rücken jagte, wie es kein bloßes Gewitter jemals vermocht hätte. Dann sah sie den vierten Rayshaw ungefähr zwanzig Meter von sich entfernt in der Tür ihres Apartments stehen: fast zwei Meter groß, athletisch gebaut und grimmige Bösartigkeit ausstrahlend, als sei er eine irre Ansammlung von zusammengenähten Teilen zahlloser Leichname, die der Gewittersturm zum Leben erweckt hatte. In einer Hand hielt er eine Pistole, in der anderen ein Gerät, vielleicht eine Art Fernbedienung, die er jetzt aufs andere Ende der ungenutzten Fläche richtete. Der Rayshaw schien an Jane vorbeizusehen, und als sie den Kopf zur Seite drehte, um seinem Blick zu folgen, erkannte sie, woher das leisere Rumpeln kam. Die Tür des anderen Apartments – genauer gesagt ein Koben, ein Pferch, ein Käfig – rollte auf Stahlschienen zur Seite.

VIERUNDZWANZIG

Hätte Jane die Wahl gehabt, wären ihr Kojoten, tollwütig oder nicht, lieber gewesen als die Primaten, die jetzt im siebten Stock ausschwärmten, um Beute zu machen.

Vor Wochen war Bertold Shennecks Ranch im Napa Valley nicht nur von Rayshaws, sondern von Kojoten mit Gehirnimplantaten bewacht worden. Im Rahmen eines frühen Experiments zur Erprobung der Zuverlässigkeit dieser Technologie ließen die Präriewölfe sich durch Mikrowellenbefehle kontrollieren. Obwohl sie die meiste Zeit als gewöhnliche Tiere lebten, konnten sie zu wilden Angriffen aufgestachelt werden.

D.J. Michael war jedoch auf die Idee gekommen, zum Schutz der siebten und neunten Etage seines Gebäudes auf eine andere Tierart zu vertrauen. Vor einigen Jahren hatte Amerika entsetzt und schockiert auf die Story eines als Haustier gehaltenen Schimpansen reagiert, der in einem Wutanfall eine Nachbarin angegriffen, ihr mehrere Finger abgebissen, ihr das Gesicht abgerissen und sie auf undenkbare Weise weiter verstümmelt hatte, sodass sie nach nicht mal einer Minute schwer verletzt im Koma gelegen hatte. Die Schimpansen in Film und Fernsehen, deren Possen das Publikum liebte, waren fast immer Zwergschimpansen. Mit seinen langen Armen und sehnigen Muskeln war ein gut fünfzig Kilo schweres ausgewachsenes Männchen schneller als jeder Mensch und stärker als ein doppelt so schwerer Mann. Anders als Gorillas waren Schimpansen Allesfresser, die von Beeren über Insekten bis hin zu kleinen Tieren nichts verschmähten. Wie Edgar Allan Poe wusste, als er die Kurzgeschichte *Der Doppelmord in der Rue Morgue* schrieb – in der ein Orang-Utan vorkommt –, neigt ein Tier, das einmal Blut geleckt hat, eher dazu, Blut zu vergießen, und bestimmte Primaten, nicht etwa nur Menschen, sind zu Exzessen von Wut, Gewalt und Brutalität imstande, gegen die im Vergleich sich die schlimmsten Albtraumgestalten wie Comicfiguren ausnehmen.

Vermutlich hatte die Fernbedienung in der Hand des vierten Rayshaws nicht nur die Käfigtür geöffnet, sondern auch einen Angriffsbefehl in der Programmierung der Schimpansen aktiviert. Ihre angeborene Neigung zu Gewalt wurde durch den implantierten Kontrollmechanismus bestimmt um ein Vielfaches gesteigert. Aber wie sehr?

Drei zottige schwarzbraune Affen kamen in den weiten Raum gestürmt: nicht mit dem für sie typischen heiseren Keckern und Kreischen, sondern unheimlich still, als führten sie eine Affenpantomime auf, die Stillschweigen erforderte. Sie flitzten zu den Kletterstangen und enterten rasch Hand über Hand das Stangenlabyrinth, das sich in mehreren Ebenen unter der Decke hinzog.

Nachdem der verbleibende Rayshaw das schreckliche Trio freigesetzt und die Fernbedienung weggeworfen hatte, stampfte er von seiner Tür aus wie ein aus Schlamm geborener überlebensgroßer, unbesiegbarer Golem auf Jane zu, während mehrfache grelle Blitzstrahlen seinen Schatten auf die Wände projizierten. Der Rayshaw gab zu viele Schüsse aus zu großer Entfernung ab, aber er kam rasch näher und trug zwei über der Brust gekreuzte Gurte mit Reservemagazinen, und in dem weiten Raum gab es absolut nichts, was als Deckung hätte dienen können.

Jane, deren Herz zum erratischen Pulsieren der Blitze jagte, hielt sich an die in Quantico eingeübte Disziplin, erwiderte das Feuer mit der Pistole eines der toten Rayshaws und sah, dass der Golem einen Treffer in die rechte Schulter bekam. Sie ließ die leer geschossene Waffe fallen, zog ein Magazin aus einer Koppeltasche und rammte es in die Heckler & Koch, während über ihr das Klettergerüst schepperte und die Verbindungsstellen unter dem Gewicht der drei Affen knackten, die sich von einer Stange zur anderen schwangen und ständig die Ebenen wechselnd durcheinandertobten.

Die Tiere waren so schnell, wechselten ihre Richtung so impulsiv und unvorhersehbar, dass Jane nicht glaubte, auch nur eines erlegen zu können. Und trotz seiner Schusswunde stapfte der verbliebene Rayshaw kaum langsamer auf sie zu – jetzt mit seiner Pistole in der linken Hand. Bevor sie wieder abdrücken konnte, erzielte der Golem einen Treffer. Sie trug keine Kevlarweste. Zu hinderlich, wenn es auf maximale Bewegungsfreiheit ankam. Ein brennender Schmerz in ihrer linken Seite. Über der Hüfte, aber noch unterhalb der Rippen. Eine Fleischwunde, die wie Feuer brannte. Der Schmerz raubte ihr sekundenlang den Atem, ließ sie unsicher zwei, drei Schritte zurücktaumeln. Ihr Blick verdunkelte sich, wurde aber rasch wieder klar. Aus einem Reflex heraus griff sie mit der Rechten unter ihren Blazer, zog die Hand aber sofort zurück und wischte das Blut an ihrer Jeans ab. Sie blutete. Na und? Nicht zum ersten Mal. Die Verletzung konnte schlimm sein, aber sie war nicht tödlich. Jane blieb auf den Beinen, verbiss sich den Schmerz und hob ihre Pistole wieder mit beiden Händen, als einer der Schimpansen sich aus dem künstlichen Dschungel herabschwang.

Vielleicht war jede Menschengestalt ohne Rücksicht auf Verbündete ein Ziel, vielleicht funktionierte die Programmierung des Affen nicht richtig, oder vielleicht versetzte das Blut aus der Schulterwunde das Tier in Raserei. Jedenfalls fiel es den letzten Rayshaw frontal an, umschlang die Taille des Golems mit den Beinen, krallte mit den Händen nach seinem Gesicht und schien zuzubeißen, bevor es mit einem Satz wegsprang und die nächste Kletterstange hinaufturnte. Wenn die Entfernung und das flackernde Licht nicht trogen, glaubte Jane zu erkennen, dass der tot zusammenbrechende Rayshaw seines Gesichts und seiner Augen beraubt worden war.

FÜNFUNDZWANZIG

Die Schimpansen, die über ihr durchs Klettergerüst tollten, das Fehlen keckernder Laute aus dem Affenhaus, das sie noch bedrohlicher wirken ließ, ihr langhaariges schwarzes Fell, die bleichen Gesichter mit den wachsamen Augen, die bei gewöhnlicher Beleuchtung kastanienbraun schienen und von Blitzen erhellt rötlich glänzten …

Der leichte Druck, mit dem sie sich nach links lehnte, verringerte den Schmerz etwas, als Jane aus der Mitte des Raums zurückwich, in der sie von allen Seiten angreifbar war. Sie wollte zwischen zwei großen Fenstern mit dem Rücken zur Wand stehen. Sie war erst halb dort, als ein anderer Affe sich von der obersten Ebene herunterschwang und neben dem toten Rayshaw landete, den sie als Ersten erschossen hatte, als er vor ihr gekniet hatte. Der Schimpanse sprang auf den Rücken des Toten, schlug mehrmals auf seinen Kopf ein und sprang wieder ab. In lautloser Wut wälzte das Tier den Rayshaw hin und her, als ärgere ihn, dass er nicht reagierte. Der Affe packte den Kopf des Golems und knallte ihn auf den Fußboden, als sei er ein aus schwefligen Tiefen entsandter Dämon, der dringend Seelen sammeln sollte, aber nun zu seiner Bestürzung feststellen musste, dass dieses Ding, das wie ein Mann aussah, aber keiner war, keine Seele hatte. Er krallte eine Hand ins Haar des Rayshaws und riss ein großes Stück davon mit den

Wurzeln und der dünnen subkutanen Fettschicht als blutigen Skalp ab.

Diese groteske Szene auf einer albtraumhaften Bühne lähmte Jane auf nie erlebte Weise, bis ihr plötzlich klar wurde, dass der Schimpanse ein leichtes Ziel bot, solange er irritiert und zornig über der Leiche stand. Sie biss die Zähne zusammen, um gegen den schmerzhaften Rückstoß gewappnet zu sein, hob die USP .45 mit beiden Händen, drückte viermal ab und erzielte mindestens drei Treffer. Der Affe schwenkte seine langen Arme, wie um Bienen abzuwehren, schrie einmal gellend auf, als der Todesschmerz vielleicht seine Programmierung aufhob, und brach auf dem Rayshaw zusammen, den er misshandelt hatte.

Das Knacken und Knarren des Klettergerüsts wurde sofort lauter, als die beiden verbliebenen Schimpansen auf den Tod des dritten Affen reagierten, indem sie noch schneller durch den Stahldschungel tobten: dunkle Gestalten, die drollig und elegant zugleich wirkten. Ihre enorme Kraft und Geschmeidigkeit und die unfehlbare Sicherheit, mit der sie bei jedem Sprung einen Griff fanden, waren erschreckend.

Jane stand mit dem Rücken an die Wand zwischen zwei Fenster gepresst, gegen die der Sturm antobte. Sie hatte vier der neun Schuss ihrer Heckler & Koch verbraucht. Sie warf das Magazin aus, steckte es ein und rammte ein volles in den Pistolengriff.

Schwitzend, zitternd, im Stillen den Schmerz verfluchend wischte sie sich mit einem Jackenärmel den Schweiß aus den Augen und verfolgte die Affen, so gut sie konnte, ohne sie immer beide im Blick behalten zu können. Sie fragte sich, ob sie jemals erschöpft sein würden – und kannte natürlich die Antwort. Die Tiere handelten nicht selbstbestimmt, sondern ihrer Programmierung entsprechend und würden bis zur völligen Erschöpfung weitertoben – oder bis es ihnen gelang, sie so abzulenken, dass sie über sie herfallen konnten.

Sie hatte gewusst, was sie im siebten Stock erwartete, aber obwohl sie sich über Kraft und Beweglichkeit dieser Affen informiert hatte und ihr Potenzial für extreme Gewalt kannte, hatte sie die Schimpansen unterschätzt.

Selbst wenn es möglich gewesen wäre, die Panzerglasscheiben durch eine Salve herauszuschießen, würden die Affen ihr auf den Balkon folgen, ohne dass sie rasch genug nachladen konnte. Und wenn sie versuchte, quer durch den Raum zu der Tür zu flüchten, durch die sie hereingekommen war, würden die Schimpansen sie vorher abfangen. Außerdem war das Treppenhaus keine Option, weil die Tiere sie verfolgen und die Stufen viel schneller bewältigen würden als sie.

Sie stand mit der Pistole in beiden Händen, aber mit der Mündung nach oben dicht vor ihrem Körper gehalten da und spielte taktische Varianten durch. Es gab eine, die funktionieren würde. Es gab eine Antwort auf dieses Dilemma. Die Welt war ein Labyrinth aus Rätseln und Puzzles, aber sie war rational aufgebaut, sodass es kein Puzzle ohne Lösung gab. Es gab immer eine Antwort. Man musste sie nur finden.

Der erste wenige Minuten dauernde Gewittersturm hatte noch viele Blitzpfeile im Köcher. Der Himmel lohte heller als zuvor, und Donnerschläge krachten, als sei die Erdrinde durch irgendeine elementare Kraft aufgeplatzt. Dann ging das Licht aus.

SECHSUNDZWANZIG

An diesem Morgen unter wolkenverhangenem Himmel sickerte Tageslicht nur allmählich unter dem überhängenden Balkon des achten Stocks herein und drückte so schwach gegen die Panzerglasscheiben im siebten Stock, dass es von dem riesigen Raum nur einen drei bis vier Meter breiten Streifen wie sehr dünner, blasser Raureif erhellte. Solange die Blitze anhielten, ließen sie das gewaltige Klettergerüst unter der Decke für Augenblicke sehen, aber jeder herabzuckende Blitzstrahl warf flüchtig geometrische Schatten, und in diesem schwarzweißen Kaleidoskop schaffte Jane es nie, beide Affen gleichzeitig zu sehen.

Während die Donner verhallten, konnte sie das Klatschen von Affenhänden, die neue Griffe fanden, und das Knacken und Vibrieren des Stahlgerüsts deutlicher hören, sodass für sie außer Zweifel stand, dass die Tiere sich in stummer Rage schneller und schneller bewegten, was auf einen baldigen Angriff schließen ließ. Sie musste ihren beidhändigen Griff aufgeben, konnte nicht mehr schießen, wie sie's in Quantico gelernt hatte. Sie zog die zweite Heckler & Koch, hielt in jeder Hand eine Waffe und starrte geradeaus ins Dunkel, während ihr Gehirn auf Hochtouren arbeitete.

Auch wenn Janes Einschätzung, ein Angriff der Schimpansen stehe bevor, eher auf unbewussten Wahrnehmungen basierte, vermutete sie, die animalische Direktheit der Tiere würde ihre Taktik stärker prägen als das Programm, das sie zu Killern machte. Dieses Programm diente zur Makrokontrolle. Ihr Instinkt wirkte jedoch im Mikrobereich, weil er mit jeder Gehirnzelle, jeder einzelnen Muskelfaser verlinkt war. Ein cleverer Angriff hätte daraus bestehen können, dass ein Tier von der Seite kam und sie durch einen überraschenden Schrei ablenkte, während das andere zugleich frontal angriff, um das Überraschungsmoment zu nutzen, sie an der Wand festzunageln und ihr mit starken Händen und scharfen Krallen das Gesicht abzureißen. Aber die Tiere waren nicht clever.

Sie breitete wie eine Gekreuzigte die Arme aus, zielte mit den Pistolen leicht nach oben und hatte die Finger am Abzug. Starrte ins blasse Licht vor ihr. Zähne zusammengebissen. War auf den Aufprall eines oder beider Angreifer gefasst, der Misserfolg, Verstümmelung und einen schrecklichen Tod bedeuten würde. Die Welt außerhalb ein düsteres Golgota. Der riesige Raum vor ihr grabesfinster. Als der nächste Blitz herabzuckte, glaubte sie zu sehen, wie eine dunkle Gestalt sich aus der Mitte des Stahlgerüsts auf die unterste Querstange fallen ließ. Bevor der dazugehörige Donner grollte, hörte sie ein Fauchen, einen fast stummen Ausdruck animalischer Wut. In Quantico war sie im Schießen die Jahrgangsbeste gewesen, hatte den Abzug einer Übungspistole über neunzigmal in der Minute betätigen können. Jetzt übertraf sie ihre damalige Bestmarke, schoss die Pistolen leer und fühlte den Schmerz in ihrer Seite aufflammen, als die rasche Schussfolge die Wirkung der Schalldämpfer etwas verschlechterte.

Sie hörte kurze Schmerzensschreie, konnte aber nicht beurteilen, ob sie von einem oder zwei Tieren kamen. Falls eines noch lebte, musste sie sofort einen Stellungswechsel vornehmen und möglichst schnell nachladen.

Jane rutschte mit dem Rücken zur Wand tiefer, bis sie auf dem Boden saß. Ließ eine USP .45 zwischen ihre gespreizten Beine fallen. Warf das leer geschossene Magazin der anderen aus. Zog ein Reservemagazin aus der Tasche an ihrer Koppel. Rammte es in den Pistolengriff, den sie nun wieder mit beiden Händen umklammerte.

Hohe Glasscheiben links und rechts, blasseste Fensterumrisse auf dem Beton. Rechts vor ihr eine bewegungslos zusammengekrümmte Masse, im ersten Morgengrauen kaum erkennbar. Sie nahm den Gestank von Fäkalien wahr, die im Todesschock ausgeschieden worden waren. Links vor ihr lag eine ähnliche dunkle Masse … aber das schien kein übel riechender toter Affe zu sein.

Sie wischte sich nochmals Schweiß aus den Augen und verfluchte den Schmerz in ihrer Seite, als sei er ein Lebewesen, das seine Zähne in sie geschlagen hatte.

Sie spähte ins Dunkel links über sich, wo ein grinsender Menschenfresser hocken konnte: mit den Füßen auf einer unteren Querstange, mit den Händen die Stange über seinem Kopf umklammernd, während er sie aggressiv belauerte. Sie behielt die Heckler & Koch dicht bei sich, zielte damit nach links oben.

Der Affe stürmte vor Wut keckernd aus dem Dunkel auf sie zu, war rasend schnell zwischen ihren Beinen und brachte sein erschreckend menschenähnliches Gesicht dicht an ihres heran, sodass sie in gelb-braune Augen starrte, die wie von Spektrallicht erhellt von innen heraus zu leuchten schienen. Er griff blitzschnell zu, packte ihren Kopf mit einer Hand, riss ihr mit einem Ruck den Skalp ab und reckte die Trophäe mit einem gellenden Siegesschrei hoch. Als der Schimpanse ihre Perücke hochhielt, durchlöcherte Jane ihn aus nächster Entfernung, jagte ihm alle neun Schuss in die Brust. Der Angreifer wurde wie von einem Puppenspieler bewegt zurückgerissen und von ihr fortgeschleudert.

SIEBENUNDZWANZIG

Jenseits des Fensters zogen unbeleuchtete Gebäude sich zwei, vielleicht drei Straßenblocks weit den Hügel hinab, aber in den von Regen gepeitschten tieferen Lagen der Stadt und auf ihren vom Sturm umtosten anderen Hügeln glitzerten unzählige Lichter. Der Stromausfall war auf ein verhältnismäßig kleines Gebiet beschränkt, in dessen Umspannwerk oder Trafostation ein Blitz eingeschlagen hatte.

Der anfängliche Wundschmerz wie von einem tiefen Schnitt mit einem Rasiermesser war zu einem erträglicheren dumpfen Pochen geworden.

Als Jane ihre Pistolen nachlud und eine ins Schulterholster zurücksteckte, stand sie in dem durch das dicke Panzerglas einfallenden wässrigen Licht und blickte über die im Regen glänzende Metropole hinaus. Ihr kam es vor, als balanciere sie auf einem schmalen Felsband zwischen zwei Schöpfungen – einer uralten, die schon immer existiert hatte, und einer in dieser Zeit utopischer Veränderungen neu entstehenden. Sie musste unwillkürlich wieder an Edgar Allan Poe und die melancholischen Wasser seiner Stadt am Meer denken, »wo Sünde bei Güte, wo Schlecht bei Gut in letzter ewiger Ruhe ruht«. War der bevorstehende Wechsel dereinst eingetreten, würde es in der neuen Welt keine Ruhe mehr geben, nur den Frieden von Unterwerfung oder Tod, nur die stumme Angst, mit der eine Maus sich in Gegenwart einer jagenden Katze verkriecht. Im Lauf ihrer Geschichte hatten in dieser Stadt viele ihre letzte Ruhe gefunden, und viele weitere würden ihnen folgen – vielleicht mehr, als irgendjemand ahnte. Aber der Allerschlimmste lebte in diesem Augenblick ein Stockwerk über ihr: ein Unrecht, das korrigiert werden musste.

Mit einer Pistole in der rechten Hand und ihrer Taschenlampe in der Linken schlängelte sie sich zwischen Leichen und Tierkadavern hindurch zu dem Apartment, in dem die vier Rayshaws elend untergebracht gewesen waren. Unbezogene Matratzen auf dem Fußboden waren ihre Betten gewesen. In der Küche gab es nur einen Tiefkühlschrank und eine Mikrowelle. Eine Duschkabine, ein WC, ein Waschbecken in billigster Ausführung – das alles in einem ansonsten luxuriösen Gebäude. Kein Fernseher. Ein einfacher Tisch mit vier Stühlen, an dem sie vermutlich gegessen und endlos lange Karten gespielt hatten, um die Zeit totzuschlagen, bis sie vielleicht irgendwann alarmiert wurden. Niemand hatte hier *gelebt*. Die Gehirnfunktionen dieser vier Männer waren brutal eingeschränkt worden, sodass sie nicht mehr als Menschen, sondern als programmierte Killermaschinen aus Fleisch und Blut *existiert* hatten.

Sie zog ihren Blazer aus, hängte ihn über eine Stuhllehne und zog die durchgeblutete Bluse aus der Jeans, um ihre linke

Seite im Licht der Taschenlampe zu begutachten. Zum Glück kein Einschussloch. Nur ein Streifschuss genau dort, wo ihr Rettungsring gesessen hätte, wenn sie einen gehabt hätte. Eine fingerlange Wunde, einen Zentimeter tief. Keine arterielle Blutung. Die Hitze des Geschosses würde die Wunde teilweise kauterisiert haben. Sie würde bis zu einem halben Liter Blut verlieren, aber nicht an dieser Schusswunde sterben. Das größere Problem war eine mögliche Infektion, aber darüber konnte sie sich später Sorgen machen.

Sie stopfte ihre Bluse wieder in die Jeans, damit sie etwas Druck auf die Wunde ausübte, und zog den Blazer wieder an.

Weil seine Kameras blind waren, würde D. J. sie vermutlich für tot halten. Aber er würde vielleicht eine Bestätigung dafür wollen, bevor es wieder Strom gab. Vielleicht würde er jemanden anweisen, im siebten Stock nachzusehen. Wenn ihre Zeit nicht schon abgelaufen war, blieb ihr bestimmt nicht mehr lange.

Jane legte die Taschenlampe in einer Ecke des Apartments so auf den Boden, dass sie die weiße Wand anstrahlte. Sie steckte die 45er weg, griff in eine Koppeltasche mit Klettverschluss und zog einen Cutter für Gipskartonwände heraus.

Wilson Faucheur hatte eine Passage vom siebten in den achten Stock identifiziert, durch die sie die massive Stahltür von D. J. Michaels Apartment umgehen konnte. Mit ihrem Messer schnitt sie ein 60 mal 120 Zentimeter großes Wandstück heraus und legte es auf den Fußboden. Dann begutachtete sie mit der Taschenlampe in der Hand, was sie freigelegt hatte: einen gut ein Meter tiefen und zwei Meter breiten U-förmigen Betonschacht für Versorgungsleitungen, in dem die Wasserrohre der beiden oberen Stockwerke sowie PVC-Rohre mit Stromkabeln, Glasfaserkabeln und sonstigen Leitungen gebündelt waren.

Etwas über ein Meter der Gesamtbreite war für zukünftige Leitungen reserviert: reichlich Platz für einen entschlossenen Eindringling, um vom siebten ins achte Stockwerk zu gelangen.

Unterdessen waren der Schmerz weniger hinderlich als motivierend: ein Ansporn, sich selbst zu beweisen, dass Willenskraft jede körperliche Schwäche überwinden konnte.

Das Herausschneiden der Gipskartonplatte hatte etwas Lärm gemacht, aber als sie jetzt nach oben kletterte, bezweifelte sie, dass D.J. Michael etwas hören würde, das leiser als eine Blendgranate war. Die dicke Betondecke dämpfte die meisten Geräusche, und der Gewittersturm tarnte sie ebenfalls. Außerdem war ihr Ziel ein kleiner Verteilerraum mit elektrischen und elektronischen Komponenten in der Ecke des Apartments, die am weitesten vom Wohnbereich entfernt war.

Falls der Milliardär, dessen Kameras wegen des Stromausfalls blind waren, trotzdem erriet, dass sie überlebt hatte, würde er nicht riskieren, seine Geheimtreppe zu benutzen, auf der er ihr begegnen konnte. Stattdessen würde er ganz unbesorgt bleiben, wo er war, weil er sich hinter seiner Tresortür sicher fühlte.

Die Wasserleitungen verschwanden in der dicken Betonschicht, die als Decke des siebten und Fußboden des achten Stocks diente. Jane kletterte zur achten Etage hinauf weiter, in der die übrigen Versorgungsleitungen durch eine Gipskartonwand abzweigten.

Zwischen Halterungen eingestemmt mühsam sägend, schnitt sie mit dem Cutter eine Öffnung in die Wand des Verteilerraums. Dort spiegelte der Schein ihrer Taschenlampe sich in Schaltschränken und Telefonbuchsen.

Danke, Wilson Faucheur.

Aus einer Tasche an ihrer Koppel zog sie eines der Spielzeuge, die sie in Reseda gekauft hatte: eine PatrolEyes, eine bei vielen Polizeien eingeführte Bodycam, die sie an einem Lanyard befestigt hatte. Jetzt hängte sie sich die Kamera um, die nicht einmal zweihundert Gramm wog. Mit ihrem Weitwinkelobjektiv konnte sie stundenlang HD-Videos mit bester Tonqualität aufzeichnen.

Sie zog eine USP, schaltete die Taschenlampe aus, steckte sie ein und öffnete die Tür des Verteilerraums.

Das Elektrizitätswerk konnte den vom Blitz getroffenen Trafo nicht schon ausgewechselt haben, aber in D.J. Michaels riesigem Apartment brannte Licht. Für solche Fälle gab es hier offenbar eine Notstromversorgung.

Sie machte sich auf die Suche nach ihm.

ACHTUNDZWANZIG

Jane im Adlerhorst mit über achthundert Quadratmetern olympischer Pracht, in der ein verrückter Gott tat, was mindere Götter tun, wenn sie nicht gerade eine Welt zerstören und eine neue aufbauen …

Die jämmerlichen Lebensbedingungen der Rayshaws waren ein schlagender Beweis dafür, wie sehr D.J. diese einfachsten seiner Kreaturen verachtete. Sie bezweifelte, dass er seine Privatwohnung mit einem von ihnen würde teilen wollen – und erst recht würde er sich hier keinen programmierten Schimpansen halten.

Falls es Personal gab – Haushälterin, Koch, Butler –, würde es den Einwohnern von Iron Furnace gleichen: in gewissem Ausmaß scheinbar selbstständig, aber trotzdem straff kontrolliert. Im privaten Bereich würde D.J. kein Hauspersonal dulden, dessen freier Wille intakt war, wenn er sich mit Halbzombies eines höheren Levels umgeben konnte. Ihre Versklavung war unumkehrbar; wenn Jane sie erschießen musste, um zu ihrem Herren und Meister vorzudringen, würde sie sie eigentlich befreien.

Falls der Milliardär Gäste hatte …

Nun, etwaige Gäste würden vermutlich Arkadier sein. Mit ihnen würde sie tun müssen, was die Situation erforderte.

Nach dem kurzen Flur, der an der Küche vorbeiführte, durchquerte sie mehrere große Räume, die elegant ineinander übergingen und mit Art-déco-Antiquitäten eingerichtet waren: Möbel in Museumsqualität von Deskey, Dufrêne, Ruhlmann, Süe et Mare … Dazu Orientteppiche, die jedem Sultanspalast Ehre gemacht hätten. Überall standen Tiffany-Lampen in den seltensten Ausführungen. Kronleuchter von Simonet Frères. Großformatige Gemälde von Lempicka. Domerque, Dupas. Statuen von Chiparus, Lorenzl, Preiss. Emaillearbeiten von Jean Dunand. Allein in diesem Apartment gab es Kunst und Antiquitäten im Wert von Dutzenden von Millionen Dollar – aber bisher keine Spur von seinem Bewohner.

Wie seltsam, dass ein Mann, der die Vergangenheit negieren, die Geschichte nach seinem Geschmack umschreiben und eine ganz neue Zukunft erschaffen wollte, sich diesen Zufluchtsort detailgetreu im Stil der Zwanziger- und Dreißigerjahre eingerichtet hatte. Vielleicht erkannte er in der damaligen Zeit irgendein nie eingelöstes Versprechen, das er jetzt verwirklichen wollte.

Auf ihrem Weg durch die Wohnräume mit kostbaren Möbeln und Kunstwerken fühlte Jane sich leicht desorientiert, was daran liegen mochte, dass all diese eleganten Gegenstände, mit so viel Mühe und so viel Kennerschaft zusammengetragen und geschmackvoll arrangiert, in beunruhigendem Gegensatz zu den Schrecken des siebten Stockwerks mit Rayshaws und Schimpansen und blutiger Gewalt standen. Sie litt unter einem seltsamen, nicht konstanten Tinnitus, der aus zwei oder drei miteinander verwobenen oszillierenden elektronischen Tönen bestand, die erst lauter wurden, aber dann wieder verhallten wie ein Soundtrack zu ihrer Desorientierung.

Auch hier bestanden die Fensterscheiben wie eine Etage tiefer aus schussfestem Panzerglas. Aschgraues Morgenlicht, prasselnder Regen und eine wie mit Bleistift gezeichnete graue Stadtlandschaft, die einen kontrastierenden Hintergrund zu den warmen Farben und dem Glanz dieser Interieurs bildete.

Als Jane einen großen Wohnbereich mit einem halben Dutzend Sitzgruppen betrat, waren plötzlich die Geräusche der gegenwärtigen Naturereignisse zu hören: vereinzeltes Donnergrollen, prasselnder Regen und große Tropfen, die vom Balkon des neunten Stockwerks auf die Dachterrasse im achten Stock klatschten.

Die zweiflüglige Fenstertür zu dem umlaufenden Balkon stand weit offen. Als sei er auf den Flügeln des Sturms vom Himmel herabgeschwebt, erschien D.J. Michael auf der Schwelle und trat ein.

Jane kämpfte gegen den starken Wunsch an, *Das ist für Nick!* zu rufen und den Scheißkerl auf der Stelle abzuknallen. Sie hätte es getan, wenn sie seine Zeugenaussage nicht gebraucht hätte.

Er lächelte gewinnend. »Mrs. Hawk, ich bewundere Ihre Hartnäckigkeit, Ihr Stehvermögen. Willkommen in meinem bescheidenen Heim. Ich würde Ihnen einen Drink anbieten, aber das wäre übertrieben höflich, wenn man bedenkt, dass Sie mich am liebsten tot sähen.«

»Tot wäre gut. Besser wäre verarmt und im Gefängnis.«

Vielleicht war er draußen auf dem Balkon nicht allein gewesen. Durch die hohen Fenster war niemand zu entdecken, aber es gab Bereiche, die im toten Winkel lagen.

»Sie sehen mitgenommen aus, Mrs. Hawk. Und Sie haben Blut an der Jacke.«

Nachdem sie sich davon überzeugt hatte, dass die umgehängte Bodycam lief, hielt sie ihre Pistole wieder mit beiden Händen.

Er fragte: »Soll ich einen Notarzt für Sie rufen?«

»Nein, Mr. Michael, ich rufe ihn, wenn *Sie* ihn brauchen.«

Er stand jetzt neben einem Sessel von Ruhlmann, einer klobigen Bergère, im sanften Schein einer Tiffany-Stehlampe mit einem Libellenmotiv in Gelbtönen, die von dunklem Bernstein bis Zitronengelb reichten.

Das warme Licht schmeichelte ihm. Dort stand ein jungenhafter, gut aussehender Mittvierziger mit zerzausten blonden Locken, der Sneakers, Jeans und ein aus der Hose hängendes Hemd trug, was sein bevorzugtes Image als Freigeist, als unkonventioneller Milliardär projizierte. Natürlich waren die Sneakers vermutlich von Tom Ford, die Jeans von Dior Homme, das Hemd von David Hart, ein Ensemble für dreitausend Dollar – ohne die Unterwäsche.

Nur mit ihm im selben Raum zu sein, bewirkte schon, dass Jane sich unrein fühlte, während D. J. sie begutachtete wie eine Kandidatin für einen Aspasia-Club.

»Erzählen Sie mir von den Tech-Arkadiern, Mr. Michael.«

»Klingt wie eine zweitklassige Band. Was spielt sie – Retro-Tanzmusik aus den Achtzigern?«

»Sie sind ein blasierter Dreckskerl, was? Aber keine Angst, Sie reden noch!«

»Wie wollen Sie mich verhören, Mrs. Hawk? Mich mit einem Taser gefügig machen, mit Chloroform betäuben, nackt ausziehen, mit Kabelbindern an einen Stuhl fesseln und mir drohen, mein bestes Stück mit einem Klappmesser abzuschneiden? Hat man Ihnen das in Quantico beigebracht? Klingt nicht sehr verfassungskonform.« Er legte eine Hand hinters Ohr. »Hören Sie das?«

Jane wollte sein Spiel nicht mitspielen. Statt zu antworten, sagte sie: »Setzen Sie sich hin.«

»Hören Sie das?«, wiederholte er. »Die Zukunft ruft. Eine Zukunft, die Sie nicht verstehen und in der es für Sie keinen Platz gibt.«

Am liebsten hätte sie ihn gleich erschossen – mit oder ohne vorheriges Geständnis.

»Mrs. Hawk … Oder sollte ich Witwe Hawk sagen? Nein, das wäre vielleicht zu schmerzhaft für Sie. Also einfach Jane. Weil ich Ihren Typ so gut kenne, Jane, bin ich davon überzeugt, dass Sie an die Existenz eines Gewissens glauben. An eine leise innere Stimme, die Ihnen sagt, was recht und unrecht ist.«

»Weil ich *Ihren* Typ so gut kenne«, sagte sie, »bin ich davon überzeugt, dass Sie's nicht tun.«

Er trat von dem Sessel weg auf eine Sitzgruppe von Süe et Mare zu: ein Sofa mit vergoldetem Holzrahmen und zwei Sessel mit Gobelins als Sitzbezüge.

Jane, die sich mit ihm bewegte und dabei die offene Balkontür und den Rest des großen Raums im Auge behielt, wollte ihm vorerst seinen Willen lassen, weil das rascher zu Enthüllungen führen konnte als ein regelrechtes Verhör. Er war solch ein Narziss, dass er zweifellos glaubte, sie von der Richtigkeit seines Standpunkts überzeugen zu können. Und wenn er das nicht schaffte, würde er sie durch irgendein unerwartet eintretendes Ereignis überwältigen können, weil das Schicksal den Gang der Dinge und sogar das Universum selbst immer so beeinflussen würde, dass D.J. Michael ungeschoren davonkam.

»Sie glauben, dass ein menschliches Gewissen unerlässlich ist, wenn eine Zivilisation stabil existieren soll«, sagte er. »Nun, ich will es dort installieren, wo es bisher nicht existiert. In gewisser Weise sind wir Verbündete.«

Er setzte sich nicht aufs Sofa, auch in keinen Sessel, sondern blieb stehen und starrte eine Gruppe von Kleinplastiken von Ferdinand Preiss auf einem Couchtisch von Ruhlmann an: auf Onyx- oder Marmorsockeln montierte bemalte Bronzetänzerinnen in reichen Kostümen und mit geschnitzten Gliedern und Köpfen aus zart getöntem Elfenbein.

Ihr Tinnitus wurde lauter, und sie suchte den Raum ab, als sitze in irgendeiner Ecke ein Musiker und spiele ein Theremin.

Aber das natürlich nur in ihrem Kopf existierende Geräusch klang bald wieder ab.

»Sobald es in ein, zwei Jahren perfektioniert ist«, fuhr D.J. fort, »liegt das ultimative Nano-Implantat so leicht auf dem Gehirn, dass die damit Beglückten nicht den leisesten Verdacht hegen werden, ihr freier Wille, Böses zu tun, könnte unterdrückt worden sein. Alle Entscheidungen, die sie treffen, und ihr ganzes Handeln wird ihnen immer selbstbestimmt vorkommen. Ihre Wert- und Moralvorstellungen werden so subtil korrigiert, dass jede Meinungsänderung ihnen als das Ergebnis eigener Überlegungen erscheint.«

Jane sagte: »Und Sie – Sie allein – werden entscheiden, was verwerflich, was moralisch oder unmoralisch ist, welches die richtigen Werte sind.«

Bis er sie ansah, hätte sie nie geglaubt, dass in einem Lächeln solch ätzendes Mitleid, solch höhnische Verachtung liegen könnte. Trotzdem blieb seine Stimme sanft und vernünftig, als er weiter unvernünftig argumentierte. »Sehen Sie sich die Welt mit all ihren Schrecken an, Jane. Mit all ihrem Chaos. Kriege und Ungerechtigkeit. Bigotterie und Hass. Neid und Gier. Die Definitionen von Recht und Unrecht, die der Mensch entwickelt und eingeführt hat – haben sie jemals funktioniert, Jane? Sind diese Definitionen nicht alle irgendwie fehlerhaft und daher unbrauchbar?«

Er trat von der Sitzgruppe weg, kehrte Jane den Rücken zu und ging zu einem Sideboard aus mit Perlmutt eingelegtem Macassar-Ebenholz, das zwischen zwei Fenstern stand. Dort betrachtete er das von Tamara Lempicka gemalte Porträt über dem Sideboard: ein eleganter Mann vor einem Hintergrund aus Wolkenkratzern, alles im typischen Stil der Künstlerin, kalt und malerhaft und packend.

Er sagte: »Die mit einem eingepflanzten Gewissen dieser Art Beglückten werden niemals an Zweifeln oder Schuldgefühlen leiden, weil sie wissen, dass sie immer das Beste und

Richtige tun. Sie werden auch keine Sorgen oder geistige Unruhe kennen. Auf der Welt wird es nichts Beängstigendes mehr geben.«

Jane, deren Arme müde wurden, ließ die Heckler & Koch sinken. »Sie drücken sich so gewählt aus, aber für jemanden, der von den Aspasia-Girls, den Rayshaws und der Grausamkeit weiß, mit der Sie sie benutzen, klingt alles widerwärtig und gemein.« Sie hob die Pistole wieder. »Setzen Sie sich, verdammt noch mal!«

Er kehrte zu der Bergère neben der Tiffany-Stehlampe mit den Libellen zurück, ohne jedoch ihre Aufforderung zu befolgen. »Ich habe nie grausam gehandelt, Jane. Die Welt ist voller Menschen, deren Leben keinen Zweck hat. Sie führen eine bedeutungslose Existenz, leiden oft darunter. Wir wählen die Ziellosen und Unglücklichen aus – dann beseitigen wir die Gründe für ihr Unglücklichsein und geben ihnen einen Lebenszweck. Oder wir eliminieren einzelne Personen wie Ihren Mann, die eine Gefahr für die Zukunft darstellen, wie sie aussehen muss, wenn die Massen eine Chance auf Zufriedenheit haben sollen.«

Wie zuvor legte der Milliardär eine Hand hinters Ohr und schien auf etwas zu horchen, das für sie unhörbar war. »Hören Sie das Schicksal flüstern, Jane?«

Sie gab einen Schuss ab, der nicht ihm, sondern der antiken Bergère galt. Die Polsterung des Sessels platzte auf, und aus dem Einschussloch stieg eine dünne Rauchwolke auf, die gleich wieder verschwand. »Setzen Sie sich und erzählen Sie mir genau, was Sie getan haben, sonst zerschieße ich Ihre kostbare Einrichtung und demoliere dann *Sie* Stück für Stück auf möglichst schmerzhafte Weise. Und ich habe eine blühende Fantasie.«

Er ließ die Hand hinter dem Ohr, als er fragte: »Hören Sie das Flüstern nicht, Jane? All das Flüstern im Flüsterraum? Wenn Sie noch nichts hören, werden Sie's bald hören.«

Mit diesen Worten wandte er sich ab und ging zu der offenen Balkontür.

Dicht hinter ihm sagte Jane: »Halt, stehen bleiben!«

Statt zu gehorchen, spurtete er über den fünf Meter breiten Balkon, schwang sich über das dekorative Stahlgeländer und stürzte aus der achten Etage in die von nichts als Regen erfüllte Luft.

NEUNUNDZWANZIG

Jane erreichte das Geländer, als David James Michael sich in die Tiefe stürzte, und war so dicht dran, dass sie die Absätze seiner Designersneakers einen Augenblick lang fast in Griffweite hatte. Sie erwartete irgendeinen Stunt mit einem sich blitzschnell entfaltenden Fallschirm, aber es gab keinen, nur seine fallende Gestalt, die mit ausgebreiteten Armen einen Adler zu imitieren schien, während sie mehr segelte, als durch den prasselnden Regen zu stürzen. Mit wegen des Stromausfalls schwarzen Fenstern ragten die nächsten Gebäude finster über der dunklen Straße auf, deren überflutete Rinnsteine in der künstlichen Dunkelheit nur sichtbar waren, weil das abfließende Wasser mit phosphoreszierendem Schaum bedeckt war. Jane, die den Sturz weit übers Geländer gebeugt beobachtete, stand wie scheintot atemlos und ohne Herzschlag da, ohne die Kälte und den starken Regen wahrzunehmen, ohne zu hören oder zu riechen, als seien alle ihre Sinne bis auf den Gesichtssinn ausgefallen. Aus dem achten Stock bis zur Straße, aus dreißig oder mehr Metern Höhe von der irdischen Schwerkraft unwiderstehlich angezogen und von Blitzen fahl erhellt, stürzte der Milliardär in die Tiefe, wie es jeder Bettler getan hätte. Er schlug vor dem Far Horizons mit dem Kopf voraus auf und rollte sich überschlagend die Stufen hinunter, wobei er mit zerschmetterten Gliedern so locker ruderte, als sei er eine Strohpuppe, die jemand aus Spaß hinuntergeworfen hatte.

Janes Herz hämmerte gegen ihre Rippen, als sei es stotternd neu angesprungen, ihr Atem kam feucht und kalt, und sie roch durch Blitze entstandenes Ozon. Ihre Taubheit ließ nach, als eine Woge von Großstadtlärm über sie hereinbrach – auch von quietschenden Reifen, als der Verkehr auf der Straße auf den Sturz des Selbstmörders reagierte.

Sie steckte ihre Pistole weg, wandte sich vom Geländer ab und rannte durch das kostbar möblierte Luxusapartment, jedoch nicht zu der Nische mit D.J.s privatem Aufzug, sondern zu der Stahltür, hinter der seine Geheimtreppe lag. Sie nahm je zwei Stufen auf einmal, stürzte sich von jedem Treppenabsatz erneut in die Tiefe, ohne auf ihre schmerzende Wunde zu achten. So legte sie im Licht der Leuchtstoffröhren, die ihr hell wie der Suchscheinwerfer eines Polizeihubschraubers vorkamen, eine Etage nach der anderen zurück – immer in dem Bewusstsein, dass ihr nur wenig Zeit blieb, bevor die Straße vor dem Far Horizons wegen der Gaffer unpassierbar und dann von der alarmierten Polizei abgesperrt wurde.

Am Fuß der Treppe riss sie die Tür auf und betrat den Vorratsraum mit seinen Regalen voller Putzmittel und den Geräten, die sie in eine Ecke gestellt hatte. Durch die zweite Tür gelangte sie in die Tiefgarage. Rasch zu dem BMW, der Henry Waldlock gehörte, der nackt und geknebelt und gefesselt auf ihre Rückkehr wartete.

Jane fürchtete schon, den Schlüssel verloren zu haben, aber sie hatte nur vergessen, in welche Jackentasche sie ihn gesteckt hatte. Dann schien es sehr lange zu dauern, bis das elektronisch gesicherte Tor endlich zur Seite rollte. Sie folgte der Ausfahrtsrampe, schaltete Scheinwerfer und Scheibenwischer ein und fürchtete den Stau, der sie vermutlich erwartete.

Auf beiden Straßenseiten parkten ein paar Wagen schräg zum Randstein, und der Durchgangsverkehr stockte, weil die

Autofahrer gafften. Sie vermied es, den zerschmetterten Leichnam auf den Stufen anzusehen, denn sie hatte schon zu viele Selbstmorde und angebliche Selbstmorde gesehen. Sie nutzte eine Lücke im Verkehr, um die Fahrbahn zu überqueren und den Hügel hinunterzufahren.

Falls Zeugen den Eindruck hatten, sie habe den Tatort überstürzt verlassen, konnte jemand sich ihr Kennzeichen gemerkt haben, sodass vielleicht schon bald das gesamte SFPD danach Ausschau halten würde.

Jane fuhr so schnell, wie sie sich traute. Die Scheibenwischer konnten den Regen kaum bewältigen, als sie das vom Stromausfall betroffene Gebiet hinter sich ließ. Hier schien das Leben seinen gewohnten Gang zu gehen, obwohl all diese geschäftigen Leute in größerer Gefahr schwebten, als sie in ihrer Unwissenheit jemals ahnen konnten. Der jetzige Sturm war nur eine Unannehmlichkeit, aber der stürmische Wandel, den D. J. Michael angestoßen hatte, würde sich vielleicht durchsetzen, und wenn er losbrach, konnte er alle Männer, Frauen und Kinder mit sich fortreißen, wie auch der Milliardär fortgerissen worden war.

DREISSIG

Als Jane wieder nach Pacifica kam, hatte stürmischer Nordwestwind den Regen vertrieben und blies Zapfen und trockene Nadeln von den Kiefern, scharlachrote Blüten von den Flammenbäumen, silberblaue runde Blätter von den Eukalyptusbäumen, warf Holzstücke von Schindeldächern, rollte leere Mülltonnen über die Straßen, spielte Fußball mit Getränkedosen und kämpfte mit einem großen Cape aus Plastikfolie von einem Bauzaun gegen einen unsichtbaren Stier.

Statt zu riskieren, zu Henry Waldlocks Villa im spanischen

Stil zurückzufahren, parkte sie einen Block von ihrem Explorer Sport entfernt, ging zu Fuß weiter und benutzte ein Wegwerfhandy, um die 911 anzurufen. Sie gab einen falschen Namen an und meldete, der Controller müsse vom WC in seinem Bad befreit werden. Bevor sie in ihr SUV stieg, ließ sie das Mobiltelefon in den nächsten Gully fallen.

Die Wunde in ihrer Seite brannte wie Feuer, als sie den Motor anließ, um siebzig Meilen weit über die Golden Gate Bridge nach Santa Rosa im Sonoma County zu fahren. Dort lebte Dr. Porter Walkins, der Anfang des Monats Dougal Trahern, Janes schwer verletzten Verbündeten, und sie selbst behandelt hatte. Er hatte einen Kratzer verbunden, den ihr ein Kojote beigebracht hatte, und eine Tollwutbehandlung mit menschlichem Tollwut-Immunglobulin und dem aus Menschenzellen gezüchteten Impfstoff HDC begonnen.

War Dr. Walkins von der Schuldlosigkeit seines Patienten überzeugt, würde er eine Schusswunde behandeln, ohne sie wie vorgeschrieben der Polizei zu melden. Er war ein Mann, der die Nachrichten verfolgte und das Körnchen Wahrheit – falls es eines gab – in großen Mengen Spreu finden konnte. Weil er Jane vor einigen Wochen nach der Schießerei auf Shennecks Ranch im Napa Valley geglaubt hatte, hoffte sie, er werde weiter an sie glauben, auch wenn nach David James Michaels Tod ein Feuersturm in den Medien losbrach.

Als sie die Golden Gate Bridge erreichte, fiel nachlassender Regen in vom Meer heranrollende dichte Nebel. Der Wind formte sie zu fantastischen Gebilden, die er nach Osten vor sich hertrieb, als kehrten die Geister ertrunkener Seefahrer an Land zurück: ein Exodus aus vielen Tausenden von nassen Gräbern in irgendeiner dem Jüngsten Gericht gleichenden Abrechnung mit dem menschlichen Erleben und einer Saldierung alter Verbindlichkeiten.

Der Verkehr kroch über die Hängebrücke aus rotem Stahl, und die von Aureolen umgebenen Scheinwerfer entgegenkommender Fahrzeuge bohrten sich durch den Nebel. Auf dieser Überfahrt – mit dem unsichtbaren Pazifik links von sich, der Bucht und der Stadt rechts von sich – hatte Jane Hawk endlich Zeit, sich mit D.J. Michaels rätselhaftem Tod auseinanderzusetzen.

Von hundert Polizeibeamten im Auftrag von Staatsanwälten festgenommen, die gerichtsfeste Beweise für seine Verbrechen gegen die Menschlichkeit besaßen, hätte der Milliardär normalerweise nichts Drastischeres getan, als sich mit seinen Anwälten zu beraten und hundert Millionen für seine Verteidigung bereitzustellen. Kein Narziss mit seiner ungeheuren Arroganz würde jemals die geringste Schuld oder eine Niederlage eingestehen, und sich aus Verzweiflung das Leben zu nehmen, war ganz und gar untypisch gewesen.

Hören Sie das Schicksal flüstern, Jane?

Hatte er durch die Hand hinter dem Ohr angedeutet, er könne mit irgendeinem Teil seines Gehirns durch Mikrowellen übermittelte Anweisungen empfangen, als er vom Schicksal und dem Flüsterraum gesprochen hatte? Oder hatte er damit sagen wollen, im Dienst einer Elite werde eines Tages die gesamte Menschheit auf einmal für Aufgaben eingesetzt werden können, die ihre Beherrscher für nötig hielten?

Unabhängig davon, was D.J. Michael gemeint haben mochte, schien klar zu sein, dass eine Fraktion der Arkadier sich dazu verschworen hatte, ihn heimlich zu sedieren und ihm einen Nanotech-Kontrollmechanismus zu injizieren. In der Revolutionsgeschichte war noch kein König durch ein unheimlicheres und zugleich intimeres Mittel entmachtet worden. Die Möchtegern-Götter, die sich ein neues Pantheon ausgedacht hatten, weil ihnen für einen Monotheismus die Kraft fehlte, glichen den Bewohnern eines modernen Olymps, von dem aus sie nicht nur herrschten, sondern auch gegeneinander konspirierten. So erwiesen sie sich als nicht besser als die Mitglieder irgendeiner Straßenbande, die mit Messern und Pistolen um die Vorherrschaft in einem Elendsviertel oder einer Sozialsiedlung kämpften.

Knapp nördlich der San Pablo Bay löste der Nebel sich rasch auf, und Jane fuhr aus dem Regen heraus. Die tiefe Wolkendecke franste in dünne graue Schleier wie zerlumpte Leichentücher aus, die von umherirrenden kalten und verschrumpelten Toten getragen wurden, deren Geist sie nicht verlassen wollte. Dieses Land, das so fruchtbar war und dessen Städte – Novato und Petaluma und Rohnert Park – so wichtig waren, erschien ihr heute düster, selbst an diesem sonnenlosen Tag verschattet, nicht von Toten, sondern von den Gespenstern zukünftiger Tage heimgesucht – und von einem Schicksal, das David James Michael ins Ohr geflüstert hatte.

Jane wusste, dass ihre leichte Depression vielfältige Gründe hatte, die sich in den fünf Monaten seit Nicks Tod angesammelt hatten. Einer davon setzte ihr jedoch ganz besonders zu.

Hören Sie das Flüstern nicht, Jane? All das Flüstern im Flüsterraum? Wenn Sie noch nichts hören, werden Sie's bald hören.

Der Milliardär war zuversichtlich gewesen, der Tag ihrer Aufnahme in die Legion der Kontrollierten, nach dem sie wie die Einwohner von Iron Furnace sein würde, stehe unmittelbar bevor.

Jane musste wieder an letzte Nacht denken, die sie in Henry Waldlocks Gästezimmer verbracht hatte, während er sich die Zeit mit einem überlauten Kriegs- oder Roboterfilm vertrieben hatte, ohne etwas von ihrer Anwesenheit zu ahnen. Sie hatte die einzige Tür des Raums mit einem Stuhl unter der Türklinke gesichert, bevor sie sich getraut hatte, ein paar Stunden zu schlafen.

Die Tür war wie zuvor gesichert gewesen, als sie aufgestanden war, um Waldlock in seinem Schlafzimmer zu betäuben und zu fesseln.

Der einzige Weg zu ihr hätte durch die verbarrikadierte Tür geführt.

Das Bad des Gästezimmers war nicht von zwei Seiten zugänglich gewesen. Also konnte niemand durchs Bad an sie herangekommen sein.

Sie hatte nicht nachgesehen, ob die Fenster verriegelt waren. Das hätte sie kontrollieren müssen. Aber die Annahme, irgendein Bösewicht mit den Fähigkeiten eines Fassadenkletterers sei durchs Fenster in ihr Zimmer gelangt, war einfach lächerlich.

Außerdem hatte sie geschlafen, weil sie erschöpft gewesen war – und nicht etwa, weil sie sediert worden war.

Der einzige Ort, an der jemand ihr ein Schlafmittel hätte beibringen können, war das Restaurant in Pacifica, in dem sie frühzeitig zu Abend gegessen hatte, bevor sie Waldlock aufgesucht hatte. Aber niemand hatte gewusst, dass sie in der Stadt war; niemand hätte vorhersehen können, wo sie essen würde.

Paranoia. Verständlich, aber gefährlich. Hätte sie eine Injektion erhalten, wäre sie nicht in D.J. Michaels Festung eingedrungen. Sie wäre unter Kontrolle gewesen. Außer es gab eine neue Generation des Kontrollmechanismus', die länger als ein paar Stunden brauchte, um sich im Gehirn selbst zusammenzusetzen …

In Santa Rosa parkte sie in einem Wohngebiet einen Block von ihrem Ziel entfernt. Die Fahrbahn war mit Laub bedeckt, das Wind und Regen abgerissen hatten, und von den Bäumen tropfte es noch.

Unter heutigen Ärzten war Dr. Porter Walkins eine Ausnahme: ein Allgemeinmediziner, der in einem Anbau seines Wohnhauses praktizierte. Jane wusste, dass er mittags zu Hause aß und in dieser Zeit nicht für Patienten zu sprechen war, aber sie wusste nicht, ob seine Mittagspause um 12 Uhr oder erst um halb eins begann.

Sie blieb zwanzig Minuten lang in dem Explorer sitzen, bevor sie ausstieg und zu Fuß zu der Adresse ging, die er ihr gegeben hatte, als er sie gegen Tollwut behandelt hatte. Der

Schmerz, der auf der Fahrt von San Francisco hierher nur ein dumpfes Pochen gewesen war, meldete sich beim Gehen heftig zurück. Dieser eine Straßenblock kam ihr wie drei vor. Weil sie schlimm aussah, auch weil der angriffslustige Affe ihr die Perücke geraubt hatte, war sie froh, dass ihr auf dem Weg zu der Arztpraxis niemand begegnete.

Jane ging um die viktorianische weiße Villa mit blau-weißem Stuck herum, stieg die Treppe zur rückwärtigen Veranda hinauf und sah den Arzt durch ein Küchenfenster. Er war allein und im Augenblick damit beschäftigt, sich ein Sandwich zu machen. Es war 12:35 Uhr, als sie an seine Tür klopfte.

EINUNDDREISSIG

Obwohl Porter Walkins erst Mitte fünfzig war, besaß er einen Verhaltenskodex, Pflichtbewusstsein und eine Abneigung gegenüber Ideologien, die besser zu einer Zeit vor fünfundsiebzig Jahren gepasst hätten, und kleidete sich dementsprechend: Tweedsakko mit Lederflicken an den Ellbogen. Weißes Oberhemd mit selbst gebundener Fliege. Graue Flanellhose mit längsgestreiften Hosenträgern. Auf Hochglanz polierte Budapester.

Schlank und fit, mit dem ernsten, aber freundlichen Gesicht eines von Norman Rockwell porträtierten Landarztes, wirkte er immer gut gelaunt. Aber etwas an ihm, vielleicht die Zurückhaltung in seinen haselnussbraunen Augen, suggerierte eine nicht offen zur Schau getragene hartnäckige Melancholie.

Weil seine Sprechstundenhilfe in der Mittagspause außer Haus war, behandelte er Jane im Sprechzimmer. Als sie sich auszog, schienen die beiden Heckler & Koch ihn nicht im Geringsten zu stören. Dann lag sie auf der Liege ausgestreckt, während er die Schusswunde, die er schlimmer fand als sie, untersuchte und säuberte. Unter Lokalanästhesie schloss er das von dem Geschoss zerfetzte Fleisch mit einem Dutzend Stichen.

»Der Faden löst sich im Lauf der Zeit von selbst auf«, sagte er. »Er braucht nicht gezogen zu werden.«

Als sie ihn damals gefragt hatte, weshalb er riskiere, Patienten heimlich zu behandeln, was ihn seine Zulassung kosten konnte, hatte er gesagt: *Ich sehe die Nachrichten, Mrs. Hawk.* Damit hatte er nicht speziell ihre Story gemeint, sondern die pessimistisch stimmende Berichterstattung aus aller Welt.

Jetzt fragte er: »Haben Sie so viel ausgeteilt wie eingesteckt?«

»Mehr. Aber nicht genug, niemals genug. Der Weg führt steil bergauf, und ich bin nur eine Läuferin für die Ebene, fürchte ich.«

»Sie sind überanstrengt. Und ich glaube, dass Sie mehr als einen halben Liter Blut verloren haben.«

»So viel habe ich schon oft gespendet. Ein halber Liter ist nichts.«

Als sie sich aufsetzte, zog der Arzt eine Augenbraue hoch und sagte scharf: »Ich habe von 'mehr als einem halben Liter' gesprochen. Weil Sie's leider versäumt haben, das verlorene Blut aufzufangen und mitzubringen, sollten Sie keine Selbstdiagnose stellen und von 'nichts' reden. Sie sollten ein paar Tage in meinem Gästezimmer verbringen, wo ich Sie regelmäßig untersuchen kann.«

»Ich soll in *Ihrem Haus* bleiben?«

»Ich schlage Ihnen nicht vor, mein Bett zu teilen, Mrs. Hawk. Ich sehe vielleicht wie ein Swinger aus, aber ich versichere Ihnen, dass ich keiner bin.«

»Nein, sorry, ich meine nur … Sie dürfen nicht die meistgesuchte Verbrecherin Amerikas beherbergen.«

»Meistgesucht dürfte stimmen, aber eine Verbrecherin sind Sie nicht.«

»Außerdem, nehmen Sie's mir nicht übel, würde ich mich lieber dort erholen, wo ich mit meinem Jungen, mit meinem Sohn zusammen sein kann.«

Walkins stach mit der Nadel einer Injektionsspritze in eine Ampulle mit einer bernsteingelben Flüssigkeit und zog eine Dosis auf.

»Was machen Sie da?«, fragte Jane.

Ihre Besorgnis erstaunte ihn. »Das ist ein Antibiotikum. Wenn ich daran denke, was Sie durchgemacht haben müssen, wundert mich, dass Sie Angst vor einer Nadel haben.«

»Es geht nicht um die Nadel. Kann ich stattdessen nicht Tabletten schlucken?«

»Sie werden auch Tabletten schlucken, Mrs. Hawk. Weil ich im Gegensatz zu Ihnen Medizin studiert habe, schlage ich vor, dass Sie »Ja, Doktor« sagen, um vor Bakteriämie, Toxinämie und lebensbedrohender Sepsis sicher zu sein. Und darf ich annehmen, dass Sie sich den Tollwut-Impfstoff exakt nach meinen Vorgaben injiziert haben?«

»Ja, natürlich.«

»Ehrlich?«

Sie verzog das Gesicht. »Ja, Mutter, ich habe mir den Tollwut-Impfstoff gespritzt.«

Er band ihr den rechten Arm ab, suchte eine Vene, lobte ihre ausgezeichneten Venen, desinfizierte die Armbeuge mit Alkohol und gab ihr die Spritze.

Während Jane zusah, wie ihr die Flüssigkeit injiziert wurde, kämpfte sie gegen Benommenheit, gegen dunkle Schatten am Rand ihres Blickfelds an. Als Porter Walkins die Nadel herauszog, wurde sie ohnmächtig und wäre von der Liege gekippt, wenn der Arzt sie nicht aufgefangen hätte.

Als sie keine Minute später wieder zu Bewusstsein kam, gestand sie sich ihre Erschöpfung ein und ließ sich nach oben ins Gästezimmer begleiten.

ZWEIUNDDREISSIG

Seit Jolie Tillman ihre Schwester und ihre Mutter nur mit knapper Not hatte daran hindern können, ihr einen Nanotech-Kontrollmechanismus zu injizieren, war sie untypisch einsiedlerisch geworden, als sei nun die gesamte Menschheit suspekt, und hatte sich angewöhnt, viel Zeit bei den Pferden zu verbringen. Weil sie stark war, weinte sie nach zwei Tagen nicht mehr, aber sie blieb bekümmert und deprimiert, ohne dass Luther sie trösten konnte.

Auch er war untröstlich, denn in gewisser Weise hatte er sogar mehr als Jolie verloren, denn Rebecca war die erste und einzige große Liebe seines Lebens gewesen. Ihm war bewusst, dass es für Jolie oder ihn nur einen Weg in eine gute Zukunft geben würde, wenn sie ihn gemeinsam fanden. Ihre Lebensumstände waren einzigartig, weil ihre Angehörigen noch lebten, aber verändert waren – auf ewig unwiderruflich verwandelt.

Er hatte sich den Kopf rasiert und ließ sich einen Bart stehen, der überwiegend weiß war, obwohl er sonst kein weißes Haar auf dem Kopf hatte. Aber auch sein verändertes Aussehen konnte ihn nicht aus seiner Depression holen oder ihm Hoffnung für die Zukunft einflößen.

An diesem Mittwochnachmittag fand Luther Jolie am Plankenzaun einer Pferdekoppel, wo sie beobachtete, wie die Tiere weideten und spielten. Er lehnte schweigend neben ihr am Zaun, weil ihm nichts einfiel, das er nicht schon mehrmals gesagt hatte. Bis zu einem gewissen Punkt machte Jolie auf vielleicht nicht ganz rationale Weise ihn für ihren Verlust verantwortlich. Wäre er kein Sheriff, wäre er nicht in diese verrückte Geschichte verwickelt worden. Hätte er seine Pflicht nicht über seine Familie gestellt, wäre er nicht nach Iron Furnace, Kentucky, gereist. Hätte, wäre, hätte …

Er verübelte ihr ihre Feindseligkeit keineswegs. Tatsächlich machte er sich selbst Vorwürfe, auch wenn das nicht rational war. Ja, wenn er in Minnesota geblieben wäre und nichts getan hätte, würden Rebecca und Twyla jetzt vielleicht nicht zu den Untoten gehören. Aber er erinnerte sich auch an Booth Hendrickson, den arroganten Kerl aus dem Justizministerium. Die Mächtigen hinter diesem Albtraum hätten ihn früher oder später als Störfaktor eingestuft und veranlasst, dass seine Familie und er Injektionen erhielten. An diesem Wendepunkt der Geschichte durfte es keine Verweigerer aus Gewissensgründen mehr geben; jeder Mann, jede Frau und jedes Kind war Mitstreiter oder Opfer.

Der Himmel war hoch und blau, die Luft warm, die Pferde lebhaft, die arme Jolie in ihrer Trauer stumm, eine halbe Stunde lang nicht bereit, die Gegenwart ihres Vaters zur Kenntnis zu nehmen, bis sie endlich eine Hand ausstreckte und auf seinen Arm legte.

DREIUNDDREISSIG

Als Jane aufwachte, zeigte der Radiowecker auf dem Nachttisch 17:53 Uhr an. Ihre beiden Koffer und die Tragetasche standen vor dem Einbaukleiderschrank. Dr. Walkins hatte den Ford in seine Garage gefahren und ihr Gepäck nach oben gebracht.

Sie warf die Decke zurück und setzte sich auf die Bettkante. In ihrer rechten Armbeuge bedeckte ein kleines Heftpflaster die Einstichstelle. Sie riss es ab, sah einen Blutfleck auf der Gaze. Der Einstich war kaum zu erkennen.

Die genähte Schusswunde schmerzte, aber nicht allzu schlimm. Weil sie mit einem großen wasserfesten Pflaster bedeckt war, konnte Jane die Stiche nicht zählen.

Ihr doppeltes Schulterholster mit den beiden Pistolen lag auf der Kommode.

Sie öffnete einen ihrer Koffer, nahm frische Sachen heraus und legte sie aufs Bett.

Dr. Walkins hatte gesagt, er erwarte sie spätestens um 19 Uhr unten zum Abendessen.

Sie ging nach nebenan ins Bad, freute sich auf eine heiße Dusche.

Vor dem Waschbecken stehend betrachtete sie ihr Spiegelbild eine Minute lang, bevor sie sagte: »Spiel Manchurian mit mir.«

Wieder eine Minute später drehte sie in der Duschkabine das heiße Wasser auf und atmete vergnügt den aufsteigenden Dampf ein.

VIERUNDDREISSIG

Frischer Kopfsalat mit Tomaten und geriebenem Parmesan. Auf dem Ceranfeld ein Topf Spaghettisoße mit aufgetauten Hackfleischklößchen. Abgepackt gekauftes Knoblauchbrot, das im Ofen aufgebacken wurde. In brodelndem Salzwasser kochend ein Pfund Capellini No. 1 von Barilla.

Porter Walkins gehörte nicht zu den alternden Junggesellen, die ihre Leidenschaft fürs Kochen entdecken. Was er außer Salat nicht abgepackt oder tiefgekühlt im Supermarkt fand, schaffte es nie auf seinen Tisch.

So schlicht diese Mahlzeit auch war, fand Jane sie köstlich, wie ein zum Tode Verurteilter, den ein mitternächtlicher Gnadenerlass des Gouverneurs gerettet hat, das erste Mahl nach der Henkersmahlzeit köstlich gefunden hätte.

Nach den Ereignissen auf Bertold Shennecks Ranch im Napa Valley hatte Porter Walkins vor einigen Wochen Dougal Trahern und Jane behandelt, ohne im Einzelnen zu erfahren, warum das FBI und alle Polizeidienststellen Amerikas nach ihr fahndeten. Als sie jetzt beim Wein und dann beim Dinner ihre Geschichte erzählte, stellte er klug forschende Fragen, fand aber nichts an ihrer Erzählung zu fantastisch, um glaubwürdig zu sein.

Von ihm erfuhr sie, dass Luther Tillman jetzt zum Ensemble der Jane-Hawk-Saga gehörte, die ein fester Bestandteil jeder Nachrichtensendung war. Als seine Frau und seine Tochter Twyla von einem Kurzurlaub nach Minnesota zurückgekehrt waren, hatten sie ihr Haus verwüstet und die Leiche eines Beamten der Homeland Security vorgefunden. Dieser Agent, Huey Darnell, war mit zwei Schüssen in den Hinterkopf aus einem Tillman gehörenden Revolver ermordet worden. Die Strafverfolger sagten, Luther habe sich mit Jane zusammengetan, um Staatsgeheimnisse zu verkaufen, auch wenn nicht ganz klar war, wie ein Sheriff vom Land sich mit ihr verbündet haben sollte. Jolie, Tillmans zweite Tochter, galt als vermisst, schwebte vielleicht in Lebensgefahr. Von Iron Furnace war nie die Rede.

Porter merkte offenbar, wie traurig diese Nachrichten Jane machten. »Welche Lebensgefahr können sie meinen?«

»Seine Tochter Jolie ist nicht in Gefahr«, antwortete sie. »Sie ist bestimmt bei ihm. Alles andere lässt sich nur so deuten, dass ... seine Frau und seine andere Tochter sind geimpft worden. Sie sind verloren.«

FÜNFUNDDREISSIG

Die Aufzeichnung der von Jane getragenen Bodycam ließ sich mit jedem PC wiedergeben. Nach dem Essen stellte Porter Walkins seinen Laptop auf den Küchentisch, und sie sahen sich gemeinsam die letzten Minuten von David James Michaels Leben an.

Als Beweismittel taugte das Video weniger, als Jane erwartet hatte. Die HD-Aufnahmen waren scharf und brillant klar. Aber statt ihrer Stimmen waren nur an- und abschwellende elektronische Töne zu hören, die große Ähnlichkeit mit dem Tinnitus hatten, der sie bei Far Horizons mehrmals befallen hatte.

»Der Scheißkerl hat einen Störsender eingeschaltet, der die Stimmaufzeichnung blockiert hat«, sagte sie enttäuscht. »Natürlich hat's keinen Zweck, Tote zu hassen, aber ich hasse ihn jetzt mehr als vor seinem Sprung.«

Der Arzt schenkte ihr Wein nach. Der war kein Mittel gegen ihre Beschwerden, aber trotzdem willkommen.

SECHSUNDDREISSIG

Im Gästezimmer des Doktors stand ein Fernseher, und am Donnerstagmorgen entdeckte Jane, dass der Selbstmord von David James Michael die Topmeldung war. Sie hatte nicht erwartet, mit seinem Tod in Verbindung gebracht zu werden, und das passierte auch nicht. Auch mit dem Tod von Dr. Bertold Shenneck und seiner Frau hatte man sie nie in Verbindung gebracht, weil das die Aufmerksamkeit der Medien auf Shenneck Technology und Far Horizons gelenkt hätte. Die Dummköpfe, die sich Arkadier nannten, wollten keine Aufmerksamkeit wecken, damit die Öffentlichkeit sich nicht zu fragen begann, ob all das Gerede über den Verkauf von Staatsgeheimnissen nicht vielleicht den wahren Grund für die hektische Großfahndung nach Jane Hawk tarnen sollte.

Weil sie den Fehler machte, den Fernseher zu lange eingeschaltet zu lassen, sah sie ein Interview mit ihrem Vater, dem berühmten Pianisten und noch nicht überführten Mörder ihrer Mutter. Er hatte seine gegenwärtige Tournee abgesagt, weil die Niedertracht seiner Tochter »das falsche Publikum anlockte«, wie er sagte, und weil er auf keinen Fall von den Untaten »dieser zutiefst verstörten jungen Frau« profitieren wollte. Wahrscheinlicher war, dass er fürchtete, bevor sie geschnappt wurde, könnte sie ihre Mutter rächen wollen und ihm mit einem Scharfschützengewehr auflauern.

Sie verschlief den Vormittag und auch den frühen Nachmittag, während Porter Walkins Patienten behandelte. Als sie sich dann wieder zum Abendessen in der Küche einfanden, stand Janes Entschluss fest: Sie durfte keine weitere Nacht unter seinem Dach verbringen.

Als sie sich zu Gemüsesuppe und Schinken-Käse-Sandwiches hinsetzten, sagte sie: »Shenneck ist tot, D.J. Michael ist tot. Das Ganze war eine von den beiden verkörperte Schlange mit zwei Köpfen. Zumindest habe ich das geglaubt. Indem sie D.J. auf diese Weise beseitigt haben, bilden sie sich ein, mich in eine Sackgasse manövriert zu haben. Aber in Wirklichkeit haben sie mir nur gezeigt, dass diese Schlange mehr als zwei Häupter hat. Je länger ich pausiere, desto unwahrscheinlicher wird es, dass ich die Identität des dritten Hauptes aufklären kann.«

Als Porter Walkins ihr in seiner Garage half, ihr Gepäck einzuladen, sagte er an der Fahrertür des Explorers stehend: »Ich wäre sehr enttäuscht, wenn ich eines Tages hören müsste, dass meine ärztlichen Bemühungen nur dazu geführt haben, dass du wieder getroffen wirst – diesmal tödlich.«

»Das wäre auch für mich eine Enttäuschung.«

Jane umarmte ihn, und er hielt sie lange fest an sich gedrückt.

Als er sie losließ, erkannte sie in seinem Blick die Melancholie, die sie bisher nur vermutet hatte.

Er sagte: »Solltest du jemals ärztliche Hilfe brauchen und zu weit von Santa Rosa entfernt sein, als dass ich helfen könnte, ruf mich trotzdem an. Ich komme zu dir, wo immer du bist, oder finde notfalls einen Kollegen in deiner Nähe, der mich vertritt. Kapiert?«

»Ja, natürlich.«

Er runzelte die Stirn. »Das ist mein Ernst! Sag nicht einfach Ja, um mich abzuwimmeln, Tochter.« Als er ihre Verblüffung sah, fügte er hinzu: »Ich bin ein alter Narr, der auch mal jung war. Wenigstens bin ich meiner Linie treu geblieben. Ich habe nie geheiratet, obwohl ich ein paar gute Gelegenheiten gehabt hätte. Ich dachte, die Welt ginge zum Teufel, und wollte keine Verantwortung für ein Kind übernehmen. Und nun stehe ich hier ohne Frau, ohne Kind, ohne ermutigende Aussichten. Aber wenn mein Leben anders verlaufen wäre, hätte ich bestimmt nichts Besseres tun können, als jemandem wie dir zum Leben zu verhelfen.«

Sie war noch nicht oft sprachlos gewesen und vielleicht noch nie in einem Augenblick wie diesem, in dem nichts, was ihr einfiel, die Wirkung des Gesagten hätte abschwächen können. Sie umarmte ihn nochmals, hielt ihn so fest an sich gedrückt wie er sie.

Und dann setzte sie sich ans Steuer des Explorers, und Porter öffnete das Garagentor, und sie fuhr davon.

SIEBENUNDDREISSIG

Als sie an diesem Donnerstagabend die Golden Gate Bridge erreichte, verhüllte kein Nebel die imposante Konstruktion. Rechts von ihr war das Meer schwarz bis auf die Lichter von Schiffen, die aus Häfen kamen, die eine halbe Welt entfernt waren, und die Lichterketten von Berkeley und Oakland, deren beleuchtete Hügel ihr wie ein fernes Märchenland erschienen, lagen weit entfernt im Osten. Bei diesem Anblick konnte sie kaum glauben, dass es Leute gab, die die Werke der Menschheit und sogar die Menschheit selbst verachteten – nicht nur die Arkadier, sondern auch viele andere – und aus Menschenhass danach strebten, alles niederzureißen, was in Jahrtausenden menschlicher Kämpfe und Anstrengungen geschaffen worden war. Ganz zu schweigen von denen, nach deren Überzeugung die Welt ein besserer Ort wäre, wenn die Menschheit nie existiert hätte.

Hätte einer dieser Leute jetzt neben ihr gesessen, hätte sie vielleicht gesagt: *Verdammt noch mal, es gibt keine Welt, wenn kein menschliches Auge sie erblickt, keine Welt, die irgendeinen Sinn oder Zweck hat, keine Welt, die bedeutsamer wäre als irgendein Wüstenplanet, der um seine ausgebrannte Sonne kreist. Die Welt kann sich nicht selbst sehen, über die eigenen Wunder staunen. Erst das Mysterium des Bewusstseins erschafft Realität, und es gibt keine Realität ohne eine intelligente Spezies, die sie würdigen kann. Sie halten die Welt für kostbar, weil Sie hier sind, um sie zu sehen. Wir sind die Welt, und die Welt ist die Menschheit, und ohne einander bleiben wir ein Traum ohne weitere Bedeutung.*

Andererseits hätte sie vielleicht auch nichts gesagt, denn das Leben schien sie zu lehren, dass sie nicht dafür bestimmt war, die Welt mit Worten zu verändern, sondern stattdessen handeln und kämpfen sollte, solange ihr bewusst war, wofür sie kämpfte.

Sie dachte an Luther und Jolie, an Dougal Trahern, an Ancel und Clare, an Nadine und Leland Sacket; sie dachte an die Kinder von Iron Furnace, an Bernie Riggowitz und an das Foto von Miriam, das jetzt in ihrer Geldbörse steckte; sie dachte an Sandra Termindale und ihre Töchter Holly und Lauren in ihrem Wohnmobil, und sie wusste, weshalb sie weiterkämpfen würde und warum es außer dem Tod keine andere Option für sie gab.

Später machte sie bei einer Raststätte südlich von Salinas halt, dem Mittelpunkt einer so fruchtbaren Landschaft, dass die Stadt sich die »Salatschüssel der Welt« nannte. Um die Sterne sehen zu können, parkte sie in einer entfernten Ecke außerhalb der hellen Leuchten der großen Anlage. Sie stieg aus dem Explorer. Sie benutzte ein Wegwerfhandy, um Jessica und Gavin Washington anzurufen und den Beschützern ihres lieben Jungen mitzuteilen, nachdem sie tagsüber geschlafen habe, werde sie die ganze Nacht durchfahren, um zu ihnen zu kommen.

Mit dem ausgeschalteten Smartphone in der Hand blickte sie zu den Sternen auf, zu unzähligen Sonnen, von denen bestimmt einige von unentdeckten Planeten umkreist wurden, vierzehn Milliarden Jahre Ausdehnung seit dem Urknall, sodass die Grenzen des Universums immer weiter in ein Nichts hinausgeschoben wurden, das der menschliche Verstand nicht mehr begreifen konnte, weil all diese Billionen Sterne so weit entfernt waren, dass sie außer in der Fantasie niemals besucht werden konnten. Trotzdem stand sie hier: ein kleines Lebewesen in der Unendlichkeit des Kosmos, ein Wesen, das dachte und liebte und geliebt werden wollte, das vernichtet, aber nicht besiegt werden konnte. Sterben konnte nur, wer zuvor gelebt hatte, sodass letztlich auch der Tod ein Geschenk war. Sie stieg wieder in den Explorer und fuhr nach Süden weiter – zu ihrem Sohn, zu ihrem Leben und was es ihr bringen mochte.